영원한
조연은 없다

영원한
조연은 없다

IV

김로아 장편소설

D&C
BOOKS

차 례

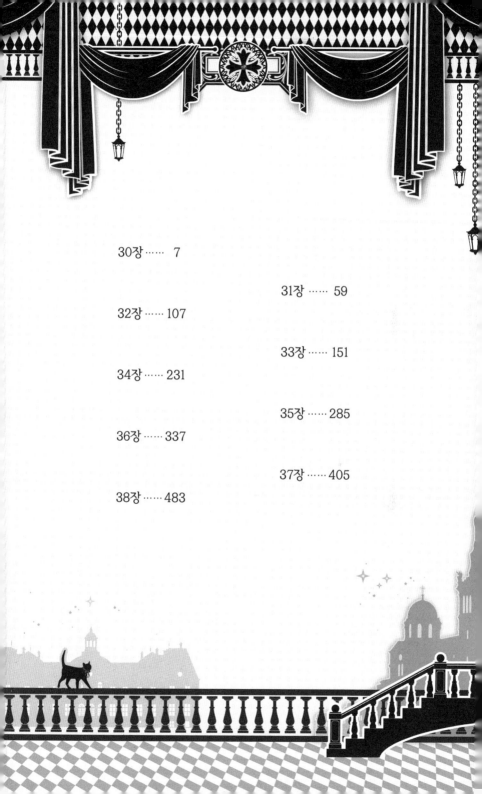

30장

30장

마차 옆면에 새겨진 늑대가 황궁 안의 대로를 달리다 멈춰 섰다. 이윽고 문이 열리고 연한 분홍빛 드레스를 입은 엘레나와 그 뒤를 따르는 마리안, 그리고 에즈라가 내렸다.

"그럼 조금 있다가 뵐게요, 아버지."

인사한 엘레나가 직접 마차 문을 닫으려는데, 꿋꿋하게 문틈을 비집고 나오는 손에 막혀 버렸다. 그대로 문을 닫아 버리려 몇 번 실랑이를 하다가 작게 한숨을 쉰 엘레나가 물러서자 윈터힐 백작이 쑥 얼굴을 내밀었다.

"조심히 다녀오거라. 엘레나를 잘 부탁한다, 마리안."

제 부친은 딸 바보도 이런 딸 바보가 따로 없을 정도였다. 저택을 떠나오면서 지금까지 몇 번이고 당부했는지 모른다.

"걱정 마십시오, 가주님."

엘레나는 포기했다는 듯 한숨을 푹 쉬며 고개를 절레절레 저었다. 마리안은 그런 부녀를 뿌듯하게 바라보며 웃었다.

"에즈라, 아가씨를 잘 모셔라."

마차를 호위하며 말을 타고 뒤를 따르던 그레이 경이 에즈라에게 말했다.

"맡겨 주세요, 단장."

"내가 아가씨를 모시고 싶었는데."

트리스탄이 울상을 짓자 에즈라는 더욱 의기양양하게 어깨를 으쓱거렸다.

한편, 부녀는 서로를 챙기느라 바빴다.

"제가 아버지 걱정을 더 해야 하는 것 아니에요? 명색이 폐하를 알현하러 가시는데. 저번에 보니까 엄청 무시무시한 분이시더만."

"아발론을 떠나기 전 명목상 얼굴 도장을 찍으러 갈 뿐이다. 불필요하고 번거로운 절차지. 황궁은 넓으니 길을 잃지 않도록 조심해라, 엘레나."

"어휴, 저 얼마 전까지 여기서 살면서 일했던 사람이에요! 제 걱정 그만하시고 얼른 가세요. 그러다 폐하와의 약속에 늦겠어요."

엘레나가 알현 시간을 언급하자 그제야 백작은 마차 문을 닫고 출발했다. 그러나 엘레나는 봤다. 마차 창문으로 자신을 끝까지 바라보는 걱정스런 눈을.

처음 봤을 때는 저런 캐릭터이신 줄 전혀 몰랐는데 말이지. 엄청 차갑고 냉정할 줄 알았던 첫인상이 무색했다. 요즘은 딸 바보의 전형을 보여 주고 있는 윈터힐 백작이었다.

"기사단은 저쪽이에요."

엘레나가 숲이 우거진 길을 가리키며 말했다. 몇 번 오간 적 있는 익숙한 길을 성큼성큼 걷는 그녀의 뒤를 마리안과 에즈라가 따랐다.

사실 엘레나는 자신이 빠르게 걷고 있다는 사실도 깨닫지 못했다.

머릿속이 아드레이에 대한 생각으로 가득 찼기 때문이었다.

'설마 그 사이에 무슨 일이 있는 건 아니겠지.'

그를 마지막으로 봤을 때 좋은 분위기에서 헤어진 것은 아니었지만, 이제는 그게 중요한 것이 아니었다.

기사단 건물에 다다르자 엘레나는 숨을 고르며 두리번거렸다. 어째서인지 기사단은 텅 비어 있는 것처럼 적막했다. 멀리서 들려오곤 하던 훈련 받는 소리도, 기합 소리도 들리지 않았다.

그때 거짓말처럼 기사 하나가 일행에게 다가왔다. 외부인을 보고 일부러 안에서 나온 것 같았다.

"안녕하십니까, 레이디. 여긴 어쩐 일로 오셨습니까."

딱히 경계하는 기색은 아니었지만, 한눈에 봐도 기사단에 연고가 없을 것 같은 완벽한 외부인의 모습에 호기심이 어린 눈빛이었다.

"안녕하세요, 사람을 만나고 싶어서 찾아왔어요."

일반적으로 미혼의 영애라면 잘 모르는 타인과는 시녀를 시켜 의사소통을 하는 법이다. 기사는 조금 놀라는 눈치였다.

그러고 보면 처음 보는 얼굴인데도 인상이 눈에 익었다. 기사는 조심스레 물었다.

"실례지만 성함이 어찌 되십니까."

막 엘레나가 대답하려는데, 마리안이 한 발 앞으로 나서며 끼어들었다.

"경의 성함을 먼저 밝히시는 것이 순서에 맞는 일이 아니겠습니까."

기사가 서둘러 사과했다.

"이런, 결례를 했습니다. 저는 제2기사단의 노마 폰 베랑입니다."

마리안이 계속해서 소개를 할 수도 있었지만 엘레나는 자신이 나섰다. 통성명을 하는 데에 다른 사람을 거치는 것은 예의가 아닌 것 같았다.

"엘레나 폰 윈터힐입니다. 수습 기사인 아드레이 폰 로만 경을 만나러 왔습니다. 가능할까요?"

그녀는 서둘러 본론을 꺼냈다. 이곳에서 귀족들의 예절을 따라 담소를 나누고 싶은 생각은 없었다. 지금은 아드레이를 한시라도 빨리 보는 것이 중요했다.

"엘레나 신관님? 부단장님을 찾아오신 게 아닙니까?"

아, 이런 말이 나올 줄 알았다. 누군가가 이런 질문을 할까 봐, 그게 메이나드에게 영향을 끼칠까 봐 그동안 아드레이를 찾아 기사단을 방문하지 않았던 것이었다.

"네, 오늘은 로만 경을 보러 왔습니다. 가능할까요?"

한 번 고개를 갸우뚱한 기사는 이내 웃는 얼굴로 대답했다.

"사실 제가 수습 기사들의 신상까지 전부 알지는 못합니다. 평소라면 알 만한 다른 기사를 소개해 드릴 수도 있겠지만, 지금 보시다시피 기사단이 좀 비어 있습니다. 갑자기 비밀 작전에 급하게 차출되는 바람에……."

"비밀 작전이요?"

"예. 얼마나 쉬쉬하는지, 아직 저도 제대로 된 정보를……. 어험, 게다가 요즘은 수습 기사들이 돌아가며 휴가를 가는 기간이기도 하니 영애께서 찾으시는 인물은 기사단에 없을 수도 있습니다. 죄송하지만 다음에 다시 오셔야겠습니다."

"아……."

엘레나는 안타까움을 감추지 못했다. 그녀가 아무 말도 없이 고개를 푹 숙이자 기사는 잠시 머뭇거리더니 인사를 하고 다시 기사단 건물 안으로 사라졌다.

"아가씨, 너무 상심 마시고……."

마리안이 그녀를 다독거리는데, 엘레나가 번쩍 머리를 들며 물었다.

"들어갔죠, 아까 그 사람?"

"그렇습니다만……."

"저 사람이 다시 밖을 내다보기 전에 서둘러야 돼요. 빨리 따라와요!"

마음이 급했다. 남자는 이런저런 말을 했지만 그것이 아드레이가 기사단에 없다는 말은 아니었다.

지난번에 메이나드의 집무실로 걸어 올라갈 때, 수습 기사들이 우르르 몰려나오는 건물을 창밖으로 본 적이 있었다. 기억을 더듬어 그곳을 찾아갈 생각이었다.

날래게 기사단 건물 안쪽으로 들어간 엘레나는 주변을 두리번거리며 살폈다. 다행히 그 기사가 한 말은 진짜였는지 인기척 없이 텅 빈 복도가 그녀를 맞이했다.

발소리도 내지 않고 조용히 움직여야 하는데, 드레스가 이렇게 거추장스러울 수 없었다. 결국 마리안이 정성 들여 다린 고운 드레스 자락이 움켜쥔 한 손에 아무렇게나 구겨졌다.

"헉헉, 다행이다. 아무도 본 사람 없는 것 같아요."

기사단 건물을 반쯤 통과해서 그때 봤던 수습 기사들의 숙소에 몸을 숨긴 그녀가 숨을 몰아쉬었다. 그런 엘레나의 옆에는 마리안과 에즈라도 함께 있었다.

제국의 무력 기관인 황실 기사단에 몰래 숨어들다니! 엘레나에게 휩쓸려 움직이고 만 그들은 황급히 그녀를 말렸다.

"아가씨, 이건 아닌 것 같습니다."

"어쩔 수 없어요. 오늘 레이를 꼭 봐야 한다고요. 제가 지금 좀 막무가내인 건 알지만, 정 그러시다면 두 분이라도 다시 나가 계세요."

"아가씨를 혼자 두고 갈 수는 없습니다. 일단 밖으로 나가서……."

"누구십니까?"

제법 날카로운 목소리에 일행의 어깨가 동시에 크게 움찔했다. 엘레나는 벽에 바짝 붙었던 몸을 똑바로 세우고 반사적으로 웃었다.

"안녕하세요."

"예? 아, 네……."

외부인이 보여서 잔뜩 경계하며 물었는데, 아무렇지 않게 아름다운 미소를 마주한 수습 기사는 적잖게 당황했다.

"이곳이 수습 기사님들의 숙소라고 하던데. 아드레이 폰 로만 경을 찾아 왔어요."

미리 안내를 받은 건가? 어수룩한 수습 기사는 뒷머리를 긁적였다.

"아드레이? 그런 이름은 처음 듣는데요. 로만가의 친척인 사람은 하나 있지만요."

"그럼 혹시 그분을……."

"지금 기사단에 없습니다."

이번에야말로 엘레나의 얼굴에 실망이 가득 찼다.

"휴가에 가신 건가요?"

일반적으로 수습 기사들은 정식 서임을 받은 기사들에 비해 거동이 자유롭지 못하다. 정기 휴가가 아니라면 매일매일 정해진 훈련과 지켜야 할 일과가 있었다. 그렇기에 이런 낮 시간에 그들이 기사단을 떠나는 일은 흔하지 않았다. 때문에 엘레나는 이곳에 오면 아드레이를 만날 수 있을 거라고 생각했던 것이다.

"아뇨, 임무에 투입……."

순간 수습 기사의 얼굴에 '내가 왜 이런 말을 하고 있지.' 하는 표정이 스쳤다. 엘레나에겐 상대방을 무장해제 시키는 무언가가 있었다.

"시간을 내주어서 고맙습니다. 아가씨, 이만 나가시죠."

마리안이 어깨를 축 늘어뜨린 엘레나를 부축해 건물을 나왔다. 다행히 나오는 길에 누군가와 마주치는 일은 없었다. 마침내 기사단에서 벗어나자 마리안과 에즈라는 식겁했던 가슴을 쓸어내렸다.

"아가씨……."

"레이가 여기 없구나."

멍하니 혼자 중얼거리는 목소리에 힘이 하나도 없었다. 이제 한동안 그를 볼 수 없었다. 당장 오늘이 아니면 내일, 그녀는 아버지와 함께 겨울을 나기 위해 윈터힐로 가야 했다.

이대로 포기하고 봄까지 마냥 기다릴 수는 없어. 엘레나의 주먹에 힘이 들어갔다.

"그 수습 기사가 말했던 건 아드레이가 아니라, 로만가의 친척이란 사람이었죠?"

어떻게 해서든 아드레이를 찾을 거야. 찾아서 괜찮은지 확인하고 해야 할 이야기가 많단 말이야. 그날은 도대체 무슨 일이 있었던 것인지, 아버지의 제안대로 윈터힐로 가는 것은 어떤지.

"보고 싶어."

그리고 무엇보다 그가 그리웠다. 누군가는 자존심도 없냐고 물을 수도 있겠지만, 적어도 아드레이에 대한 일에 자존심을 세우는 것은 무의미하게 느껴졌다.

내원에서 그와 다투고 난 뒤엔 잠시 화가 나기도 했다. 하지만 그런 마음은 금방 사라져 버렸다. 지금은 그저 그가 걱정이 될 뿐이었다.

"마리안, 수소문을 해 줄 사람들을 알고 있다고 했죠?"

그녀의 질문에 마리안이 서둘러 고개를 끄덕였다.

"그럼 그 전에 마지막으로 확인할 곳이 있어요."

의미심장한 말을 한 엘레나가 다시 성큼성큼 발걸음을 옮겼다. 먼저 앞질러 나가는 그녀의 뒤를 깜짝 놀라 따라가며 에즈라가 조심스럽게 물었다.

"어, 어디로 가시는 겁니까?"

"제가 지금 두 분을 막 설득할 시간이 없거든요. 그러니까…… 엄마야!"

길을 따라서 돌아갈 시간도 아까워 풀숲을 헤치며 걷다가 엘레나는 거의 넘어질 뻔했다. 깜짝 놀란 마리안이 그녀를 부축했지만, 금방 그 손길마저도 떨쳐 낸 그녀는 걸음을 더욱 빨리했다.

"그러니까 중간에 제가 멈추라고 하면 멈춰서 기다리세요. 어서 가서 확인하고 거기 없으면 수소문을 해야 하니까요."

에즈라는 무언가 말하려다 입을 다물었다. 호위로서 그녀의 곁에서 떨어지는 일은 있을 수 없었다. 그러나 지금 엘레나의 앞을 가로막아서는 안될 것 같았다. 안위를 지키는 일과 영애의 의지에 최대한 협력하는 것, 그는 두 길을 놓고 저울질을 했다.

에즈라에겐 다행히도 엘레나가 그의 시야를 크게 벗어나는 일은 일어나지 않았다. 그녀의 뒤를 따라 긴 숲길을 따라 걷다 보니 인적이 없는 아름다운 궁이 나왔다. 엘레나는 마리안과 에즈라를 그 숲길의 끝에 서서 기다리게 했다.

"잠깐 다녀올게요. 혹시 모르니까."

이미 그녀의 얼굴은 암울했다. 항상 두 사람이 만나던 그 자리는 텅 비어 있었다. 여기서도 내원에 그가 없다는 것이 보였다.

엘레나는 터덜터덜 걸어가 언제나 아드레이가 앉아 있던 자리를 바라보며 섰다.

"이렇게 헤어지는 건 말도 안 돼."

감정이 울컥하고 치밀어 올랐다. 아직 누구도 헤어짐을 말하지는 않았지만, 엘레나는 그게 두려웠다.

언제고 쉽게 전화를 하고 메시지를 주고받던 현대와는 전혀 다른 세계였다. 이런 일들이 벌어질 것을 생각도 못했다. 새벽의 궁에서 살면서 며칠에 한 번씩 그를 만나는 날들이 계속될 줄 알았다.

"바보같이."

마지막으로 텅 빈 회랑을 한 번 본 엘레나는 마리안과 에즈라가 기다리는 숲길로 다시 돌아와야 했다.

"이만 가요. 아버지가 기다리시겠어요."

"저, 아가씨."

에즈라가 긴장된 목소리로 물었다.

"방금 다녀오신 곳이, 설마 내원입니까?"

"네……."

"헙!"

깜짝 놀라 터져 나오려는 소리를 한 손으로 틀어막은 에즈라가 마리안과 불안한 눈빛을 교환했다. 사사로이 내원에 출입하시다니. 아가씨가 굉장히 익숙해 보였기에 충격이 더욱 컸다.

게다가 아무리 주인이 없이 빈 건물이라고는 하지만 어째서 이렇게 경비 인원이 전무한 것이고, 여기서 그 수습 기사를 찾으신 이유는 무엇일까.

묻고 싶은 질문이 산더미 같았지만 마리안은 말없이 고개를 저어 보였다. 누군가에게 발각된 것도 아니었고, 지금은 엘레나에게 시간을 줄 때라고 판단한 것이다.

마침내 그들을 기다리고 있던 윈터힐의 마차 앞에 선 엘레나가 마리안에게 말했다.

"메리, 미안하지만 부탁 좀 할게요. 시간이 너무 모자라긴 하지만 일단 시도라도 해 주세요."

"예, 아가씨."

"조금 지쳐서……. 안에 들어가서 아버지를 기다릴까요."

엘레나는 희게 질려 있었다. 그녀가 상심한 정도가 생각보다 심각하다는 것을 깨달은 마리안과 에즈라의 얼굴이 굳었다.

에즈라는 심통이 났다. 도대체 얼마나 대단한 자이길래 아가씨의 마음을 이 정도로 괴롭히는 것인지. 저가 더 답답해서 한숨을 푹 쉰 에즈라가 마리안에게 말했다.

"황제궁으로 가서 잠시 상황을 살피고 오겠습니다. 지금쯤이면 알현이 거의 끝나 갈 테니까요."

"그렇게 하세요."

이곳은 황궁 한가운데의 대로였고 지척에 황궁 경비대도 있었다. 에즈라가 잠시 자리를 비운다고 해서 큰일이 일어나지는 않을 거라고 마리안은 판단했다.

마차를 끌고 온 말 중 한 마리를 풀어 안장을 얹은 에즈라는 저 멀리 정면으로 보이는 황제궁으로 말을 몰아가기 시작했다. 엘레나와 마리안은 마차 안으로 들어가 바람을 피했다.

"아마 이대로 아드레이를 보지 못하겠죠? 윈터힐에서 편지를 보낼 수 있을까요?"

이제 저택으로 돌아가자마자 윈터힐로 떠나는 바쁜 일정이 그들을 기다렸다. 그에게 편지를 쓸 짬을 낼 수 없을 것 같았다.

"그럼요, 아가씨."

"이대로 연락이 끊어지지는 않겠죠? 봄이 돼서 바로 아발론으로 돌아오면 괜찮겠죠?"

"……그럴 겁니다."

마리안은 씁쓸한 얼굴로 대답했지만, 고개를 숙인 엘레나는 미처 그녀의 표정을 보지 못했다. 봄이 오기 전에 거사가 시작될 것이다. 그 모든 것이 마무리되기 전에 윈터힐의 영애는 아발론에 발을 들이지 못할 것이다.

똑똑.

갑작스레 들려온 마차 문을 두드리는 소리에 마리안이 바짝 경계 태세를 취했다. 그녀는 드레스 자락 사이에 숨겨 놓았던 호신용 단검에 손을 올리고 창문의 커튼을 살짝 들어 밖을 확인했다.

"왜 그래요? 누군데요?"

마리안이 의외의 인물에 살짝 놀라는 것을 본 엘레나가 물었다.

"프란시스 남작 영애입니다."

"로잘린느요?"

"예. 만나 보시겠습니까?"

"으음, 글쎄요."

엘레나는 잠시 고민했다. 밖에서 문을 두드리고 있기는 하지만, 열어 주지 않으면 그만이다. 어제 블룸버그 백작가 연회에서의 일도 있고 지금 이런 기분으로 로잘린느까지 마주하고 싶지는 않았다.

쾅쾅쾅!

"안에 있는 거 아니까 이 문 좀 열어 봐요!"

다급한 목소리였다. 뭔가 심상치 않았다. 눈을 동그랗게 뜬 엘레나가 고개를 끄덕이자 마리안이 마차 문을 열었다. 문 앞에는 찡그린 얼굴로 숨을 몰아쉬는 로잘린느가 서 있었다.

황제의 알현실은 여전히 소름 끼치도록 조용했다. 숨소리 하나, 옷자락 스치는 소리 하나도 소음으로 여겨질 정도였다.

광활하도록 넓은 공간에 특별한 마법이라도 걸려 있는 것일까. 윈터힐 백작은 못마땅하게 그 공간을 둘러보았다.

지난번과 같은 긴장감은 없었다. 그때처럼 짧은 알현이 될 것이라고 예상했다.

당장 20년 만에 아발론을 방문해 젊은 황제를 처음으로 알현했던 자리에서도 대화는 길지 않았다. 게다가 바크란 1세는 그리 수다 떨기 좋아하는 군주도 아니었다.

반역에 대해서 황제가 알고 있을 수도 있다는 의심 때문에 잔뜩 긴장했던 지난번과는 여러모로 달랐다. 높고 화려한 천장을 가득 채운 미세한 장식과 그림을 올려다보는 윈터힐 백작의 태도에선 여유로움까지 묻어났다.

아니, 적어도 그렇게 보이려 노력했다. 그렇게 하지 않으면 또다시 알현실과 황좌를 가르고 있는 두꺼운 휘장을 노려보게 될 테니 말이다.

고개를 돌려 불투명한 좁은 창을 통해 들어오는 빛을 보며 백작이 주변을 살폈다. 혹시나 하는 노파심에서였다.

지난번과 다른 것은 없었다. 일상적인 경비 병력, 그 이상도 그 이하도 아니었다. 정말 황제는 아무것도 모르는 것이다.

"폐하께서 드십니다."

시종장인 휴고가 일러 주는 소리와 동시에 무거운 발걸음 소리가 알현실을 울렸다. 꿈틀, 윈터힐 백작의 얼굴 근육이 한차례 경련을 일으켰다.

'이 빌어먹을 휘장은 이번에도 치우지 않겠다는 것이군.'

윈터힐 가문에 대한 모욕에 울컥하고 분노가 치솟는 와중에 백작은 그런 자신의 자존심을 비웃었다.

이차피 얼마 뒤면 자신의 손으로 엎어 버릴 황가였다. 황실의 알량한 호의와 인정은 아무짝에도 쓸모없었다. 다만 그들은 이 모욕과 분노를 돌려받게 될 것이다.

"윈터힐의 가주 체이서 폰 윈터힐이 제국의 태양, 제국의 기둥, 황제 폐하를 뵙습니다."

"다시 보게 되었군."

굳이 재차 알현하게 한 것은 다른 누구도 아닌 황제가 아니었던가. 조롱하는 듯한 말에 백작은 일그러지는 얼굴을 감추려 더욱 고개를 숙였다.

"윈터힐 백작."

낮은 목소리가 백작을 불렀다.

"예, 폐하."

"좋은 소식이 있다 들었다."

백작은 아무런 대답을 하지 않았다.

"명을 달리 한 줄 알았던 여식과 재회를 하게 되었다고 하더군."

엘레나에 대한 일이 황제에게까지 흘러들어 갔으리라 짐작은 했지만 불쾌했다. 가장 약한 부분, 상처를 들킨 듯한 위기감은 어쩔 수 없었다.

"모두 폐하의 은혜입니다."

"그대의 여식이 나도 알고 있는 인물인가."

"그렇습니다. 리바이 공작 전하의 신학 교사인 엘레나 신관입니다."

이미 모두 알고 있음에도 재차 캐묻는 그 의중은 무엇인가. 단순한 호기심이라고 하기엔 젊은 황제의 목소리가 무거웠다. 마치 믿고 싶지 않은 사실을 몇 번이고 확인하는 것처럼.

"그런가."

마치 이를 악문 듯 휘장 너머에서 들려오는 목소리가 탁했다. 윈터힐 백작은 저도 모르게 고개를 들어 정면을 올려다봤다.

그는 불투명한 휘장 너머의 황제의 기척을 가늠해 보려 했다. 어째서 황제가 엘레나의 이야기에 저런 반응을 보이는 것인가. 무언가 맞지 않았다.

"정말로 그대의 딸이 엘레나란 말이지."

핑 하는 소리와 함께 무언가가 백작에게 경고를 보내왔다. 그때였다. 한쪽에 조용히 서 있던 휴고 시종장이 길게 내려진 줄을 당기기 시작한 것은.

드륵, 드륵 하는 소리와 함께 빈틈없이 내려져 있던 휘장이 조금씩 접혀 올라갔다. 당황한 윈터힐 백작은 시선을 다른 곳으로 돌릴 생각도 하지 못했다. 눈을 황좌에 고정한 채로 조금씩 드러나는 황제의 모습을 응시했다.

의자에 앉아 있는 몸과 팔걸이를 잡고 있는 크고 사내다운 손이 차례대로 보였다.

황제는 온통 검은색 일색이었다. 선대가 대대로 그들의 부와 권력을 한눈에 볼 수 있는 화려한 의상을 입었던 것과는 판이했다. 검은 신발과 검은 옷, 그리고 두르고 있는 망토마저 검었다.

그리고 마침내 젊은 황제가 눈부신 금발이 아닌 밤하늘과 같은 먹빛의 머리칼을 가지고 있다는 것을 깨달은 순간, 윈터힐 백작은 눈을 가늘게 떴다.

"분명 일전에 어디선가……."

무표정한 얼굴로 커다란 황좌를 차지하고 앉아 있는 이. 타고난 적통과 제국의 모든 것을 가진 이에게서만 볼 수 있는 오만함. 아름다움과 강함을 동시에 가지고 있는 얼굴이 눈에 익었다.

도대체 어디서, 바크란 1세를 어디서 만났던가. 백작이 기억해 내려 안간힘을 쓰고 있을 때였다.

훌쩍 황좌에서 일어난 황제가 백작에게로 다가왔다. 뚜벅뚜벅 다가오는 걸음걸이에 백작의 시선이 꽂혔다. 그리고 아드레이가 채 세 번째 발자국을 떼기도 전에 백작이 두 눈을 부릅떴다.

"그, 그대는……!"

분명히 그자였다. 엘레나가 처음으로 윈터힐 저택을 방문했던 날, 그녀의 뒤를 지키고 있던 그 수상한 자. 젊은 나이에도 무슨 수를 썼는지 기세를 감쪽같이 갈무리하고 있어 경계했던 그자.

그래, 그자도 온통 검은색을 두르고 있었다. 그리고 엘레나의 명랑한 목소리가 머리를 스쳤다.

—사실 아버지께선 레이를 한 번 보신 적이 있어요.

—내가?

—네. 전에 제가 돈을 돌려드리러 왔을 때요. 그때 저와 동행했던 사람이 바로 레이예요.

숨을 쉬는 것조차 잊었다. 경악으로 힘없이 벌어진 입에서 꽉 막힌 신음과 같은 한 단어가 흘러나왔다.

"레이."

조금 전까지 딸아이가 그토록 애타게 찾던 그자.

"……아드레이."

아드레이가 백작 바로 앞에 섰다. 가까이서 보니 더욱 거대하고 강대한 위압감이 백작을 짓눌렀다. 굳게 닫혀 있던 입술이 열리며 차가운 목소리가 말했다.

"백작에게 내 이름을 허락한 기억은 없는데."

헉, 백작은 급하게 헛숨을 들이켰다. 쿵쿵하고 불안하게 가슴뼈를 진동시키는 박동에 숨이 가빠 왔다.

정말로 그자다. 엘레나의 연인이라던 아드레이. 그자가 바로 바크란 1세였다.

이윽고 백작의 얼굴에서 혈색이 빠져나가기 시작했다. 엘레나는 분명 그자를 황실 기사단의 수습 기사라고 말했다. 그게 거짓말일 리가 없었다. 그렇다면 이것은 황제가 의도적으로 자신의 정체를 숨겨 왔다는 말이었다.

"우린 구면이지. 날 기억하는 것 같군."

'설마 일부러 접근한 것인가.'

아드득, 백작이 이를 가는 소리가 선명하게 울렸다.

'하지만 어떻게.'

황제가 엘레나를 이용했을지도 모른다는 생각에 분노했지만, 이해가 되지 않았다. 백작은 엘레나에 대한 모든 것을 비밀에 부쳤다. 그레이 경을 제외한 다른 윈터힐의 늑대들조차 알게 된 지 얼마 지나지 않았을 정도로 신중에 신중을 기했다.

그런데 황제가 어떻게 엘레나에 대한 정보를 얻게 된 것인가. 그리고 그 이유는 무엇인가.

"위장을 하고 귀족들을 염탐하는 취미가 있으신 줄은 몰랐습니다."

"염탐. 염탐이라."

읊조리는 아드레이의 눈빛이 흉흉하게 빛났다.

"내가 그대들을 염탐해야 할 이유라도 있나?"

백작은 대답하지 않았다. 대신 주먹을 말아 쥐었다. 뭔가 잘못되었다.

"꿇려라."

조용한 한 마디였다. 그 말이 떨어지자마자 닫혀 있던 알현실의 문이 쾅 소리를 내며 열렸다.

가장 선두에 들어온 것은 메이나드와 뒤를 따르는 다섯의 기사들이었다. 저벅저벅, 무거운 철제 갑옷이 바닥과 부딪치는 소리를 내며 다가온 이들의 손이 백작의 어깨를 무자비하게 내리눌렀다. 쿵, 커다란 소리와 함께 무릎이 땅을 울렸다.

"놔라!"

윈터힐 백작이 약간의 저항을 해 봤지만 부질없었다. 백작의 실력을 상위하는 이들이 팔과 어깨를 봉하고 목에 날 선 검을 들이댔다.

"크윽!"

기사들의 무자비한 힘에 팔과 다리가 금방이라도 부서질 듯했다. 고통에 일그러진 백작의 얼굴에 의문이 스쳤다. 분명히 조금 전까지만 해도 이렇게 강한 기사들의 기척은 느껴지지 않았다.

"알현실에선 밖의 동향을 자세히 감지하기가 어렵도록 설계되어 있지. 이곳에 선 자들은 꼭 한 번씩 그대처럼 황제의 의중을 떠보곤 하니까 말이야."

비릿한 아드레이의 목소리가 설명했다.

"우습지 않나? 죄가 없다면 두려워할 일도 없을 것을."

무릎 꿇린 백작 앞에 아드레이의 검은 신발이 멈춰 섰다.

"어째서 이런 모욕을 하십니까!"

백작의 저항이 거칠었다. 그러나 그런 백작을 내려다보는 눈빛에

선 일말의 감정도 엿보이지 않았다. 살을 에어 낼 듯한 차가운 분노 외에는.

"체인 산맥."

끝없이 구속에서 벗어나려 하는 백작의 모든 움직임을 멈추게 하는 것은 단 한 단어면 족했다. 그러나 아드레이는 거기서 멈추지 않았다.

"베르너 가문과 서부 연합."

경악으로 크게 떠진 눈이 아드레이를 올려다봤다. 모두 알고 있었다. 황제는 모두 알고 있었다. 그동안 어떠한 움직임도 보이지 않았던 황제가 모든 것을 꿰뚫고 있었다. 그것을 깨달은 순간 온몸에 소름이 돋았다.

"언제…… 언제부터 알고 있었소."

쇠가 끓는 듯한 질문에 아드레이는 대답하지 않았다. 그러나 윈터힐 백작은 눈을 질끈 감았다.

전쟁이 그리워 정치의 따분함에 일선에서 한 발짝 물러나 나태해졌다는 소문은 모두 거짓이었다. 황제는 사냥의 흥분으로 헐떡이는 그런 짐승이 아니었다. 그는 풀숲에 몸을 낮추고 때를 기다려 온 사냥꾼이었다.

"체이서 폰 윈터힐, 그대는 대이페른 제국의 황가로부터 백작으로 봉작받은 은혜와 그에 따르는 숭고한 의무를 망각하고 반역을 도모했다."

선고가 내려졌다.

"이는 오로지 피와 생명으로 갚을 수 있는 중죄."

"안 돼……. 안 돼!"

백작 하나로만 끝나지 않을 것이다. 주인이 지은 죄는 수많은 이들이 나눠지게 될 것이다. 윈터힐의 성을 가진 모두와 가문에 충성을 맹세했던 봉신들을 모두 없애겠다는 말이었다.

"폐하……."

황명을 수행하며 줄곧 무표정을 유지하던 메이나드도 이번만큼은 떨리는 목소리로 아드레이를 불렀다. 윈터힐의 이름을 가진 것은 엘레나도 마찬가지였다.

그러나 아드레이는 계속해서 절대자로서 죄인에 대한 판결을 내릴 뿐이었다.

"제국의 지도 위에서 윈터힐의 이름은 지워져야 할 것이다."

"크으윽!"

백작을 잡고 있던 기사들의 몸이 한차례 크게 흔들렸다. 백작의 필사적인 몸부림 때문이었다.

결박을 풀고 엘레나에게 달려가야 한다. 태양의 궁 밖에서 기다리고 있을 윈터힐의 기사들에게 전력을 다해 도망쳐 목숨을 보전하라 명령해야 한다. 백작의 얼굴이 검붉게 충혈되고 목과 이마에 핏대가 솟았다.

"그러나 그대에게 마지막 기회를 주지."

부들부들 떨리던 백작의 움직임이 멈췄다. 실핏줄이 터져 붉어진 눈이 아드레이를 올려다봤다.

"……기회?"

여전히 돌로 만들어 낸 조각상처럼 아무런 감정이 비치지 않는 얼굴이었지만, 조금 전과는 미묘하게 달랐다. 아드레이의 굳은 입술이 열렸다.

"군대를 돌려라. 나를 향했던 윈터힐의 군대를 저들에게로 겨눠라. 그렇다면 목숨만은 부지하게 해 주겠다."

백작은 금방이라도 자신의 살갗을 뚫고 들어올 듯한 차가운 검날을 내려다봤다. 이대로 저 기사가 검을 푹 찔러 넣으면 끝이었다. 그대로 기도에 바람구멍이 나고 자신의 피에 질식해 죽을 것이다.

자신의 죽음을 시작으로 황제에게 반역한 죄를 물으면 그뿐이었다. 그런데 지금 황제는 마지막 기회를 운운하고 있었다.

"날 동정하는 것인가."

입 안에 비릿한 피 맛이 돌았다. 복수하고자 했던 대상의 앞에 무릎이 꿇린 채 동정받고 있다는 사실에 욕지기가 치밀었다.

"감히 짐에게 반기를 들었던 죄인 따위를 내가 동정할 것 같나."

아드레이의 어마어마한 기운이 윈터힐 백작의 어깨와 온몸을 짓눌렀다. 팔과 다리를 잡고 있던 기사들도 손을 놓쳐 버렸다.

점점 바닥으로 엎드리게 되어 치욕스러웠다. 구속에서 풀려난 두 손으로 몸을 지탱해 이를 악물고 버텨 보려 했지만, 어림도 없었다. 결국 백작의 코끝이 땅에 닿으려 했을 때였다.

"엘레나."

아드레이가 그 이름을 입 밖에 냄과 동시에 윈터힐 백작을 찍어 내리던 모든 힘이 거짓말같이 사라졌다.

"허억, 허억!"

쿨럭거리며 가쁜 숨을 쉬는 백작에게 아드레이는 말했다.

"짐은 엘레나를 저버릴 수 없다."

"엘레나? 엘레나를 진심으로 사랑하기라도 한단 말이오?"

내 뒤를 캐기 위해 엘레나에게 의도적으로 접근한 것이 아니었단 말인가.

"내가 지금 이 자리에서 역모의 죄를 물어 그대를 참수한다면, 내 손으로 그녀의 하나뿐인 가족을 죽이는 것이 되겠지."

아드레이는 오랜 시간 고민했다. 돌이킬 수 없는 죄를 지은 윈터힐 백작을 어찌해야 할지를.

—나는 엘레나 폰 윈터힐로 살아갈 거예요.

그녀는 당당하고 곧은 어깨로 그렇게 말했다. 그는 그런 그녀를 사랑하지 않을 수 없었다. 그 순간부터 이미 고민의 해답은 단 한 가지였으리라.

"그러니 군대를 돌려라, 윈터힐 백작."

이미 윈터힐의 사람이 된 엘레나를 살리고, 그녀의 아버지를 죽이지 않는 방법은 이 길뿐이었다.

아드레이는 자신이 모든 것을 알고 있다는 것을 백작에게 보여 줬다. 이미 그들에겐 승산이 없음을 알려 준 것이다. 계획대로 잡아들이기만 하면 되는 상황에서 지금 그가 백작에게 군사를 돌릴 기회를 주는 것은 오로지 자비였다. 이대로 감읍하며 목숨을 부지하는 것에 안도해야 할 것이었다.

그러나 고개 숙인 백작에게서 흘러나온 말은 전혀 뜻밖이었다.

"그렇다면 윈터힐은, 윈터힐은 어떻게 되는 것이오."

"정신 차리시오, 백작! 폐하께선 감히 반역을 꾀한 그대에게 구명줄을 내려 주고 계시는 겁니다!"

메이나드가 발끈해 외쳤다. 입 안이 타들어 가는 것 같았다. 이대로 반란의 화마에 휘말리는 엘레나를 구할 수 없게 될까 너무나 두려웠다.

"알고 있소. 그러나 또한 황제께선 절대 엘레나를 해할 수 없다는 것도 알고 있지."

"백작!"

윈터힐 백작은 지금 자신의 목숨을 걸고 도박을 하고 있었다.

"내가 어떤 대답을 내어놓든 엘레나는 살 것이오. 윈터힐의 이름은 잃을지언정, 그 아이가 죽게 내버려 두지 않겠지."

스스로에 대한 경멸로 윈터힐 백작의 얼굴이 형편없이 일그러졌다.

"그러나 나에겐 지켜야 하는 수천의 병사들과 수만의 영지민들이 있소."

절절한 말이었지만 아드레이는 차가운 비소를 지을 뿐이었다.

"입에 발린 말을 하기엔 너무 늦었다고 생각하지 않나, 백작. 그런 걱정은 감히 짐의 백성을 그대의 욕심 때문에 사선으로 보내기 전에 했었어야 했다."

"나도…… 나도 잘 알고 있소. 그러니 잘 아실 것이오. 그들의 잘못은 이 어리석은 나를 따른 죄뿐이란 것을."

말을 마저 잇기 전, 윈터힐 백작은 눈을 질끈 감았다. 자신을 보고 해맑게 웃던 딸아이의 얼굴이 떠올랐다. 미안하다, 엘레나.

"조금 전 말씀하셨소. 나를 죽이면, 엘레나의 하나뿐인 혈육을 죽이는 것이라고."

엘레나에 대한 아드레이의 애정을 빌미로 비겁한 거래를 하고자 했다.

"군대를 돌리면 나와 엘레나뿐만이 아닌, 윈터힐 전체의 안위를 보장해 주시오."

"그대, 선을 넘는군."

백작의 작태에 아드레이가 낮은 목소리로 경고했다. 그러나 백작은 치욕으로 온몸을 부들부들 떨면서도, 손바닥을 파고들어 간 손톱에서 피를 뚝뚝 흘리면서도 뜻을 굽히지 않았다. 굳은 얼굴로 그런 백작을 잠시간 내려다보던 아드레이가 메이나드에게 명했다.

"태양궁 밖에 있는 윈터힐의 기사들을 이곳으로 끌고 와라. 아무도 모르게."

"예, 폐하!"

"백작의 옆에 꿇려 놓고 그들을 철저히 감시해라."

"명을 받들겠습니다, 폐하!"

그렇게 말하고 돌아서는 아드레이의 등에 대고 백작이 큰 목소리로 외쳤다.

"그들은 아무 죄가 없다고 말했잖소! 기사들을 놔주시오! 황제!"

그러나 망토를 펄럭이며 멀어지는 아드레이는 아무런 대답을 하지 않았다.

✦ ─── ✦ ─── ✦

아직 불을 켜지 않아 어둑한 방 안, 연회를 위해 신었던 아름답지만 불편한 구두를 거칠게 벗어 내던 로잘린느는 눈물을 뚝 떨궜다. 분하고 서러웠다.

혼신의 힘을 다해 준비한 블룸버그 백작가의 연회였다. 머리끝부터 발끝까지 공을 들이지 않은 구석이 없었다. 가장 아름다운 모습으로 베르너 후작의 배필로 인정받고 싶었다. 그런데 이 모든 것을 엘레나가 망쳐 놨다.

"그 계집……. 그 계집만 없었으면……."

어깨를 부들부들 떨며 독설을 뱉어 내던 로잘린느는 별안간 문이 열리는 소리에 화들짝 놀라 뒤를 돌아봤다. 흔들리는 눈동자에 두려움이 가득했다.

"누, 누구세요?"

"프란시스 영애."

"도대체 누구죠? 비명을 질러 사람을 부르기 전에 당장 나가요!"

커튼 뒤에 몸을 숨기고 금방이라도 소리를 칠 준비를 하는 그녀의 손이 덜덜 떨렸다.

"베르너 공께서 보내셨습니다."

"베, 베르너 공께서……?"

그러고 보니 빛이 드는 곳으로 걸어 나온 음침한 남자의 얼굴이 조금 낯이 익었다.

"아, 지난번 새벽의 궁에서……."

기억이 나는 것도 같았다. 로잘린느는 경계를 늦추고 숨어 있던 커튼 뒤에서 나왔다. 공포가 가득 찼던 눈에는 어느새 궁금증이 일었다.

"베르너 공께서 직접 사람을 보내시다니. 무슨 일이죠?"

"먼저 이런 시간에 인편으로 말을 전하는 것에 사과한다는 말씀을 전하셨습니다."

"필시 무언가 사정이 있으시겠죠. 이해합니다."

로잘린느는 예의 바르게 손님을 작은 테이블 쪽으로 안내했다. 얼른 방에 불을 밝히는 것도 잊지 않았다.

밝아진 조명 아래에서 새삼 느낀 것은 남자가 꽤나 준수한 외모를 하고 있다는 점이었다. 특유의 음습한 분위기는 여전히 꺼림칙했지만, 베르너 공의 사람이라는 사실 하나만으로도 경계심은 사라진 지 오래였다.

"혹시 혼담 때문에 오신 것인가요?"

로잘린느는 일말의 기대감마저 비쳤다. 아버지가 베르너가에 계속해서 머물고 있음에도 불구하고 지지부진한 혼담을 마침내 진행시키려는 것인가 하는 생각이었다.

"그것이 아니라면……."

그러나 동시에 불안하기도 했다. 이미 며칠 전부터 소문이 돌기 시작했고, 조금 전 연회에서 엘레나는 공식적으로 북부의 대귀족인 윈터힐의 영애가 되었다.

로잘린느는 베르너 공이 이대로 르니에와 엘레나의 혼사를 진행할까 봐 겁이 났다. 그동안 자신이 노력해 온 모든 것이 물거품이 될 것 같았다.

"영애가 짐작한 대로입니다."

"아, 역시……."

로잘린느가 작게 휘청였다. 이제 정말 다 끝이다. 커다란 눈에 순식간에 눈물이 고였다.

바로 손만 뻗으면 잡힐 것이라고 생각했는데. 베르너 후작 부인이 되어 지긋지긋한 가난도 끝내고, 그동안 자신을 무시했던 이들에게 보란 듯이 복수할 수 있을 거라고 생각했는데.

"그것이 베르너 공의 뜻이라면, 받아들이겠습니다."

그녀는 무력했다. 지위가 높은 귀족들의 혼사가 으레 그러하니, 르니에 본인을 잡을 수 없다면 결정권을 가진 그 부모를 설득하면 될 줄 알았다. 그리고 분명히 잘 진행되고 있었다. 분명히.

"엘레나, 그 여자 때문이겠죠."

이 모든 일의 원흉. 로잘린느의 잘 정리된 손톱이 손바닥을 아프게 파고들었다.

"베르너 공께선 영애에게 마지막 기회를 주겠다 하셨습니다."

"마지막 기회……?"

"먼저 혼담이 오가고 있던 프란시스 남작가에 대한 신의를 버릴 수 없으니, 공의 부탁 한 가지를 들어준다면 계속해서 이야기를 진행시켜 보겠다는 전언이었습니다."

잠시 멍한 기색이던 로잘린느가 자리에서 벌떡 일어났다.

"할게요! 하겠습니다!"

무슨 부탁인지 물을 만한 이성도 남아 있지 않았다. 무조건 부탁을 들어주겠다 나서는 그녀를 케인은 묘하게 바라봤다.

"그리 어려운 부탁은 아닙니다."

"아아, 베르너 공께서 선의를 베푸시는군요!"

겨우 그런 부탁에 혼담이라니. 로잘린느는 감격하여 울먹였다.

"제가 무슨 일을 하면 될까요?"

상대방이 나에게 호의를 가졌다는 믿음은 매우 많은 진실을 보지 못하게 한다. 윈터힐 백작가의 문양이 선명하게 박힌 마차의 문을 두드리며, 로잘린느는 조금씩 고개를 드는 뒤늦은 의구심에 몸을 떨었다.

반쯤 홀려 이곳까지 왔지만, 조금 이상했다. 베르너 공은 어째서 그런 말을 엘레나에게 전하라는 것일까. 불길한 예감이 등줄기를 타고 내렸다. 그러나 이미 마차의 문을 두드린 뒤였다.

그래, 이 여자가 어떻게 되든 나와 무슨 상관이야. 차라리 이 기회에 엘레나를 치워 버릴 수 있다면 오히려 반길 일이었다. 로잘린느는 그렇게 마음을 먹고 문을 재차 세게 두드렸다.

쾅쾅쾅!

분명히 조금 전 이 안으로 들어가는 것을 봤는데, 아무런 응답이 없자 불쑥 화가 치밀었다. 이제는 하다못해 신관 따위도 자신을 무시하는 것인가 싶어 울컥했다.

"안에 있는 거 아니까 이 문 좀 열어 봐요!"

커다란 목소리가 효과가 있었는지, 잠잠하던 마차의 문이 열렸다.

"프란시스 영애?"

토끼 눈을 한 엘레나의 모습이 보이고, 그 순간 로잘린느는 남아 있던 망설임이 한순간 싹 사라지는 것을 느꼈다. 머리끝부터 발끝까지 자신은 가질 수 없는 아름답고 비싼 것들로 치장한 엘레나가 혐오스러웠다. 어울리지 않고 과분했다.

일단 마음이 서자 다급한 척 꾸며 내는 것은 간단했다.

"리바이 공작 전하가 위급하다고 해요! 잠시 교외로 외유를 나가 말을 타시다가 예의 그 광증을 보이며 낙마하셨다는 서신을 받았는데, 윈터힐 영애의 도움이 필요한 상황 같아요!"

더 그럴듯하게 들리도록 베르너 공이 부탁한 말에 조금 살을 붙였다.

"고, 공작 전하께서요?"

엘레나의 목소리가 떨렸다. 로잘린느의 예상대로였다. 리바이 공작이라면 죽고 못 사는 그녀는 자신의 말을 의심할 생각도 하지 않는 것 같았다.

"네! 내가 마차를 준비해 놓았으니 어서 나와요!"

얼굴이 하얗게 질린 엘레나가 그 말에 따라나서는데 타인의 목소리가 하나 끼어들었다.

"리바이 공작 전하께 일이 생긴 것은 어찌 아셨습니까? 게다가 마차라면 지금 타고 있는 이 마차도 있습니다. 굳이 다른 마차를 타실 이유가 없습니다, 아가씨."

티토가 아프다는 말에 정신이 홀랑 날아가 버린 엘레나와는 달리, 마리안은 이성적으로 이 상황을 판단했다.

"전령이 착각을 한 것인지 엘레나 신관이 아닌 나를 찾아왔어요. 나는 말을 전하는 것뿐이라고요!"

날카로운 눈으로 자신을 바라보는 마리안을 향해 남몰래 혀를 찬 로잘린느는 답답하다는 가슴을 치며 되레 큰소리를 냈다.

"블룸버그가에 부탁해 말을 타고 온 전령이 직접 마차를 몰 수 있게 조치해 두었어요. 그래야 그곳을 더욱 빨리 찾아갈 테니까요!"

틀린 말은 아니었다. 마리안은 여전히 탐탁지 않아 했지만, 엘레나는 이 순간에도 고통스러워하고 있을 티토를 생각하니 애가 타 발을 동동 굴렀다.

"메리, 빨리 가야 해요."

"하지만 아가씨……."

"일정이 촉박한 것은 알아요. 하지만 레이를 찾으려고 비워 뒀던 시간이 있으니까……. 서둘러 돌아오면 될 거예요."

시간보다는 로잘린느가 더 마음에 걸리는 마리안이었지만 엘레나가 워낙 간절해 마지못해 고개를 끄덕였다. 로잘린느가 준비해 온 마차는 바로 지근거리에 있었다.

"아가씨, 킹슬리 경이 아직 돌아오지 않았습니다. 금방 돌아올 테니 조금 기다리는 편이 좋겠습니다."

조금 전, 에즈라는 태양의 궁에 다녀오겠다며 자리를 비운 참이었다.

"돌아왔는데 아가씨와 제가 있지 않으면 많이 걱정할 겁니다."

마리안의 말에 엘레나가 머뭇거리자 로잘린느가 얼른 말을 보탰다.

"내가 여기에 서 있다가 영애의 행방을 전해 주도록 하죠. 이럴 시간이 없어요. 빨리 가야 한다고요!"

베르너 공의 수하는 엘레나 혼자만 마차에 태워야 한다고 했다. 어쩌다 보니 엘레나의 시녀도 함께 동승하게 되었지만 여자 하나 정도는 괜찮을지 몰랐다. 그러나 기사는 안 될 말이었다.

"고마워요! 어서 타요, 메리!"

엘레나는 어느새 마차 안에 앉아 있었다. 너무나 갑작스럽고 급박하게 돌아가는 상황에 고운 눈썹을 찌푸리면서도 마리안은 엘레나의 말에 따랐다.

뒤따라 마차에 탄 마리안이 닫히는 문틈 사이로 로잘린느에게 차가운 눈빛을 쏘았다. 흠칫, 서늘한 기운에 로잘린느는 소름이 돋는 것 같았지만 애써 아무렇지 않은 척 표정을 가다듬었다.

기다렸다는 듯 마부의 호령 소리와 함께 마차가 빠르게 출발했다. 궁내에서 달리기엔 조금 빠른 속도에 황궁 경비 대원 몇이 마차를 바라봤지만 별다른 조치는 취하지 않았다.

마침내 마차가 무사히 황궁 문을 빠져나가는 것을 본 로잘린느는 속이 시원해 웃었다.

"같이 간 시녀가 마음에 걸리기는 하지만……."

그러나 어깨를 으쓱했다. 아무런 힘도 없는 시녀 하나가 무슨 큰 문제가 될까. 베르너 공의 부탁을 들어주었으니 이제 백작가로 돌아가 좋은 소식을 기다리는 것만 남았다.

혹시 자신이 저들과 함께 있는 것을 유의 깊게 살펴보는 사람이 있을까 싶어 주변을 둘러보았다. 다행히 한낮의 여유에 경비대원들은 꾸벅꾸벅 조느라 바빴다.

로잘린느는 황궁 앞에서 마차를 잡아 탈 생각으로 걸었다. 윈터힐의 기사가 돌아오기 전에 빨리 이 자리를 떠야 했다. 베르너 공이 엘레나에게 거짓말까지 한 용건이 무엇인지는 모르겠지만, 좋은 일이 아닐 것이란 것쯤은 그녀도 알았다.

돌이켜 보면 엘레나는 사사건건 자신을 방해했다. 신학 교사 따위는 빨리 내쫓고 새벽의 궁의 유일한 교사가 되려던 계획도, 그리고 그것을 이용해 리바이 공작의 측근이 되려던 욕심도, 그리고 르니에와의 관계도. 이 모든 게 다 주제를 모르고 나선 엘레나가 자초한 일이었다.

로잘린느는 작은 목소리로 중얼거렸다.

"다 자업자득이야."

한편, 달리는 마차 안의 엘레나는 불안에 연신 입술을 씹었다.

"그동안 많이 괜찮아졌다고 했는데, 갑자기 왜……."

"아가씨."

마리안이 손수건을 건넸다. 그것의 의미를 알 수 없어 잠시간 그것을 바라보고만 있던 엘레나는 그제야 자신의 입술에서 피가 난다는 것을 깨닫고 화들짝 놀랐다. 서둘러 꾹꾹 눌러 피를 닦을 때 마리안이 다독이며 말했다.

"너무 걱정 마세요. 리바이 공작께선 괜찮으실 겁니다."

"그럴까요. 하지만 사람을 보내서 저를 찾으실 정도면……."

별궁으로 잠시 떠난다더니 갑자기 이게 도대체 무슨 일일까 싶었다. 발작 때문에 말에서 떨어졌다니.

티토가 신성력의 도움이 필요할 정도로 상태가 악화되었던 적은 몇 번 없었다. 맨 처음 산속에서 우연히 바크란 1세와 마주쳤을 때와, 베르너 공이 데려왔던 남자를 보고 경기를 일으켰을 때뿐이었다.

두 사람 모두 검을 다루고 검은 머리카락을 가졌다는 공통점을 가지고 있으니, 그것이 어쩌면 일종의 방아쇠가 아닐까 어렴풋이 생각했다.

"어디로 가는 걸까요? 오래 걸리면 안 되는데……."

별궁의 위치를 알 수 없으니 얼마나 마차를 타고 가야 하는지도 알 수 없었다. 창밖의 풍경은 어느새 많이 바뀌어 있었다. 아발론을 벗어난 것인지 더 이상 인가가 보이지 않았고 주변은 온통 녹음 진 숲뿐이었다.

고르지 않은 산길에 돌을 밟을 때마다 마차가 덜컥덜컥하고 크게 흔들렸다. 아무래도 이런 길을, 그것도 장거리를 달리기엔 적합하지 않은 마차인 듯했다. 마차 창을 열고 주변을 둘러보았지만 온통 산으로 둘러싸여 있었다. 이 산을 넘어가야 별궁에 다다르는 것일까.

"별궁이라고 이름을 붙일 정도면 꽤 멀리에 있을 텐데……. 어라?"

뭔가 이상했다. 엘레나가 마리안에게 물었다.

"조금 전에 프란시스 영애가 뭐라고 했었죠?"

"언제 말씀이세요?"

"티토 님이 편찮으시다고 말했을 때요."

"잠시 외유를 나갔다가 말에서 떨어지셨다고……."

그제야 마리안도 무언가 석연치 않은 것을 깨달았다.

분명히 별궁으로 이사를 간다던 리바이 공작이었다. 조금 전 스쳐 지나갔던 새벽의 궁도 한적해 보였다. 일을 하는 하인들은 몇몇 보였지만 주인이 있는 모습은 아니었다.

그런데 외유라니. 그것은 마치 리바이 공작이 아직 새벽의 궁에 있는데 잠시 나들이를 나갔다가 사고를 당했다는 듯한 말이었다.

"이상하다……."

말이 와전되기라도 한 것일까. 그새 마차는 산 깊은 곳으로 완전히 접어들었다. 계곡 사이로 난 좁은 비탈길의 한쪽은 수풀이 어둡게 우거진 깊은 낭떠러지와 맞닿아 있었다.

"말을 전하러 왔던 전령이 이 마차를 몬다고 했죠. 한번 물어봐야겠어요."

엘레나가 마차 객실과 마부석 사이의 널찍한 창을 열었다. 후드를 깊게 눌러쓴 마부의 뒷모습이 보였다.

"안녕하세요."

일단 예의 바르게 인사를 했지만 마부는 묵묵부답이었다. 뒤를 돌아보지도 않고 묵묵히 말을 몰 뿐이었다. 손님으로 모시는 귀족들에게 과도할 정도로 깍듯한 일반적인 마부와는 분명히 달랐다.

"이 마차의 행선지가 어딘지 알 수 있을까요?"

"……이제 멀지 않았습니다."

잠시 침묵하던 마부가 탁한 목소리로 대답했다. 그러나 왠지 그게 본래의 목소리가 아닐 거란 확신이 들었다.

"외유를 나갔다가 다치셨다고 들었는데, 맞나요?"

"예."

"혹시 위중한 상황인 건 아니죠?"

"예."

몇 개의 질문을 더 해 봤지만 돌아오는 건 단답뿐이었다.

"그런데 하필이면 이렇게 멀리 외유를 나오셨을 때 이런 일이 일어나다니. 이 정도 거리면 오늘 아침 일찍 새벽의 궁에서 출발하셨겠네요?"

점점 긴장되는 분위기 속에서 마리안은 치마 속에 감춰 두었던 단검 손잡이를 향해 손을 뻗으며 마부를 노려봤다.

"……예."

이 사람은 가짜야. 엘레나와 마리안은 빠르게 시선을 교환했다. 마리안의 단검이 스륵하고 유연하게 검집을 빠져나왔다.

"죄송한데, 잠시 마차를 좀 세워 주시겠어요? 제가 속이 좋지 않아서요."

그러나 마부는 속도를 줄일 생각이 없었다. 앞만 바라보면서 마차를 모는 마부의 목에 결국 마리안의 서늘한 단검이 닿았다.

"아가씨께서 마차를 멈추라고 명하시지 않나."

제 목에 닿은 검날이 느껴지지 않을 리가 없는데 마부는 아무런 반응이 없었다. 마치 자신은 칼에 찔려도 상관이 없다는 듯한 태도였다. 마리안이 힘을 주자 칼날이 남자가 뒤집어쓴 후드 안까지 파고들었지만 반응은 없었다.

그러는 와중에도 마차는 계속해서 빠른 속도로 달려 점점 아발론에서 멀어졌다. 창밖을 보며 그 속도를 가늠하건대, 맨몸으로 이 마차에서 뛰어내렸다간 중상을 면하지 못할 것이 분명했다. 아니, 그냥 다치기만 한다면 운이 좋은 편일지도 몰랐다.

일단 마차를 멈춰 세워야 했다. 엘레나는 아랫입술을 깨물며 고민했다. 목에 검이 닿아도 아랑곳하지 않는 이 남자가 두려워하는 것은 무엇일까.

"멈추지 않으면 뛰어내리겠어요."

효과가 있었다. 남자는 잠시 고민을 하는 듯했다. 곧 엘레나가 마차 문까지 열자 달리는 속도가 눈에 띄게 줄어들었고 얼마 지나지 않아 완전히 멈췄다.

엘레나는 확신할 수 있었다. 이 남자는 지금 나를 온전히 어딘가로 데려가야 하는 거구나.

마차가 서자마자 마리안은 빠르게 엘레나의 손목을 잡고 뛰쳐나왔다. 그러나 멀리로 도망가진 않았다.

이 첩첩산중에서 벗어나 아발론으로 돌아가려면 그들에겐 마차가 필요했다. 마부를 제압하고 마차를 빼앗을 생각이었다.

그러나 이내 두 사람의 안색이 굳었다. 마부석에서 훌쩍 뛰어내린 남자가 너무나 능숙하게 긴 검을 꺼내는 것을 보았기 때문이었다.

"아가씨, 여기서 나오지 마세요."

마리안이 길옆의 커다란 바위 뒤에 엘레나를 숨기며 말했다.

"메리……."

"무슨 일이 있어도 나오시면 안 됩니다."

짧은 말을 남긴 마리안은 결연하게 남자를 향해 다가갔다. 남자는 생각보다 훨씬 키가 컸다. 마부석에 웅크리고 앉아 있을 때는 몰랐던 것이었다.

마리안이 길게 숨을 내쉬며 손에 든 단검을 굴렸다. 긴장을 풀기 위한 행동이었다. 그런 모습을 보던 남자가 높낮이가 적은 말투로 중얼거렸다.

"차라리 잘됐군."

적어도 검을 다룰 줄 아는 시녀라 죽이기에 마음에 부담이 적다는 뜻일까. 마리안은 이를 악물었다.

남자의 정체가 무엇인지, 배후에는 누가 있는지 아직 알지 못했지만, 지금 그녀가 생각해야 할 것은 단 한 가지. 남자를 쓰러뜨리고 엘레나를 안전한 곳으로 모셔야 한다는 일념뿐이었다.

두 사람이 동시에 발을 떼며 서로를 향해 달려들었다.

후웅!

남자가 마리안의 얼굴을 향해 검을 그었다. 즉시 그녀가 유연한 몸짓으로 허리를 꺾으며 피한 덕에 허공만을 갈랐지만 위력적인 일격이었다.

바로 눈앞에서 검 끝이 지나가는 것을 본 마리안은 즉시 허리를 숙이며 거리를 좁히려 했다. 근접전이라면 긴 검을 든 남자보다 그녀가 유리했다.

그러나 그 의도를 읽은 듯 남자가 날래게 몸을 뒤로 뺐다. 눈 깜짝

할 새에 사정거리에서 벗어난 그는 간격을 유지하며 신중하게 때를 기다렸다. 그리고 어느 순간 마리안의 빈틈을 찾아 순식간에 사이를 좁히며 달려들기를 반복했다.

남자의 검은 날카로웠다. 몇 번 검을 섞는 사이, 마리안의 몸에는 점점 상처가 늘어 갔다. 아슬아슬하게 치명상은 피할 수 있었지만 팔과 얼굴, 등에 입은 자상에서 피가 흘렀다.

"하아, 하아."

마리안은 스스로의 한계를 느꼈다. 벌써 지친 것이다. 피가 섞인 붉은 땀이 턱을 타고 흘러내려 그녀가 입은 드레스를 적셨다.

그에 비해 남자는 숨을 몰아쉬곤 있었지만 그뿐이었다. 잠깐 사이 호흡을 가다듬는 여유까지 보였다.

"하앗!"

커다란 기합 소리와 함께 마리안이 다시 몸을 움직이기 시작했다. 남은 힘을 끌어모아 힘차게 땅을 박차고 다시 한번 남자의 품을 파고들었다. 훙 하고 바람 소리를 내며 다가오는 검날을 익숙하게 피한 그녀는, 몸이 기울어지는 순간 발끝을 기묘하게 틀어 몸의 중심을 순식간에 옆으로 옮겼다.

갑자기 마리안이 시야에서 사라지자 남자는 당황한 듯 황급히 물러섰고, 그 빈자리를 단검이 간발의 차이로 갈랐다. 결국 그녀의 검 끝은 검은 망토 자락만 잘라 냈다.

방어를 생각하지 않고 온몸을 던진 공격이 비껴간 후유증은 컸다. 완전히 균형을 잃은 마리안의 몸이 크게 비틀거렸고 뒤쪽이 무방비 상태가 되어 버렸다. 남자의 검이 훤히 드러난 등을 그어 내렸다.

"크윽!"

옆구리를 베인 마리안은 본능적으로 몸을 굴리며 방어했지만 이미 땅 위로 쓰러진 뒤였다. 그녀의 주변으로 붉은 피 웅덩이가 번져 나갔다.

"메리! 안 돼!"

이대로는 그녀가 죽는다. 엘레나는 마리안이 꼭꼭 숨겨 주었던 바위 뒤에서 뛰쳐나오며 소리쳤다.

그러나 남자는 걸음을 멈추지 않았다. 마치 사신처럼 검은 후드를 푹 눌러쓴 채로 바닥에 누운 마리안 위로 그림자를 드리웠다.

엘레나는 비명을 지르듯 소리쳤다.

"그만 둬! 내가 가면 되잖아! 내가 얌전히 널 따라갈 테니까 마리안을 내버려 둬!"

도박이었다. 자신을 무사히 데려가야 하는 사람이라면 귀를 기울이지 않을까. 효과는 있었다. 마리안의 생명을 끝내려던 남자가 멈칫했다. 엘레나는 그 틈을 타 얼른 마리안과 남자 사이에 뛰어들었다.

"많은 걸 바라는 건 아냐. 그냥 내가 지혈 정도만 할 수 있도록, 살수 있도록 치유만 하게 해 줘. 그럼 최대한 너에게 협조하겠어."

남자는 잠시 생각을 하는 듯했다.

"하지만 마리안을 죽인다면 난 혀를 깨물든 마차에서 뛰어내리든 무슨 짓이든 해서 네가 원하는 것을 이루지 못하게 할 거야."

효과가 있는 것일까. 남자가 반걸음쯤 물러서는 것이 보였다.

엘레나가 쓰러져 있던 마리안을 일으켜 세웠다. 흙투성이 얼굴의 마리안은 고통에 찡그리며 숙였던 고개를 들어 남자를 바라봤다. 가까이서 검을 부딪칠 때는 보이지 않던 얼굴을 볼 수 있었다.

영혼이 없이 텅 빈 듯한 눈을 보자 알 수 있었다. 남자는 그녀가 살도록 내버려 둘 생각 따윈 없었다. 지금은 엘레나 때문에 못 이기는 척 넘어가더라도 언젠가 돌아와 죽일 생각일 테다.

그것을 알아챈 순간 마리안은 결심했다. 소리 없이 바닥에 힘없이 떨궜던 단검을 들었다. 그 뒤 부축하고 있는 엘레나를 힘껏 밀어내며 앞을 향해 거칠게 달려들었다.

처음으로 남자의 품으로 완벽하게 파고드는 것에 성공했다. '헉!' 하고 헛숨을 들이켜는 남자의 신음성마저 생생하게 들려왔다. 마리안은 회심의 미소를 지으며 남자의 목을 향해 검을 힘차게 날렸다.

그러나 옆구리에 입은 깊은 자상이 문제였다. 힘이 들어가지 않아 자연스레 속도가 느렸다. 정확하게 남자의 목젖을 향했던 검이 목적지에 도달하지 못하고 미세하게 아래를 향했다.

검을 쥐지 않은 남자의 맨손이 급한 대로 마리안의 허리를 쳤다. 질퍽하게 피가 튀었다.

"으윽!"

억눌린 비명과 함께 신형이 기울어졌지만, 그녀는 포기하지 않았다. 단 하나의 상처라도 입히는 것이 중요했다. 엘레나가 도망칠 수 있는 틈이라도 만들어야 했다.

마리안은 다시 한번 방어를 포기하고 온 힘을 실어 아래로 향하던 단검을 끌어 올렸다. 남자가 고개를 틀었지만 완벽히 피할 수는 없었다. 결국 그의 볼 위에 깊고 긴 상흔을 남기는 데 성공한 것이다.

그와 동시에 후드가 뒤로 넘어가 얼굴이 드러났다. 검은 머리와 파란색 눈의 남자는 엘레나도 아는 얼굴이었다. 베르너 공이 데리고 다니며 수족처럼 부리던 수하, 케인이었다. 새벽의 궁을 방문했을 때, 아드레이와 같은 검은 머리에 푸른 눈이라 한참을 봤던 기억이 있었다.

"다, 당신은……!"

엘레나는 놀라 소리친 그때, 마리안이 상대방이 당황한 틈을 타

몸을 날려 마지막 일격을 가하려 했다. 높이 치켜든 단검이 빠른 속도로 내리꽂혔다. 그러나 케인이 재빠르게 들어 올린 검날에 막혀 버렸고 검을 맞댄 대치가 시작되었다.

그그극, 두 검날이 맞물려 갈리며 불꽃이 튀었다. 철저한 힘 싸움에 이미 많은 피를 흘린 마리안은 한 걸음, 두 걸음 뒤로 밀려났다. 어느새 길의 가장 끝에 선 그녀는 가파른 절벽에서 떨어지기 직전까지 몰렸다.

"마리안!"

엘레나가 마리안을 구하기 위해 뛰어왔다. 그녀가 또다시 사이에 끼어들기라도 하면 골치가 아파진다고 결정 내린 케인은 마지막으로 힘껏 마리안을 밀친 뒤 허우적거리는 그녀의 배를 발로 차 넘어뜨렸다.

"안 돼!"

붕하고 공중에 뜬 마리안은 이윽고 추락해 계곡 아래로 거칠게 굴러 떨어졌다.

"메리!"

목 놓아 불러 보았지만 마리안을 삼킨 풀숲은 잠잠했다.

"마리아안!"

앞뒤 따질 겨를이 없었다. 엘레나는 치맛자락을 잘못 밟아 비틀거리면서 마리안이 사라진 계곡으로 자신도 몸을 던지려 했다. 그러나 저벅저벅하는 발걸음 소리와 함께 케인이 어느새 지척에 다가왔다. 곧 퍽 하는 소리와 뒷머리에 작열하는 통증과 함께 의식이 끊겼다.

손에 든 검의 손잡이로 그녀의 머리를 쳐서 기절시킨 케인은 무심한 얼굴로 쓰러진 엘레나를 확인했다. 그러고는 마치 짐짝을 옮기듯 그녀를 한쪽 옆구리에 걸쳐 마차 안에 대충 집어넣은 뒤 얼굴에 흐르는 피를 소매로 대충 닦으며 서둘러 말을 몰았다.

✦

"이상하네, 어딜 가셨지?"

하얗게 질린 얼굴의 에즈라가 주변을 훑으며 중얼거렸다.

이제 알현이 끝났을 것이라고 생각하고 태양의 궁을 찾았으나 궁의 초소 앞은 텅 비어 있었다. 가주님은 아직 밖으로 나오지 않으셨다고 하더라도, 다른 윈터힐의 기사들은 그 앞에 대기하고 있어야 마땅했다. 그런데 그들마저 보이지 않았다.

혹시 태양의 궁으로 다 함께 들어간 것인가 싶어서 초소 앞 경비를 서는 이에게 물어봐도 입을 꿰매 버린 듯 눈도 마주치지 않고 묵묵부답이었다. 다른 수가 없었던 에즈라는 그 앞에서 조금 기다려 본 후 다시 황궁 초입으로 돌아왔다. 엘레나와 마리안이 그를 기다리고 있어야 할 곳으로.

"뭔가가 잘못됐어."

에즈라는 굳은 얼굴로 주변을 둘러보며 중얼거렸다. 텅 빈 마차의 문을 쾅 하고 닫는 소리에 따뜻한 볕을 쬐며 꾸벅꾸벅 졸고 있던 마부가 화들짝 놀라며 깨어났다.

"이봐, 아가씨와 마리안은 어디에 있지?"

"아이고, 벌써 돌아오셨습니까? 아가씨는 조금 전에 친구분이 오셔서 어딜 가시던데…….."

"친구?"

"새벽의 궁에서 같이 일한 영애라고…….."

분명하지 않은 대답에 에즈라의 곱상한 얼굴이 잔뜩 일그러졌다.

같이 교사 생활을 했던 여자라면 프란시스 남작 영애라는 말이었다. 어제 연회에서 무시무시한 얼굴로 엘레나를 노려보던 모습이 에즈라의 머리를 스쳤다.

"그건 아무래도 좋아. 어디로 가셨지?"

"어, 그게……."

옆얼굴을 긁적이는 것을 보니 정신없이 조느라 기억이 잘 나지 않는 듯했다.

"아! 리바이 공작 전하께서 사고를 당하셨다고 하는 이야기를 언뜻 들은 것 같은데……."

리바이 공작이 별궁으로 거처를 옮긴 것은 에즈라도 알고 있는 사실이었다. 그동안 새벽의 궁을 나가 보지 못한 어린 공작을 위한 황제의 배려라고 들었다.

그런데 사고라니. 그렇다면 지금 아가씨와 마리안은 먼 별궁에 가기 위해 황궁을 나섰다는 말인가.

"어떻게 생긴 마차였지?"

"마, 말은 네 마리에 아무런 문양이 없는 검은색……이었던가?"

젠장. 거친 말을 입 밖에 내지 않고 삼키는 대신, 에즈라는 마차에 매여 있던 말 네 마리 중 가장 발육이 좋은 말의 구속을 풀며 소리쳤다.

"안장! 안장을 가져와라!"

깜짝 놀란 마부가 부랴부랴 말 위에 안장을 얹자 에즈라는 그 말을 타고 번개같이 황궁 입구의 경비대 초소로 뛰어갔다.

"여길 지나간 아무런 문양이 없는 검은색 마차가 어느 쪽으로 갔는지 보셨소?"

"이 문을 거치는 마차가 한둘인 줄 아시오?"

"사두마차라고 하였소!"

값이 비싼 사두마차는 가문의 문양이 커다랗게 박혀 있는 것이 일반적인데, 아무 장식도 없는 마차가 지나갔으니 눈에 띌 법도 했다.

"그런 걸 우리가 하나하나 어찌 기억…….."

"아, 대로를 따라서 남쪽으로 쭉 빠지던데요?"

젊은 경비대원 하나가 툭 던진 말에 에즈라가 반색했다.

"고맙소!"

넓디넓은 아발론에서 검은색 사두마차 한 대를 찾는다는 것은 쉽지 않은 일이었다.

"흐럇!"

그러나 에즈라는 말의 배를 힘껏 찼다. 그의 본능이 경종을 울리고 있었다.

아직 확실한 것은 아무것도 없었지만 어떤 예감이 등줄기를 타고 내렸다. 고요하던 황제궁과 텅 빈 마차가 소름 끼치도록 불길했다.

"으윽…….."

뒤통수가 깨질 듯이 아팠다. 정신을 차리자마자 자신이 마차 안에 누워 있다는 것을 깨달은 엘레나는 절로 터져 나오는 신음을 억지로 삼켰다.

얼마나 시간이 지난 것일까. 서둘러 시간부터 가늠해 보았다.

'다행히 어두워지지는 않았어.'

게다가 창밖의 풍경도 똑같았다. 마차는 그 전보다 더 빨리 달릴 뿐으로, 비슷한 모양의 숲길을 여전히 달리고 있었다. 어쩌면 정말로 시간이 얼마 지나지 않은 것일 수도 있다.

엘레나는 마리안을 떠올렸다. 옆구리의 상처는 치명적이었지만 땅에 쓰러졌던 마리안을 부축할 때 몰래 치유의 힘을 사용해 두었다. 그것이 출혈을 조금이라도 늦췄다면, 그리고 계곡을 두텁게 덮은 수풀이 충격을 완화해 주었다면.

'어쩌면, 아니 아마 마리안은 아직 살아 있을 거야.'

엘레나는 여전히 미동도 하지 않은 채로 숨죽였다. 열린 마부석 쪽 창문으로 케인의 뒷모습이 보였다. 다행히 아직 그녀가 깨어난 것을 눈치채지 못하고 있었다. 천천히 자신의 다리를 향해 손을 뻗었다.

그때였다. 단조롭게 들려오던 마차 바퀴 소리에 다른 소리가 섞여 들었다. 깜짝 놀란 엘레나는 다시 눈을 감고 정신을 잃은 척을 했다.

귀를 기울이니 반대편에서 오는 다른 마차가 내는 소리가 들렸다. 규모가 작은 이두마차인지 달가닥거리는 말발굽 소리가 작았다.

저 마차의 마부에게라도 도움을 청해 볼까. 그런 생각이 머리를 들었다.

그러나 이내 마음을 접었다. 마리안을 상대하는 케인의 실력을 봤다. 실력 좋은 기사가 아니라면, 케인의 또다른 희생양이 될 뿐이었다.

감은 눈 너머에서 슬쩍 자신의 상태를 확인하는 시선이 느껴졌다. 두려움에 심장이 거세게 쿵쾅거렸다. 그러나 엘레나는 죽은 듯 눈을 감고 규칙적으로 숨 쉬려 했다.

다른 마차가 지나쳐 간 듯했다. 찰싹! 말의 엉덩이를 내려치는 소리와 함께 다시 마차의 속도가 빨라졌다.

슬그머니 다시 눈을 뜬 엘레나는 케인이 앞을 보고 있다는 것을 확인하고 손끝으로 자신의 치마를 들췄다. 마침내 손끝에 종아리에 매어 둔 것이 닿았다. 얼마 전 마리안이 챙겨 준 단검이었다.

그때는 지나치게 걱정이 많은 것 아니냐며 놀렸었는데……. 손끝에 감기는 차가운 금속의 감촉이 너무나도 낯설었다.

'어서 마리안에게로 돌아가야 해.'

살아만 있다면, 숨만 붙어 있다면 신성력으로 어떻게든 해 볼 수 있다. 엘레나는 마리안이 그랬던 것처럼 검 자루에 손가락을 단단히 말아 쥐었다.

사람을 해하는 일은 처음이다. 아니, 생명이 붙은 것을 상처 입히는 것 자체가 처음이다.

그래도 해야 했다. 지금 이 순간에도 마리안을 구할 수 있는 시간이 흘러가고 있었다. 조용히 몸을 일으킨 엘레나는 케인의 목 언저리를 노려봤다.

덜컹거리던 마차가 조금 잠잠해진 순간, 그녀는 마부석 창문으로 몸을 날렸다. 목표는 목과 어깨의 사이. 그 정도라면 중상을 입히기에 충분할 것 같았다.

검을 높이 들어 올렸다. 그리고 힘껏 내리쳤다.

아무것도 모르는 케인을 공격하는 데에 성공했다고 생각한 순간이었다. 턱! 케인의 맨손이 검날을 잡았다.

"으윽!"

신음은 오히려 엘레나에게서 터져 나왔다. 검날이 생살을 파고드는 느낌이 생생하게 전해졌고 눈앞에서 흘러내리는 붉디붉은 피의 비릿한 향이 속을 뒤집는 것 같았다. 그리고 무엇보다 무서운 것은 케인의 힘이었다.

그는 검을 맨손으로 잡고 있음에도 마치 아무런 고통도 느끼지 못하는 것처럼 검날을 잡은 손아귀에 더욱 힘을 주고 있었다. 엘레나는 두 손으로 안간힘을 다해 단검 손잡이를 잡았지만, 점점 케인에게 밀리고 있었다. 믿을 수 없게도 케인이 단검을 빼앗고 있었다.

"누가…… 뺏길 줄 알아!"

엘레나가 큰 소리로 외쳤다. 그리고 검날을 케인 쪽으로 더욱 밀어 넣었다. 울컥울컥하며 더 많은 양의 피가 검날을 타고 흘러내렸다.

한 가지 다행이라면 험한 산길을 가느라 말의 고삐를 잡은 케인이 나머지 한 손을 절대 놓을 수 없다는 것이었다.

팔이 후들후들 떨렸다. 엘레나는 단검에 온몸의 무게를 실어서 눌렀다. 조금만 더, 조금만 더! 검 끝이 막 케인의 어깨를 파고들 때였다.

"젠장!"

아무런 감정이 없는 로봇처럼 행동하던 케인이 욕설을 내뱉었다. 놀라서 고개를 드는 엘레나의 귀에 마차가 삐걱거리는 불길한 소리가 울렸다. 정면을 본 그녀의 눈에 급한 커브 길이 보였다.

빠르게 달리던 말은 가까스로 길을 통과하고 있었지만, 문제는 마차였다. 말을 따라가지 못하고 균형을 잃은 마차의 한쪽 바퀴가 붕 떠 버렸다.

케인이 검을 잡고 실랑이를 하던 손을 뿌리치고 급하게 말의 고삐를 잡았다. 그러나 이미 늦었다. 마차는 반대편의 낭떠러지를 향해 완전히 기울었다. 무사히 커브를 빠져나가는 것 같던 말들도 덩달아 그것에 휩쓸려 점점 길을 이탈했다.

"히히힝!"

말의 처절한 비명 소리가 뿌옇게 인 흙먼지로 시야를 잃은 엘레나의 귀에 들려왔다. 우지끈! 마차 내부에서 뭔가가 부러지는 소리도 났다.

초록으로 녹음 진 숲이 아니라 푸른 하늘이 보이기 시작했다. 뭘 어떻게 해 볼 새도 없었다. 그렇게 마차는 넘어가고 있었다.

아무것도 잡을 것이 없는 마차 안에서 붕 뜬 엘레나는 두 눈을 질 끈 감았다. 손 하나가 그녀의 옷소매를 잡아채는 것이 느껴졌다. 그 러나 이미 마차와 함께 떨어지기 시작한 엘레나를 지탱하기엔 드레 스의 옷감이 너무나 약했다.

지지직 하며 드레스의 소매가 뜯겨져 나갔다. 지탱해 주는 것이 아무것도 없어진 그녀는 더욱 급격하게 떨어졌다.

쿵. 엘레나는 등과 머리가 마차의 벽에 거세게 부딪치는 것을 느 꼈다. 눈앞이 까맣게 암전했다.

뚜벅뚜벅, 다가오는 발걸음 소리에 고개를 숙이고 있던 윈터힐 백 작은 얼굴을 들었다.

"시간은 충분히 주었다. 이제 대답을 할 시간이다."

아드레이가 백작을 내려다보며 말했다.

"내가 말한 것에 아직 답하지 않았소. 윈터힐의 백성들은, 내 기사 들은 어찌 되는 것이오."

이미 한낮이 다 지나가 버렸다. 긴 시간 동안 알현실에 무릎 꿇린 윈터힐 백작의 목소리는 지친 기색이 만연했다. 물 한 모금 먹지 못 해 목소리가 쩍쩍 갈라졌다. 그러나 아드레이를 올려다보는 눈빛만 은 아직도 형형했다.

"모든 것은 나의 탓이오. 오로지 나의 과오요."

"가주! 크흑……."

알현장 한쪽에서 터져 나온 목소리에 윈터힐 백작이 그들을 바라 봤다. 마찬가지로 줄지어 무릎이 꿇린 윈터힐의 늑대들이었다.

그들은 저마다 꽤 심각한 부상을 입고 있었다. 황제궁 밖에서 백작이 돌아오길 기다리고 있다가 그들의 주인이 부른다는 소리에 얌전히 궁 안으로 따라들어 왔지만, 이내 무언가 이상한 것을 느끼고 저항하다 끌려왔기 때문이었다.

"저희는 괜찮습니다. 차라리 윈터힐의 가신으로서 명예롭게 죽겠습니다!"

"부디 가주님과 아가씨의 안위를 지키십시오!"

충심 어린 그들의 간청에 백작은 결국 두 눈을 질끈 감았다. 그리고 아드레이를 향해 바닥에 이마를 가져다 대고 외쳤다.

"저들도 제국의 백성! 황제의 백성이오! 저들에게 죄가 있다면 척박한 윈터힐에서 태어난 것뿐이오. 그리고 과거에 대한 집착과 복수심을 버리지 못한 못난 영주를 만난 것뿐이오."

단 한 마디, 황제의 단 한 마디면 윈터힐은 불바다가 된다. 백작은 오로지 그것만 생각했다.

"모든 것을 자행한 내가 살고 저들이 죽는다는 것은 어불성설이오. 황제의 군대로서 전쟁에 나서겠소. 그리고 전쟁이 끝나면 창끝에 내 목을 높이 걸고 저들은 살려 주시오."

"가주!"

"안 됩니다, 가주!"

피 맺힌 절규가 기사들에게서 터져 나왔다. 아드레이는 그들을 차갑게 지켜봤다.

백성들의 목숨을 사지로 몰아넣던 영주는 죄는 오로지 자신에게 있다 외치고, 그의 가신들은 윈터힐의 이름 아래에 명예롭게 죽겠다 했다.

그들은 모두 죄인이었다. 제국의 주인에게 반기를 든 이들은 모두 죄인이었다. 역심이 일으킨 불은 모두에게 번져 나가기에.

이 땅에 왕국이 생기고 지는 수천 년의 시간 동안, 그 절대적인 법칙이 깨어진 적은 단 한 번도 없었다. 그것이 황권을 지키는 가장 절대적인 권위였다.

"체이서 폰 윈터힐, 짐은 이미 며칠 전 두 개의 기사단과 병사 수백을 차출해 체인 산맥으로 보냈다."

"그, 그건!"

"이미 그들은 너희들의 주둔지를 포위하고 짐의 명령만을 기다리고 있지."

원래의 계획대로였다면 며칠 뒤에 실행되었을 작전이 엘레나와 윈터힐 가문이란 변수로 인해 앞당겨졌다.

"마나 전서구 한 통이면 모든 것을 끝내 버릴 수 있는 내가 어째서 그대의 치졸한 거래에 응해야 하지. 내가 엘레나를 위해 목숨을 보전해 주는 것은 그대뿐이다."

"하지만!"

윈터힐 백작이 무어라 항변하려 할 때였다.

"윈터힐 백작을 뵈어야 합니다! 가주, 가주! 안에 계십니까!"

알현실 문 밖에서 익숙한 목소리가 들려왔다.

"에즈라?"

시꺼멓게 멍이 든 눈을 동그랗게 뜨며 트리스탄이 문 쪽을 돌아봤다. 문 앞을 지키고 있던 메이나드가 아드레이를 바라봤다.

"들여보내라."

아드레이가 명했다. 천천히 알현실의 문이 열리고 기사와 경비대 수십에게 둘러싸인 에즈라의 모습이 보였다.

"이, 이게 어떻게 된 일……."

열린 문 너머로 보이는 윈터힐 백작과 동료들의 참담한 모습에 에즈라가 할 말을 잃었다.

"가주님! 괜찮으십니…… 컥!"

본능적으로 윈터힐 백작을 향해 뛰어가려던 에즈라는 메이나드가 검집째 휘두른 일격에 맞고 그대로 바닥으로 쓰러졌다.

"에즈라! 반항하지 마라!"

반격하기 위해 자신의 검을 꺼내려던 에즈라는 그레이 경의 외침에 우뚝, 움직임을 멈췄다. 분노와 두려움으로 그의 몸이 덜덜 떨리고 있었다.

"윈터힐의 기사인가."

"그렇습니다."

윈터힐 백작이 대답했다. 에즈라는 이 상황이 잘 이해가 되지 않아 백작과 동료들의 얼굴만 번갈아 봤다. 그레이 경이 그런 에즈라를 향해 조용히 고개를 저어 보였다.

"어째서 소동을 피운 것이냐."

메이나드가 싸늘한 목소리로 에즈라 눈앞에 검집을 가져다 대며 물었다.

"아! 그, 그게!"

그제야 자신이 여기까지 뛰어 들어온 이유가 떠오른 에즈라가 누워 있던 자리에서 벌떡 일어났다.

"가주님, 아가씨를! 아가씨를 찾아야 합니다!"

"그게 무슨 말이지."

대답은 백작이 아닌 아드레이에게서 나왔다. 그의 짙은 눈썹이 찌푸려졌다.

"제대로 말해라."

우우웅― 아드레이에게서 넘쳐흐르는 마나가 알현실에 설치된 마법진과 공명하며 기이한 소리를 냈다. 에즈라는 본능적으로 공포에 몸을 덜덜 떨면서도 목소리를 쥐어짜 알렸다.

"엘레나 아가씨께서 누군가에게 납치를 당하셨는데, 아가씨를 태웠다는 마차는 낭떠러지 아래로 떨어져 찾을 수가 없습니다!"

31장

31장

"내 검을 가져와라."

엘레나의 이름을 들은 아드레이는 그렇게 말하며 곧바로 알현실을 나서려 했다. 그가 움직이자 마나가 함께 요동쳤다.

"폐하, 잠시만 기다리십시오!"

메이나드는 그런 그를 말리며 땅에 넘어진 에즈라를 향해 물었다.

"확실한 겁니까! 그 사실을 어떻게 알았습니까?"

"마리안이, 아가씨의 시녀가 혼자 아발론 성문으로 돌아와 제게 도움을 요청했습니다."

"마리안?"

"엘레나의, 그 아이의 시녀요……."

주먹을 말아 쥔 윈터힐 백작이 참담한 목소리로 말했다.

"처음부터, 처음부터 제대로 설명해라, 킹슬리 경."

"가주님, 그것이……."

에즈라가 백작을 향해 무릎을 꿇었다.

"제 불찰입니다. 제가 처음부터 아가씨를 제대로 지켰다면……."

"에즈라."

쥐어짠 신음 같은 목소리로 백작이 독촉했다. 에즈라는 여전히 고개를 들지 못하고 자초지종을 설명하기 시작했다.

"알현이 끝나 갈 때가 되었다고 생각해 태양의 궁을 확인하러 잠시 자리를 비웠다 돌아가니 마리안과 아가씨가 보이지 않았습니다. 마부의 말로는 아가씨께선 프란시스 남작 영애에게서 리바이 공작 전하가 위중하시다는 소식을 듣고 그들이 준비해 온 마차를 타고 가셨다고 했습니다."

아드레이는 곧바로 휴고를 바라보았다. 그러나 휴고는 굳은 얼굴로 고개를 가로저었다. 티토에 대한 그런 소식은 없다는 뜻이었다.

"그래서 말을 타고 아발론을 샅샅이 찾던 와중에 성문 밖에서 마리안을 마주쳤습니다. 납치범과 싸우다 중상을 입은 그녀는 마침 지나가던 짐마차를 얻어 타고 아가씨의 위험을 알리기 위해 돌아왔다고 했습니다. 그리고 제가 말을 달려 마리안이 알려 준 산기슭으로 갔을 때는……."

에즈라가 두 눈을 질끈 감았다.

"제가 찾을 수 있던 건 마차의 잔해 일부분과 부상당한 말뿐이었습니다. 아무래도 마차의 본체는 더 아래쪽의 협곡으로 떨어진 듯합니다."

"에, 엘레나!"

백작이 떨리는 목소리로 엘레나의 이름을 중얼거렸다. 백작의 인생에서 가장 끔찍했던 날이 반복되고 있었다. 실비아가 탄 마차가 절벽 아래로 떨어졌단 소식을 들었던 바로 그날로 돌아간 듯했다. 충격에 숨도 제대로 쉬어지지 않았다.

"누구냐, 엘레나를 데려간 자가."

아드레이가 휴고가 건네는 가이아를 받아 들며 낮은 목소리로 물었다.

"마리안은 처음 본 자라고 하였습니다. 그러나 아가씨께선 그자의 얼굴을 알아보는 듯하셨다고······."

"마차의 잔해가 있는 곳으로 앞장서라."

더 이상 시간 낭비를 용납하지 않겠다는 의지에 찬 아드레이의 명령에 황실 기사가 에즈라의 멱살을 잡아 거칠게 일으켜 세웠다.

"메이나드, 당장 차출할 수 있는 기사와 황궁 경비대 전부를 데리고 나를 따라와라."

"자, 잠깐! 나도, 나도 가겠소!"

윈터힐 백작이 비틀거리며 자리에서 일어났다.

"엘레나를······ 엘레나를 찾아야 하오."

20년 전의 실수를 되풀이할 수는 없다. 그 아이라면 분명히 살아 있을 것이다. 그때처럼 사고로 죽었을 것이라 짐작하고 포기하지 않을 것이다. 백작이 일어서자 윈터힐의 늑대들도 모두 자리에서 일어났다.

"죄인들을 모두 가둬라."

"예, 폐하!"

그러나 아드레이의 차가운 한마디로 그들은 다시 포박당했다.

"이것 놔! 그 아이를, 엘레나를 찾아야 하오! 황제!"

윈터힐 백작의 심장이 다시 까맣게 타들어 가기 시작했다. 겨우 제 모습을 찾았던 심장이 다시 이대로 허망하게 딸을 잃게 될지도 모른다는 고통과 절망이 목에 핏대를 세우며 절규하게 했다.

"황제! 날 데려가시오! 황제!"

그러나 굳은 얼굴로 문을 박차고 나가는 아드레이는 뒤돌아보지 않았다. 그의 머릿속엔 오로지 엘레나뿐이었다.

'살아 있어야 한다.'

그녀는 죽을 수 없다. 어디에선가 버티고 있어야 했다. 그녀가 없다면 그의 세상도 없다. 그러니 그녀는 살아 있어야 했다.

"크아아아악!"

쿵. 윈터힐 백작이 부르짖는 소리가 마법진의 효과로 인해 알현실의 문이 닫히며 완전히 묻혀 버렸다. 잠시 뒤, 아드레이가 이끄는 수십의 기사와 병사들이 아발론의 대로를 내달렸다.

베르너 후작의 저택이 분주했다. 며칠에 걸쳐서 정리한 짐이 차곡차곡 마차에 쌓였다. 집사의 매서운 재촉하에 하인들은 저택 안팎을 드나들며 부지런히 움직였다.

"르니에는 아직이냐."

"예. 아직 귀가하지 않으셨습니다."

못마땅한 얼굴로 이삿짐을 보고 있던 베르너 공이 인상을 더욱 찌푸렸다.

오늘부터 베르너가를 시작으로 서부 연합의 모든 귀족들이 각자의 영지로 돌아가기로 약속이 되어 있었다. 대부분은 오늘 영지로 돌아가지만, 의심을 피하기 위해 몇몇 가문은 내일과 모레 움직인다. 르니에의 계획이었다.

"폰타넬에선 서신이 왔나?"

"예. 약 1시간 전 길을 떠난다고 하였으니 이미 아발론에선 완전히 벗어났을 것으로 짐작됩니다."

폰타넬 가문을 비롯해 아직 베르너 공을 따르는 몇몇 가문들은 바로 오늘, 필히 아발론을 떠난다. 그럴 리는 없겠지만 케인에게 시킨 일이 잘못되었을 때를 대비한 방책이었다.

"서둘러라. 오늘 성문이 닫히기 전에는 반드시 출발해야 한다."

베르너 영지에서 가져온 짐이 워낙 많아 하인들이 진땀을 뻘뻘 흘리고 있었지만 그 상황이 베르너 공의 눈에 들어올 리 없었다. 지금 그의 머릿속에는 아발론 성 밖의 약속된 장소에서 엘레나를 납치한 케인과 무사히 접선하는 것만 가득했다.

"그 계집만 있으면……."

베르너 공의 두 눈이 비열하게 번들거렸다. 비록 르니에게 밀려났지만, 전부를 잃은 것은 아니었다. 소수였지만 아직 따르는 가문들이 남아 있었고, 돌아선 자들은 시종일관 홀로 고고한 척 애매한 태도를 보였던 윈터힐을 제가 한 손에 틀어쥐고 마음껏 부릴 수 있다는 것을 알면 언제라도 다시 넘어올 이들이었다.

"그 녀석도 제 주제를 파악하고 고분고분해지겠지."

엘레나는 르니에를 다시 얌전하게 만들 묘수이기도 했다. 그 계집이라면 정신을 차리지 못하니 말이다. 아직 판도는 완전히 기울지 않았다.

"1시간 이내로 출발할 수 있도록 서둘러라."

"하, 1시간……. 예, 알겠습니다."

불가능한 명령에 사색이 된 집사는 하인들을 닦달하기 위해 허둥지둥 뛰어갔다.

베르너 공은 저택 안으로 들어가기 위해 몸을 돌렸다. 어수선한 저택의 홀과는 달리 복도는 한산했다. 막 문을 열고 서재에 들어간 베르너 공이 자신을 향해 다가오는 무언가를 발견하고 딱딱하게 굳어 버렸다.

"네가 왜 이곳에……."

"각하."

온통 흙투성이에 볼에는 긴 자상을 입은 케인이 만신창이가 된 모습으로 베르너 공 앞에 섰다. 그러나 그런 케인의 모습은 공에게 보이지 않는 것이나 마찬가지였다.

"그 계집은 어디 있느냐."

서재 내부를 둘러보며 묻는 베르너 공의 물음에 케인이 이를 꽉 물고 고개를 숙였다. 싸늘한 눈초리가 케인을 위아래로 훑었다.

"대답해라. 그 계집은 어디에 두고 네놈만 기어 왔느냐 말이다!"

"납치에 실패했습니다."

케인의 입에서 '실패'라는 단어가 나온 그 순간이었다. 베르너 공의 손바닥이 케인의 상처 입은 뺨을 때렸다. 때문에 멈췄던 피가 다시 터져 나왔다.

"실패?"

고개를 숙인 케인의 창백한 피부를 타고 붉은 선혈이 뚝뚝 떨어져 내렸지만 베르너 공은 아랑곳하지 않고 분노했다.

"이 쓸모없는 녀석!"

쾅! 책상 위에 있던 작은 장식품이 케인에게로 던져졌다. 이마를 맞히고 떨어진 것이 산산조각 났다. 주르륵, 흰 얼굴 위에 피가 흘러내렸다.

"그 계집이! 그 계집이 있어야 한단 말이다! 그년이 윈터힐의 목줄이야!"

베르너 공은 손에 잡히는 대로 책과 온갖 집기를 던졌다. 완벽히 정돈되어 있던 머리칼이 엉망이 되어 앞으로 흘러내렸다.

엘레나를 잡아 두고 윈터힐을 손안에 두는 것만이 유일한 돌파구였다. 르니에를 밀어내고 연합의 주도권을 다시 잡을 수 있는 열쇠였다. 후욱, 후욱 하며 숨을 몰아쉬던 베르너 공이 물었다.

"그년을 마차에 태우지 못한 것이냐?"

이제라도 다시 시도를 해 본다면. 실낱같은 희망이 남아 있었다.

"아닙니다. 마차에 태워 아발론을 빠져나가는 것에는 성공했으나, 카파 산속에서 사고가 있었습니다."

철썩!

날아오는 손 따위는 잡거나 충분히 피할 수 있음에도, 케인은 그 자리에 서서 묵묵히 견뎠다. 암울한 눈이 베르너 공에게로 향했다.

"계집은 죽었나?"

"마차는 카파 산의 낭떠러지 아래로 떨어졌습니다."

아발론에서 남서쪽에 위치한 카파산은 산세가 험준하기로 유명했다. 특히 바로 옆에 낭떠러지와 벼랑이 있는 굽은 산길이 위험했다.

"네 얼굴을 봤겠군."

케인은 침묵으로 대답을 대신했다. 베르너 공은 흘러내린 앞머리를 뒤로 쓸어 넘기며 긴 숨을 내쉬었다. 그리고 케인에게 명령했다.

"카파산으로 돌아가라. 그리고 그 마차를 찾아라."

"예, 각하."

"계집이 죽었다면 죽은 얼굴을 확인하고, 그게 아니라면…… 찾아 죽여라."

케인의 푸른 눈이 자신과 닮은 베르너 공의 얼굴을 바라봤다. 달도 없던 그믐날 밤, 새벽의 궁의 문을 열어 주며 침대 위의 잠든 어린아이를 죽이라고 하던 그때와 같은 얼굴이었다.

"……르니에의 연인이 아닙니까."

케인의 반론에 베르너 공이 눈을 치켜떴다. 언제나 훈련이 잘된 개처럼 명령에 복종했던 케인답지 않았다.

"그 여자가 죽으면, 르니에가 많이 힘들어할 겁니다."

르니에에게 그녀는 특별했다. 그녀와 관련된 일이면 불과 같이 변했다. 그런 엘레나가 누군가에게 살해된다면.

"르니에가 겪을 슬픔은 네 탓이다."

"……예?"

케인의 눈동자가 흔들렸다. 그런 케인에게 뭘 놀라느냐는 듯 베르너 공이 비아냥댔다.

"애초에 내가 명했던 대로 얌전히 납치만 해 왔다면, 네 얼굴을 들키지만 않았다면 그 계집을 죽일 필요까지도 없었을 것 아니냐."

무어라 대답도 하지 못하고 망연자실하게 서 있는 케인에게 베르너 공이 무언가를 툭 던졌다. 제법 무거운 소리를 내며 발치에 떨어진 것은 돈이 든 작은 주머니였다.

"일을 마치면 넌 당분간 돌아오지 마라."

한 손에 들어오는 낡은 가죽 주머니를 받아 든 케인은 그것을 아주 잠시 슬픈 눈으로 바라봤다.

"예, 알겠습니다."

그렇게 대답하고 서재에서 돌아 나가는 케인의 등 뒤로 끝까지 모진 말이 날아와 박혔다.

"쓸모없는 녀석."

케인은 순간 멈칫해 돌아봤지만 더 이상 자신을 보고 있지도 않은 베르너 공의 냉대에 무거운 발걸음을 옮겼다.

어깨와 이마의 심한 통증과 함께 엘레나는 의식을 되찾았다. 가장 먼저 느껴진 것은 축축한 흙과 풀 냄새였다.

"으으윽······."

태어나서 이렇게 아픈 것은 처음이었다. 신음과 함께 눈을 뜨자 한쪽 눈이 제대로 보이지 않아 앞이 뿌옜다. 본능적으로 손을 들어 눈을 비비자 묻어나는 붉은 것에 엘레나는 이마에 난 상처에서 피가 흘러내리고 있는 것을 알았다.

"떨어진 건가······. 흐윽."

뒤집어진 마차 안에서 아무렇게나 구겨진 몸을 일으키려 하자 상상도 못해 본 고통에 악 소리가 절로 났다. 눈앞이 핑글 도는 현기증에 그저 가만히 누워 있고 싶은 마음이 굴뚝같았다.

엘레나는 그래도 이를 앙다물고 억지로 일어나 앉았다. 어깨가 빠져 버린 것인지 기괴한 모양으로 축 늘어진 오른쪽 팔과 욱신거리는 머리 때문에 정신을 차릴 수가 없었다.

"이러고 있을 시간이 없는데······."

지금 당장이라도 케인이 저 마차 문을 벌컥 열고 자신을 끄집어낼 것 같아 두려웠다. 이곳에서 벗어나야 해. 엘레나는 심호흡을 크게 한 번 하고는 자리에서 일어났다.

"으악!"

자신의 입에서 터져 나온 비명 소리에 놀라 한 손으로 입을 턱 막으면서도 엘레나는 눈을 질끈 감았다. 치맛자락을 들춰 보니 시퍼렇게 멍이 들고 엉망으로 부어오른 발목이 보였다. 설상가상이었다.

빨리 움직여야 하는데 다리까지 다치다니.

"그래도 일단 여기서 나가야 해."

엘레나는 오로지 그것만 생각하기로 했다. 도대체 왜 자신을 납치하려고 했는지 모르겠지만 누군가의 마음대로 부려지는 것은 절대로 싫다. 게다가 어서 마리안에 대해서 알려야 한다. 그녀는 굴러떨어지며 부서져 이미 제 기능을 하지 못하고 있는 문을 멀쩡한 발로힘껏 차 열었다.

"생각보다 시간이 많이 지난 건가?"

엉금엉금 마차 밖으로 기어 나오자 사고가 나기 전보다 부쩍 어두워진 하늘이 그녀를 반겼다. 도대체 얼마나 떨어진 것인지 가늠해보려 위를 바라봤지만 깎아지른 듯한 벼랑과 빽빽하게 메운 커다란나무들 때문에 벼랑의 끝이 보이지 않았다.

"일단 위로 올라가야 할 것 같은데."

그러나 뾰족한 수가 보이지 않았다. 멀쩡한 몸으로도 저 가파른 경사를 기어오르는 것은 어려웠다. 그런데 이렇게 부상까지 입어서야.

엘레나는 일단 위로 올라갈 길이 있을 법한 쪽으로 무작정 걷기시작했다. 다친 발을 끌고 쩔뚝쩔뚝, 걸음마다 비명을 지르는 발목을 애써 무시하고 앞으로 나아갔다.

평소라면 있는 줄도 몰랐을 야트막한 언덕이 높은 산처럼 느껴졌다. 헉헉하고 숨을 몰아쉴 때마다 땀이 떨어지고 눈앞이 빙글 돌았다. 멈춘 것 같았던 이마의 출혈도 움직이면서 다시 시작된 듯했다. 결국 그녀는 중간에 멈춰서 지혈할 만한 것을 찾아야 했다.

한쪽 팔을 쓰지 못하니 입까지 동원해 드레스 자락을 찢었다. 머리에 천을 동여매는 것도 쉽지 않았다. 영화에서나 보던 일이 자신에게 일어난 것이 믿기지 않았지만, 슬퍼하거나 울고 있을 시간에 한 발짝이라도 더 움직이는 것을 택했다.

"이러다 밤이 될 때까지 이곳에서 벗어나지 못하면 어떻게 하지."

그러는 와중에도 한 가지 걱정이 들었다. 최상위 포식자라고 해 봤자 눈이 어두운 멧돼지가 전부인 한국과는 달랐다. 이곳은 사람들이 모여 사는 성과 마을에서 조금만 벗어나면 산짐승과 몬스터가 즐비했다. 밤중에 혼자서 산속을 걷다간 어떤 일이 벌어질지 몰랐다.

'이러다 정말 이 산속에서 아무도 모르게 죽게 되면 어쩌지.'

덜컥 겁이 났다. 무서웠다. 갑자기 발목이, 어깨가, 그리고 머리가 더 아픈 것 같았다. 이대로 주저앉아 버리고 싶었다.

아드레이가 보고 싶었다. 아버지도, 티토도, 마리안도. 이 순간 보고 싶은 사람들의 얼굴을 떠올리니 눈물이 고여서 눈앞이 흐려졌다.

"울지 마."

엘레나가 스스로를 향해 엄한 목소리로 꾸짖었다.

"울면 더 지칠 거야. 울지 마."

소매로 눈을 꾹꾹 힘주어 눈물을 닦았다. 그리고 다시 걸어가며 주변을 경계했다. 케인이 어디서 자신을 보고 있을지 모른다는 생각이 들었다. 산짐승과 몬스터도 있을 테니 혼자 있는 것보다야 낫겠지만 그래도 또다시 납치를 당하고 싶은 생각은 추호도 없었다.

"날 왜 데려가려고 한 걸까."

분명히 그 사람은 케인이라고 불리는 사람이 맞았다. 새벽의 궁에서 단 한 번 마주쳤을 뿐이지만, 그 음산한 분위기 때문에 분명히 기억했다. 아드레이와 비슷한 검은 머리와 파란색 눈을 가진 남자라서 더욱 그랬다.

베르너 공의 수족 같은 사람이었다. 허리에 검을 차고 있어서 기사인가 했지만, 기사 서임을 받은 사람들 특유의 칼 같은 절도나 예절은 없었다. 베르너 공도 그저 '케인'이라고 부르며 시종처럼 편하게 부렸다.

"그럼 베르너 공이 시킨 일일까? 하지만 날 왜?"

그녀가 베르너 공에 대해서 아는 것이라곤 르니에의 아버지라는 것뿐이었다. 『로잘린느 황후』에서 비중이 그리 높은 인물도 아니었다. 중간에 잠시 아발론에 방문했다가 다시 영지로 돌아가는 게 전부였다.

그런데 어째서. 엘레나는 풀리지 않는 의문에 인상을 썼다.

"일단…… 여기가 어디지."

낭떠러지에서 떨어지기 전에 저 아래로 보였던 가파른 산비탈마저 이제 고개를 치켜들고 봐야 할 만큼 위에 있다. 무성하게 자란 수풀을 헤치고 열심히 걸었다고 생각했는데도 아직 한참이나 멀었다.

하늘을 올려다보니 부쩍 어두워져 노을이 지고 있었다. 꽤 오랜 시간을 걸어온 듯했다. 마침 딱 앉아 쉬기에 좋아 보이는 쓰러져 길게 누운 나무가 보였다. 갈수록 시큰거리는 발목을 확인해 보기 위해 그곳에 걸터앉은 엘레나는 울상을 지었다.

"그새 더 심해졌네……."

고통은 참고 모른 척한다고 해도, 발은 무섭도록 부어올라 감각마저 둔해져 점점 걷기 힘들었다. 이대로 그냥 가다간 얼마 못 가 비틀거리며 쓰러지고 말 것이다. 주변에 지팡이 삼을 만한 것이 없나 둘러보았지만 마땅한 나뭇가지가 보이지 않았다.

노을이 거의 졌다. 하늘 반대편이 푸르스름하게 물들었다. 싸늘한 바람이 불어왔다. 잠시 앉아 있는 새에 온몸을 축축하게 적셨던 땀이 식으며 오싹 소름이 돋았다.

닭살이 오소소 돋은 팔을 쓰다듬는 그녀의 귀에 바스락하는 소리가 들렸다. 뒤쪽이었다.

"거, 거기 뭐야?"

케인이 여기까지 따라잡은 것일까 싶어 가슴이 철렁했다. 흔들렸던 풀숲은 더 이상의 움직임 없이 잠잠했다. 그 점이 더욱 공포스러웠다. 주홍색 노을빛에 더욱 짙어진 그림자 속의 무언가가 자신을 노려보고 있는 것처럼 느껴졌다.

엘레나는 조용히 자리에서 일어섰다. 아무렇지 않은 척, 뒤를 돌아보지 않고 앞만 보며 천천히 걸었다. 저 안에 있는 무언가가 갑자기 뒤를 덮치는 일이 없도록 빌고 또 빌었다.

앉아 있던 자리에서 멀어질 때까지 그런 일은 일어나지 않았지만, 그녀는 발걸음을 멈추지 않았다. 바스락거리는 소리를 냈던 것이 아직 자신을 따라오고 있었다. 본능이 그렇게 경고했다.

자신이 어느 방향으로 가고 있는지도 모르는 채 살기 위해 움직였다. 다친 다리가 점점 말을 듣지 않아서 이제 걷는다기보다는 네발로 기고 있었지만, 꼴사납다는 생각 따윈 들지 않았다. 이렇게 계속해서 움직이지 않으면 그녀를 노리고 있는 그것이 튀어나와 한입에 물어뜯을 것 같았다.

어느 순간 엘레나는 깨달았다. 그녀는 몰이를 당하고 있었다. 뒤통수를 찌르는 듯한 시선에 의해.

엘레나는 야트막한 언덕 하나를 넘어 점점 더 나무가 울창한 숲속으로 들어가고 있었다. 마차가 달렸던 길과 가까운 쪽으로 가려고 했지만 그것은 영리하게도 윗길을 점유하며 점점 그녀를 점점 더 깊은 숲속으로 몰아넣었다.

"하아, 하아……."

거친 숨소리가 터져 나왔다. 입이 메마르고 눈앞이 흐렸다. 의식이 멀어지고 있는 것이 느껴졌다. 엘레나의 몸이 위태위태하게 흔들렸다.

툭, 오래된 낙엽 아래에 감춰져 있던 나무뿌리가 발끝에 걸렸다. 그게 전부였다. 그러나 그녀를 쓰러지게 하기에 충분한 것이었다. 털썩, 무릎이 훅 꺾이며 엘레나가 무너졌다.

"헉, 허억!"

땅을 짚은 두 팔마저 후들거렸다. 기어서라도 계속 움직여야 한다는 의지와는 다르게 시야가 점점 가물가물했다.

부스럭, 바닥에 늘어진 엘레나의 몸이 움찔했다. 그녀는 고개를 들어 소리가 나는 방향을 바라봤다.

"……늑대?"

집요한 몰이사냥 끝에 그녀의 앞에 모습을 드러낸 것은 커다란 늑대였다.

윈터힐 기사들은 그들이 옷 장식으로 사용하는 흰 털이 자이언트 울프라는 몬스터에게서 나온 것이라 말했다. 그녀의 앞에 모습을 나타낸 그것은 그런 눈부신 흰색은 아니었다. 고동색의 바탕에 거뭇거뭇한 털이 섞인 녀석이었다.

그러나 몸집만큼은 '마차만 하다'는 표현이 어울릴 정도로 어마어마했다. 아무리 울창한 숲속이라지만 저렇게 큰 몸집으로 눈에 띄지 않도록 은밀하게 움직이는 게 가능했다니.

바스락, 근처의 수풀 속에서 또 한 마리가 나타났다. 혼자가 아니었던 모양이다. 이제 어두워져서 그저 깜깜하게 보이기만 하는 이 숲속에 몇 마리가 더 있을는지.

누군가가 망치로 쾅쾅 내려찍는 것 같은 발을 질질 끌며 엘레나는 땅 위를 기었다. 물론 멀리가지는 못했다. 그저 몇 발자국 떨어진 나무에 기대어 앉았을 뿐이었다. 늑대들은 마치 사냥감을 두고 여유라도 부리는 듯, 그녀를 침을 뚝뚝 흘리며 바라봤다.

"겨우 이렇게 다시 죽어 버릴 거면, 난 여기에 왜 온 거야."

화가 났다. 죽음에 대한 공포로 겁에 질려야 할 이때에.

그녀는 분했다. 고양이를 구해 주려다 추락사. 원래 세계에서도 허망한 죽음을 맞이했던 그녀였다. 이곳에 와서 그 고생을 하고, 이제야 소중한 사람들이 생겼는데. 이렇게 산속에서 맹수의 먹이가 되어 죽다니.

적어도 죽을 땐 아드레이의 품에 안겨 행복하게 눈을 감을 수 있을 줄 알았는데. 뜻 모를 배신감에 치가 떨렸다.

"크르르르……."

어둠 속에서 걸어 나온 늑대는 총 네 마리였다.

아, 정말로 이대로 죽는 거구나. 엘레나는 눈을 감아 버렸다. 저를 고깃덩이로 보면서 침을 흘리며 다가오는 늑대들을 더 이상 볼 자신이 없었다. 그래서 대신 이 순간 가장 보고 싶은 사람의 얼굴을 떠올렸다.

"레이……."

아무런 아쉬움도 없던 지난번과는 달랐다. 이게 마지막이라고 생각하니 후회가 물밀 듯 밀려왔다.

이럴 줄 알았으면 아끼지 말고 사랑한다고 말할걸. 다투지 말걸. 그렇게 보내지 말고 그 얼굴을 한 번이라도 더 봐 둘걸. 언제나 자신을 옅은 미소와 함께 바라봤던 그 얼굴이 바로 눈앞에 보이는 듯했다.

눈을 감자 늑대의 움직임이 더욱 선명하게 들렸다. 완전히 포기한 것 같은 그녀의 태도에 이제 유흥을 그만둘 생각인 듯했다. 크르릉 하는 소리가 점점 가까이 다가왔다.

"흑, 레이……."

의연한 척했지만 무섭다. 엘레나는 결국 눈물을 흘리고 말았다. 두 눈을 꼭 감고 오로지 아드레이만 불렀다. 이렇게 불러 봤자 다시 그를 볼 수는 없겠지만, 이 순간 그녀가 떠올릴 수 있는 건 그뿐이었다.

"크왕!"

아, 이제 마지막이구나. 늑대가 펄쩍 뛰어오르는 소리에 엘레나가 몸을 잔뜩 움츠렸다. 다가올 고통에 대비해.

"컹!"

그런데 뭔가 이상했다. 비명을 질러야 하는 것은 늑대가 아니라 그녀인데.

별안간 들려오는 소리에 그녀는 눈을 번쩍 떴다. 마침 쿵 하고 무언가 묵직한 것이 엘레나의 근처에 떨어졌다. 배 쪽에 기다란 검상을 입은 늑대의 시체였다.

"이, 이게 뭐……."

놀라서 말도 잇지 못하는 그녀의 앞에 누군가가 섰다. 길고 검은 망토가 펄럭였다.

"괜찮아? 다친 곳은 없나?"

"……레이?"

땀에 잔뜩 젖은 아름다운 얼굴과 검은색 머리칼, 그리고 온기를 담은 푸른색 눈. 너무 많이 생각해서 죽기 전에 환상이라도 보는 걸까.

"미안하다. 내가 너무 늦었어."

"정말, 정말 레이예요?"

목이 메어 목소리가 제대로 나오지 않았다. 엘레나는 꿈이면 어떻게 하지 하고 덜컥 겁이 나 그에게로 손을 뻗었다.

"윽!"

하지만 마차가 떨어지며 입은 부상과 도망치며 극도로 탈진한 몸이 말을 듣지 않았다. 몸을 일으키지 못하고 신음을 내는 엘레나의 상태를 본 아드레이의 얼굴이 급속도로 굳었다.

"와 줘서 고마워요."

하지만 엘레나는 웃었다. 정말로 꿈이 아니야. 지금 이 사람이 내 앞에 있어. 날 구하러 와 줬어. 그 사실 하나만으로 아픔 따위는 모두 사라져 버린 것 같았다.

아드레이의 갑작스런 등장에 놀란 것은 엘레나뿐만이 아니었다. 금방이라도 달려들 것 같던 늑대들이 제 동료가 단칼에 당한 것을 보고 몸을 낮추며 잔뜩 경계했다. 그때 죽은 줄 알았던 늑대가 번쩍 고개를 치켜들며 다시 덤벼들었다.

"커헝!"

눈으로 잘 보이지 않을 만큼 빠른 속도로 아드레이의 검이 움직였다. 이번에는 정확히 목을 찔린 늑대는 숨 한 번 더 쉬어 보지 못하고 그대로 죽어 버렸다.

그리고 늑대의 단말마가 마치 하나의 신호인 것처럼 아드레이를 경계하며 주변을 맴돌던 늑대들이 일제히 덤벼들기 시작했다.

"레이, 뒤에!"

그러나 엘레나의 걱정은 기우였다. 아드레이가 검을 그어 내릴 때마다 커다란 늑대가 쓰러졌다. 높이 뛰어 올라 벼락같이 떨어져 내리며 공격하던 녀석도. 그의 등 뒤를 노리고 달려들었던 녀석도 쿵, 쿵, 땅을 울리며 넘어갔다.

"다, 다행이다……."

자신을 구하러 왔다가 아드레이까지 잘못되는 줄 알고 가슴을 졸였던 엘레나는 그 모습을 보며 안도의 한숨을 내쉬었다. 비명을 지르는 몸을 천천히 일으켜서 바로 뒤쪽의 나무에 등을 기대는 여유까지 생겼다. 꼼짝없이 이대로 죽는구나 했는데, 아무래도 이곳에서 늑대의 먹이로 인생을 마감하게 될 것 같지는 않았다.

마차만 한 늑대들이 아드레이의 옷자락도 스치지 못하는 것을 보면서 더욱 긴장이 풀린 모양이었다.

갑자기 잊고 있었던 통증들이 몰려오면서 눈앞이 흐려졌다. 주르륵, 이마에서 뜨거운 피가 한 방울 더 흘러내리는 것이 느껴졌다. 겨우 숨만 쉴 수 있을 정도로 온몸이 바위같이 무거웠다.

"캥!"

마지막까지 도망치지 않고 덤비던 늑대의 비명을 끝으로 숲이 잠잠해졌다. 지쳐서 가만히 앉아 있는 엘레나에게로 아드레이가 뛰듯이 다가왔다.

"괜찮아요? 다친 데는 없죠?"

금방이라도 꺼질 것 같은 작은 목소리로 묻는 그녀 때문에 그의 얼굴이 엉망으로 일그러졌다.

"날 걱정할 것이 아니라……."

그의 떨리는 손이 차마 엘레나의 몸에 닿지 못하고 겨우 흐트러진 머리카락만 스쳤다.

"하하, 나 지금 엉망이죠?"

계속해서 땅에 구르고 넘어진 데다 피까지 흘렸으니까. 하지만 아드레이는 고개를 저으며 그녀의 이마에 입을 맞췄다.

"다시는 그대를 볼 수 없을 줄 알았어."

그의 낮은 목소리가 잔뜩 쉬어 있었다. 엘레나의 얼굴 구석구석을 그가 눈으로 살폈다.

"마차가 떨어졌다고 해서, 그대가 잘못되었을 줄 알고 내가 얼마나……."

말을 다 끝마치지도 못했다. 그의 머리는 땀으로 젖어 있었고, 옷은 위아래 할 것 없이 온통 흙먼지와 나뭇잎투성이였다. 나를 찾아서 이 산속을 헤매고 다녔던 거구나. 엘레나는 울컥하고 참았던 눈물이 고이는 걸 느꼈다.

"이마 말고 다른 곳도 다친 건가? 어디가 아픈지 말해 봐."

"조금 다치긴 했지만 나 괜찮다니까요. 보기보다……."

"엘레나. 지금 내가 여기서 속이 타 죽는 걸 보고 싶지 않다면, 빨리 말해."

"……어깨랑 다리가 조금."

아드레이가 조심스럽게 그녀의 팔을 살폈다. 충격으로 어깨가 빠진 것을 한눈에 알 수 있을 정도였다.

그의 얼굴은 치마 아래에 감춰져 있던 그녀의 다리와 발목을 보고는 더욱 심각해졌다. 시퍼렇다 못해 보라색으로 멍이 든 발은 몸의 일부라고 생각할 수 없을 정도로 부어 있었다.

"이런 몸으로 마차에서부터 이곳까지 걸어온 건가?"

처음 마차 사고가 났던 곳으로부터 꽤나 떨어진 곳이었다. 중간에 늑대를 만나 도망치며 그녀가 남긴 흔적을 찾지 못했더라면, 아드레이가 이곳을 수색하는 것은 아주 나중의 일이었을 것이다.

'그리고 그때라면 이미 늦은 뒤였겠지.'

상상하기도 싫은 끔찍한 가정에 아드레이는 이를 악물었다.

"어쩔 수 없잖아요. 그곳에 남아 있다가 그 남자가 언제 돌아올지 모르는 일이고…… 아, 맞다!"

잠시 잊고 있었다. 이 모든 일을 벌인 사람의 존재를.

"나, 그 사람 알아요. 날 납치하고 마리안을 다치게 한 사람이요! 아, 마리안! 어쩌죠, 마리안을 찾아야 해요! 날 보호하다가 다쳤어요. 그 남자가 낭떠러지 밑으로 차 버렸는데…….”

바보같이 마리안을 잊고 있었어! 자신을 구하려다가 다친 사람을 이렇게 까맣게 잊고 있었다니, 이런 멍청이! 엘레나가 깜짝 놀라 몸을 일으키려다가 다시 주저앉아 버렸다. 만신창이라 일어날 수 없었다.

“쉬이, 쉬. 괜찮아. 그대의 시녀는 아발론의 의원에게 치료를 받고 있다. 혹시 몰라 호위까지 붙여 놓았으니 너무 걱정 마라.”

“정말요? 마리안은 괜찮은 거예요?”

“적어도 그대보단.”

아드레이의 속상한 눈이 엘레나의 몸을 훑었다. 이렇게 다치고서도 스스로보단 남을 더 챙기는 이 여인이 그는 못 견디게 미우면서도 또 사랑스러웠다.

“아아, 정말 다행이에요. 혹시 그래서 레이가 날 찾아올 수 있었던 거예요? 마리안이 내 소식을 알렸어요?”

“그녀가 만난 건 내가 아니라 윈터힐 백작가의 젊은 기사였다. 그리고 그자가 궁으로 돌아와 그대가 실종되었다는 걸 알렸지.”

“그랬구나…….”

“하지만 지금 중요한 것은 그게 아니야. 일단 안전한 곳으로 옮겨서 치료를 받는 것과 감히 이런 짓을 벌인 자들을 벌하는 것이지.”

아드레이 주변의 공기가 무거워졌다.

“그대를 해하려 했던 자를 안다고 했지. 그자가 누구지?”

“그 사람은…….”

엘레나가 눈썹을 모았다. 아직도 이해가 가지 않았다. 도대체 날 왜 납치하려고 했던 거지?

“베르너 후작의 아버지, 베르너 공이 수족처럼 부리던 케인이란 사람이었어요."

"베르너……."

아드레이가 잇새로 으르렁거리며 중얼거렸다. 역시 베르너 가문이었나. 그때 그의 귀에 엘레나가 작게 콜록하는 소리가 들렸다. 무심코 그것을 바라본 푸른 눈동자가 흔들렸다.

"어? 왜 피가……."

갑자기 속이 답답해서 기침을 한 것뿐인데 손바닥에 피가 묻어 있었다. 마차에서 떨어지면서 내상도 입은 모양이었다.

"안 되겠다. 어서 그대를 황궁으로……."

당장이라도 엘레나를 들어 옮기려던 아드레이가 말을 멈췄다.

"레이?"

짙은 눈썹을 찌푸린 그는 입고 있던 망토를 풀어 엘레나에게 덮어 줬다. 그 뒤 커다란 망토가 엘레나의 작은 몸을 목 밑부터 발끝까지 완전히 덮도록 꼼꼼히 살폈다.

"아무래도 일을 한 가지 더 처리하고 가야 할 것 같다. 여기서 잠시만 기다려."

"도대체 무슨 일……."

그는 대답해 주지 않았지만 엘레나는 곧 그 말의 의미를 깨달았다. 늑대들이 나타났던 수풀 쪽에서 한 무리의 사람들이 다가오고 있었다.

"케인."

그 이름을 부르는 엘레나의 목소리가 떨렸다.

"여기 있었군."

음산한 목소리가 마치 저승사자 같아 엘레나는 몸을 웅크렸다. 그리고 아드레이에게 말했다.

"레이, 도망가요."

윈터힐 가문에서 창술로 손에 꼽힌다는 마리안도 너무나 쉽게 이겼던 케인이다. 아직도 마리안을 툭 차서 벼랑 아래로 떨어뜨려 버리던 그 모습이 눈앞에 선했다.

"저 여자야?"

케인 옆에 서 있던 허름한 차림의 용병으로 보이는 남자가 껄렁하게 말했다.

"대장, 이쪽이야!"

침을 퉤 뱉으며 큰 목소리로 외치자, 다른 방향에서 용병들이 우르르 달려왔다.

"이봐. 남자도 있다는 말은 안 했잖아! 여자 시체 하나만 찾아서 처리하면 된다며!"

대장이라 불린 자가 케인을 향해 욕설을 섞어 투덜거렸다.

"이건 계약 위반이라고. 검까지 차고 있는 걸 봐! 이러다 우리 애들이 다치기라도 하면 장사에 영향이……."

툭, 케인이 품에서 작은 가죽 주머니를 하나 꺼내 남자에게 던졌다. 그것의 묵직함을 가늠한 남자는 언제 화를 냈냐는 듯 씨익 웃었다. 그들이 나누는 대화를 들으며 엘레나는 아드레이에게 나직하게 말했다.

"레이, 어서 도망쳐요. 어서!"

저쪽은 케인까지 합쳐서 열다섯이나 되었다. 체격도 건장해 보이고, 하나같이 검을 차고 있었다. 저 많은 사람들을, 게다가 케인까지.

아드레이 혼자서 다 이겨 낼 수 있을 리가 없다. 아무리 황실의 수습 기사라고 하더라도 그건 무리였다.

"난 움직일 수 없으니까. 레이만이라도 어서……."

팔다리라도 멀쩡했다면 그의 손을 잡고 도망이라도 치겠지만, 지금 이 상황에서 그녀는 짐짝에 불과했다. 저들의 목표는 지금 그녀뿐이었다. 그러니까 아드레이가 재빠르게 움직이기만 한다면 그는 살 수 있을 것이다.

"제발……."

엘레나가 멀쩡한 손을 들어 그의 옷자락을 잡았다. 죽기 전에 아드레이의 얼굴을 볼 수 있었으니까 됐어. 진심으로 그렇게 생각했다. 늑대들에게 물어뜯겨 죽는 것보다야, 사람의 손에 깔끔하게 죽는 게 훨씬 나았다.

'그러니까 제발 도망쳐.'

하지만 아드레이는 그런 그녀의 손을 마주 잡아 주며 고개를 저었다.

"걱정하지 마라. 금방 끝내고 올 테니 여기서 기다려."

엘레나의 얼굴을 쓸어 준 그는 그런 말을 남기고 훌쩍 돌아섰다. 마음이 성급했다. 더 이상 엘레나를 차가운 바닥에 놓아 둘 수 없기에.

아드레이가 성큼성큼 다가오는 모습에 가까이 있던 용병 몇이 주춤주춤 뒤로 물러섰다.

"뭐, 뭐야?"

거친 용병 세계에서 오랫동안 구른 본능이 말했다. 눈앞의 이 사내는 강하다고. 그것도 엄청.

용병단의 대장은 잠시 품 안에 든 주머니의 무게와 눈앞의 남자를 두고 갈등했다. 그러나 이내 저울은 눈앞의 남자를 해치우고 돈을 가지는 쪽으로 기울었다. 부하들 중 몇을 잃을 수도 있다는 생각이 들었지만, 일단은 돈이 더 중요했다.

"너인가."

다가오던 걸음을 멈춘 아드레이가 저음으로 물었다. 이윽고 스르

링 하는 소리와 함께 가이아가 모습을 드러냈다. 수많은 적을 베어 넘긴 그 검 끝이 조용히 케인에게 겨눠졌다.

"베르너가의 사생아."

이미 죽은 사람처럼 아무런 표정이 없던 케인의 얼굴에 당혹감이 서렸다.

"베르너 공이 하녀의 몸에서 본 사생아를 데려다 사냥개로 기른다는 소식은 들은 적이 있지. 그 사냥개는 주인의 명이면 무슨 짓이든 한다고."

아드레이가 가이아를 감싸고 있던 검집을 옆으로 툭 던지며 말했다.

티토가 습격을 받은 그날 밤의 기억을 되찾은 후 당시의 상황을 말해 주던 때 사용한 두 가지 표현이 있다. '검은 머리칼' 그리고 '아주 새파란 눈동자'. 아무래도 그런 점 때문에 형님을 더 무서워했던 것 같다고 티토는 짐작했다.

"넌 누구냐."

케인이 검을 뽑으며 으르렁거렸다. 그가 베르너 공의 숨겨진 아들이란 사실은 철저한 대외비였다. 사람들은 그저 베르너 공이 은혜를 베푼 고아 정도로만 알고 있었다.

처리해야 하는 신관을 지키는 자가 그 사실을 어찌 알고 있는 것인지, 꼭 알아내야 했다. 이대로 두었다간 베르너가에 어떤 누를 끼치게 될지 모른다.

먼저 움직인 것은 케인이었다. 상대가 보통 실력자가 아니라는 것을 눈치챘기에 선수를 잡으려는 것이었다.

동시에 용병들도 움직이기 시작했다. 합공에 익숙한지 아드레이의 다리와 허리를 동시에 노리는 수가 제법 날카로웠다.

하지만 아드레이에겐 통하지 않았다. 용병들의 일격을 너무나 쉽게 흘린 그는 목을 노리고 찔러 들어오는 케인의 검도 피해 버렸다.

빠른 몸놀림으로 대응하는 아드레이 때문에 놀란 것은 오히려 공격한 쪽이었다. 적어도 피는 볼 수 있을 줄 알았는데, 상대의 옷자락 하나 베어 보지 못했다.

그 와중에 상대는 눈앞에서 감쪽같이 사라졌다가 별안간 왼쪽에서 나타나 검을 횡으로 그었다. 놀란 케인은 생각할 틈도 없이 본능적으로 검을 들어 올려 그것을 막았다.

"큭!"

도약을 한 것도 아니고 그저 가로로 휘둘렀을 뿐인데 검에 실린 힘이 어마어마했다. 케인의 몸이 휘청거렸지만 그 공격의 틈을 타 용병 중 하나의 검이 아드레이의 옆구리를 노렸다. 넓은 산속을 수색하기 위해 급하게 고용한 것치고는 손발이 잘 맞는 편이었다.

"크아악!"

그러나 아드레이에게 그 공격은 별 의미가 없었다. 살짝 몸을 틀어 공격을 피한 그가 용병의 배를 푹 찔렀다. 당장 죽을 치명상은 아니지만, 전투에는 참여하지 못할 정도의 부상이었다.

상처를 부여잡고 나가떨어진 용병의 자리는 금세 다른 자가 채웠다. 그리고 어김없이 아드레이의 검에 베였다.

"이런 개 같은!"

자꾸만 줄어드는 숫자에 용병 대장이 육두문자를 지껄였다. 그리고 둥그렇게 아드레이를 둘러싼 무리에서 은근슬쩍 빠져나왔다.

"크으윽!"

그사이 용병 하나가 더 쓰러졌다. 이번에는 어깨였다. 피가 줄줄 흐르는 팔을 부여잡고 용병이 도망쳤다. 저 남자는 그들의 상대가 아니었다. 한 번이라도 검을 섞어 본 이는 바로 알아차릴 만큼.

주변을 둘러보니 부상을 입은 다른 용병대원들이 슬금슬금 자리를 피하는 것이 보였다. 이미 대장은 어디로 갔는지 보이지 않았다. 아직 다른 사람들이 저 사내를 잡아 두고 있는 지금이 적기였다.

"네놈에게 묻지."

순식간에 용병들이 모두 쓰러지고, 케인 하나만이 아드레이 앞에 남았다.

"새벽의 궁에 침입하여 리바이 공작을 암살하려고 했던 것도 너였나."

티토의 기억으로 어느 정도 확신을 하고 있었다. 말없이 검을 고쳐 쥐며 한층 더 적의를 불태우는 케인의 모습에 아드레이는 입매를 비틀었다.

티토도 모자라 엘레나까지. 지금 당장 목을 잘라도 시원찮을 자였지만, 일단은 살려서 황궁의 감옥으로 끌고 가야 했다. 유용한 정보를 조금 더 짜낼 수 있을지도 몰랐다.

일단 엘레나를 어서 의원에게 데려가야 한다. 이 상황을 빨리 정리할 생각으로 아드레이는 마나를 일으켰다. 이내 검푸른 오러가 가이아를 감쌌다.

그것을 목격한 케인의 눈이 빠르게 흔들렸다. 그러나 어떻게 반응할 새도 없이 검이 싹둑 잘려 나갔다.

아드레이의 푸른 검이 궤적을 틀며 춤추듯 날다가 케인의 다리 위를 날카롭게 스쳤다. 얼마든지 다리를 잘라 죽여 버릴 수 있었음에도 불구하고 아드레이는 케인을 살려서 궁으로 데려갈 생각으로 손속에 사정을 두었다.

"크읍."

피가 튀는 자신의 다리를 보며 케인은 깨달았다. 자신은 저 사내를 이길 수 없다. 그리고 무슨 일이 있어도 생포되어서는 안 된다.

거기까지 판단이 서자 결심은 빠르게 따라왔다. 케인은 그대로 몸을 던졌다. 움직이는 아드레이의 검 앞으로.

놀란 아드레이가 한 발짝 물러서며 검을 뺐지만, 조금 늦었다. 결국 케인의 가슴이 길게 베이고 말았다. 작렬하는 선득한 고통에도 케인은 웃었다.

"무슨 짓이지."

아드레이는 더 이상 공격하지 않았다. 케인을 생포해야만 했다. 얼굴을 찌푸리며 뒤로 물러서며 자신의 검에 묻은 피를 떨쳐 낼 뿐이었다.

"움직이지 마! 멈추지 않으면 여자를 베겠다!"

별안간 뒤쪽에서 험악한 목소리가 들려왔다. 안색이 한층 더 파리해진 엘레나가 용병대장에게 몸이 들려 있었다. 목에는 검날이 바짝 붙어 있었다. 억지로 몸을 끌어당기는 바람에 그 날붙이가 기어코 엘레나의 목에 얕은 상처를 내 버렸다.

"읏!"

소름 돋는 감각에 그녀의 입에서 신음이 흘러나왔다.

"엘레나!"

아드레이의 주의가 흔들린 그 순간이었다. 그때를 케인은 놓치지 않았다. 아드레이가 베어 버려 멀리 떨어진 자신의 검 반쪽을 집어 들었다. 망설임은 없었다. 그대로 뾰족한 검 끝을 자신에게로 돌려 목에 찔러 넣었다.

"컥! 크륵, 크르륵!"

이윽고 케인의 입에서 붉은 분수가 뿜어져 나왔다. 케르륵 하는 소리와 함께 그는 서서히 자신의 피에 질식되어 가기 시작했다.

숨을 들이켤 때마다 폐부에 들어차는 뜨거운 혈액을 느끼면서 케인은 한쪽 입꼬리를 비틀었다. 어쩐지 알 것 같았다. 눈앞의 사내가 누구인지. 베르너 공은 몇 번이고 케인을 바라보며 입버릇처럼 말했었다.

—네놈의 검은 머리와 파란색 눈을 보면 그놈이 생각난단 말이지.

'아, 그래. 당신은.'

쓰러진 자신을 바라보는 그 찌푸린 눈에 케인은 묘한 승리감을 느꼈다. 숨이 막혔지만 컥컥거리며 웃었다.

'절대로 나에게서 그분에게 해가 될 만한 정보를 뺏지 못해.'

케인만이 알고 있는 베르너 공의 여러 치부는 이제 그와 함께 잠들 것이다. 이내 생명이 사라져 초점이 없어진 그 파란 눈에는 끝까지 한 사람의 모습만이 맺혀 있었다.

"미, 미친 자식!"

용병대장은 사색이 되었다. 그나마 실력이 있어 보이던 케인을 믿고 저지른 일이었는데! 저 남자는 사람이 아니라 괴물이었다. 오러 소드를 저렇게 자유자재로 다루는 검사에게 잘못 걸리다니.

'이렇게 된 이상 이곳에서 살아 나갈 수 있는 길은 이 여자뿐이다.'

그렇게 생각한 용병대장은 품 안에서 바르르 떨고 있는 엘레나를 더욱 거칠게 끌어당겼다.

"그 손 놔라."

어느새 지척까지 다가온 아드레이가 낮게 말했다. 그의 검에는 한층 살기가 짙어진 마나가 일렁였다.

"이, 이대로 말이 있는 곳까지 간다! 그 뒤에 여자를 풀어 주지!"

예정에 없던 인질극이었으나 계획은 있었다. 이곳까지 타고 와서 위쪽에 매어 둔 말까지만 가면 된다. 그렇게만 한다면.

비록 단원들은 뿔뿔이 흩어졌으나 돈 주머니는 제 품 안에 있었다. 그렇게 손해 보는 장사는 아니었다. 그러나 그것이 용병대장이

한 마지막 생각이었다.

퍽! 오러를 감은 가이아가 그대로 날아가 남자의 얼굴에 꽂혔다. 빠르게 달려온 아드레이는 서둘러 쓰러지는 엘레나의 몸을 받아 들었다.

"엘레나!"

"아, 레이……."

"젠장."

엘레나의 상태가 한층 더 악화되었다. 힘이 없어 작게 콜록거렸을 뿐인데 그녀의 입가에 붉은 선혈이 흘렀다. 안색은 이제 하얀 종이처럼 색이 없었다. 감았다 떴다 하는 동작마저 느린 것이 의식이 점점 멀어지고 있는 게 틀림없었다.

"엘레나. 제발. 조금만 더 버텨라."

아드레이는 그대로 엘레나를 두 팔로 안고 뛰기 시작했다. 심장이 전에 없이 요동치고 속이 들끓었다. 온몸의 피가 다 식어 버리는 것 같았다. 품에 안은 그녀가 너무나 가벼워서 이대로 사라져 버릴 것만 같았다.

"나 괜찮아요, 레이. 그러니까 넘어지지 않게 조심히……."

이 순간에도 그녀는 그의 걱정뿐이었다. 울컥하고 뜨거운 것이 치밀어 올랐지만, 아드레이는 이따금 엘레나의 상태를 확인하며 달릴 수 있는 최대한의 속도로 뛰었다.

"조금만 버텨라. 조금만."

사용하지 않고 남겨 놓았던 선대 교황의 포션. 엘레나가 탄 마차가 떨어졌다는 소식에 포션 몇 병을 메이나드에게 맡겨 놓았다. 그것이면 엘레나를 치유할 수 있으리라.

"제발 날 두고 가지 마."

몰아쉬는 숨 사이로 아드레이가 간절하게 말했다. 엘레나는 품에 안긴 채 그의 얼굴을 올려다보며 대답했다.

"울지 말아요."

그는 그제야 자신의 얼굴이 일그러져 있음을 깨달았다.

"나 때문에…… 울면 안 돼요."

금방이라도 멈춰 버릴 듯 엘레나의 숨소리가 너무나 미약했다. 가슴이 찢어지는 것 같았다.

그때 멀리서 횃불이 여러 개 일렁이는 것이 보였다. 어둑해진 산속에서 움직이는 기사단인 듯했다.

"여기다!"

아드레이가 온 힘을 다해 외쳤다. 다행히도 반응은 빨랐다. 횃불 몇 개가 빠르게 그가 있는 방향으로 달려왔다. 달가닥달가닥하는 말발굽 소리와 함께 메이나드의 목소리가 들렸다.

"폐하! 폐하!"

그는 엘레나를 찾으러 카파산으로 왔다가 아드레이까지 사라지자 이성을 잃어 가던 참이었다.

"폐하! 무사하십니까! 엘레나 님은……!"

말에서 훌쩍 뛰어내려 달려오던 메이나드가 차마 말을 다 끝마치지 못했다. 아드레이의 품 안에 축 처진 채 안겨 있는 엘레나를 본 것이다. 피투성이가 되어 힘없이 눈을 감고 있는 그녀는 도저히 살아 있는 사람으론 보이지 않았다.

"아직, 아직 늦지 않았다. 어서 포션을!"

메이나드가 재빨리 병을 열어 아드레이에게 전했다. 작은 유리병을 손에 쥔 아드레이는 조금의 망설임도 없이 그것을 제 입 안에 털어 넣었다. 그리고 그대로 고개를 숙여 엘레나에게 입을 맞췄다.

깊게 결합된 사이로 조심스레 포션을 흘려 넣으며 아드레이는 신을 찾았다. 제발 그녀를 살려 달라고.

입술의 부드러움과 함께 입 안으로 무언가 들어오는 것을 느낀 엘레나는 이렇게 죽는 거구나, 라고 생각했던 몸에 온기가 퍼지는 것을 느꼈다. 동시에 빠르게 의식이 멀어져 갔다. 모든 것이 허물어지는 끝에 다급한 메이나드의 목소리가 들렸다.

"폐하, 엘레나 님을 어서 황궁으로 모셔야 합니다."

이상하다. 엘레나는 그 와중에 생각했다. 폐하라니. 메이나드는 어째서 아드레이를 폐하라고 부르고 있는 걸까.

"폐하와 엘레나 신관님을 속히 모셔라!"

그 이유를 물어보려 눈을 뜨고 싶었지만 도저히 더 이상 버틸 수 없었다. 결국 밀려오는 잠에게 굴복한 엘레나의 머릿속에 메이나드의 목소리가 메아리처럼 울렸다.

기이익, 르니에는 괴상한 소리를 내며 느리게 닫히는 아발론 성문을 바라보며 하루 동안 있었던 일을 회상했다.

오후의 찬란한 햇살이 고스란히 들어오는 귀족원의 온실, 그곳에서 르니에는 조금 뜻밖의 손님과 마주 앉아 있었다. 달그락. 작은 소음과 함께 찻잔을 희고 긴 손가락이 들어 올렸다.

르니에가 차를 한 모금 마시며 눈앞의 폰타넬 백작을 주시했다. 귀족의 표본 같은 우아함과 르니에 특유의 관능적인 강렬함에 백작은 잠시 넋을 놓고 그 모습을 바라봤다.

"그래서, 내 부친께선 지금 아발론을 빠져나가는 중이시다. 그 말인가?"

"예. 저희를 비롯한 몇 가문에 사전에 합의된 것을 무시하고 오늘 바로 아발론을 떠나라는 서신이 왔습니다."

폰타넬 백작의 태도는 깍듯했다. 마치 베르너 공을 대하듯 르니에를 대하고 있었다. 그리고 그 점이 르니에를 만족스럽게 했다.

원래라면 대면을 할 만한 가치도 없는 자였지만, 적어도 아직 그를 베르너 공의 아들로만 알고 있는 몇몇 무식한 자들과는 다르니 말이다.

"그 명령을 한 것이 정확히 언제지?"

"얼마 전부터 신호를 주면 바로 아발론을 떠날 수 있게 짐을 챙겨 놓으란 말이 있었고, 실질적인 명이 떨어진 것은 바로 어제입니다."

"어제라……."

눈을 가늘게 뜬 르니에가 앉아 있던 자리에서 일어났다. 찻잔을 내려놓고 시종을 불러 겉옷을 챙기는 그에게 폰타넬 백작이 공손하게 물었다.

"저, 그럼 저는 어찌해야 하는지……."

"그걸 왜 나에게 묻나."

"그, 그거야 제가 이렇게 정보를 가져오지 않았습니까. 그러니까……."

"대가를 달라?"

코트에 한쪽 팔을 꿰어 넣으며 르니에는 픽 웃었다.

"그래. 거사가 성공한 뒤에 폰타넬 백작가를 없애지는 않아 주지."

"그게 무슨 소리입니까! 우, 우리 폰타넬 백작가를 없앤다니!"

폰타넬 백작이 발끈해 핏대를 세우며 소리쳤다.

"말을 잘못 골랐지 않나. 그러니 말 등에서 떨어지는 것은 당연한 일이지."

"지금이라도 이렇게 협조하고 있지 않습니까! 오늘 이 정보만 하여도……"

"그건 오늘이 지나 봐야 알 일이지."

냉정한 르니에의 말에 폰타넬 백작은 더 이상 항의하지 못하고 입을 다물었다.

"일단은 그대도 오늘 아발론은 떠나는 것이 좋겠군."

"베르너 공의 명을 따르라는 말입니까?"

"일단은 본인의 열렬한 신봉자인 줄 아는 그대에게 그런 명령을 한 데에는 이유가 있을 터. 굳이 따르지 않을 필요는 또 없지 않나. 또 부친께서 그대를 계속해서 신용한다면 더할 나위 없이 좋을 것이고."

"첩자 노릇을 하라니……."

"백작의 선택에 맡기지."

자신을 잡지도 않고 그렇다고 내치지도 않는 르니에의 태도에 당황한 폰타넬 백작이 급하게 물었다.

"내가 이대로 베르너 공에게 돌아가 다 말하면 어쩌려고 이리 박대하십니까?"

"글쎄. 제 발로 침몰하는 배에 오르겠다는데 굳이 말릴 필요가 있나. 내 배는 꽤나 가득 차서 말이야."

황망히 서 있는 폰타넬 백작을 홀로 남겨 두고 르니에는 바로 마차에 올랐다. 시간을 보내고 있던 귀족원 건물에서 멀지 않은 곳에 위치한 윈터힐 백작가가 그의 목적지였다.

"백작 영애께선 어디 계시지?"

분위기가 어수선하고 곳곳에 짐마차가 나와 있는 윈터힐 백작저를 보며 르니에가 하인을 하나 불러 세웠다.

"누구십니까?"

일개 하인이 누가 봐도 고위 귀족인 르니에에게 당당하게 신분부터 묻는 것이 윈터힐 백작가다웠다.

"베르너 후작이다."

"⋯⋯영애께선 아침 일찍 황궁에 가셨습니다."

베르너 후작이 누군지 익히 알고 있는 듯한 하인은 마지못해 뚱하게 대답하곤 제 할 일을 하러 가 버렸다. 르니에는 오가는 여러 하인들의 눈총을 받으며 잠시 그 자리에서 주변을 살폈다.

짐은 이미 단단히 묶여 있었고 기사와 호위 병력도 길을 떠날 준비를 마쳤다. 모두들 주인이 돌아오기만을 기다리고 있었다.

"오늘 알현을 한 뒤에 떠난다고 했던가."

르니에는 다시 마차에 오르며 생각했다. 거사에 참여한 가문들 중 가장 먼저 아발론을 떠나기로 한 윈터힐 가문. 그리고 자신을 따르는 몇몇 가문에만 은밀히 사람을 보내 당장 오늘 아발론을 벗어나라고 지시한 부친.

이 모든 것이 과연 우연일까. 그저 짐작일 뿐인데도 등허리를 타고 흐르는 좋지 않은 예감에 르니에는 조용히 눈썹을 모았다.

"황궁으로 가자."

짧은 명령에 마차는 곧장 황궁으로 향했다.

얼마 후 황제를 향해 선전포고를 할 사람이라곤 믿기지 않을 정도로 르니에는 여유로웠다. 모든 것이 그의 계획대로 흘러가고 있다는 것에서 나오는 자신감이었다.

서부 귀족 연합이 가지고 있는 막대한 부와 윈터힐의 군사력, 그리고 전혀 예상치 못한 곳에서 제국을 공격할 '그들'이 힘을 합쳤으니 이 거사는 성공할 것이다.

어차피 베르너가의 귀중한 물건들은 부친이 모두 챙겨 베르너령으로 가져갈 것이다. 처음부터 그에게 귀중품 따위는 의미가 없었다. 부친은 그저 객기로 받아들이는 것 같았지만, 르니에는 진실을 말했다. 그에게 소중한 것이라곤 오로지 엘레나뿐이었다.

"윈터힐보단 따듯한 서쪽이 좋겠지."

봄이 되면 엘레나는 그와 함께 아발론으로 돌아올 것이다. 그러나 윈터힐의 겨울은 매섭기로 유명했다. 혼자서 먼 곳에서 겨울을 나는 것보단 그와 함께 안전한 곳에서 시간을 보내는 편이 그녀에게도 좋을 것이다. 엘레나를 떠올리는 르니에의 얼굴에 미소가 만연했다.

창밖의 풍경이 황궁 근처라는 것을 막 깨달았을 때였다.

"후작 각하, 무슨 일이 났나 봅니다. 길에서 비켜서야겠습니다."

마부가 불안한 목소리로 그에게 알렸다. 슬쩍 마차의 커튼을 올린 르니에의 미간이 좁혀졌다.

두두두 하는 요란한 말발굽 소리가 대로를 울렸다. 황궁의 정문이 열리고 수십 마리의 말을 탄 기사들이 쏟아져 나왔다. 그 제일 앞에서 달리고 있는 아드레이를 본 르니에는 표정을 굳혔다.

"무슨 사달이라도 난 것 아냐?"

"그러게. 저 많은 기사님들이 모두 어딜 가시는 걸까……."

아발론의 백성들이 처음 보는 상황에 눈을 동그랗게 뜨고 불안해했다.

르니에는 뭔가가 잘못됐음을 직감했다. 아드레이가 직접 말을 몰고 움직일 정도의 일이 벌어진 것이다.

황제는 물론이고 뒤를 따르는 기사들마저 정식으로 출전 준비를 마친 복장은 아니었다. 반역 진압이라면 조금 더 은밀히 이루어질 터.

"저택으로 마차를 돌려라."

"예, 각하."

노을이 지기 시작할 즈음 도착한 베르너 저택에 이미 베르너 공은 보이지 않았다. 집사만 나와 르니에를 맞이했다.

"아버지는 떠나셨나?"

"예. 저, 그런데 각하."

버릇처럼 르니에를 '도련님'이라고 부르던 집사였으나 이제는 실수하는 일이 없었다. 그도 소식통에게 전해 들어 알고 있었다. 젊은 후작이 이미 그 아버지를 넘어섰다는 것을. 죽으라면 죽는 시늉이라도 할 듯이 충직해진 집사는 르니에가 권력을 손에 넣은 뒤에 변화한 것들 중 하나였다.

"저도 짐을 싸야 하는 것입니까?"

그렇게 묻는 얼굴에 불안함이 잔뜩 서려 있었다. 저도 몸을 피해야 하지 않겠느냐고. 그런 집사를 잠시 물끄러미 보던 르니에는 고개를 저었다. 그리고 살포시 웃으며 말했다.

"아니. 아직은 아니다. 조금 더 이 저택을 돌보도록 해."

"……예, 알겠습니다."

집사는 고개를 갸우뚱했지만, 명령을 어기고 저택을 내팽개친 채 도망칠 수는 없는 노릇이었다.

"케인은?"

"아침 일찍 저택을 나섰다가 오후에 잠시 들른 뒤론 아직 돌아오지 않았습니다."

"아버지와 함께 가지 않은 건가?"

"예. 저도 조금 이상하다고 생각했습죠."

케인은 웬만해선 베르너 공의 곁을 비우지 않았다. 그 어떤 시종보다도 가까이서 공을 보필하는 수족이었다. 이상한 점이 한둘이 아니었다.

일단 부친과 합류하는 것이 첫 번째라고 생각한 르니에는 간단하게 짐을 챙겨 다시 저택을 나섰다. 은밀히 불러낸 기사 둘이 그를 호위했다.

"도련, 아니 각하! 어딜 가시는……."

"잠시 약속이 좀 있어서. 느지막이 저녁 식사를 하게 될 테니 준비해 줘."

"돌아와서 저녁 식사를 하신다는 말입니까?"

미심쩍은 듯 집사가 되물었다.

"그래. 그러니 준비해 놔."

집사가 불안해할 때마다 르니에의 미소는 짙어져만 갔다.

부친은 자신을 지지하는 세력만 챙겨서 서둘러 아발론에서 몸을 뺐다. 게다가 아드레이가 직접 움직이고 있었다. 정확한 자초지종은 알 수 없었지만, 부친이 제 등 뒤에서 무슨 일인가 벌인 것이 분명했다.

예감이 말하고 있었다. 계획은 예정보다 조금 더 빨리 시작될 테고, 아마 르니에가 거사를 성공리에 마칠 때까지 이 저택에 돌아오는 일은 없을 것이다.

"특별히 맛있는 식사를 기대하지."

그러나 누군가는 이 저택을 마치 아무 일도 없는 것처럼 지키고 있어야 했다. 그동안 제가 모셔야 할 진짜 주인이 누군지도 모르고 몇 년이나 그를 '도련님'이라 불렀던 집사는 그 일을 하기에 안성맞춤이었다.

"어제부터 프란시스 남작이 계속해서 후작 각하를 뵈어야 한다며 고집을 부리고 있습니다."

"아아, 그들이 아직 내 집에 머물고 있었군."

르니에는 잠시 생각하다 한쪽 입꼬리를 비틀며 웃었다.

"손님을 먼저 쫓아낼 수는 없는 법이지. 안 그런가? 머물고 싶은 만큼 머물라고 하게. 아니야, 이참에 오늘 저녁 식사를 남작과 함께 하는 것도 좋겠군."

자식의 빚은 부모가 갚는 법. 엘레나에게 손찌검을 하고 욕보인 로잘린느가 아직 죗값을 치르지 않았으니 이것 또한 아주 안성맞춤 이었다.

그 길로 말을 달린 르니에는 막 닫히려 하는 아발론 서문을 가까 스로 통과해 밖으로 나왔다.

"각하!"

부친 쪽에 심어 두었던 기사 하나가 르니에를 발견하고 서둘러 달 려왔다.

"도대체 무슨 일이 일어나고 있는지 말해 봐."

"오후에 케인이 잠시 저택에 다녀갔는데, 서재에서 베르너 공과 나누는 대화를 엿들었습니다. 그런데 아무래도 일이 조금 잘못된 것 같습니다."

"거사 계획을 들키기라도 한 건 아닐 테고."

"그건 아닌데. 저, 그것이⋯⋯."

망설이는 기사의 태도에 르니에의 눈초리가 더욱 날카로워졌다.

"아무래도 케인을 시켜 엘레나 신관님을 처리하려고 하신 것 같습 니다."

"⋯⋯뭐?"

"몰래 엿들은 것이라 확실한 것은 아니지만, 납치를 하려다 일이 잘못되자 케인에게 신관의 시체를 확인하고 아직 살아 있다면 죽이 라는 명령을⋯⋯."

기사는 별안간 온몸에 소름이 돋아 놀라서 르니에를 바라봤다. 진득한 살기와 함께 엄청난 기운이 뿜어져 나오고 있었다.

"위치."

"카, 카파산맥……."

선배들에게 들어 후작 각하가 엄청난 검사라는 것은 알았지만, 이런 경지일 줄은. 기사는 무릎이 후들거려 몇 발짝 뒷걸음질을 쳤다.

"그래서 직접 움직인 건가."

뜻 모를 말을 중얼거린 르니에가 고개를 돌려 성벽 너머의 황궁 쪽을 바라봤다.

"너희는 근처 마을에서 대기하고 있어라."

"각하께선 어찌하시려고……."

르니에는 대답하지 않고 말 머리를 훌쩍 돌렸다. 그러고는 반쯤 닫힌 아발론 성문으로 향했다.

"지금 들어가시면 나오지 못하실 수도 있습니다! 위험합니다, 각하!"

그러나 르니에는 돌아보지 않았다. 결국 그는 아발론으로 다시 들어가 버렸고, 성문이 굳게 닫혔다.

태양의 궁, 어두운 방 안에 미동도 않고 앉아 있던 아드레이가 조용히 침실의 문이 열리는 소리에 벌떡 일어났다.

"상태는 어떤가?"

"폐하를 뵙습니다."

늙은 의원이 공손히 머리를 숙이며 인사를 하려 했지만, 아드레이는 한 손을 저어 그것을 만류했다.

"포션을 사용하신 것이 천만다행이었습니다. 내상이 심해 그 응급 처치가 없었다면 아마 영애께선 지금쯤……."

상태가 심상치 않았다는 것은 알았지만 그 정도일 줄이야. 정말로 엘레나를 잃을 뻔했다는 사실에 아드레이가 침음을 흘렸다.

"마차가 떨어지며 충격을 받은 발목과 쇄골이 부러지고, 어깨는 완전히 탈구되었습니다. 그 상황에서 계속 움직이며 부상이 악화된 것은 물론이고, 이마의 상처가 지혈이 되지 않아 피를 많이 흘리셨습니다."

창백하고 온기가 없던 엘레나의 몸이 느껴지는 듯해 아드레이가 두 손을 꽉 쥐었다.

"포션이 꽤 도움이 되기는 했습니다만, 아무래도 제조된 지 오래되어 제대로 된 효과를 보이지 않고 있습니다."

손쓸 도리 없이 죽어 가던 사람도 살려 낼 수 있는 것이 선대 교황의 포션이다. 그러나 소유자의 몸을 떠난 신성력은 오랫동안 보존되지 못하고 사라진다.

"총 다섯 병의 포션을 모두 사용했지만 지금으로선 내부 장기의 출혈과 이마의 상처를 겨우 지혈했을 뿐입니다."

"발과 어깨는 시간을 들여 치료해야 한다는 것인가?"

"예, 폐하. 지금으로서는 그게 윈터힐 영애를 위한 최선이라고 사료됩니다."

"의식은 언제쯤 차릴 수 있을 것 같나."

"가늠하기 어렵습니다. 워낙 피를 많이 흘리셨고 큰 고비를 넘기신 터라."

점점 어두워지는 아드레이의 안색에 눈치를 보던 의원이 덧붙였다.

"영애께서 깨어나지 못하고 있는 지금 이 상황으로는, 사고가 정확히 얼마만큼의 피해를 입혔는지 알 수 없습니다. 의식을 되찾으신 후에야 정확한 진단이 가능합니다."

"그렇다면 외상 말고 다른 문제가 있을 수도 있다는 말인가?"

"그러합니다, 폐하. 그러니 영애가 빨리 의식을 회복하는 것이 급선무입니다."

아드레이는 무겁게 고개를 끄덕였다.

"잠시 뒤에 다시 오겠습니다."

의원이 허리를 깊이 숙이고 방을 나섰다. 아드레이는 조용히 자신의 침실에 들어갔다. 커다란 침대 위에 누워 있는 엘레나가 너무나 작아 보였다.

덜컥 겁이 난 아드레이는 서둘러 침대 곁으로 다가갔다. 조용히 오르내리는 엘레나의 가슴팍을 한참이나 확인한 후에야 그는 참았던 숨을 길게 내쉬었다.

"엘레나."

이렇게 부르면 언제나 그를 바라보며 눈부신 미소를 보여 주던 그녀가 아무런 대답이 없었다. 파리한 안색으로 가는 숨만 몰아쉬며 누워 있었다.

흰 붕대가 엘레나의 몸 이곳저곳에 감겨 있었다. 피가 흐르던 이마에도, 가는 목에도, 어깨와 발목에도. 어느 한 군데 성한 곳이 없었다.

침대 곁에는 따뜻한 물과 수건이 놓여 있었다. 그가 자리를 비우면 시녀들이 엘레나의 몸을 닦아 줄 요량인 듯했다.

아드레이는 직접 그 수건을 물에 적셔 아직 그녀의 머리칼에 엉겨붙어 있는 피를 조심스레 닦아 냈다. 몇 번 지나지 않아 붉게 물든 물에 아드레이가 이를 악물었다.

"미안하다, 엘레나."

지켜 준다고 약속한 주제에 또 소중한 사람을 지키지 못했다. 혼자서 다친 몸으로 어두운 산속을 헤매도록 했다. 윈터힐 백작의 일로 잠시 한눈을 판 사이 그녀를 잃을 뻔했다.

아드레이는 조용히 몸을 일으켜 조심스레 그녀에게 입을 맞췄다.

"다녀올게."

나직한 그의 인사에도 곤히 잠든 엘레나는 반응하지 못했다.

침실 밖으로 나오자 메이나드가 그를 기다리고 있었다. 머리부터 발끝까지 황실 기사단의 정복을 차려입은 그가 아드레이에게 두 손으로 무언가를 건넸다. 산속에 두고 왔던 애검 가이아였다.

"모두 준비를 마쳤습니다, 폐하."

이윽고 휴고가 아드레이의 갑옷을 들고 왔다. 정복 전쟁이 끝난 뒤엔 입지 않았던 바로 그 갑옷이었다. 창 밖에서 들어오는 달빛에 차가운 금속의 표면이 시리게 빛났다.

"가자."

"예, 폐하."

메이나드가 그를 보좌했다. 걸음을 옮길 때마다 철컹철컹하는 무거운 쇳소리가 울렸다. 한때 세 왕국의 군대를 가장 두려움에 떨게 했던 바로 그 소리였다.

황제궁 앞에서 사열한 채로 자신을 기다리고 있는 수백의 기사들 앞에 아드레이가 섰다. 그가 그들에게 말했다.

"제군들, 오늘은 아주 긴 밤이 될 것이다."

간밤에 바크란 1세가 일으킨 폭풍이 아발론을 휩쓸었다. 제국 황실 기사단의 검과 군마의 말발굽이 몰아친 곳은 귀족들의 저택이 몰려 있는 동쪽이었다. 제국에서 손꼽히는 대귀족 저택의 철문이 갑자기 불어닥친 황제의 분노에 속수무책으로 열렸다.

한밤중에 잠옷 바람으로 끌려 나온 고위 귀족들은 처음에는 목소리 높여 저들의 결백을 주장했지만, 친히 군대를 이끌고 나타난 바크란 1세의 앞에서는 바들바들 떨며 입을 다물었다. 감히 검을 뽑고 대항한 자들은 모두 목이 잘렸다.

그들이 그리도 자랑스러워했던 저택과 아름다운 정원은 하루아침에 엉망으로 짓밟혔다.

심지어 바크란 1세는 동이 트기 직전, 아발론 서쪽 근교의 마을로 직접 진군해 그곳에 머물고 있던 세콰이어 백작의 일가와 베르너가의 봉신 중 하나인 폰타넬 백작의 일가 역시 잡아들이기까지 했다.

아침에 일어나 갑자기 이게 도대체 무슨 일인가 어리둥절해하는 제국민들에게 충격적인 소식이 전해졌다. 서부의 몇몇 귀족들이 감히 반역을 도모했다는 것이다.

기겁을 하는 그들에게, 이어 더욱 충격적인 사실이 알려졌다. 반란의 주도 세력이 현 황제 폐하의 핏줄인 베르너 후작가라는 점이었다.

이윽고 제국 전역에 공문이 붙었다. 반역의 주모자인 베르너 공과 베르너 후작에 대한 정보에 막대한 금화를 건 현상수배였다. 낮에 아발론을 빠져나간 케인즈와 베랑 등 여타 주요 반역자들의 목에도 돈이 걸렸다. 미리 경고했던 대로 아주 길고 긴 밤이었다.

아침 해가 완전히 솟아올라 제 강렬한 빛을 뿜냈을 때, 아드레이는 자신의 침실 한쪽에 놓인 의자에 앉았다. 간밤에 입었던 갑옷을 그대로 입은 채였다. 그에게서 오래된 피 냄새와 불 냄새가 진하게 났다.

그의 눈이 엘레나를 좇았다. 마치 잠든 그녀를 보고 있는 것만이

유일한 구원의 방법인 것처럼.

가슴이 타들어 가고 있었다. 차라리 불에 지진 인두를 속으로 밀어 넣는 것이 덜 고통스러울 것이다.

"으음……."

밝은 햇살이 방해된 것일까. 엘레나가 작은 신음 소리를 내었다.

그녀는 꿈을 꾸고 있었다. 지난번, 가슴을 철렁하게 만들었던 바로 그 꿈이었다. 말 위에 탄 아드레이가 너무나 낯설었던 그 모습 그대로 천천히 다가왔다.

그러나 단 한 가지가 달랐다. 이번에 그는 그녀를 바라보고 있었다. 마치 온 세상에 그녀밖에 존재하지 않는 것처럼, 오로지 엘레나만을 바라보고 있었다.

어디선가 바람이 불었다. 그가 두른 망토가 길게 휘날렸다. 펄럭, 그 위에 새겨진 무언가가 시야를 가득 채웠다. 황금 사자가 그녀를 보고 포효했다.

이제는 알 수 있다. 저걸 내가 언제 봤는지.

엘레나는 힘겹게 눈을 떴다. 한 번도 본 적 없는 낯선 천장이 그녀를 반겼다.

"으으윽……."

동시에 엄청난 고통이 그녀를 덮쳤다. 차라리 비명을 지르고 싶은데 몸에 힘이 없어서 그마저도 힘들었다. 할 수 있는 것이라곤 이를 악물고 눈을 질끈 감는 것뿐이었다.

그때 그녀의 입가에 무언가가 닿았다. 차가운 유리의 감촉과 강한 약 냄새에 움찔하는 것도 잠시, 입 안으로 흘러 들어오는 액체를 본능적으로 삼켰다.

"하아, 흐읏."

아주 조금씩 고통이 잦아들었다. 여전히 이를 악물어야 했지만, 그래도 약간이나마 이성을 찾을 수 있었다. 엘레나는 눈을 떴다.

"레이."

가장 먼저 보인 사람의 이름을 불렀다.

"엘레나."

힘들어하는 그녀를 보기가 괴로운 듯 그의 눈빛이 흐렸다. 아드레이가 다시금 약병을 그녀의 입가에 대 주며 말했다.

"고통을 줄여 주는 약이다. 힘들겠지만 이 약을 조금만 더……."

"레이."

엘레나는 약을 마시지 않았다. 고통에 찡그린 얼굴로 그를 똑바로 올려다보았다. 그리고 물었다.

"레이가 정말로 황제 폐하예요?"

32장

32장

"메이나드가 레이를 그렇게 부르는 걸 들었어요. 정말로 레이가…… 폐하가 맞아요?"

그의 대답을 기다리는 짧은 순간이 억겁 같았다. 잠시 그녀의 금색 눈을 바라보던 아드레이의 고개가 느리게 끄덕였다.

"마, 말도 안 돼……."

엘레나는 헉하고 숨을 들이켰다. 레이가 황제라니. 『로잘린느 황후』의 남자 주인공이라니.

경악하는 그녀의 눈에 아드레이의 외모가 들어왔다. 밤하늘같이 어두운 칠흑의 흑발과 새벽빛을 담고 있는 두 눈. 검을 다루기에 최적으로 단련된 단단한 몸과 선이 굵은 남성스런 아름다움.

그래, 책에서 황제를 묘사할 때 그렇게 말했었다. 그리고 그 말들이야말로 침대에 걸터앉아 있는 이 남자를 가장 정확하게 표현하는 단어들일 것이다.

"어떻게, 레이가…… 어떻게."

하지만 어떻게 그가 황제일 수 있단 거야. 레이는 그냥 수습 기사일 뿐인데.

"미안하다. 엘레나."

부정도 잠시, 찡그린 얼굴로 사과하는 낮은 목소리에 모든 것이 확실해졌다.

"그, 그런……."

문장을 만들어 내지 못하고 동그랗게 뜬 눈으로 아드레이를 올려다보던 엘레나가 다시 정신을 잃었다. 아직 상처투성이인 몸으로 지나치게 큰 충격을 받은 탓이었다.

"엘레나!"

쿵, 스르륵 감기는 그녀의 눈과 함께 그의 심장이 내려앉았다.

"휴고! 휴고!"

아드레이가 밖을 향해 크게 소리쳤다.

"폐하?"

"의원! 의원을 불러라!"

놀라서 뛰어 들어온 휴고는 처음 보는 아드레이의 이성을 잃은 모습에 놀라면서도 명에 따라 의원을 부르기 위해 재빨리 뛰어나갔다.

"엘레나! 제발 눈을 떠라…… 엘레나!"

볼을 어루만지며 불러 보았지만 소용없었다. 결국 휴고가 의원을 데리고 올 때까지 아드레이는 그녀의 몸을 놓지 못하고 계속 끌어안고 있었다. 심각한 얼굴로 엘레나의 상태를 확인한 의원이 고개를 저었다.

"호흡이 불안정하고 열이 오르고 있습니다. 몸에 외상이 많은 지금 상황에선 좋지 않은 징후입니다. 일단 약을 처방하여 진료하겠습니다."

"다시 정신을 잃기 전에 그녀가 고통스러워했다. 포션을 사용하라."

이제 몇 병 남지 않은 선대 교황의 포션이었지만, 엘레나를 위해서라면 모두 사용해도 상관없었다. 선대 교황도 그것을 바랐으리라.

"포션의 효과가 너무나 미약해 큰 효과가 있을지 의문입니다."

"상관없다. 조금이라도 도움이 될 만한 것은 무엇이든 하라."

의원은 새삼스런 눈으로 엘레나를 바라봤다. 대체 이 영애가 누구이건대 선대 교황의 유품과도 같은 귀하디귀한 포션을 모두 사용하라고 하시는 것인가. 황제의 침소인 태양의 궁에서도 폐하께서 직접 몸을 누이시는 침실에 누워 있는 것만으로도 그녀와의 관계가 짐작이 가기는 했다.

"……그리하겠습니다, 폐하."

"휴고."

"예, 폐하."

걱정스럽게 상태를 지켜보던 휴고가 지체 없이 대답했다.

"신전에 사람을 보내 교황에게 엘레나의 상태를 알리고 조금이라도 치유력을 가진 신관을 수배하라 명하라."

"명을 받들겠습니다, 폐하."

휴고가 명령을 수행하기 위해 서둘러 침실을 나갔다.

아드레이는 까맣게 죽은 얼굴로 엘레나의 손을 잡았다. 그녀의 찬란한 금안이 믿을 수 없다는 듯 자신을 바라보던 것이 떠올랐다. 목에 가시가 든 듯했다.

"의원."

"예, 폐하."

"최선을 다하라. 최선을 다해 이 여인을 보살펴라. 그대가 가진 모든 것을 쏟아부어야 할 것이다."

흰머리가 성성한 의원은 지엄한 황제의 명에 더욱 머리를 조아리고 엘레나의 곁으로 다가섰다. 황제 폐하의 앞이란 생각에 손이 덜덜 떨려 오고 등이 흥건하게 젖었지만, 가진 바 모든 지식을 동원했다.

그때 메이나드가 침실 문 밖에서 작게 알려 왔다.

"폐하, 윈터힐 백작과 시녀를 데려왔습니다."

"들어와라."

아드레이는 엘레나의 한 손을 잡은 채로 말했다. 문을 박차듯 여는 소리와 함께 초췌한 안색의 윈터힐 백작이 들어왔다.

"엘레나!"

갇힌 뒤로도 계속해서 진정하지 못했다던 백작은 행색이 엉망이었다. 쉴 새 없이 문을 두드린 손은 터지고 까져서 피투성이였고, 하룻밤 사이에 10년은 늙기라도 한 듯 눈 밑이 푹 꺼졌다.

"에, 엘레나!"

비틀비틀하며 백작이 침대로 달려왔다. 자신의 눈앞에 보이는 이 상황을 믿을 수 없었다. 그는 부들부들 떨며, 의원의 치료를 받는 엘레나를 황망히 바라봤다.

"이게 어떻게 된 일이오!"

실비아가 그랬던 것처럼 마차가 절벽 아래로 떨어졌고 딸아이가 실종되었다는 소식을 듣고 난 후로 백작은 제정신이 아니었다. 결국 기사들이 그를 포박해야 했을 정도로 알현실을 나가기 위해 몸부림쳤다. 딸을 찾으러 나가야 한다는, 구해야 한다는 절박함만 남아 있는 한 마리의 짐승 같았다.

"아가씨!"

마리안이 백작의 뒤를 따라 들어왔다. 옆구리의 크게 베인 자상과 떨어지면서 온몸에 입은 타박상에 제대로 걷지 못했지만, 그런 것이 그녀를 막을 수는 없었다.

"엘레나는, 엘레나는 지금 어떤 상태인 것이오."

떨리는 목소리로 백작이 의원에게 물었다. 그러나 대답은 아드레이에게서 나왔다.

"머리의 외상과 마차가 떨어질 때 입은 내상으로 출혈이 컸다. 어깨는 탈구되었고 쇄골이 부러졌다. 한쪽 다리도 골절된 상태."

그의 대답에 윈터힐 백작의 안색은 더욱 어두워졌다. 마치 머리부터 발끝까지 모두 다쳤다는 말 같지 않은가.

"살 수는 있는 것이오……."

"의원."

아드레이가 부르자 의원이 공손하게 대답했다.

"폐하께서 교황 성하의 포션으로 응급처치를 하신 덕에 목숨에는 지장이 없을 것으로 보입니다."

"목의, 목의 상처는……."

흰 붕대가 감긴 엘레나의 목을 백작의 떨리는 손끝이 가리켰다.

"그건……."

아드레이는 엘레나에게 있었던 일을 설명했다. 처음 케인이란 자가 그녀를 납치하려고 했던 것부터 마지막에 사람을 풀어 그녀를 죽이고 함구시키려 했던 것까지. 언뜻 차분하게 들리는 어조였지만, 의원은 그의 얼굴을 보는 게 두려워 차마 고개를 들지 못했다.

"크윽, 베르너……."

빠드득, 윈터힐 백작이 분노에 못 이겨 이를 갈았다.

"그 늙은 여우가……."

제 아들에게 밀려나더니 이성을 잃고 감히 이런 짓을 벌인 것인가. 백작은 눈앞에 베르너 공이 있다면 당장 찢어 죽일 듯 꽉 쥔 두 주먹을 부들부들 떨었다.

"르니에라고는 생각하지 않는군."

"케인 그자는 오로지 베르너 공에게만 충성하는 자이오. 또한 젊은 후작은 이미 말의 고삐를 틀어쥐었으니 이런 간악한 짓을 벌일 필요가 없소."

아드레이의 눈빛이 싸늘하게 빛났다.

"르니에가 고삐를 쥐었다는 게 무슨 말이지."

그동안 수집해 온 모든 정보는 베르너 공이 반역을 주도했다 말해 왔다. 르니에의 개입은 극히 제한적이었다. 아니, 반역에 대해서 알고는 있었으나 의문이 들 정도였다.

그래서 티토를 생각해 베르너가는 대가를 치르더라도 르니에만큼은 사면하는 방안을 강구하고 있었다. 그런데 그 이름이 등장하다니.

그러나 윈터힐 백작은 아무런 대답이 없었다. 아니, 대답하지 못했다. 많은 회한이 담긴 눈으로 누워 있는 엘레나를 바라봤다.

"딸아이는 완전히 회복할 수 있는 것이오?"

백작이 의원에게 물었다. 엘레나 이마의 붕대를 갈기 위해 바삐 손을 놀리던 의원은 잠시 백작을 향해 고개를 돌렸다. 침대 기둥을 부여잡은 백작의 손끝이 하얗게 질려 있었다.

의원은 묵묵히 고개를 끄덕였다. 오가는 대화로 비추어 보건대, 복잡한 사연이 있는 듯했지만 자식을 생각하는 부모의 마음은 매한가지가 아닌가.

"시일이야 조금 걸리겠지만 영구적인 후유증이 남을 상처들은 아닙니다."

의원의 확답을 받은 백작은 성큼성큼 걸어 침대에 걸터앉아 있는 아드레이의 앞에 섰다. 털썩, 돌연 백작이 무릎을 꿇었다. 억지로 무룷이 꿇렸던 알현실에서와는 판이한 행동이었다. 자신의 의지로, 스스로 아드레이 앞에 두 무릎을 꿇었다.

"감히 폐하께 청이 있나이다."

고고한 오만함을 버리고 무릎을 꿇었으나 그 눈빛만큼은 그 어느 때보다도 형형했다.

"윈터힐이 서부 귀족 연합에 맞서 가장 최전선에서 싸울 수 있도록 해 주십시오."

"스스로 무엇을 청하는지 알고 있는 것인가."

전장에서 가장 선봉에 서는 것은 커다란 영광이지만 그만큼 위험하다. 목숨을 걸어야 한다. 가장 치열하고 가장 많은 피해를 감수해야 한다.

"부디 엘레나를 저렇게 만든 베르너 가문에게 복수할 기회를 주십시오."

베르너 공은 엘레나에게 손을 대지 말았어야 했다. 그녀를 납치해 자신의 목줄 대신 쥐려 했던 것이든, 죽여서 르니에를 뒤흔들려고 했던 것이든 그 이유는 상관없다. 이제 윈터힐은 복수를 하기 위해 수단과 방법을 가리지 않을 것이다.

"제일 앞서서 그들을 베어 내겠습니다."

그렇게 맹세하듯 다짐하는 백작의 두 눈이 마치 잘 벼린 창끝처럼 날카로웠다.

"좋다. 윈터힐을 가장 선봉에 세워 주겠다."

"감사합니다, 폐하."

"또한 그것으로 반역을 도모한 윈터힐의 죄를 면한다."

이번만큼은 백작의 두 눈이 흔들렸다.

"폐하……."

"반역의 죄는 그대의 피가 아닌, 적의 피로 씻어 내라."

원터힐 백작은 황제를 올려다봤다. 그리고 자신만큼이나 분노하고 있는 한 사내를 보았다.

"하늘과 같은 은혜에 감읍할 따름입니다."

"일어나라, 백작."

다시금 이페른 제국의 원터힐 백작으로 인정받은 순간이었다. 응당 형장의 이슬로 사라졌어야 할 백작이었으나, 이제 가장 선봉에 서게 되었다. 어제까지 황좌를 위협하던 원터힐 백작가의 군대가 이제 황좌를 지키는 가장 날카로운 창이 된 것이다.

그리고 자리에서 일어난 백작은 엘레나를 한 번 확인하듯 보고는 낮은 목소리로 말했다.

"저들의 계획에 대해 아직 폐하께서 모르시는 부분이 있습니다."

베르너 공은 엘레나에게 손을 뻗친 순간을 두고두고 후회할 것이다. 제국군이 그들의 계획을 하나하나 미리 망가뜨릴 때마다, 귀족 연합의 영지와 성이 하나씩 함락될 때마다, 그리고 마침내 백작의 손에 숨이 끊길 때까지.

"현재 반역자들을 이끌고 있는 것은 베르너 공이 아닌 르니에 폰 베르너 후작입니다."

엘레나의 한 손을 쓰다듬고 있던 아드레이의 손길이 멈췄다.

"처음에는 서부 귀족들 사이에서 연합을 이끌어 낸 것도, 칩거 중인 저를 찾아 온 것도 베르너 공이었습니다. 하지만 최근 그 권력 구도가 변했습니다."

"귀족들이 르니에를 추대한 것인가?"

"아닙니다. 베르너 후작이 직접 나서서 귀족들을 설득했습니다. 베르너 공의 경계가 느슨해진 틈을 타 꽤나 공을 들인 것으로 압니다."

"르니에에게 밀려났고, 원래의 권력을 찾으려면 윈터힐의 군대를 마음대로 주무를 수 있어야 했다. 그래서 엘레나를 납치하려 했던 것이로군."

답은 금방 나왔다. 아드레이의 추론에 윈터힐 백작은 고개를 끄덕였다. 바크란 1세는 베르너 공이 말했던 것과는 완전히 달랐다. 잔혹한 전쟁광은 이런 냉철한 판단을 내리지 못한다.

"그리고 한 가지 중요한 정보가 더 있습니다."

"말해라."

"베르너 후작이 연합에서 베르너 공을 밀어내고 권력을 틀어잡을 수 있었던 결정적인 사유는 그자가 또 다른 세력을 포섭했기 때문입니다. 그 때문에 귀족들의 신임을 받아 낼 수 있었습니다."

또 다른 세력이란 말에 아드레이의 눈이 날카롭게 변했다.

"처음부터 연합은 윈터힐의 군사력에 의존해 왔습니다. 그러나 금번에 베르너 후작이 끌어들인 것은 제국에 큰 위협이 될 수 있는 자들입니다."

아드레이와 백작의 시선이 마주쳤다. 서늘한 군청색 눈을 보며 윈터힐 백작이 입을 열었다.

"폐하께 정복당한 3국의 독립 세력입니다."

그 말이 떨어지기가 무섭게 아드레이가 자리에서 일어났다. 주변에 작은 바람이 일었다.

"휴고, 풀먼 후작을 시켜 모두를 소집해라."

마음 같아선 엘레나가 깨어나는 것을 본 뒤 움직이고 싶었지만, 지금 당장 아드레이가 하지 않으면 안 되는 일들이 그를 기다리고 있었다. 그는 대신 의원을 향해 말했다.

"치료에 필요한 것이 있으면 시종장을 불러 무엇이든 요구하라."

"예, 폐하."

"메이나드, 윈터힐의 기사들을 풀어 주고 집무실로 오도록."

지난밤, 아드레이의 바로 곁에서 아발론을 질주했던 그였지만 이 모든 것은 결국 시작일 뿐이라는 것을 알았다. 굳은 얼굴의 메이나드가 고개를 끄덕이곤 침실을 나섰다.

"백작은 지금 나와 함께 집무실로 간다."

집무실이란 말에 윈터힐 백작이 굳은 얼굴로 고개를 끄덕였다. 어제는 알현실에 갇혀 있던 신세였으나, 오늘은 황제의 집무실에 드나들게 되었다. 곧 황제파 귀족들의 앞에서 서부 연합의 세세한 계획들을 설명하게 될 것이다.

그러나 조금의 갈등도 없었다. 엘레나를 해하려고 했던 자들에게 용서는 없다.

"제가 아가씨의 곁에서 시중을 들 수 있도록 윤허해 주시겠습니까."

제 아무리 엘레나의 시녀라지만 이곳은 황제의 침실. 엘레나를 간호하기 위해서는 황제의 허가가 필요했다.

마리안의 물음에 아드레이는 고개를 끄덕였다. 온통 낯선 것들에 둘러싸인 엘레나에게 익숙한 시녀는 큰 도움이 될 것이다.

"네 주인을 잘 모셔라."

"감사합니다, 폐하."

마리안이 진심을 담아 인사했다.

백작이 먼저 문간에 서서 기다리는 사이, 아드레이는 다시 한번 엘레나 곁에 섰다. 그리고 큰 몸을 기울여 그녀의 이마에 입을 맞췄다. 부드러운 살결 대신, 거칠거칠한 붕대가 느껴져 그가 눈썹을 찡그렸다.

"다녀올게."

그 입맞춤 한 번이 얼마나 조심스럽고 다정한지 마리안은 저도 모르게 고개를 돌렸다.

"가자."

아드레이의 뒤를 따라 휴고와 윈터힐 백작도 침소를 나섰다. 그 모습을 보며 마리안은 몸을 더욱 바삐 놀렸다. 스스로도 성하지 못한 몸으로 미처 다 닦이지 않은 핏자국을 엘레나의 몸에서 지워 내고, 의원의 크고 작은 수발을 들었다.

정신없이 바쁜 와중에도 참 다행이라는 생각이 들었다. 엘레나의 정인이 황제 폐하라는 말을 들었을 때, 마리안은 반역죄로 처단될 제 목숨보다도 아가씨의 무너질 마음이 걱정되었다. 사랑하는 연인이 자신의 아버지를 처형한다면, 아가씨께선 얼마나 슬퍼하실까.

그런데 기적과 같이 윈터힐의 죄는 사해졌고, 폐하의 엘레나 아가씨를 향한 마음은 변함이 없어 보이니, 더는 바랄 것이 없었다.

"이제 아가씨만 일어나시면 됩니다. 힘을 내세요."

열로 붉게 달아오른 엘레나의 얼굴을 물수건으로 닦아 주며 마리안이 작게 말했다.

"으으윽……."

온몸이 몽둥이로 두들겨 맞은 것처럼 아팠다. 이렇게 아픈 건 처음 책 속에 들어왔을 때 이후로 처음이었다.

"아이고……."

억지로 눈을 뜨며 엘레나가 앓는 소리를 내었다.

"아가씨, 정신이 좀 드세요?"

어디선가 익숙한 목소리가 들려왔다.

"어, 마리안?"

눈을 뜨자마자 보이는 마리안의 모습에 엘레나는 안도했다. 그녀의 얼굴이 보이는 것을 보니 이곳은 윈터힐 백작가의 자신의 방인 게 틀림없었다.

"아…… 다 꿈이었구나?"

그럼 그렇지. 맥이 탁 풀리는 것 같았다. 레이가 황제라니, 그런 말도 안 되는 꿈을. 스스로도 너무나 터무니없어 웃음이 났다.

"하하, 바보 같…… 윽!"

"아가씨! 아직 움직이시면 안 됩니다!"

"이, 이상하다 몸이 왜 이렇게 아프지?"

다 꿈일 텐데. 마차 사고를 당한 것도, 베르너 공의 사람이 날 죽이려고 한 것도, 그리고.

"레이가 황제? 악!"

밀려오는 기억에 헉하고 숨을 들이켠 엘레나는 본능적으로 자리에서 일어나려 하다 어깨를 찌르는 듯한 고통에 소리를 질렀다.

"아가씨, 움직이시면 안 된다니까요!"

"마, 마리안, 아니 메리. 이게 지금 어떻게 된 일이에요? 여긴 어디예요?"

'이곳이 황제의 침실이 맞냐'는 물음이었지만, 조금 다르게 받아들인 마리안은 사색이 되었다.

"아가씨…… 기억이 나지 않으시는 겁니까?"

마리안의 시선이 엘레나 이마에 감긴 붕대로 향했다. 머리를 다쳤다지만 그리 큰 걱정은 하지 않았는데, 어쩌면 후유증이 생각보다 심할지도 모른다는 걱정에 가슴이 철렁 내려앉았다.

"잠시만 기다리십시오! 의원을 바로 불러오겠습니다!"

"저기, 메리!"

엘레나가 애타게 불렀지만 마리안은 이미 번개같이 방을 나선 뒤였다. 혼자 남겨진 엘레나는 침대에 누운 채로 머리만 돌려 주변을 둘러봤다. 조금 전의 그 고통을 다시 느끼고 싶지는 않았다.

"되게 단순한데…… 고급스러운 방이네."

스스로의 감상이 이 방을 잘 설명하는 것 같아 엘레나는 고개를 주억거렸다. 이게 정말로 하나의 방인가 싶을 정도로 거대한 침실에는 장식이란 것이 없었다.

성인 다섯 명이 누워도 공간이 남을 것 같은, 지금 자신이 누워 있는 큰 침대 양옆엔 마나 등이 놓인 작은 서랍장이 있었다. 창가에는 독서를 위한 자리인 듯 푹신해 보이는 자주색 안락의자와 기다란 소파가 놓여 있었다. 그리고 방 한쪽의 거대한 원목 책상 위에는 책 몇 권과 깃펜만이 덩그러니 있었다.

이렇듯 침실이 갖춰야 할 필수 요소들은 갖췄지만 그게 전부인 방이었다. 바닥에 깔린 거대한 융단을 제외하고는 색이 있어 눈을 끄는 물건이 하나도 없었다. 휑하게 보이기도 했다.

그럼에도 불구하고 고급스럽다고 말하는 것은 그만큼 놓인 가구 하나하나가 담백하면서도 기품이 느껴졌기 때문이다.

"그러니까 이게 지금…… 레이의 방?"

자신의 기억이 꿈이 아니라면, 윈터힐 백작가의 방과는 전혀 다른 이 방은 바로 이페른 제국의 황제이자 『로잘린느 황후』의 남자 주인공의 방이란 말이었다.

"그때 내가 아파서 정신이 오락가락했던 건 아닐까?"

숲에서 쓰러질 때 들려오던 메이나드의 '폐하'라고 부르는 목소리도, 잠시 정신이 들었을 때 아드레이와 나누었던 대화도 어쩌면 모두 환각이 아니었을까.

몇 번 그렇게 생각해 보았지만, 엘레나는 부정하는 것을 그만두기로 했다. 그것이 환각이 아니라는 것은 너무나 잘 알고 있으니까.

"내가 바보지, 바보야."

어떻게 그렇게 까마득하게 눈치채지 못했던 걸까.

"아드레이가 'A'라는 이니셜의 풀네임이었구나."

그녀가 '바크란 1세 A. 드 이페른'이란 이름을 뒤늦게 떠올리며 중얼거렸다. 생각해 보면 이상한 일들이 있었다. '이 사람이 황제다!'라고 생각할 수는 없더라도, 적어도 그의 정체를 의심해 볼 만한 거리는 충분했다.

"아무리 사람이 살지 않는 내원이라고는 하지만 겨우 수습 기사가 거기서 혼자 검을 휘두르고 있다는 게 말이 안 되잖아……."

그것도 그렇게 쾅쾅 요란한 소리를 내면서. 그의 가벼운 옷차림만 보고 아무렇지 않게 수습 기사인가 보다 했던 과거의 자신이 믿기지 않았다. 아드레이와 처음 만났던 그 순간부터 어이없는 오해가 시작된 것이었다.

"그렇게 자주 갔는데도 내원을 순찰하는 경비대원 한 명 만나지 않은 것도 다 레이가 손을 썼기 때문이겠지?"

처음에는 혹시 누군가에게 들킬까 조심했지만 어느 순간 숨어들었다는 것도 잊었다. 그게 가능했던 이유는 바로 아드레이가 내원의 주인이었기 때문이었다.

아니, 내원뿐이랴. 그는 황궁의 주인이었다. 그녀가 생활했던 새벽의 궁도 따지자면 아드레이의 것이었다.

"잠깐만, 그럼 티토가…… 남동생?"

한 가지 중요한 사실을 깨달은 엘레나는 순간 멍해졌다. 맞다. 티토는 황제의 어린 남동생이니 분명 아드레이의 남동생이 맞았다. 이미지가 너무 다른 형제를 떠올리던 엘레나는 천장을 보고 있던 눈을 가늘게 떴다.

"다 알고 있었구나!"

어느 날 갑자기 아드레이를 데리고 나타나 '내 먼 친척이다.'라고 뻔뻔하게 말하던 티토의 얼굴이 떠올랐다.

"하긴, 레이도 나이 차이 많이 나는 남동생이 있다고 하긴 했지."

그가 심각한 얼굴로 동생에 대해서 상담해 오던 시기도 지금 돌아보면 티토가 바크란 1세와 처음으로 점심 식사를 하던 즈음이었다.

하나둘 퍼즐이 맞춰졌다. 그렇게 시간이 가는 줄도 모르고 멍하니 천장을 보며 생각이 꼬리에 꼬리를 무는 사이, 마리안이 의원과 함께 헐레벌떡 돌아왔다.

"아가씨!"

"마리안, 나 괜찮아요."

엘레나가 멀쩡한 팔 하나를 들어서 살랑살랑 손을 흔들며 말했다.

"하지만 조금 전엔……."

"아, 그건 오래 자고 일어나서 그런지 잠이 덜 깨서 그랬어요."

"혹시 모르니 일단 진찰을 해 봅시다."

의원도 머리의 상처가 꽤 걱정이 되는지 진지한 얼굴로 말했다. 엘레나는 어쩔 수 없이 의원이 묻는 몇 가지 질문에 대답을 해야 했다.

"지금은 문제가 없는 것 같지만, 머리의 부상이 아니더라도 온몸이 충격을 받았으니 당분간은 꼼짝 말고 요양하시는 것이 좋겠습니다."

유난히 '꼼짝 말고'에 힘을 주어 말하는 의원에게 엘레나는 웃으며 고개를 끄덕여 보였다.

"지금 며칠이나 지난 거예요?"

"이틀이나 꼬박 앓으셨습니다."

"아, 이틀……."

생각했던 것보다 긴 시간이었다. 그동안 앓은 기억도 없고, 심지어 꿈도 꾸지 않았다. 그냥 눈을 감았다가 뜬 것 같은 기분이었다.

"그런데 몸 상태가 나쁘진 않은 것 같아요. 이것보다 훨씬 더 심할 줄 알았는데……."

숲에서 쓰러지기 전, 기침에서 피가 섞여 나오는 것을 보곤 정말로 죽겠구나 싶었다. 그런데 지금은 몸이 무겁긴 하지만, 정말로 그런 사고를 겪은 게 맞나 싶을 정도로 멀쩡했다.

"황제 폐하께서 내리신 선대 교황 성하의 포션 덕분입니다. 지금 영애의 상태를 만들기까지 거의 열 병이나 되는 포션을 모두 사용했으니 폐하께 감사하셔야 할 것입니다."

"교황 성하의…… 포션이요?"

"아주 극미한 효과밖에 보이지 않아 저는 모두 사용하는 것에 반대하였지만 폐하의 뜻이 확고하셨습니다. 이제 나머지는 시간이 해결해 줄 문제겠지요."

"그랬군요……."

고개를 끄덕이는 그녀의 얼굴이 밝지만은 않았다. 돌아가서 이제 다시 볼 수 없는 그리운 얼굴이 울컥 떠올랐기 때문이었다.

"아가씨, 오른발을 한번 움직여 보시겠습니까?"

그런 엘레나의 심경의 변화를 읽어 낸 마리안이 주의를 환기하기 위해 말했다.

"별문제 없는 것 같…… 웃!"

겉으로 보기에는 큰 문제가 없는 것 같더니, 막상 움직이려니 시큰한 통증이 느껴졌다.

"아직 바로 움직이기엔 무리가 있을 겁니다. 어깨는 조금 어떻습니까?"

의원의 말대로 이번에는 어깨를 움직여 본 엘레나는 작게 안도의 한숨을 내쉬었다. 다행히 어깨의 통증은 발에 비하면 확실히 덜했다.

"이 정도면 견딜 만한 것 같아요."

"그래도 혹시 모르니 하루나 이틀 정도는 더 조심하는 것이 좋겠습니다. 무리하게 사용하지 마십시오."

"네, 감사해요. 저, 그런데……."

엘레나가 조심스레 의원에게 물었다.

"밥은 언제부터 먹을 수 있을까요? 배가 좀 고파서요, 하하."

의원은 잠시 당황하여 엘레나를 보다가 너털웃음을 터뜨렸다.

"생각보다 회복이 훨씬 빠를 수도 있겠군요. 가벼운 수프 정도라면 바로 식사를 하셔도 무방하겠습니다."

"아, 다행이다! 꼬르륵거려서 혼났거든요."

"아가씨, 그럼 제가 가서 얼른……."

쾅! 별안간 침실의 문이 커다란 소리를 내며 열렸다.

"엘레나!"

바람같이 머리를 휘날리며 뛰어 들어온 것은 사색이 된 아드레이였다.

"괜찮나? 그대의 시녀가 갑자기 의원을 찾았다고……!"

그러나 말을 끝마치자마자 그는 상상했던 것과는 상황이 많이 다르다는 것을 깨달았다.

침실 앞을 지키던 시종의 보고를 받고 회의실에서 뛰쳐나와 이곳까지 오는 동안 심장이 타들어 가는 줄 알았다. 별안간 엘레나의 시녀가 의원을 찾기에 그녀의 상태가 악화된 거라 착각했던 것이다.

그런데 엘레나는 말똥말똥한 눈으로 자신을 보고 있었고, 마리안과 의원은 어쩐지 겨우 웃음을 참고 있는 것 같았다.

"그럼 저는 아가씨께서 드실 만한 것을 가져오겠습니다."

"위험한 고비는 다 지난 것 같으니 저도 가서 조금 쉬다 오겠습니다."

눈치 빠른 마리안과 의원은 서둘러 인사를 하고는 침실 밖으로 도망쳤다. 엘레나와 아드레이 둘만 남은 침실은 고요해졌다.

"후우……."

긴 한숨 소리와 함께 아드레이가 침대에서 조금 떨어진 의자에 털썩 주저앉았다.

"아픈 게 아니라 다행이군."

긴장이 풀린 것인지 머리를 쓸어 넘기는 그의 얼굴이 꽤나 지쳐 보였다.

"잘…… 지냈어요?"

도대체 무슨 말을 해야 할지 몰라, 엘레나가 아무렇게나 말을 뱉어 냈다. 그런데 그 말을 들은 아드레이의 얼굴이 묘하게 변했다.

"잘 지냈냐니……."

엘레나가 마차 사고를 당했다는 사실을 알게 된 순간부터 지금까지 그는 몇 번이고 심장이 녹아내리는 것 같았다. 정신없이 돌아가는 국정을 살피는 와중에도, 치열한 의견이 오가는 회의장에서도 틈틈이 그녀의 상태를 확인했다.

짬을 내어 이곳에 잠시 들를 때면 열이 올라 작은 신음 소리를 내며 앓는 그녀의 손을 붙잡고 차라리 자신이 대신 아프게 해 달라 기도했다. 그런데 아무렇지 않은 얼굴로 인사를 하는 그녀를 보니 기쁘면서도 울컥하는 마음이 들었다.

"이렇게 누워서 인사해서 미안해요. 그런데 일어날 수가 없어서……."

혹시 모르니까 다시 도전해 볼까. 엘레나는 그렇게 말하며 누운 자리에서 일어나 앉으려고 했다. 계속 누운 채로 그를 보는 게 민망했기 때문이었다. 그런데 그의 반응이 더 빨랐다. 쏜살같이 침대로 다가온 그가 그녀의 몸을 잡으며 말렸다.

"무리하지 마라."

"그래도요. 계속 누워서 이야기하는 건 조금 그렇잖아요."

하지만 아드레이는 단호하게 고개를 저었다. 대신 그녀의 가슴팍까지 도톰한 이불을 덮어 주며 물었다.

"몸 상태는 어떤가."

"생각보다 괜찮아요. 의원님도 금방 회복할 거라고 하셨어요."

"그렇다면 됐다."

힘주어 입술을 꾹 다문 그가 엘레나의 앞머리를 쓸어 주며 말했다. 그녀는 그런 그의 옷차림을 잠시 살폈다. 거추장스러운 것 없이 단순한 모양새였지만 소매와 옷깃 등 곳곳에 세심하게 수놓인 장식은 한눈에 보기에도 범상치 않았다.

"이렇게 보니까 정말로 황제 폐하 같네요."

우뚝, 아드레이의 손길이 멈췄다.

"엘레나."

"그런데 나는 왜 진작 몰랐을까."

사실을 알고 보자 아드레이는 존재감이 큰 사람이었다. 그가 황제라는 것을 알아서인지, 이제야 깨닫는 것인지는 모르겠지만 자연스레 이목을 끌고 공간을 소유하는 듯한 그런 사람이었다. 이런 사람이 그냥 수습 기사라니. 그런 그녀에게 그가 착잡한 얼굴로 말했다.

"사실을 말하지 않아 미안하다."

바로 곁에 있기 때문일까. 그의 목소리가 평소보다 더욱 낮게 들렸다.

"내가 그대에게 거짓을 말했다."

긴 속눈썹이 짙게 그늘을 드리운 그의 눈을 엘레나는 빤히 올려다봤다.

"이상해요."

"이상하다는 게 무슨 말이지?"

전혀 예상하지 못한 답에 아드레이가 당황하는 것이 보였다. 아마 크게 화를 내거나 그를 비난하는 반응을 기다리고 있었던 듯했다. 그런데 대뜸 '이상하다'고 말하자 그의 얼굴엔 언뜻 두려움까지 비쳤다.

"레이한테 화가 나지 않아요."

진심이었다. 그는 분명 거짓말을 했다. 황제라는 신분을 숨기고 수습 기사일 뿐이라고 속였다. 아드레이 폰 로만이라는 가명까지 만들어 가면서. 그런데 화는 나지 않았다.

"바크란 1세 아드레이 드 이페른."

누군가가 들었으면 기겁을 했겠지만, 그를 똑바로 바라보며 풀네임을 부르는 그녀의 눈에는 흔들림이 없었다.

"아마 레이를 미워할 수 없나 봐요."

조금 낯부끄러운 말이었지만 진솔한 마음이었다. 거짓말을 했다는 것을 알고 있음에도 그가 싫거나 밉지 않았다. 처음에는 조금 화가 나는 듯도 했지만, 그 정도 감정은 금방 허탈한 웃음으로 바뀌어 버렸다.

"정말로 나에게 화가 나지 않는 건가. 내가 거짓말로 그대를 기만했는데도?"

그의 말소리가 조심스러웠다.

"처음 레이를 수습 기사라고 멋대로 오해해 버린 건 나니까요."

아직 어제 일처럼 눈에 선했다. 내원에서 그를 처음 만났던 날이. 이 말수 적은 검은 머리의 남자가 황제라고는 조금도 의심하지 못했다. 그저 검을 연습하려고 한적한 곳을 찾아든 고생 많은 수습 기사라고만 생각해 버렸다.

"그래서 그런가. 별로 원망이 들지는 않아요."

"하지만……."

그가 살짝 고개를 숙이자 얼굴에 그늘이 졌다.

"그래도 내가 그대에게 거짓말을 했다는 사실에는 변함이 없어. 미안하다, 엘레나."

"괜찮다니까요."

하지만 그는 쉬이 고개를 들지 않았다. 그런 그를 어쩔 수 없다는 듯 힘없이 웃으며 보던 엘레나는 문득 궁금한 것을 물었다.

"레이, 혹시……."

안 그래도 미안해서 고개를 들지 못하는 사람에게 잔인한 질문이 될 수도 있었다. 그러나 이왕 솔직하게 털어놓고 사과하는 자리가 된 김에 물어보는 것이 좋겠다는 생각도 들었다.

"왜 나한테 레이가 황제 폐하라는 걸 말하지 않았는지 물어봐도 돼요?"

가슴 쪽 깊숙이 날아오는 돌직구에 그가 잠시 생각에 잠겼다. 쭉 뻗은 그의 짙은 눈썹이 괴롭게 찌푸려졌다.

혹시 날 못 믿었던 건 아닐까. 그가 황제인 것을 알면 이용할 마음을 먹을까 봐 나에게 말하지 않았던 걸까. 엘레나는 엘레나대로 마음이 조마조마했다.

"두려웠다."

결국 그가 한 마디를 간신히 내뱉었다.

"뭐가요?"

"그대를 잃게 되는 것이."

"내가…… 레이가 누군지 알게 되면 떠날 것 같았어요?"

"그대는 밝고 자유로운 사람이니까. 눈부시게 빛나는 사람이 이 고독한 황궁에서 불행해질 것 같았다. 내 이기심 때문에 그대를 가둘 수 없었다."

어째서 그런 생각을 했을까. 그동안 자신의 언행을 곰곰이 되돌아보던 엘레나는 순간 설마 하는 생각이 들었다.

"혹시 내가 했던 말 때문이었어요? 내가 귀족들의 생활 방식이나 예법 같은 게 싫다고 해서, 답답하다고 해서요?"

아니나 다를까. 그녀는 그의 군청색 눈동자가 작게 흔들리는 것을 목격했다. 그래, 정확히 횟수를 셀 수는 없지만 몇 번쯤 그에게 그런 말을 했던 것 같기도 했다.

"아니면 내가 황제 폐하가, 아니 레이가 무섭다고 했던 말 때문이에요?"

"……정확히는 사람이 아닌 것 같다고 했었지."

아뿔싸. 엘레나는 멀쩡한 손으로 자신의 얼굴을 가렸다. 별생각 없이 내뱉은 말들이 그에게는 어떤 상처로 다가갔을지 생각하니 아찔했다.

"아무래도 레이만 사과할 상황은 아닌 것 같아요."

고의였든 고의가 아니였든 그에게 상처를 주었다.

"미안해요. 레이에게 상처를 주려고 한 말은 아니었어요. 그냥…… 황궁에 들어오자마자 멀리서 본 폐하가, 그러니까 레이가 너무 다른 세상 사람 같아서. 그런 의미였어요."

그때만 해도 그는 여자 주인공인 로잘린느와 이어질 구름 위의 존재였다. 생각이 로잘린느에게로 번지자 엘레나의 얼굴에도 그늘이 졌다.

'아, 로잘린느……'

잠시 그녀의 존재를 잊고 있었다. 엘레나가 말을 멈추고 표정이 어두워지자 아드레이는 속이 탔다. 괜찮다고 말은 했어도 마음에 걸리는 게 틀림없었다.

"엘레나."

그가 그녀의 이름을 부르며 한없이 미안한 마음을 담아 손등에 키스했다. 그 따뜻한 체온에 엘레나는 현실로 돌아와 눈앞의 남자를 바라봤다. 자신의 손을 잡고 입을 맞추는 남자는 원래 로잘린느와 이어졌어야 하는 남자였다.

"잠깐 다른 생각을 하느라. 아무튼 나는 괜찮아요. 별로 화나지 않았어요, 정말로."

"다시 그대에게 거짓말을 하는 일은 없을 거다."

다른 사람에게 이 말을 들었다면 크게 웃으며 지키지 못할 약속은 하지도 말라고 했을 것이다.

그러나 지금 이 순간, 굳은 그의 눈빛을 보자 그렇게 가볍게 농담처럼 받아넘길 수가 없었다. 어떤 미래가 다가올지 모르지만, 적어도 이 사람은 그 순간순간 자신에게 언제나 진실하려 노력할 것이라는 믿음이 갔다.

"고마워요, 약속해 줘서."

엘레나의 얼굴에 피어난 미소에 아드레이도 비로소 희미하게나마 마주 웃을 수 있었다. 잠시 멍하니 그 웃는 얼굴을 감상하던 그녀가 중얼거렸다.

"어쩐지 너무 잘생겼다 했어."

어쩌면 처음 만난 순간부터 그의 정체에 대한 가장 커다란 실마리는 바로 저 번쩍번쩍 빛나는 외모였을지도 모른다. 르니에만큼, 메이나드만큼, 아니 더 아름다운 남자인데.

"그냥 지나가는 '수습 기사 1'일 리가 없잖아……."

계속해서 중얼거리는 말에 아드레이가 고개를 갸웃했다.

"레이 정말로 멋있다고요."

손을 들어 그의 볼을 살며시 쓰다듬었다. 그에게 자주 받았던 손길인데, 역으로 그의 얼굴을 한 손에 담으니 기분이 묘했다.

"날 사랑해요?"

차가운 숲의 바닥에 엎드려 늑대에게 죽는 줄 알았을 때 온갖 후회가 머리를 스쳤지만, 그중 가장 큰 것은 바로 그에게 사랑한다는 말을 아끼지 말았어야 했다는 것이었다.

"사랑한다. 어떻게 해야 좋을지 모를 만큼."

그가 진득한 목소리로 고백해 왔다.

"나도요. 나도 사랑해요, 레이."

부끄럽지만 그녀가 그의 눈을 피하지 않으며 미소 지었다. 그런 엘레나를 담은 그의 눈빛이 일순간 짙어졌다.

아드레이의 무게를 실은 손이 그녀가 누운 곳 옆을 짚었다. 그가 조용히 몸을 기울이며 그녀의 이마에 입 맞췄다. 다가오는 그의 얼굴에 본능적으로 눈을 감은 엘레나는 부드러운 감촉을 고스란히 느꼈다.

아드레이는 이마에서 살짝 뗀 입술을 얇은 눈꺼풀로, 그리고 앙증맞은 코로 옮겼다. 그리고 뽀얀 볼에 깊숙이 입을 맞춘 뒤 마침내 붉은 입술에 찾아들었다. 아무런 의지 없이 그가 입으로 전하는 포션을 받던 그 입술이 그를 반기며 바르르 떨리는 것이 느껴져 아드레이가 은근히 미소 지었다.

"그대는 아직 회복이 필요한 환자이니 여기까지 하지."

"으음, 벌써요?"

그가 주는 감각에 취해 있던 엘레나는 아쉬워하며 몽롱한 두 눈을 떴다. 그 사랑스러운 모습이 그에겐 달콤한 형벌이었다.

"그대가 누워 있는 이곳이 어디인 줄 잊었나?"

"그거야 레이의 침실…… 아!"

엘레나가 그의 말의 의미를 깨닫고 얼굴을 붉혔다. 그제야 몸을 누인 푹신한 침대와 그의 체온이 인식됐다. 지난번 섬에서 우연히 한 침대를 썼던 때와는 차원이 달랐다. 그때는 없던 긴장감이 흘렀다.

코가 맞닿을 정도로 가까운 거리에 있는 그가 만들어 내는 분위기가 묘했다. 말은 저렇게 점잖게 했으면서 그는 아직도 그녀의 입술 주위에 맴돌고 있었다. 마치 그녀의 말 한 마디면 다시 입술 사이를 파고들 것처럼.

"엘레나."

그가 속삭이듯 그녀의 이름을 불렀다. 낮은 목소리에 등줄기가 찌릿하고 울리고 심장이 쿵쾅대기 시작했다. 그의 손이 다가와 엘레나의 볼을 부드럽게 쓰다듬었다. 두근두근, 박동이 올라가는 것을 느끼며 그녀의 입술이 살포시 열렸다.

자신만을 기다리고 있는 붉은 살결을 보며 아드레이의 속눈썹이 파르르 짧게 떨렸다. 엘레나의 몸을 생각해 조금이라도 더 쉬게 해 주어야 한다는 생각과, 지금 당장 입을 맞추고 싶다는 욕망이 첨예하게 싸웠다.

"레이."

재촉하는 듯한 그 작은 목소리가 신호가 되어 그가 다시 움직였다. 두 사람의 입술이 맞닿았다.

엘레나는 아드레이가 잠시 서로의 체온을 느끼며 그대로 머물 줄 알았지만, 그는 망설이지 않았다. 기익, 하는 소리와 함께 아드레이의 몸이 그녀 위로 다가왔다. 침대를 짚은 그의 손이 더욱 밑으로 쑥 꺼졌다.

"흐음."

몸 위로 느껴지는 그의 무게에 조금이나마 남아 있던 몸의 긴장이 완전히 빠져나갔다. 그의 볼을 쓰다듬었던 손이 아드레이의 어깨에 닿았다. 옷 아래로 느껴지는 넓고 단단한 신체가 열병에 걸린 듯 뜨거웠다. 그 열기를 더 느끼고 싶었다.

엘레나의 손바닥이 그의 팔을 쓸어내렸다. 그러자 그 손길을 따라 그의 팔 근육이 잔뜩 긴장했다. 팽팽하게 당겨진 그것이 더욱 그녀를 가깝게 끌어당겼다.

문이 열리듯 벌어진 입술에 그의 입술이 맞물렸다. 도톰한 그녀의 아랫입술을 살짝 깨물고 혀로 맛보며 희롱하던 그가 한 번의 몸짓으로 더욱 깊게 파고들었다.

"웃!"

혀끝이 부딪치는 촉감에 엘레나는 짧은 신음을 흘렸다. 온몸의 감각이 그곳에 몰려들었다. 그가 다정하게 감싸 올 때마다 마치 마음이 한 겹씩, 한 겹씩 벗겨지는 것 같았다. 그것이 두렵기도, 또 눈물이 날 것처럼 반갑기도 했다.

"사랑해."

눈을 감은 그녀의 귓가에 그가 속삭였다. 엘레나는 눈을 떠 그를 바라봤다. 의심할 여지도 없이 뜨거운 사랑을 담은 눈으로 자신을 마주 바라보는 남자가 있었다. 그의 두 눈에 담긴 것은 오로지 그녀뿐이었다.

더 이상의 말 없이 그윽하게 그녀를 보던 아드레이가 다시 몸을 기울였다. 엘레나는 이번은 조금 다르다는 것을 느꼈다.

처음에 귓가에 내린 그의 입술이 조금씩 아래로 향하기 시작했다. 숨결을 지닌 뜨거운 입술이 귀 바로 뒤의 여린 살에서 동그란 턱 언저리를 지나, 가는 목선을 타고 내려갔다.

사르륵. 그의 머리칼이 앞으로 흘러내리는 소리가 바로 귓전에서 울렸다. 간지럽기도, 동시에 몸에 긴장이 들기도 하는 그 느낌에 엘레나가 눈을 질끈 감을 때였다.

"아가씨, 일단 이것부터 드셔……."

문이 벌컥 열렸다. 마리안의 목소리에 엘레나가 잠에서 깨어난 사람처럼 눈을 번쩍 떴다. 그리고 봐 버렸다. 아드레이의 짙은 눈썹이 한차례 꿈틀하는 것을.

"후우……."

많은 감정을 담은 긴 한숨과 함께 엘레나 위에 드리워져 있던 그의 몸이 일어났다. 놀란 얼굴로 문간에 그대로 멈춰 선 마리안을 보며 엘레나가 곤란하게 웃을 때에도, 그는 엘레나만을 보고 앉아 있었다.

"마, 마리안, 그게……."

뭐라고 변명할 거리도 생각나지 않았다. 너무나 대놓고 현장을 걸렸으니 둘러댈 수도 없다. 엘레나는 마리안과 아드레이를 번갈아 바라보며 진땀만 흘렸다. 옆에서 뭐라고 좀 도와줬으면 좋겠는데, 그는 뽀로통한 얼굴로 마리안 쪽을 돌아보지도 않고 침대에 걸터앉아 있을 뿐이었다.

"쉬고 있어라. 금방 다시 시간을 내서 찾아오지."

아드레이가 자리에서 일어서며 짧게 입을 맞췄다. 인사 같은 것이었지만, 어쩐지 마리안에게 보란 듯이 한 행동 같기도 했다.

"다른 것은 걱정 말고 그저 그대의 몸을 회복하는 데에만 신경 쓰고 있어."

다른 것? 걱정할 만한 것이 있던가? 엘레나의 머리 위에 커다란 물음표가 생겼다.

"그리고 다음에 만나면, 그대에게 해 줘야 할 말이 있다."

의미심장한 말을 남긴 채 등을 돌려 침실을 나가던 아드레이가 마리안의 옆을 스쳐 가며 주의를 줬다.

"다음부턴 허락을 구하고 들어오도록."

싸늘한 그의 말에 마리안이 조용히 머리를 숙였다. 휑하니 바람을 일으키며 나가 버린 아드레이 대신 엘레나가 웃으며 말했다.

"조금 삐쳤나 봐요. 메리가 이해해 줘요."

어느새 평정심을 되찾고 차분한 얼굴로 돌아온 마리안이 사뿐사뿐 걸어 들어왔다. 들고 있던 작은 쟁반을 탁상에 내려놓은 그녀의 기세가 의미심장했다.

"메리?"

뭔가 심상치 않다는 것을 느낀 엘레나가 마리안을 바라봤다. 단순히 아드레이 때문에 기분이 나쁜 줄 알았는데, 그게 아닌 것 같았다.

"깨어나셔서 정말 다행입니다."

"걱정해 줘서 고마워요, 메리. 메리는 좀 어때요? 이렇게 돌아다녀도 허리 괜찮은 거예요?"

케인의 검에 그녀가 베였던 것이 생각난 엘레나가 마리안을 살폈다.

"아가씨, 아가씨께서 결정을 내려 주셔야 할 사안이 있습니다."

"제가요?"

"지금 가주께선 바쁜 상황이시라. 부탁드립니다."

"으음, 그러면 나 좀 앉을 수 있도록 도와줄래요?"

아드레이는 기어코 누워 있으라 했지만, 아무래도 누워서 누군가와 대화를 한다는 건 불편했다. 잠시 망설이던 마리안은 엘레나가 푹신한 베개에 기대어 앉을 수 있도록 도왔다.

"웃차, 앉으니까 숨 쉬기가 훨씬 수월하네요. 그래서 어떤 사안인데요?"

"저의 처분에 대한 것입니다."

엘레나는 어두운 표정으로 고개를 푹 숙인 마리안을 바라봤다.

"가주님으로부터 아가씨를 지키라는 명령을 받았으나, 일신의 부족함 때문에…….."

"설마 나를 지키지 못했으니 벌을 내려 달라 그런 말은 아니겠죠, 메리?"

"아가씨…….."

일부러 장난스럽게 한 말에도 불구하고 마리안은 고개를 들지 못했다. 아무래도 생각보다 그날의 충격이 컸던 모양이었다.

처음 만난 날부터 마치 평생을 곁에서 돌본 사람처럼 깊은 충성심을 보여 줬던 그녀다. 케인과 맞닥뜨렸을 때도 먼저 나서서 싸우기를 망설이지 않았다. 그런 그녀의 마음을 알기에 엘레나는 죄스러워하는 마리안의 모습을 보고 싶지 않았다.

"난 메리가 나 때문에 죽기를 원하지 않아요."

그래서 더 일부러 단호하게 말했다.

"메리가 죽은 줄 알았을 때 나는 매우 슬펐어요."

"하지만 그것이 제 의무입니다."

"아뇨. 메리의 의무는 곁에서 절 도와주면서 함께 행복하게 사는 거죠."

마리안이 많은 감정이 담긴 눈으로 엘레나를 바라봤다.

"그리고 내가 메리에게 바라는 건 메리가 나 대신 위험에 처하는 게 아니라 나한테 항상 정직하게 진실을 말해 주는 거예요."

"정직함……."

"알았죠, 마리안?"

"예, 아가씨."

엘레나가 활짝 웃자 마리안이 희미하게나마 미소 지었다. 그때 꼬르륵하는 소리가 작게 울렸다.

"아, 수프!"

작은 쟁반 위의 고소한 냄새를 풍기는 수프 그릇이 엘레나의 무릎 위에 안착했다.

"아아, 좋아! 너무 배고팠어요!"

"넉넉하게 가져왔으니 천천히 많이 드세요."

엘레나는 거동이 자유로운 손으로 조심스레 스푼을 들었다. 흰색의 부드러운 수프가 입 안에서 사르르 녹는 것 같았다.

"아아, 풀린다 풀려."

이제 한 입 넘어간 것뿐인데도 벌써부터 몸에서 힘이 나는 것 같았다. 그렇게 두 번, 세 번 수프를 맛본 엘레나가 냅킨으로 입을 닦으며 말했다.

"아버지는 어디에 계세요?"

"가주님께서는……."

말을 줄이는 마리안의 모습이 조금 이상했다. 말을 할 듯 말 듯 입을 벙긋거리는 것도 그랬고, 묘하게 시선을 피하는 것도 그랬다. 그녀답지 않은 행동들이었다.

"메리?"

"너무 섭섭하게 생각하지 마세요, 아가씨. 가주님께선 바쁘셔서 그런 것뿐, 시간이 나면 바로 찾아오실 겁니다."

아무래도 마리안은 자신이 끙끙 앓다가 일어났는데도 아버지가 찾아오지 않는다는 투정으로 질문의 의도를 조금 오해한 듯했다.

"그런 건 아니에요. 혹시 걱정하실까 봐요. 제가 이제 괜찮다는 걸 메리가 전해 줄 수 있을까요?"

"예. 그럼요, 아가씨."

만족스럽게 다시 수프를 한 숟갈 뜨는 엘레나를 보며 마리안은 말을 아꼈다. 백작께서 무슨 일로 바쁘신지 설명해야 할까 하다가도 지금 모든 것을 말하기엔 엘레나의 건강이 염려되었다.

조금만 더 시일이 지나서 충분히 건강해지시면 그때 말해야지. 아마 폐하의 뜻도 그러하리라. 엘레나에게 다음에 만나면 할 이야기가 있다고 했던 그 말을 떠올리며 마리안은 그렇게 생각했다.

엘레나는 정말로 배가 고팠는지 수프 한 그릇을 금세 뚝딱 비웠다. 접시가 바닥이 보이도록 싹싹 긁은 그녀는 빵빵해진 배를 만족스럽게 두드렸다. 서둘러서 그릇을 치우려는 마리안을 불러 세운 엘레나는 말했다.

"메리, 지금 빈 그릇을 치우는 일보다 한 가지 부탁하고 싶은 일이 있어요."

"무엇입니까, 아가씨."

"아드레이와 아버지에게 무슨 일이 있는지 말해 주세요."

"아, 아가씨……."

"솔직하게요."

어느새 그녀의 얼굴에는 웃음기가 없었다.

처음 찾아갔을 때부터 한시라도 빨리 윈터힐로 돌아가려고 했던 아버지의 조급함, 그리고 내원에서 아드레이가 했던 의미심장한 말들과 별안간 베르너 공이 자신을 납치하려 했던 일. 서로 별개로 보이는 일들이 깊은 연관이 있을 것 같다는, 말로 형용할 수 없는 예감이 들었다.

아니나 다를까, 마리안의 안색이 눈에 띄게 굳었다. 배 앞에 꼭 그러모아 쥔 손이며, 시선을 피하는 눈이며. 엘레나는 점점 자신의 생각이 맞다는 확신이 들었다. 동시에 도대체 무슨 일이길래 저렇게 이야기하기 힘들어하는 것일까 겁도 났다.

"아가씨, 사실은……."

잠시 고민하던 마리안이 결국 입을 열었다. 그리 길지 않은 이야기였다. 하지만 엘레나는 자신의 귀를 의심했다.

도대체 지금 무슨 이야기를 들은 것인지 이해하려면 시간이 필요할 정도였다. 뭔가 심상치 않은 일이 벌어지고 있는 것 같기는 했지만, 이렇게 어마어마한 이야기일 줄은 몰랐다. 얼마간의 침묵 끝에 엘레나는 마리안에게 말했다.

"아버지를 만나야겠어요."

이페른 제국 중앙궁의 알현실. 높고 광활한 천장을 한 치의 공백도 없이 아름다운 조각과 색색의 그림이 수놓았다.

이곳은 처음 이페른 제국이 세워질 때에 현존하던 모든 마법과 기술을 집약하여 만든 제국의 상징과도 같은 공간이었다. 알현실의 문을 닫는 순간부터 자동으로 발동하는 마법으로 인해 황제는 이 공간의 마나와 소리의 흐름을 완벽하게 조절할 수 있었다.

"크흐흠."

"어흠!"

그 알현실을 빼곡히 메운 귀족들이 두리번두리번 서로의 눈치를 보며 연신 불편한 헛기침을 터뜨렸다. 선대 황제들은 어떨지 모르겠으나, 현 황제인 바크란 1세만큼은 알현실의 그런 특수한 능력이 필요 없는 것이 확실했다.

"제국의 태양, 바크란 1세 황제 폐하 드시오!"

저렇게 존재만으로도, 눈짓 한 번만으로도 이미 이곳에 모인 수백의 귀족들이 목덜미가 잡힌 것처럼 얼굴이 하얗게 질렸으니 말이다.

정복 전쟁 이후, 휴식을 취하겠다며 주요 업무를 재상을 비롯한 대신들에게 맡겼던 황제는 아주 오랜만에 공식 석상에 모습을 드러냈다.

"다들 모였군."

원래부터 귀족들을 벌벌 떨게 했던 황제의 위압감은 오늘따라 더욱 강대했다. 게다가 며칠 전 한밤중에 몇몇 귀족가가 황실 기사단에 의해 쑥대밭이 된 와중이라, 자기들도 그런 꼴이 나는 것이 아닌가 모두가 겁을 집어먹었다.

"근간에 아발론에서 벌어진 일들에 대하여 궁금한 점이 많을 것으로 안다."

소문이 사실이었구나! 궁금증에 그 귀족 저택 앞을 지나쳐 본 이들도 있었지만, 황실 경비대의 서릿발 같은 경계만 확인하고 왔을 뿐이었다.

도대체 무슨 일인지, 그 경위를 오늘 알게 되는 것이로구나. 짙은 긴장감 사이로 호기심 어린 눈빛들이 한 줄기 흘렀다.

"베르너 후작가를 비롯한 서부 귀족들이 연합하여 반역을 꾀했다."

단 한 문장의 파동이 거세었다. 반역, 입에도 담을 수 없는 단어에 귀족들이 입을 떡 벌렸다.

"반역이라니……."

"미쳤군. 미친 게 틀림없어."

놀라움을 금치 못하는 반응 사이에서 다소 거친 말들도 튀어나왔다. 제국은 평화의 시대를 보내고 있었다. 몇백 년 동안 끊이지 않던 전란이 사라지고 마침내 번영과 풍요를 누리는 시대였다.

이 모든 것은 제국이 대륙을 통일함으로써 이뤄 낸 것이었다. 그 거친 세월을 기억하는 몇몇 늙은 귀족들은 또다시 분란을 일으키려는 반란의 무리들에게 분노를 터뜨렸다.

"그에 반란에 가담한 몇몇의 영주들의 저택을 급습해 체포하였다. 그러나 주모자인 베르너 공은 현재 서쪽의 베르너령으로 도주 중이며, 베르너 후작은 행방이 묘연하다."

연못에 커다란 바위를 던진 듯한 소요가 그들 사이에서 일었다. 귀족들의 반응은 다양했다. 얼굴을 붉히며 분통을 터뜨리는 이부터 다른 귀족과 조용히 귀엣말을 나누는 자들까지. 자신의 영지가 서쪽에 가까이에 위치한 이들은 저들에게까지 불똥이 튀지 않을까 불안해하는 기색도 보였다.

"폐하, 한 말씀 올려도 되겠습니까."

놀라서 우왕좌왕 펄떡대는 이들 사이에서 한 걸음 앞으로 나서는 이가 있었다.

"무엇인가, 타른 후작."

"귀족원의 대표로서 폐하께 반란에 가담한 이들의 정확한 명단과 그에 대한 적절한 증거를 제공해 주실 것을 요청합니다."

황제에게 복속하는 신하지만 동시에 귀족들을 대변하는 귀족원 장로회의 의장다운 요구였다.

"그들이 진정으로 제국에 반하였다면 귀족원은 누구보다 앞서 그들을 처단하는 데에 힘을 보탤 것입니다. 그러나 반역은 귀족으로서의 모든 권리를 박탈하고 영지를 회수하며, 가주 직계 모두를 처형하고 그 봉신들 또한 형장으로 보내는 중죄인 만큼 확실하고 공정한 증거가 필요합니다."

침착하고 중립적인 타른 후작의 말에 귀족들이 고개를 끄덕였다. 아드레이는 높은 황좌에 앉아 그 모습을 지켜보았다. 그리고 대답했다.

"증인을 보여 주지."

진군 계획 등과 주둔지의 위치를 담은 지도와 같은 증거는 만천하에 공개하듯 보여 줄 수 없다. 아직 아드레이가 무엇을 알고 있는지 저들이 확실히 알지 못한다는 것은 커다란 군사적 이점이었다.

또한 이 군중 안에 저들의 일원이 멀쩡한 척 가면을 쓰고 앉아 있을 가능성도 배제할 수 없다. 이미 그것을 짐작한 듯 타른 후작을 비롯한 귀족들이 고개를 끄덕였다.

"윈터힐 백작."

아드레이의 부름에 가장 앞쪽에 앉아 있던 윈터힐 백작이 자리에서 일어섰다.

"윈터힐 백작?"

"백작이 왜……."

순간적으로 소요가 일었다. 오랫동안 칩거하며 중앙 정계에서 멀어졌던 윈터힐이 아닌가. 혼란스러운 표정의 귀족들이 웅성거리는 소리가 끊이지 않았다.

"윈터힐은 이번 반역 사건을 조기에 감지하고 진압할 수 있게 한 가장 큰 공로자로서, 자신에게 접근한 베르너가의 계략을 알렸고 그들의 일원으로 가장하여 내부 정보를 빼내어 짐을 도왔다."

아드레이와 윈터힐 백작은 시선을 교환했다.

사실과는 다르게 미리 말을 맞춰 놓자고 건의한 것은 풀먼 후작이었다. 아드레이가 오로지 엘레나를 구하기 위해 반역의 중요한 축이었던 윈터힐에게 면죄부를 준 것은 큰 반감을 살 수 있었다.

또한 윈터힐이 앞으로의 전투에서 전면에 나서기 위해선 명분이 필요했다. 그동안 중앙에 군사적 지원을 하지 않은 윈터힐이 가장 앞장서서 반역 무리들을 소탕하는 것을 이해시키기 위해서였다. 단순히 죗값을 치르는 것이 아니라 이 일을 일종의 공으로 만들 수 있다는 점도 기여했다.

"폐하의 말씀이 사실입니까…… 윈터힐 백작."

"그렇소."

조금 피곤해 보이기는 했지만, 등과 목을 꼿꼿이 세운 채 특유의 오만한 얼굴을 한 윈터힐 백작이 간단하게 답했다.

더 이상의 문답은 필요 없었다. 오랜 세월의 명예를 가진 윈터힐이었다. 그 말의 무게는 금보다 값진 것이었다. 타른 후작은 참담한 얼굴로 고개를 끄덕이며 자리에 앉았다.

"그러므로 짐은 서쪽에 영지를 가진 영주들에게 명한다. 윈터힐가를 필두로 한 반역 진압군에게 협력하라. 가장 최우선되어야 할 것은 베르너 공과 베르너 후작을 잡아들이는 것이다."

좌중의 분위기가 무거워졌다. 정말로 베르너가가 주축이 되어 반역을 도모했다는 것이 피부로 느껴지기 시작한 것이다.

"나 바크란 1세의 이름으로, 그들을 처단하는 데 큰 공을 세운 가문은 베르너령을 비롯한 서부의 영지 일부를 봉토로 내릴 것이며 전장에서 가장 혁혁한 공을 세운 기사에게는 영지와 함께 최하 자작위를 내릴 것이다."

"그, 그런 엄청난⋯⋯."

"봉토와 자작 위라니!"

애초에 서부 귀족들이 감히 반역을 꾀할 정도로 배짱을 부릴 수 있었던 이유가 무엇인가. 바로 그들이 가진 기름진 농토와 어마어마한 농민 숫자였다. 그것이 곧 군사력이고 영주가 가질 수 있는 가장 값진 재산이었다. 그중 일부라도 가질 수 있다면 세수에 큰 도움이 될 것이 분명했다.

장성한 차남을 가진 귀족들은 자작 위에 주목했다. 장자가 작위를 계승하는 제국에는 다른 분야에서 큰 두각을 나타내지 못해 처치 곤란한 차남이 많았다.

그중 일부는 라한교에 몸을 담기도 하였지만 가문의 기사가 되거나 형제의 봉신이 되어 살아가는 경우가 대부분이었다. 그런 경우 형제간에 알력이 생기기도 하고 여러 문제가 있었다.

이제 귀족들은 깨달았다. 어떻게 처신하는가에 따라서 이번 반역이 엄청난 기회가 될 수도 있다는 사실을.

눈빛이 변하는 귀족들을 지켜보던 아드레이는 자리에서 일어나 알현실을 나왔다. 그 뒤를 메이나드와 윈터힐 백작, 그리고 로이드 재상이 따랐다.

"메이나드, 어네스 백작에게 동쪽을 맡길 생각이다."

동쪽이 의미하는 바는 한 가지였다. 윈터힐 백작이 말했던 3국의 독립군을 상대하라는 뜻이다. 그리피스, 샴, 그리고 산크레스트. 지금은 황제 직할령이 되었지만 한때는 제국과 국경을 맞대었던 왕국들이다.

"어네스가의 영광입니다, 폐하."

"너도 백작을 따라가겠나."

아드레이는 선택권을 주었다. 치열한 전장에 부친을 홀로 보내지 않을 수 있는.

"아닙니다. 제 자리는 폐하의 뒤입니다."

단호한 대답에 아드레이는 고개를 끄덕였다. 그때 회의실로 이동하는 그들에게 다가오는 사람이 있었다.

"마리안 폰 노스브륙이 폐하를 뵙습니다."

치맛자락을 살짝 들어 올리며 인사하는 그녀를 본 아드레이의 얼굴이 굳었다.

"또 엘레나에게 무슨 일이 있는 건가?"

메이나드와 윈터힐 백작까지 불안한 눈으로 마리안을 바라봤다.

"그런 것은 아닙니다. 다만 전언이 있으셔서……. 영애가 백작님께 가능한 한 빨리 대화를 나누고 싶다는 뜻을 전하셨습니다."

"엘레나에게 최대한 빨리 시간을 내겠다고 전해라, 마리안."

엘레나가 깨어났다는 말을 전해 듣기는 했지만 도저히 시간이 나지 않아 아직 들여다보지 못했다. 표정이 어두운 윈터힐 백작을 본 아드레이가 말했다.

"다녀오도록."

윈터힐 백작이 할 일은 아직 끝나지 않았다. 아니, 이제 본격적으로 시작되려는 참이었다. 로이드 재상이 의아하게 바라봤지만 아드레이는 뜻을 바꾸지 않았다.

"아버지의 얼굴을 보면 조금 더 기운을 차리겠지."

그 말만 남기고 회의실 쪽으로 먼저 걸어가 버리는 황제의 뒷모습을 보던 윈터힐 백작이 발걸음을 빠르게 옮겼다. 한시가 급했다. 백작은 품위도 잊고 반쯤 뛰듯이 딸아이를 찾았다.

"엘레나."

"아버지."

침대에 기대앉은 엘레나를 본 백작의 얼굴이 일그러졌다.

"아, 다행이다. 정말로 다행이야."

겨우겨우 엘레나가 앉아 있는 침대 곁으로 다가온 백작이 그 자리에 무너지듯 주저앉았다. 마음속으로 라한을 몇 번이나 불렀다. 엘레나가 쓰러져 있는 동안, 다시 한번 끔찍한 절망을 경험한 백작은 버석하게 마른 얼굴을 쓸어내렸다.

"저 이제 괜찮아요, 아버지. 많이 걱정하셨죠."

"미안하다, 엘레나."

아비 된 자로서 할 수 있는 말이라곤 때늦은 사죄뿐이었다.

"모두 다 내 잘못이다. 내 과오 때문에 네가…… 너까지…….."

만약 그대로 엘레나가 잘못되었다면 백작은 절대로 스스로를 용서하지 못했을 것이다. 자신의 의지로 황제 앞에 무릎을 꿇으며 맹세했다. 엘레나가 잘못된다면 베르너에게 복수를 하고 그대로 목숨을 끊으리라. 죽어서 엘레나와 실비아가 있는 곳에 가지는 못하겠지만, 그렇게라도 자신의 죗값을 치르겠다는 생각이었다.

"아버지."

윈터힐 백작은 이를 악물었다. 따뜻하게 자신을 불러 주는 딸아이의 목소리가, 맑게 빛나는 그 눈동자가 모두 꿈만 같았다.

"그래, 엘레나. 말하렴."

딸 앞에서 약한 모습을 보이지 않으려 하는 것은 여느 아버지와 다르지 않았다.

"아버지께서 베르너가 손을 잡고 반란을 준비하셨나요."

"그걸 네가 어떻게……."

"그건 중요하지 않아요. 말씀해 주세요. 사실인가요?"

"……그래. 사실이다."

"말도 안 돼……."

충격이 큰 듯한 엘레나의 모습에 윈터힐 백작이 고개를 숙였다. 아비가 반역자라는 사실에 놀란 딸아이의 얼굴을 볼 자신이 없었다.

"그럴 리가 없는데……."

엘레나가 중얼거렸다.

"반역이라니……."

혼란스러웠다.

'책에 그런 내용은 없었어.'

아무리 기억 속의 『로잘린느 황후』를 뒤져 보아도 그런 내용은 없었다. 반역이라니. 그렇게 무겁고 심각한 이야기가 나오는 책이 아니었다. 어디까지나 여자 주인공 로잘린느를 둘러싼 세 남자의 열렬한 사랑을 담은 로맨스 소설이었다.

"언제부터 계획하신 거예요?"

이제 와서 무엇을 숨기랴. 엘레나에게 모든 것을 진실하게 이야기해 주기로 백작은 마음을 먹었다. 그것이 자신 때문에 목숨을 위협받은 딸에게 빚을 갚을 수 있는 방법이었다.

"베르너 공이 영지를 찾아왔던 것은 5년 전의 일이었다."

로잘린느가 프란시스 남작령에서 아발론으로 상경하기 훨씬 전의 일이었다. 책이 시작되기 전에 이미 반역은 시작되었다는 말이었다.

"그렇다면 칩거를 깨고 아발론에 오셨던 이유가 그것 때문인 건가요?"

엘레나의 물음에 백작은 고개를 저었다.

"아발론에 발을 들인 이유는 너를 찾기 위해서였다. 네가 아니었다면 이런 시기에 황제의 영역에 발을 들이고 몇 개월 동안이나 머물지는 않았겠지."

"그래서 제게 겨울을 윈터힐에서 나라고 하셨던 거군요."

백작은 대답을 하지 않았지만 엘레나는 그 답을 알 것 같았다. 아마 자신을 안전한 윈터힐 영지로 옮기고 싶었으리라.

"그렇다면 이번 일이 일어나지 않았다면, 베르너 공이 절 납치하려고 하지 않았다면 내전은 언제 시작이 될 예정이었던 거죠?"

"이 달을 넘기지 않았을 것이다. 그리고 겨울 내내 이어졌겠지."

아무것도 모르는 사이 이페른 제국은 전쟁으로 치닫고 있었던 것이구나. 엘레나는 소름이 돋았다. 책 속에서 르니에가 아버지인 베르너 공을 따라 순순히 베르너 영지로 돌아갔던 이유가 바로 그거였어.

문득 한 가지 기억이 떠올랐다. 책 속 결혼식 장면에서 로잘린느가 했던 말.

'갑자기 겨울처럼 추워져서 꽃이 모두 시들어 속상해요. 하지만 오늘 첫눈이 온다면 더욱 근사할 것 같네요!'

문득 창밖을 보자 엘레나의 눈에 낙엽을 모두 벗어 버린 앙상한 나뭇가지들이 들어왔다. 이미 가을이 끝나고 겨울로 접어들고 있었다. 그렇다면 답은 하나다.

"결혼식이, 마지막 장면이 내전이 시작되기 바로 직전이었던 거구나."

책을 읽었다고 이 세계에 대해서 모두 다 알고 있는 것처럼 생각했던 스스로가 우스웠다. 책 속에 비친 내용은 정말 일부분일 뿐이다. 책은 로잘린느와 르니에의 진짜 모습에 대해서도 아주 일부분만 보여 줬다.

이미 자신이 읽었던 책과는 완전히 다른 세상이 되어 버렸다. 주인공인 로잘린느와 세 남자 주인공들은 물론이고 티토나 자신과 마찬가지로 조연에 불과했던 윈터힐 백작까지.

모든 사람들의 이야기가 원래와는 다르게 흘러가고 있었다. 그럼에도 불구하고 책 속 내용으로 다뤄지지 않았을 뿐, 예정되었던 반역은 그대로 일어났다.

"결국 일어나야 하는 일은 일어난다는 걸까."

메이나드 어머니의 사고도, 교황 성하의 죽음도 막지 못했다. 모두 정해진 대로 일어났다. 이것을 깨달은 이 순간, 우습게도 그녀의 머릿속을 채우는 것은 로잘린느의 얼굴이었다.

33장

33장

현 황제의 백부인 베르너 공과 사촌인 베르너 후작의 반역 모의 소식에 이페른 제국민들은 충격에 빠졌다.

그들은 또다시 전쟁이 시작되는 것이 아닌가 불안에 떨었다. 손에 익은 농기구 대신 싸구려 창을 들고 전쟁터에 나아가 허무하게 사그라지는 목숨은 언제나 백성의 것이었다.

그나마 바크란 1세의 발 빠른 대처에 그들은 가슴을 쓸어내릴 수 있었다.

도망간 베르너 공을 비롯한 귀족 연합을 잡아들이기 위해 소수의 기동력 있는 기사들이 나섰다. 여기저기로 뿔뿔이 흩어져 서쪽을 향해 도망치던 몇몇 귀족들은 작은 들짐승처럼 사냥당했다.

특히 윈터힐의 늑대 기사단은 베랑가의 봉신 귀족을 셋이나 잡아들이며 명성을 드높였다. 주모자인 베르너 공과 베르너 후작이 아직 잡히지 않았지만 모두들 시간문제라며 낙관했다.

우려했던 것과는 달리 서부 귀족들의 반란이 제대로 시행되지 못하고 조기에 진압이 되어 가는 분위기에 제국민들의 분위기가 서서히 풀렸다.

반란군에 가담하는 척하며 황실에 충성했다는 윈터힐이 새로운 구국의 영웅으로 추앙된 것도 크게 한몫했다. 오래전부터 황실을 멀리하는 철저한 귀족파로 손꼽혔던 윈터힐 백작가였지만, 결국 위기 앞에서는 파벌과 관계없이 하나로 뭉치는 제국의 모습을 보여 준 것에 감동받은 이들이 적지 않았기 때문이었다.

모두가 하루를 정리하는 늦은 시간이었지만, 아발론의 중앙궁 회의실은 아직 불이 밝았다. 공개적으로 작전에 임한 서부는 영주들의 협조로 수월한 양상을 보였지만, 아발론에서 더 멀리 떨어진 동부는 일촉즉발의 상황이었다.

"동부의 상황은 어떤가."

아드레이가 대신들을 바라보며 물었다.

"동부의 영지군을 중심으로 3왕국령에 대한 경계 태세를 최대로 올렸습니다. 그리피스 지역은 오르테가 자작가가, 샴 지역은 로이드 공작가의 차남이, 그리고 마지막으로 산크레스트 지역은 풀먼 후작가와 샤를 백작가의 선발대가 맡고 있습니다."

아드레이에게 점령되고 제국으로 통합된 지 아직 10년도 지나지 않은 땅. 여전히 옛 영광을 잊지 못하고 왕족을 복권하여 제국으로부터 독립하려는 움직임도 꾸준히 있었다.

그러나 강제로 찍어 누를수록 그들의 독립군에게 정당성과 힘이 생기기에, 아드레이는 최대한 옛 왕국들을 온건적으로 융합하는 정책을 추진해 왔다.

"세 지역에 민생 보호와 월동 지원 명목으로 진입한 각 영지군들의 보고에 의하면 독립군은 현재로선 이렇다 할 움직임을 보이지 않

고 있습니다만, 확실히 전과는 다른 긴장감이 각 지역에 흐르고 있
다고 합니다."

이번 일의 지휘를 맡은 풀먼 후작의 보고에 아드레이는 자신의 오
른쪽에 앉아 있는 어네스 백작을 바라봤다.

"어네스 백작, 출진 준비는 순조롭게 되어 가고 있나."

"예, 폐하. 제3황실 기사단과 출전한 뒤에 동부 협곡에서 칼리드 경
이 이끄는 어네스 영지군과 합류하여 동쪽으로 진군할 예정입니다."

칼리드 경은 어네스가의 제1봉신으로, 황도 경비를 총괄하며 아발
론에 머무는 백작을 대신해 영지를 다스리고 있는 어네스 백작의 남동
생이었다. 결국 어네스가의 형제가 동부 전선을 책임지게 된 것이다.

"메이나드는 당분간 어네스 백작의 출전에 아무런 문제가 없도록
도와라."

메이나드가 출군하는 아버지와 조금이라도 더 시간을 보낼 수 있
게 하는 배려였다. 그것을 잘 알고 있는 메이나드와 어네스 백작은
깊이 머리를 숙였다.

"밤이 늦었으니 이만 돌아가 쉬도록."

동부로 파견할 군대의 틀도 어느 정도 마련되었으니 이제 나머지
는 어네스 백작에게 달렸다. 아드레이의 역할은 어느 정도 마무리가
된 셈이었다.

"이제 대부분의 준비는 끝났으니 폐하께서도 조금 쉬십시오."

며칠 동안 제대로 쉬지도 못하며 그 누구보다 숨 가쁘게 달려온
아드레이를 걱정하는 어네스 백작의 말이었다. 그러나 대신들의 인
사를 받으며 홀로 회의실을 나서는 아드레이의 미간에는 조금 전엔
보이지 않았던 주름이 깊게 파여 있었다.

윈터힐 백작의 빠른 판단으로 최악의 상황은 막을 수 있었지만,

본격적인 내전은 무슨 수를 써서라도 피해야 한다.

서쪽과 동쪽, 두 곳에 전선이 생기면 제국의 병력은 그들을 막기 위해 둘로 쪼개질 수밖에 없다. 줄어든 병력으로는 제대로 진압을 하기가 힘들다. 자칫 잘못하다 진압에 실패하면 많은 피를 흘리게 된다.

하루가 다르게 기온이 떨어지는 겨울의 전장은 병사들의 가혹한 희생을 낳게 될 것이다. 길고 무거운 생각이 꼬리에 꼬리를 물고 이어졌다.

생각에 잠긴 채 어느새 침소인 태양의 궁 응접실에 도착한 아드레이를 휴고가 맞이했다.

"폐하, 오셨습……."

"쉿."

아드레이가 손가락 하나를 들어 보이며 휴고에게 주의를 주었다. 그러고는 흘끗, 엘레나가 잠들어 있는 침실 방문 쪽을 살폈다. 문 너머에서 아무런 움직임이 없는 것을 보아 휴고의 목소리가 그녀를 깨우거나 하지는 않은 모양이었다.

"음식은 됐고, 목욕만 준비해라."

아주 낮고 작은 목소리가 휴고에게 자신이 원하는 것을 명했다. 그의 의도를 눈치챈 휴고는 눈짓으로 대답을 대신하고 발걸음 소리를 죽여 침실을 빠져나갔다.

소파에 앉아 테이블에 준비된 체첸이란 독한 술을 익숙하게 잔에 따른 아드레이는 지친 얼굴로 셔츠를 풀어 내렸다. 한 손으로 툭툭 단추를 푸는 소리와 잔이 달그락거리는 소리가 동시에 울렸다.

달칵.

"레이, 왔어요?"

문이 열리는 소리와 함께 익숙한 목소리가 들리자, 그가 앉아 있던 자리에서 벌떡 일어났다.

"내가 깨운 건가."

"아뇨. 아직 안 자고 있었어요."

"엘레나, 조심."

"에이, 이제 목발을 짚으면 걸을 만하다니까요? 괜찮아요."

"그래도……."

한쪽에 의원이 만들어 준 목발을 짚고 절뚝절뚝 다가오는 엘레나를 보는 그의 눈은 불안이 가득했다. 언제 넘어질지 모르는 어린아이의 걸음마를 보듯 언제라도 튀어 나가 잡아 줄 태세로 서 있었다.

"오늘 하루 종일 연습했다고요. 이제 넘어지지 않…… 앗!"

의기양양하게 웃으며 걷던 엘레나가 바닥에 깔린 카펫 자락에 목발이 걸려 앞으로 몸이 기울었다. 줄곧 그녀를 바라보고 있던 아드레이가 훅 바람을 일으키며 달려갔다.

"우왓!"

꼼짝없이 무릎을 바닥에 찧는가 했는데, 어느새 다가온 아드레이의 가슴팍에 안착했다.

"하아, 다행이다. 고마워요, 레이. 어? 잠깐, 뭐 하는 거예요!"

"가만히 있어."

몸이 붕 떠오르는 듯하더니, 눈 깜짝할 새에 그녀는 그에게 안겨 있었다. 그것도 완벽한 공주님 안기로.

"하, 한 번 넘어질 뻔한 것 가지고 왜 이래요! 민망하게!"

"잠깐 민망한 게 다치는 것보다 훨씬 낫다. 다시는 그대가 다치는 걸 보고 싶지 않아."

"레이……."

정신을 잃었다가 깨어난 뒤 아드레이는 줄곧 이랬다. 과보호다 싶을 정도로 그녀를 감싸고 돌았다. 이미 포션을 다 써 버린 뒤라 의원의 치료에만 기대야 하는 상황에서 그는 먹는 것부터 입는 것까지 모든 것을 최고로만 제공했다.

정작 본인은 바빠서 잠도 제대로 자지 못하면서, 엘레나의 식탁에 뭐가 올라갔는지 그리고 오늘은 어떤 차도를 보였는지까지 휴고를 통해 하나하나 다 신경을 쓰는 듯했다. 그래서인지 그녀는 굉장히 빠른 회복 속도를 보이고 있었다. 며칠 지나지 않았는데 벌써 침대 신세를 벗어나 이렇게 걸어 다니고 있지 않는가.

"조금 더 연습이 필요한가 봐요."

"무리하지 마라."

엘레나를 자신이 앉아 있던 소파에 내려 주며 아드레이가 말했다.

"피이, 무리 아니에요. 어서 저도 혼자 돌아다닐 수 있어야죠. 언제까지 다른 분들의 도움만 받을 수는 없잖아요."

입술을 삐죽이는 그녀의 말에 아드레이는 고개를 절레절레 저었다.

"그대의 성격을 모르는 건 아니지만, 가끔은 다른 사람에게 기대도 된다."

조금은 여유롭게 몸을 추슬러도 될 텐데, 남에게 민폐를 끼치는 것을 질색하는 그녀는 조금이라도 더 몸을 움직이지 못해 안달이었다. 다정한 눈매의 아드레이가 한쪽 무릎을 굽혀 엘레나와 눈높이를 맞췄다.

"이제 상처의 붉은 기운도 가셨군. 잘 아물고 있어."

그녀의 얼굴을 두 손으로 감싸듯 잡은 그가 이마의 상처 주변을 꼼꼼하게 확인했다. 순간적으로 확 가까이 다가온 그의 얼굴에 엘레나는 놀라 볼을 붉혔다.

"그, 그렇죠? 이제 거의 티도 안 나요. 의원님 말로는 흉터도 거의 남지 않을 거래요."

"흉터……."

아무 생각 없이 한 말인데 아드레이의 안색이 어두워졌다. 아차, 싶은 엘레나는 얼른 뒷말을 붙였다.

"거의 안 남을 거라고 하셨다니까요? 그리고 이렇게 앞머리를 살짝 내리면 보이지도 않는 곳이라 괜찮아요!"

하지만 아무리 밝은 목소리로 말한다고 한들 아랫입술을 꾹 다문 그에겐 아무론 소용이 없었다.

"……발은 좀 어떻지?"

"아직 힘이 잘 들어가지 않지만, 조금씩 나아지고 있어요."

완전히 부러졌던 발목은 포션의 힘으로 뼈가 붙기는 하였으나, 아직 전처럼 무게를 싣는 움직임을 감당할 수는 없었다. 덕분에 그녀는 당분간 목발 신세를 면치 못할 것 같았다.

하지만 이렇게라도 움직이니 정말이지 살 것 같았다. 아무것도 하지 못하고 침대에 꼼짝없이 누워서 가져다주는 밥을 먹고 책이나 읽는 것은 정말이지 끔찍했다.

"아직 부어 있어."

"으앗! 레, 레이!"

어느새 자신의 맨발을 손안에 두고 눈썹을 찌푸리는 아드레이에게 그녀가 화들짝 놀라며 파드득거렸다. 좋아하는 남자에게 발을 보인다는 건 생각보다 훨씬 더 부끄럽고 민망한 일이었다.

그런 그녀의 마음을 아는지 모르는지, 아드레이는 마치 유리 세공품이라도 다루듯 조심스러운 손길로 다친 발목을 살폈다.

"화가 날 지경이다."

겨우 그의 한 손에 들어오는 작은 발을 보며 아드레이가 낮은 목소리로 말했다.

"뭐가요?"

혹시 내 발에서 냄새나? 찌푸린 그의 표정에 눈치를 보며 엘레나가 물었다.

"남은 그렇게 잘 치유해 내면서 자기 자신은 고칠 수 없는 그대의 신성력 말이다."

"아아⋯⋯."

엘레나는 멋쩍게 웃을 수밖에 없었다. 그녀도 멍하니 침대에 누워 있는 동안 그런 생각을 한두 번 한 것이 아니었다.

"그대로 즉사해도 이상할 게 없었던 그대의 부친도, 계단에서 굴러떨어져 중태였던 어네스 백작 부인도 잘만 고쳐 냈으면서."

그게 엘레나의 잘못이 아니라는 것을 잘 알면서도 아드레이는 못마땅함을 감출 수 없었다.

지난 며칠간 그는 스스로의 무능력함에 치를 떨었다. 그녀가 침대에서 일어나는 것조차 버거워하고 한 발자국을 떼기 위해서 씨름하는 동안, 자신이 할 수 있는 일은 아무것도 없었기에.

"그대의 성격과 똑같다. 남은 잘만 도우면서 스스로는 챙기지 않는 것이."

어린아이의 투정과 같은 불퉁한 목소리였다. 그러나 그가 이렇게 편한 모습을 보이는 것은 오로지 자신 앞에서만이라는 것을 잘 알았다. 오죽하면 무표정하기로 유명한 휴고가, 처음 아드레이가 그녀를 대하는 것을 보고 너무 놀라 숨 쉬는 것을 잊었다가 쓰러질 뻔하기까지 했을까.

엘레나는 아드레이를 빤히 바라보다가 웃었다. 그리고 그의 얼굴에 한 손을 가져다 대었다.

은은하게 밝은 빛이 그에게 스며들었다. 아침부터 자신을 괴롭히던 지끈거리는 두통이 사라진 것을 깨달은 그가 깊은 눈으로 그녀를 바라봤다.

"아직 내 몸은 여기저기 고장 나 있어도 레이가 아픈 건 고쳐 줄 수 있어서 난 맘에 드는걸요."

"엘레나……."

그가 신음하듯이 그녀의 이름을 부르며 고개를 숙였다. 털썩, 그가 엘레나의 무릎에 얼굴을 묻었다. 웅얼거리는 말이 흘러나왔다.

"내게 두통이 있는 건 어떻게 알았지."

"미간에 주름이 쫙 가 있고, 잠깐씩 눈을 찌푸렸으니까요."

"엘레나."

"왜요?"

"사랑해."

갑자기 훅 날아온 달콤한 말에 눈을 동그랗게 뜬 그녀는 이내 웃으며 대답했다.

"나도요."

"진심인가?"

"당연히 진심이죠."

"그럼 말해 봐. 도대체 무슨 생각을 하고 있는 건지. 무슨 마음인 건지."

"그게 무슨 말이에요?"

엘레나는 더욱 말짱한 표정을 지어 보였지만 그에게 통하지 않았다.

"울 것 같은 얼굴을 하고 있잖아."

고개를 든 아드레이가 마치 속을 꿰뚫어 보듯이 그녀를 올려다봤다.

"······정말 아무렇지도 않은데."

하지만 그는 그 대답이 만족스럽지 못한 듯 눈을 가늘게 떴다.

"아직 말해 줄 생각이 없는 건가?"

"······."

엘레나는 아무 말이 없었다. 마음 한쪽에 불안감이 커질수록 더욱 밝게 웃어 왔다. 다른 사람들은 눈치채지 못했는데.

하지만 아드레이가 아무리 물어도 말해 줄 수 없다. 이렇게 나를 사랑해 주는 사람에게, 소중하게 보듬어 주는 사람에게 어떻게 말할까.

당신은 사실 다른 여자를 사랑할 운명이었고, 나는 당신이 운명을 따를까 너무나 무섭다고. 결국 정해진 대로, 나같이 스쳐 지나가는 조연은 잊고 결국 반짝반짝 빛이 나는 로잘린느를 사랑하게 될까 못 견디게 두렵다고. 그리고 나는 또 혼자 남겨지게 될까 무섭다고.

"그냥 하루 종일 목발 연습을 했더니 피곤한 것뿐이에요."

결국 엘레나는 그냥 활짝 웃어 보였다.

"······때가 되면 말해 줄 거라고 믿고 기다리지."

다행히 아드레이는 더 이상 채근하지 않았다. 그녀의 이마에 입을 맞추고 방 한구석에 놓인 옷걸이로 걸어가며 단추를 풀었다. 조금 더 편한 옷으로 갈아입으려는 듯했다.

지금 그녀와 그의 묘한 동거 상황을 설명하자면 이랬다. 우선 엘레나가 차지한 침대가 있는 방은 원래 아드레이의 침실이었다.

그리고 지금 두 사람이 대화를 나누고 있는 공간은 일종의 거실 같은 곳이었다.

빈 방이 넘쳐나는 이 넓은 태양의 궁에서 아드레이는 다른 방을 사용하는 대신, 거실의 한쪽을 치우고 침대를 들여놓아 사용했다. 졸지에 벽 하나를 두고 그와 동거 아닌 동거를 하게 된 것이다.

"레이, 전부터 말하고 싶은 게 있었는데요."

"뭐지."

"나 이제 많이 괜찮아졌으니까 새벽의 궁에 있는 내 침실로 방을 옮기면…… 흡!"

엘레나가 말을 멈추고 헛숨을 들이켠 이유는 다름이 아니었다. 너무나 자연스럽게 셔츠를 벗는 아드레이의 맨 등이 보였기 때문이었다.

화들짝 놀라 후다닥 고개를 돌리고 천장으로 시선을 고정했으나 콩닥콩닥 뛰는 가슴을 주체할 수가 없었다. 사람인지, 조각인지. 광활한 그의 등 근육은 완벽했다.

"그, 그러니까, 더 이상 레이의 침대를 내가 차지하고 있는 것도 그렇고……. 마리안의 말로는 황궁 내에 소문이 퍼지기 시작했대요. 태양의 궁에 웬 여자가 살고 있다고요."

발 없는 말이 반나절 동안 황궁을 스무 바퀴도 도는 게 궁 내부의 소문이다. 게다가 엘레나가 이곳으로 실려 오던 날, 황제 폐하가 직접 기사들을 데리고 아발론을 질주하기까지 했으니. 다들 반역 사건에 관심이 집중되어 있어 다행이지, 이대로 더 시간이 흐르면 언제 황궁 밖으로 소문이 퍼져 나갈지 몰랐다.

"전에 새벽의 궁에서 쓰던 방도 아직 그대로 남아 있다고 하니까……."

무심코 아드레이가 있는 방향으로 고개를 돌린 엘레나는 하고 있던 말의 뒤 내용을 까맣게 잊어버렸다.

"뭐, 뭐어……."

하던 말뿐이 아니라, 새로 나올 말도 마음대로 나오지 않았다. 그녀가 앉아 있는 곳 바로 앞에 서서 내려다보고 있는 아드레이 때문이었다.

엘레나의 눈이 찌푸린 아드레이의 얼굴에서 점점 아래로 향했다.

목이 보이고, 반듯하고 움푹 파인 쇄골이 보이고, 그리고…… 단단한 근육이 잡힌 넓은 가슴팍이 나오도록 맨살이 끝나지 않았다. 결국 각 잡힌 복근이 눈에 들어오자 그녀는 얼른 눈을 돌렸다.

그러나 이미 뇌리에 박힌 듯 아드레이의 벗은 상반신이 눈앞에서 둥둥 떠다녔다.

"어째서."

멀찍이 서 있던 그가 상체를 숙여 아주 가까이로 다가왔다. 그의 손이 소파 등받이를 짚는 소리가 기익, 하고 들려왔다.

"다른 곳으로 방을 옮기고 싶어 하는 거지?"

"바, 방금 말했잖아요. 궁에 소문이 났다고……."

후아, 떨려. 옷을 걸치고 있지 않은 아드레이의 체온이 피부 표면이 따끔따끔하도록 느껴지는 것 같았다. 엘레나는 최대한 아무렇지 않은 척하기 위해 호흡을 골랐다.

"레이는 그런 소문이 함부로 나면 안 되는 사람이잖아요."

그는 황제다. 그렇지만 어렸을 때부터 정혼자가 있어 성년이 되면 결혼을 하는 다른 황제들과는 조금 다르게 아직 옆자리가 비어 있었다. 그렇다고 해서 이런저런 염문을 뿌린 적도 없다. 과거가 깔끔하다 못해 아주 백지였다. 그래서 더욱 문제였다.

"잘못하다간 빼도 박도 못하는 상황이 벌어질 거예요."

게다가 그녀는 요즘 한창 사람들의 입에 오르내리고 있는 윈터힐 백작가의 딸이었다. 그런 그녀가 황제의 침실에 머물고 있다니. 날개 돋친 듯 소문이 퍼질 것이 뻔했다.

"나와 그렇고 그런 소문이 날까 봐 걱정이 되는 건가?"

'그렇고 그런'이란 말을 할 때 그의 목소리가 왜 이렇게 은근하고 진한지, 엘레나는 저도 모르게 '흑' 하고 소리를 낼 뻔했다.

"어, 어떻게 될지 모르니까……."

"뭐?"

그녀가 눈을 옆으로 굴리며 한 말에 아드레이가 흡사 으르렁거리 듯 물었다.

"사람 일이라는 게, 어떻게 될지 모르잖아요."

또다시 로잘린느가 떠오른 엘레나였다. 앞으로 무슨 일이 생길지 모르는 이 상황에서, 더 이상 소문이 퍼지는 것은 아무리 생각해도 좋지 않다. 그렇게 말하려 그를 향해 고개를 돌리는 그녀의 입을 뭔 가가 막았다.

"흡!"

그의 입술이었다. 고개를 돌려 단단한 턱 선을 고스란히 드러낸 그가 조금의 빈틈도 없이 밀고 들어왔다.

상냥하고 다정한 키스와는 달랐다. 그것보다 훨씬 노골적이고, 또 선정적이었다. 거침없이 혀를 엮고, 그로 인해 타액이 섞였다.

머릿속이 아득해지며 생각이 이어지지 않았다. 처음엔 놀라 굳었 던 몸도 점차 부드럽게 풀어졌다.

목 뒤를 받쳐 오는 그의 손이 달갑고, 손끝에 느껴지는 그의 체온 에 온몸이 녹는 것 같았다. 치열을 훑으며 다가오는 혀가 더 이상 가 까워질 수 없음을 알면서도, 그가 부족했다.

팔을 들어 그의 목에 감았다. 그녀의 적극적인 행동에 그의 몸에 힘이 잔뜩 들어가는 것이 느껴졌다. 아드레이가 흘리는 낮은 신음이 그녀의 입술에 먹혀 버렸다.

어느새 그녀의 몸은 그에게 갇혀 있었다. 다리가 옴짝달싹하지 못 하도록 단단한 두 다리가 자리를 잡고 있었다. 키스가 진해지고 깊 어지면서 앉아 있던 자세에서 스르륵 흘러내린 그녀는 푹신한 소파에 파묻힌 채로 그와 오롯이 맞닿았다.

"하아, 하아, 하……."

마침내 키스가 끝나며 그녀가 다급하게 공기를 들이켰다. 붉게 달아오른 얼굴뿐만이 아니라 옷 사이로 보이는 쇄골 아래까지도 사랑스러운 핑크빛으로 물들어 있었다. 아드레이는 잠시 그것을 홀린 듯 바라보며 물었다.

"이래도 어떻게 될지 모른다고 생각하나?"

그도 숨이 찬지 문장이 군데군데 끊기고 목소리가 탁했다.

"난, 레이가 좋지만…… 변하지 않을 걸 알지만……."

자신의 마음에 대한 확신은 있었다. 아드레이도 쉽게 변하지 않을 남자라는 것을 잘 알았다.

그러나 설명하기 힘든 불안함이 자꾸만 그녀를 괴롭혔다. 이 행복이 언제 끝날지 모른다는 두려운 생각이 자꾸만 마음속을 파고들었다.

"날 믿지 못하는 것이로군."

"아니에요! 그런 건 아니라고요!"

엘레나는 소리쳤지만, 이내 아랫입술을 깨물었다. 답답한 마음을 어떻게 달리 표현할 수가 없었던 것이다.

하얀 잇새에 눌린 붉은 입술을 엄지로 슬며시 문질러 빼낸 그가 그녀의 한 손을 그러쥐었다. 그리고 그대로 자신의 얼굴에 가져다 대었다. 엘레나는 손끝으로 그의 짙은 눈썹과 살결을 느꼈다.

"엘레나, 날 봐."

"레이……."

"내가 그대가 아닌 다른 여인을 이런 눈으로 볼 것 같나?"

그렇게 속삭이는 그의 군청색 두 눈이 은은한 조명에 빛났다. 조금의 흔들림도 없이 그녀만을 바라보면서.

서서히 그녀의 손을 끌어 내려 손바닥에 입을 맞춘 그가 이번엔 그것을 자신의 가슴팍에 가져다 대었다. 아무것도 걸치지 않은 맨살 아래에서 고동치는 심장이 느껴졌다.

"내 심장이 다른 여인에게도 이렇게 뛸 것 같나?"

매순간 뜨거운 피를 뿜어내는 심장은 엘레나의 것만큼이나 빠르게 자신의 존재를 전해 왔다.

"그대 입으로 말했지. 우리가 만나기 전에 멀리서 본 나는 '도무지 사람 같지 않았다'고. 그대의 말이 맞다. 나는 그대를 만나기 전엔 아직 사람이 아니었어."

가슴이 텅 빈 이가. 사랑이란 것을 남에게 주지도 받지도 않은 이가. 그러면서도 무엇을 놓치고 사는지도 몰랐던 이가 어찌 사람이라고 할 수 있겠는가.

아드레이는 엘레나를 더욱 소중하게 보듬었다. 이 작고 따뜻한 여인이 되찾아 준 것은 다른 것이 아니었다.

"그대가 내 심장을 되찾아 주었다. 그러니 지금 이 안에서 뛰고 있는 이것은 그대 것이다. 내 생명은 오로지 그대의 것이다."

울컥, 엘레나는 눈물이 자신의 뺨을 타고 흘러내리는 것을 느낄 수 있었다.

"레이가 날 사랑하지 않는다고 생각하는 게 아니에요. 레이를 믿지 않는 것도 아니에요."

하지만 두려움은 여전히 남았다. 이 남자가 날 이렇게 사랑하고 있음에도 불구하고 내가 더 이상 이 사람의 곁에 있지 못하게 되는, 지금은 절대로 알 수 없는 형태의 일이 생겨나는 것은 아닐까.

그러다 울컥, 분한 마음이 들었다. 왜 나는 마땅히 행복해야 할 순간에도 이렇게 마음을 졸여야 하는 것일까. 순간적인 변덕이라도 불러도 좋을 만큼 충동적인 변화였다.

어차피 예상할 수도, 막을 수도 없는 일이라면 적어도 겁에 질려서 모든 것을 놓치는 것은 바보 같은 일이잖아.

미래가 어떻게 되든 지금 아드레이가 사랑하는 것은 나고, 그는 내 거야. 지금 이 순간, 어쩌면 내 인생에서 가장 행복할 수 있는 이 순간을 두려움으로 낭비하지 않겠어.

"그러니까 지금은 레이의 마음을, 이 행복을 마음껏 즐기고 싶어요."

엘레나가 자신의 손가락을 아드레이의 것에 하나씩 엮었다. 두 사람의 마주 잡은 손이 처음부터 한 쌍인 것처럼 딱 맞물려 들었다. 그의 마음을 확인하고 싶었다. 이 알 수 없는 불안함을 끝내 줄 확실한 무언가를 원했다.

"사랑해요."

엘레나가 코앞에서 그의 눈을 똑바로 바라보며 말했다. 그러나 이번에는 아드레이의 대답이 들려오지 않았다. 대신 뜨거운 열기를 담은 그의 눈이 응답하듯 그녀를 바라봤다.

그리고 그녀의 무릎 뒤로 손을 쑥 넣더니 번쩍 들어 올렸다.

"레, 레이?"

지금 이게 무슨 상황이지? 내가 너무 빙 둘러서 말했나? 아주 잠시 어리둥절해하던 엘레나는 그가 향하는 곳이 침실 쪽이란 것을 깨닫고 '흡' 하며 그를 바라봤다.

'혹시 오늘이? 드디어?'

그런 기대감이 슬그머니 고개를 들었다. 오늘 이 밤이 우리 사이의 역사적인 그날이 되는 것인가! 스스로 원하던 것임에도 막상 닥치니 긴장되기 시작했다.

그리고 현실적인 고민들이 떠오르기 시작했다. 내가 오늘 머리를 감았던가. 아무래도 목욕을 하는 게 좋을 것 같은데. 속옷은 어떤 걸 입었지.

슬슬 걱정이 되는 와중에 어느새 그녀는 침대에 눕혀졌다.

"레, 레이, 그게……."

어떻게 하면 분위기를 깨지 않으면서도 '일단 먼저 씻고 싶다'는 의견을 피력할 수 있을까.

엘레나가 조심스럽게 입을 뗄 때였다. 그가 목 밑까지 이불을 꼼꼼히 덮어 주더니 말했다.

"일찍 자라. 불은 내가 끄고 나가지."

"……뭐요?"

"푹 자 둬. 내일은 바쁠 테니까."

그렇게 말을 남긴 그가 뒤도 돌아보지 않고 침실을 빠져나갔다. 심지어 말한 대로 나가는 길에 불을 끄고 문까지 얌전히 닫으며 나갔다.

조금 전까지 사랑하는 남자의 품에서 그의 체온을 만끽하던 엘레나는 졸지에 싸늘한 침실에 혼자 남겨졌다. 멍하니 껌껌한 천장을 올려다보고 있자니 말로 형용할 수 없는 감정들이 몰려왔다.

"도대체 뭐지?"

커다란 눈이 깜박깜박 움직였다. 분명히 거기서 그렇게 꺼져 버릴 불꽃이 아니었는데. 그의 뜨거운 눈빛을 기억하는 엘레나는 여전히 이해할 수 없었다.

"게다가 내일은 바쁠 거란 말은 또 뭐야?"

지금이라도 저 문을 열고 나가서 다시 물어볼까. 침대에서 몸을 반쯤 일으키던 엘레나는 고개를 저으며 이내 포기했다.

목발이 밖에 있다. 여기서 저 멀리 보이는 문까지 깽깽거리며 한 발로 뛰거나 엉금엉금 기어갈 수밖에 없는데, 두 가지 다 그에게 차마 보여 줄 수 없는 꼴이었다.

실컷 더 놀고 싶은데 갑자기 침대에 눕혀진 어린아이처럼, 엘레나는 결국 한참을 뒤척이다가 달이 저 멀리로 기울고 나서야 스르륵 잠이 들었다.

아드레이가 선전포고라도 되는 듯한 말을 던졌던 것과는 달리, 다음 날 아침은 평범하기만 했다. 마리안이 가져다준 간단한 아침 식사를 하고, 따뜻한 햇살을 쬐며 후식과 차를 마셨다.

'저녁때 올 거란 말이었나?'

엘레나는 고개를 갸우뚱했다. 시기가 시기인 만큼 오늘 그의 얼굴을 보지 못한다고 하더라도 크게 실망하지는 않겠지만, 그래도 어제 그의 말의 의미가 궁금했다.

그때 습관적으로 책을 꺼내서 읽으려 하는 엘레나에게 마리안이 제안을 했다.

"아가씨, 머리를 빗어 드릴까요?"

"머리요?"

뜬금없는 제안에 조금 얼떨떨했지만, 엘레나는 이내 고개를 끄덕였다. 이곳 귀족 여성들의 하루 일과 중 장시간을 차지하는 것이 바로 꾸밈이었다. 특히 윤이 나고 찰랑이는 머릿결을 매우 중요시 여겼기 때문에 오랜 시간을 쏟아 공들여 빗었다.

그러나 엘레나는 누굴 만나거나 밖에 나가는 날이 아니면 딱히 화장대 앞에 앉지 않는다는 것을 잘 알고 있는 마리안이 그런 제안을 한 것은 뜻밖이었다.

"가끔은 기분 전환하는 좋은 방법이 되기도 합니다."

"으음, 그럼 그럴까요?"

어차피 다른 할 일이 있는 것도 아니고, 머리를 빗어 주는 수고를 하는 것은 마리안이었다. 엘레나는 고마운 마음으로 화장대 앞에 앉았다. 이윽고 마리안이 빗을 가져와 머리를 빗어 내리기 시작했다.

그런데 단순히 빗는 것이 끝이 아니었다. 은을 녹여 실을 만든 것처럼 윤이 나도록 빗은 후 정성스레 머리칼을 땋았다. 어쩜 그렇게 솜씨가 좋은지, 단단하게 땋은 머리칼이 금세 왕관처럼 아름답게 머리를 장식했다.

"우와, 메리 정말 팔방미인인 것 같아요. 못하는 게 없어요!"

"과찬이십니다, 아가씨. 이왕 이렇게 꾸며 본 것, 날씨도 좋으니 도서관으로 나들이를 하시는 게 어떻겠습니까?"

"이렇게 공들여 꾸며 줬는데 아무것도 하지 않으면 좀 그렇겠죠? 좋아요, 가요! 앗, 그런데 목발을 짚고 가기에는 조금 멀지 않을까요?"

마차를 타고 움직인다고 하더라도, 건물 내부에선 목발을 짚고 움직여야 하니 덜컥 겁이 난 것이다. 그런 엘레나를 보며 마리안이 의미심장하게 웃었다.

"약간의 도움만 받으면 되지 않겠습니까. 옷만 갈아입으시고 바로 출발하시죠."

묘하게 서두르는 듯한 인상이었다. 하지만 오랜만에 바깥바람을 쐰다는 생각에 들뜬 엘레나는 웃으며 힘차게 고개를 끄덕였다.

마리안이 골라 주는 대로 흰색과 금색이 섞인 가벼운 드레스를 입은 엘레나는 온몸을 쭉쭉 늘였다. 목발을 짚고 힘을 쓰기 전 준비운동이었다.

"그러실 필요까지는 없을 텐데……."

"네? 뭐라고요, 메리?"

"아무것도 아닙니다. 이제 나가시죠."

"알겠어요."

엘레나는 씩씩하게 목발을 짚고 방을 나섰다.

"준비는 다 됐나?"

그리고 방문을 나오자마자 굳어 버렸다. 자신을 기다리고 있다가 자리에서 일어나는 아드레이의 모습 때문이었다.

"레이가 이 시간에 여길 왜……."

"어제 말하지 않았나. 오늘 바쁜 하루가 될 테니 일찍 자 두라고."

그렇게 말하며 싱긋 웃어 보이는 아드레이는 오늘따라 더욱 빛이 났다.

"하, 하지만 바쁜 것 아니었……."

중얼거리는 엘레나의 얼굴이 그의 앞에서 점점 붉어졌다.

'오늘따라 왜 이렇게 멋있고 난리야!'

전혀 예상하지 못한 상태에서 만나서 그런 걸까. 유독 두근거리는 심장을 주체할 수가 없었다.

항상 입고 다니는 검은색 일색의 옷 대신, 오늘은 조금 가벼운 복장의 아드레이였다. 황제임을 나타내는 사자 문양이 새겨진 망토는 여전했지만, 그마저도 검은색이 아닌 미색으로 훨씬 밝은 분위기였다.

"그러고 보니까 우리 옷이…… 비슷하네요?"

그녀가 입고 있는 금색과 흰색이 적절히 섞인 드레스와 그가 입고 있는 옅은 상아색 옷은 처음부터 한 쌍을 목적으로 같이 만들어진 것처럼 서로 닮은 것이었다. 엘레나는 마리안을 돌아봤지만, 이미 그녀는 문 밖에서 모두가 나오기를 기다리고 있었다.

"그럼 우리 도서관 말고 다른 곳으로 가요."

"예를 들면?"

"자주 가던 내원 연무장 근처라든가, 새벽의 궁 후원도 좋고요. 으음, 또 어디가 있을까……."

그 장소들의 공통점을 알아챈 아드레이는 단호하게 고개를 저었다.

"마침 책을 반납할 게 있다고 하던데. 도서관으로 가지. 이 시간쯤이면 한창 도서관에 사람이 많을 때지. 내 말이 맞나, 휴고?"

"예, 폐하. 가장 붐비는 시간입니다."

"잘됐군. 가지."

굳이 휴고에게 물어서 확인을 한 아드레이는 뿌듯해 보이기까지 했다.

잠시 뒤, 황궁 도서관 앞.

휴고가 말했던 것처럼 도서관은 많은 이용객들로 붐볐다. 황실 소유의 도서관이지만 귀족들과 학자들처럼 신분이 분명한 자는 간단한 등록 절차를 거치면 무료로 사용할 수 있는 것이 바로 이 황궁 도서관이었다.

이곳은 대이페른 제국 황실의 막대한 부와 권력을 상징하는 곳으로, 내부뿐만이 아니라 외부에 마련된 공원도 아름다워 젊은 남녀의 데이트 장소로도 유명했다.

유독 날이 화창하고 따뜻한 오늘은 더욱 많은 사람들이 도서관을 찾았다. 그런데 어쩐 일인지 많은 사람들이 도서관 안으로 들어가지 않고 밖에 옹기종기 모여 있었다.

"갑자기 도서관 내부를 비우라니, 이게 무슨 일이지?"

"그러게. 이런 일은 처음인데."

"정기 점검이라도 하나 보지. 오늘은 일찌감치 중심가로 나가서 놀기나 하자고."

몇몇은 지루함을 참지 못하고 황궁 밖으로 걸음을 옮기려 했다. 그런데 그때였다.

"저 행렬은 다 뭐지?"

마차 한 대와 그 앞뒤를 지키는 말을 탄 기사들의 행렬이 들어서며 파란이 일었다.

"혹시 무슨 일이 있는 건 아닐까?"

"저 문양은 황실 기사단이 분명한데. 마차에 탄 게 누구길래 저렇게 철저하게 호위를 하는 거야?"

젊은 귀족들은 동그란 눈으로 목을 길게 빼고 호기심을 감추지 못했다. 황궁 도서관을 자주 드나든 이들도 저런 행렬은 처음 봤기 때문이었다.

"리바이 공작 전하도 저런 식으로 움직이시지는 않던데……."

점점 궁금증이 몸을 부풀릴 때였다. 마차의 문이 열리더니 한 남성이 내렸다. 그쪽을 예의 주시하던 이들은 고개를 갸웃했다.

'누구지?'

안쪽의 누군가를 에스코트하기 위해 남성이 등을 보였다. 그가 입은 망토의 휘날리는 황금 사자의 문양을 확인한 이들의 턱이 떡 벌어졌다.

"지금, 지금 내가 뭘 보고 있는 거지?"

눈이 빨개지도록 비비는 이도.

"화, 화, 화……."

차마 말을 하지 못하고 사고가 정지해 버린 이도 있었다. 마침내 누군가가 반쯤 실성한 목소리로 중얼거렸다.

"황제 폐하?"

제 눈으로 보고 있는 장면을 믿지 못하겠다는 듯 반신반의하는 말이었다. 그러나 그 말이 가져온 파장은 컸다.

황실 도서관이라고는 하지만 황제가 직접 이곳에 발걸음을 하는 일은 매우 드물었다. 집무실이 있는 중앙궁과 태양의 궁에 개인 도서관을 가지고 있는 그는 이렇게 공개적으로 모습을 드러내는 일이 없었다.

제 할 일에만 신경 쓰던 사람들이 쥐죽은 듯 조용해지며 마차에서 다음에 내리는 사람에 주목했다.

"허억!"

"여, 여인?"

느닷없는 황제의 등장에 긴장했던 사람들이 헛숨을 들이켰다. 한 번도 직접 뵌 적은 없었지만, 바크란 1세 폐하에 대한 소문은 익히 들어왔다. 대신들이 걱정을 할 정도로 여인에 관심이 없고 염문을 뿌리는 대상도 없다고. 분명히 그렇게 알고 있었는데.

"여인을…… 안고 계셔?"

멀찍이 보이는 황제 폐하는 한 여인을 안아 들고 계셨다. 그 누구의 도움도 받지 않고 친히. 폐하의 얼굴을 똑바로 보면 안 된다는 것도 잊고 멍하니 단체로 꿈을 꾸는 사람들처럼 입을 헤벌리고 있을 정도로 충격이 컸다.

"폐하께서 원래 저런 분이셨나?"

믿기지 않아 중얼거려 봤지만, 그에 답할 수 있는 이는 없었다. 구름 위의 존재와도 같은 폐하가 아니신가. 이렇게 멀리서 뵌 것만으로도 주변에 떵떵거리며 자랑할 만한 일이었다.

"어쩜. 이렇게 멀리서 뵙는데도 황홀하게 멋진 분이시네요, 폐하께서는."

"저 흩날리는 검은 머리칼 좀 봐요……."

귀족 영애들은 하나같이 입을 모아 아드레이를 찬양하기 바빴다. 그리고 그 품에 안겨 있는 여인을 보며 한숨을 폭 쉬었다. 젊은 미혼 황제의 옆자리는 너무나 매력적인 것이었지만, 역설적으로 너무나 높은 자리엔 욕심도 생기지 않는 법이었다.

"도대체 누굴까요?"

"누군지 모르겠지만, 부럽다……."

"정말로요. 부럽네요."

이렇게 멀리서 보면 퍽 아름답고 마치 소설 속의 한 장면 같은 상황이었지만, 정작 당사자인 엘레나는 등에 진땀이 흘렀다.

"내려 줘요!"

"싫다."

"내려 달라니까요! 지금 이 사람 많은 공공장소에서 무슨 짓이에요!"

"내 황궁이고, 내 도서관이다. 저들은 내 것을 빌려 쓰는 것뿐이지."

일단 틀린 말은 아니었지만, 엘레나는 뻔뻔한 얼굴로 그렇게 말하는 아드레이의 품에서 벗어나기 위해 끊임없이 바동거렸다.

"안에는 사람이 없도록 비우라 명했으니, 사람들의 시선이 거슬려도 조금만 참아."

"도, 도서관을 완전히 비우라고 했다고요?"

"그래. 그대가 이용하기에 불편하지 않도록 그렇게 조치해 두었다."

솔직히 말하자면 그녀와 도서관에 단둘이 있고 싶은 마음 때문이었지만, 아드레이는 어깨를 으쓱했다.

엘레나는 입을 떡 벌렸다. 얼마나 많은 사람들이 매일 이곳을 이용하는지 잘 알았다. 그녀도 그들 중 한 명이었으니까. 그런데 그 많은 사람을 나 때문에 내보냈다고?

아니나 다를까. 도서관이 가까워질수록 두 사람을 바라보는 사람의 수가 점점 많아졌다. 정말 안 되겠다 싶어 엘레나는 한층 더 강하게 말했다.

"걸어갈게요. 목발 가져왔으니까, 혼자서 갈 수 있어요."

"사람들 때문이라면 신경 쓰지 마라."

"저기 사람들 다 보고 있잖아요! 어떻게 신경을 안 써요!"

"보라고 온 거다."

"진짜로 이러다 소문 다 난다고요!"

엘레나는 애가 탔다. 이러다가 정말로 빼도 박도 못하게 된다고! 하지만 아드레이는 작게 코웃음을 칠뿐이었다.

결국 엘레나는 그에게 안긴 채로 두 눈을 동그랗게 뜨고 입을 쩍 벌린 수십의 사람들과 점점 가까워졌다.

도서관 양쪽 벽을 따라서 따개비처럼 다닥다닥 붙어 있던 사람들은 황제가 가까이 오자 그제야 정신을 차리고 황급히 머리를 아래로 숙였다. 그러나 그렇다고 해서 숨죽인 그들 사이에 파도처럼 이는 소요가 느껴지지 않는 것은 아니었다.

"괜찮나, 엘레나?"

전혀 괜찮지 않았지만 사람들이 들을 만한 거리에서 아드레이에게 계속 따질 수는 없어서 엘레나는 입을 꾹 다물고 참았다. 그러나 당장 도망가고 싶은 마음은 여전히 굴뚝같았다.

좌우로 갈라져서 뒤통수만 보이는 수십의 사람들을 지나, 두 사람은 도서관 안으로 들어왔다.

드넓은 도서관 내부에는 사서 몇 명을 제외하고는 정말 아무도 없었다. 막 황궁에 들어왔을 때, 로잘린느의 심부름을 하며 처음 봤던 그날처럼 도서관은 거대해 보였다.

"제국의 태양, 황제 폐하를 뵙습니다."

기다리고 있던 사서들이 허리를 굽히며 인사했다. 그 뒤에도 혹시나 눈을 마주치는 결례를 범할까, 꼿꼿이 숙인 머리를 들지 않았다.

"아……."

한때 매일같이 도서관을 드나들면서 익숙해진 사서들이었다. 이들이 이렇게 얼굴도 들지 못하는 것이 그녀에겐 조금 충격이었다.

이 사람이 정말 황제구나.

조금 우스운 말이지만, 계속해서 황제의 침실인 태양의 궁에서 머물며 그의 시종장인 휴고의 보살핌을 받으면서도 아드레이가 바크란 1세라는 것을 피부로 느낄 일은 많지 않았다.

그런데 수많은 귀족들과 사서들이 이렇게 그의 앞에서 잔뜩 긴장하며 공손하게 머리를 숙이는 것을 보니 아드레이가 아예 다른 사람처럼 느껴졌다. 엘레나는 갑작스런 거리감에 그의 목에 팔을 감고 아랫입술을 꼭 다물었다.

그때 그녀의 눈에 두 사람을 흘긋 바라보는 누군가의 얼굴이 들어왔다.

"앗, 안녕하세요!"

엘레나는 자기도 모르게 반갑게 인사를 했다. 로잘린느의 심부름으로 도서관에 오면 언제나 책을 찾는 것을 도와주고 상냥하게 신경을 써 주었던 하얀 얼굴의 사서였다.

엘레나를 안은 채로 사서들의 앞을 지나치던 아드레이의 발걸음이 우뚝 멈췄다. 그의 남색 눈이 엘레나가 반갑게 인사하고 있는 남성 사서에게 머물렀다.

"아, 안녕하십니까, 신관님."

붉어진 얼굴로 겨우 엘레나와 눈을 마주하며 인사한 사서는 아드레이의 시선에 얼른 고개를 숙였다.

"저를 많이 도와주셨던 사서님이에요. 오랜만에 뵙네요!"

엘레나는 자신을 내려 달라는 의미로 아드레이의 어깨를 톡톡 쳤지만, 그는 바위처럼 꿈쩍도 하지 않았다. 다만 아래로 내리깐 눈으로 사서를 반쯤 노려보고 있을 뿐이었다.

"소문을 내러 나오길 잘했군."

"응? 뭐라고요?"

"아무것도 아니다. 가지."

"앗, 하지만! 다른 분들께 인사도 못했는데!"

엘레나가 안면이 있는 것은 그 남자 사서뿐만이 아니었다. 다른 이들도 매일같이 도서관에 들러서 두꺼운 책을 몇 권이나 빌리는 그녀를 못 본 척하지는 않았다.

하지만 아드레이는 걸음을 더욱 빨리해서 두 사람만 있을 수 있는 책장 사이로 쑥 들어가 버렸다.

그가 고집이 세다는 것은 알았지만, 이렇게 막무가내인 모습은 처음이었다. 입이 오리처럼 삐죽 나온 엘레나는 책꽂이 사이에 놓인 큼직한 책상과 의자를 가리키며 말했다.

"저기 내려 주세요."

이번에도 말을 듣지 않으면 정말로 화를 내려고 했는데, 다행히 그는 엘레나를 책상 위에 조심스레 내려놓았다. 구겨진 치맛자락을 툭툭 쳐서 펴며 그녀가 투덜거렸다.

"진짜, 못 살아. 앞으로 얼굴을 들고 다닐 수가 없겠어요. 그 많은 사람들 앞에서 공주님 안기라니! 오늘 해가 지기도 전에 온 아발론 사람들한테 소문이 다 퍼지겠어요! 이 상황을 어떻게 수습할 거예요!"

"소문이 나라고 이렇게 하는 것이니, 나야지."

엘레나가 어이가 없어서 할 말을 잃고 헛웃음을 지었다.

"뭐라고요?"

그러자 그가 그녀 양옆의 책상을 짚고 몸을 앞으로 기울였다. 그와 그녀의 눈높이가 맞아 들며 아드레이의 얼굴이 코앞으로 다가왔다. 그가 낮은 목소리로 말했다.

"나를 이렇게 만들어 놓고서 책임도 지지 않으려고 했나?"

"내, 내가 뭘 어쨌다고……."

그가 시선으로 엘레나의 작고 하얀 얼굴을 천천히 훑었다. 아무것도 닿지 않았는데도 그 느낌이 어찌나 사실적으로 느껴지는지 그녀의 몸이 작게 움찔했다.

"이제 나에겐 그대밖에 안 보이는데."

그의 목소리에 옅은 한숨이 섞여 있는 것 같기도 했다.

"이제 와 다른 여인을 좋아하게 될 수도 있다니."

아드레이가 나직하게 내뱉는 말 한 마디 한 마디에 심장이 주인을 잃은 말처럼 날뛰었다. 너무 좋아서 눈물이 날 것 같기도 했다. 하지만 그럴 때마다 작은 목소리가 경고했다.

너무 마음을 다 주지 마. 그는 다른 사람을 사랑하게 될지도 몰라.

그리고 그 마음이 결국 입 밖으로 흘러나왔다.

"하지만 레이는 원래 사랑해야 하는 여자가 따로 있다고요……."

"뭐?"

아차, 싶은 그녀가 입을 꾹 다물었다. 졸지에 속에 있는 말을 모두 해 버렸다. 논리적으로, 이성적으로 설명할 수 없는 말이었다.

"엘레나."

아드레이가 조금 찌푸린 눈으로 그녀를 코앞에서 바라봤다.

"어째서 그대가 그런 말도 안 되는 생각을 하는 건지 모르겠다. 맹세컨대, 내가 사랑해야 하는 건 오로지 그대뿐이다."

그러나 엘레나의 커다란 두 눈에는 여전히 불안감이 그득했다.

"뭐가 그리 두려운 거지? 마음속에 있는 것을 솔직하게 털어놔 봐."

"나는, 내가 두려운 건……"

엘레나의 금안이 물기에 젖어 흐릿해졌다.

"당신이 떠나고 나는 결국 혼자 남겨지는 일이에요."

조연은 원래 그런 법이니까. 주인공들의 아름다운 뒷모습을 보며 박수를 쳐 주는 것이, 조연에게 마련된 엔딩이니까.

"그런 걱정은 하지 마라, 엘레나. 내가 그대를 두고 떠나는 일은 절대로 벌어지지 않아."

"그걸 어떻게 알아요?"

"왜냐면 내가 그렇게 정했으니까."

엘레나는 아무런 말도 할 수 없었다. 지금 이 순간에도 그의 얼굴을 보면 주책맞게 뛰는 가슴이, 그가 한 말 한 마디 한 마디에 기쁨의 비명을 지르고 있었다.

꿈인가 싶다. 이렇게 정직한 눈으로 나만을 바라보겠다 달콤한 말을 하는 남자에게 마음을 전부 내주고 싶다. 아니, 이미 전부 그의 것이었다.

그녀를 이토록 불안하게 하는 것은, 결국 그의 전부도 모두 내 것이 될 수 있을까 하는, 계속 내 것일까 하는 두려움이었다.

"내 모든 건 그대의 것이고, 그대의 모든 것은 내 것이다."

마치 마음을 읽은 것처럼 그가 나직하게 말했다.

"레이의 모든 것이 내 것……."

이렇게 중얼거려 보는 것만으로도 가슴이 벅차올랐다.

"그래. 그러니 날 믿어라. 그대는 나만 믿으면 된다."

지난 며칠간 들려오는 소식에 어쩔 수 없이 그녀의 마음에 작은 희망이 생겨났다. 반역은 시작도 해 보지 못하고 진압되고 있었다. 책 속에서는 르니에가 서부로 돌아가며 발발했을 내전이 아드레이의 일방적인 승리로 끝나는 것 같았다.

그러니까 어쩌면, 어쩌면 모두 다 정해진 대로 흘러가는 것은 아닐지 몰라. 그런 마음이 고개를 들었다. 그렇다면 아드레이와 로잘린느의 운명의 실도 끊어질 수 있는 것인지도 몰랐다. 엘레나의 금색 눈동자에 그가 담겼다.

"레이를 믿어도 될까요?"

그가 말한 대로, 그의 마음이 변치 않을 거라 믿으면 되는 것을. 꽁꽁 뭉쳐 있던 걱정이 사르르 녹아내리는 것 같았다.

"그래, 그러면 된다."

아드레이가 눈을 곱게 접으며 웃었다.

"지금쯤이면 도서관 앞의 인파가 다 사라졌겠지. 우릴 봤던 이들이 여기저기 말을 전하고 있을 거야."

그의 미소는 의미심장하고 만족스러워 보였다.

"소문이 일파만파 퍼져서 궁내부로 문의가 들어올 거다. 그럼 그들은 친절히 대답해 줄 거다. 황제의 연인은 엘레나 폰 윈터힐 백작영애라고."

화들짝 놀란 엘레나는 그 말의 의미를 깨달았다.

"이제 그대는 내 거야. 감히 황제의 여인을 탐할 사람은 없지."

낮은 웃음소리가 섞인 말이었다. 엘레나는 그제야 이 모든 것이 아드레이가 그린 큰 그림이라는 것을 깨달았지만, 이미 늦어 버렸다.

"근래에 '황제가 침소에 꽁꽁 숨겨 놓은 연인'에 대한 소문과 맞물리면, 날개 돋친 듯이 퍼져 나가겠군."

'침소에 숨겨 놓은'이라니! 그 소문을 들은 사람들이 어떤 상상을 할지, 생각만 해도 도저히 얼굴을 들 수 없는 엘레나와는 달리 아드레이는 아주 기뻐했다.

"이 정도면 소문이 퍼지기엔 충분하겠지."

그가 고개를 끄덕끄덕하며 중얼거렸다.

✦

다음 날, 엘레나는 어제의 충격으로 멍하니 있다가 갓 잡아 올린 물고기처럼 파닥거리는 것을 반복했다.

"하아, 쪽팔려⋯⋯."

그렇게 말하고 쓰러지듯 테이블 위로 엎어져 버리는 엘레나를 보며 마리안이 입을 가리고 웃었다.

"앞으로 사람들을 어떻게 보죠? 지금쯤 소문이 다 퍼졌을 것 아니야⋯⋯."

"어떤 말은 널리 알리는 것이 좋을 때도 있죠."

"메리까지! 저는 심각하다고요!"

엘레나가 울상이 되어 소리쳤다. '누구랑 누구랑 얼레리 꼴레리!'도 아니고, 소문의 당사자가 된다는 게 이렇게 부끄러운 일일 줄이야.

'게다가 우린 아직 손잡고 잔 적도 없는 사이라고!'

무엇보다 이 점이 억울했다. 물론 아슬아슬했던 시점이 몇 번 있기는 했지만, 아직 그와 자신은 선을 넘지 않았다.

"넘어 보고 그런 소문이 돌면 억울하지나 않지⋯⋯."

엘레나가 입을 삐죽였다. 매번 사람 심장만 두근두근하게 하거나 이글거리는 눈빛으론 당장 잡아먹을 것처럼 굴면서.

"뭐라고 말씀하셨어요, 아가씨?"

"아무것도 아니에요……. 메리, 혹시 괜찮다면 정확히 어떤 소문이 퍼지고 있는지 알아봐 줄 수 있어요?"

"폐하께서 혼인할 여인을 황궁에 꽁꽁 숨겨 두고, 발이 땅에 닿지 않게 안고 다니신다. 다들 그렇게 말하던데요?"

별안간 들려온 익숙한 목소리에 휙 고개를 돌린 엘레나가 활짝 웃으며 반색했다.

"에즈라 경!"

다른 늑대 기사단원들과 함께 서쪽으로 출진했던 에즈라가 환한 미소와 함께 안으로 들어서고 있었다.

"여긴 어쩐 일이에요! 다른 분들도 함께 돌아온 거예요?"

"하하, 아뇨. 다른 단원들은 아직 서쪽에 머물고 있습니다. 약간 부상을 입어서 휴식도 취할 겸, 아가씨의 옆도 지킬 겸 해서 저만 돌아왔습니다."

"많이 다친 거예요?"

"전혀요. 말에서 내리다가 넘어져서 어깨를 조금 다친 것뿐입니다. 걱정 마세요."

윈터힐 늑대 기사단이 벌써 반역에 가담했던 귀족들을 몇이나 잡아들였다더니, 그간의 거친 행보를 말해 주는 듯 에즈라 경의 얼굴이 홀쭉해졌다. 그런 그를 안쓰럽게 바라보던 엘레나가 손짓하며 말했다.

"이리 와 봐요, 에즈라 경."

"아, 아닙니다! 이대로 두면 금방 났습니다!"

엘레나의 의도를 알아챈 에즈라는 손사래를 치며 뒷걸음질까지

쳤지만, 소용없었다. 티토의 고집도 꺾었던 엘레나다.

"여기도 고집 센 환자분이 한 분 계시네! 금방 고칠 수 있는 걸 뭐하러 며칠을 앓아요!"

"하, 하지만 아가씨도 자리에서 일어나신 지 얼마 안 되시지 않았습니까! 저보단 아가씨 스스로의 치료에 열중해 주십시오!"

묘하게 설득력 있는 말이었지만 엘레나는 물러서지 않았다.

"정말 가벼운 부상이라면 그것 치유한다고 제 몸에 이상이 생기지는 않거든요. 어서 이리 오세요."

엘레나의 단호한 태도에 에즈라는 마지못해 우물쭈물 다가왔다. 그녀의 손이 다친 어깨에 닿고 얼마 지나지 않아 에즈라는 신기한 얼굴로 팔을 빙빙 돌렸다.

"완전히 멀쩡해졌어요. 정말 신기합니다, 아가씨!"

"다행이에요. 앞으로도 또 다치거나 하면 저한테 편하게 말해요."

"와아……. 아가씨는 천사 같은 분이세요."

진심으로 감동했는지 에즈라가 떨리는 목소리로 감탄했다.

"그럼 이제 어깨도 다 치료되었으니, 다시 서쪽으로 떠나면 되겠네요?"

날 놀린 벌이다. 엘레나가 짓궂게 웃으며 에즈라를 놀렸다. 하루 종일 말을 달리고 겨우 바람만 피하는 노숙을 밥 먹듯이 했던 날들을 떠올리자 그의 얼굴이 해쓱해졌다. 결국 엘레나는 크게 웃음을 터뜨리고 말았다.

"하하! 정말로 가기 싫은가 봐요! 저 얼굴 좀 봐!"

"아, 아가씨! 진심이신 줄 알고 놀랐잖습니까! 꼼짝없이 돌아가야 하는 건가 싶어서 간이 콩알만 해졌었습니다!"

붉어진 에즈라의 얼굴을 보고 한참이나 깔깔 배를 잡고 웃은 엘레나는 한참 뒤에나 눈물을 훔치며 웃음을 멈췄다.

"덕분에 오랜만에 잘 웃었어요, 에즈라 경."

"함께 차라도 한잔하시겠습니까?"

때마침 마리안이 제안했고, 금방 세 사람 앞에 따뜻한 차가 놓였다. 붉은 찻물을 말끄러미 바라보던 엘레나가 중얼거렸다.

"이렇게 평화로운 시간이 계속될 수 있을까요?"

분명 반역 사건을 염두에 두고 하는 말이리라. 마리안과 에즈라가 소리 없이 눈짓을 교환했다.

"너무 걱정 마세요, 아가씨. 저희 기사단원이 지금 서쪽에서 그 고생을 하고 있는 이유가 뭐겠습니까. 다 초기 진압을 해 가는 과정입니다. 성공적으로 진행되고 있고요. 이제 베르너 공과 베르너 후작만 잡으면…….'"

툭, 테이블 밑에서 마리안이 서둘러 에즈라의 발끝을 툭 쳤다. 베르너 후작의 말을 꺼내지 말라는 뜻이었다.

"흐흠, 에즈라 경이 한 말은 이미 진정이 되어 가고 있다는 뜻입니다. 더 이상 걱정하지 않으셔도 될 상황입니다."

"그래요……?"

좀처럼 밖의 소식을 들을 수 없는 요즘이었다. 황제의 침소까지 소문이 흘러들어 오지 않기 때문이기도 했고, 쓸데없는 말은 마리안과 휴고가 원천 차단하기 때문이기도 했다.

"그럼 반역이 실패한 건가요?"

"실패…… 그렇지요. 이제 와서 귀족 연합이 무엇을 하겠습니까. 이미 저희 윈터힐은 저들이 아가씨에게 하려고 했던 일로 황제군에 가담했고, 많은 귀족들이 잡히고 있습니다. 이미 저들의 계획은 산산조각이 난 것이나 마찬가지입니다."

에즈라가 가슴을 탕탕 두드리며 말했다. 꽤나 자신이 있는 모습이었다.

"정말…… 그러면 좋겠네요."

엘레나가 두 손을 꼭 쥐었다.

"아가씨께선 조금 더 밖으로 다니셔야겠습니다. 제국민 중에 이번 일에 대해서 그리 크게 걱정하는 사람들은 많이 없습니다. 게다가 황제 폐하와 아가씨의 이야기가 퍼지면서 아예 축제 분위기……."

에즈라의 이야기에 다시 얼굴이 붉어지기 시작한 엘레나는 결국 꽤 뜨거운 차를 벌컥벌컥 들이켰다. 그 모습에 그녀를 더 놀리고 싶어진 에즈라는 더욱 미소 지으며 이야기를 계속 이었다.

"호사가들이 난리가 났습니다. 목석같던 우리 바크란 1세 폐하께서 한 여인을 보석처럼 소중히 품고 다니신다고……."

"사람들이 과장하길 좋아하는 건 알았지만……."

"그리고 그 여인이 윈터힐 백작 영애라고……."

"다들 너무 떠들기를 좋아…… 뭐, 뭐라고요! 그 여자가 저인 걸 어떻게 알았대요?"

덜컥! 엘레나가 놀라 테이블을 내려치며 물었다. 그에 에즈라가 조금 당황하며 대답했다.

"어어…… 폐하께서 그렇게 부르셨다던데요. '엘레나'라고……. 아무래도 은발에 이름이 같으니 다들 금방 유추해 낸 것 아니겠습니까?"

망했어! 엘레나는 다시 테이블 위에 철퍽 엎드려 버렸다. 그녀의 얼굴은 잔뜩 붉어져 있었다.

"그런데…… 아가씨께선 마음을 정하신 겁니까?"

뒤로 갈수록 점점 작아지는 에즈라의 질문이 무척이나 조심스러웠다.

"결혼이요?"

이걸 뭐라고 대답해야 하지. 엘레나는 할 말을 찾지 못해 곤란하게 웃었다.

"그럼…… 아닙니까?"

"그, 글쎄요. 그건 저도 잘…….'

아드레이가 좋고 그와 절대 헤어질 생각이 없기는 하지만, 그녀에게 결혼은 한 걸음 더 나아간 문제였다.

게다가 그는 제국의 황제다. 귀족들 간의 결혼도 복잡한 일들이 얽기설기 얽혀 있는데, 하물며 황실은 더 심하지 않겠는가.

"혹시 아직 청혼을 받지 않으신 겁니까?"

이 주제에 대해선 마리안도 큰 관심을 보였다.

"으음, 아직 별다른 말은…… 아! 아닌가?"

고개를 저으려던 그녀는 그대로 굳은 채 생각에 빠졌다. 아드레이는 아직 '결혼하자'는 말을 한 적이 없다. 그건 분명했다. 하지만.

─감히 나를 이렇게 만들어 놓고서 책임도 지지 않으려고 했나?

너무하다는 듯 서늘했던 목소리가 귓가에 울리는 것 같았다. 책임을 지다니. 무척이나 의미심장한 말이었다.

─내 모든 건 그대의 것이고, 그대의 모든 것은 내 것이다.

그래, 그런 말도 했지. 그럼 그게 청혼인가? 이제 와서 그가 다른 여자의 남자가 된다는 것은 상상도 하기 싫었다. 끔찍했다.

'잠깐, 그럼 결혼해야 되는 거 아냐?'

한 사람을 영원히 자신의 것으로 묶어 둘 수 있는 약속, 그것이 결혼이라면 그녀는 그 약속을 원했다.

"하지만 무릎도 안 꿇고, 반지도 못 받았는데…….'

남자가 달콤한 목소리로 사랑을 고백하며 한쪽 무릎을 멋있게 꿇고 주머니에서 작은 반지 상자를 꺼내는 모습을 영화에서 볼 때마다 얼마나 울었던가. 하지만 이곳의 청혼 방식은 다를 수도 있다.

이미 청혼을 받은 걸까? 그리고 자기도 모르는 사이에 승낙까지 한 걸까? 머릿속이 혼란스러웠다. 그때 번개처럼 내리꽂히는 한 줄기의 목소리가 있었다.

―이제 그대는 내 거야. 감히 황제의 여인을 탐할 사람은 없지.

"그럼 나 결혼하는 거야?"

엘레나가 망연자실해서 중얼거렸다. 자기도 모르는 새에 청혼도 받았고 결혼까지 결정한 거였다니. 이벤트를 챙기는 성향은 아니지만, 그래도 뭔가 서운하고 매우 허전했다.

"보통 청혼은 어떤 식으로 하죠?"

엘레나가 마리안과 에즈라에게 물었다.

"예? 청혼을 어찌하다니……."

두 사람 모두 질문을 이해하지 못한 듯 고개를 갸우뚱했다.

"혹시 특별한 의미가 담긴 선물을 한다거나, 그런 건 없어요?"

"으음, 글쎄요……."

에즈라가 골똘히 생각에 잠겼다.

"윈터힐에선 가끔 결혼식에서 읽을 선언문을 먼저 적어서 주는 사람들이 있기는 하지만……."

마리안도 드물게 확신이 없는 목소리로 말했다.

"얼마 전 연애결혼에 성공한 한 자작가의 차남이 애틋한 마음을 시로 써서 건네주었다고 들어 본 적이 있는 것 같습니다."

"아무래도 정해진 청혼의 방식은 없나 보네요."

어깨를 축 늘어뜨린 엘레나에게 마리안이 설명했다.

"평민들 사이에선 구애의 세레나데를 부르기도 한다지만, 귀족이나 황족의 결혼은 당사자들의 의지로 이루어지는 경우가 거의 없으니까요."

일면식도 없는 사이에 혼담이 성사되는 경우가 다반사이니 그럴 만도 했다. 구혼을 하고 그것을 승낙하는 것은 집안 어른들의 단계에서 모두 끝이 나겠지.

엘레나는 고개를 끄덕이며 납득했다. 하지만 아쉬움도 함께 사라지지는 않았다.

인사를 했으니 짐을 풀기 위해 잠시 방으로 돌아간 에즈라와 다기를 정리하러 응접실을 나가는 마리안의 뒷모습을 보며 엘레나는 멍하니 중얼거렸다.

"반지……."

아무 장식 없는 은가락지라도, 아니 꽃반지라도 좋으니까 그가 끼워 주는 반지를 받아 보고 싶은데. 조금 전까지만 해도 전혀 생각이 없던 청혼과 반지가 그렇게 아쉬울 수 없었다. 아무것도 없는 맨손가락을 만지작만지작하며 엘레나가 중얼거렸다.

"이래서 사람 마음이 간사하다고 하는 거구나……."

바로 어제까지만 해도, 그와 결혼은커녕 언젠가 혼자 남겨질지도 모른다는 두려움에 떨고 있었다. 그런데 그것이 사라진 지 얼마나 되었다고, 청혼 반지를 받지 못한다는 것이 이렇게 허전할 줄이야.

엘레나는 스스로가 어이없어서 웃으며 고개를 절레절레 저었다.

"그나저나 이제 진짜 책임져야겠네……. 흥."

그게 처음부터 사람들 앞에 자신을 덥석 안고 보란 듯이 나타났던 그의 계획이었겠지만, 그것이 좋기도 하고 당황스럽기도 했다.

사람들에게 공인된 사이가 된다는 것. 빼도 박도 못한다는 것이 무섭기는 하지만, 그럼에도 불구하고 가슴이 뛰었다. 정반대의 마음이 뒤섞여서 뭐가 뭔지도 모르겠다. 그러나 딱 한 가지 확실한 것은.

"보고 싶다……."

아드레이가 보고 싶다는 마음이었다. 그와 함께 있을 때도, 헤어질 때도 일부러 아쉬운 티를 내지는 않았다. 공무로 바쁜 사람에게 더 오랜 시간을 같이 보내고 싶다고 말해 버릴 수는 없으니까.

황제의 침소에 살고 있다는 소문이 나면 뭐 하나. 아침에 일어나서 밖으로 나오면 아드레이는 이미 업무를 보러 가 버린 뒤다.

밤에라도 보고 싶어서 꾸벅꾸벅 졸면서 기다리다 얼굴을 보면, 피곤한 기색이 역력한 아드레이에게 얼른 자라는 말과 함께 자리를 비켜 주게 되는 그녀였다.

그나마 어제 오전에 도서관에서 잠시 시간을 같이 보낸 것이 요근래 가장 오랫동안 본 것이다. 그 시간을 만들기 위해 아드레이가 얼마나 치이는 생활을 했을지 안 봐도 뻔했다.

'황제'는 저런 자리구나. 엘레나는 요즘 그를 보고 제국의 황제라는 존재가 얼마나 힘들고 고단한 것인지 새삼 느끼고 있었다.

"그래도 하루쯤은 오래 시간을 보내고 싶은데……."

그에게 전하지 않은 솔직한 그녀의 심정이었다.

"한동안은 힘들겠지?"

한쪽 뺨을 테이블 위에 뭉갠 채 엘레나는 힘없이 중얼거렸다. 반역이 완전히 진압되기 전에는 힘들 것이다. 서쪽이 마무리되더라도 아직 동쪽이 남았다. 당분간은 마음을 비워야지. 스스로를 그렇게 꾸짖었다.

그런데 엘레나의 예상과는 달리, 그와 함께 시간을 보낼 기회가 빨리 찾아왔다.

마리안, 에즈라와 함께 저녁 식사를 뭐로 하면 좋을까 이야기를 나누던 참이었다.

"오늘은 왜 이렇게 일찍 왔어요?"

"그대에게 보여 줄 게 있어서."

회의에 참석했다가 바로 온 건지 검은색 망토가 그가 다가오는 걸음마다 우아하게 펄럭였다.

"그럼 저희는 이만⋯⋯."

마리안과 에즈라가 아드레이의 눈치를 보더니 재빠르게 방 밖으로 나갔다.

"보여 줄 게 뭔데요?"

"여기서는 안 된다. 자리를 옮기지."

그렇게 말하는 그가 조금 신이 나 보인다면 내 눈이 잘못된 건가? 엘레나는 얼떨떨해서 고개를 끄덕였다.

"내 목발이 어딨⋯⋯ 꺄악!"

"고생해서 걸을 필요 없이 내가 안고 가면 되잖아."

이럴 줄 알았다. 엘레나는 이제 내려 달라는 말을 하는 것도 포기했다. 대신 익숙하게 그의 목에 팔을 감고 제대로 자리를 잡았다.

나 어쩌면 이걸 좀 즐기고 있는지도. 다행히 해가 진 황궁에는 통행하는 사람들이 극히 적었고, 이제 출입구를 지키는 기사들과 병사들의 시선 정도는 얼굴에 철판을 깔고 뻔뻔하게 버틸 수 있을 정도는 되었다.

"어딜 가는 건데요?"

"가 보면 안다."

그녀가 재차 물었지만 아드레이는 말을 아꼈다. 덕분에 그녀의 호기심도 점점 고조되었다. 그런데.

"여긴 맨날 오던 데잖아요?"

성큼성큼, 긴 다리로 그녀를 안고 아드레이가 도착한 곳은 내원이었다. 그것도 두 사람이 언제나 만나던 내원 연무장 근처의 회랑. 엘레나는 최대한 실망감을 드러내지 않으려고 노력하면서 웃었다.

"여기도…… 좋죠. 익숙한 게 좋은 법이니까! 하하!"

그런 그녀를 웃음기 담긴 눈으로 보던 아드레이가 입매를 늘였다.

"한 번도 본 적이 없을 텐데."

"본 적 없기는요. 여긴 우리가 맨날 왔던……."

엘레나는 말을 멈췄다. 무겁지도 않은지 그녀를 한 팔로 오롯이 든 아드레이가 자유로운 반대쪽 손으로 언제나 굳게 닫혀 있던 회랑 벽 한복판의 문을 연 것이다.

"어어? 레이, 그거 열면 안 돼……."

아니다, 되지. 자꾸만 그가 황제라는 것을 깜박하게 되는 그녀였다.

동그래진 엘레나의 눈에 가장 먼저 들어온 것은 환한 불빛이었다.

"우와아……."

칙칙한 회색 돌벽 너머가 이렇게 생겼구나. 그녀는 입을 다물지 못했다. 길게 이어진 복도 곳곳이 불빛으로 환했다.

"너무 예쁘다."

엘레나는 저도 모르게 그렇게 중얼거렸다. 마나 등 자체는 그리 밝지 않고 희끄무레했으나, 여러 면으로 쪼개서 섬세하게 세공한 크리스털이 그 위를 덮고 있어 빛이 훨씬 밝은 양 반짝거렸다.

높은 천장의 거대한 벽화는 계속해서 이어져 있어 신기하고 아름다웠고, 곳곳의 멋진 예술품들이 눈을 즐겁게 했다. 복도 위에 꼼꼼히 깔린 도톰한 카펫은 딱딱한 발소리를 부드럽게 흡수해 주었다.

긴 복도를 빠져나오자 중앙 홀로 보이는 탁 트인 공간이 두 사람을 맞이했다. 아마 연무장으로 이어진 것은 정문이 아니라 내원의 여러 부수적인 출입문 중 하나인 듯했다.

"여기 뭐가 이래요?"

단순히 화려한 것이 아니었다. 마치 내원의 내부 전체가 하나의 예술 작품인 것처럼 모든 장식들이 유기적으로 서로를 꾸며 주었다.

"대대로 황후의 손길이 오랜 시간에 걸쳐서 닿은 곳이니 아름다울 수밖에."

"아, 맞다. 여긴 그런 곳이었죠……."

황후는 어려서부터 황제의 배필로 정해져 좋은 집안에서 좋은 것만 보고 좋은 것만 들으며 자라난 사람들이었다. 그러니 자연적으로 미적 감각도 높고 안목도 좋다.

그런 사람들이 대를 걸쳐서 끊임없이 가꾸고 다듬은 공간이니 그럴 법도 하지. 엘레나는 금방 납득했다.

"어어, 우리 여기 조금만 더 구경하면 안 돼요?"

잠시 중앙 홀을 보여 준 아드레이가 다시 발걸음을 옮기기 시작했다.

"가장 중요한 곳을 봐야지."

하지만 정말 예쁜데. 아쉬운 마음에 엘레나는 고개를 돌려서 멀어지는 중앙 홀을 계속해서 바라봤다.

"걱정 마라. 저곳을 다시 볼 시간은 충분할 테니까."

나갈 때 다시 보여 준다는 이야긴가? 엘레나는 고개를 갸웃했다.

마침내 두 사람이 한 문 앞에 섰다. 모서리를 보려면 목을 위로 꺾어서 봐야 할 정도로 커다란 문이었다. 그것을 올려다보며 엘레나는 어라 싶었다.

"이거 태양의 궁에 있는 레이 침실이랑 같은 문 아니에요?"

"맞다."

아드레이가 슬며시 웃음기 섞인 목소리로 대답했다.

"혹시……."

엘레나가 '정답!'을 외치려고 할 때였다. 아드레이가 천천히 문을 밀어 열었다.

"세상에……."

한 번도 가 보지는 않았지만, 유럽 여행을 하면서 중세에 지어진 고성을 방문하면 이런 느낌일까. 아니, 아무도 사용하지 않고 새까맣게 죽어 있는 박물관은 이런 감동을 주지는 못할 것이다.

그녀와 아드레이는 아름다운 광경 한복판으로 걸어 들어갔다.

"황후의 침실이다."

아드레이가 낮은 목소리로 설명했다.

"정말 아름다운 곳이네요!"

엘레나는 진심으로 감탄했다. 황실의 상징인 금색이 닿지 않은 곳이 없었다. 천장을 아름답게 장식한 나무 조각에도, 커다란 방을 나누는 아치형 벽의 테두리에도, 심지어 벽을 수놓은 그림도 찬란한 금색이었다.

예술품에 손을 대면 안 된다는 걸 알지만, 엘레나는 저도 모르게 손을 뻗어 벽면을 만졌다. 그리고 놀라서 물었다.

"이거 그림이 아니라 자수네요?"

솜씨 좋은 화가가 그린 그림이라고 생각했던 것은 하나하나 손으로 수놓은 자수를 벽에 붙인 것이었다.

침실을 둘러보는 그녀의 눈동자가 흔들렸다. 이 아름다운 방을 만들기 위해서 도대체 얼마만큼의 정성과 재화가 들어간 것일까. 상상도 가지 않았다.

황후라는 이름에 걸맞도록 침실은 화려하고 또 화려했다. 그러나 그것뿐만이 아니었다. 화려함 속엔 무게를 잃지 않는 기품이 존재했다.

"마음에 들지 않으면 바꿔도 된다. 이제 그대의 침실이니까."

"이렇게 완벽한 세공을 왜 바꾸…… 지금 뭐라고 했어요?"

"이곳이 그대의 침실이라고 했다."

분명 잘못 들은 것은 아닌 듯했다. 농담도 아닌 것 같았다. 엘레나의 두 눈이 느리게 깜박였다. 방금 들은 말을 여전히 받아들이는 중이었다.

"그대의 말이 맞았어. 언제까지고 내 침실에 머물 수는 없겠지. 그대의 체면을 생각하지 못한 내 불찰이다."

"아니, 난 그런 뜻이 아니었어요."

그냥 새벽의 궁에 있는 내 방으로 돌아가고 싶다는 뜻이었지!

"앞으론 여기서 지내도록 해."

"저기 레이, 마음은 고맙지만 여기는 내가 있을 곳이 아닌 것 같아요. 내원은 황후의 공간이잖아요!"

아무리 이 세상에 대해서 잘 모른다지만, 적어도 내원이 이렇게 손님방처럼 내줄 곳이 아니라는 것은 알았다.

"시기의 문제라면 크게 신경 쓰지 않아도 된다. 국혼을 올리기 전에 내원으로 들어와 생활을 시작한 황후들의 전례도 많아."

"아니, 그러니까 그게 문제라고요, 황후! 나는 황후가 아니……."

잠깐만, 엘레나가 말을 멈췄다. 머릿속에 엄청난 생각이 스쳤다. 그런 그녀를 빙그레 웃으며 보던 아드레이가 차분한 목소리로 물었다.

"제국의 황후는 누굴 지칭하는 것이지?"

"황제의 반려……."

"현 이페른 제국의 황제는 누구지?"

"레이……."

"그럼 나의 반려는?"

그의 질문이 잔뜩 엉켜 있던 엄청난 생각을 하나씩 풀어 주었다.

"나, 나요……?"

"그렇지. 그럼 이 내원의 주인은 누가 될까."

아, 그렇게 되는구나. 엘레나는 다시금 천천히 방 안을 둘러봤다.

"반역이 완전히 정리되면 정식으로 그대와의 혼인을 발표할 거다."

엘레나의 금안이 아드레이를 향했다. 꿀꺽, 그녀가 크게 침을 한 번 삼켰다.

"엘레나 폰 윈터힐, 내 반려가 되어 이 내원의 주인이 되어 주겠나."

비록 거창한 이벤트나 장미꽃으로 만든 꽃길은 없었지만, 이건 청혼이었다. 엘레나의 긴 속눈썹이 한차례 바르르 떨렸다.

"나와 함께해 줘."

그의 청혼을 받아들일까 말까를 두고 고민하는 것은 아니었다. 그가 말을 꺼낸 순간부터 걷잡을 수 없이 두근거리는 심장은 이미 그 대답을 가지고 있었다.

그런데 너무 떨려서인지 누가 혀를 빼앗아 간 것처럼 입술이 떨어지지 않았다. 움직여! 말을 하라고!

잠시간의 씨름 끝에 엘레나는 혼신의 힘을 다해 고개를 천천히 끄덕이며 대답할 수 있었다.

"네. 좋아요."

그녀의 대답이 떨어진 순간, 굳은 얼굴로 그녀의 입술만 바라보던 아드레이가 미소와 함께 엘레나를 덥석 껴안았다.

"그날 내원의 연무장에서 날 찾아 주어서, 아무도 모르던 내 상처를 치유해 주어서, 먼저 이름을 물어봐 주어서 고마워."

그녀를 만나지 않았다면 어찌 되었을까. 그는 상상도 할 수 없었다.

그녀가 그날 새살이 돋게 한 것은 비단 찢어진 손뿐만이 아니었다.

"그대가 없는 삶은 상상할 수조차 없다. 아니, 하고 싶지 않아."

"그럴 일은 없을걸요. 내가 레이 옆에 딱 붙어서 떨어지지 않을 거니까."

엘레나도 그를 마주 안아 주며 말했다.

"레이는 이제 내 거예요."

"내 거?"

"내 소유라는 뜻이죠."

아드레이가 딱 붙어 있던 몸을 떼고 그녀의 얼굴을 빤히 들여다봤다.

"……싫어요?"

조마조마했다. 혹시 그런 건 싫은 걸까. '명색이 황제인데 누군가의 소유물로 취급받다니' 하고 내 말에 자존심이 상한 걸까.

"너무 좋다."

기분이 상하기는커녕 그가 그녀의 동그란 이마에 꾹 입술을 눌렀다.

"앞으로 자주 해 줘, 그런 말."

이 남자 설마 내 말에 감동한 건가. 엘레나가 푸흐흐 웃었다. 겉보기엔 바위 같고 우직한 거목 같은 남자지만 속은 여리기 그지없다.

"나, 정말 앞으론 레이와 사는 거죠? 계속, 레이 옆에서 쭉."

조금 전 그의 청혼을 받아들여 놓고도 아직 믿기지 않는다. 한 사람과 일생을 두고 약속을 한다는 것이.

그러나 이상하게도 두렵지는 않았다. 놀랍게도 오히려 마음이 잔잔해졌다.

"그대가 간다고 해도 이제 놔주지 않을 거다. 절대로."

그렇게 두 사람은 서로를 꼭 껴안았다. 조금의 틈도 없이 오롯이 서로의 존재를 느끼며 숨소리를 들었다. 가슴팍을 간질이는 서로의 두근거림이, 지금 두 사람이 함께 있음을 증명했다.

"……안 되겠군."

아드레이가 낮게 중얼거리며 그녀를 떼어 냈다. 따듯하고 듬직한 그의 체온을 만끽하던 엘레나는 그 행동에 항의했다.

"조금만 더 이러고 있으면 안 돼요? 너무 좋은데……."

"너무 좋아서 안 된다."

결국 엘레나가 눈썹을 찡그리며 볼을 부풀렸다.

"그게 무슨 말이에요? 좋아서 안 된다니."

"그런 게 있다. 침실을 조금 더 둘러보고 싶지 않나?"

"그렇긴 하지만……."

그 말이 떨어지자마자 아드레이가 그녀를 고쳐 안고 걸음을 옮기기 시작했다. 그녀가 손가락으로 가리키는 대로 너른 침실 곳곳을 누비며 질문에 대답해 주던 그는 어떤 문 앞에 섰다.

"이 안이 침대가 있는 방이죠?"

"……그렇지."

"어서 들어가 봐요! 궁금해요!"

레이의 침대도 엄청 크던데 황후의 침대도 크려나? 엘레나는 궁금해서 눈을 반짝였다. 그러나 그녀를 바라보는 아드레이의 얼굴은 그리 밝지 못했다.

"레이? 왜 그래요? 설마…… 청혼한 거 후회해요, 지금?!"

이 달콤한 시간에 이렇게 굳은 얼굴을 할 이유는 그것밖에 없잖아! 엘레나의 얼굴이 하얗게 질리자 그는 서둘러 고개를 저었다.

"아니, 그런 건 아니다."

"그럼 왜 그래요. 사람 걱정되게……. 나 무거운 거면 이제 내려 줘도 돼요."

그에겐 너무나 작디작은 그녀가 무거울 리가. 아드레이는 복잡한 심경으로 그녀를 바라봤다. 걱정을 담뿍 담은 얼굴로 자신을 바라보는 그녀가 작고 여리고 아름답다.

"그래서 문제지."

"뭐라고요?"

"아니다. 들어가지."

아드레이는 엘레나 몰래 이를 꽉 물고 침실로 향하는 문을 열었다.

"우와아!"

엘레나의 입에서 절로 커다란 탄성이 흘러나왔다. 가장 먼저 그녀의 시선을 사로잡은 것은 방 한가운데를 차지하고 있는 커다란 침대였다.

"레이 방에 있는 것만큼 커요! 진짜 푹신푹신하겠다!"

성인 몇 명이 넉넉하게 잘 수 있는 크기에, 사람 허리만큼 높다란 침대는 사방이 가려지는 구조였다. 모서리의 네 기둥이 높게 솟아올라 있고 그 위로 지붕도 있어 휘장을 내려 안쪽을 가릴 수 있었다.

다른 공간과 마찬가지로 황금색과 녹색 계열로 화려하게 꾸며진 침대는 침구도 아름다웠지만, 틀도 만만치 않았다. 두터운 나무로 방과 어울리도록 아름답게 조각되어, 특별히 제작된 것임을 짐작케 했다.

휴고에게 일러서 내원을 준비하라고 시켰는데, 유능한 휴고는 이미 침실 안에 위치한 벽난로에 장작불까지 완벽하게 피워 놓았다. 빨간 불이 타오르는 벽난로 앞에 위치한 침대는 당장 뛰어들어 잠들고 싶을 만큼 편안해 보였다.

"침대로 가 봐요, 우리!"

그녀의 머릿속에는 '어서 저 침대가 얼마나 포근포근한지 느껴 보

고 싶다!'라는 생각뿐이었다. 잠시 곤란한 듯 인상을 찡그리던 아드
레이는 침대로 걸어가 그녀만 그 위에 내려놓았다.

"여기서 잠들면 못 일어날 것 같아요. 와아, 침구 부드러운 것 좀 봐!"

아이처럼 들떠서 신나 하는 엘레나를 보고 있자니 주름져 있던 그
의 미간도 풀어졌다.

"누워 봐도 되죠?"

마치 신혼 가구를 고르러 고급 가구 매장에 온 느낌으로 엘레나가
묻자 아드레이가 웃으며 고개를 끄덕였다.

"대박……."

곧바로 털썩 누워서 위를 바라보았다. 침구가 워낙 폭신해 지금
당장이라도 잠에 빠질 수 있을 것 같았다.

"레이, 레이도 여기 옆에 와서 누워 봐요. 진짜 편해요!"

엘레나가 활짝 웃는 얼굴로 자신의 옆자리를 팡팡 두드리며 말했
다. 그의 속도 모르고.

"……그 전에 보여 줄 게 한 가지 더 있다."

"응? 뭔데요?"

아드레이가 문간으로 걸어가 작은 줄을 당기자 방 안이 덮개를 덮
은 듯이 훅 어두워졌다. 방 안에 있는 마나 등을 모두 끈 것이다.

"우와, 신기하다."

마나 등을 사용하기는 했지만, 이런 식으로 간단하게 조정하는 것
은 처음 본 엘레나가 감탄했다.

"이거 보여 주려고 한 거예요? 황후님들의 방이라 그런지 확실히
장치가 좋……."

아드레이가 다시 돌아와 침대 바로 옆에 달려 있는 줄을 당겼다.
드르륵, 작은 마찰음과 함께 방 안에 조용한 변화가 일었다.

오늘 몇 번이나 감탄에 감탄을 쏟아 내던 엘레나였지만 이번만큼은 아무 소리도 낼 수 없었다. 너무나 아름다운 광경에 숨소리조차 빼앗겼다. 커다란 침대 위에 누운 엘레나는 그렇게 황홀경의 포로가 되었다.

드르륵하던 소리는 침대 바로 위편에 있는 덧창이 열리는 소리였다. 그곳을 통해 환한 달빛이 은막처럼 쏟아져 내렸다.

은은한 월광에 눈이 부셨다. 폭력적이라고 느껴질 정도로 강렬한 달빛이 누워 있는 엘레나를 향해 그저 아래로 쏟아졌다. 침대 위에 흩뿌려진 그녀의 은발이 달빛에 고요하게 빛났다. 숨죽이며 작게 벌어진 붉은 입술에도 달이 스몄다.

그녀의 모습에서 아드레이는 도저히 눈을 뗄 수 없었다. 엘레나가 달빛에 홀렸듯, 그는 그녀에게 홀려 버렸다.

밝은 월광 아래 제 모습을 들켜 버린 티끌조차 공중을 느리게 부유하던 그때, 아드레이가 꿈속인 양 낮은 목소리로 말했다.

"황제의 침소가 태양의 궁이란 별칭이 있듯이 이 내원도 '달의 궁'이란 또 다른 이름을 가지고 있다."

"이 광경을 보면 그렇게 부를 수밖에 없겠어요."

오늘은 만월이 아니었다. 조각달이라고 하기도 뭐하고, 그렇다고 반달이라고 하기도 적절치 않은, 그저 살을 찌워 가는 어느 단계의 달일 뿐이었다. 그런데 이렇게 밝은 달빛이 쏟아져 내리는 것이 가능할까.

"잘은 모르지만 황궁에 설계된 많은 마법 중 하나라더군."

"아, 마법. 역시 그렇구나."

마법 같은 광경. 그렇게밖에 설명할 수 없는 장면이기에 엘레나는 고개를 끄덕이며 동의했다.

"레이는 여기에 누워서 이렇게 달빛을 받아 본 적 있어요?"

멍하니 달빛이 쏟아져 들어오는 덧창을 보던 엘레나가 물었다.

"아직은."

"그럼 잠깐만 누워 볼래요?"

아드레이는 잠시 망설였지만, 엘레나가 무릎걸음으로 자리를 비켜 주는 것을 보고 호기심이 동했다. 얼마나 아름답기에.

결국 엘레나가 시키는 대로 순순히 조금 전까지 그녀가 누웠던 자리에 몸을 누였다. 그는 달빛보다는 등 뒤에서 느껴지는 뭉근한 엘레나의 온기에 더 기뻐하는 스스로를 느끼고 피식 헛웃음을 지어야 했다.

"어때요?"

조금은 허망하게 천장에 나 있는 창을 올려다보던 그의 시야에 불쑥, 그녀의 웃는 얼굴이 끼어들었다.

"너무 아름답지 않아요?"

별다른 감흥을 주지 못하던 달빛이 엘레나의 머리칼을 길게 타고 내렸다.

"……그래, 아름답군."

"에이, 무슨 대답이 그렇게 맹숭맹숭해요? 잠깐만 기다려 봐요!"

아무래도 연출을 잘못한 모양이야. 엘레나가 아직 부실한 발목 대신 무릎걸음으로 열심히 침대 위를 걸어 모퉁이로 향했다. 조금 전 그가 천장의 창문을 여는 데에 사용했던 끈을 만지려는 심산이었다.

"아, 이건가 보다!"

엘레나는 길게 늘어져 있는 두 개의 끈을 금방 찾을 수 있었다. 두 끈은 색이 미세하게 달랐다. 두 개 중 어느 것이 닫는 끈일까, 잠시 고민하던 그녀는 색이 조금 어두운 끈을 잡아당겨 보았다.

"어, 어두워!"

반반의 확률이 맞아떨어진 듯 창문을 닫는 데에는 성공했지만, 환하게 쏟아지던 달빛이 사라지자 방 안이 제법 어두워졌다.

"레이, 위를 보고 있어요!"

엘레나는 호기롭게 외치며 다른 하나의 끈을 잡아당겼다.

"어어? 왜 안 되지?"

조금 전에 그가 당겼을 때는 너무나 쉽게 작동하던 장치가 꿈적도 하지 않자 엘레나는 당황했다.

"내가 해 주겠……."

"움직이면 안 돼요, 레이! 천장을 보고 있어야 더 예쁘다니까요!"

그를 움직이지 못하도록 한 엘레나는 있는 힘껏 줄을 잡아당겼다. 그에게 자신이 봤던 그 광경을 보여 주고 싶어. 그 생각뿐이었다.

덜컥!

둔탁한 소리와 함께 덧창이 열렸으나, 온몸의 힘을 짜내던 엘레나는 졸지에 중심을 잃어버렸다.

"어어!"

하필이면 다친 쪽으로 넘어지는 통에 아픈 발을 내딛을 수도 없다. 급한 대로 몸을 반대로 틀며 엘레나는 손으로 침대 위를 짚는 것을 택했다.

깜박, 깜박. 그녀의 눈이 눈앞의 상황을 이해하려 빠르게 깜박였다.

창문을 여는 것에는 성공했는지, 눈이 부시도록 밝은 월광이 쏟아져 내리고 있었다. 그리고 그 빛을 받은 아드레이의 아름다운 얼굴이 그녀의 코앞에 보였다. 어쩌다 보니 아드레이의 몸 위에 안착해 버린 것이다.

"이, 이게 그러니까…… 고의는 아니고요……."

마치 자신이 그를 덮친 듯한 자세에 엘레나는 황급히 변명을 중얼거렸지만 홧홧하게 달아오르는 얼굴은 어쩔 수 없었다.

"그대의 말이 맞았군. 이렇게 보고 있으니 절경이 따로 없어."

"레, 레이!"

짓궂은 농담에 당황한 엘레나가 외쳤다. 안 그래도 민망해 죽겠는데!

"이건 정말 실수예요. 안 넘어지려다 보니까…… 아무튼 정말 실수라고요!"

얼른 상체를 세우며 주절주절 내뱉는 그녀의 말에 아드레이가 낮게 웃었다. 그런 그가 얄미워 엘레나는 눈을 흘겼지만, 아드레이는 아랑곳하지 않았다. 아예 상황을 지켜보듯 한쪽 팔을 베고 여유롭게 누웠다.

"자꾸 그러면 나 안 내려가는 수가 있어요. 지금 엄청 무거울 텐데?"

"전혀."

"그럼 나 정말 이대로 있어도 괜찮아요?"

"……잠깐이라면."

그녀가 예상하는 것과는 조금 다른 의미로 괜찮지 않을 것 같다고 그는 생각했다.

"흐음, 레이가 그렇다면야."

엘레나도 오기가 생겨 그의 몸 위에서 내려오지 않고 생짜를 부렸다. 누가 이기나 보자 하며 팔짱을 끼는 그녀를 올려다보는 그의 눈동자가 즐거움으로 반짝였다.

"엘레나."

"왜요."

"아름답다."

이제 무거우니까 내려오라고 하려나 보지. 그렇게 생각한 엘레나는 당연한 말을 한다는 듯 어깨를 으쓱했다.

"그러니까 내가 거기에 누워 보라고 한 거 아니……."

"그대가, 아름다워."

"으윽……."

당했다. 안 그래도 쿵덕거리고 있던 심장이 더욱 박차를 가했다.

"그, 그건 내가 할 말이에요."

엘레나가 아드레이를 향해 말했다.

"나 말인가?"

하지만 아드레이는 그녀의 말이 뜻밖이라는 듯 눈을 동그랗게 떴다.

"지금 누가 누구한테 아름답다고 하는 거냐고요."

정말로 예쁜 사람이 누구면서. 엘레나가 누워 있는 그를 찬찬히 훑었다. 원래부터 아드레이는 아름다운 사람이었지만, 달빛 아래에서는 마치 사람이 아닌 다른 존재인 듯 보였다.

아무렇게나 흐트러진 그의 검은 머리칼은 달빛을 삼켜 창백한 회색으로 빛났다. 엘레나는 자기도 모르게 한 손을 뻗어 손끝으로 머리칼의 굽이치는 결을 느꼈다. 그리고 눈을 들었을 때, 그녀는 자신을 바라보고 있던 그의 눈동자와 마주쳤다.

뜨거워. 엘레나는 그렇게 생각했다. 달빛에 투명한 그의 눈이 조용히 타오르듯 너무나 뜨거웠다.

불장난을 하고 싶은 어린아이처럼 불쑥 저 눈을 만져 보고 싶다는 마음이 들었다. 머리카락을 매만지던 손끝으로 그의 눈 밑을 가만히 쓸어 보니 긴 속눈썹이 반응하듯 파르르 떨었다. 그러나 새파랗게 타오르는 눈은 미동도 없이 그녀를 바라보고 있었다.

"레이는…… 언제나 날 이런 눈으로 보고 있는 건가요?"

그가 달빛에 현혹되어 이토록 정열적인 눈을 하는 것이라 생각하지 않았다. 아니, 오히려 하늘에서 떨어지는 저 월색月色에 그의 본모습이 한 꺼풀 벗겨져 드러난 것이라, 그렇게 느껴졌다.

"들켰군."

언제나처럼 피식 웃을 것이라 생각했다. 하지만 그는 웃지 않았다.

일말의 웃음기도 없이 그저 새파랗게 타오르는 두 눈을 감추지 않았다. 오히려 달빛을 핑계로 조금은 뻔뻔스러웠다.

"그러니까 지금 그대가 얼마나 위험한 상태인지 짐작이 가나?"

"조금은요."

그는 위험하다고 하는데, 어째서 하나도 두렵지 않은 걸까. 엘레나의 붉은 입술이 작게 호선을 그렸다.

"……젠장."

그 미소를 홀린 듯 바라보던 아드레이가 작게 거친 말을 흘렸다.

그녀는 지금 아슬아슬한 경계에서 놀고 있었다. 저의 작은 몸을, 부드러운 살결을 탐하고 싶은 맹수의 낮은 그르렁거림도 듣지 못한 채로.

"엘레나, 내려와."

이제 더 이상은 한계다. 아드레이가 이를 악물고 경고했다. 지금도 자신의 허리 위에 올라탄 그녀의 흰 다리를, 온몸을 멋대로 느끼고, 만지고 싶은 두 손을 밧줄로라도 묶어 버리고 싶은 심정이었다.

그러나 그의 그런 간절한 바람과는 달리 고문은 조금 더 잔인해졌다. 스르륵하고 엘레나의 머릿결이 흘러내리는 작은 소리와 함께, 달콤한 향이 훅 피어올랐다.

긴장이 팽팽한 그의 얼굴 바로 앞에 그녀의 희고 작은 얼굴이 머물렀다.

"엘레나……."

애원 같은 말이었다. 제발, 더 이상은. 하지만 점점 다가오던 그녀의 입술이 기어코 그의 입술 위에 내려앉아 버렸다.

꽃잎이 떨어지듯 얌전히 스쳐 가려던 그녀의 입술을 그가 삼켜 버렸다. 여린 것을 다 태워 버릴 듯 거침없이.

엘레나는 사로잡혀 버렸다.

농도 짙은 키스 속에서 엘레나는 더 이상 도망가지 않았다. 더 적극적으로 그를 받아들이고, 또 자극했다.

벅차오르는 숨을 내뱉으며 흐릿하게 뜬 실눈 사이로 괴로운 듯 찡그린 그의 얼굴이 보였다. 치열을 훑는 아드레이의 감촉을 느끼며 엘레나는 그 일그러진 얼굴을 달래듯 손으로 매만졌다.

동시에 그의 몸이 더욱 긴장하는 것이 느껴졌다. 이토록 커다란 남자가 고작 제 손길 하나에 이렇게 반응하는 것이 그녀에게 말로 설명할 수 없는 만족감을 주었다.

"엘레나……."

앓는 듯한 그의 깊은 목소리에 그녀는 용기를 얻었다. 얼굴과 목 주변에서 머물던 그녀의 두 손이 아래로 향했다. 그리고 손끝에 걸리는 매듭을 발견했다.

그가 자주 입는 가벼운 셔츠를 여미는 매듭이었다. 저를 입고 있는 옷의 주인만큼이나 단단하게 옹골진 그 매듭에 걸려 있는 끈을 건드렸다.

툭 하는 작은 소리가 두 사람 사이에 울렸다. 그 순간이었다.

"꺅!"

하늘이 뒤집히는 듯한 감각과 함께 놀라 눈을 질끈 감았던 엘레나가 다시 눈을 떴을 때, 그녀는 그의 몸 아래에 갇혀 있었다. 사냥감을 사로잡은 몸집이 큰 짐승처럼, 그가 그녀의 양팔을 내리누른 채 거친 숨을 몰아쉬었다.

"더 이상은, 날 자극하지 마."

검게 가라앉은 눈동자로 그가 말했다.

"멈추지 못할지도 몰라."

악문 잇새로 낮은 목소리가 흘러나왔다. 엘레나는 그런 그를 올려다보며 말했다.

"멈추지 말아요."

유연한 곡선을 그리며 오르내리던 그의 등이 굳어 버렸다.

"멈추지 말아 줘요, 레이."

한순간도 비껴 난 적이 없는 시선의 단단한 결속 속에서 그녀는 목격했다. 자신의 말 한마디로 커다란 욕망이 구속에서 풀려나는 것을. 그가 달려들 것을 미리 안 엘레나는 스르륵 눈을 감았다.

이윽고 거칠게 부딪쳐 오는 그의 입술을 받아들이며 그의 목에 팔을 감았다.

긴 밤의 시작이었다.

따뜻했다. 그러나 동시에 무거웠다. 팔다리를 마음껏 쭉 펴고 싶은데.

엘레나는 온몸을 단단하게 옭아맨 무언가의 무게에 눈을 떴다. 가장 먼저 보인 것은, 자신을 단단히 끌어안고 있는 팔이었다. 그리고 이불 위로 드러난, 아무것도 걸치지 않은 채로 맞닿아 있는 자신과 아드레이의 몸이 보였다.

"으윽."

놀라서 자리에서 일어나려 몸을 움직이니 강렬한 둔통으로 다리 안쪽과 허리가 비명을 질렀다.

"좋은 아침이야."

"조, 좋은 아침…… 웃!"

최대한 아무렇지 않은 척, 하나도 부끄럽지 않은 척 마주 인사를 하려던 엘레나는 어깨를 잔뜩 옴츠렸다. 그녀의 향기를 들숨 가득 들이마신 그가 자신의 얼굴을 목의 여린 살에 비벼 왔기 때문이었다.

"적어도 오늘은 푹 쉬는 게 좋을 거야. 밤새 무리를 했으니까."

"그게 도대체 누구 때문인데……!"

울컥한 그녀가 외치는 소리에 아드레이가 낮게 웃었다.

"엘레나……."

은근하게 자신의 이름을 부르며 군청색 눈동자를 마주쳐 오는 아드레이를 보고 엘레나가 흠칫 놀랐다.

"아, 안 돼요!"

그랬다간 정말 몸이 남아나지 않을 것이다. 단호한 거절에 아드레이는 시무룩한 기색을 숨기지 못하면서도 고개를 끄덕였다.

"몸이 많이 좋지 않으면……."

어쩔 수 없지. 분명히 그렇게 말하려던 아드레이는 그만 뒷말을 잊어버렸다.

밤새 그가 남긴 붉은 흔적이 엘레나의 희고 매끄러운 몸 이곳저곳에 낙인처럼 남아 있었다.

"이 입맞춤 뒤에도 그대가 정말로 원하지 않으면 하지 않을게."

밤새 붉게 부어오른 입술은 어느 때보다도 민감하게 감각을 전했다. 긴 입맞춤 뒤에 그녀는 그의 몸을 꽉 껴안고 있었다.

"사랑해."

감미로운 그의 목소리와 숨결이 귓가에 와 닿는 것을 느끼며 엘레나는 눈을 감았다.

얼마 뒤, 녹초가 되어 다시 잠에 빠지는 그녀에게 그가 속삭였다.

"오늘은 무리하지 말고 푹 쉬어."

무리하게 한 게 누군데. 엘레나는 그렇게 생각하면서도 자신을 보듬어 주는 그의 품을 더욱 파고들었다.

엘레나가 다시 눈을 뜬 것은 한낮에서 오후로 넘어가는 시간이었다. 다행히 아침보다는 조금 나아진 몸 상태에 무사히 몸을 일으킨 그녀는 혼자 누워 있던 침대를 멍하니 바라봤다.

"침대가 큰 이유가 있었어……."

그렇게 중얼거리며 고개를 절레절레 흔들었다. 이제 어떻게 해야 하지. 머리가 멍했다.

"아가씨, 일어나셨습니까?"

밖에서 마리안의 목소리가 들려왔다.

"메, 메리! 잠깐만요!"

깜짝 놀란 엘레나는 급한 대로 침대의 시트를 끌어 올려 몸을 가렸다.

"들어가겠습니다."

들어오지 말라고 소리치려고 했지만 이미 늦었다. 한 손에 곱게 개어진 침실용 로브를 들고 들어온 마리안은 아무렇지도 않은 평온한 얼굴로 그것을 엘레나에게 내밀었다.

"고, 고마워요……."

어제까지는 태양의 궁 침실에 있다가 갑자기 내원으로 처소를 옮긴 것 하며, 대낮까지 일어나질 못하다가 느지막이 일어난 것 하며,

게다가 아무것도 입지 않은 몸까지. 이것들이 무엇을 의미하는지 마리안이 모를 리 없었다.

"욕실로 모시겠습니다."

민망해서 고개를 들지 못하는 엘레나를 보고 마리안이 말했다.

"제게는 부끄러워하실 필요 없습니다."

"하지만……."

"앞으로 제가 아가씨를 평생 곁에서 모실 터인데, 부끄러워하시고 감추시면 되레 제 일이 힘들어집니다."

언뜻 들으면 사무적인 말이었지만, 마리안의 얼굴을 올려다본 엘레나는 고마운 마음이 들었다. 마리안은 부드럽게 웃고 있었다. 그런 딱딱한 말투까지 자신에 대한 배려였다.

"폐하께서는 동부군 출정 막바지를 조율하기 위해 가셨습니다."

"그랬군요."

"나가는 길에 아가씨에 대한 걱정이 많으셨습니다. 오늘 하루는 푹 쉬라는 당부를 전하셨습니다."

아드레이가 그렇게 말하지 않아도 오늘은 꼼짝할 수 없을 것 같았다. 몸살이라도 호되게 앓고 난 다음처럼 피로했다.

마리안의 도움으로 목욕을 끝내고 난 엘레나는 체력을 회복하기 위해서 느슨한 시간을 보냈다. 맛있는 음식도 배불리 먹었고, 창문을 열어 놓고 바깥 풍경을 감상하기도 했다.

"퀼렌 폰 린든이라고 합니다."

그리고 새로운 사람들을 만났다. 휴고가 데려온 사람들은 여섯 정도 되었는데, 그중 한 명은 인자한 인상을 가진 나이가 지긋한 여성이었다.

"앞으로 내원의 업무를 볼 시녀장 퀼렌과 하녀들입니다."

휴고가 그들을 그렇게 소개했다.

"앞으로 잘 부탁드릴게요."

"모시게 되어 영광입니다. 제가 살아 있는 동안 내원이 다시 주인을 찾는 것을 보게 될 줄이야."

퀼렌은 그렇게 이야기하며 손수건을 꺼내 주름진 눈에서 눈물을 찍어 냈다.

"아직 국혼 전이니 영애라고 호칭하겠습니다. 실례를 용서하세요."

텃세를 걱정했던 것과는 달리, 퀼렌은 절로 사람의 마음을 편하게 해 주는 사람이었다.

"궁내부에서 적당한 궁인들을 각 처에 요청해 차출 중입니다. 하루빨리 내원이 전의 모습을 되찾을 수 있도록 최선을 다해 모시겠습니다, 영애."

이미 훌륭한 내원이었지만 퀼렌은 어쩐지 무척이나 죄송해했다. 이 커다란 내원은 멋있었지만 쓸쓸한 분위기가 감돌았다. 사람들이 조금 북적이기 시작하면 더욱 좋아질 거란 생각에 엘레나는 고개를 끄덕였다.

"마리안 폰 노스브룩입니다."

마리안과의 인사도 이뤄졌는데 퀼렌은 한 가지 말을 덧붙였다.

"마리안이라고 편하게 부르겠네. 자네는 영애를 모시는 데에도 모자람이 없어야겠지만, 내원의 살림에 대해서도 배우셔야 할 걸세."

눈치가 빠른 마리안은 그 말의 뜻을 알아차렸다. 노쇠한 퀼렌은 내원의 시녀장의 업무를 마리안에게 가르치려는 생각이었다.

마리안은 잠시 퀼렌과 자리를 비웠다가 차를 준비해서 돌아왔다. 조용하게 달그락거리는 다기의 소리를 듣고 있자니 또 잠이 몰려왔다. 나른한 와중에 엘레나가 중얼거렸다.

"티토 님은 잘 계시려나······."

르니에와 티토는 가까운 사이였다. 형인 아드레이의 곁에 가지 못했던 시절에도 르니에만큼은 편하게 대하며 따랐다.

그런데 그런 르니에가 반역자가 되어 수배가 되고 제국 병사들에게 쫓기는 신세가 되었다. 마음 약한 티토가 이 상황을 어떻게 받아들일지 걱정이 되는 것이다.

어쩌면 아직 그쪽까지는 그런 소식이 퍼지지 않았으려나. 별궁에서 잘 지내는지, 밥은 잘 먹고 있는지. 정이 들 대로 들어 버려서 그 하얗고 빵빵한 젖살 가득한 볼이나 곱슬곱슬한 금발이 그립기도 했다.

"편지라도 한 통 써 볼까?"

좋은 생각인 것 같았다. 막 마리안에게 필기구와 종이를 부탁하려던 참이었다.

벌컥! 갑자기 침실의 문이 활짝 열리더니 커다란 목소리가 들려왔다.

"엘레나! 엘레나아!"

"티, 티토 님?"

"우와앙! 엘레나!"

커다란 눈에서 눈물을 뚝뚝 흘리는 것은 분명 티토였다.

"티토 님이 왜 여기에······ 우앗!"

아이는 문을 벌컥 열고 들어와 방 안을 휘휘 둘러보더니 그녀를 발견하고는 그대로 후다닥 돌진해 안겼다.

"아가씨, 조심하세요!"

마리안은 엘레나가 걱정이 되어 사색이 되었고, 침소 바깥에 있던 에즈라는 상대가 황제 폐하의 침소에 마구 들어올 정도의 지위를 가진 어린아이만 아니었다면 진즉에 몸으로 막아섰을 거라는 듯 얼굴을 구겼다.

"난 괜찮아요, 메리! 근데 정말로 티토 님 맞죠?"

"나야, 나. 티토 맞아! 흐어엉, 엘레나 멀쩡해서 다행이야! 우와앙, 정말 다행이야!"

앉아 있는 그녀를 꽉 끌어안은 것은 정말로 티토가 맞았다. 얼떨떨하지만 어쨌든 제 어깨에 얼굴을 묻고 목 놓아 우는 아이를 토닥이고 있자니 뒤늦게 일리야가 침실에 들어섰다.

"헉, 헉! 아휴, 전하! 먼저 그리 뛰어가시면 어떻게 해요!"

"일리야 님, 오셨어요!"

설명해 주지 않아도 어떤 상황이었을지 충분히 짐작이 되어 엘레나는 하하 웃었다.

"정말로 괜찮은 거지? 엘레나가 마차 사고를 당했다고 해서, 정신을 못 차린다고 해서, 흑, 내가 얼마나, 얼마나…… 으앙!"

이야기를 하다 보니 설움이 복받치는지 티토는 다시 우왕, 하고 울어 버렸다.

"도대체 누가 그렇게 꼬치꼬치 전부 다…… 아니, 누가 티토 님에게 말해 준 거예요?"

"형님이……. 히잉, 마법 전서구로……."

애한테 못하는 말이 없어! 엘레나의 눈초리가 사납게 변했다. 이렇게 어린애한테, 그것도 멀리 있는 아이에게 그렇게 하나하나 다 솔직하게 말해서 좋을 게 뭐가 있다고!

"저 괜찮아요, 티토 님. 걱정 많이 하셨어요?"

"미안해! 내가 바로 오려고 했는데! 그쪽엔 눈이 많이 와서……. 눈이 녹기를 기다려야 했어. 늦게 와서 미안해……."

"아니에요. 이렇게 와 주셨는데 왜 미안하하세요. 이제 그만 우세요."

눈물범벅이 되어서 중얼거리는 말이 마음을 찡하게 울렸다. 엘레나는 손수건으로 티토의 얼굴에 흐르는 눈물과 콧물을 닦아 주며 달 랬다.

"'흥' 하세요. 흥!"

"흥!"

"옳지, 착하시네. 달콤한 케이크랑 차를 드릴까요?"

"우웅, 부탁해."

다행히 티토는 금방 울음을 멈췄다. 몇 번이고 엘레나가 정말로 괜찮은 건지 확인한 후에는 앞에 놓인 케이크를 크게 한입 우물거리 며 배시시 웃기까지 했다. 그 모습에 그녀는 속으로 가슴을 쓸어내 렸다.

그래도 날 걱정해 줬구나. 그것도 저렇게 엉엉 울면서 뛰어올 만 큼. 티토가 우는 것은 마음이 아팠지만 그것이 자신을 걱정해서라 니, 마음 한쪽이 찡하며 고마웠다.

"레이도 참…… 왜 그런 소식은 전해서……."

"아니야. 형님이 말씀하셨어. 이제 나도 많은 것들을 알고 생각하 고 결정해야 되는 나이라고. 그게 힘들고 무서워도 말이야."

그렇게 말하는 얼굴이 부쩍 의젓해 보였다.

"티토 님, 키가 좀 자라셨어요?"

단것을 먹고 기분 좋아하는 모습은 그대로였지만, 볼살이 조금 빠 진 것 같기도 하고 앉아 있는 의자가 예전만큼 커 보이지 않는 것 같 기도 했다. 엘레나의 질문에 티토는 어리둥절한 눈으로 일리야를 바 라봤다.

"예. 근래 들어 부쩍 크셨어요."

"정말? 나 키 컸어?"

또래보다 작은 덩치가 못내 신경이 쓰였던 듯, 티토의 볼에 불우물이 깊게 파였다.

"전처럼 편식도 하지 않으시고 검술 훈련도 꾸준히 하시니 앞으로도 더욱 쑥쑥 자라실 거예요."

"좋았어! 이대로 계속 커서 형님처럼 멋있는 남자가 될 거야! 검술도 계속 배울 거라고!"

마냥 아기 같은 모습 그대로일 줄만 알았던 티토도 자라고 있다니, 새삼 기분이 새로웠다.

"대단하세요, 티토 님!"

"그럼! 얼른 커서 일리야도 엘레나도 내가 지켜 줄 거라고!"

귀여운 모습에 풋 하고 웃음이 나올 것 같았지만, 그랬다간 티토의 기분이 상할 수도 있었다. 엘레나는 남몰래 뿌듯한 기분으로 이제 조금 미지근해진 차를 한 입 머금었다.

"근데 형님이랑 엘레나랑 결혼한다며?"

"푸웃!"

입 안에 들어갔던 차가 작은 분수가 되어 밖으로 뿜어 나왔다.

"콜록, 콜록! 그게 무슨 말씀이세요!"

"자, 여기 손수건. 그럼 아니야? 이미 소문이 파다하던데?"

"아닌 건 아닌데……. 그 소문은 어디서 들으신 거예요, 대체?"

"아발론으로 오는 길에 말한테 물을 먹이려고 잠시 마을에 들렀거든. 그곳 사람들도 이미 다 알고 있던걸?"

"말도 안 돼! 하루밖에 안 지났는데 벌써!"

어제 사람들이 도서관에서 목격한 게 벌써 거기까지 갔다니!

"다들 은발의 여인이라고 하더라고. 나야 엘레나인 걸 알지만, 아직 엘레나가 누구인지까지는 다들 눈치를 못 챈 모양이야."

아무리 발 없는 말이 천 리를 간다지만 이건 빨라도 너무 빨랐다.

놀라서 멍해진 엘레나를 보며 티토는 키득키득 웃었다. 그러나 그것도 잠시, 잘그락하는 소리와 함께 티토가 케이크를 먹던 포크를 내려놓았다.

"엘레나가 태양의 궁에 있다는 것에서 조금 눈치는 챘지만……."

티토의 작은 손가락이 소심하게 옴찔댔다.

"거짓말해서 미안해, 엘레나."

"거짓말이요?"

"내가 엘레나에게 거짓말했잖아. 형님이, 아니 로만 경이 내 먼 친척이라고……."

"아! 맞다! 그랬었죠!"

티토의 작은 어깨가 잔뜩 움츠러들었다. 아무래도 그녀가 버럭 화를 낼 거라고 생각하는 듯했다.

조금 놀려 줄까 하다가 엘레나는 이내 고개를 저었다. 조금 전까지 엉엉 울던 아이를 더 놀라게 하면 너무 미안할 것 같았다.

"괜찮아요."

"정말 용서해 주는 거야? 내가 거짓말을 했는데도?"

"그럼요!"

"하아, 다행이다. 엘레나 정말로 착한 사람……."

"그게 어디 티토 님 잘못인가요. 다 레이의 잘못이죠."

차를 호로록 들이켜며 싸늘하게 웃는 엘레나를 보며 티토가 꿀꺽 침을 삼켰다.

'무, 무서워!'

어째 마구 화를 내는 것보다도 저 웃는 얼굴이 열 배는 무섭게 느껴졌다. 겁에 질린 티토를 보며 일부러 싸늘한 표정을 지었던 것을 지우고 엘레나가 조심스레 물었다.

"티토 님은 괜찮으세요?"

물으면서도 어리석은 질문이란 생각이 들었다. 당연히 괜찮을 리가 없지.

아니나 다를까. 질문의 의미를 깨달은 티토는 조금 힘없는 미소를 지어 보였다.

"조금 놀라지 않았다면 거짓말일 거야."

별궁으로 떠난 뒤. 티토는 하루에 한 번꼴로 황궁에서 마법 전서구로 보내온 서신을 통해 반역에 대한 사실을 알게 되었다.

처음엔 너무 놀라 하루 동안은 방에서 나오지도 않았다. 르니에 형이 그럴 리 없다며 꺼이꺼이 울기도 했다.

그러나 그런 시간은 길지 않았다. 티토는 곧 눈물을 닦은 뒤 자리를 털고 일어났다.

"하지만 난 형님을 믿어. 제국을 위해서 올바른 결정을 하실 거야."

씩씩한 그 한마디에 형님에 대한 절대적인 신뢰가 가득했다.

"형님을 정말로 좋아하시네요."

"응! 나는 형님도, 엘레나도, 다 너무 좋아!"

처음 만났던 그날의 뚱한 어린아이와 같은 아이라고는 믿기지 않을 정도로 밝고 맑은 웃음을 그리는 얼굴을 보며 엘레나도 한결 마음 편하게 웃었다.

"있잖아, 엘레나."

"네?"

티토가 흠흠 하고 목을 고르더니 앉아 있던 의자에서 폴짝 뛰어내렸다.

"티토 님?"

"엘레나 폰 윈터힐 영애, 오늘 저녁 새벽의 궁에서 열릴 만찬에 와

주시겠습니까?"

옆에서 일리야가 작게 '어머!' 하는 소리가 들려왔다. 그만큼 웃으면서 정중하게 초대하는 모습이 의젓했다.

"영광입니다, 리바이 공작 전하."

웃음이 나올 것 같았지만, 엘레나도 의자에 앉은 채로 최대한 예의를 갖추며 대답했다.

"헤헷."

스스로 생각하기에도 뿌듯한지 티토의 얼굴에 웃음꽃이 피었다. 그러고는 케이크를 또다시 앙 무는 얼굴이 귀여워 웃음이 절로 났다.

"만찬에는 누가 참석하나요?"

"웅? 엘레나랑 나랑, 형님이랑……."

"레이는 티토 님이 오는 것을 알고 있었나요?"

"그럼. 그제 마법석으로 통신할 때 말씀을 드렸는걸?"

이 남자가 진짜. 아드레이의 '말해야 할 것'과 '말하지 말아야 할 것'의 우선순위를 바꿔 주어야겠다는 생각에 엘레나가 눈을 가늘게 떴다.

"그런데 저녁이면 바로 몇 시간 후잖아요?"

그녀의 눈에 해가 조금 기울어진 하늘이 들어왔다.

"웅. 그때까지 나는 엘레나랑 놀다가 갈 거야."

손님치고는 꽤나 당당한 자세였다. 일리야는 티토의 그런 태도가 혹시나 엘레나에게 방해가 될까 봐 안절부절못하는 눈치였다. 전에야 티토의 신학 교사였으니 편하게 대해도 상관이 없었다지만, 이제는 조금 사정이 달랐다.

첫째로, 형님의 부인 되실 분이니 엄격하게는 예비 형수님이었다. 그러니 예전처럼 '엘레나!'라고 부르기엔 무리가 있었다.

둘째로, 형님 되시는 분은 황제이시다. 그러니 그 반려 되실 분은 자그마치 미래의 황후셨다. 게다가 이곳은 철저하게 황후의 공간인 내원이었다. 마치 새벽의 궁에 있던 엘레나의 방에 놀러 온 것처럼 굴 수는 없었다.

그러나 엘레나는 일리야를 향해서 웃으며 고개를 저어 보였다. 그녀가 염려하는 바를 모르는 것은 아니었지만, 때가 되면 티토가 알아서 고쳐 나갈 문제였다.

솔직히 말하자면, 조금 전의 의젓한 티토의 모습도 좋았지만 아직까진 어린아이다운 천진난만한 모습이 조금 더 익숙한 이유도 있었다. 제국이 안팎으로 시시각각 변해 가는 이때에 티토만큼은 조금 더 그대로 있어도 좋지 않을까 하는 욕심이기도 했다.

'저녁 만찬'이란 거창한 말보단 '편안한 저녁 식사'라는 말이 더 어울릴 듯한 자리였다. 오랜만에 손님을 맞은 새벽의 궁 사람들이 열심히 준비한 식사를 겨우 세 명이서 즐기기엔 조금 아깝다는 엘레나의 의견에 따른 것이었다. 결국 식탁에 둘러앉은 것은 일리야, 마리안, 에즈라를 포함해 여섯 사람이었다.

"와아, 배가 터질 것 같아!"

티토가 볼록한 배를 두드리며 말했다.

"아직 디저트가 남았다던데…….”

에즈라가 티토를 향해 말하며 걱정스러운 척 너스레를 떨었다. 티토와 에즈라는 의외로 죽이 잘 맞았다.

"응? 아니야! 아직 먹을 만해! 가져와!"

디저트라는 말에 의자에 폭 파묻었던 몸을 벌떡 일으키는 티토의 행동에 식탁에 둘러앉은 사람들이 모두 와하하 웃었다. 감히 황제 폐하와 겸상을 할 수는 없다며 극구 자리를 거절하던 일리야도 조금은 편안해진 모습이었다.

엘레나는 찬찬히 사람들의 얼굴을 바라봤다.

이상한 기분이었다. 마치 잘 만들어진 영화 한 편을 보고 있는 것 같기도 했다.

평생을 살아왔던 원래의 세상에서는 이렇게 저녁 식사 시간에 둘러앉아 밥을 함께 먹을 사람들이 없었다. 그런데 낯선 책 속의 세상에서 식구가 생겼다. 밥을 나눠 먹는 정다운 식구가.

함께 떠들다 말고 조용히 사람들이 웃고 떠드는 모습을 바라보기만 하는 엘레나를 발견한 아드레이는 조용히 그녀의 손을 잡았다.

"혹시 몸이 좋지 않은 건가."

그도 양심이 있는지라 지난밤의 여파가 걱정스러웠다.

"괜찮아요. 그냥 행복해서 그래요."

그의 걱정을 덜어 주기 위해서 한 말이었지만, 역효과가 난 듯싶었다. 그의 얼굴에 더욱 걱정의 빛이 서렸다.

"난 이렇게 단란한 시간을 보낸 적이 많이 없거든요. 혼자인 게 편하고 좋다고 생각했었는데, 그냥 익숙했던 것뿐인가 봐요. 지금 이렇게 행복한 걸 보면."

"앞으로 그대가 혼자일 일은 없을 거다."

그가 마주 잡은 손을 끌어당겨 그녀의 손등에 입을 맞추면서 말했다. 엘레나도 그런 그의 눈을 보며 웃었다.

쨍그랑!

웃음소리와 재잘거리던 이야기 소리가 동시에 멈췄다. 빈 물잔을 식탁에서 거둬 가던 하녀 하나가 사색이 되어 어쩔 줄 몰라 했다.

"죄, 죄송합니다!"

정말 별일 아니었다. 소리가 요란하기는 했지만 그저 잔이 하나 깨진 것뿐이었다.

"어어, 괜찮아. 어디 다치진 않았어?"

티토가 눈을 동그랗게 뜨고 물었다. 하녀는 어찌할 바를 모르고 연신 고개를 숙였다. 황제 폐하까지 계신 자리에서 흥을 깨는 실수를 했으니 큰 벌을 받을 거라고 생각하는 듯했다.

그러나 아드레이는 그런 하녀에게 눈길을 주지 않은 채 식사를 계속했다. 곁에 서 있던 나이 많은 하녀가 능숙하게 유리잔의 잔해를 치웠다.

그게 끝이었다. 다른 사람들도 마치 아무런 일이 없었던 것처럼 다시 식사를 이어 갔다. 엘레나를 제외한 모두가.

'불안해.'

몸은 멀쩡히 의자에 앉아 있는데 심장이 100미터 달리기라도 한 것처럼 쿵쾅거렸다. 엘레나는 잘게 떨리고 있는 자신의 손끝을 멍하니 내려다봤다. 갑자기 차가운 바닷속으로 풍덩 뛰어든 것처럼 몸이 차가워졌다.

"엘레나?"

바로 옆에서 아드레이의 걱정하는 목소리가 들렸지만, 엘레나는 대답조차 할 수 없을 만큼 하얗게 질렸다. 양손을 부여잡고 파도처럼 덮치는 불안감에 아랫입술을 깨물었다.

"의원을 부르도록 하지."

덩달아 아드레이의 인상도 굳어 버렸다. 점점 차갑게 식어 버리는 그녀의 손에 무언가 심상치 않음을 느꼈다.

"아니에요. 그냥 좀 쉬어야 할 것 같아요."

의원을 만날 것까지는 없다. 어딘가 조용한 곳에 누워 쉬고 싶은 생각이 들었다. 이렇게 불안한 예감이 드는 이유는 무엇일까.

"엘레나, 괜찮아?"

티토도 눈치를 채고 걱정스레 물었다.

"괜찮아요. 아무래도 감기 기운이 있는 것 같아요. 좀 쉬면 나을 거예요."

"괜히 나 때문에 몸이 더 안 좋아졌나 봐……."

하루 종일 저가 귀찮게 군 탓일까. 미안해하는 티토에게 엘레나는 고개를 저었다. 그러나 아드레이의 말대로 이만 자리에서 일어나야 할 것 같기는 했다.

아직 저녁 식사가 이어지는 와중이었으므로 다른 사람들에게 양해를 구했다. 아드레이의 에스코트를 받으며 그녀가 자리에서 일어났을 때였다.

"폐하."

사람들이 식당에 들어왔다.

"어네스 백작, 메이나드. 무슨 일이지."

"풀면 후작이 동쪽에서 들어온 정보를 가지고 입궁하는 중이라고 합니다."

많은 부분이 생략된 말이었지만 일의 시급함을 가리키기엔 충분한 말이었다. 아드레이는 무거운 얼굴로 고개를 끄덕였다. 내원의 침실까지 엘레나를 데려다주고 곁에서 간호를 할 생각이었지만, 그는 일의 경중을 모르지 않는 군주였다.

"아무래도 회의실로 가 봐야 할 것 같다."

엘레나는 알겠다며 고개를 끄덕였다. 그리고 자연스럽게 자신의 손을 아드레이의 손에서 빼내었다.

"어서 가 봐요."

어네스 백작의 뒤쪽에 서 있는 메이나드를 의식한 행동이었다.

눈이 마주치자 그는 아무렇지 않게 웃어 주었지만, 엘레나는 마음이 불편해졌다. 메이나드의 앞에서 아드레이와 당당하게 손을 잡고 있는 모습을 보여 줄 수는 없었다. 아직 죄책감이 남아 있었다.

"……몸 상태가 더 나빠지면 꼭 의원을 불러야 해."

그런 그녀의 마음을 눈치챈 것인지 아드레이는 조금 전까지 그녀와 마주 잡고 있던 손을 아쉽게 거두며 말했다.

"알겠어요. 이러다 회의에 늦지 말고요."

아드레이가 대답 대신 묵묵히 고개를 끄덕여 보이고 기다리고 있던 어네스 백작과 메이나드에게 걸어갔다.

"폐하, 결례가 되지 않는다면 제가 윈터힐 영애를 내원까지 에스코트해도 되겠습니까."

어네스 백작이었다. 뜻밖의 제안에 모두가 놀랐다. 이제 곧 회의가 시작될 텐데.

그것을 잘 알고 있음에도 직접 에스코트하겠다는 요청에는 의도가 있을 터였다. 아드레이는 엘레나를 바라봤다.

"백작께서 에스코트해 주신다면 영광이겠습니다."

조금 얼떨떨했지만 엘레나는 백작의 요청을 받아들였다.

아드레이의 뒤를 따라 메이나드가 먼저 떠났다.

"몸이 조금 나아졌어요. 그러니 내원으로 돌아가기보단 후원을 잠시 걷고 싶은데……."

"아가씨, 그럼 제가 호위하겠습니다."

엘레나의 말을 들은 에즈라가 재빨리 입을 닦으며 말했지만 그녀는 고개를 저었다.

"잠시 바람만 쐬고 올 테니 마저 식사하세요."

"하지만……."

"어네스 백작님, 에스코트를 부탁드려도 될까요?"

어네스 백작이 하고 싶은 말을 전하기엔 시녀인 마리안과 호위인 에즈라가 함께 있는 자리보단 단둘이 있는 자리가 더 나을 거라 생각한 제안이었다. 어네스 백작도 그렇게 생각했는지 에스코트를 위해 손을 내밀었다.

새벽이 궁 후원은 전과 변함이 없는 모습이었다. 날씨가 좋을 때면 테이블을 가져다 놓고 차를 마시며 티토의 신학 수업을 하고는 했던 날들이 바로 어제같이 느껴졌다. 사박사박, 걸음마다 발밑의 잔디가 부드럽게 스치는 소리가 듣기 좋았다.

"하실 말씀이 있으신 거지요?"

마침내 후원의 가장 중앙에 다다랐을 때, 엘레나가 어네스 백작에게 물었다. 메이나드와는 전혀 다른, 선이 굵은 인상의 어네스 백작은 좀처럼 입을 열지 못했다.

평소 말수가 적은 성격 때문이기도 했지만, 지금 백작이 하려는 말은 그만큼 쉽지 않은 이야기였기 때문이다. 그러나 마침내 입을 열었을 때, 백작은 돌려 말하지 않았다.

"메이나드를 위해 폐하의 손을 놓으신 것을 보았습니다."

"아, 그건……."

엘레나가 황급히 둘러대려 했지만, 백작은 고개를 저었다.

"제 아들을 배려하셨다는 것을 잘 알고 있습니다. 엘레나 신관, 아니 영애께서는 마음이 쓰이시는 것이겠지요."

어네스 백작이 쓰게 웃었다. 황실에 충성을 다하라, 목숨을 바쳐라 가르쳤다. 그러나 이번만큼은 달랐다.

함께 시간을 보낸 며칠간, 어네스 백작은 메이나드에게 권유했다. 잠시 중앙을 떠나 함께 동부로 출정하자고. 그편이 아들에게도 나을 것이란 판단이었다. 하지만 메이나드는 극구 거절했다.

—이런 말씀을 드리면 절 나약하게 보실지도 모르겠지만, 아직은 그분을 곁에서 볼 수 있다는 것만으로도 마음이 한결 놓입니다.

아들은 그렇게 말하며 뽀얗게 웃었다.

"윈터힐 영애, 제가 메이나드의 아비 된 자로서 한 가지 부탁을 드려도 되겠습니까."

"말씀하세요."

"오늘처럼 메이나드를 의식하지 말아 주십시오."

어네스 백작은 아들을 위해 간곡하게 말했다.

"메이나드는 폐하를 지척에서 지키는 호위입니다. 현재는 경험을 위해 기사단 업무도 병행하고 있습니다만, 조만간 정식으로 직책이 변경될 것입니다. 그리된다면 영애와 더욱 자주 마주치겠지요."

"그런 계획이 있었군요."

"그런데 영애께서 계속 불편해하신다면 메이나드는 그 임무를 다할 수 없습니다. 폐하께서도 적당한 조치를 취하려 하시겠지만, 무엇보다 그 아이 스스로가 영애를 불편하게 만들고 싶지 않아 할 것입니다."

"그렇다면……."

"스스로 그 자리를 사임하게 될 겁니다."

메이나드라면 그럴 것이다. 엘레나는 고개를 끄덕였다. 그는 그런 사람이니까.

"그러니 영애께서 메이나드에게 미안한 마음이 드시는 것만큼, 그리고 그 아이를 아끼시는 만큼 아무렇지 않게 대해 주십시오. 그것이 힘드시면 차라리 그 자리에 없는 사람처럼 대해 주십시오."

"어, 없는 사람처럼……."

"그것이 그 아이를 도와주시는 길일 겁니다."

엘레나는 잠시 아무 대답도 하지 못했다. 마음을 먹는 데 시간이 조금 필요했다.

"메이나드 경을 마치 없는 사람처럼 대할 수는 없어요."

그건 그에게 불공평했다. 순수하게 좋아하는 마음을 고백하고 부딪쳐 왔던 사람에게 그런 일을 할 수는 없었다.

"하지만 분명히 조금 전 제 행동에 문제가 있었던 것 같습니다. 제 생각이 짧았어요. 백작님의 조언에 감사드려요."

엘레나는 어네스 백작을 향해 미소를 지었다.

중요한 회의에 늦으면서까지 귀족 영애를 따로 불러내어 아들에 대한 이야기를 하는 것은 백작의 성정에 전혀 맞지 않는 일이다. 공과 사는 엄격하게 구분하는 사람이었으니까.

그럼에도 불구하고 이렇게 대화를 하게 된 것은 백작의 아들에 대한 애정이 그만큼 크다는 것이 아닐까. 메이나드의 다정한 마음이 어머니에게서 물려받은 것이라고 생각했는데, 어쩌면 아닐 수도 있겠다는 생각이 들었다.

"조만간 동부로 출정하신다고 들었어요."

"내일이 될 것 같습니다."

"아, 그렇게나 빨리……."

사안이 사안이니만큼 서둘러 출발하는 것이겠지. 엘레나는 진심을 담아 말했다.

"부디 몸 건강히 다녀오세요, 어네스 백작님."

"영애의 염려에 감사……."

이상했다. 백작이 말을 멈추고 인상을 굳혔다.

"백작님?"

엘레나가 고개를 갸웃하며 그를 불렀지만 대답은 없었다. 후웅, 뒤편에서 크게 불어오는 바람과 함께 백작이 허리춤의 검 자루에 빠르게 손을 가져다 댔다.

푹!

그녀를 마주 보고 서 있는 백작의 가슴팍에서 비죽한 검 끝이 불쑥 튀어나왔다.

"……커헉!"

기침 소리와 함께 백작의 입에서 붉은 선혈이 울컥 쏟아졌다.

"어네스 백작님?"

아직 상황을 이해하지 못하고 커다란 눈으로 외치는 엘레나의 목소리가 신호라도 된 듯, 백작의 몸을 꿰뚫었던 흉측한 검이 쑤욱 되돌아 빠져나갔다.

털썩!

단번에 심장을 찔린 백작의 몸이 힘없이 바닥에 쓰러졌다. 그 등 뒤에 한 남자가 서 있었다.

"안녕."

피를 뚝뚝 흘리는 검을 쥔 사람이 내기엔 너무나 밝은 목소리.

"데리러 왔어, 엘레나."

그림 같은 미소를 짓고 있는 르니에였다.

34장

34장

전혀 예상치 못한, 아니 있어서는 안 되는 장소에 나타난 르니에의 모습이 마치 가위로 오려다 붙인 것처럼 생경했다. 그리고 바닥에 쓰러진 어네스 백작의 모습을 다시 본 순간, 엘레나가 비명을 질렀다.

"아, 안 돼!"

백작의 몸을 뒤집어 확인했다. 숨만 붙어 있으면 된다. 그러면 살릴 수 있어. 그 짧은 사이 엘레나의 두 손은 붉은 피로 범벅이 되었다.

"백작님! 어네스 백작님!"

어깨를 흔들며 불러 봤지만, 눈을 뜬 상태 그대로 어네스 백작은 이미 숨이 끊겨 있었다. 메이나드와 똑같은 녹색 눈동자가 생기 없이 텅 비어 그녀를 바라봤다.

죽었다. 조금 전까지 아들의 걱정을 하던 어네스 백작이 죽어 버렸다.

"왜! 왜 죽였어! 도대체 왜!"

엘레나가 힘없이 늘어진 백작의 몸을 잡고 소리쳤다.

"나도 죽일 생각까지는 없었지만."

굵은 눈물이 주룩주룩 쏟아지는 그녀의 얼굴을 보며 르니에는 어깨를 으쓱했다.

"기운을 읽어 나라는 것을 충분히 알면서도 검에 손을 댔으니. 어쩔 수 없지."

"뭐?"

"그랬으면서 결정적인 순간에는 망설이다니. 백작님다웠지."

"어떻게 이럴 수가 있어! 이분은 메이나드의 아버지라고!"

책에서 읽은 적이 있다. 르니에와 메이나드는 어릴 적부터 붙어다녔기 때문에 르니에는 어네스 백작을 마치 삼촌처럼 따랐다고.

"내가 죽이지 않았다면 나를 죽였을 거야. 조금 망설였지만 결국에는. 그런 분이셨으니까."

르니에도 소문을 들어 알고 있다. 이미 황실의 일원이 된 것이나 마찬가지인 엘레나를 위해 어네스 백작은 기꺼이 그리했으리라.

"다쳤다는 이야기는 들었어. 몸은 조금 괜찮아? 내 부친을 대신해서 사과할게. 정말 말도 안 되는 짓이었어."

놀랍게도 그는 진심으로 미안해하고 있었다. 방금 메이나드의 아버지를 죽였으면서.

"도대체 왜 이렇게까지……. 도망쳤으면 조용히 숨어서 살 것이지, 왜 이런 짓을 하는 거야!"

"도망이라니. 난 도망친 적 없어. 그저 때를 기다리고 있었을 뿐이야."

멍청하고 어리석은 부친의 실수로 모든 것이 틀어져 버렸다. 감히 엘레나를 납치하려던 것도 모자라 뒤처리도 형편없었고, 겨우 아발론에서 혼자 몸만 빠져나가 버렸다.

그 결과로 귀족 연합은 윈터힐을 잃었고, 동부의 3왕국 독립군을 이용하려 했던 계획을 들켰다. 싸울 수 있는 양팔을 잘린 것이나 다름없었다. 그러나 르니에는 포기하지 않았다. 오히려 더욱더 아발론 깊숙이 파고들어 다음 단계를 준비했다.

"이 모든 게 다 널 위해서야, 엘레나. 너를 데려가기 위해서."

쾅! 콰앙!

그의 말이 끝나자마자 멀리에서 폭발이 일어났다. 엄청난 소리와 함께 흙먼지를 실은 바람이 밀려와 르니에의 금발이 휘날렸다. 등진 밤하늘로 번지는 붉은 화염이 그의 얼굴에 명암을 만들었다.

"당신, 도대체 무슨 짓을 벌인 거야……."

아득하게 누군가가 내지른 날카로운 비명 소리가 들려왔다. 조금 전까지 평화로웠던 황궁의 밤이 아수라장이 되었다.

"3왕국의 세력에는 말이지, 독립을 위해서라면 무슨 짓이든 할 자들이 많아."

무슨 짓이든. 그 말에 소름이 돋았다. 아니나 다를까, 멀리서 다급한 고함 소리가 들렸다.

"습격이다! 습……."

목이 터져라 있는 힘껏 외치던 소리는 왜 끊긴 것일까. 엘레나는 떨리는 눈동자로 르니에를 바라봤다. 이 남자는 오늘 밤 도대체 몇 명의 사람들을 해치려는 걸까.

"정말로 이 모든 일을 날 데려가기 위해서 일으킨 거라고?"

속에서 욕지기가 치밀었다.

"엘레나, 난 너에게 거짓말을 하지 않아. 전에도 말했잖아."

메이나드의 아버지가 죽은 것도, 저 폭발도.

"나 때문에 일어난 일이라고……."

"응. 너 때문이야."

엘레나는 이를 악물었다. 찰싹! 그녀가 자신의 앞에 내밀어진 손을 멀리로 쳐 냈다.

"괴물."

콰앙!

또다시 폭발음이 들려왔다. 그러나 엘레나가 뱉어 낸 날카로운 말들은 그 소리에 묻히지 않았다.

한때 아름답다고 생각했던 르니에의 미소가 끔찍하게 다가왔다. 그가 반역을 일으키려 했다는 것을 알게 되었을 때에도 자신이 모르는 어떤 이유가 있겠지, 그렇게 안일하게 생각했던 스스로가 한심했다.

차가운 땅에 누워 있는 어네스 백작의 몸이 천천히 식어 가고 있었다. 엘레나는 어네스 백작의 부릅뜬 눈을 억지로 감겨 주었다.

"난 당신을 따라서 어디에도 가지 않아."

오기가 생겼다. 그녀가 적의를 가득 담아 르니에를 노려보며 말했다. 노골적인 적개심이었다.

"어째서……."

르니에가 어네스 백작의 시신을 꽉 잡고 있는 엘레나와 시선을 맞추기 위해 몸을 굽혔다.

"어째서 날 미워하는 거야?"

조금 전 엘레나가 쳐 냈던 손이 자석에 끌리듯 또다시 그녀에게 다가갔지만, 휙 하고 피하는 몸짓에 닿지 못하고 또 멀어졌다.

허공을 매만지는 손끝에 르니에가 고운 눈썹을 찌푸렸다. 매번 이랬다. 싫다고 거절하고 밀어내는 그녀에게 또다시 이끌려 버리고 마는 추한 꼴이었다. 밀려나고 또 밀려나도 자신을 봐 달라 애정을 갈구하는 게 퍽 우스웠다.

"내가 널 위해서 어떤 일을 하고 있는데."

자신의 노력을 애정으로 돌려받지 못하는 데에서 오는 분노는 아니었다. 르니에의 얼굴에 떠오른 감정은 차라리 슬픔에 가까웠다. 증오를 담아 자신을 쏘아보는 얼굴을 보고 제정신인 자라면 응당 화가 나고 기분이 나빠야 할 텐데도.

"제정신이 아니란 뜻이겠지."

엘레나의 차가운 말과 눈빛에 시큰하게 가슴이 베이는 듯 아프면서도, 그녀와 함께 있다는 것만으로 심장이 미친 듯 뛰었다.

"나는 날 좋아해 달라고 한 적 없어."

"맞아. 넌 조금도 마음을 내게 내주지 않았어."

르니에는 인정했다. 그리고 그럼에도 불구하고 끊임없이 커지는 그녀에 대한 자신의 마음은 병적인 집착이라 하겠다.

"그래, 나는 너에게 집착하고 있는 것일지도 모르지."

"그걸 알고 있다면……."

"하지만 이렇게 하지 않으면 넌 날 봐 주지 않을 거잖아."

그것은 불퉁한 불평 같은 말이었다. 엘레나의 긍정과 같은 침묵에 르니에는 피식 웃었다.

"나도 한 가지 물을게. 왜 내가 아니야?"

주변을 가득 메운 흙먼지와 멀리서 들려오는 사람들의 비명 소리로 혼란스러웠지만, 그 안에서도 르니에만은 차분했다. 마치 이 모든 것이 어떻게 흘러갈지 다 알고 있는 사람처럼.

"당신이 아드레이가 아니니까."

엘레나는 단호했다. 욱신거리는 가슴의 통증에 르니에의 눈이 가늘어졌다.

"그건 좀 불공평한데. 나는 절대 아드레이가 될 수 없잖아."

이 모든 건 불공평하기 짝이 없었다. 어리석은 아버지를 둔 죄로 황제가 되지 못했다. 만약 부친이 조금만 더 제왕의 싹을 보였다면, 아마 지금쯤 황좌에 앉은 것은 아드레이가 아니라 자신일 것이다.

"하지만 맹세컨대, 아드레이도 절대 널 나만큼 사랑하지 않아."

그녀의 앞에선 언제나 치기 어린 소년 같았던 그의 눈동자가 또렷해졌다.

"나는 너의 생각뿐이야, 엘레나. 네 생각을 하면 그제야 숨통이 트이고 이 세상이 조금 살 만한 것처럼 느껴지거든."

언제나 무채색으로 의미 없이 흘러가던 세계가 그녀의 등장과 함께 눈부신 색을 머금었다.

"요 며칠, 빈민굴 폐가에 숨어 비를 피하고 쥐 떼와 싸우면서도 네 생각을 하면 아무렇지도 않았어."

엘레나는 그제야 르니에가 매우 흐트러진 모습이란 것을 깨달았다. 언제나 머리끝부터 발끝까지 완벽하던 그의 머리칼은 잔뜩 엉켜 있었고, 소매는 찢겨 있었다.

"그러니까 나는 계속할 거야."

세상을 뒤집는 이 반역을. 내 뜻과는 상관없이, 내게 주어지지 않은 내 자리를 찾을 때까지.

"네가 내 것이 될 때까지."

지켜봐. 내가 널 갖기 위해 어디까지 가는지.

르니에가 한층 더 짙은 미소를 지음과 동시에 지금까지 들어 본 것들 중 가장 커다란 폭발음이 들려왔다.

콰아앙!

폭발이 일어난 곳은 매우 가까운 곳이었다. 새벽의 궁 외곽의 벽면이 터져 나갔다. 얼굴을 스치는 거친 돌가루에 그 여파가 고스란히 느껴졌다.

엘레나는 눈을 제대로 뜰 수도 없는 먼지 속에서 르니에가 자신의 손목을 잡는 것을 느끼고 저항했다.

"이거 놔!"

"서둘러야 해. 시간이 없거든."

아무리 팔을 뒤틀고 힘을 써 봐도, 그의 단단한 손은 꿈쩍도 하지 않았다. 오히려 자신의 팔을 빼내려 잡아당길 때마다 그녀만 조금씩 더 끌려갔다.

"이렇게 데려가게 되어서 미안해. 하지만 지금은 정말로 여유가 없⋯⋯."

절대로 놓지 않을 줄 알았던 르니에의 손이 그녀의 팔목을 거칠게 뿌리쳤다. 직후에 날카로운 것이 그 자리를 갈랐다.

후웅.

바람을 자르는 묵직하고 빠른 소리와 함께 누군가가 그녀의 이름을 불렀다.

"아가씨! 엘레나 아가씨!"

"에즈라 경!"

누군가가 자신을 구하러 와 주었다는 생각에 반색하며 목소리가 들리는 쪽으로 뛰어가려던 엘레나는 걸음을 멈춰야 했다.

"크윽!"

에즈라가 이를 악무는 소리가 들려왔다.

챙! 채앵!

검끼리 부딪치는 소리도 그 속에 날카롭게 섞여 들었다. 엘레나는 함부로 발을 내딛지 못했다.

자신을 지키고 있는 에즈라의 등이 보였다. 자칫 잘못 움직였다가 방해가 될까 봐 가만히 서 있었다.

"아가씨, 무사하십니까!"

잘 보이지 않는 것은 에즈라도 마찬가지인지라 정신없이 르니에의 검을 막아 내면서도 뒤를 향해 소리쳤다.

"난 괜찮아요! 에즈라 경, 조심!"

"크윽, 이 자식!"

엘레나의 상태를 확인하느라 잠시 한눈을 판 에즈라의 왼쪽에 검이 쑥 파고들었다. 조금 전 자신의 앞에서 가슴 한복판이 꿰뚫리던 어네스 백작의 모습이 떠올라 엘레나가 눈을 질끈 감았다.

다행히 천천히 먼지가 가라앉고 있었다. 시간은 그녀의 편이었다. 르니에는 어서 이곳에서 도망쳐 나가려는 것 같았다. 에즈라가 조금만 버텨 준다면 사람들이 구하러 올 것을 알았다. 그러나 그때였다.

"크아아악!"

에즈라의 비명 소리가 길었다. 덜컥 심장이 내려앉는 감각과 함께 엘레나가 감았던 눈을 떴다.

"네가 모셔야 할 아가씨의 손을 자를 뻔한 건 알고 있는 거냐, 멍청한 자식."

르니에가 차갑게 읊조리며 무언가를 저 뒤쪽 수풀로 휙 던졌다. 털썩하는 소리와 함께 땅에 쓰러진 에즈라가 고통으로 일그러진 얼굴로 말했다.

"크윽, 아가씨! 도망치십시오! 도망치세요!"

"에, 에즈라 경······."

에즈라의 오른팔이 없어졌다. 붉은 피가 철철 흐르는 어깨만 남아 있었다.

"저, 저는 괜찮으니 어서······ 어서!"

그러나 엘레나는 그럴 수 없었다. 에즈라가 흘리는 피의 양이 너무나 많았다. 1초, 1초, 시간이 지날수록 엄청난 양의 피가 쏟아졌다.

이대로 두면 죽는다. 아니, 에즈라는 이미 죽어 가고 있었다.

엘레나는 시큰한 다리에 억지로 힘을 주고 에즈라를 향해 달려갔다. 어서 빨리 치유를. 그러나 그런 그녀의 허리를 쑥 잡는 손이 있었다.

"이거 놔! 놓으라고! 르니에!"

엘레나의 두 발이 땅에서 떨어져 바동거렸다. 하지만 거세게 저항했다. 그녀는 팔을 마구잡이로 휘둘러 르니에의 팔을 풀어내는 것에 성공했다.

"윽!"

팔꿈치로 단단한 얼굴을 찍은 것과 함께 그녀의 발이 다시 땅을 디뎠다.

"에즈라 경!"

뒤를 돌아보지도 않고 발을 절뚝이며 달려간 엘레나는 얼른 에즈라의 어깨 부분을 살폈다. 문득 잘려 나간 팔이 떠올랐지만 르니에가 저 멀리로 던져 버린 것을 어둠속에서 찾을 수 있을 리 없었다.

잠깐 사이 에즈라의 두 눈이 흐릿해져 버렸다. 피를 너무 많이 흘려서 정신을 잃고 있는 것이다.

"조금만 더 참아요!"

절대로 죽게 하지 않을 거야. 엘레나는 있는 힘껏 신성력을 불어넣었다. 이 상황과 전혀 어울리지 않는 밝은 빛이 그녀의 손에서 터져 나왔다. 저벅저벅, 등 뒤에서 다가오는 발소리에 엘레나가 소리쳤다.

"지금 날 데려가면, 당신 절대 용서 안 해."

그러자 거짓말처럼 발소리가 멈췄다. 지금 에즈라를 이대로 두고 가면 그건 그를 죽이는 것이다.

피가 흐르던 단면에 새살이 돋아나는 것을 보고 속으로 안도의 한숨을 쉰 것도 잠시, 이제 이후를 생각해야 한다.

엘레나는 계속해서 신성력을 사용하며 주변을 둘러봤다. 마침 에즈라의 근처에 떨어진 검이 보였다. 저 검으로 르니에를 어떻게 할 수 없을지는 몰라도 시간은 끌 수 있지 않을까.

그러나 말을 탄 여러 인영이 새벽의 궁 후원을 둘러싼 숲을 뚫고 다가오는 것을 본 엘레나는 입술을 깨물었다.

"베르너 후작!"

"어서 출발해야 합니다!"

성을 침입한 세력으로 보이는, 단단히 무장을 한 사람들과 평상복에 검만 한 자루 쥔 귀족들이었다. 귀족들은 고급 옷을 걸치고 있었지만, 행색은 마치 오랫동안 갇혀 있던 사람들처럼 더러웠다. 그들의 검은 모두 붉은 피로 번들거렸다.

불안해하며 연신 투레질을 하는 말의 고삐를 거칠게 틀어잡으며 한 남자가 소리쳤다.

"폭발로 시간을 끄는 데는 한계가 있습니다!"

숲의 경계선에 선 그들이 재촉하기 시작했다. 확실히 조금 전, 끊이지 않고 들려오던 크고 작은 폭발 소리가 잦아들었다.

그녀 혼자라면 새벽의 궁 안쪽으로 뛰어 들어갈 수 있을 것이다. 그러나 쓰러진 에즈라가 있었다. 그를 두고 혼자 도망칠 수는 없었다.

그녀가 그렇게 생각하는 사이, 르니에가 등 뒤로 다가왔다. 엘레나는 더 생각할 겨를도 없이 에즈라의 옆에 떨어진 검을 집어 들었다.

"가까이 오지 마!"

르니에는 난데없이 자신에게 겨눠진 검 끝을 가만히 보고만 있었다. 그를 종용하던 사람들은 움찔하고 놀라는 듯했지만, 인상을 찌푸릴 뿐 별다른 개입을 하진 않았다. 그들의 눈에 여자가 든 검은 그리 위협적이지 않았다.

"이대로 혼자서 가. 날 데려갈 생각 따위 하지 말고. 난 당신을 따라가지 않을 거니까."

"잔인하군."

르니에가 한쪽 입꼬리를 비틀어 올리며 말했다.

"넌 정말로 잔인해."

예리한 검날이 번쩍였다. 마치 언제라도 찌를 듯, 네 목숨은 내게 아무것도 아니라는 듯.

그것이 그녀의 진심이라는 것을 모르는 바는 아니었지만 막상 그것을 눈으로 확인하니, 그래도 아팠다. 그래서 그녀도 아프게 해 주고 싶었다. 지금 자신이 아픈 만큼.

르니에는 천천히 허리를 숙였다. 검날이 점점 가까이로 다가왔지만 그는 그것을 바라보고 있지 않았다. 오로지 엘레나의 찬란한 황금색 눈만 바라봤다. 그 눈동자가 떨리고 있었다. 돌발적인 행동에 놀란 것 같았다.

이 상황에서 그녀를 가장 아프게 할 수 있는 것이 뭘까. 그런 잔인한 물음이 떠올랐다.

그의 턱 끝에 마침내 그녀가 든 칼이 닿았다. 살을 파고들어 붉은 피가 뚝 떨어졌지만 르니에는 아랑곳하지 않았다. 파란 눈에 잔인한 기쁨이 흘렀다. 때마침 누군가의 고통스런 비명 소리가 들려왔다.

"들려?"

르니에는 그것이 마치 음악 소리라도 되는 양 웃었다.

"모두 너 때문이야."

엘레나를 가장 아프게 할 수 있는 방법이었다.

"난 널 위해 반역을 일으켰어. 널 위해서. 그러니 저들은 다 너 때문에 죽은 거야."

"그런 말도 안 되는……."

"아닌 것 같아? 내 것이 되라고 했을 때 네가 순순히 따랐다면 지금 이런 일은 일어나지 않았어. 이래도 네 잘못이 아닌 것 같아?"

엘레나가 입술을 깨물었다. 르니에는 말도 안 되는 억지를 부리고 있는데, 머리로는 잘 알고 있는데 점점 사람들의 비명 소리가 더 끔찍하게만 들렸다.

"잘 생각해 봐. 난 줄곧 경고했어. 널 포기하지 않을 거라고. 넌 정말 몰랐을까, 내가 널 가지기 위해선 무슨 일이든 할 거란 걸?"

르니에는 엘레나의 아름다운 얼굴이 점점 죄책감에 잠식되어 가는 것을 즐거이 감상했다. 그리고 조금 떨어진 곳에 있는 어네스 백작의 시신을 가리키며 말했다.

"너만 내게 오면 모두가 이렇게 힘들고 다치지 않아도 돼. 어쩌면 어네스 백작도 오늘 죽지 않았을지도 모르지."

그래, 너도 조금은 아파 봐.

그가 의도했던 대로 백작의 모습을 본 엘레나의 표정이 흐려졌다. 덜그럭, 그녀가 쥐고 있던 검이 힘없이 떨어졌다.

그의 궤변을 믿는 것은 아니었다. 하지만 어째서인지 반론을 할 수 없었다. 그때였다.

"저런 개소리는 듣지 마십시오, 아가씨."

"에즈라 경."

기운을 차린 에즈라가 없어진 오른팔 대신 왼손으로 방금 그녀가 떨군 검을 고쳐 잡으며 르니에에게 겨눴다.

"아가씨에게서 떨어져라. 이 반역자."

"아무래도 죽고 싶은가 보군."

그러나 르니에는 되레 비웃었다. 에즈라가 겨눈 검 따위는 무섭지 않다는 듯 엘레나를 향해서 나직이 속삭였다.

"네가 원하든 원하지 않든 나와 함께 가게 될 거야. 하지만 네 발로 따라온다면 이 주제를 모르는 기사는 살려 줄 수도 있어. 생각해 봐."

르니에는 여유롭게 자리에서 일어나 뒤쪽에서 자신을 기다리는 사람들에게로 걸어갔다.

"말의 고삐를 다오."

그러자 한 남자가 얼른 르니에의 몫으로 챙겨 온 빈 말의 고삐를 건네어 주었다. 이제 이 위에 엘레나와 타고 황궁을 빠져나가기만 하면 된다. 만족스레 웃으며 돌아서는 르니에의 얼굴이 굳었다.

몸에 맞지 않는 커다란 검을 두 손으로 겨누고 그녀를 지키듯 가로막고 선 작은 아이가 있었다.

"……티토."

"룬 형."

금방이라도 굵은 눈물을 뚝 흘릴 듯 티토의 얼굴은 엉망이었다. 그러나 덜덜 떨리는 두 손으로 무거운 검을 쥐고 노려보는 행동에 서린 의지는 절대로 비켜서지 않을 것이라고 말하고 있었다.

"네가 여길 어떻게."

르니에가 인상을 찌푸렸다.

"금발의 꼬마! 리바이 공작인가!"

"잡아! 기회다!"

사내들은 마치 사냥감을 본 사냥개들처럼 흥분했다. 그들을 향해 들어 올려진 르니에의 손이 아니라면 당장이라도 달려들 듯했다.

"룬 형……."

티토는 서둘러 식사를 마치고 어네스 백작과 후원으로 간 엘레나의 뒤를 따라 나왔다. 그들이 대화를 마치면 우왁 하고 갑자기 나타나 놀라게 할 심산이었다. 그래서 킥킥대며 풀숲에 몸을 숨긴 채 호시탐탐 튀어 나갈 기회만 노리고 있었다.

그런데 갑자기 어네스 백작이 쓰러졌다. 그리고 르니에의 모습이 보이더니 곧 폭발이 시작됐다.

정신을 차릴 수가 없게, 귀를 막은 손을 뗄 수도 없게 여러 곳에서 계속되는 폭발을 티토는 풀숲에 숨죽인 채로 버텼다. 무서워서 눈도 뜰 수 없었다.

엎친 데 덮친 격으로 갑작스런 사고에 발작이 시작됐다. 숨을 쉴 수가 없었다. 온몸이 딱딱하게 굳었다.

"전하! 어디 계세요, 전하!"

멀리서 저를 부르는 소리에 대답하려고 했지만, 입에선 신음 비슷한 소리만 새어 나올 뿐이었다. 곧이어 새벽의 궁 벽면이 터져 나가며 그 충격으로 수풀 속에 숨겼던 몸이 앞으로 튕겨져 나왔다.

아주 잠시간 정신을 잃었다가 눈을 떴을 때 흐릿한 시야에 보인 것은 엘레나가 르니에에게 검을 겨누고 있는 모습이었다.

얼굴을 찌르는 풀이 따가웠다. 르니에가 엘레나에게 가까이 다가가 무어라 이야기하는 것이 보였다. 티토는 주먹을 쥐며 손안의 풀을 쥐어뜯었다.

툭, 엘레나가 들고 있던 검을 떨어뜨리는 것이 보였다. 안 돼. 포기하면 안 돼. 티토는 그렇게 생각하며 무작정 네발로 기기 시작했다.

다리가 후들거렸지만, 엘레나를 향해 다가갔다. 그러다 두 발로 일어나 한 걸음 한 걸음 앞으로 나아갔다.

그다음에는 싸늘하게 식어 가는 어네스 백작의 허리춤에서 검을 뽑았다. 그르륵, 검 끝이 바닥을 긁는 소리가 유난히 크게 들렸다. 티토는 이를 악물고 검을 들었다. 철검의 무게가 몸을 짓누르는 것 같았다.

저가 지금 무슨 짓을 하고 있는지 잘 알았다. 그래서 검을 든 팔이, 몸을 지탱하고 있는 다리가 떨려 왔다. 그리고 마침내 엘레나 앞을 막아섰다.

"티토, 얼굴이 엉망이구나."

르니에가 마치 어제 만났던 것처럼 여상스럽게 말했다.

"엘레나는 안 돼."

티토가 떨리는 목소리로 말했다.

"티토 님, 괜찮으니까 이러지 마세요. 정말로 다쳐요."

어네스 백작도 죽인 르니에다. 티토까지 다칠까 봐 겁이 난 엘레나가 티토의 옷을 잡아끌었다. 하지만 티토는 고개를 붕붕 휘저었다. 그녀는 지푸라기라도 잡는 심정으로 에즈라를 돌아봤다.

"에즈라 경, 티토 님을 데리고 가세요."

"죄송합니다, 아가씨. 그 명은 받들 수 없습니다."

에즈라는 단호했다. 이 자리에서 죽겠다는 의지였다.

오른손잡이인 그가 오른팔을 잃었다는 것은 이미 기사로서 명이 다했다는 것을 의미했다. 이미 검을 잡을 수 없게 된 몸뚱이, 아가씨를 지키는 데에 쓰일 수 있다면 고개를 들고 당당하게 전사할 수 있었다.

"걱정하지 마, 엘레나."

무서웠다. 두려웠다. 당장이라도 이 무거운 검을 내팽개치고 엘레나의 품에 얼굴을 묻고 엉엉 울고 싶었다. 하지만 티토는 이를 악물며 검을 고쳐 잡았다.

—검은, 지키는 힘이다.

들고 있는 검의 주인인 어네스 백작이 메이나드에게 가르쳤던 것이다.

—자신을 지키고, 자신의 사람을 지키고, 그리고 자신의 신념을 지키는 힘.

티토는 메이나드가 해 줬던 말을 되새겼다.

"엘레나는 새벽의 궁에 갇혀 있던 날 꺼내 줬어. 내가 제일 약할 때 날 지켜 줬다고."

가늘게 뜬 르니에의 눈을 마주 바라봤다.

"그러니까 이제 내가 지켜 줄 거야."

형편없이 떨리는 목소리였지만, 티토는 이를 악물고 말했다.

"약속한 시간이 다 되었습니다! 어서 저 기사와 여자를 해치우고 공작을 데려갑시다!"

"협상에 좋은 패가 될 거요!"

멍청한 것들. 르니에가 얼굴을 와락 찌푸렸다.

엘레나가 누군지도 모르면서 시끄럽게 목청을 높이는 그들의 목을 베어 버리고 싶었지만, 적어도 그녀와 무사히 황궁을 나갈 때까지 그들은 살아 있어 줘야 했다.

그러나 티토가 좋은 협상 수단이 될 수 있다는 말에는 일리가 있었다.

"둘 다 데리고 간다. 저자를 처리해."

에즈라를 가리킨 르니에의 명령에 남자 둘이 기다렸다는 듯 말에서 훌쩍 뛰어내렸다. 르니에는 엘레나와 티토에게 다가와 자신의 검집을 들어 올려 자신을 향해 들린 검을 성의 없이 툭 쳐 냈다. 티토는 이를 앙다물며 버텨 냈지만, 두 번은 없었다.

"으윽!"

신음 소리와 함께 결국 티토의 검이 아래로 고꾸라져 내렸다. 르니에는 무심한 얼굴로 검을 잡았던 손을 부여잡고 웅크린 작은 몸을 향해 손을 뻗었다. 뒷덜미를 잡고 일으킬 생각이었다.

"안 돼."

르니에를 가로막은 것은 팔을 넓게 벌린 엘레나였다. 등 뒤에 티토를 숨긴 그녀는 적의가 이글거리는 눈으로 말했다.

"나만 데려가."

티토는 안 된다. 아드레이에게 들은 적이 있었다. 몇 년 전 티토를 죽이려 했던 범인은 베르너 공이라고. 베르너 부자를 제외하고 황좌에 앉을 만한 모든 사람들을 죽이려는 것이겠지.

이대로 티토가 끌려가면 어떤 일을 당할지 뻔했다. 저들을 말대로 무사히 협상의 수단으로 쓰이기만 하면 다행일 것이다.

"나로 만족하라고."

그러니까 티토만은 절대로 안 돼. 잠시 그녀를 보던 르니에가 인상을 찌푸리며 무언가를 말하려고 했을 때였다.

"크억!"

에즈라를 처리하려고 다가가던 남자 둘 중 하나가 어디선가 날아온 화살을 맞고 외마디 비명을 질렀다.

"젠장! 기사단이다!"

누군가가 외쳤다. 핑 하고 두 번째 화살이 날아왔다. 쓰러지던 남자의 목을 정확하게 꿰뚫는 한 방이었다.

그 순간 엘레나는 봤다. 르니에가 화살이 날아온 쪽으로 고개를 돌리는 것을.

'지금이야!'

그녀가 티토의 팔을 잡고 뛰기 시작했다. 아직 다 낫지 않은 발목이 크게 시큰거리는 것과, 르니에의 손가락이 채 따라오지 못한 옷자락을 스치는 것이 느껴져 이를 악물었다.

여기서 잡히면 정말로 끝이다. 르니에에게 끌려가 다시는 아드레이를 볼 수 없을지도 모른다. 그렇게 생각하며 아픈 발목에 단호하게 힘을 줬다.

무사히 몇 걸음을 크게 내딛었을 때, 휘익 하고 근처를 스쳐 지나간 화살이 그녀를 도왔다. 다시 한번 손을 뻗던 르니에가 그것을 피하려고 뒤로 물러났다. 순식간에 간격이 벌어졌다.

"뛰어!"

엘레나는 화살이 날아온 방향으로 티토를 끌며 외쳤다. 놀라서 잠시 허둥대던 티토도 그 즈음부턴 정신을 차리기 시작했다.

"젠장!"

등 뒤에서 르니에가 거친 욕설을 뱉는 소리가 들려왔다. 길고 치렁치렁한 옷자락이 자꾸만 다리에 휘감기며 방해했지만, 그것들을 한 손에 우악스레 움켜진 엘레나는 멈추지 않았다. 티토의 손을 잡고 앞만 보며 뛰었다. 흘끗, 옆을 바라보니 에즈라도 간간이 뒤를 경계하며 같은 방향으로 뛰고 있었다.

"침입자들을 잡아라!"

커다란 목소리와 함께 사람의 형상이 눈에 들어왔다. 매캐한 연기와 흙먼지를 뚫고 검을 든 기사들과 창과 활을 든 병사들이 보였다.

"아아!"

엘레나의 입에서 안도의 탄성이 터져 나왔다.

"가자! 흐랴!"

르니에의 목소리였다. 엘레나는 발걸음을 조금 늦추며 뒤를 돌아봤다. 분노를 숨기지 못하고 얼굴을 일그러뜨린 르니에가 급하게 말을 몰며 그녀를 보고 있었다. 시선이 마주쳤다.

'널 꼭 데리러 오겠어.'

마치 그의 눈이 그렇게 말하고 있는 것 같았다. 르니에와 그의 뒤를 따르는 몇몇 귀족들은 그 후 뒤도 돌아보지 않고 빗발치는 화살을 피해 도망가기 시작했다. 새벽의 궁을 둘러싼 숲속으로 그들이 금방 모습을 감췄다.

"엘레나?"

티토가 의아한 목소리로 그녀를 불렀다.

"괜찮아, 엘레나. 이제 괜찮을 거야."

작은 손이 그녀의 등을 가만가만 쓸어내렸다.

"저들을 쫓아라! 모두 포획해야 한다!"

익숙한 목소리가 병사들에게 명령을 내렸다. 엘레나는 황망하게 고개를 들었다.

"엘레나 님! 괜찮으십니까?"

"메이나드 경……."

"다친 곳이 있으시면, 바로 의원을 부르겠습니다!"

땀에 젖고 곳곳에 작은 상처를 입은 메이나드가 걱정을 담뿍 담아 그녀를 살폈다.

"폐하께서도 오고 계십니다. 조금만 기다리시면……."

"메이나드 경."

엘레나가 그의 손을 두 손으로 잡았다.

"엘레나 님?"

어리둥절하기만 한 메이나드에게 그녀는 무거운 첫 마디를 꺼내야 했다.

"어네스 백작께서…… 절 지키시다가……."

"그게 무슨 말씀……."

녹색 눈동자가 흔들렸다. 뒷말을 듣지 않아도 예감한 듯했다.

눈썹을 일그러트린 메이나드가 천천히 주변을 둘러봤다. 얼마 떨어지지 않은 바닥에 쓰러져 있는 형체가 보였다.

메이나드가 엘레나의 손을 놓고 천천히 걷기 시작했다. 누구도 손가락으로 가리키지 않았지만 정확히 그 방향을 향해 걸었다.

"아버지……?"

적을 쫓아가지 않은 몇몇의 병사들이 이미 백작을 알아보고 멀찍이 섰다.

"어째서……."

어째서 여기에 누워 계신 겁니까. 몇 발자국을 남기고 메이나드는 결국 멈춰 섰다.

믿을 수 없었다. 그 누구보다 강인한 부친이 왜 차가운 바닥에 누워 있는 것인지, 이해할 수 없었다.

"아버지."

털썩, 메이나드의 무릎이 결국 휘청이며 꺾었다. 그는 두 눈을 굳게 감은 얼굴로 조심스레 손을 뻗었다. 이제 미약한 온기만 남은 살의 감촉이 낯설었다. 메이나드의 두 눈이 뜨거워졌다.

"저와 후원에서 이야기를 나누고 있는데, 갑자기 뒤쪽에서……."

엘레나의 설명에 그가 부친의 가슴팍 한가운데에 난 검상을 눈에 담았다. 더 이상 듣지 않아도 알았다. 그도 기사였다. 이런 검상이 어떻게 생기는지 누구보다 잘 알았다. 물어볼 것은 단 한 가지였다.

"르니에였습니까?"

부친은 강했다. 강한 검사이자 기사였던 부친을 이런 식으로 한 번에 절명케 할 수 있는 사람은 제국에 많지 않았다.

"죄송합니다."

엘레나는 그 말밖에 할 수 없었다. 메이나드도 더 묻지 않았다.

"메이나드 형……."

그때 티토가 무언가를 메이나드에게 건네주었다. 백작의 검이었다.

기사는 자신이 사용하던 검과 함께 묻힌다. 검을 받는 메이나드의 두 손이 떨렸다. 그는 조심스레 검을 아버지의 가슴팍에 올려놓았다. 그리고 천천히 무너져 내렸다. 누워 있는 어네스 백작의 몸을 감싸 안듯, 강인한 품에 얼굴을 파묻듯, 그렇게 조용히.

그 누구도 함부로 입을 열지 않았다. 티토도 이를 앙다물고 숨죽이며 손으로 눈물을 훔쳐 낼 뿐이었다.

뒤늦게 아드레이와 수십의 병사들이 도착하는 소리가 들려왔지만, 요란하게 황제에 대한 예를 갖추는 사람은 없었다.

멀리서 상황을 파악한 아드레이는 병사와 말들을 멀찍이 멈추게 한 뒤, 조용히 다가와 메이나드의 어깨를 짚어 주었다.

포화로 인해 자욱했던 먼지가 서서히 가라앉았다. 남은 불씨를 모두 꺼트리고 마침내 새벽이 밝았을 때, 흉측하게 터져 나간 황궁의 모습을 접하고 참담해하는 사람들에게 제국 제일의 기사 어네스 백작의 부고는 더욱 큰 충격으로 다가왔다.

✦

어네스 백작을 비롯한 희생자들의 장례식이 열렸다. 시기가 시기니만큼 장례의 준비는 길지 않았다. 3왕국 독립단의 습격이 있던 밤으로부터 바로 이틀 후, 희생자들을 추모하기 위한 장소가 황궁 앞에 마련되었다.

　그러나 결코 초라한 장례는 아니었다. 아드레이의 명에 따라 성대하게 준비된 합동 장례식이었다.

　이번 습격으로 명을 달리한 이들 중엔 귀족도 있었고, 평민도 있었다. 이번 장례식에서는 신분과 지위의 고하를 막론하고 함께 장례를 치르기로 했다.

　이에 몇몇 귀족들은 반발하였지만, 교황이 직접 기도식을 진행하는 장례는 그들의 입장에서도 분명 명예로운 일이었다. 따라서 합동 장례식을 치른 후 각자의 가문에서 별개의 장례를 한 번 더 치르는 것으로 타협했다.

　유족들이 가장 앞에 앉아 사랑하는 이들이 라한의 곁으로 돌아가는 의식을 지켜봤다. 그중에는 연신 눈물을 흘리는 어네스 백작 부인과 그런 어머니를 위로하는 메이나드도 있었다.

　교황의 추도사가 끝나고 커다란 꽃다발을 든 아드레이가 단상 위에 올라섰다. 추모하기 위해 이 자리에 모인 모든 사람들을 대표해 희생자들에게 꽃을 올리는 절차였다.

　수많은 시선이 그에게 모였다. 그중에는 원망이 섞인 눈도, 슬픔을 참지 못해 결국 눈물을 흘리는 눈도 있었다.

　아드레이는 사람들보다 조금 높은 곳에서 그들을 잠시 바라보다 뒤돌아, 흰 탁자 위에 안고 있던 꽃을 내려놓았다. 그리고 한 발짝 물러나 천천히 허리를 굽혔다.

　사람들이 헛숨을 들이켜는 소리가 곳곳에서 났다. 조용히 입을 막은 사람들도 있었다.

　아무리 희생자를 기리는 자리라고는 하지만, 황제는 그 누구에게도 머리를 숙이는 법이 없었다. 특히 온 백성들이 보고 있는 이런 공식석상에서는 더더구나. 그저 꽃을 올려놓고 묵념을 하며 망자들의 넋을 기리면 될 일이었다.

그러나 아드레이는 좀처럼 고개를 들지 못했다. 하염없이 고개를 숙인 채로 서 있었다.

"아아, 폐하······."

황제의 숨길 수 없는 침통함이 가져온 반향은 컸다. 마치 든든하게 받쳐 주던 기둥이 무너져 내린 것처럼 비교적 차분하게 흘러가던 장례식이 순식간에 눈물바다가 됐다.

"어머니······."

"흐윽, 형!"

저마다 고인이 된 사람을 불렀다. 그들의 비통함만큼 이번 사건이 제국에 미친 영향은 컸다.

사람들은 자기도 모르는 새에 평화에 취해 있었다. 크고 작은 분쟁이 끊이지 않던 대륙에 제국이 들어서고, 전쟁은 일부 국경지대의 먼 이야기가 되었다.

특히나 황제 직할령에서 어느 지역보다도 평온하고 여유로운 삶에 익숙해져 있던 아발론의 백성들에겐 더욱 큰 충격일 수밖에 없었다.

그들의 울음소리가 아드레이의 귀에도 전해졌다. 그는 황제로서 백성들의 슬픔을 온몸으로 받아들였다. 그 뒤로도 한참 동안 고개를 들지 않던 아드레이가 마침내 자세를 바로하고 단상을 내려갔다. 감정을 비치지는 않았지만, 전에 없이 어둡게 가라앉은 얼굴이었다.

"레이······."

엘레나는 그 모습에 가슴이 아팠다. 습격이 있었던 날부터 그는 한숨도 자지 못했다. 아니, 잠들지 않았다.

짬이 나면 내원으로 찾아와 함께 시간을 보내기는 했지만 언제나 침대에 눕는 것은 그녀 혼자였다. 말수가 확연히 줄은 그는 창밖의 까만 밤을 바라보며 깊이 생각에 잠기곤 했다.

그 뒤로 장례식은 빠르게 마무리되었다. 교황의 주도로 그들의 영혼을 라한의 곁으로 보내는 의식이 마지막을 장식했다.

아드레이는 식이 끝나자마자 회의에 참석해야 했다. 비록 많은 이들이 세상을 떠났지만, 그럼에도 불구하고 세상은 멈추지 않는다. 그에게는 아직 지켜야 할 제국이 있고, 쓰러뜨려야 할 적이 있었다.

"엘레나, 괜찮아?"

함께 내원으로 돌아가기 위해 마차에 올라탄 티토가 걱정스레 그녀를 올려다보며 물었다. 지난 이틀간, 티토는 몇 번이나 같은 질문을 반복했다.

"저는 이제 괜찮다니까요. 티토 님은요?"

"나도 괜찮아. 어쩌면 너무……."

말꼬리가 길어지며 티토의 작은 어깨가 아래로 축 처졌다.

"악몽도 꾸지 않고 밥도 잘 먹어. 그렇게 많은 사람들이 다치고 죽었는데. 나만 이래도 되는 걸까."

남겨진 자의 죄책감. 엉엉 울고 슬퍼하는 사람들을 보며 티토는 아무렇지 않은 스스로가 죄스러웠다.

"추모의 방식은 사람마다 다른 법이니까요. 누군가는 슬픔에 주저앉은 사람을 지탱해 주고 지켜봐 주어야 하는 것 아닐까요."

엘레나가 어깨를 토닥이며 말했다. 티토는 그 말에 아래를 향했던 고개를 들어 그녀를 봤다.

"신기해."

"뭐가요?"

"엘레나는 언제나 답을 가지고 있어. 이야기를 하다 보면 마음이 편해져."

엘레나의 허리춤을 티토가 꽉 안았다. 전처럼 발작을 일으키거나 병세가 악화되지 않은 것만 해도 대견했다. 짧은 시간 동안 아이는 부쩍 단단해졌다. 그러나 그 안은 여전히 호두 알맹이처럼 여려서, 엘레나는 티토의 등을 가만히 쓸어 주었다.

멀리 창밖으로 반쯤 무너져 내린 황궁의 벽이 보였다. 마차가 중앙 대로에 들어서자 예전과는 다른 모습이 눈에 들었다.

너무나 정갈하고 아름다워서 가짜가 아닐까 하고 몇 번이고 만져 봤던 잔디밭은 여기저기 푹푹 패어 있어 흉한 흙바닥을 드러내었다. 텅 비어 있어 인명 피해는 적었지만, 제국의 상징과도 같은 중앙궁은 동쪽 기둥이 아예 무너져 버렸다.

아마 그것이 침입자들의 의도였을 것이다. 마나 탄에 터져 나간 황궁의 벽은 제국의 자부심이었고, 아름답게 빛나던 흰 성에 남은 검은 그을음은 오래도록 남아 있을 치욕의 자국이었다.

충격적인 황궁 습격 사건은 지금 이 순간에도 제국 전역으로 빠르게 퍼져 나가고 있었다. 그와 동시에 베르너가를 비롯한 서부 귀족 연합의 입지는 점점 좁아졌다.

지금의 내전은 어찌 보면 황실의 집안싸움이라고 할 수 있었다. 그것만으로도 반발을 사기에 충분한데, 옛 3왕국의 독립 세력을 끌어들인 점에서 귀족 연합은 일반 제국민들의 신망을 완전히 잃었다.

징집령이 내려오면 들고 있던 농기구를 놓고 전장으로 향해야 하는 힘없는 백성들이었지만, 삼삼오오 모인 자리에선 서부 연합을 비판하는 목소리가 높아만 갔다.

많이 고단했는지 그사이 잠든 티토를 일리야에게 맡기고 엘레나는 내원의 침실에 서서 밖을 바라봤다. 어젯밤 아드레이가 한참을 못 박은 듯 서 있었던 자리였다.

"아…….."

무너져 내린 중앙궁의 동쪽 측면이 보였다. 밤새 이걸 보고 있었던 거구나.

도대체 어떤 마음이었을까. 어떤 마음으로 저 뻥 뚫린 흰 성을 보고 있었을까. 엘레나는 가슴 한복판을 지그시 눌렀다.

"아가씨."

"네, 마리안."

엘레나는 급히 표정을 갈무리하고 뒤를 돌았다.

"손님이 오셨습니다."

마리안이 옆으로 비켜서자 익숙한 얼굴이 보였다.

"엘레나 님, 갑자기 찾아뵈어 죄송합니다."

"메이나드 경? 들어오세요."

엘레나는 서둘러서 침실의 응접실로 나가 메이나드를 맞았다.

"오늘 조금…… 달라 보여요."

"그렇습니까?"

엘레나의 조심스러운 말에 메이나드가 옅게 웃어 보였다.

그는 평소에 입던 약식 황실 기사단의 복식이 아니라, 완전한 귀족의 격식을 차린 옷을 입었다. 장례식에 참석하였으니 검은색과 어두운 빛 일색인 복장이었지만, 옷감의 고급스러움을 감추지는 않았다. 그런 화려한 모습이 낯설면서도 메이나드의 따뜻한 인상에 잘 어울렸다.

그러나 그의 얼굴은 부쩍 수척해져 있었다. 그 이유를 모르지 않아 엘레나는 따뜻한 차를 담은 찻잔을 그의 앞에 내밀었다.

"오늘부로 어네스 백작 위를 잇게 되었습니다."

"아, 그렇겠네요."

어네스 백작가는 제국의 큰 영토를 다스리는 대영주 중 하나였다. 그러니 백작의 자리를 오랫동안 공석으로 비워 둘 수는 없는 법이었다.

그러나 아버지가 돌아가신 지 얼마 되지도 않았는데 슬픔을 채 다독이기도 전에 무거운 책임부터 이어 나가야 한다는 점이 안타깝기도 했다.

"많이 힘드실 텐데……."

엘레나의 말에 메이나드는 힘없이 웃었다.

"저도 아직 잘 모르겠습니다. 마음이 복잡해서……."

"가족들은 어떠세요?"

메이나드에겐 어린 두 남동생이 있다. 아직 성인이 되기도 전에 아버지를 잃은 아이들이 걱정되었다.

"이그니스와 파텔은 조금 힘들어하고 있습니다. 아무래도 아직 어리니까요. 하지만 어머니께선……."

엘레나는 문득 연약한 귀부인인 메이나드의 모친을 떠올리고 걱정스런 얼굴을 했다.

"어머니는 아버지 부고를 말씀드린 순간부터 마치 다른 분 같아지셨습니다."

"다른 분이라면……."

혹시 큰 충격에 쓰러지기라도 하신 걸까. 엘레나는 덜컥 겁을 먹었다.

"아뇨. 그 반대였습니다. 울고 있는 저를 꾸짖으셨어요. 이제 어네스가를 이끌어 가야 하니 정신을 똑바로 차리라고 혼을 내셨습니다."

"강한 분이시군요. 어머니께선."

"종종 눈물을 보이기는 하시지만, 아직 갈피를 못 잡고 있는 저에 비하면……."

메이나드가 조금 자란 갈색 머리를 뒤로 쓸어 넘기며 씁쓸하게 웃었다. 그러다 문득 그녀의 눈을 똑바로 마주쳐 왔다. 처음 만났을 때는 봄 새싹 같았던 그 녹색 눈동자가, 오늘따라 유독 짙고 푸른 녹음 같았다.

"엘레나 님, 오늘은 인사를 드리러 찾아왔습니다."

"인사요? 어디 가세요?"

"아버지를 대신해 동부 사령관으로 임명되었습니다."

"백작께선 동부의 반란을 진압하러 가기로 하셨었죠……."

습격이 있던 날 밤, 어네스 백작은 바쁘게 출전을 준비하고 있었다.

"언제 떠나시는 건가요?"

"잠시 후에 출발해야 합니다."

"오늘 바로요?"

"예. 가기 전에 엘레나 님께 인사를 드리고 싶어서 이렇게 찾아뵈었습니다."

그녀는 뭐라고 할 말을 찾을 수 없었다. 메이나드는 전쟁에 나가는 길이었다. 진짜 검을 들고 사람을 베어야 하고, 화살이 날아다니는 전장에. 여행길에 떠나는 것처럼 '잘 다녀와라.'라고 말하는 것은 적절치 않을 것 같았다.

"다치지 말고 조심히 다녀오세요."

잠시 고민 끝에 겨우 꺼낸 말에 다행히 메이나드는 웃으며 고개를 끄덕였다.

그가 돌아가기 위해 자리에서 일어났고, 엘레나는 그를 배웅하려 목발을 짚고 일어섰다. 가까이서 보니 메이나드의 얼굴이 생각보다 더 해쓱해 보였다. 순간 죄책감이 묵직하게 가슴을 눌렀다.

그날 밤, 후원에서 이야기를 하자고 어네스 백작을 이끈 것은 그녀였다. 만약 자신이 고른 장소가 후원이 아니었다면 어땠을까. 그냥 실내에 머물렀더라면. 아드레이가 잠들지 못하던 밤, 침실 안의 그녀도 새하얗게 밤을 지새우게 했던 질문이었다.

그녀가 잠시 멍하니 서 있는 모습이 메이나드의 눈에 담겼다.

"엘레나 님이 보시기에 제 부친은 생전 어떤 사람이었습니까?"

"어네스 백작님은……."

얼굴을 직접 본 것은 겨우 두 번뿐이었지만, 질문에 대한 답을 내기는 어렵지 않았다.

"기사의 표본 같은 분이셨죠. 메이나드 경이 부친을 닮은 거구나 하고 느낄 때가 있었거든요."

그 말에 동의하듯 메이나드의 얼굴에 진한 그리움이 스쳤다.

"부친도 그런 말을 종종 하셨습니다. 제 성격이 아버지를 많이 닮았다고……. 그래서 확신을 가지고 말씀을 드릴 수 있습니다."

메이나드가 엘레나의 양 어깨를 부드럽게 잡았다.

"아버지는 마지막까지 엘레나 님을 지킬 수 있어서 다행이라고 생각하셨을 겁니다. 그런 분이셨으니까요."

"메이나드 경……."

도대체 무슨 말을 할 수 있을까. 엘레나는 그저 울음을 터뜨리지 않으려고 안간힘을 썼다. 메이나드도 저렇게 수척해질 정도로 참고 견디고 있는데, 자신이 울면 안 된다는 생각뿐이었다.

"……고마워요, 메이나드 경."

"아버지를 닮은 제가 하는 말이니 믿으셔도 좋습니다."

자신이 던진 가벼운 농담에 엘레나가 작게 웃자 메이나드는 그제야 안심했다. 아직도 어쩔 수 없이 가슴이 작게 뛰었다. 잠시 멍하니 엘레나의 미소를 보고 있던 메이나드는 서둘러 인사를 했다. 이제 정말로 출발해야 할 시간이었다.

"그럼 다녀오겠습니다, 엘레나 님."

"조심히 다녀오세요, 메이나드 경."

"따듯한 봄에 두 분이 결혼식을 올리실 수 있도록 동부를 빨리 정리하고 돌아오겠습니다."

메이나드가 가슴 위에 척, 주먹을 올려 보이며 다부지게 말했다. 엘레나도 가볍게 허리를 숙여 보이며 정식으로 인사했다.

"승전보를 기다리고 있겠습니다, 어네스 백작님."

어네스 백작. 아직은 익숙지 않은 그 이름에 메이나드의 끝이 처진 눈이 조금 커졌다가 이내 씨익 웃었다.

엘레나는 메이나드의 뒷모습이 끝내 보이지 않게 될 때까지 침실 문 앞에 서서 그를 배웅했다. 꽃 피는 봄에 다시 저 모습을 볼 수 있게 되길 바라면서.

장례식 직후 대신들이 모인 회의장 안.

"저들은 처음부터 반란 세력들이 구금되어 있던 경비대 지하 감옥을 노렸습니다. 첫 폭발로 측면 벽을 허물어 단번에 많은 귀족들을 빼냈는데, 그중에는 검을 다룰 줄 아는 기사 출신이 많아 즉석에서 병력을 충원한 셈이 되었습니다."

최소한의 인원으로 황궁에 침투해 풀려난 죄수들에게 검을 쥐여 주고 병력으로 만든다. 기발한 전술이 아닐 수 없다. 아마 르니에의 계책이었으리라. 아드레이의 눈매가 한층 더 날카로워졌다.

"폭발 이후 벌어진 전투에서 베랑과 폰타넬의 봉신 기사들 몇을 사살하는 데 성공했지만, 구금되어 있던 대부분의 귀족들은…… 탈출했습니다."

보고를 하던 황궁 경비대장은 면목이 없는 듯 고개를 숙였다. 귀족들의 안색도 좋지 않았다. 애써 잡아들였던 서부 세력의 대부분이 손가락 사이로 빠져나간 것이다.

"서부에서 계속해서 활동 중이던 저희 윈터힐의 기사들이 베르너 일행을 발견, 추적했지만 베르너 후작을 포획하는 데 실패했습니다. 면목 없습니다."

황궁 습격 소식과 어네스 백작의 부고에 잠시 서부로 나가 있던 윈터힐 백작은 급하게 아발론으로 돌아왔다. 엘레나가 무사함을 이미 전해 들었지만, 습격 의도 중에 딸아이를 빼돌리려는 르니에의 저의가 있었다는 것을 깨닫고 밤새 말을 달려 왔다.

"그들은 함께 도주 중이던 3국 독립 세력을 희생시키는 것에 망설임이 없었습니다. 첫 발견 당시 50에 가깝던 무리에서 열다섯을 베었지만 한 명을 제외하곤 모두 3국 출신이었습니다."

"크흠……."

"어흠!"

윈터힐 백작에 이어 황궁의 크고 작은 피해 내역을 궁내부가 보고했다. 황궁이 이전의 모습을 되찾으려면 적어도 2년 정도의 시간이 걸린다는 내용이었다.

어수선한 장내를 지켜보던 아드레이가 선언했다.

"서부군은 내가 지휘한다."

"폐하! 아니 될 말씀이십니다!"

"너무 위험합니다! 뜻을 거두어 주십시오!"

아드레이가 던진 한마디의 반향은 컸다. 조금 전, 메이나드가 이 끄는 동부 진압군이 막 아발론을 떠난 참이었다. 당장이라도 전쟁이 시작될 듯 팽팽하게 당겨진 긴장감 속에서 젊은 황제는 단호하게 뜻을 밝혔다.

"이번 일은 저희 로이드가에 맡겨 주십시오. 폐하께 승리를 바치 겠습니다."

로이드 공작이 아드레이를 말리고 나서며 말했다. 그 맞은편에 앉 아 있던 골드만 후작도 이때를 놓치지 않고 덧붙였다.

"대군을 이끌고 베랑과 로이드 사이의 높고 험준한 산맥을 넘을 수는 없으니 어차피 저희 골드만령을 거쳐 가야 합니다. 이번 진압 은 저희 골드만가를 믿어 주십시오."

그 이외에도 서로 신임을 요청하는 여러 영주들의 이야기를 잠자 코 듣고 있던 아드레이가 한 손을 들어 올렸다. 동시에 회의실 안이 쥐죽은 듯 조용해졌다.

"전쟁이 아닌 진압이다. 그대들은 그것을 명심하라."

진압군이 흘리게 될 피도, 서부 연합이 흘리게 될 피도 결국 제국 의 피라는 뜻이었다.

"한겨울의 전장은 전투 없이도 많은 사상자가 나는 법. 또한 이 내 란이 봄까지 이어진다면 한 해의 농사를 제대로 시작하지 못해 흉작 으로 번질 것이 자명하다."

전쟁의 피해는 단순히 전장에서만 일어나지 않는다. 전장으로 향 하는 행군 길에서도, 일을 할 수 있는 인력이 모두 차출되어 텅 빈 농지에서도 전쟁의 피해자는 생겨난다.

"그러니 진압은 전력으로 단기간 내에 이루어져야 할 것이다."

그의 말에 대신들이 무겁게 고개를 끄덕였다. 전투가 벌어지는 전장의 안과 밖에서 최대한 사상자를 줄여야 한다는 뜻에 어찌 반할까.

그리고 그러기 위한 최선의 방법은, 전장의 신이라 불리는 아드레이가 직접 나서는 것이라는 데에 이견 또한 없었다.

"황실 기사단을 비롯한 직할령은 열흘 후에 출전한다. 로이드령까지 진군해 병력 충원 후 산맥을 우회해 골드만령까지 진군하는 경로를 따른다. 윈터힐의 병력과는 골드만에서 합류하는 것으로 하지. 윈터힐 백작, 골드만령과 베르너령의 경계 지역까지 남하하는 데 얼마나 걸리나?"

"공성을 위한 중장비와 함께 이동하는 부대의 경우 최소 보름이 걸립니다."

이미 한겨울, 윈터힐의 땅은 혹독한 시기에 접어들었다. 무릎까지 차오른 눈을 뚫고 전진해야 하기에 이동 시간은 배로 걸릴 수밖에 없다.

"오르테가령에 있는 백색 마탑과 함께 진군할 수 있도록 황명을 내리겠다. 열흘 안에 골드만령에 진입하도록 하라."

"예, 폐하."

무거운 회의는 그 뒤로도 계속해서 이어졌다. 따로 식사 시간을 가질 새도 없이, 시종들이 바쁘게 회의실을 들락거리며 두 번의 식사를 날랐다. 해가 완전히 지고 달이 뜬 후에야 대신들은 황궁을 나설 수 있었다.

그들을 태운 마차들이 줄지어 황궁을 빠져나가는 것을 지켜보던 아드레이는 그제야 자신도 회의실을 나섰다. 자연스레 그의 발걸음이 자신의 침소인 태양의 궁이 아니라, 내원을 향했다.

아무에게도 알리지 않고 조용히 침실 문을 열고 들어선 그의 눈에 가장 먼저 보인 것은 책상 앞에 앉아 있는 엘레나의 옆모습이었다.

처음에는 책을 읽고 있는 줄 알았는데, 발걸음 소리를 죽이고 조금씩 가까이 가 보니 그녀는 무언가를 끄적이고 있었다.

"으음…… 이것도 아닌데……."

무언가 잘 풀리지 않는 것인지 엘레나는 머리를 괴었던 한쪽 손으로 연신 머리칼을 헝클어뜨리고 있었다.

"뭘 쓰고 있는 거지?"

"으악! 레, 레이!"

엘레나가 황급히 자신이 무언가 쓰고 있던 종이를 뒤집으며 어색하게 인사했다.

"어, 언제 왔어요? 많이 피곤하죠?"

그러고는 자리에서 벌떡 일어나 몸으로 책상 위를 보지 못하게 막았다. 아드레이는 그녀가 필사적으로 숨기는 것이 무엇인지 궁금했지만, 진땀을 뻘뻘 흘리는 엘레나를 봐서 모른 척 넘어가 주기로 마음먹었다.

"조금. 다리는 좀 어때."

"이제 천천히 걷는 건 목발 없이도 가능해요."

"그래도 무리는 하지 마."

"무리는요. 우리 저쪽에 앉아서 이야기해요. 피곤할 텐데."

아드레이의 눈길이 잠시 엘레나의 등 뒤에 머물렀지만, 이내 그녀가 이끄는 대로 순순히 따라갔다.

"오늘은 좀 잘 수 있을 것 같아요?"

걱정이 담뿍 담긴 물음에 아드레이의 입가가 부드럽게 풀렸다. 그의 손끝이 그녀의 동그란 이마와 머리칼을 쓸어내렸다.

"내 걱정은 하지 않아도 돼."

"하지만 어제도 그제도 한숨도 못 잤잖아요. 그러다가 쓰러져요."

"시간이 날 때마다 눈 붙이고 있으니까."

책에서 읽었던 황제라는 직업은 이런 게 아니었다. 남자 주인공의 직업으로 가장 인기 있는 것은 막강한 권력으로 화려한 황실을 휘두르는 모습 때문인데.

그러나 바로 옆에서 지켜본 바로는 오히려 극한 직업에 가깝다. 특히나 아드레이처럼 책임감이 두터운 사람에게는 더더욱.

"황제 폐하."

갑자기 자신을 황제라고 부르는 그녀의 모습에 아드레이가 눈을 조금 크게 떴다.

"제국을 돌보는 것도 좋지만, 자기 몸도 좀 돌보시죠."

"그대가 걱정할 만큼 내가 약하지는……."

"아, 그러니까 레이가 검술도 세고 마나도 있어서 일반인과는 비교도 할 수 없이 강한 체력의 소유자라는 건 알겠는데, 그래도 피곤하잖아요? 머리도 아프고 힘들잖아요?"

차마 아니라고 잡아뗄 수는 없어서 아드레이는 입을 꾹 다물었다.

"손 줘요."

엘레나와 살이 닿을 수 있는 기회를 거부할 그가 아니다. 말 잘 듣는 착한 대형견처럼 아드레이가 자신의 큰 손을 그녀의 자그마한 손 위에 올려놨다.

"아이, 착하다."

졸지에 정말로 강아지 취급을 당한 그가 살짝 욱할 뻔했지만, 이내 온몸을 감싸는 부드러운 빛에 자신도 모르게 눈을 스르륵 감았다. 잠시 후 다시 눈을 떴을 때 그의 안색은 조금 전보다 훨씬 나아 보였다.

"좀 괜찮아졌어요?"

"훨씬. 고맙다."

아드레이가 빙긋 웃었다. 그리고 그 미소에 엘레나의 얼굴이 살짝 붉어졌다. 도무지 적응이 되지 않는 미모였다.

"그래도 조금이라도 도움을 줄 수 있어서 다행이에요. 내가 레이의 마음까지 어떻게 해 줄 수는 없지만, 이렇게 피곤이라도 덜어 줄 수 있으니까요."

엘레나는 그렇게 말하며 그의 눈치를 슬쩍 봤다. 아드레이는 한층 가벼워진 몸 상태에 식욕이 돌았는지 협탁 위에 준비되어 있던 간단한 샌드위치를 한입 베어 물고 있었다. 슬슬 이야기를 꺼내 볼까.

엘레나도 과일 잼을 바른 샌드위치를 하나 집어 들며 여상스럽게 말을 흘렸다.

"레이가 직접 군대를 지휘하겠다는 말, 오늘 회의에서 했어요?"

함께 아침 식사를 하며 아드레이는 엘레나에게 먼저 언질을 주었다. 무척 걱정이 되기는 했지만 놀라움은 없었다. 그러면 그럴 줄 알았으니까.

"다들 반대하죠?"

"조금."

"하지만 레이의 뜻을 꺾지는 못했고요?"

아드레이가 고개를 끄덕였다. 그는 어느새 두 번째 샌드위치로 손을 가져갔다. 이때다! 엘레나는 얼른 한마디를 툭 던졌다.

"그럼 내가 레이랑 같이 서부로 가면 좋을 텐데, 그렇죠?"

우뚝, 막 샌드위치를 입에 가져가던 그의 움직임이 멈췄다.

"옆에 있으면서 맨날 이렇게 치유도 해 주고, 좋겠죠?"

그의 푸른 눈동자가 말갛게 웃고 있는 그녀를 바라봤다.

"어때요? 듬직할 것 같지 않아요?"

제발! 제발! 엘레나는 속으로 기원의 주문을 외웠다. 제발, 좋다고 말해!

"끔찍하군."

"뭐, 뭐라고요?"

"상상만 해도 끔찍해."

전혀 그녀가 원하던 대답이 아니었다. 아니, 이렇게 부정적인 대답은 예상도 못했다.

"아니, 왜요?"

"매 순간 그대가 잘못되었을까 봐 걱정하느라 내 심장이 다 녹아 버릴 거다."

그렇게 투박하게 말한 그는 고개를 절레절레 저으며 '정말 기분 나쁜 상상이군.'이라고 중얼거리며 샌드위치를 입에 넣었다. 엘레나는 그가 손에 들고 있는 샌드위치를 빼앗아 버리고 싶은 심정이었다.

'저렇게 질색을 해서야 말도 못 꺼내 보겠잖아!'

하루 종일 고심했다. 아드레이가 반란을 진압하는 일에 직접 나선다는 말을 들었을 때부터. 아드레이가 가는 것을 막을 수 없다면 자신도 함께하고 싶다는 생각이었다.

머리를 싸매고 종이에 할 말을 적어 가면서까지 고민했는데. 제대로 시도도 해 보지 않고 여기서 굴할 수는 없다. 엘레나는 아드레이의 손에 컵을 쥐어 주고 직접 주스를 따르며 말했다.

"그래도요. 내가 옆에 있으면 레이가 큰 부상을 입어도 바로바로 치료해 줄 수 있으니까, 엄청 실용적일 것 같지 않아요?"

텁, 아드레이의 큰 손이 음료를 따르고 있던 그녀의 손을 덮듯이 잡았다.

"그대는 티토와 함께 아발론에 있어."

"하지만!"

"엘레나."

그의 남색 눈이 그녀를 지긋이 주시했다.

"조금 전에 말했지. 그대가 내 마음까지 돌봐 줄 수 없다고. 마찬가지다. 나도 내 마음을 어쩔 수가 없어. 그대가 전장에서 멀고 먼 아발론에 안전하게 있다는 확신이 없으면, 난 전투에 집중하지 못할 거다."

"최대한 안전한 곳에 있으면 되잖아요."

"전장에 안전한 곳은 없어."

그의 말이 맞다. 사람이 몇백씩 죽어 나가는 곳에 안전한 곳은 없 겠지. 하지만 그래서 더욱 그를 혼자 보낼 수 없다.

"레이가 날 걱정하는 마음 잘 알아요. 나도 레이가 걱정되니까 그 마음, 어느 정도 알 수 있어요."

"나에겐 황제로서의 의무가 있어. 그대만을 걱정하면서 전투를 치 를 수는 없다."

"그건 나도 바라지 않는 바예요. 하지만 레이에게만 의무가 있다 고 생각하지는 말아 줬으면 좋겠어요."

엘레나는 아드레이의 눈을 피하지 않고 똑바로 마주 봤다.

"난 레이의 약혼자이기도 하지만, 동시에 신관이기도 해요."

그의 눈동자가 흔들리는 것이 보였다.

"전투에서 다친 사람들을 도와줄 수 있어요. 나는 아발론에 숨어 서 레이를 걱정하는 것보다 전장에서 더 많은 일을 할 수 있는 사람 이라고요."

자신의 간절함이 잘 전해질 수 있게 엘레나는 조금 전 종이에 적어 가며 생각해 냈던 말들을 하나씩 읊었다.

"전투가 일어날 때는 후방으로 빠져 있을게요. 하지만 내가 함께 가면 신성력으로 사람들을 도울 수 있는데, 집만 지키고 있어야 한다는 건 말도 안 돼요."

이 정도면 내 마음이 전해지지 않았을까. 잠시 아무 말도 하지 않는 아드레이의 모습에 희망을 걸었다. 그러나 기대는 금방 사그라들었다.

"그래서 더 안 된다."

"더…… 안 된다고요?"

결국 엘레나의 얼굴이 찌푸려졌다. 여태껏 자신이 꼭 함께 가야 하는 이유들을 잔뜩 늘어놨는데, 그래서 더 안 된다니.

"그대의 신성력은 공짜가 아니지."

"공짜예요! 밥만 먹으면 생기는 힘이라고요!"

"윈터힐 백작을 치유했을 때, 그리고 어네스 백작 부인을 치유했을 때."

"그때는……!"

엘레나는 아드레이가 무슨 말을 하려는지 감이 잡혔다. 그러나 더 항변을 해 보기도 전에 그가 단호하게 말했다.

"눈앞에 고통에 몸부림치면서 죽어 가는 자가 있어도, 그대가 힘들면 모른 척할 수 있나?"

"그, 그건……."

"안 되겠지. 남아 있는 신성력을 모두 쥐어짜 내서라도 그대는 기어코 그 환자의 손을 잡겠지."

이번에 할 말을 잃은 것은 그녀였다.

"그런데 전장엔 그런 자들이 끝도 없이 펼쳐진다. 제발 살려 달라고, 가족들이 보고 싶다고 울부짖는 자가 넘쳐나지. 그 사람들에게

서 등을 돌리고 막사로 돌아가 쉴 수 있나?"

엘레나가 아무리 강력한 신성력을 가진 신관이어도 분명 한계는
있다.

"그대가 완전히 지칠 때까지 신성력을 쏟아붓는다고 한들, 몇이나
살릴 수 있지?"

계속되는 그의 질문에 그녀는 아무런 대답도 할 수 없었다. 차갑
게 몰아붙이는 아드레이가 너무하다는 생각이 들면서도, 그의 말 중
에서 틀린 게 없다는 것에 더 화가 났다.

지금 내가 말도 안 되는 떼를 쓰고 있는 걸까. 아드레이를 따라서
전장으로 가겠다는 마음까지 흔들렸다.

"내게 약속할 수 있나? 그 어떤 상황에서도 그대 스스로를 더 우
선하겠다고?"

팔다리가 잘린 사람 몇을 돌보고 나면 그녀는 지쳐서 주저앉을 것
이다. 배가 갈려서 내장이 튀어나온 이는 하나 또는 둘 정도가 한계
일 테고. 그 지옥과 같은 곳에서 그녀는 몸과 마음을 모두 다치게 될
것이다.

그 어떤 강한 사람도 결국 주저앉게 만드는 곳, 아드레이는 전쟁
의 잔혹함을 잘 알았다. 고개를 푹 숙인 엘레나를 잠시 보던 그가 자
리에서 일어나며 말했다.

"오늘 밤은 내 침소에서 보내도록 하지."

큰 걸음으로 성큼성큼, 그가 엘레나의 침실을 빠져나갔다.

"이쪽으로 오십시오."

스스로를 황궁의 시녀장 퀼렌이라고 소개한 나이 지긋한 여성의 뒤를 따르며, 윈터힐 백작은 주변을 두리번거리지 않기 위해 허리를 더욱 꼿꼿이 세웠다.

'내원……'

철저하게 황후와 그 소생들의 공간인 내원에 발을 들여 본 외부인은 극히 적었다. 기껏해야 당대 황후의 가족들 정도. 그렇다, 황후의 가족이어야 가능했다.

"영애께선 쾌차하시어 이제 목발 없이도 거동이 가능하십니다."

"그렇습니까."

"상황이 상황인지라 힘들어하시기는 하지만 그래도 밝은 모습을 잃지 않고 잘 계시니 너무 걱정 마세요."

황궁의 시녀장에게서 딸의 근황을 듣는 백작의 표정이 묘했다. 그런 속내를 읽은 퀼렌은 조용히 미소 지으며 응접실까지 가는 길에 보이는 내원 구석구석을 설명해 주었다.

두 사람이 막 모퉁이를 돌았을 때였다.

"가주님."

에즈라가 응접실에서 조금 떨어진 길목에서 윈터힐 백작을 기다리고 있었다.

"면목 없습니다."

백작의 눈이 허전한 에즈라의 한쪽 어깨를 담았다. 에즈라는 고개를 들지 못했다. 오늘 미리 이곳까지 마중을 나온 것은 다름이 아니었다.

"에즈라 폰 킹슬리, 더 이상 윈터힐의 늑대로서 명을 수행할 수 없기에 오늘부로 기사단에서 제명해 주실 것을 가주께 간청드립니다."

검을 잡던 오른팔을 잃었다. 그것은 기사로서의, 검사로서의 생명

또한 끝났다는 것을 의미했다.

싸울 수 없는 기사는 기사단에 적합하지 않다. 이러다 윈터힐의 명예를 제 손으로 실추시키는 우를 범하기 전에 그나마 명예로운 방법으로 제명당하기를 원하는 것이다.

"에즈라."

어렸을 적, 아직 목검을 잡고 윈터힐 성을 뛰어다니던 소년이었을 때처럼 저를 부르는 목소리에 에즈라의 눈동자가 흔들렸다.

"네, 가주."

"넌 그것밖에 안 됐던 건가."

"……죄송합니다. 제 능력이 모자라 이런 흉한 꼴을……."

"잘려 나간 네 팔에 대한 이야기를 하는 것이 아니다."

"그, 그럼……."

"네 녀석의 긍지에 대해 말하고 있는 거다."

언뜻 싸늘한 말인 듯했지만, 오히려 그 반대였다.

"반역자는 겨우 한 팔을 잘라 냈을 뿐이다. 네게는 아직 검을 잡을 수 있는 나머지 손이 멀쩡히 있는데, 여기서 포기하겠다는 것이냐?"

"하, 하지만……."

이제 와서 남은 손으로 검을 잡는 연습을 한들, 전처럼 능숙해질 리가 없다. 그렇게 생각하며 얼굴을 일그러뜨린 에즈라의 앞으로 윈터힐 백작이 다가갔다. 그리고 그의 가슴 한복판을 꾹 눌렀다.

"네가 어렸을 때부터 익힌 윈터힐의 검술은 아직 네 안에 있다. 너는 적에게 그것마저 빼앗긴 것인가?"

"아, 아닙니다! 절대!"

어찌 잊을 수 있으랴. 윈터힐의 아이라면 누구나 어릴 적부터 배우는 검법은 죽어서도 잊을 수 있는 것이 아니었다.

"너는 졌다."

윈터힐 백작의 그 한마디에 에즈라의 눈에 뜨거운 눈물이 고이기 시작했다. 팔을 잃고서도 웃음을 잃지 않았던 그 두 눈에.

"그 패배를, 네 팔을 잘린 그 치욕을 기억해라. 그리고 처음부터 다시 시작하는 것이다."

결국 뚝, 굵은 눈물 한 방울이 떨어졌다.

"크흑!"

"쯧, 약한 녀석."

"감사합니다, 가주."

아직 고개를 들지 못하는 에즈라를 두고 윈터힐 백작이 그 앞을 스쳐 지나갔다. 습관적으로 오른팔을 들어 눈물을 훔치려던 에즈라는 이를 악물며 대신 왼팔을 움직였다.

'다시 시작하는 거야.'

아직 그에겐 한 팔이 남아 있었다. 멀리서 그 모습을 지켜보던 윈터힐 백작은 그제야 다시 등을 돌렸다.

"아버지!"

엘레나는 윈터힐 백작을 보자마자 반색을 하며 자리에서 일어나 걸어왔다. 퀼렌의 말대로 이제 목발 없이도 걸을 수 있는 건강한 모습이었다.

"엘레나."

백작의 얼음장 같던 분위기가 순식간에 사르르 녹았다.

같은 아발론에 있으면서도 이런저런 회의에 연이어 참석하느라 딸의 얼굴을 거의 보지 못했다. 그러다 서부의 반역도 추적 작전이 막바지에 이르며 상황을 직접 살펴보기 위해 황도를 비웠을 때, 습격이 일어났다.

엘레나가 무사하다는 소식은 일찍이 전해 들었지만, 그래도 이렇게 직접 눈으로 확인하니 한결 마음이 놓였다.

자리에 앉자마자 엘레나는 백작의 손을 잡고 신성력을 사용했다. 겉으로 보기에 다치거나 아픈 곳은 없어 보였지만, 조금이라도 피로를 덜어 드리고 싶은 마음이었다.

치유가 끝난 뒤, 백작은 말없이 자신의 손을 쥐었다 폈다 하며 한결 가벼워진 몸을 실감했다. 직접 겪어 본 힘이었지만, 그래도 매번 생경하기는 마찬가지였다.

"아버지도 이번에 서부로 함께 출진하시게 되는 건가요?"

엘레나의 물음에 힘이 없었다.

"그리 긴 전투가 되지는 않을 테니 너무 걱정 말거라."

"하지만……."

쉽게 말을 잇지 못하는 엘레나의 기색을 읽은 백작은 퀼렌이 준비해 준 차를 한 모금 마셨다. 엘레나가 스스로 생각을 정리하길 기다려 주는 것이다.

"아버지."

백작이 그 뒤로 차를 몇 모금 더 마시자 예상대로 그녀가 입을 열었다.

"아버지는 여러 번 전투에 참가해 보셨죠?"

"그렇지."

윈터힐 백작이 아직 젊은 기사였던 시절은 지금처럼 마냥 평화롭지는 않았다. 국경에선 크고 작은 분쟁이 끊이질 않았고, 그도 황실 기사단의 일원으로서 종종 전투에 참여했다.

윈터힐 영지에 칩거를 시작한 뒤로는 사람이 아닌 몬스터를 상대로 수십 번의 전쟁을 벌였다. 매년 봄이 되면 연례행사처럼 치르는 몬스터 토벌에 백작은 가장 앞서 전투를 이끌었다.

"많이 위험하죠?"

"위험하지 않다면 그것은 전쟁 놀음이겠지."

"그럼 아버지가 겪으셨던 전투에 저같이 치유를 할 수 있는 사람이 있었다면 어땠을까요?"

윈터힐 백작의 옅은 갈색 눈이 눈꺼풀에 가려졌다. 잠시 눈을 감고 생각에 잠겼던 백작은 고개를 끄덕였다.

"많은 도움이 되었을 게다. 일반 병사들은 어찌할 수 없더라도 중심이 되는 지휘관이 살면 전투의 양상은 분명히 달라지기 마련이니."

백작은 담백하게 자신이 생각하는 바를 말했다.

"사실은 서부 연합을 진압하는 전투에 저도 함께 가겠다고 레이에게 말했는데……."

"절대 안 된다고 하시었겠지, 폐하는."

그 마음을 십분 이해할 수 있는 백작이었다. 사랑하는 여인을 전쟁터로 데려가고 싶은 사람이 어디 있을까.

"하지만 저는 아발론에선 아무런 쓸모도 없어요. 레이가 다쳐도, 아버지가 다치셔도 제가 가까이 없다면 치료해 드릴 수가 없잖아요."

엘레나는 말끝에 한숨을 폭 쉬었다. 아무래도 아버지와 아드레이는 같은 마음인 모양이었다.

걱정해 주는 마음을 모르는 것은 아니지만, 혼자 아발론에 뚝 떨어져서 매일 마음을 졸이는 것밖에 할 수 없는 무력감은 생각만 해도 끔찍했다. 힘든 시기를 보내는 사람들에게 도움이 되고 싶었다.

"폐하를 설득해 보렴."

"네?"

"이번 진압 원정은 그분이 직접 지휘하시니, 폐하를 설득하는 방법밖에는 수가 없구나."

"아버지는 제가 함께 가는 것에 반대하시는 것 아니었어요?"

엘레나의 두 눈이 놀라 동그래졌다.

"자식이 위험한 곳에 가는 것을 기꺼워할 부모가 어디 있겠냐만은."

백작은 차를 한 모금 더 마시고 말을 이었다.

"넌 윈터힐의 사람이다. 누구보다 강인하고, 두려움에 숨지 않는."

사고로 인해 그렇게 이별하지 않았다면 엘레나는 윈터힐의 사람으로 자랐을 것이다. 걸을 수 있을 때가 되면 장난감 대신 목검을 쥐고 놀고, 열 살이 되면 검, 창, 활 등 원하는 병기를 다루게 되었을 것이다. 그게 윈터힐의 방식이었다.

"너의 힘은 사람을 살릴 수 있는 신성력이고, 그것을 보태고 싶어 하는 마음은 당연한 것인데 그것을 내가 막을 수는 없지."

"아버지……."

내 마음을 이해해 주시다니. 엘레나는 윈터힐 백작이 너무나 고마웠다. 스스로도 흔들리고 있던 결심이 한층 굳건해지는 것을 느꼈다.

"그러나 폐하에게 그저 떼를 써서는 안 될 것이다. 너를 아끼는 이가 납득할 수 있도록 설득할 방법을 찾는 것은 네 몫이다. 알겠니, 엘레나."

"네, 아버지!"

백작은 힘차게 대답하는 엘레나의 머리를 쓰다듬었다. 함께 시간을 보낼수록 실비아를 닮은 구석이 많은 딸이었다.

그때 응접실 한쪽에 서 있던 퀼렌의 시선이 느껴졌다. 잠시 움찔한 윈터힐 백작이었지만, 엘레나의 머리를 토닥이는 손을 거두지는 않았다. 황후가 되면 더 이상 이렇게 해 볼 수도 없을 텐데. 얼마 남지 않은 시간 동안, 주책맞은 아비가 될 생각이었다.

퀼렌도 그런 백작의 마음을 알아준 것인지, 별다른 말없이 모른 척 고개를 돌렸다.

"폐하, 안색이 좋지 않으십니다. 조금 휴식을 취하시는 것이 좋겠습니다."

막 회의를 마친 아드레이에게 휴고가 걱정스레 조언했다.

엘레나와 날선 말을 주고받은 밤, 태양의 궁이 아닌 집무실로 되돌아온 그는 그 뒤로 밤낮을 가릴 것 없이 강행군 중이었다. 낮에는 각계의 관료들을 불러 회의에 회의를 거듭했고, 밤에는 그들이 올린 서류와 낮 동안 진행된 사항을 꼼꼼히 살폈다.

황제가 황도를 비운다는 것은 그만큼 많은 준비가 필요한 일이었다.

"아직은 괜찮……."

습관적으로 괜찮다고 말하려던 아드레이는 말을 멈췄다. 자신을 걱정하던 엘레나의 얼굴이 떠올랐기 때문이었다.

"다음 회의까지는 시간이 얼마나 되지."

"짧게 오수하신 후 식사도 가능하십니다."

아드레이가 드디어 휴식을 취할 거란 생각에 휴고의 표정이 밝아졌다. 하지만 아드레이는 그러기 위해 시간을 확인한 것이 아니었다.

"잠시 내원에 다녀올 만한 시간이 되겠군."

다툰 뒤로 그의 마음은 계속 편치 않았다. 정무를 보는 도중에도 문득문득 엘레나의 상처받았던 얼굴이 떠올라 가슴을 누르는 것 같았다.

사과를 해야 한다. 정국이 급변하며 예민해진 신경을 그녀에게 풀었다. 도움이 되고 싶어 했던 것뿐인데.

차라리 잠을 포기하는 한이 있더라도 엘레나의 얼굴을 보고 이야기를 하고 싶었다.

"하지만 폐하……."

휴고의 간청에도 불구하고 아드레이가 막 자리에서 일어나려고 했을 때였다. 똑똑 하고 집무실의 문을 두드리는 소리와 함께 밖을 지키고 있던 하인즈 단장의 목소리가 들려왔다.

"폐하."

"무슨 용건이지."

엘레나를 보러 가지 못하는 것인가 하는 생각에 아드레이의 목소리가 낮아졌다.

"윈터힐 영애께서 찾아오셨습니다."

깜짝 놀란 아드레이는 성큼성큼 걸어 손수 집무실 문을 열었다. 휴고가 끼어들 틈도 없었다.

"엘레나?"

"레이, 바쁠 텐데 미안해요. 그래도 내원까지 오게 하는 것보단 내가 찾아오는 게 빠를 것 같아서……."

흘끔, 집무실 밖을 보니 마찬가지로 당황한 퀼렌과 기사들의 얼굴이 보였다.

"어서 들어와."

아드레이는 엘레나를 얼른 집무실의 소파로 인도했다.

"이렇게 먼 길을 걷게 하다니, 퀼렌."

"송구합니다. 폐하."

사람을 보내거나 짧은 서신 한 통만 보냈다면 그가 직접 달려갔을 것이다. 아드레이가 그렇게 타박하자 퀼렌이 고개를 들지 못했다.

"퀼렌한테 뭐라고 하지 마세요. 내가 원해서 온 거니까."

"그렇다고 해도……."

엘레나의 한마디에 그의 목소리가 금방 누그러졌다.

"레이에게 할 말이 있어서 왔어요."

의미심장한 그녀의 말을 듣고 아드레이는 아차 싶었다. 진작에 화를 풀어 주었어야 했는데.

눈치를 보던 것도 잠시, 엘레나가 탁자 위로 올려놓은 종이 한 장을 훑어본 뒤에는 그의 표정이 진지하게 변했다.

"……명단?"

딸깍, 종이 위로 이번에는 작은 병이 하나 놓였다. 그 안에는 여린 찻잎을 우려낸 것 같은 옅은 색의 액체가 들어 있었다.

"내가 만든 포션이에요."

엘레나의 금안이 그를 당당하게 마주 봤다.

"생각해 봤는데요. 레이의 말을 듣고 진짜로 오랫동안 고민해 봤지만, 그래도 나는 레이만 혼자서 전장으로 보낼 수는 없어요."

"엘레나, 그건……!"

"내 말 끝까지 들어요."

이번에는 그녀도 쉽게 물러서지 않을 심산이었다.

"레이는 이번 내란으로 인해 죽거나 다치는 사람이 적었으면 좋겠다고 생각하죠? 그래서 직접 전장에 나가는 거고요."

엘레나는 작은 유리병의 뚜껑을 열었다.

"휴고 님, 저기 있는 물병을 가져다주시겠어요?"

"여, 여기 있습니다."

아드레이가 마시는 물을 담은 병이었다. 막 물을 간 것인지 마침

병이 가득 차 있었다. 엘레나가 작은 병에 든 액체를 그 안에 따라 부었다. 쪼르륵하는 소리가 작게 울렸다.

"이렇게 내가 만든 포션을 희석시켰어요. 이 정도의 양이면 몇 사람을 치료할 수 있을 것 같아요?"

엘레나는 굳이 아드레이의 대답을 기다리지 않았다.

"방금 신전에 가서 확인해 보고 왔어요. 마침 빈민가에 배앓이 전염병이 돌아 환자들이 있더라고요. 일어나지도, 앉아 있지도 못하던 사람들이 내가 만든 포션을 희석한 이런 물을 딱 한 컵씩 마시니까 설사와 구토가 멈췄어요."

그녀가 손가락 하나를 딱 치켜 올려 보이며 말했다.

"그렇게 위험한 곳을……."

전염병 환자가 모여 있는 곳에 발을 들인다는 것은, 그것도 환자와 그렇게 가까이 접촉한다는 것은 위험천만한 일이었다. 그러나 아드레이가 무어라 하기도 전에 엘레나는 딱 잘라 말했다.

"잊었어요? 나 신관이에요."

전염병과 같은 큰일이 생기면 라한교의 신관들은 병자를 돌본다. 비록 직접 손을 쓰는 것은 주로 하급 신관들이기는 했지만 말이다. 중급 신관들과 그들의 가문은 체면을 차리기 위해서라도 재정적인 후원에 그치는 편이었다.

"희석시키지 않고 포션을 반병 정도 마셨다면 아마 그 환자들은 즉시 멀쩡해졌을 거예요. 하지만 일단 구토와 설사가 멈췄다는 것만으로도 그 사람들은 신전의 보살핌 아래 조금씩 나아지겠죠."

당장 사선을 넘나들던 사람과 요양이 필요한 환자의 차이는 엄청난 법이었다.

"이런 포션을 내가 하루에도 수십 병씩 만들어 낼 수 있다면요?"

아드레이가 이제 비어 버린 작은 유리병을 집어 들었다. 겨우 손가락 하나 길이의 작디작은 포션이라고는 믿기지 않을 만큼 엄청난 위력이었다.

"그대의 신체에 무리가 가지는 않나?"

"휴고 님, 지금 저 어때 보여요?"

"아주…… 활기차 보이십니다."

당황한 휴고의 답변에 엘레나는 그것 보라는 듯 아드레이를 향해 어깨를 으쓱했다.

"나 방금 신전에서 이런 포션 서른 병 만들고 온 길이에요. 근데 멀쩡하잖아요?"

솔직히 말하자면 배는 조금 고팠다. 꼬르륵 소리가 들릴까 싶어 엘레나는 목소리를 더 높였다.

"레이 말대로 내가 당장 팔다리가 잘리고 배가 갈라져서 죽어 가는 사람을 몇백 명씩 살려 낼 재주는 없어요. 하지만 그렇다고 해서 내 능력이 전혀 쓸모가 없는 것은 아니라고요."

그러나 아드레이는 이렇다 할 대답을 내어놓지 않았다. 고민이 깊은 듯, 미간의 주름도 깊어졌다.

그가 어떤 갈등을 하고 있는지 엘레나는 알 수 있었다. 그래서 유리병을 빼내고 그의 손을 잡았다.

"나도 죽거나 다치고 싶지 않아요. 레이랑 오래오래 행복하게 살고 싶다고요. 전장의 최전방에 내가 따라가는 일은 없어요. 후방에서 환자들을 돌볼 수 있게 해 줘요."

윈터힐 백작이 돌아가고 난 뒤, 엘레나의 머리에 불현듯 이런 생각이 들었다. 혹시 나도 포션을 만들 수 있지 않을까.

선대 교황 성하께서 누워 계실 때, 혹시 모를 때를 대비해 포션을 만드는 방법을 배워야겠다는 생각을 한 적이 있다. 그렇게 되면 자신이 옆에 없어도 교황 성하께서 기운을 차리실 수 있으니까. 그러나 바쁜 생활에 그런 생각은 금세 잊었다.

만약 포션을 만들 수 있다면 아드레이를 설득할 수 있지 않을까.

아이디어가 떠오르자마자 엘레나는 그 길로 제프리 교황을 찾아 갔다. 그리고 선대 교황 성하께서 포션을 만들었던 방법을 물어본 뒤 바로 실천해 봤다. 결과는 대성공이었다.

"무리하지 않을게요. 무책임하게 쓰러질 때까지 신성력을 쓰지도 않을 거예요. 그러니까 다시 한번 생각해 줘요."

한 발짝 물러난 엘레나의 제안에 아드레이는 그렇게 하겠다며 고개를 끄덕였다. 어느 정도 성공을 거둔 엘레나는 밝게 웃으며 자리에서 일어났다.

"더 방해하지 않을게요. 나중에 봐요, 레이."

집무실을 나가는 엘레나의 등 뒤에서 아드레이가 물었다.

"이 명단은 뭐지?"

"아차, 깜박할 뻔했네. 그 명단은 내가 레이와 함께 간다면 옆에서 함께 도와주기로 한 다른 신관들의 이름이에요."

아드레이는 침묵하며 찬찬히 명단을 읽어 내렸다. 종이를 가득 채울 만큼 지원한 사람이 많았다.

"자기 능력으로 누군가를 돕고 싶은 마음은 다들 마찬가지니까요."

제국의 위기에 스스로 험한 길을 나서겠다고 한 사람들이었다. 한 사람, 한 사람, 모두의 소중한 이름에 그는 아무 말도 하지 못했다.

엘레나는 그 옆모습을 잠시 바라보다가 조용히 집무실을 나왔다. 할 수 있는 것은 다 했다. 이제 나머지는 아드레이의 결정에 달렸다.

35장

35장

본격적인 겨울의 시작과 함께 전황은 빠르게 흘러갔다.

가장 먼저 서부 연합의 일시적 독립이 선언되었다. 제국의 서부와 중부를 가르는 높은 산맥을 기준으로 남서에 있는 지역이었다. 베르너, 베랑, 케인즈, 세콰이어 등 곡창지대를 아우르는 대영주들의 연합이었다.

땅 넓이를 기준으로 봤을 때 그 지역은 전체의 오분지 일 정도 되었으나, 제국의 헛간과도 같은 그들의 독립 선언은 뼈아픈 것이었다.

동부의 옛 3왕국도 가만히 있지 않았다. 이미 황궁을 습격하며 자신들의 건재함을 알린 독립군은 빠르게 움직였다.

그들은 왕족의 지위는 박탈당했지만 제국 귀족으로서 신분을 영위하고 있는 옛 왕조의 봉기를 주장했다. 또한 현 황제인 바크란 1세를 전쟁광이라 비난하며 서부 연합 지지를 공표하기도 했다.

그러나 제국도 마냥 손 놓고 상황이 변해 가는 것을 지켜보고 있지는 않았다.

도망치던 서부 연합 귀족들을 잡아들이던 윈터힐의 늑대 기사단을 중심으로 뭉친 그들은, 황제로부터 직접 내려진 명령을 받은 직후 아발론에서 신속하게 파견한 별동대를 가지고 베랑을 선점했다.

가문의 주요 인사들이 미처 황궁 감옥을 빠져나오지 못하고 죽거나 도망가던 길에 잡혀 부재중이던 베랑 성은 너무나 쉽게 점령당했다.

그리고 마침내 하늘에서 첫눈이 떨어지던 날, 황제가 직접 이끄는 반란 진압군이 아발론을 떠나 서부로 향했다.

끝이 보이지 않을 만큼 길게 늘어진 행렬은 이제 막 골드만 후작령에 들어섰다. 곧장 영지 경계선까지 이동한 뒤, 그곳에서 진을 치고 베랑에서 대기 중인 군대와 함께 서부 연합에 대한 공격을 시작할 예정이었다.

아발론을 떠나온 지는 벌써 보름을 훌쩍 넘겼다. 수천의 기병으로만 이루어진 선발대는 벌써 며칠 전에 목적지에 도착했다는 전갈이 있었다. 며칠 후에는 아드레이와 엘레나를 포함한 본대도 그곳에 도착할 것이다.

황제인 아드레이는 가장 선두에 서서 행렬을 이끌었고, 엘레나가 탄 마차는 후미에서 따라가고 있었다.

"아가씨, 불편한 점은 없으십니까?"

작은 노크 소리와 함께 마차 밖에서 에즈라가 물었다.

"저는 괜찮아요. 걱정 마세요."

엘레나는 크게 덜컹거리는 마차 벽에 머리를 부딪치지 않으려고 애쓰며 대답했다. 하지만 울퉁불퉁한 길을 지나는 마차의 흔들림은 놀이기구 저리 가라 할 만한 것이라서, 결국 머리를 부딪치며 쿵 하는 소리가 크게 울리고 말았다.

"……아가씨, 정말 괜찮으신 겁니까?"

"괘, 괜찮아요! 신경 쓰지 마세요, 에즈라 경!"

잠시 대답이 없던 에즈라가 멀어지는 말발굽 소리가 들려오자 엘레나는 그제야 아픈 머리를 움켜쥐었다.

"아가씨, 마차 바퀴를 한번 살펴봐 달라고 말해 볼까요?"

보다 못한 마리안이 물었지만 엘레나는 손사래를 쳤다.

"그러려면 행렬을 잠깐 멈춰야 하잖아요. 저 하나 때문에 그럴 필요 없어요."

엘레나는 밖에서 들려오는 소리에 귀를 기울이며 행군 중인 병사들을 떠올렸다.

마차 안에 있어도 한기가 느껴질 정도로 추운 계절이 되었다. 윈터힐 산의 털옷 덕에 덜덜 떨고 있지는 않지만 매서운 날씨인 것은 분명했다.

이런 날에 수만 명의 사람들이 고된 걸음을 옮기고 있는데, 고작 마차가 흔들린다는 이유로 행렬을 늦출 수는 없는 일이었다.

"그래도 서쪽으로 갈수록 눈은 보이지 않아 다행이에요."

대륙에서 서남쪽에 위치한 귀족 연합의 영지는 다른 곳에 비해 연중 따뜻하다. 한겨울에도 눈을 보는 일은 드문 곳이었다.

"마리안, 포션은 이제 몇 병 정도가 있죠?"

"700병 정도가 남아 있습니다."

아드레이와 함께 출전하는 것이 결정되었던 날부터 엘레나는 꾸준히 포션을 만들어 왔다. 무리하지 않으면 하루에 70병 정도를 만들어 낼 수 있었다.

전투가 시작될 때를 대비해 최대한 많은 양을 만들어 놓고 싶지만 오래된 포션은 효력이 떨어진다.

또한 이렇게 혹한의 날씨에 하루 종일 행군한다는 것은 그것만으로도 엄청난 체력을 요하는 일이라, 아직 교전이 없음에도 불구하고 쓰러지는 병사들이 많았다.

그들을 치료하기 위해 간간이 포션을 사용하다 보니, 계획보다 준비된 양이 그리 많지 않았다.

"오늘부턴 조금 더 만들어 놓아야겠어요."

며칠 내로 목적지인 골드만 영지 경계선에 도착하면 그때부터 본격적인 전쟁이 시작된다. 얼마나 많은 사람들이 다칠지, 그들을 위해 얼마나 많은 양의 포션이 필요할지 감도 오지 않았다.

초조함에 작게 한숨을 쉬고 있을 때, 마차가 속도를 서서히 줄였다.

"잠시 휴식을 취한다고 합니다."

에즈라가 마차 밖에서 얼른 알려 왔다.

"다리도 펼 겸 조금 걸어야겠어요."

인간을 작은 상자에 넣고 마구 흔드는 것 같은 마차의 승차감 때문에 멀미가 나서 고생하고 있던 엘레나에겐 기쁜 소식이었다.

먼저 행렬의 앞쪽에 있는 기사들이 자리를 잡았다. 그녀가 타고 있는 마차의 문이 열린 것은 조금 더 후의 일이었다.

"아, 고맙습…… 레이?"

무심코 에즈라나 다른 기사일 것이라고 생각하고 손을 내밀었는데, 그녀를 에스코트하는 것은 다름 아닌 아드레이였다.

"안색이 좋지 않군."

만나자마자 그는 엘레나에 대한 걱정 일색이었다.

"아닌데요. 저 멀쩡한데요?"

가볍게 말하며 넘기려고 했지만, 그의 끈질긴 시선은 피할 수 없었다. 사실 마차가 흔들려 멀미를 해서 그렇다고 이실직고한 뒤에야, 아드레이는 얼굴이 따갑도록 쳐다보는 것을 멈추고 기술인을 불렀다.

"영애의 마차 바퀴를 확인해라."

엘레나는 미안하고 민망해서 고개를 들 수 없었다. 에스코트가 끝난 뒤에도 손을 꼭 잡고 놔주지 않는 아드레이의 옆구리를 툭 치며 말했다.

"그냥 가도 되는데, 왜 그랬어요."

전쟁을 하러 가는 길에서까지 귀족 영애 대접을 받고 싶은 생각은 없었다. 말을 타지 못하는 데다 체력이 약해서 비록 마차를 타고 움직여야 하지만, 이미 고행을 하고 있는 사람들에게 민폐가 되고 싶지는 않았다.

"그대는 중요한 전력이다."

그러나 아드레이는 단 한마디로 그녀의 항의를 일축했다.

"내 여인이기도 하고."

물론 사족은 붙었다.

"미래의 황후이기도……."

"아, 알겠어요! 알겠어!"

무슨 말을 못해. 엘레나가 입술을 삐죽이자 아드레이가 옅게 웃었다. 그리고 그 반향은 제법 컸다.

주변에서 각자 할 일을 하던 병사들이 두 사람을 흘끔흘끔 바라보기 시작했다. 특히나 아드레이를 곁에서 모셔 온 기사들은 그 충격이 더했다.

언제나 무표정하고 카리스마 철철 넘쳤던 폐하의 저런 모습이라니. 황제 폐하의 날카로운 눈빛을 정면으로 받은 몇몇 심약한 병사들은 오금이 저려 그대로 주저앉기까지 했지 않았던가.

그런데 다정하게 연인의 손을 잡은 폐하는 자신들이 알던 그 사람이 아니었다. 그 주변에 한겨울이 무색하도록 훈훈한 봄바람이 부는 것 같았다.

결국 불을 피우던 손을 멈추고 멍하니 그 모습을 보던 이들은 상관의 불호령을 들어야 했다.

아드레이가 그녀의 손을 잡고 이끈 곳은 공터 한쪽에 임시로 세워진 천막이었다. 그 안은 모닥불이 타닥거리며 타고 있어 제법 따듯했다.

추위에 굳었던 몸이 풀리는 것 같은 느낌에 엘레나가 자기도 모르게 미소를 짓자, 아드레이는 말없이 모닥불에 장작을 몇 개 더 던져 넣었다.

"경계선에 도착하면."

따듯한 차를 반 정도 비웠을 때, 그가 문득 말을 꺼냈다.

"지금까지와는 많이 다를 거다."

그렇게 말하는 그의 얼굴이 조금 어두워진 것 같아 엘레나는 아무렇지 않게 대답했다.

"그렇겠죠."

"그대를 겁주려는 것은 아니지만……."

"알아요. 내 걱정은 하지 말고 레이는 레이가 할 일에만 집중하면 돼요. 나 그렇게 약한 사람 아니니까."

그에게 짐이 되고 싶어서 따라온 게 아니었다. 자신으로 인해서 아드레이가 신경 쓰는 것을 원하지 않았다.

"조금 전, 선발대에게서 파발이 왔다."

"뭐라던가요?"

"반란군에서 보낸 정찰대와 충돌이 있었다더군."

충돌. 마치 물건과 물건이 부딪친 것 같은 말이었지만, 실제로 부딪친 것은 사람이다.

"많이 다쳤대요?"

"다행히 소규모의 짧은 전투였다고 해. 그래서 사상자는 많지 않은 편이다."

"많지 않다면……."

"사망자 여섯, 부상자 열여덟. 그중에 중상자는 아홉이라더군."

엘레나는 질끈 감기는 두 눈을 감추려고 찻물을 들이켜는 척 컵을 높이 들었다.

"어쩌면 그대와 이렇게 얼굴을 보고 이야기를 나눌 수 있는 것도 한동안은 오늘이 마지막일지도 몰라."

"그렇겠네요. 점점 바빠질 테니까."

엘레나는 그와 함께 있을 수 없었다. 그는 전장의 전방에 나서서 직접 싸우고 지휘할 것이다. 그러나 그녀는 비교적 안전한 후방에 있겠다는 것이 이곳으로 오기 전에 한 약속이었다.

"괜찮을 거예요, 레이."

그녀가 아드레이의 어깨를 토닥였다. 겉으로 잘 드러내지는 않지만 지금 누구보다 가슴이 무거운 것이 그라는 것을 잘 알았다.

수만의 군대를 가장 앞에서 이끄는 바크란 1세의 뒷모습은 언제나 당당하고 위엄에 찬 것이었지만, 아드레이라는 사람은 이 내란이 벌어진 것에 그 누구보다 슬퍼하고 있었다.

"내가 뒤에서 든든히 받쳐 줄 테니까, 레이는 빨리 반란은 진압하는 것만 생각해요."

엘레나가 그를 향해 양 주먹을 쥐어 보이며 활기차게 말했다.

"……정말 괜찮겠나?"

그래도 그는 여전히 걱정스러운지 그녀의 뺨을 가만히 쓸었다.

"그럼요! 나 그렇게 약한 사람 아니라고요!"

씨익 웃는 그녀를 잠시 가만히 보던 아드레이는 조용히 입을 맞췄다. 오랜만의 접촉에 엘레나의 얼굴이 붉게 물들었지만, 동시에 마음이 무거워졌다. 그의 부담감과 책임감이 마치 그녀에게도 전달되는 것 같았다.

"마치 심장을 가슴 밖으로 꺼내 놓은 것 같군."

아드레이가 입술을 떼며 한숨과 함께 말했다.

행렬을 이끄는 말을 몰며 하루에도 몇 번씩 후회했다. 그녀를 전장으로 데려온 것을. 그녀가 혹여나 위험에 노출되는 상상을 무심코 했다가 저도 모르게 말의 고삐를 단단히 틀어쥐는 바람에 엉뚱한 곳으로 달려갈 뻔한 적이 한두 번이 아니었다.

"혹시라도 힘든 것이 있으면 언제든 사람을 보내. 그대를 위해서라면 한밤중이라도 찾아올 테니."

진중한 얼굴에 걱정이 가득 서려 있었다. 엘레나는 그런 그의 얼굴을 양손으로 잡고 말했다.

"레이도 마찬가지예요. 알죠?"

다행히 아드레이를 따라오는 것에는 성공했지만 막상 위험한 곳까지 그를 따라갈 수는 없다. 혹시 전장에서 그가 크게 다치더라도 누군가가 후방으로 데려오기 전까지 엘레나는 알 길이 없었다. 흘러가는 순간마다 그가 위험할 수 있다는 생각이 목을 조여 올 것이다.

기껏 아무렇지 않은 척했지만 아래로 꾹 눌러놨던 마음이 울컥 치솟았다. 엘레나가 덥석 그를 안았다. 그의 몸을 감은 팔에 꽉 힘을 주어 잡았다.

조금 놀라는 것 같던 아드레이도 이내 그녀를 마주 안아 주었다. 천막의 문틈을 집요하게 비집고 들어오는 매서운 찬바람 속에서 두 사람은 그렇게 한참 동안 서로를 꼭 껴안고 있었다.

골드만 후작령과 베르너 후작령의 경계선, 높은 감시탑에 올라 군영을 내려다보면 눈앞에 장관이 펼쳐졌다. 끝도 보이지 않는 너른 평야를 가득 채운 수천의 군용 천막과 그 사이를 오가는 수만의 병사들의 모습이었다.

겨우 한 달 전만 하더라도 그들이 밟고 서 있는 땅 위에선 평범한 촌부가 농사를 짓고 있었으리라. 그리고 이제 조금 있으면 저 끝을 알 수 없는 너른 평야는 제국의 명운을 가를 전쟁터로 변할 예정이었다.

"행렬이 보인다!"

멀리 야트막한 언덕을 가르며 다가오는 무리에서 이페른 제국의 황실을 뜻하는 깃발이 높이 솟아올랐다.

"황제 폐하이시다! 목책의 문을 열어라!"

지휘관이 외치는 소리를 들은 한 나팔수가 뿔 나팔을 있는 힘껏 불었다. 부우우우!

커다란 소리를 들은 병사들이 하던 일을 멈추고 저마다 천막 밖으로 나와 길을 따라 길게 늘어섰다. 육중한 소리와 함께 목책의 문이 열리고, 거대한 행렬 중 일부의 사람들이 천천히 군영 안으로 들어섰다.

고작 100여 명이 되는 일행이었다. 그러나 그 위엄만큼은 몇 천의 대군보다 무거워 병사들은 머리를 조아렸다.

"저분이 황제 폐하……."

이제 겨우 성년이 된 어린 병사가 저도 모르게 중얼거렸다. 나뭇

가지를 쥐고 골목대장 놀이를 할 때부터 그의 영웅은 언제나 바크란 1세 황제 폐하였다.

그리고 지금, 검은 군마에 올라 푸른 눈으로 모든 것을 내려다보는 검은 머리의 남자는 마치 태산처럼 느껴졌다.

"협!"

그렇게 멍하니 올려다보다가 자신이 무슨 짓을 하고 있는 것인지 깨닫고 헛숨을 들이켜며 주변을 둘러봤는데, 징집된 이후로 언제나 불호령을 치던 십인대장의 모습도 별반 다르지 않았다. 그것에 안도의 한숨을 흘렸다.

길을 따라 진영의 한복판까지 들어간 아드레이는 지휘관의 천막 앞에 다다르자 말을 멈췄다. 그가 말에서 내려서기가 무섭게 대기하고 있던 한 남성이 다가왔다.

"데미안 폰 골드만이 제국의 태양, 황제 폐하를 뵙습니다."

골드만 후작의 장남으로서 그동안 군영을 책임지고 있던 데미안이 아드레이 앞에 머리를 숙였다.

"그동안 수고가 많았다. 보고는 안에서 듣지."

"예, 폐하."

그런데 간단하게 인사를 나눈 아드레이는 곧바로 천막으로 향하지 않고, 행렬의 뒤쪽으로 걸어가 손수 한 마차의 문을 열었다.

평범한 외관인 마차의 문이 열리고, 한 여인이 내려섰다. 긴 은발을 가진 작고 청초한 인상의 여자였다. 화려한 미인은 아니었지만 어딘가 모르게 사람의 시선을 사로잡는 아름다운 여인이었다.

"엘레나, 조심히."

그런데 그녀를 대하는 황제 폐하의 태도가 어찌나 극진한지, 보고 있는 사람이 다 가슴이 떨릴 정도였다.

"저 아름다운 여인은 누구입니까?"

결국 궁금증을 참지 못한 데미안이 행렬과 함께 도착한 자신의 부친, 골드만 후작에게 물었다. 그런데 골드만 후작은 대답 대신 옆에 서 있는 다른 사람을 흘긋 돌아봤다. 덩달아 데미안의 시선도 그쪽으로 향했다.

무표정한 얼굴로 자신이 타고 온 말의 목을 쓰다듬고 있는 중년 남성이 보였다. 전체적으로 차가운 분위기에 처음 보는 사람이라 데미안은 고개를 갸웃했다.

"인사드려라. 윈터힐 백작이시다. 백작, 내 장남이오."

"아! 윈터힐 백작님! 윈터힐의 위명威名은 익히 들었습니다. 데미안 폰 골드만입니다!"

도망치는 서부 연합의 귀족들을 잡아들이는 데 혁혁한 공을 세우며 대단한 무위를 선보인 윈터힐 늑대 기사단은 이미 이 근방에서 유명했다.

"반갑소. 윈터힐 백작이오. 그리고 폐하께서 에스코트하는 저 여인은 내 여식이오."

"아, 그러십…… 예?"

"내 딸이라고 했소. 그럼 나는 먼저 들어가지. 골드만 후작께서도 가시죠."

"하하. 그럽시다."

당황해서 엘레나와 윈터힐 백작을 번갈아 바라보는 아들의 심정이 알 만하다는 듯, 골드만 후작이 데미안의 어깨를 두어 번 툭툭 치고 먼저 천막으로 들어가 버렸다.

"아, 그러고 보니!"

언뜻 그녀에 대한 보고를 받았던 듯싶다. 그러나 아발론에 그런 소문이 돈다는 정도였고, 전쟁을 준비하는 와중에 그런 풍문은 쉽사리 잊히기 마련이었다.

그 뒤에도 잠시 더 멍하니 있던 데미안은 곧 빠른 걸음으로 부친의 뒷모습을 따라갔다.

"나는 마리안과 이곳저곳 둘러보고 있을게요. 지리도 눈에 익혀놔야 하니까요."

엘레나가 아드레이의 등을 떠밀며 말했다. 저쪽에서 그를 기다리고 있는 사람들이 한눈에 보였다.

그들을 한 번 바라본 아드레이는 어쩔 수 없이 고개를 끄덕였다. 그러나 발길은 쉬이 떨어지지 않는 듯, 몇 번 더 돌아봤다. 엘레나는 그때마다 웃으며 손을 흔들어 주었다.

"그럼 우리도 짐 정리를 해 볼까요, 메리?"

포션과 짐이 마차에 한가득이다. 피곤한 몸을 억지로 이끌려고 활기차게 이야기해 보았지만, 막상 이 많은 천막들 중 어디에 자리를 잡아야 할지 의문이었다.

그때 주변이 술렁이는 것이 느껴졌다. 그 원인은 저 멀리서 이쪽으로 다가오고 있는 한 무리의 사람들이었다.

"아!"

키가 큰 마리안이 먼저 그들을 알아보고 반색했다.

"아가씨, 오셨습니까!"

엘레나의 귀에도 익숙한 목소리의 주인공은 그레이 경이었다. 윈터힐 늑대 기사단의 기사들이 마중을 나온 것이다.

"오랜만이에요, 다들!"

"먼 길 오시느라 수고가 많으셨습니다."

일찍이 아발론을 떠나 서부에서 활동해 온 그들의 얼굴을 보는 것은 아주 오랜만의 일이었다.

"아가씨께서 쾌차하시는 것을 기다리지 못하고 서부로 와서 마음이 무거웠습니다. 지금이라도 건강하신 모습을 뵈니 마음이 놓입니다."

언제나 엄격한 모습을 보였던 그레이 경이 드물게 웃으며 말했다.

"이제 멀쩡해요. 걱정해 주셔서 감사해요. 다들 잘 계셨죠?"

"얼마나 사람을 굴려 대는지! 대장 때문에 아주 죽을 지경…… 캑!"

"별일 없습니다. 일단 저희 진영 쪽에 아가씨와 가주님의 천막을 마련해 놓았습니다. 오늘 밤은 그곳에서 보내시는 것이 어떻겠습니까."

분명히 엘리엇 경이 뭔가 말하려고 하는 것 같았는데. 그레이 경의 인정사정없는 손길에 뒤통수를 맞은 엘리엇은 이제 쩝 하고 입만 다셨다.

"이곳 본영에 아가씨께 배정된 천막을 제가 미리 둘러봤습니다만, 아무래도 백작 영애께서 머무르시기엔 적합하지 않은 듯하여 현재 준비 중에 있습니다."

아발론을 떠나며 지나친 특별 대우는 원하지 않는다고 몇 번이나 못 박아 두었던 그녀였다. 아마 그렇다 보니 함께 온 일반 신관들보다 조금 더 나은 천막을 배정해 주었을 것이다.

"아니요, 괜찮아요. 굳이 그렇게까지 하실 필요는 없어요."

이미 마리안과 몇 번이나 같은 것을 주제로 이야기를 나눴다. 하지만 그레이 경은 단호했다.

"이곳에서 환자들을 돌봐 주시기 위해 오신 것으로 알고 있습니다."

"네, 맞아요."

"그렇다면 양질의 휴식을 취하면서 좋은 몸 상태를 유지하는 것이 중요하지요."

"……그렇죠."

"하루 종일 병자들을 돌보며 신성력을 사용하는 신관이 좋은 숙소를 사용하는 것에 반기를 들 사람은 이곳에 없을 겁니다. 전투가 시작되면 더더욱."

마리안은 저가 다 속이 시원하다는 듯 그레이 경을 향해 응원의 눈빛을 보냈다.

"봄이 오기 전에 반역자들을 진압하시는 것이 폐하의 뜻인 것으로 압니다. 하지만 그렇다고 하더라도 몇 달의 시간입니다. 그보다 길어질 확률도 농후하지요. 아가씨께서 그 긴 시간 동안 잠이라도 편하게 주무시기를 원하는 저희들의 마음이라고 생각하고 받아 주십시오."

그레이 경이 이렇게까지 말하는데 버텨 낼 수 있을 리가 없다. 엘레나는 결국 순순히 고개를 끄덕였다.

"영지에서 직접 가져온 천막을 설치 중입니다. 윈터힐의 겨울을 대비해 만들어진 것이라 매우 따뜻하고, 앞으로 점점 서부로 진군해 가며 진영을 옮길 것을 감안해 설치와 휴대도 간편하도록 제작된 것이니 큰 문제가 되지는 않을 것입니다."

"제가 또 괜한 고집을 부렸네요. 신경 써 주셔서 감사해요."

나름대로 다른 사람들을 배려하기 위한 결정이었는데, 모르는 사이 그들을 더 불편하게 만들 뻔했구나. 엘레나는 반성하면서 진심으로 고마운 마음을 담아 인사했다.

"그런 감사 인사를 받을 만한 일은 아닙니다. 나머지는 저희 진영으로 가시며 말씀하시죠."

그레이 경이 은근히 미소 지으며 말했다.

"저희 진영이요?"

조금 전부터 가끔씩 들리던 말이었다. 트리스탄이 마리안의 손에 들린 짐을 자신이 받아 들며 붙임성 있게 설명했다.

"지금 이곳에는 수만의 병력이 모여 있기 때문에 혼란을 피하기 위해 출신 영지를 기준으로 구획이 정비됐습니다. 저희 윈터힐은 이곳에서 멀지 않은 곳에 위치하고 있고, 그곳에서 모두들 아가씨를 기다리고 있습니다."

"여기서 그리 멀지는 않습니다만 장거리 여행을 하셨으니……."

"아니요. 다 같이 걸어요, 우리."

더 이상 마차 쪽은 쳐다보기도 싫다. 그게 솔직한 엘레나의 마음이었다.

게다가 앞으로 한동안 지내게 될 곳이라면 빨리 익숙해져서 나쁠 것도 없었다. 호기심 섞인 시선으로 주변을 둘러보는 그녀가 가장 앞장서서 걸었다.

"단장님……."

그동안 뒤쪽에 조용히 서 있던 에즈라가 그레이 경에게 조심스럽게 다가서며 인사했다. 이미 늑대 기사단에 머물러도 좋다고 윈터힐 백작의 허가를 받은 에즈라였지만 그래도 기사단의 단장인 그레이 경의 의사는 중요했다.

긴장된 얼굴로 시선을 밑으로 내린 에즈라를 한 번 위아래로 훑은 그레이 경이 무뚝뚝한 목소리로 말했다.

"고생 많았다. 가자."

대수롭지 않은 짧은 말이었지만, 에즈라의 얼굴은 대번에 밝아졌다.

먼저 등을 돌려서 엘레나의 뒤를 따르는 그레이 경을 시작으로 트리스탄과 엘리엇 등 다른 기사단원들이 차례로 에즈라의 어깨를 한 번씩 짚어 줬다. 백 마디의 위로의 말보다도 더 반가운 인사였다.

예의 밝은 얼굴을 되찾은 에즈라는 씩씩하게 웃는 얼굴로 먼저 출발한 일행의 뒤를 재빨리 따라잡았다.

그녀를 포함한 일행은 천천히 걸었다. 아니, 정확히 말하자면 엘레나의 보폭에 나머지 사람들이 맞춰 주었다. 그렇게 걷다 보니 그레이 경의 말처럼 각 영지 병사들의 조금씩 다른 면들이 보였다.

같은 언어였지만 지역마다 말투가 미묘하게 차이가 났고, 입고 있는 옷의 두께와 복식도 달랐다. 그동안 아발론을 벗어난 적이 없었던 엘레나는 다리가 아픈 줄도 모르고 사람 구경을 하느라 정신없이 걸었다.

"저기서부터 윈터힐 영지의 구역이죠?"

엘레나가 천막 사이로 난 샛길 너머의 천막 군집을 가리키며 물었다. 사실 그레이 경의 대답을 기다릴 필요도 없었다. 확연히 달라진 천막의 양식과 사람들의 분위기 때문이었다.

"다들 얇은 옷을 입고 계시네요?"

"이곳의 추위는 저희에겐 봄 날씨나 마찬가지니까요."

"아, 그렇겠구나……."

아무리 온화한 기후의 서부라고 하여도 겨울은 겨울이었다. 가끔씩 불어오는 차가운 바람은 저절로 온몸을 움츠러들게 하는데, 윈터힐의 병사들은 마치 따뜻한 날 야외에 훈련이라도 나온 듯 가벼운 옷차림이었다.

엘레나를 대동한 늑대 기사단원들이 다가오자 그들은 모두 하던 일을 멈췄다. 열심히 검날을 갈던 기사도, 화로에 걸어 놓은 냄비를 뒤적이던 병사도 별다른 소개 없이도 엘레나가 누군지 이미 알고 있는 듯 조용히 시선으로 그녀의 뒤를 따랐다.

"정말…… 많은 사람들이 여기까지 왔군요."

아드레이와 함께 아발론을 출발하여 이곳에 올 때까지 여러 영지

를 거쳐 왔다. 한 영지를 통과할 때마다 행렬의 숫자는 기하급수적
으로 늘어났다.

그리고 이곳에 도착할 때쯤, 그 수는 수만 명에 달했다. 이 많은
숫자의 사람들이 목숨을 걸고 싸우기 위해 모였다는 사실에 가슴이
먹먹해지기도 했다.

그런데 이곳에 도착하니 또 그만큼의 사람들이 이미 대기하고 있
는 것이 아닌가. 그중에서도 윈터힐의 사람들이 모여 있는 구역은
유독 크고 붐비는 것 같았다.

"안으로 들어가시죠. 오늘 아가씨께서 묵으실 곳입니다."

그레이 경이 가장 중심에 위치한 커다란 천막으로 이끌었다.

"이곳에만 4만의 윈터힐 병사들이 있습니다."

"4만⋯⋯."

엘레나가 눈썹을 찌푸렸다. 싫은 것이 아니었다. 그 4만이란 숫자
가 너무나 비현실적으로 다가왔기 때문이었다.

"현재 베랑 지역의 주둔지에도 이곳과 비슷한 규모의 윈터힐 군대
가 대기 중입니다."

"어마어마한 규모네요. 영지에 타격이 큰 건 아닌가요?"

엘레나가 걱정스레 물었다.

"윈터힐은 매우 큰 영지입니다."

"그런가요⋯⋯."

하지만 그녀의 얼굴에 여전히 남아 있는 걱정의 기색에 그레이 경
이 희미하게 웃었다.

"혹시 윈터힐의 역사에 대해 알고 계십니까."

"아뇨. 아직은 잘 몰라요."

엘레나는 부끄러웠다. 윈터힐 백작 영애라고 불리고 있지만, 그녀

가 윈터힐에 대해서 아는 것이라곤 겨울이 유독 길고 추워서 거대한 영토에 비해 척박하다는 사실뿐이었다.

"부끄러워하실 필요는 없습니다. 앞으로 얼마든지 배울 기회가 남아 있으니까요. 일단 역사에 대해서 짧게 설명을 드리자면……."

그레이 경이 문간에 서 있던 트리스탄에게 눈짓을 하자, 눈치 빠른 트리스탄이 얼른 밖을 확인하고 문을 굳게 닫았다.

"윈터힐 영지는 당시 왕국이었던 이페른에 통합되기 전, 독자적인 왕국이었습니다."

"와, 왕국이요?!"

왕국이라니! 자기도 모르게 반쯤 소리를 질렀던 엘레나는 얼른 손으로 입을 막았다. 하지만 놀라움은 그대로였다.

왕국이라니. 그래서 트리스탄 경이 문을 닫았구나. 빠르게 이해했다.

"남부 지역의 일부분이 오르테가 자작령으로 분리되기는 했습니다만, 현재도 윈터힐은 영지라기보다 하나의 국가에 더 어울리는 크기입니다."

그렇게 말하는 그레이 경과 주변의 기사들의 얼굴엔 진한 자부심이 엿보였다.

"사실……."

엘리엇이 슬그머니 눈치를 보다가 그레이 경의 무언의 허락을 받고 말을 이었다.

"처음 반란 세력과 함께 움직이기 위해 차출된 군대는 지금의 절반 정도밖에 되지 않습니다. 지금 이곳과 베랑에 나뉜 병력 중 많은 이들은 전문적으로 양성된 군인이 아니라 차출된 일반 농민들입니다."

"총동원령이 아닌데 어째서……."

이번 진압전을 위해 황제인 아드레이는 총동원령, 즉 상비군이 아닌 농민들까지 모두 징집하는 황명을 내리지 않았다. 따라서 영주들은 각자 영지에서 길러 낸 상비군만 움직이는 것이 가능했다.

사정에 따라서 징병한 영주들도 있기는 했지만, 그마저도 다음 해 농사에 큰 영향을 끼치지 않는 선에서 그쳤다. 그런데 윈터힐은 어째서 이렇게 무리를 한 것일까.

"아가씨 때문입니다."

"저 때문이요……?"

"예. 정확히는 아가씨를 납치하려고 했던 베르너가에 복수를 원하는 영지민들의 마음 때문입니다."

엘레나가 죽을 고비를 넘기고 윈터힐 백작이 아드레이 앞에 다시 무릎 꿇었던 날, 백작은 황실의 마법 전서구를 빌려 멀리 떨어진 영지에 즉시 명령을 내렸다. 반란군이 아닌 황제군으로 전쟁을 치르게 될 테니 영지에 남아 있던 상비군들 중 일부를 추가로 준비시키라는 명이었다.

그리고 아발론에서 일어난 일을 들은 일반 백성들이 저마다 입대 신청서를 내는 바람에 윈터힐 영지에서는 한바탕 난리가 났다.

물론 그들을 모두 받아들일 수는 없어서 난색을 표하던 와중, 오르테가 자작령과 로이드 공작령에 보내 놨던 군대를 베르너 후작령까지 추가적으로 남하시켜야 하는 상황이 벌어지며 지원 물자 보충과 함께 병력을 충원할 수 있을 구실이 생겼다. 결국 윈터힐의 군대에 지원병으로 이루어진 부대가 생기게 되었다.

"하지만 저는…… 저는 이제 막 가문의 일원이 되었고, 아직 윈터힐 땅도 밟아 보지 못한 사람일 뿐인데……."

쉬이 말을 잇지 못하는 엘레나를 보고 사람들은 은근한 미소를 지었다. 그레이 경이 대표해 말했다.

"아가씨께선 윈터힐 백작 영애이십니다. 그리고 윈터힐의 사람들이 충성을 다하기 위한 다른 이유는 필요치 않습니다."

"감사하고 죄송한 일들이 자꾸만 늘어나네요……."

"그런 마음은 가당치 않습니다. 거두어 주십시오. 게다가 지금 이 곳에 와 주셨지 않습니까. 저희와 함께 싸우기 위해."

그레이 경을 비롯한 기사단 사람들이 돌연 앉아 있던 자리에서 일어나 한쪽 무릎을 꿇고 머리를 숙여 보였다. 윈터힐의 기사들이 가주인 부친에게 종종 보이던 모습이었다.

"그것만으로도 모든 윈터힐의 사람들은 아가씨께 마음 깊이 감사하고 있습니다. 그들을 대신해서 이렇게 인사를 드립니다."

"이, 일어나세요! 어서요!"

깜짝 놀라서 소리를 지르는 엘레나를 그들이 따듯한 눈빛으로 바라봤다. 다만 일어나 의자에 다시 앉지는 않았다. 그 상태 그대로 그레이 경이 마치 선언하듯 엄숙하게 말했다.

"윈터힐의 명예를 걸고 싸우겠습니다."

엘레나는 그제야 깨달았다. 이 자리가 처음부터 그저 오랜만에 만나 회포를 풀기 위해 만들어진 자리가 아니었다는 것을. 이들은 지금 엘레나와 윈터힐의 이름을 위해서 목숨을 걸고 싸우겠다 맹세하고 있다는 것을.

결국 엘레나는 그 무거운 약속을 받아들이겠다는 의미로 자리에서 일어나 그들을 향해 깊이 머리를 숙였다. 이 천막 안에 있는 사람들을 향해서, 그리고 저 밖에 있는 모든 윈터힐 병사들을 향해서.

"밤공기가 차네……."

엘레나의 입에서 하얀 입김이 흘러나왔다. 해가 떨어지고 밤이 되니 온화한 겨울이라는 말이 무색할 정도로 날이 추워졌다.

그녀는 지금 마리안만 대동한 채로 지휘부의 천막으로 걸어가는 중이었다.

"이제 회의가 끝났다고 했죠?"

"예. 조금 전 대회의가 끝났고, 가주님과 몇몇 지휘부만 남아 세부적인 문제를 논의하고 있다고 합니다."

"아버지께 챙겨 드린 포션이 한 상자로는 부족할까 봐 걱정이네요."

세세한 것은 물어보지 않았지만, 아무래도 윈터힐의 부대는 아드레이가 이끄는 본진과는 조금 다른 행로를 취하는 눈치였다. 그래서 엘레나는 포션 한 상자를 아예 윈터힐 백작의 천막에 넣어 놓았다.

"일단 내일 새벽에 본진과 함께 출전하신다고 했으니, 그 전에 한 번 꼭 뵈어야겠어요. 시간을 내주실지는 모르겠지만."

윈터힐 백작은 의도적으로 피하는 것일까 싶을 정도로 얼굴 보기가 힘들었다. 그냥 찾아가면 방해가 될까 싶어 얼굴을 뵙고 싶다 연락을 하면, 시간을 내기가 힘들다는 말만 돌아올 뿐이었다.

백작을 떠올리자 시무룩해진 엘레나를 마리안이 달랬다.

"아직 회의 중이시라니 짬이 나시면 제가 연락을 다시 넣어 보겠습니다."

작게 한숨을 내쉰 엘레나는 걸음을 조금 더 빨리했다.

밤이 깊어 가고 있었지만 그녀처럼 잠을 이루지 못하는 사람들이 많아 보였다. 모닥불 앞에서 멍하니 불쏘시개를 들고 앉아 있는 병사들도 있었고, 작은 소리로 이름 모를 악기를 연주하고 있는 이도 보였다.

결국 조금이라도 빨리 가기 위해 큰길이 아닌 지름길을 택했다. 덕분에 우거진 수풀을 가로질러야 했지만 개의치 않았다. 저장고가 밀집되어 있는 인적이 드문 길에 사박사박하고 풀을 밟는 소리가 울렸다.

"여기서 오른쪽으로 가야 한다고 그랬죠? 조금만 더 서둘러서……."

막 모퉁이를 돈 순간, 그녀와 마찬가지로 지름길에 들어서는 이가 있었다. 익숙한 모습에 엘레나가 걸음을 멈췄다.

"엘레나."

길 반대편에 선 아드레이도 그녀를 알아봤다.

"지금 레이를 만나러 가는 길이었는데. 어디 가고 있어요?"

"나도 그대를 보러……."

멈춰 섰던 그가 다시 성큼성큼 다가오며 대답했다. 마리안은 그런 두 사람을 보고 조용히 등을 돌려 멀찍이 물러났다.

"많이 피곤하죠?"

엘레나가 아드레이의 얼굴에 손을 대고 신성력을 사용하며 물었다. 언제부터인가 그를 보면 인사처럼 하게 된 일이었다.

"천막에서 기다리고 있으면 내가 갔을 텐데."

"이렇게 마주치다니. 회의가 끝나니까 레이도 내가 보고 싶었던 거예요?"

기뻤다. 조금 전까지 답답하게 막힌 것 같았던 마음이 그도 나를 떠올리고 있었구나, 하는 생각만으로도 기쁨으로 차올랐다.

"틀렸다."

"네?"

"회의가 끝났기 때문이 아니라 그대를 보고 싶지 않은 적이 없었어."

"피이……."

그를 살짝 흘겼지만, 엘레나의 얼굴에 웃음이 피어났다. 빨간 코와 하얀 입김이 나는 아름다운 미소를 보던 그가 자신이 입고 있던 두터운 로브를 벗어 그녀의 어깨 위에 덮어 주었다.

"나 괜찮은데……."

조금 춥기는 했지만 못 견딜 정도는 아니었다.

"내가 감기에 걸리면 그대가 한순간에 낫게 해 줄 수 있지만, 그대가 아프면 나는 아무것도 하지 못하니까. 이편이 낫다."

목 틈까지 꼼꼼하게 살펴서 찬바람이 들지 않게 한 아드레이가 엘레나의 손을 잡았다. 차갑게 굳은 손끝까지 감싸 주는 따뜻한 손길이었다.

"그대가 많이 피곤하지 않다면 함께 가고 싶은 곳이 있어."

아드레이의 조심스러운 말에 그녀는 웃으며 고개를 끄덕였다. 그와 함께라면 가지 못할 곳이 없으니까.

그대로 두 사람은 길옆에 난 야트막한 언덕에 올랐다. 사실 언덕이라고 할 것도 없는 완만한 동산이었지만 주변이 워낙 평평한 땅이라 그것만으로도 굉장히 높이 올라온 듯한 착각이 들었다.

엘레나와 아드레이는 군영을 내려다보는 곳에 자리를 잡고 앉았다.

"다들 잠들기가 힘든가 봐요."

깜깜한 밤하늘 아래에서 보니 붉을 밝힌 천막이 많았다. 일견 아름다워 보일 수 있는 모습이었지만, 웃을 수는 없었다.

두 사람은 한동안 말없이 그들을 내려다봤다. 그사이 달이 머리 위로 높이 떠올랐다. 그림자가 생길 만큼 밝고 커다란 달이었다.

아드레이가 천천히 잡고 있던 그녀의 손을 당겨 그 손등에 입을 맞췄다.

"레이."

엘레나의 부름에 그의 푸른 눈이 그녀를 향했을 때였다. 그녀는 뛰어들 듯 아드레이의 목에 팔을 감고 그를 꽉 껴안았다.

아파하는 자신의 앞에서 무기력해질 때마다 그는 이런 마음이었을까. 이렇게 꼭 안아 주는 것밖에 할 수 없어서 미안하고 슬픈 마음이었을까.

아드레이를 만나기 위해 천막을 나설 때만 해도 엘레나는 한 가지 생각만 했다. 그저 다치지만 말라고, 몸 조심히 돌아오라고, 그 말만 전하고 싶었다.

그런데 일렁이는 모닥불에 비친 병사의 얼굴을 보았다. 분명히 신나는 노래인데도 서글프고 외로운 연주도 들어 버렸다. 차마 잠을 이루지 못하고 마지막일지 모를 밤을 기억하려 애쓰는 사람들을 알아 버렸다.

자연스레 그런 마음이 들었다. 누군가가 저 사람들을 지켜 줬으면 좋겠다. 죽지 않고 내일 뜨는 달을 볼 수 있도록, 또 멍하니 불을 쬐고 음악을 연주할 수 있도록.

그리고 깨달아 버렸다. 누군가에게 책임을 떠넘기듯, 아무렇지 않게 떠올린 '누군가'는 결국 아드레이일 수밖에 없다는 것을. 잠을 이루지 못하고 깜깜한 밖을 바라보던 아드레이의 어깨에 이 모든 사람들의 무게가 걸려 있었다는 것을.

이미 상상할 수도 없이 무거운 짐을 짊어진 그에게 저마저 무게를 더할 수는 없었다. 누군가가 시키지 않아도, 요청하지 않아도 이미 책임감으로 밤을 지새우는 그에게. 지금 벌어지고 있는 일들에 가장 가슴이 아픈 그에게.

"나한테 약속해요."

그래서 자신만은 그를 걱정하기로 했다. 다른 모든 사람을 걱정하느라 스스로는 챙기지 못할 사람이니까.

"다치지 않고 다시 만나는 거예요."

최전방에서 싸우게 될 아드레이와 후방에서 머물며 부상자들을 돌볼 자신. 내일 출진하면 언제 다시 보게 될지, 아무도 모를 일이었다.

울컥 눈물이 솟을 것 같았지만 엘레나는 입술을 꾹 닫고 참아 냈다. 앙다문 입술이 귀여워 잠시 홀린 듯 그것을 매만지던 아드레이는 결국 그 위에 입을 맞췄다. 추운 바람이 부는 와중에도 그 입술만큼은 무엇보다도 따뜻했다.

"그대가 오래 기다리지 않도록 빨리 돌아올게."

키스한 뒤에 지긋이 이마를 맞댄 그가 낮은 목소리로 약속했다.

방금 전의 입맞춤의 열기가 아직 식지 않은 채로 젊은 연인의 눈이 마주쳤다. 서로에게 이끌리듯 몇 번이고 다시 입술을 겹쳤다.

아드레이가 그녀의 얼굴을 두 손으로 소중하게 보듬었다. 흐르는 시간 일분일초가 아쉬웠다.

"조금만 더 같이 있어 줘."

간절한 마음이 가득 담긴 그 말에 가슴 한복판이 찌르르 울리는 것 같았다. 그래서 대답 대신 자신의 몸을 꽁꽁 감싸고 있던 그의 망토를 풀어냈다. 그리고 아드레이와 몸이 닿도록 바짝 붙어 앉아 너른 자락을 펼쳐서 그의 어깨 위까지 덮었다.

"아, 조금 모자라네."

아드레이가 혼자서 입고 다녔던 로브라 두 사람을 모두 감싸기엔 조금 부족했다. 눈썹을 찌푸리는 엘레나를 지켜보던 아드레이가 조금 뒤로 가 그녀의 몸을 다리 사이에 가두듯 앉았다.

"이렇게 하면 되겠군."

그의 몸과 완전히 밀착된 등 뒤에서 울리는 목소리에 엘레나의 얼굴이 붉어졌다.

한 몸이 된 듯 포개진 두 사람 위를 로브가 덮었다. 서로 온기를 나누는 둘만의 공간이 생긴 것이다. 조금 전까지 차갑게 얼어 있던 코끝과 입술에도 어느새 온기가 돌았다.

"따뜻한 계절에 이곳은 어떤 모습일까요."

그녀의 몸을 소중하게 감싼 아드레이의 팔 위에 얼굴을 기대며 엘레나가 말했다.

"초록색으로 파랗게 펼쳐진 평야가 정말로 멋있을 것 같아요. 지금은 조금 쓸쓸한 느낌이니까."

"봄이 되면 함께 오자."

"정말요?"

"결혼식을 올리면 제국 이곳저곳을 여행하며 그대에게 보여 주고 싶은 것들이 많아."

신혼여행을 말하는 거구나. 지금 눈앞에 펼쳐진 상황을 고려하면 조금 꿈같은 이야기였다. 하지만 엘레나는 고개를 끄덕였다.

"우리 같이 이것저것 다 해 봐요. 나, 레이랑 해 보고 싶은 일이 많아요."

"예를 들면?"

"예를 들면……."

그동안 아드레이와 함께 해 보고 싶다고 생각했던 것들을 떠올리는 엘레나의 얼굴에 행복이 가득했다. 손가락을 하나씩 접으며 마치 그 일이 눈앞에 생생하게 그려지는 것처럼 설레어 했다. 그녀를 바라보는 그의 얼굴에 조용히 미소가 번졌다.

그렇게 밤은 깊어 가고, 연인의 대화는 끝날 줄을 몰랐다.

결국 멀리서 동이 터 올 때가 되어서야 아드레이와 엘레나는 언덕에서 내려왔다. 병사들은 벌써 일어나 천막을 걷고 더 서쪽으로 행군해 나갈 준비를 하고 있었다.

엘레나는 그 틈을 타 아버지와 이야기를 나누려고 했지만 불발되었다. 직접 윈터힐 병사들을 꼼꼼히 챙기는 백작은 짬을 낼 수 없다는 말과 함께 '다녀와서 보자.'는 짧은 전언만 보냈을 뿐이다.

모두들 바쁜 와중에 엘레나도 놀고만 있지는 않았다. 종군하여 최전방의 전선으로 가겠다고 용기를 낸 신관들이 몇 있었다. 그곳이야말로 생사를 오가는 부상자들이 속출할 테니 신의 손길이 필요한 곳에 가겠다는 뜻이었다.

엘레나는 그들에게 그동안 만들어 놓았던 포션의 반을 내주었다. 그리고 그들이 짐 싸는 것을 도왔다.

정신없는 아침이 지나고 아침 해가 완전히 밝았을 때, 행렬이 목책 밖으로 행진하기 시작했다. 이곳에 도착했을 때보다 몇 배는 더 불어난 규모였다.

후방을 책임지기 위한 골드만 후작가 병력의 일부와 후발로 지원 물자와 함께 이동할 부대를 제외한 모두가 길 위에 섰다. 그리고 그들을 이끄는 것은 아드레이였다.

엘레나는 다른 사람들과 함께 멀찍이 서서 아드레이를 배웅했다. 마음 같아선 그의 얼굴을 딱 한 번만이라도 더 보며 조심히 다녀오라고 말하고 입을 맞추고 싶었지만, 그렇게 하지 않았다.

이미 자신의 작별 인사는 충분했다. 지금 이 순간은 그가 제국의 황제로서 오롯이 설 수 있게 해 주고 싶었다.

아드레이가 탄 말이 가장 먼저 목책을 빠져나갔다. 그 또한 엘레나가 있을 법한 곳을 돌아보거나 하지 않았다. 그저 수만의 병사 앞에 서서 그들이 나아갈 길을 가장 먼저 걸어 나갔다.

병력의 숫자가 엄청난 만큼 모든 사람들이 목책을 빠져나가는 데는 상당한 시간이 필요했다. 게다가 임시로 목책 밖에서 머물고 있던 병사들까지 모두 움직이는 것이기에 더욱 그랬다.

그러나 엘레나도, 후방에 남는 다른 사람들도 자리를 지키며 그 모습을 끝까지 지켜봤다. 마지막 부대가 평야 저 멀리에 있는 언덕을 넘어서는 것까지 모두.

결국 그 길고 긴 행렬의 꼬리가 사라지고 나서야 목책의 육중한 문이 닫히기 시작했다.

쿵. 무언가 무거운 것이 내려앉는 듯한 그 소리가 마치 전쟁의 시작을 알리는 것 같다고, 엘레나는 그렇게 생각했다.

베르너 후작가의 땅은 제국의 곳간이라고 불리는, 서부에서도 가장 풍요롭고 비옥한 지역이다. 시시때때로 제국을 괴롭히는 가뭄에도 베르너령을 가로지르는 루오스 강은 마르는 일이 없었고, 땅의 강한 기력은 휴작하지 않아도 매년 실한 곡식을 키워 냈다.

대영지라는 이름이 부끄럽지 않을 정도로 광활한 베르너령의 영주 성은 그중에서도 가장 아름다운 땅에 위치했다. 사면으로 끝이 보이지 않을 만큼 뻗어 나간 평지 위에 선 성은 그 크기와 인구가 황제 직할령이자 제국의 황도인 아발론에 필적할 만했다.

평야 위의 성은 농민들이 성곽 밖의 농지에 오가기에는 더할 나위 없었으나, 지형적으로 방어에 취약했다. 그것을 보완하기 위해 이중의 성벽을 가지고 있었다.

하나는 밖에서 보이는 성의 성곽이고, 다른 하나는 영주 일가가 사는 성채를 지키는 성벽이었다. 이는 방어력을 높이기 위함이기도 했지만, 밖의 성문을 걸어 잠그고 영지민들이 성채 안으로 대피할 수 있는 시간을 벌기 위함이었다. 그래서 영지민들은 그 이중의 벽을 '은혜'라고 부르기도 했다.

영지 경계선에서 어떤 일이 일어나는지 잘 알기에는 너무나 먼 베르너 성곽의 안쪽. 성벽의 점검과 보수 공사에 자원한 중년 남성 둘이 어깨에 진흙 포대를 메고 걸으며 이야기를 나누고 있었다.

"막상 이런 날이 닥치니 '은혜'가 얼마나 든든하고 믿음직한지 몰라. 이번 내란에도 무너지지 말고 굳건히 우리를 지켜 주셔야 할 텐데 말이야."

온통 굳은살로 뒤덮인 손이 돌벽을 어루만졌다.

"그나저나 내년 농사는 원래대로 지을 수 있겠지?"

"걱정 말어. 금방 끝나겠지. 작금의 황제만 자리에서 내려오면 이 난리도 끝날 수 있다고 했잖아."

퉤하고 바닥에 침을 뱉는 얼굴은 일그러져 있었다. 이 모든 게 황제 탓이다. 마땅히 자리를 이어야 할 장자가 있음에도 불구하고 엉뚱한 차남이 황위를 잇더니 결국 이 사달이 났다.

"나는 지금 폐하께서 그렇게 잔인하고 흉포한 분인지 또 몰랐네. 성군이라고 소문이 자자했는데 말이야."

한숨을 푹 쉬며 동료가 하는 말에 남자는 '성군은 무슨!' 하며 역정을 냈다.

"다 쉬쉬했다지 않아! 그 어린 나이에 황위에 오르자마자 정복 전쟁을 일으킨 것부터가 그래. 지금도 보라고. 군사를 끌고 직접 전쟁터에 나서는 것을 보면 분명 전쟁광이 맞아!"

모두 속았다. 얼마 전 위에서 내려온 공문에 따르면 현 황제인 바크란 1세는 그토록 무자비하고 잔인한 성정을 가졌다고 했다. 그래서 무리하게 3왕국을 정복했고, 그 결과 동쪽에서 반란이 났다.

그에 황제의 숙부인 베르너 공이 여러 귀족들을 대표해 간언을 하였지만 되돌아온 것은 황제의 분노뿐.

결국 황제의 눈 밖에 난 귀족들은 한밤중에 쳐들어온 병사들을 피해 도망쳐야 했다. 흩어졌던 그들이 베르너 공을 중심으로 다시 뭉쳐 황제에 대항하고 있는 것이라고.

그것이 현재 서부에 퍼진 정론이었으며, 이 전쟁의 정당성이었다. 덕분에 삼삼오오 사람이 모인 곳에서는 바크란 1세에 대한 험담이 터져 나오지 않는 곳이 없었다.

베르너가를 비롯한 서부의 귀족들을 들여다보면 사정이 달랐다. 지난 몇 년 동안 엄청난 양의 곡식이 군량으로 창고에 쌓여 왔고 지나치게 많은 상비군이 양성되어 왔지만, 평민들이 그 세세한 사정까지 알 리는 없었다.

그저 제 아들이, 남편이 징집 명령을 받고 하루아침에 군인이 되어 전장으로 끌려간 분노를 풀 곳이 필요했다. 폭군이라는 황제는 그 대상이 되기에 안성맞춤이었다.

"베르너 후작께서 무사히 황위에 오르셔야 이 사달이 빨리 정리가 될 텐데……."

흙 반죽을 채워 넣을 구멍을 찾아 열심히 작업을 하던 남자가 굽혔던 허리를 펴고 먼 곳에 있는 성채를 바라보며 걱정스레 중얼거렸다.

한편 베르너 성채에서는 막바지 회의가 한창이었다. 사람들이 둘러앉은 넓은 테이블 위에는 제국의 전도가 펼쳐져 있고, 황제군을 뜻하는 말과 서부 연합을 뜻하는 말이 어지러이 놓여 있었다.

그러나 수많은 병사들의 목숨이 달려 있는 회의 자리라고는 믿기지 않을 정도로 회의의 분위기는 여유로웠다.

한 손에 붉은 포도주 잔을 빙글빙글 돌리고 있던 르니에가 자신의 오른쪽에 앉은 이에게 물었다.

"세콰이어 백작, 내가 지시한 대로 첫 번째 방어선은 준비가 되었나?"

"예, 폐하."

누군가가 들었다면 기함할 일이었지만, 이 자리에 모인 이들 중 그 호칭에 이의를 제기하는 사람은 아무도 없었다.

"보고가 올라오기로, 베르너령 경계선에 모인 병력만 20만이 넘는 다고 합니다. 정말 괜찮겠습니까?"

르니에에게서 조금은 멀리 떨어져 앉아 있는 베랑 자작이 불안한 얼굴로 물었다. 그 와중에도 자작은 세콰이어 백작을 흘겨보는 것을 잊지 않았다.

얼마 전까지만 하더라도 현재 세콰이어 백작이 앉아 있는 자리는 자작 본인의 자리였다. 그러나 이번 일로 베랑의 가신들이 많이 죽 었고 베랑 지역은 황제군에 의해 점령되었다. 그러니 서부 연합 내 에서 베랑의 입지는 좁아질 수밖에 없었다.

"그건 문제가 되지 않습⋯⋯."

"내가 직접 설명하지."

세콰이어 백작이 설명하려 하자 르니에가 한 손을 들고 그 말을 막아섰다. 그러자 베랑 자작의 안색이 창백해졌다. 그는 눈엣가시 같은 세콰이어 백작에게 딴지를 걸고 싶었던 것이지, 르니에에게 감 히 설명을 요구한 것은 아니었다.

"우린 지금 당장 황제군을 이기는 것이 목적이 아니다."

"⋯⋯예?"

베랑 자작뿐만이 아니었다. 자리에 모인 귀족들 대부분이 얼빠진 표정을 지었다.

"베르너 영지 경계선과 남쪽의 세콰이어 그리고 동쪽의 베랑 지역

중 아직 저들에 의해 점령되지 않은 지역을 기준으로 우리 군은 철저하게 방어전을 펼칠 것이다."

"하지만 그래서야 결국 끝은 뻔하지 않습니까. 버티기만 해서는 전쟁에서 우위를 점할 수 없습니다."

이견을 제시한 것은 베르너가의 봉신 가문 출신인 한 기사였다.

"아직 내 말을 제대로 이해하지 못한 모양이군."

르니에가 여유롭게 웃으며 지도 위에 놓인 황제군의 말들을 가리켰다.

"이들의 공통점이 무엇인 것 같나?"

질문은 받은 기사의 눈이 지도 위에서 바삐 움직였지만 그 답을 찾아내지는 못했다.

"그들은 성 밖에 있고, 우리는 성안에 있습니다."

대답을 한 것은 베랑 자작이었다. 평판처럼 눈치가 빠른 자였다.

"그렇지. 정확히 말하자면 저들은 한겨울의 아무것도 없는 들판 위에 진을 치고 있고, 우리는 성안에 있다는 것이다."

바람 한 자락 막아 줄 산도 없는 허허벌판 위에 서 있는 것과 따뜻한 성안에서 수성하는 일의 피로도 차이는 크다.

병사들의 체력을 유지시키기 위해 소모되는 물자도 마찬가지였다. 후방에서 지원 물자를 공급받기는 하겠지만, 임시로 지어진 군영에서 언제까지고 생활할 수는 없는 것이다.

"또한 겨울 뒤엔 봄이 온다. 작년까지만 해도 가뭄에 허덕였으니 제국의 곳간이라고 불리는 서부의 생산물 없이 내년의 농사까지 망칠 여력은 없다. 그에 반해 우리는 이미 비축한 물량이 충분한 것은 물론이고, 성채 주변의 농지에서 얼마든지 농사를 지을 수 있지."

"하나 저들에게는 훈련받은 정예의 비율이 월등히 높습니다. 특히 윈터힐의 군대는…….”

한때 아군이었던 윈터힐이기에 그들의 저력을 더욱 잘 아는 이들이 어깨를 부르르 떨었다. 그러나 르니에는 여유로움을 잃지 않았다.

“내가 방금 '봄'이라고 하지 않았나?”

“아아!”

그제야 그 말의 의미를 깨달은 기사가 무릎을 쳤다.

윈터힐은 매년 봄, 남하하려는 몬스터들을 사냥해야 한다. 그렇게 하지 않으면 침묵의 숲의 경계에 있는 작은 촌락들은 모두 사라질 것이고 당장 농지마저 줄어든다.

“윈터힐의 군대는 봄이 되면 북쪽으로 돌아갈 것이다.”

그들의 가공할 위력을 잘 아는 이들은 그제야 가슴을 쓸어내렸다. 윈터힐의 군대가 빠진다면 황제군의 군대는 5할 이상의 전투력을 잃게 되는 것이나 마찬가지였다.

그런데 묵묵히 오가는 대화를 듣던 한 귀족이 조심스럽게 손을 들었다. 원래는 폰타넬 백작이 영지의 살림을 굴리기 위해 부리던 몰락 귀족인데, 그 머리가 제법 비상하여 르니에가 직접 요직에 앉혔다.

“감히 폐하의 계획에 반대하는 것은 아닙니다. 하나 신臣은 잘 이해되지 않는 점이 있습니다.”

“무엇인가.”

“방금 말씀하신 대로라면 우리의 1차 방어선도 여기, 베르너 영지 경계선과 같은 들판에 자리를 잡지 않습니까?”

그의 말에 르니에는 고개를 끄덕였다. 가장 먼저 황제군과 맞닥뜨릴 첫 번째 방어선은 모두 영지의 중요 성채들과 멀리 떨어진 곳에 구축되었다.

“경도 방금 말했듯 그것은 1차 방어선일 뿐이지. 우리의 정예 부대와 핵심이 되는 지휘관들은 후방으로 물러나 있지 않나."

"하지만……."

마치 땅에 선 하나 그어 놓은 것처럼 '1차 방어선'을 가볍게 말했지만, 결국 그 벽을 구성한 것은 징집된 병사들이었다. 그 점을 지적하고 싶었지만, 그는 입을 닫았다.

"제국을 이루는 주축은 우리 귀족이지, 평민들이 아닙니다. 부속품인 그것들은 어차피 시간이 지나면 다시 수가 늘어나게 되어 있습니다. 이를테면 소모품인 셈이지요."

그가 삼킨 말을 알아챈 세콰이어 백작이 웃으며 말했다.

바크란 1세의 행보 중에서 귀족들이 가장 강하게 반감을 느낀 것이 바로 평민들을 대하는 황제의 지나친 태도였다. 가축이나 다름없는 그것들을 위하여 정작 이 제국의 근간인 귀족들을 등한시하였으니 그 불만이 상당했다. 그리고 그것이 서부 연합을 가능케 한 가장 커다란 동력이었다.

"무엇이 중요한지 아는 것, 그것이 우리 서부 연합과 바크란 1세의 차이입니다."

회의실에 둘러앉은 귀족들이 그 말에 만족스레 고개를 끄덕였다.

"여차하면 우리는 이대로 시간을 끌며 장기전으로 가면 된다. 그렇게 하기 위한 물자와 인력은 충분하니."

르니에가 자신의 빈 잔을 채우며 말했다. 비릿하게 웃는 입꼬리가 붉은 액체를 머금었다.

"그리고 너무 걱정들 마라. 바크란 1세는 절대로 저 1차 방어선을 쉽게 베어 내지 못한다. 그것은 내가 장담하지."

아드레이는 절대로 그리하지 못한다. 르니에는 자신만만했다.

그는 지도 위 황제군 후방의 골드만령에 있는 한 말을 눈에 담았다. 실제로는 멀고 먼 곳에 있는 그것이 이렇게 지도로 보니 손을 뻗으면 닿을 듯 가까워 보였다. 르니에가 자리에서 일어나 그 붉은 말을 손에 쥐었다.

　—가까이 오지 마!

　엘레나가 외친 말이 귓가에 울렸다. 자신을 노려보던 경멸 어린 두 눈도 떠올랐다.

　아발론의 황궁을 습격했을 때, 르니에는 정말로 기뻤다. 잡았다고 생각했는데, 이번에야말로 그녀를 손안에 넣었다고 생각했는데. 황실 기사단을 향해 뛰어가던 그녀의 은빛 머리칼이 아슬아슬하게 손끝을 스치고 빠져나갔다.

　르니에는 손안의 붉은 말을 부러뜨릴 듯 강하게 쥐었다.

　"세콰이어 백작."

　"예, 폐하. 하명하십시오."

　"다른 방어선은 후퇴해도 좋지만, 전선의 서쪽 접경은 골드만 후작령 쪽으로 밀어붙여야 한다."

　"그렇게 전하겠습니다."

　세콰이어 백작은 따로 그 이유를 묻지 않았다. 이미 답을 알고 있었기 때문이다.

　고작 여자 하나 때문에 모든 것을 거는 르니에의 방식을 이해할 수는 없지만, 동기는 무엇이든 좋았다. 나이를 먹어서 이빨이 모두 빠진 늙은 맹수인 베르너 공보다는 젊은 르니에가 훨씬 승산이 높았다.

　이번 1차 방어선 작전도 모두 르니에의 머리에서 나온 것들이었다. 처음 그 계획을 들었을 때, 세콰이어 백작은 환호를 지를 뻔했다. 그야말로 가장 귀족적이고 또 효율적인 방법이 아닐 수 없었다. 백작의 개인적인 입맛에도 딱 맞아떨어졌다.

그런 저돌적인 작전으로 얻으려는 것이 바크란 1세의 여인이라면, 손에 넣으면 그만이었다. 어쭙잖은 황족의 명예와 영광을 운운하는 베르너 공보단 자신의 욕망에 솔직한 그 아들이 황좌에는 더 어울렸다.

세콰이어 백작은 손안에 쥔 붉은 말을 뜨거운 눈으로 바라보는 르니에를 보면서 만족스럽게 웃었다.

"미친 자들……."

말을 몰아 적진의 전선 근처로 정찰을 나왔던 하인즈 기사단장이 악문 잇새로 신음했다.

전투가 시작되기 전에 서부 연합군을 육안으로 확인하기 위해 나왔는데, 그들을 보자마자 속에서 욕지기가 치밀어 올랐다. 불을 뿜을 듯한 눈으로 그 자리에서 조금 더 그들을 지켜본 하인즈 단장은 서둘러 말 머리를 돌렸다.

언덕 두어 개를 넘자 황제군 본영이 보였다. 일반 병사들은 무장을 마치고 부대마다 열을 맞춰 서 있었다. 기사들 중에서도 이미 말에 올라 출진 명령만을 기다리고 있는 자들이 태반이었다. 하인즈 단장의 마음이 더욱 급해졌다.

"폐하!"

말에서 내려 뛰듯이 다가오는 단장의 부름에 검을 점검하고 있던 아드레이가 애검 가이아를 검집 안으로 넣었다.

"뭔가, 하인즈 단장."

"전선을 보고 왔습니다. 한데……."

단장의 일그러진 얼굴을 타고 굵은 땀방울이 흘러내렸다.

"이상합니다."

그렇게밖에 설명할 수 없었다. 원래 검만 끼고 산 인생이라 말주변이 좋은 편은 아니었지만, 방금 목격하고 온 전선은 뭔가 이상했다.

단장의 모습에서 심상치 않음을 느낀 아드레이가 굳은 얼굴로 말 위에 올라탔다. 주변에서 하인즈 단장과 아드레이의 대화를 듣던 윈터힐 백작을 비롯한 지휘관들도 서둘러 그 뒤를 따랐다.

그리고 히인즈 단장이 이끄는 대로 언덕 위에 선 사람들의 얼굴이 하나같이 굳었다.

"개자식들……!"

젊은 지휘관 하나가 분노를 참지 못하고 외쳤다.

"폐하……."

하인즈 단장이 걱정스레 아드레이를 바라봤다. 그는 아무 말도 하지 않고 일견 고요한 눈으로 저 먼 곳에 까맣게 뭉쳐 있는 병사들을 직시했다.

전투에 대한 공포 때문인지, 매서운 날씨 때문인지 방패를 든 병사들이 덜덜 떨고 있었다. 그리고 그것이 그들이 가진 방어구의 전부였다.

"변변찮은 장비도 없이! 그저 평민들을 고기 방패로 세워 둔 겁니다!"

하인즈 단장이 분통을 터뜨렸다.

징집 명령이 떨어지면 스스로 무기와 방어구를 마련해야 했던 과거와는 달리, 영주 혹은 황실의 돈으로 가슴과 배를 보호할 가죽 갑옷과 투구를 제공하는 것이 제국의 법이었다. 한데 지금 황제군을 향해 죽 늘어선 병사들에겐 자신을 지킬 그 무엇도 주어지지 않았다.

"그것뿐만이 아닐 겁니다."

윈터힐 백작이 차분하게 덧붙였다.

"백인대장 정도로 보이는 자 말고는 지휘관이 보이지 않습니다."

그 말에 하인즈 단장이 눈을 치떴다. 윈터힐 백작이 맞았다. 수천의 병사들이 서 있는 것치곤 그들을 지휘할 기사의 모습은 보이지 않았다.

백인대장은 보통 평민인 병사들 중 경력이 있거나 전장에서 공을 세운 자가 맡기 마련이다. 그러니 결국 저 들판을 채운 이들은 모두 평민이라는 뜻이었다.

"저렇게 대항할 무기도 없이 서 있는 병사들을 폐하께서 전력을 다해 밀어내지 못할 거란 심산일 겁니다. 여기서 손속에 사정을 두지 않았다간 또 악의적인 소문을 퍼뜨리겠지요."

"지독한 자들……."

이를 악문 하인즈 단장이었으나, 별다른 수를 제시하지는 못했다.

"지휘관이 있는 진영까지 가려면 이런 방어선을 몇 개는 지나쳐야 할 가능성이 높습니다. 아무리 인구가 많은 서부라지만 이런 작전을 쓸 줄은……."

저렇게 무방비 상태의 연합군을 상대할 황제군의 무장은 지나치게 준비가 잘되어, 마치 어른이 어린아이를 상대로 무기를 든 것처럼 보이게 했다.

"차라리 잘되었습니다."

"그게 무슨 말입니까, 윈터힐 백작."

"저들이 저리 얕은 수를 쓰는 것은 필시 우리를 우습게 보았기 때문입니다. 아무런 무기도, 특별한 계책도 없이 그저 사람으로 허술한 벽을 세운 것뿐이니 우리는 그 벽을 허물면 그뿐입니다."

"허, 허문다면……."

윈터힐 백작이 말을 몰아 아드레이의 곁으로 다가와 청했다.

"시차矢車를 사용할 수 있도록 허가해 주십시오, 폐하."

그 말에 반응하듯 아드레이가 비로소 먼 곳에서 눈을 뗐다.

"시차라면 효과적으로 방어선을 무너뜨릴 수 있을 겁니다."

"크흠!"

"그것참……."

윈터힐에서 본디 황제군을 대항해 쓸 생각으로 생산한 시차라는 것은 단순히 '화살 수레'라는 말로는 다 설명이 어려울 만큼 무시무시한 무기였다.

매년 봄마다 윈터힐 영지에서 사냥하는 몬스터들 중 '메티이아'라는 식물형 몬스터가 있다. 그것들은 트롤이나 오크처럼 전투력이 강하지는 않았지만 땅 밑으로 소리 없이 뿌리를 뻗은 뒤, 먹잇감 근처에서 빠르게 땅을 뚫고 올라와 포자 형태의 독을 뿌리는 식으로 사냥하는 몬스터였다.

그런 메티이아의 뿌리를 잘라 내면 체액이 나오는데 그것을 모아서 정제하면 물에도 쉽사리 꺼지지 않는 불의 연료로 사용할 수 있다. 겨울이 긴 윈터힐에선 꼭 필요한 생필품의 일종이었다.

그리고 윈터힐의 병사들은 다수의 몬스터들을 상대할 때에 불화살의 끝을 이 액체에 담가 불을 붙인 뒤 시차를 이용해 쏘아 올린다. 아무리 땅 위를 뒹굴어도, 물을 끼얹어도 잘 꺼지지 않는 불화살 수십 개가 동시에 발사되는 것이다.

"연합의 귀족들에게 황제군의 위엄을 보여 주십시오."

아드레이의 남색 눈이 윈터힐 백작을 향했다.

"그대의 말이 맞다. 시차라면 저런 방어선쯤은 손쉽게 뚫어 버릴 수 있겠지. 그뿐인가. 저 수천, 수만의 병사들을 순식간에 전투 불능의 상태로도 만들 수 있을 것이다."

단순히 전선을 밀어내는 것이 중요한 게 아니었다. 후퇴해서 본진으로 돌아간 병사들이 다시 전투에 참여할 수 없도록 확실하게 처리하지 않으면 밑 빠진 독에 물을 붓는 것이나 마찬가지다.

"그러나 우리는 시차를 사용하지 않는다."

단호한 아드레이의 말에 백작은 납득하지 못했다.

"어째서입니까. 최대한 빠른 시일 안에 진입하지 않으면, 승산은 점점 더 줄어들 뿐입니다!"

봄이 오면 윈터힐은 적어도 반 이상의 병력을 영지로 돌려보내야 한다. 또한 동부는 또 어떤가. 어네스 백작가와 풀먼 후작가가 협력해 진압 작전을 펼치고 있다고는 하지만, 언제 본격적인 전쟁이 벌어질지 몰랐다.

"서둘러서 방어선을 물리치고 본성으로 전진해야 합니다!"

백작은 마음이 급했다. 어서 더욱 서쪽으로 달려서 베르너 성을 함락해야 했다. 그 목적만을 머릿속에 그리던 백작은 옆을 스쳐 지나가며 아드레이가 던진 한마디에 그대로 굳어 버렸다.

"그대에겐 저들이 그저 방어선일 뿐인가."

혼자 우두커니 남은 윈터힐 백작을 뒤로하고 본영으로 말을 모는 아드레이는 하인즈 단장에게 명령했다.

"황실 기사단과 영지군을 중심으로 기마술이 좋은 자들을 모아라."

"그 말씀은……."

"그들을 이끌고 내가 방어선을 무너뜨리면 준비했던 기마대가 그 뒤를 따른다. 보병은 서부 연합군의 방어선과 대치하며 현 상태를 유지, 사상자를 최소한으로 줄인다."

"예, 폐하."

하인즈 단장의 머릿속에 알맞은 명단이 빠르게 흘러갔다. 그리고 그들 중에는 윈터힐의 늑대 기사단도 포함되어 있었다.

"윈터힐 백작."

"그렇게 하시오."

단장이 자세히 설명하기도 전에 윈터힐 백작이 고개를 끄덕이며 기사를 차출할 권리를 주었다.

"감사하오. 늑대 기사단 중 넷만 충원하면 얼추 서른 명이 나오니 그 정도면 폐하를 보필하기엔 충분하겠지."

"이런 작전이 익숙한 듯 보이오만."

하인즈 단장은 쓰게 웃으며 고개를 끄덕였다.

"3왕국 전쟁 때도 이런 작전을 썼소. 일반 병사들의 살상은 최소화하고 적진의 지휘관을 빠르게 포획하여 전투를 끝내는 것이 폐하의 방식이오."

그 뒤로 중얼거린 '덕분에 우리는 죽는 줄 알았지만.' 하는 말은 공기 중에 묻혔다.

"사람들은 흡사 폐하께서 살육을 즐기는 것처럼 떠들지만, 그것은 모르니 하는 말들이지. 날아오는 검뿐만이 아니라 그 검을 든 사람까지도 볼 수 있는 분이오, 폐하께서는."

그렇게 말하는 단장에게서 감출 수 없는 자랑스러움이 넘쳐흘렀다. 그리고 아드레이가 먼저 말을 몰아서 간 길을 뒤따라갔다. 잠시 미간을 찡그린 채 생각에 잠겼던 윈터힐 백작도 본영으로 돌아갔다.

백작이 도착했을 때, 이미 본영에서는 황명에 따라 전술 변화가 이뤄지고 있었다. 각 부대의 가장 앞에 서게 될 병사들에겐 조금 더 크고 무거운 방패가 주어졌다. 대치가 길어질 경우를 염두에 둔 것이었다.

아드레이와 기사들이 몰게 될 말에 철갑주가 씌워졌다. 갑절은 무거워진 무게에 군마의 흰 콧김이 굵게 뿜어져 나왔다.

"검을 다오."

아드레이가 말에 올라타는 것을 신호로 긴장감이 빠르게 고조되었다. 급속도로 팽팽하게 당겨지는 공기 속에서 병사들이 무기를 챙기는 소리가 철컥철컥하고 톱니바퀴가 맞물리듯 울렸다.

귀족 연합 측에서 구축한 방어선을 마주 보며 황제군이 몸을 일으켰다. 그리고 그 중앙에 아드레이가 섰다. 그 거대한 존재감에 서부 연합군의 팔에 동시에 소름이 돋아났다.

둥! 둥! 두웅!

북이 울리기 시작했다. 북편에서 시작된 진동이 평야를 채운 이들의 흉곽까지 전해졌다. 그것은 황제군에게는 폐부 가득히 차오르는 자긍심을, 적에겐 온몸이 떨리는 두려움을 선사했다. 아드레이가 자신의 검, 가이아를 높이 들어 올렸다.

"제국을 위하여!"

그의 커다란 선창에 수많은 병사들이 하나 된 목소리로 답했다.

"황제 폐하를 위하여!"

후웅! 바람을 가르는 소리와 함께 가이아가 아래로 떨어져 내리며 바람을 갈랐다.

"와아아아!"

"전진하라!"

엄청난 함성 소리와 병사들을 호령하는 지휘관의 목소리가 울려 퍼졌다.

부우우우ㅡ!

커다란 뿔 나팔이 소리를 높였다. 모든 것들이 끔찍하면서도 전율을 일으키는 화음처럼 뒤섞였다. 아드레이와 비롯한 기사들은 말을 달렸다.

"전속력으로! 단번에 방어선을 뚫는다!"

덜그럭! 덜그럭! 무거운 말발굽 소리와 거친 숨소리만이 얼굴을 때리는 날카로운 바람에 허락된 전부였다.

저 멀리, 아득히 보였던 서부 연합의 군대가 어느새 코앞이다. 점처럼 생겼던 것이 가까이로 다가가 보니, 겁에 질린 사람이다.

더그덕! 더그덕! 충돌 직전, 말에 튕겨져 나갈 한 병사와 눈이 마주친 아드레이는 이를 악물었다. 그러나 말의 속도를 줄이지 않았다.

쾅! 큰 충돌음과 함께 채 퍼지지 못한 비명 소리가 말발굽 소리에 먹혀들었다. 허물어진 동료의 자리를 또 다른 이름 모를 병사가 채웠다.

투구 속의 두 눈이 어둡게 가라앉았다. 말의 고삐를 끊을 듯 쥐고, 아드레이는 검을 내리그었다.

본격적인 전쟁이 시작되었다. 누구도 말해 주지 않았고, '탕' 하는 신호음이 들린 것도 아니었다. 대신 물이 쏟아지듯 들어오는 부상자들로 엘레나는 알 수 있었다. 이제 시작이라는 것을.

"비켜요, 비켜!"

누군가가 그녀의 등을 세게 밀었다. 넘어지지 않으려 허둥대는 엘레나를 한 병사가 차가운 눈으로 흘기고 지나갔다.

"여기 부상자입니다!"

한쪽 어깨에 괴로운 얼굴로 피를 흘리는 동료를 부축한 그는 신관들이 마련한 병상 천막 안으로 들어갔다. 창에 찔리고 검에 베인 사람들이 기하급수적으로 늘어나고 있었다. 이것도 그나마 후방으로 실려 올 만큼 상태가 좋은 사람들이라고 했다.

엘레나는 덜덜 떨리는 손을 소매 속으로 감췄다. 부상자들의 소식을 듣고 자신의 천막에서 포션을 미리 희석해서 나온 길이었다. 나가자마자 이곳에 온 목적대로 사람들을 치료해 주려는 생각이었다.

하지만 천막까지 다가갈수록 걸음이 점점 느려졌다. 한 번 멈춰 선 뒤로는 더 나아갈 수도 없었다.

"괜찮아, 잘할 수 있어."

스스로를 달래기 위해서 그렇게 중얼거려 보기도 했다. 하지만 눈앞에 펼쳐진 전쟁터의 생생한 모습에 발걸음을 떼기가 무서웠다.

한두 명의 다친 사람을 돌보는 것과는 하늘과 땅 차이였다. 천막과 천막 사이를 정신없이 뛰어다니는 사람들과 고통에 신음하는 부상자들. 겨울비의 축축함과 젖은 땅에서 올라오는 흙냄새까지. 머리가 과부하에 걸린 것만 같았다.

"이 사람은 저 안쪽 침대에 눕혀!"

엘레나와 함께 아발론 신전에서 온 한 신관이 큰 소리로 외치는 말이 들렸다. 정작 저 사람들을 모은 것은 그녀였다. 그러나 아무것도 하지 못하고 굳어 버린 그녀와는 달리, 그들은 벌써 바쁘게 움직이고 있었다.

마리안도 마찬가지였다. 윈터힐에서의 경험을 바탕으로 그녀는 이미 신관들을 진두지휘하고 있었다.

"이래서 그렇게 걱정했던 거야."

계속해서 자신을 바라보던 아드레이의 군청색 눈을 떠올린 그녀가 침을 꿀꺽 삼켰다. 아드레이는 알고 있었던 것이다. 전장의 끔찍함을. 비현실적일 만큼 비명과 피가 낭자한 순간들을.

효율적으로 움직이기 위해 신관복 대신 입은 수수한 드레스의 거친 천이 움켜쥔 손끝에서 느껴졌다.

무서워. 차마 입 밖으로 내지 못한 말을 삼켰다. 엘레나는 무서웠다. 자존심 상하고 스스로가 어이없었지만 그랬다.

눈꼴사납게 주저앉아 울거나 하지는 않았지만, 지금 당장 저 천막 안으로 뛰어가야 하는데 몸이 말을 듣지 않았다. 한 걸음을 떼려고 할 때마다 몸이 따로 놀아, 들고 있는 포션 병들이 덜그럭거렸다.

그때 누군가가 그녀의 어깨를 툭툭 쳤다.

"저기, 그거 뭐야?"

온통 진흙과 피로 더럽혀진 옷을 입은 젊은 여자였다.

"사, 사람들을 치료할 포션인……."

"포션? 그럼 나 하나만 줘 봐. 다친 사람 몸에서 칼을 빼내다가 손을 베었거든."

말대로 그녀의 손바닥에는 긴 상처가 있었다. 엘레나는 놀라서 품 안에 든 포션 중 하나를 그 위에 살며시 부었다. 여자는 별 기대 없는 얼굴로 중얼거렸다.

"그래 봤자 물보다 조금 나은 정도겠지만, 그래도 깨끗한 물일 테니까……."

일반적인 포션을 떠올리고 중얼거리던 그녀가 말을 잃었다.

"거짓말! 그거 정말 포션 맞아?"

어느새 여자의 손은 씻은 듯 나아 있었다. 믿을 수 없다는 듯 자신의 손을 이리저리 살펴본 그녀는 다짜고짜 엘레나의 손을 잡았다.

"그런 엄청난 포션이라면 사람들을 여럿 살릴 수 있을 거야! 어서 가자!"

"그, 그게……."

엘레나가 주춤거렸다.

"저 안으로 들어갈 각오가 없어. 이런 걸 겪는 게 처음이라……."

"그게 무슨 소리야?"

"아직 전쟁에 뛰어들 준비가 안 됐다고……."

지금까지 전쟁이란 것은, 전투라는 것은 가상의 일일 뿐이었다. 영화에서 본 것, 그리고 책에서 본 것. 그런 허구적인 경험이 전부였다.

그런데 막상 눈앞에서 벌어진 참상은 상상을 훨씬 뛰어넘었다. 본능적인 두려움이 엘레나의 앞을 가로막고 있었다.

"그건 나도 마찬가지야."

여자가 엘레나의 등을 쓸어 주며 말했다.

"후방에서 일하면 돈을 많이 준다길래 따라 나온 걸 엄청 후회하는 중이라고. 하지만 어떻게 해. 이미 전쟁은 시작됐고 여기는 전쟁터 한복판인걸."

"아아……."

이미 한복판에 서 있구나. 엘레나는 주변을 둘러보면서 깨달았다. 여기서 한 발자국만 더 움직이면 모든 게 현실이 될 것 같은 두려움에 굳어 있었다. 그런데 그녀는 벌써 그 한복판에 서 있었다. 끔찍하고 무서운 이곳은 이미 그녀의 현실이었다.

"가자."

엘레나가 상자를 고쳐 잡고 성큼성큼 천막을 향해 걸었다.

"그래! 그 포션이라면 엄청 많은 사람을 살릴 수 있을 거야!"

여자가 팔을 걷어붙이며 씩씩하게 말했다.

"그리고 들은 말인데, 이번 반란은 금방 진압될 거래. 황제 폐하께서 직접 지휘하시니까!"

황제에 대한 강한 신뢰가 담긴 말이었다. 전장의 신이라고 불리는 폐하다. 그분이 직접 나서셨으니, 이 전쟁은 오래가지 않을 것이다. 전란에 불안해하는 평민들 사이에서는 이런 믿음이 퍼지고 있었다.

"금방 집으로 돌아갈 수 있어!"

위로해 주려는 여자의 말에 엘레나는 고개를 끄덕여 보였다. 두 사람이 막 천막 안으로 들어섰을 때였다.

"엘레나 님!"

"윈터힐 영애, 부상자들이 속속 들어오고 있습니다! 어찌할까요!"

그동안 천막 안의 신관들과 사람들을 지휘하던 마리안과 에스텔 신관이 엘레나에게 달려와 물었다.

"엘레나? 윈터힐?"

엘레나를 천막으로 데려온 여자는 고개를 갸우뚱했다. 익숙한 단어들이었다.

"아, 황제 폐하의……!"

전쟁이 터지기 직전, 아발론에서 온 상단을 통해 들은 적이 있다. 강한 치유력을 가진 평민 신관님이 계신데, 그분이 사실은 윈터힐 백작 영애셨고 최근에는 황제 폐하의 연인이란 사실이 밝혀져 황도가 떠들썩하다고. 그 이야기를 듣고 많은 사람들이 미래의 황후 폐하께선 참 대단한 분이시구나 하고 기뻐했었다.

"아무래도 천막을 더 세워야겠어요. 메리, 남는 천막이 있는지 수배해 주겠어요?"

"예, 알겠습니다!"

"그리고 에스텔 신관님, 신관님께선 다른 분들과 함께 포션 치료가 필요한 부상자와 아닌 부상자를 구분해 주세요."

"예, 그리하겠습니다, 영애."

"그리고 앞으론 저를 엘레나 신관으로 불러 주세요. 저는 여기에 윈터힐 백작가의 사람으로서 있는 게 아닙니다."

신관들이 저마다 고개를 끄덕였다. 그런 사람들을 향해 엘레나는 미소를 보였다. 조금 전까지 불안함에 흔들리던 마음은 속으로 넣어 두고 신뢰할 수 있는 신관의 모습을 보여 주기 위해서였다.

"이름이 어떻게 되죠?"

엘레나가 자신을 데려온 여자를 보고 물었다.

"케, 케일라입니다."

여자는 치맛자락을 잡고 무릎을 굽히며 공손하게 대답했다.

"아까는 고마웠어요. 덕분에 정신을 차릴 수 있었어요, 케일라."

"그, 그런 말씀을……."

신관님에, 백작 영애에, 자그마치 황후 폐하가 될 분. 그런 높은 분에게 고맙다는 인사를 받으니 황송하다는 듯, 케일라의 몸이 덜덜 떨렸다.

"아니에요. 하마터면 바보같이 도망칠 뻔했으니까."

케일라가 눈을 동그랗게 뜨고 엘레나를 올려다봤다.

"힘들겠지만 앞으로도 잘 부탁해요."

"제, 제가 드릴 말씀입니다!"

엘레나가 그런 그녀를 보고 살포시 웃을 때였다.

"중상자! 중상자입니다!"

병사들이 들것에 고통스레 소리를 지르고 있는 기사를 실어 데리고 들어왔다.

"낙마한 뒤에 말에 팔과 다리를 밟혔습니다!"

"저쪽으로 눕히세요!"

엘레나는 두 팔을 걷어 올렸다. 아무래도 직접 신성력을 사용해야 할 차례인 것 같았다. 부상자의 뒤를 따라서 멀어지는 엘레나의 뒷모습을 멍하니 보던 케일라는 서둘러 움직이기 시작했다. 저도 조금이나마 도움이 되고 싶었다.

　잠시 뒤, 병상 천막에서 눈이 부시도록 환한 빛이 터져 나왔다. 반역을 진압하기 위한 전투가 벌어진 그날, 엘레나의 싸움도 시작되었다.

36장

36장

하늘에서 눈송이가 폴폴 떨어져 내렸다. 서부의 겨울은 눈이 내리지 않는다던 말이 무색하도록, 벌써 몇 번이나 평야가 흰빛에 덮였다. 유독 춥고 가혹한 겨울이었다.

"또 눈이 내리네……."

하늘을 올려다보며 중얼거리는 엘레나의 입에서 하얀 입김이 흘러나왔다.

"신관님! 부상자들이 옵니다!"

"네! 금방 갈게요!"

천막 안에서 자신을 찾는 목소리에 힘차게 대답한 엘레나는 다시 하늘을 올려다보며 크게 한 번 숨을 들이켰다. 피곤해서 멍해졌던 머리가 차갑고 깨끗한 공기에 조금 맑아지는 것 같았다.

내전이 시작된 지 벌써 한 달, 그동안 많은 변화가 있었다. 황제군은 몇 번이나 서부 귀족 연합의 방어선을 무너뜨렸다. 그리고 지휘부가 모여 있다는 베르너 성을 향해 조금씩 전진했다.

그러나 서부는, 베르너령은 넓었다. 게다가 평민들로 이루어진 방어선은 끝이 없었다. 최소한의 사상자만을 내기 위해 아드레이의 기마대가 전선을 무너뜨리면, 살아남은 나머지 병사들이 후방의 방어선에 합류하는 까닭이었다.

밀고 들어오는 황제군에게서 모처럼 살아남은 병사들은 충분히 달아날 수 있는 상황임에도 그렇게 하지 않았다. 마치 전장에 남아 싸우는 것이 유일한 선택지인 사람들처럼.

이따금 귀족으로 보이는 지휘관이 모습을 드러내기는 했지만 병사들은 전선을 벗어나지 못했다. 전술이 없기 때문에 전투를 다시 치르러 가는 수밖에 없었던 것이다.

아드레이가 점점 전선을 밀어냄에 따라 엘레나가 있는 후방 부대도 그들을 따라 서부의 더 깊숙한 곳으로 움직였다.

지금 진영이 있는 지점으로 이동한 것은 일주일 전쯤이었다. 그동안 사나흘에 한 번씩, 조금씩이지만 꾸준히 서향했던 것에 비하면 꽤 오래 머무는 중이었다. 어째서 이번에는 다른 것인지 사람들은 조금씩 의아해하고 있었다.

"엘레나 님! 엘레나 님!"

잠시 생각에 잠겨 있던 엘레나는 자신을 부르는 높은 목소리에 퍼뜩 정신을 차렸다. 케일라의 목소리였다. 지난 한 달 동안 많은 부상자를 치료해 웬만한 상처에는 놀라지 않는 그녀인데. 엘레나는 무언가 심상치 않음을 느끼고 서둘러 천막으로 뛰어갔다.

"으아아악!"

사색이 된 사람들이 둘러싼 것은 눈을 크게 뜨고 비명을 지르고 있는 한 병사였다.

"크으윽!"

끔찍했다. 온몸에 화살이 꽂힌 병사는 마치 화살의 과녁 같았다. 화살을 맞는 순간 본능적으로 잔뜩 웅크렸던 것인지 수십 개의 화살이 몸의 왼쪽에 빽빽하게 박혀 있었다.

축을 뽑지 않아 출혈이 적어 아직 죽지 않고 살아 있을 뿐이었다. 화살이 꽂혀 있는 왼쪽 눈에서는 눈물인지 핏물인지 모를 것이 계속해서 흘러내렸다.

"차, 차라리 죽여 줘! 도저히……."

그는 지나친 고통에 차라리 죽여 달라 연신 호소했다. 그 모습이 얼마나 처참한지 그동안 엘레나와 함께 많은 것을 봐 온 신관들도 고개를 돌리고 입을 가렸다. 두 눈으로 보고 있지만 비현실적일 정도로 끔찍한 부상이었다.

"제발…… 제, 제발 날……."

이미 죽은 목숨이다. 병사 자신도 그것을 알고 있으니 차라리 빨리 이 고통을 끝내 달라 말하고 있는 것이리라.

"도대체 무슨 일이……."

엘레나의 입에서 신음 같은 말이 흘러나왔다. 자연스러운 부상이 아니다. 그녀는 전장에서 오랜 시간을 보낸 것은 아니었지만, 그것만큼은 단박에 알 수 있었다. 엘레나가 에스텔 신관에게 물었다.

"지금 포션 비축량이 어느 정도 되죠?"

"오늘과 내일 사용할 분량 정도 됩니다."

역시. 그녀가 아랫입술을 깨물었다.

선택은 두 가지였다. 만들어 놓은 포션을 사용하는 방법과 직접 신성력을 사용하는 방법.

잠시 고민하던 엘레나는 포션을 만들 수 있는 물을 준비하라고 일렀다. 잠시 뒤, 앞에 놓인 맑은 물에 그녀의 두 손이 잠겼다. 환한 빛이 물에 스며들었다.

평소에는 만족스러운 양의 포션을 만들 때까지 같은 작업을 반복했다. 그러나 오늘은 아니었다. 온몸에 화살 수십 개가 꽂힌 병사를 치유할 신성력을 남겨야 했다.

만들어진 포션을 다른 신관들에게 병에 옮겨 담아 달라 말한 엘레나는 화살이 박히지 않은 병사의 한쪽 손을 잡으며 말했다.

"지금부터 하나씩 화살을 뺄 거예요."

일단 몸에 꽂힌 화살촉을 제거해야 신성력을 사용해 치유할 수 있었다. 나직한 그녀의 목소리에 병사의 눈에 두려움이 스쳤다.

"많이 아플 거예요. 하지만 그 고통이 오래가지는 않을 거라고 약속할게요."

"……사, 살 수 있는…… 겁니까?"

고통에 이를 악물어 빨갛게 피가 새어 나오는 잇몸으로 병사가 물었다.

"네."

짧고 간결한 그녀의 대답에서 무언가를 읽어 낸 사내는 여전히 두려운 얼굴이었지만 고개를 끄덕였다. 그 작은 움직임에도 화살이 다시 눈을 후비는 것 같았다. 그러나 용기를 냈다. 죽지 않고 살 수 있다면, 고향의 가족을 한 번 더 볼 수 있다면.

신관이 건네준 천을 입 속으로 밀어 넣으며 병사는 눈을 감았다. 그가 준비를 마친 것을 보고 엘레나가 말했다.

"그럼, 시작하겠습니다."

잠시 뒤, 엘레나는 지친 얼굴로 병상 천막을 나섰다. 그녀의 양손과 옷은 전부 붉었다.

피에 젖어 묵직해진 드레스 때문일까. 걸음걸음이 너무나 무겁고 힘들었다. 새하얗게 질린 얼굴의 그녀가 몇 걸음을 걷다가 비틀하고 중심을 잃더니 그대로 바닥에 주저앉았다.

"아가씨!"

엘레나가 사람들을 치료하는 동안 개인 훈련을 마치고 돌아오던 에즈라가 마침 그 모습을 보고 멀리서부터 달려왔다.

"괜찮으십니까! 아, 안색이⋯⋯."

핏기가 하나도 없는 얼굴에 덜컥 겁을 먹은 에즈라의 목소리가 떨렸다. 부상병들을 치료하기 시작한 이후로 이런 모습은 처음이었다. 무리하지 않겠다고 아드레이와 한 약속을 계속 지켜 온 그녀였다.

'미안해요, 레이.'

오늘은 어쩔 수 없었다. 수십 개의 화살을 뽑아내고 지혈하는 데에만 엄청난 신성력을 쏟아부어야 했다.

"조금 쉬면⋯⋯ 괜찮아질 것 같아요."

"여기서 이러지 마시고 천막으로 돌아가셔서⋯⋯."

차가운 땅 위에 앉은 엘레나가 걱정되어 에즈라가 그렇게 말했지만 그녀는 대답 대신 아랫입술을 깨물었다. 지금은 한 발자국도 움직일 수가 없다.

지독한 현기증에 울렁거리는 속을 심호흡 몇 번으로 겨우 달랜 엘레나는 에즈라의 팔을 잡았다. 훈련 때문에 아무렇게나 걷어 올린 셔츠 자락을 쥔 손끝이 희었다.

그동안 적군이 쏜 화살에 다친 사람들은 수없이 봤다. 그러나 오늘 그것은 달랐다. 사람을 마치 고슴도치처럼 만든 그것은 훨씬 더 인위적이고 가혹했다.

"도대체 전선에 무슨 일이 있는 거죠?"

결국 병사는 한쪽 눈을 잃었다. 정신없이 비명을 지르던 그 모습이 떠오르자 가슴이 죄어드는 것 같았다. 만약 아드레이에게 그런 일이 생긴다면. 엘레나는 훅 치미는 구역감에 입을 틀어막았다.

그동안 그는 괜찮을 것이라고 생각했다. 그 누구보다 강하다는 사람이니까. 그렇게 생각하며 스스로를 다독였고 종래에는 스스로도 그렇게 믿기 시작했다. 하지만.

자꾸만 온몸을 스미는 불길한 예감과 수십 개의 화살이 박혀 있던 병사의 모습이 머릿속을 채웠다.

엘레나는 고개를 들어 저 멀리 전선이 있는 쪽을 바라보았다. 아무것도 없이 고요한 평원이 오늘따라 너무나 멀어 보였다.

"밀어! 밀어붙여! 밀려나면 죽는다!"

황제군 진영에서 연신 비명과 같은 외침이 터져 나왔다. 벌써 며칠째, 더 이상 나아가지 못하고 지겨운 싸움이 계속되고 있었다.

하루에도 몇 번씩 두 진영은 붙었다 떨어졌다를 반복했다. 지옥과 같은 이곳에서 병사들은 지쳐 갔다. 자연히 양측 모두 빠른 속도로 사상자가 늘었다.

그러나 여기서 물러설 수는 없다. 서로 방패를 맞대고 밀어내며 창을 쑤셔 넣는 와중에 입에선 단내가 나고 무릎이 휘청였다. 모두 놓아 버리고 땅에 주저앉고 싶을 때면 더욱 이를 악물었다. 그동안 스러져 간 동료들의 죽음을 모두 허튼 것으로 만들 수는 없었다.

이른 새벽부터 추적추적 내리던 겨울비는 결국 황제군과 서부군이 다시 전투를 시작한 정오 즈음엔 장대처럼 퍼붓기 시작했다. 차갑고 날카로운 빗물이 정신없이 얼굴을 때려 눈을 뜰 수 없는 지경이었다.

"크윽, 이 더러운 반역자들!"

"쑤셔 버려! 폭군의 병사들로부터 서부를 지키자!"

"개자식들! 더! 더! 다 죽여 버려!"

악에 받친 거친 욕설로 서로를 저주했다. 얼마 전까지는 같은 제국민이었다는 사실이 까마득하게 느껴질 정도로, 서로를 향한 증오와 악의만이 남았다. 적이고 죽여야 할 존재일 뿐이었다.

두둑! 두둑! 두둑!

단단한 땅을 수차례 내려찍는 듯한 둔탁한 말발굽 소리가 빗소리를 뚫고 들려왔다.

"기마대다! 황제 폐하께서 오셨다! 다들 힘을 내!"

"준비해라! 기마대가 달려온다!"

반응이 양측에서 즉각적으로 쏟아졌다. 제국군은 어쩌면 이번에는 이 전투를 끝낼 수 있을지도 모른다는 희망으로 조금 더 거세게 밀어붙이기 시작했고, 서부군은 곧 다가올 충격에 대비하여 이를 악물고 발을 더 깊숙이 땅에 심었다.

콰앙!

언뜻 폭발음처럼 들리는 커다란 소리가 울려 퍼졌다. 아드레이가 이끄는 철갑 기마 부대가 서부군의 조잡한 나무 방패와 충돌하는 소리였다.

"으아악!"

기마대의 말발굽에 깔린 누군가가 길게 비명을 질렀다. 어느새 두터운 서부 진영의 깊숙이 들어와 있던 아드레이는 달려왔던 속도를 유지한 채 말을 돌려 나가며 눈썹을 찌푸렸다.

서부군 병사들의 저지력이 터무니없이 약해졌다는 것을 느낄 수 있었다. 분명 제국군도 지쳐 있는 것은 마찬가지였지만 그들만큼은 아니었다. 제대로 먹이고 재우고 있는지조차 의심스러울 만큼 형편 없었다.

그러나 지금 당장은 그런 것까지 신경 쓸 겨를이 없다. 지친 서부군의 병사들이 예상보다 쉽게 나가떨어진 탓에 현재 그는 지나치게 깊이 들어와 있는 상태였다. 빠르게 빠져나가지 않으면 기마대는 이대로 포위된다.

아드레이가 마음을 다잡고 속도를 내기 위해 고삐를 크게 꺾을 때였다.

"이거 놔!"

"크윽! 이대로 있으면 어차피 죽어!"

서부군의 병사 하나가 방패를 내팽개친 뒤 기마대 기사의 안장을 붙잡고 매달렸다.

"나는 원래 서부 출신도 아니라고!"

병사는 목에 핏대를 세우며 쥐고 있던 창대를 바투 잡았다. 당황한 기사가 검으로 병사를 내리치려고 했지만, 뾰족한 창이 이미 기사의 허벅다리를 찔렀다.

"크윽!"

한 명의 기수를 위해 기마대 전체의 속도를 늦췄다간 모두 위험에 처하게 된다. 그 사실을 잘 알고 있는 기마대는 냉정함을 유지했다. 어쭙잖게 도움의 손길을 뻗지 않았다. 계속해서 앞으로 나아갔다.

선두에 선 아드레이를 시작으로 큰 포물선을 그리며 말 머리를 돌렸다. 그렇게 자칫 포위당할 뻔한 위기를 넘기는 것 같았다.

앞쪽에 서 있던 병사들이 말을 피해서 몸을 날리며 갑자기 시야가 트였다. 아드레이의 앞에 무언가가 나타났다.

시차였다. 윈터힐이 사용을 제안했고 그가 거절했던 시차가 서부군의 진영 한복판에서 목격된 것이다. 꽤 가까운 거리였다. 이대로 화살이 발사되면 그대로 아드레이의 머리에 박힐 터였다.

"화, 황제가 왜 여기까지!"

"어떻게 해야······."

적군의 병사들도 꽤나 당황한 듯 보였다. 그동안 전선을 허물지 못하고 고전하던 황제가 이렇게 진영 깊숙이 들어올 것이라고는 예상조차 하지 못했다.

그러나 고민은 짧았다. 그들의 지휘관이 이 모든 일의 원흉이라고 말한 황제가 바로 앞에. 그것도 서부군 지휘관들이 야심차게 준비한 비밀 무기의 바로 앞에 서 있었다.

시범 격으로 얼마 전 보급받은 것이라 아직 조준에 능숙하지는 못했지만 가장 중요한 발사 방법은 잘 알았다. 시차 옆에 비죽이 튀어나온 손잡이를 당기면 됐다. 병사가 그것을 향해 손을 뻗었다.

말 위에 앉아 있는 아드레이의 눈에 그 장면이 마치 느린 영상처럼 보였다. 잔뜩 느려진 영상 속에서 그가 상체를 최대한 숙였다. 말의 고삐를 쥔 그 손등에 푸르게 힘줄이 돋아났다.

그러나 그는 알았다. 아무리 몸을 아래로 내린다고 한들, 자신은 여전히 시차의 발사 궤도 안에 있다는 것을. 아무래도 절대 다치지 말라던 엘레나와의 약속을 지킬 수는 없을 것 같았다.

휘익, 콱!

아드레이의 뒤편에서 윈터힐 백작이 던진 중검 한 자루가 빠른 속도로 날아간 것은 말의 갈퀴가 얼굴을 간질일 때였다.

꽤 묵직한 무게에 속도가 붙어 어마어마한 힘이 실린 그것이 번개처럼 날아 시차 아랫부분의 어딘가에 깊이 박혀 들었다. 윈터힐의 사람이라면 잘 아는 시차의 치명적인 약점이었다.

수백 개의 화살이 고정되어 있는 판 자체가 중심을 잃고 기우뚱, 옆으로 쓰러졌다. 그러나 이미 병사의 손은 손잡이를 잡아당기고 있었고 팽팽하게 당겨져 있던 화살은 부르르 몸을 떨고 솟아오를 준비를 마쳤다.

덜컥!

불길한 소리와 함께 결국 시차가 작동했다. 이미 판이 완전히 기울어 제대로 된 힘을 받지 못했지만 그래도 화살은 시위를 떠났다.

"크아악!"

"컥!"

비명은 결국 서부군에서 터져 나왔다. 시차의 화살이 멀리 쏘아지지 못하고 그 앞을 막고 있던 서부 병사들의 등에 꽂힌 것이다. 앞의 제국군을 상대하고 있다가 별안간 뒤쪽에서 날아온 화살에 꿰인 이들은 아비규환에 빠졌다.

"폐하, 지금 빠져나가야 합니다!"

윈터힐 백작이 외치는 소리에 아드레이는 말의 배를 힘껏 찼다. 마침 시차의 구조적 약점을 잘 알고 있는 백작이 바로 뒤쪽에 있었던 것이 천운이었다.

기마대의 기사들도 하나같이 가슴을 쓸어내렸다. 하마터면 폐하를 잃을 뻔했다. 그 뒤에 어떤 일이 펼쳐졌을지, 상상도 하기 싫었다. 모두가 그렇게 안도할 때였다.

핑. 미약하지만 등줄기를 서늘하게 하는 소리가 아드레이의 귓가를 스쳤다.

본능적으로 화살이 날아온 뒤쪽을 바라보자 아수라장이 된 서부 병사들 너머에 말을 탄 두 인영이 보였다. 기사로 보이는 이 하나와 커다란 활을 든 궁수로 보이는 이 하나.

그들은 바로 앞에서 비명을 질러 대는 사람들이 마치 보이지 않는 것처럼 오로지 아드레이만을 바라보고 있었다. 그리고 그 궁수가 두 번째 화살의 시위를 당겼다.

첫 번째 화살이 바로 귀 옆을 스쳐 지나갔으니, 두 번째 화살이 제대로 쏘아진다면 표적을 놓치지 않을 것이다.

그러나 다행히 화살은 아드레이에게 닿지 않았다. 때마침 평야를 쓸 듯이 훅 불어오는 강한 바람에 옆에서 달리던 기사가 모는 말의 허벅다리에 꽂혔다.

"히히잉!"

말의 단말마와 함께 기사의 몸이 크게 휘청였다. 다행히 말은 그 뒤로도 작은 동산 하나를 더 넘었다. 그리고 기마대가 화살의 사격 범주를 벗어났을 때, 결국 말이 커다란 몸을 기우뚱하며 옆으로 쓰러졌다.

"뭔가 이상합니다."

모두 턱 끝까지 차오른 숨을 고르는 와중에 말의 주인이었던 기사가 말했다.

"화살 한 대로 이렇게 쓰러질 녀석이 아닌데."

말에서 내린 아드레이가 그의 곁으로 다가왔다. 옆으로 누운 말의 상태를 확인하기 위해서였다. 그러나 먼저 말의 곁으로 가 있던 하인즈 단장이 더 이상 아드레이가 다가오지 못하게 손짓하며 말했다.

"잠시만. 다가오지 마십시오, 폐하."

말이 발작을 시작했다. 입에서 피거품이 솟더니 사지를 떨며 숨을 쉬지 못하고 괴로워하다가 이내 절명했다. 보통 말의 두 배는 되는 덩치를 가진 데다 훈련을 받은 군마가 겨우 다리에 화살 한 대를 맞고 보이는 증상이라곤 볼 수 없었다.

"폐하, 조심하십시오!"

어느새 말에게 다가간 아드레이가 허벅다리에서 화살을 뽑자 하인즈 단장이 깜짝 놀라 외쳤다.

"아무래도 독인 것 같습니다."

말의 상태를 살피던 윈터힐 백작이 그렇게 말했고 모두가 동의했다. 아드레이는 자신을 향했던 화살의 촉을 살펴봤다. 세 개의 깊은 홈이 파여 있었다. 확실히 독을 묻히기에 최적화된 구조였다.

"독을 사용하기 시작했군."

아드레이가 낮은 목소리로 중얼거렸다. 하인즈 단장을 포함한 기사들은 흉흉한 눈길로 서부 어딘가를 노려봤다.

반역을 일으킨 것도 모자라 이제는 독까지. 말의 피를 뒤집어쓴 화살촉이 유독 붉게 빛났다.

"여섯 번째 방어선도 위험하다는 전갈입니다."

베르너 성, 세콰이어 백작이 르니에게 보고했다. 서부가 새로운 황제라고 칭송하는 사내의 푸른 눈이 창밖의 어둠을 노려보고 있다는 것을 확인한 백작은 말을 이었다.

"생각보다 전진해 오는 속도가 지나치게 빠릅니다. 다섯 개의 방어선을 무력화하는 데에 겨우 한 달 정도의 시간밖에 걸리지 않았습니다."

황제군에 대비해 서부 연합이 준비한 방어선은 총 여덟 개. 그들은 황제가 직접 이끄는 동북쪽 전선에 병력을 집중했는데, 그 작전이 무색하게도 동북부가 가장 빨리 무너지고 있었다. 전장의 신이라고 불렸던 황제의 무력은 상상 이상이었던 것이다.

"부상병들로 급하게 충원하고는 있지만 아무래도 후속적인 대비책이 필요해 보입니다."

황제 측의 방법은 독특했다. 병사들을 앞세워 소모하기보단 황제가 이끄는 기마 부대가 직접 움직였다.

기마대의 구성원은 황실 기사단부터 윈터힐의 기사들까지 적절히 고루 분포되어 있으며 매번 인원이 바뀌는 것 같았지만 선두는 항상 황제로, 그것만은 변함이 없었다. 한마디로 황제를 막아야만 멈출수 있는 부대였다.

"실험은 해 봤나?"

"지금처럼 황제가 기마 부대를 이끌고 뛰어든다면 충분히 닿을 수 있다고 합니다."

"하지만 그렇게 하지는 않겠지."

오늘 전장에서 서부 연합이 잃은 것은 단순히 여섯 번째 방어선이 헐거워진 것이 아니었다.

"시차를 들켰으니 더 이상 아드레이가 직접 움직이지는 않을 거다. 그 곁의 충견들이 그렇게 놔둘 리가 없지."

세콰이어 백작은 말없이 고개를 숙였다. 시차와 궁수는 사실 준비가 다 끝나지 않은 상태였다. 그런데 아드레이가 생각보다 진영 깊숙이 뛰어든 기회를 잡으려다가 졸지에 시차를 들킨 것도 모자라 후방에서 화살로 노린다는 작전까지 노출되어 버렸다.

"계속 진행해."

"그래도 되겠습니까."

전략을 수정하라는 소리를 들을 줄 알았던 세콰이어 백작이 놀란 얼굴을 했다.

"그쪽은 서부 연합의 땅을 모두 점령하고 나와 중심 세력을 모두 처단해야만 이 전쟁을 끝낼 수 있지만, 우린 그렇지 않지. 아드레이 하나만 죽이면 우린 승리하는 거다."

"명을 받들겠습니다."

"연합의 이들에게 전해라. 우린 아주 유리한 게임을 하고 있는 것이라고. 이대로 봄이 올 때까지 버텨도 우리의 승리, 아드레이의 목을 베어도 우리의 승리. 그러니 너무 걱정 말라고. 아마 지금쯤 한곳에 모여 떠들고 있겠지."

비릿한 르니에의 말에 세콰이어 백작이 고개를 끄덕였다.

"하지만 방어선의 보강은 필요할 것으로 보입니다, 폐하."

"베르너령에서 한 번 더 징집한다."

"징집…… 말입니까."

좋지 않은 판단이다. 세콰이어 백작은 그렇게 생각했다.

이걸 말해야 할까. 제대로 된, 주군에 대한 충성심을 가진 책사였다면 당연히 '이건 아닙니다.'라고 간언을 해야 한다.

그러나 지금까지 보아 온 이 베르너가의 가주는 직언을 하는 자에 대한 반응이 제각각이었다. 잠시 머리를 굴려 보던 세콰이어 백작은 강하지 않은 어조로 입을 열었다.

"지금 영지에 남겨 둔 이들은 내년 농사를 짓기 위해 필요한 최소한의 인원입니다. 그들까지 차출하면 반발이 있을 수 있습니다."

조심스러운 말이었다. 그러나 르니에가 화를 내면 언제든지 의견을 접고 명령을 따를 수 있을 만큼의 여지도 남겨 두었다.

아니나 다를까. 서슬 퍼런 호통이 날아왔다. 그러나 앞에 서 있는 르니에에게서 터져 나온 소리는 아니었다.

"제까짓 것들이 반발하면 뭘 어쩔 것인가!"

르니에가 사용하는 집무실 문을 박차듯 들어오며 베르너 공이 외쳤다.

"우리가 무너지면 농사를 지을 봄도 없다! 이 베르너령이 사라진단 말이다!"

세콰이어 백작은 찌푸려지는 얼굴을 감추기 위해서 고개를 숙였다.

"이만 나가 봐라, 백작."

"예, 폐하."

앉으라는 말이 없었는데도 마치 자신의 집무실인 양 가장 상석에 자리를 잡은 베르너 공은 이미 자신의 손으로 술을 따르고 있었다.

"여긴 무슨 일로 오셨습니까."

"한동안 쉬었으니 나도 내일부턴 전략 회의에 참석해야겠다."

통보였다.

"굳이 아버지까지 고생하실 필요 없습니다. 이 성엔 머리가 좋은 이들이 많습니다."

"네 젊은 참모진들 중 전쟁 경험이 있는 이가 몇이나 되느냐."

정복 전쟁이 있었던 동부도, 몬스터와 싸워야 하는 북부도 아닌 서부에서 평화를 누리며 자란 이들에게 전쟁 경험이 있을 리 없었다.

"이럴 때일수록 경험이 많고 정신적인 지주가 될 수 있는 구심점이 필요하다."

언뜻 들으면 대의를 위하는 말이었지만 결국 베르너 공 스스로를 가리키는 말이었다. 자신의 얼굴에 금칠을 해 대는 부친을 보던 르니에가 한쪽 입꼬리를 비스듬히 비틀었다.

"아버지께서도 전쟁 경험이 없기는 마찬가지 아니십니까. 황자로 태어나 황족으로서, 또 귀족으로서 곱게 살아오신 것은 아버지도 매한가지인데요."

"뭐라?"

"전장은 아버지가 겪어 온 중앙 정계처럼 세 치 혀끝으로 승부를 가릴 수 있는 곳이 아닙니다."

명백히 자신을 비웃는 아들의 언사에 베르너 공은 '허!' 하고 맥 빠진 소리만 냈다.

"새 술은 새 부대에 담는 것이 옳습니다."

"그리 태평한 소리를 할 때가 아닐 텐데. 지금 우리가 이렇게 베르너 영지에 몰려 있는 것도 네가 새파랗게 젊고 미천한 신분을 가진 자들을 옆에 두니 그런 것이다."

황제군에게 밀리고 있는 이 정황을 르니에의 탓으로 미루는 말이었다.

"서부 연합의 위기는 아버지의 손으로 직접 만든 겁니다. 지금 우리가 베랑도, 케인즈도, 아버지가 그리 신임하던 폰타넬도 모두 잃고 이 서부 끄트머리에 갇혀 있는 것 모두 아버지의 한 치 앞도 보지 못하는 그 어리석음 때문이죠."

그동안 비릿할망정 웃음기를 머금고 있던 얼굴이 차갑게 식었다.

"기억나지 않습니까?"

르니에의 말의 의미를 파악한 베르너 공의 얼굴이 불쾌감으로 일그러졌다. 마치 수치심에 목이 졸리는 꼴이었다.

"성공만 했다면 모든 것이 일사천리였을 훌륭한 수였다!"

"엘레나를 납치하는 것이 말입니까?"

그녀가 죽을 뻔했다. 낭떠러지 아래로 그녀가 탄 마차가 굴러 떨어졌고, 그에 더해 부친은 엘레나를 죽이라고 케인을 보냈다.

그때의 일만 생각하면 피가 거꾸로 솟는 것 같았다. 설상가상으로 그 사건 이후로 연락이 끊긴 케인은 여태껏 소식이 없었다.

베르너 공이 자신을 따르는 귀족들만 챙겨 아발론을 빠져나온 직후, 오랫동안 계획해 온 대로 거사를 시작하지 못하고 얼결에 쫓겨 서부로 도망쳐 와야 했던 귀족들의 분노가 대단했다.

베르너 공의 악수로 인해 연합의 대부분이 황궁 지하 감옥으로 끌려간 데다 윈터힐을 황제 쪽에 빼앗겼다는 사실이 알려졌을 땐 연합이 와해되기 직전까지 치달았다. 겁을 집어먹고 황제 쪽에 정보를 제공해 죽음이라도 면하겠다던 이들이 한둘이 아니었다.

언제 침몰해도 이상하지 않던 배를 고쳐 낸 것은 르니에였다. 3왕국 독립군과 연락하여 황성을 습격하고 잡혀 있던 귀족들을 탈옥시켜 서부로 끌고 왔다. 애석하게도 베랑 지역은 잃었지만 새로운 참모진을 꾸려 방어선을 구축한 것도 르니에였다.

그동안 베르너 공은 마치 자신의 죄를 아는 것처럼 숨죽이며 살아왔다. 그러다 시간이 지나고 서부군의 상황이 기울며 르니에의 입지가 흔들리자 다시 일선에 나서려고 하는 것이다.

"아버지. 아들 된 도리로서 말씀드리죠. 아버지는 황제의 그릇이 못 됩니다."

"네가 뭘 안다고 지껄이는 게냐! 내가! 내가 누군지 잊은 것이냐!"

이미 어디선가 술을 마시고 찾아와 얼굴이 불콰하게 달아오른 베르너 공이 르니에를 향해 일갈했다.

"나는 네테니얼 3세의 장남이자 마땅히 그다음 대 황위의 주인이었던 적장자다! 그 자리를 빼앗아 간 세르지오만 아니었더라도 황제가 되었을 몸이다, 이 말이야!"

"그렇습니다. 아버지는 적장자셨죠. 그럼에도 불구하고 황태자가 되지 못했던 이유는 자명합니다. 할아버님의 눈에는 아버지가 황제의 그릇이 아니었던 겁니다."

"뭐, 뭐야?!"

"장자 계승의 철칙을 깨면서까지 동생인 세르지오에게 양위를 하셨죠. 당신은 그렇게 해서라도 절대 황제가 되면 안 되는, 모자라고 쓸모없는 첫째 아들이었을 뿐인 겁니다."

"이, 이 은혜도 모르는 자식!"

결국 제 분을 이기지 못한 베르너 공이 르니에에게 달려들려고 했다. 그래 봤자 늙어서 몸이 굼뜬 베르너 공은 뛰어난 검사인 르니에의 옷깃도 스치지 못했다.

한 걸음 옆으로 비켜선 르니에가 밖의 기사들을 불렀다. 명이 떨어지기가 무섭게 문 앞을 지키던 기사들이 안으로 들어왔다.

"처소에 모셔다 드려라. 내 명령이 없는 한 처소의 문은 열리지 않아야 할 것이다."

"뭐, 뭐라? 놔! 이거 놔! 너희가 감히 날! 죽고 싶지 않으면 놓으란 말이다! 놔!"

오랫동안 중앙 정계를 쥐락펴락하던 인물이라고는 상상할 수 없는 비참한 꼴이었다. 발악하는 베르너 공을 돌아보지도 않던 르니에는 다시 집무실에 혼자 남게 되자 책상 서랍을 열었다. 그리고 한 손에 들어올 만한 작은 병을 꺼냈다.

희끄무레한 묽은 액체. 그는 짙은 안개처럼 뿌연 그것을 한참이나 들여다봤다.

동부에 위치한 옛 샴 왕국령의 성. 짙은 안개와 함께 성의 공기 또한 낮게 가라앉아 바닥을 덮었다.

동부 진압군으로 도착한 뒤로 메이나드는 이곳 옛 샴 왕국 지역 영주의 성에 자리 잡았다. 그는 지금 황제의 대리인으로서 조금 특별한 손님을 맞이하고 있었다. 조금 떨어진 산크레스트 지역에서 메이나드를 만나기 위해 온 산크레스트 영주였다.

"어네스 백작을 뵙습니다."

짧게 친 붉은 머리칼의 남자는 옛 산크레스트 왕국의 방식대로 바닥에 무릎을 꿇고 머리를 조아렸다. 이페른의 사람들에 비해 까무잡잡한 피부와 황금색 눈을 가진, 키가 큰 자였다.

"오랜만이오, 타마란 영주."

페르세우스 타마란 산크레스트. 마지막으로 메이나드와 그가 마주했을 때 그는 아직 산크레스트 왕국의 왕세자였다. 그러나 나라가 망하고 산크레스트의 이름을 잃어 이제는 타마란이라고 불리는 영주일 뿐이다.

"이번 일은 면목이 없습니다."

골격이 장대한 몸이 메이나드 앞에 공손히 접혔다.

"더 일찍이 찾아뵈었어야 했지만 내부적으로 조사를 하고 사태를 파악하느라 늦은 점, 양해 부탁드립니다."

침통해하는 목소리가 샴 영주성의 큰 홀을 울렸다.

"내 영지민들을 대신해 사죄드립니다."

언뜻 들으면 자비를 바라는 듯한 말이었지만 메이나드의 얼굴은 굳어졌다. 내 영지민. 참으로 오만한 말이 아닐 수 없다. 정복된 땅의 백성들은 이제 타마란의 영지민이기에 앞서 이페른 제국의 제국민이다.

타마란의 말실수를 지적하고 싶었지만 메이나드는 말을 삼켰다.

말꼬투리나 잡기 위해 황제의 대리인으로 동부에 머물고 있는 것이
아니었다.

"그 조사의 결과가 궁금하군."

"철저한 내부 조사 결과, 제 외숙부이신 랑칸 경이 일의 배후에 있
음을 밝혀냈습니다. 은밀히 세력을 모아 독립단을 만들고 그들에게
경제적 지원을 한 죄를 물어 제 손으로 직접 참수하였습니다."

"참수했다?"

"예. 제 손으로 직접 묻고 오는 길입니다."

"타마란 영주!"

메이나드의 호통이 쩌렁쩌렁하게 울렸다.

"반역자와 한패가 되고 싶은 것인가!"

"그게 무슨 말씀이십니까."

"반역에 가담한 자가 제국의 적합한 심문을 받을 수 있도록 죄인
을 넘기는 것이 그대의 의무였다! 반역자를 참수하고 장례를 치러
주다니, 명예로운 죽음이 가당키나 한가!"

"제 생각이 짧았습니다. 용서해 주십시오."

타마란이 다시 한번 머리를 조아리며 사죄했다. 그가 카펫 위에
얼굴을 묻는 것을 내려다보는 메이나드의 녹색 눈동자는 차갑게 식
었다.

어울리지 않게 큰 목소리로 역정을 낸 것은 일종의 시험이었다.
타마란이 이곳에 오기 전 시간을 끌며 무슨 일을 했는지는 이미 익
히 알고 있었다. 그래서 그의 반응을 보기 위해 거짓으로 분노했고,
결과는 역시 예상대로였다.

하루도 수련을 게을리하지 않아 온몸이 근육으로 이루어진 거대
한 남자가 사지를 바닥에 붙이고 몸을 웅크린 것은, 지금 그가 입은

이페른 제국의 복식만큼이나 어울리지 않았다. 타마란은 타고나길 군림하는 자로 태어난 자였다.

누군가의 앞에 조아리고 벌벌 떠는 연기는 어색했다. 목소리는 당황하고 두려운 척 제법 꾸며 냈지만, 메이나드는 미동도 없이 편히 오르내리는 그의 등을 노려봤다. 마치 커다란 맹수가 도약하기 위해 몸을 웅크리고 있는 것을 내려다보는 듯한 위화감이었다.

"자비를 베풀어 주신다면 이번 사건은 제가 책임지고 해결하겠습니다. 또한 황궁 습격 사건에 대한 사죄의 의미로 내년 세금을 두 배로 올리겠습니다."

타마란이 줄곧 바닥을 바라보던 얼굴을 들었다. 순간 메이나드는 피식 웃음을 터뜨릴 뻔했다. 저 얼굴을 보라. 저 모습 어디가 제 땅을 포기한 군주의 얼굴이란 말인가.

"나는 폐하의 명으로 이번 사태가 완전히 진압될 때까지 동부의 머무를 것이오."

"동부를 믿지 못하시는 겁니까."

"그럼 타마란 영주 그대는 그 모든 일을 랑칸이란 자가 혼자서 꾸몄다고 말하고 싶은 것인가?"

"우리 옛 산크레스트는 정복 조약을 어긴 적이 없습니다. 매년 바치는 공물조차 비단 한 필도 모자라게 하지 않았습니다. 한데 단 한 번의 실수에……."

"그 단 한 번의 실수로 아발론 황성이 폭파되었소. 그리고 많은 사람들이 다치고 죽었지."

메이나드의 차가운 일갈에 타마란이 잠시 입을 다물었다가 말했다.

"부친이신 전 어네스 백작의 일은 유감입니다."

대외적으로 어네스 백작은 독립군의 황성 침략을 막다가 전사한 것으로 알려졌다.

"고인의 명복을 빕니다."

타마란의 금색 눈동자가 메이나드를 관찰하듯 응시했다. 제법 날카롭게 던진 도발에 상대가 어찌 반응하는지 살펴 무엇도 놓치지 않으려는 눈이었다. 그러나 메이나드의 잘 만들어진 가면은 깨지지 않았다.

"타마란 영주, 그대가 방금 뱉은 보상책을 잘 이행하는지 지켜보겠소."

그 말을 마지막으로 타마란은 축객령을 받았다. 치열한 공방이 오간 듯한 면담이었지만, 메이나드도 타마란도 서로 원하는 것을 취했으니 아쉬움은 없었다.

이 대면으로 메이나드는 아직 미숙하여 사안을 꿰뚫어 보지 못하는 백작을 잘 연기해 내었고, 타마란은 산크레스트 영지가 반역자 색출이라는 미명하에 바닥까지 까발려지는 것을 막았다. 아직은 감춰야 할 것이 많았다.

처음 인사했던 것과 마찬가지로 공손히 인사를 하고 나온 타마란은 알현실 밖에서 기다리고 있던 부관과 만났다. 나이가 지긋한 중년의 남자에게선 학자 특유의 책 냄새가 났다.

함께 영주성 건물을 빠져나와 마차에 올라탈 때까지 두 사람은 한 마디의 말도 하지 않았다. 마차 문이 닫히고 말이 걸음을 시작했을 때에야 타마란이 먼저 입을 열었다.

"우릴 의심하고 있더군."

"제국에도 모두 눈 뜬 봉사만 있는 것은 아닐 테니 그럴 만도 하지요."

"그 아비에 그 아들이라더니."

타마란이 불쾌함을 감추지 않고 악문 잇새로 말했다.

전 어네스 백작은 제국에 충성하는 만큼 정복당한 세 왕국에 대해선 지독하리만치 철저한 자였다. 불시에 동생인 칼리드 경을 동부로 보내 끊임없이 감시했고, 매년 공물을 바치러 아발론 성에 가는 특사단의 명단 같은 사소한 것 하나까지도 거르고 걸렀다.

"뭐, 그리 불합리한 의심은 아니었지."

"전 어네스 백작이 이번 일로 죽은 것은 천만다행인 일입니다."

"그자가 동부 진압군으로 왔다면, 가장 먼저 내 목을 쳤을 거다."

아마 타마란이 반역에 가담했든 하지 않았든, 사실 여부는 중요치 않았을 것이다. 어디에 숨어 있을지 모를 옛 3왕국 독립군들을 와해시키는 가장 쉬운 방법은 옛 왕족들을 참수해 불씨를 제거하는 방법이었을 테니까.

"아직 풋내 나는 그 아들이 자리를 대신한 것이 하늘이 우리 산크레스트 왕국을 버리지 않았다는 증거가 아니겠습니까."

다소 낙천적인 부관의 말에 타마란은 대꾸하지 않았다.

"물건은 예정대로 전해졌나?"

"베르너 영지가 포위된 상황이라 쉽지는 않았지만 무사히 전달되었습니다. 어디에든 빈틈은 있는 법이죠."

"어쩌면 그대의 말이 맞을지도 모르지. 아직 하늘이 우리 산크레스트를 버리지 않았다는 게."

작은 유리병이 가득 담긴 상자는 누가 봐도 의심스러운 물건이었지만, 그것을 제국군에게 빼앗기는 불상사는 일어나지 않은 모양이었다.

"한데 서부 연합이 베르너령에 갇혔다라……."

제국에서도 가장 부유하고 땅이 넓은 서부 귀족들이 한데 뭉쳐 반기를 들었음에도 황제에게는 역부족인 건가. 타마란의 미간에 주름이 생겼다.

"그자라면 그럴지도."

타마란은 과거의 일을 떠올렸다. 아직 자신이 열세 살의 어린아이였을 때 마주했던 그 오만한 검은 머리의 황제를. 갓 스물이라고는 믿기지 않을 정도로 늑진하게 밴 피 냄새를 풍기며 산크레스트 왕좌에 앉아 왕족들을 내려다봤던 그 거대한 사내를.

그런 황제에게 오합지졸에 불과한 귀족 연합이 과연 승리할 수 있을까. 염려가 되지만 이미 그들과 산크레스트는 한배를 탄 사이다.

지금 산크레스트 혼자만의 힘으론, 아니 옛 3왕국 동맹의 힘으론 제국을 이겨 낼 수가 없다. 전면전을 벌여 봤자 바위에 계란을 힘껏 던지는 셈이다.

그러나 서부 귀족 연합이 어떻게든 황제를 죽이는 데에 성공하면 이야기는 달라진다. 그들은 빠르게 제국을 장악하고 내부를 안정화시키느라 동부의 독립에 대해선 모른 척, 어쩔 수 없는 척 한쪽 눈을 닫을 것이다.

"그때까진 숨죽이며 때를 기다려야 한다."

바크란 1세의 숨이 멎는 날, 그때가 산크레스트의 마지막 기회일 것이다.

"이봐, 배식이 모자라잖아!"

"지금 다른 사람들이 받아 간 것 안 보여? 다 그만큼 먹는 거라고!"

"겨우 이만큼 먹고 싸우라니! 당장 내일 죽을지도 모르는데, 밥은 제대로 줘야 할 것 아냐!"

"나도 위에서 시키는 대로 배급하는데 뭘 어쩌란 거야?"

"이 자식! 너희 배급부들이 중간에서 빼돌리고 있는 거지!"

"이게 말이면 다인 줄 아냐!"

저녁 식사를 배급하던 곳에서 우당탕 소란이 일었다.

"또 무슨 일이야?"

허름하지만 커다란 천막에서 낡은 갑옷을 입은 사내가 짜증을 내며 나왔다. 진영의 책임자인 바이칼 경이었다.

케인즈에서 온 이 준남작은 평민 출신이라는 이유만으로 북서쪽의 진영을 맡게 되었다. 하필이면 황제를 직접 상대해야 한다는 사실을 깨닫고 이미 죽은 목숨이라고 생각했지만, 아직까지 살아 나름 항전을 계속하고 있었다.

"병사들이 배가 고파서…… 아무래도 예민해져 있습니다."

가장 고참인 백인대장이 와서 보고했다. 그사이 다른 이들이 주먹다짐하던 두 사람을 떼어 냈다. 당장이라도 상대의 목을 부러뜨릴 듯 달려들었던 두 병사는 주변에서 뜯어말리자 싸울 힘도 없다는 듯 바닥에 철퍽 주저앉아 버렸다.

그 둘뿐만이 아니었다. 모두들 배고파하고 있었다. 식량 보급이 제대로 되지 않기 때문이었다.

사흘에 한 번꼴로 와서 식량과 땔감 등을 던져 주고 가던 보급대가 오지 않은 지 벌써 닷새째였다. 후방으로 사람을 보내 어떻게 된 일이냐고 물었지만, 돌아온 대답은 기다리란 말뿐이었다.

"그뿐만이 아닙니다. 이제 땔감도 없어서 밤에 불을 피우기도 빠듯합니다. 다친 사람도 너무 많고……."

"시끄럽다!"

울상으로 말하던 백인대장이 준남작의 호통에 찔끔 입을 다물었다.

"여기가 휴양지인 줄 알아! 전쟁터다! 전쟁터에서 불편한 것은 당연한 일이야! 천막이 좁다고 그동안 그렇게 불평했으니, 춥다면 서로 끌어안고 자면 될 것 아닌가!"

혼을 내면서도 준남작은 속으로 이를 갈았다. 이곳은 크게 잘못됐다. 텅 빈 눈으로 자신을 바라보는 병사들은 길 여기저기에 널브러진 난민들 같았다. 이미 싸울 의욕도, 체력도 없다.

준남작도 처음부터 위쪽에선 평민들로 이루어진 방어선 따위 크게 신경 쓰지 않는다는 것을 알았다. 그가 이곳에 책임자로 온 이유는 오로지 윗선에서 원하는 대로 이들을 소모하며 시간을 최대한 끌기 위해서였다. 그렇게만 한다면, 남작으로 승작을 받기로 이미 말을 맞췄다. 하지만.

"내일이면 보급대가 도착한다고 했으니 그때까지 버텨라."

"저, 정말입니까? 내일 온다고 합니까?"

"그래. 그러니 투덜대며 입을 놀릴 시간이 있으면 그 힘으로 창을 갈고 화살을 만들어라. 알겠나?"

"예!"

이 좋은 소식을 모두에게 알려야겠다며 뛰어가는 백인대장의 발걸음이 다시 가벼워졌다. 준남작은 쓴 물을 삼킨 듯한 얼굴로 그것을 잠시 바라보다가 다시 천막으로 돌아갔다.

백인대장의 예상은 맞아 들었다. 내일 보급대가 도착한다는 사실을 알리자 병사들의 얼굴에 다시 웃음기가 돌았다. 말에게 주어도 먹지 않을 정체를 알 수 없는 죽 따위는 지긋지긋했다. 내일이 되면 다시 제대로 된 빵 덩어리를 씹을 수 있는 건가!

"악독한 황제군 놈들! 더 악독한 폭군 황제!"

"그자 때문에 우리가 이렇게 개고생을 하고 있는 거라고! 다, 전부다! 저놈들 때문이야!"

조금 전까지 땅바닥의 흙 알갱이만 세고 있던 이들이 고개를 들고 적군을 욕하기 시작했다. 먹지 못해서 주린 배의 고통도, 땔감을 태우지 못해서 잘려 나갈 듯이 시린 손발의 아픔도 모두 황제를 향해 쏘아 댔다.

처음부터 이런 내전 따위 일어나지 않았다면 좋았을 거라고, 그랬다면 이렇게 죽고 다치고 고생하지 않았을 것이라고.

"그래도 얼마 전까진 바로 옆 마을 사람들이었는데……."

걸쭉한 욕설 사이에서 작은 목소리가 중얼거렸다.

"지금 뭐라고 지껄이는 거야!"

그 말이 마음에 들지 않은 사내가 날카롭게 되묻자 젊은이의 얼굴이 붉어졌다.

"저, 저는 영지 경계선 근처에 살아서…… 제가 살던 마을에서 제일 가까운 건 골드만령의 마을이었거든요. 그래서 어쩌면 저 안에 제가 알던 사람들이 섞여 있을 수도 있겠구나 하니까……."

그 소리에 많은 이들이 거친 욕을 하며 땅에 침을 뱉었다. 그러나 흘끔흘끔 저쪽을 바라보는 눈이 전과 같지 않았다.

"어? 음식을 만드나 보네."

누군가가 제국군 진영에서 일제히 솟아오르는 희미한 연기를 가리켰다. 식사를 만들기 위해 솥을 건 모양이었다. 얄궂게도 불어오는 바람에 음식 냄새가 섞여 있는 것 같기도 했다.

"적어도 저쪽은 배불리 먹고 싸우겠네."

결국 한데에 다시 엉켜 싸우게 될 적들이지만. 지금 이 순간은 저들이 부러웠다. 특히나 풍요로운 서부의 사람들은 이렇게 배를 곯는 데에 익숙지 않았다.

"우리도 곧 보급이 도착한다고 하니까."

누군가가 밝은 목소리로 말을 꺼냈지만 그 말끝은 흐렸다.

"조금만 더 버티면……."

동조하는 사람은 없었다. 다만 입을 다물고 저마다 할 일로 돌아갔을 뿐.

그렇게 기다리고 기다린 보급품이 도착한 뒤에도 빵은커녕 눅눅한 귀리죽을 더 적은 양으로 먹게 될 줄은 아무도 예상하지 못했다.

이페른 제국군 진영의 가장 중앙에 있는 천막은 밤이 늦도록 불이 꺼지지 않았다. 주요 지휘관들은 서부 전역에 넓게 퍼져 전투를 이끌었으나, 오늘은 이곳에 모여 작전 회의를 하고 있었다. 긴 탁자의 가장 상석을 차지한 아드레이 양옆에 앉은 이들이 천막 안을 가득 채웠다.

"시차가 전선에서 모습을 보였습니다."

회의를 주도하고 있는 풀먼 후작이 서두를 던졌다.

"윈터힐에서 초반에 서부 연합으로 넘어갔던 물자들 중 시차가 몇 대 섞여 있었던 것 같습니다. 알아본 바에 의하면 현재 저들이 가지고 있을 시차의 예상량은 열 대 안팎으로 많은 수는 아닙니다. 하지만 대인 공격의 효과는 모두가 익히 알고 계시겠지요."

현재 황제군이 가지고 있는 시차는 50대가 넘었다. 그러나 아드레이의 명에 의해 그것들은 후방으로 밀려나 봉인됐고, 정작 시차를 전장에서 활용하는 것은 서부 연합이었다. 우스운 상황이 아닐 수 없었다.

"시차의 구조상 넓은 판을 지탱하고 있는 이 아랫부분이 약점이라고 합니다. 그곳을 부수면 안정성과 발사력이 떨어지고 제 구실을 할 수 없게 됩니다. 따라서 전투 시에 시차를 상대해야 하는 일이 생긴다면 그 약점을 공략하는 것이 가장 최선의 방법일 것입니다."

지휘관들은 저마다 약속이라도 한 듯 윈터힐 백작을 바라봤고, 백작은 얕게 고개를 끄덕였다. 시차의 위력을 경험한 이들은 유독 얼굴이 굳어 있었다.

"시차에 사용되는 화살은 일반 화살과는 달리 무겁고 관통력이 높습니다."

"화살이라기보단 창에 가깝더군요."

"그렇습니다. 그렇기 때문에 일반 방패가 아니라 이번에 새로 보급된 방패를 일선에 배치하는 것이 중요합니다."

"정말 그 방패로 시차에 대한 방어가 가능한 겁니까?"

합리적인 질문이었다. 시차의 어마어마한 살상력을 겪어 본 이들은 모두 가지고 있는 의구심이기도 했다.

"실험 결과, 완전하진 않지만 충분한 효과를 보였습니다."

"흐음."

"이곳 중앙 진영의 부대는 이미 보급을 마쳤습니다. 무엇보다 최전방의 병사들에게 보급하는 것이 가장 중요합니다."

풀먼 후작이 한 마디 한 마디에 힘을 실어 말했다.

"그래도 대응책이 있어 다행이군."

누군가가 탄식처럼 내뱉은 말에 모두가 동감했다. 만일 이 시차라는 물건을 잔뜩 가진 윈터힐과 전장에서 맞닥뜨렸다면. 상상을 하는 것만으로도 지휘관들은 등골이 서늘해졌다.

"기마대 전술에 변화가 필요하다."

무거운 분위기 가운데 아드레이의 목소리가 울렸다.

　"그렇습니다. 시차까지 등장한 마당에 폐하께서 그렇게 적진 깊숙이 들어가는 것은 이제 위험합니다."

　윈터힐 백작이 동의했다. 백작이 던진 그 중검이 아니었다면, 아드레이는 그 자리에서 즉사했을 것이다. 아무리 전장의 신이라 불리는 황제라고 해도 머리가 꿰뚫리고서 살 수 있는 인간은 없는 법이었다.

　"오르테가 자작가에서 출발한 마법단이 현재 골드만 후작가에서 마지막 휴식을 취하고 있습니다."

　"거참, 느리기도 느리군."

　걸걸한 목소리의 지휘관 하나가 불평했다.

　"눈 때문에 발이 묶였다고는 하지만, 너무 늦장을 부리는 것 아닙니까."

　"마법사들은 대체로 일반인보다도 체력이 약하고, 그들의 몸 상태는 마법의 위력과도 직결된다니 어쩔 수 없지 않습니까."

　풀먼 후작이 달래듯이 말했지만 큰 소용은 없었다. 후작 본인도 불만이 없는 것은 아니었다. 오르테가 자작가는 출병 인원도 제일 적었고, 자신의 영지에 머물고 있는 마법단을 내주는 것도 영 꺼려했다.

　"마법단이 도착할 때까지 방어를 하며 재정비를 하는 것은 어떻습니까."

　윈터힐 백작의 제안이었다. 재정비라는 말에 혹해서 귀를 기울이는 지휘관들이 많았다. 모두들 지쳐 있는 것이다.

　"저들도 많이 지친 상태이니 우리가 먼저 공격하지 않는 한 싸우려고 하지는 않을 겁니다."

지난번 충돌 때 서부군은 자칫 방어선이 그대로 뚫려 버릴 뻔했다. 그리고 그런 현상은 다른 진영들도 마찬가지였다. 지난 며칠간, 서부 연합의 굳건했던 방어선이 많이 흔들렸다.

"이때 제대로 몰아붙이는 것이 좋지 않겠습니까."

"피로도를 무시하고 계속 공세를 퍼붓다가 우리가 먼저 동이 나는 수가 있습니다."

"하지만 모든 일에는 알맞은 때가 있는 법입니다. 지금 물러서서 숨을 돌리려고 하다가 그사이에 저들의 방어선이 더욱 두터워지면 어쩝니까."

"누가 물러서자고 했습니까? 현 위치를 지키며 재정비를 하자는 겁니다!"

자유롭게 오가던 토론이 과열되는 양상을 띠어 갔다. 아드레이의 앞이라 험한 소리를 하지는 않았지만, 언성이 점점 높아졌다. 양쪽 다 일리가 있는 의견이었기 때문에 더욱 그러했다.

잠시 아드레이의 안색을 살피다가 막 풀먼 후작이 중재에 나서려던 순간이었다.

뿌우우우―!

다급한 뿔 나팔 소리가 들려왔다. 적군에게서 전투 준비의 동향이 포착되었다는 신호였다. 동시에 소란스러웠던 천막이 정적에 휩싸였다.

가장 먼저 움직인 것은 아드레이였다. 그는 의자에 비스듬히 세워 놓았던 가이아를 잡아채듯 쥐고 자리에서 일어섰다.

그 덜컥거리는 소리가 마치 신호탄이라도 된 것처럼 지휘관들이 일제히 자신의 무구를 챙겼다. 그 와중에도 뿔 나팔의 우렁찬 소리는 멈추지 않았다.

아드레이가 천막을 헤치고 나왔을 때 밖은 이미 전투 준비에 한창이었다. 모두들 정해진 대로 자신의 할 일을 찾아 분주히 뛰어다녔다.

회의를 위해서 지휘관을 데리고 와 있던 기사들이 일제히 자신의 말에서 가문의 문장을 떼어 냈다. 전투에 함께 나서겠지만, 이곳 중앙 진영에 다른 부대의 지휘관들이 모두 모여 있다는 사실을 숨기기 위해서였다. 이곳에 전력이 집중되었다는 말은 동시에 다른 곳이 비어 있다는 것을 의미하기 때문이었다.

준비는 신속했다. 조금 전 천막에서 결론을 내리진 못했지만 황명에 따라 기존과는 조금 다른 진형을 짰다. 아드레이는 뒤로 물러서고 각 영지의 기사들이 측면을 위협적으로 공격하기 위함이었다. 오로지 오늘만 사용할 수 있는 임시방편이었다.

"돌격!"

깃발이 펄럭이고 뿔 나팔 소리가 요란히 퍼졌다. 제국군과 서부 연합군이 중간쯤 되는 곳에서 충돌했다.

그 뒤론 평소와 크게 다르지 않은 양상이었다. 다만 아드레이가 이끄는 기마대 대신, 여기저기서 산발적으로 날뛰며 전선을 무너뜨리려고 하는 기사들이 많아졌다는 차이점만 있을 뿐이었다.

"시, 시차다!"

"시차가 나타났다!"

그때 앞쪽에서 전투 중이던 기사 몇이 목에 핏대를 세우며 큰 소리로 외쳤다. 시차 다섯 대가 일정한 간격을 두고 전선에 나란히 맞춰 섰다. 그러나 그들도 시차의 치명적인 약점을 알았다는 듯 지난번보다 훨씬 뒤쪽에 배치되었다.

'지나치게 뒤쪽이다.'

아드레이의 두 눈이 가늘어졌다. 뭔가 이상했다. 시차를 보호하기 위해서라지만 저렇게 후방에 배치하면.

"기사들은 뒤로 물러나라!"

"퇴각! 퇴각!"

말을 탄 기사들이 재빨리 몸을 돌려 전선에서 빠져나오려 했다. 시차의 발사 범위에서 멀어지려는 시도였다.

하지만 이번에는 서부군이 빨랐다. '철컥!' 하는 방아쇠 당기는 소리와 함께 수백 발의 날카로운 파공음이 하늘을 가득 채웠다.

"방어! 방어!"

"방패를 들어 올려엇!"

시차의 등장에 허둥지둥하던 제국군 병사들이 등에 메고 있던 방패를 머리 위로 들어 올렸다. 동시에 거북이의 목이 들어가듯, 그 밑으로 숨어 몸을 한껏 웅크렸다.

퍽! 퍽퍽!

장대처럼 거대한 화살들이 그 위로 내리꽂혔다. 화살이 하나씩 방패에 머리를 들이밀 때마다 그 밑의 몸이 위태롭게 흔들렸다. 창만큼 길쭉한 것이 새로 보급된 방패에 꽂혀서 부르르 떨었다.

그러나 그게 다였다. 방패를 머리 위에 쓰고 있는 한, 죽지 않았다. 윈터힐의 아이언 스틸을 입힌 방패는 일반 방패와 비교할 수 없을 만큼 단단했다.

"크억!"

하지만 모두가 그런 행운을 누린 것은 아니었다. 미처 새 방패를 보급받지 못한 다른 지역 출신의 기사들이 화살 비에 고스란히 노출되었다. 단말마의 비명을 내지르며 기사 서넛이 말에서 굴러 떨어졌다.

서부군에서 비명 소리가 쏟아져 나온 것도 그때였다.

"방패가! 방패가 소용이 없…… 커헉!"

"사, 살려 줘!"

시차의 위치가 문제였다. 쏘아지는 반탄력도 모자라 하늘에서 떨어지면서 얻게 되는 힘까지 욕심내어 한껏 위로 쏘아올린 화살이 문제였다. 제국군을 노린 화살 중 일부가 전방에서 싸우던 서부군에게 떨어져 내린 것이다.

황제군이 하는 것을 보고 황급히 들고 있던 방패를 위로 들어 올려 봤지만, 장대 같은 화살 앞에선 무용지물이었다. 퍽 하는 소리와 함께 방패가 썩은 나무처럼 쪼개지고 그 사이를 날카로운 창이 비집었다.

"쏘지 마라! 우리 편이 다친다!"

"그만 쏴, 제발!"

놀란 병사들이 목이 터져라 외쳤다. 그 비명이 후방에 전해지지 않았을 리 없다.

그사이 황제군은 방패를 완전히 올렸다. 위와 옆을 막은 채로 똘똘 뭉쳐 빈틈이 보이지 않았다. 이 전장에서 그들은 안전했다.

"발사 준비!"

뒤쪽에서 들려온 소리에 서부군 병사들은 귀를 의심했다. 시차를 또 발사한다고?

놀라 우왕좌왕하며 후방을 바라본 서부군의 눈에 다시 한번 올라가는 깃발이 보였다. 벌써 판을 갈아 끼운 모양이었다.

"기사들! 기사들을 노려라!"

조금 전에 기사 몇이 나가떨어진 것을 보고 그것을 노리는 듯했다. 하지만 명백히 아군 병사들의 피해가 더 크다. 그런데 어째서.

"안 돼! 우리가 죽는다고! 그만 쏘라고, 이 개자식들아!"

누군가가 울부짖었지만 지휘관은 아랑곳하지 않았다.

"발사!"

철컥, 철컥! 망설임 없이 당겨지는 방아쇠와 함께 서부군 병사들은 일제히 깨달았다. 저 지휘관에게, 서부 연합의 윗사람들에겐 저 같은 평민 병사의 목숨은 아무것도 아니라는 것을. 그들에게 병사 수백의 목숨 따위는 적군의 기사 몇을 쓰러뜨리기 위해선 얼마든 치를 만한 헐값이라는 것을.

✦

후방에서 보급과 연락 업무를 맡고 있는 골드만 후작가의 장남 데미안은 조금 전 도착한 짧은 전서를 읽고 있었다. 발신인은 황제 폐하였다.

"데미안 님, 안에 계신가요?"

천막 밖에서 익숙한 목소리가 들려왔다.

"들어오십시오, 엘레나 님."

데미안과 엘레나는 그동안 한 진영에서 생활하며 여러 번 얼굴을 익혔다. 그러나 그녀가 이렇게 직접 천막으로 찾아오는 것은 처음 있는 일이었다. 부상동에서 병자들을 치료하던 복장 그대로인 엘레나는 꽤나 지쳐 보였다.

"어쩐 일이십니까."

"잠시 드릴 말씀이 있어서 찾아뵈었는데, 실례를 했다면 죄송합니다."

"아닙니다. 그저 조금 놀랐을 뿐입니다."

두 사람은 마주 앉았다. 자신의 앞에 놓인 따뜻한 차를 마시고 몸을 녹인 엘레나가 운을 뗐다.

"이곳에 진영을 꾸린 지도 벌써 일주일이 넘었네요."

"그렇죠."

"더 이상 서쪽으로 이동할 계획은 없으신가요?"

자발적으로 전장에 따라 나온 것도 모자라, 이제는 더 위험한 곳으로 부대를 옮길 일이 없냐고 묻는 이상한 여자. 데미안이 묘한 눈으로 차를 한 모금 마시며 질문으로 대답을 대신했다.

"두렵지 않으십니까, 윈터힐 백작 영애."

"무엇이 말이죠?"

"이 전장이, 매일 사람들이 죽어 나가는 전쟁이 말입니다."

그는 우연찮은 기회로 그녀가 부상자를 치료하는 것을 본 적이 있었다. 신성력이 있다는 사실은 익히 들었으니, 그저 병자들을 주르륵 눕혀 놓고 그 힘을 사용하려니 했다. 그러나 병동 천막은 데미안이 생각했던 것과 달랐다.

엘레나는 모든 사람들에게 신성력을 쓰지 않았다. 미리 만들어 놓은 포션도 매우 신중하게 썼다. 철저하게 부상의 경중에 따라 포션의 사용 여부를 판단했다. 부상의 정도가 그리 심하지 않으면 그 사람은 포션을 쓰지 않고 일반적인 방법으로 돌봐 주었다. 합리적인 방식이었다.

그러나 제 몸의 고통 앞에서 그런 합리를 이해하지 못하는 병사들도 많았다. 빨리 포션으로 고쳐 달라며 난동을 부리고, 잘린 팔다리를 붙여 내라고 엘레나의 멱살을 잡는 일도 있었다.

데미안은 그녀가 점점 위축될 것이라 생각했다. 그리고 금방 부상자들을 치료하는 일에 흥미를 잃을 것이라 여겼다.

윈터힐 백작의 외동딸이자 황제의 약혼자. 즉, 그녀는 전쟁이 끝나면 황후가 될 사람이었다. 그러니 전쟁터에서 그런 거친 꼴을 당하고, 매일 녹초가 되어서 쓰러지는 일을 계속하리라고는 생각하지 않았다.

그러나 그녀는 멈추지도, 도망치지도 않았다. 오히려 빠르게 병동 천막의 체계를 만들어 더 많은 부상자를 소화할 수 있도록 했다.

"무섭죠. 안 무서울 리 있나요."

어깨를 으쓱하며 웃는 얼굴 어디에서도 데미안은 두려움을 찾을 수 없었다. 대신 심지가 강인한 여성의 각오가 느껴졌다.

"하지만 저는 제가 없는 곳에서 아드레이가, 아버지가, 그리고 제가 아끼는 사람들이 다쳐 쓰러지는 게 더 무섭거든요."

"아……."

데미안이 무심코 흘린 소리에 엘레나가 멋쩍게 웃었다.

"너무 이기적이죠? 제 사람들만 생각하는 게."

"아, 아닙니다. 그런 의미가 아니라!"

그가 당황해 얼굴을 붉게 물들이며 양손을 내저었다.

"흠흠. 그저 다른 사람을 고칠 수 있는 힘을 가진 분의 고충은 그런 것이겠구나, 하고 놀랐을 뿐입니다."

"그러셨나요."

엘레나는 담담하게 웃었다. 그리고 데미안을 향해 말했다.

"데미안 지휘관님의 결정에 어떤 식으로든 간섭을 하겠다는 것은 아니에요. 하지만 이대로 머물러 있다간 전선과 점점 멀어질 것 같아 불안해서……. 아무래도 저는 전황을 알지 못하니까요. 점점 부상자가 늘어나고 있다는 것밖에는요."

불안했다. 그녀와 데미안이 머물고 있는 후방 부대는 전선에서 꽤나 떨어진 곳에 위치했다. 부상자들의 이야기를 들어 보면 그곳에서 출발한 뒤 꼬박 하루가 걸려 이곳에 도착했다고 했으니 말이다.

위급한 환자에게 그 정도 거리는 너무 멀었다. 아드레이나 윈터힐 백작이 당장 중상을 입는다면 이곳까지 오지 못할 확률도 높았다.

또한 중상자의 수가 최근 급격하게 늘어난 것도 신경이 쓰였다. 차마 회복 중인 환자들에게 전장에서 있었던 일을 캐물어 볼 수는 없어 마음속의 불안감은 점점 커져만 갔다. 당장이라도 아드레이나 윈터힐의 사람들이 피를 흘리며 들것에 실려 올 것 같아 잠을 설쳤다.

데미안은 어두운 안색의 그녀에게 좋은 소식을 전해 주기로 마음먹었다.

"조금 전 전령이 왔습니다. 지난한 공략 끝에 여섯 번째 방어선을 허물고 더욱 서쪽으로 이동 중이니, 후방부대도 움직이라는 전갈이었습니다."

"아, 다행이네요!"

엘레나의 얼굴이 빛이 비춘 듯 밝아졌다.

"이번에 움직이면 베르너령의 중심부로 완전히 들어가게 됩니다. 따라서 우리 후방 부대는 본진과 완전히 합류할 예정입니다. 전선과는 여전히 거리가 있긴 하겠지만요."

"합류라면, 혹시……."

"예. 폐하를 만나실 수 있을 겁니다."

만난다, 드디어. 그녀가 그의 얼굴을 까먹을 일은 절대로 없었지만, 그래도 눈, 코, 입 중 하나쯤은 기억이 희미해져도 이상하지 않을 긴 시간이었다.

"하지만 앞으론 전장과 매우 가까워지게 될 겁니다. 마음의 준비를 해 두세요."

"괜찮아요, 견딜 수 있을 거예요!"

아드레이를 볼 수 있을지도 모른다는 생각에 조금 전까지 발을 질질 끌게 만들었던 피로감이나 지긋지긋한 추위가 모두 날아가 버렸다.

"빨리 준비를 해야겠네요! 그럼 나중에 또 봬어요, 데미안 님!"

그렇게 인사말을 남긴 엘레나가 천막을 뛰쳐나갔다. 스스로의 감정을 조금도 숨길 생각이 없는 소녀 같은 모습이었다.

"저렇게 꾸밈없는 분이 황후로서 잘 해내실 수 있을까 모르겠군."

꽤나 박한 말을 중얼거리며 다시 지도를 들여다보는 데미안이었지만, 그 입가에 은근히 스민 미소는 오랫동안 사라지지 않았다.

✦

"저기 보급대가 온다!"

서부 연합군의 감시탑에 올랐던 병사가 외쳤다. 잠잠하던 군영이 조금 소란스러워지고, 지휘관이 배급관을 맞이하기 위해 천막에서 나왔다.

서부군의 일곱 번째 방어선은 여섯 번째 방어선의 지휘관이었던 바이칼 경이 여전히 맡고 있었다. 비록 여섯 번째 방어선은 무너졌지만 꽤 오랫동안 전선을 유지했던 공을 인정받아 한 번의 기회가 더 주어졌다.

후방에서 보급관이 물자를 가지고 오는 날이기에 최선을 다해 깔끔하게 입었지만, 바이칼 경은 갑옷 곳곳에 남은 치열한 흔적과 초췌한 얼굴을 감출 수 없었다. 병사들은 두말할 것도 없고, 지휘관인 바이칼 경조차도 먹을 식량이 모자라 하루하루 괴롭게 버티고 있던 와중이라 보급관의 방문이 더욱 기다려졌다.

드디어 멀리에 행렬이 보였다. 그런데 뭔가 이상했다. 수만 명이 모여 있는 부대가 소비하는 음식과 물자는 상상을 초월하는 어마어마한 양이다. 그러니 짐마차가 꼬리에 꼬리를 물고 계속 이어져야 했다. 그러나 다가오는 행렬엔 짐마차보다 사람이 더 많았다.

"이, 이게 어찌된 일입니까?"

말에서 내리는 배급관에게 바이칼 경이 물었다.

"뭐가 말이오."

갑옷이 아니라 고급스러운 옷을 입은, 귀족으로 보이는 배급관은 피곤과 짜증이 뒤섞인 얼굴로 되물었다.

"물자는 얼마 보이지 않고…… 저들은 다 뭡니까?"

"보면 모르오? 새로 징병되어 충원한 병사들이오."

사망자들과 부상자들 그리고 퇴각하다가 황제군에 잡혀간 포로들이 있으니 충원이 필요한 것은 맞았다. 그러나 인원이 너무 많았다. 보급품이 충분치 않은 전장에서 충원은 입이 늘어나는 것을 의미했다.

곤란한 얼굴로 어찌할 바를 모르던 바이칼 경은 보급관이 건넨 문서를 보고 아예 할 말을 잃어버렸다. 딱딱하게 굳어서 몇 번이고 다시 읽어 보는 그에게 보급관이 짜증스레 물었다.

"여기에서 그대가 사용하는 천막은 어디오? 오늘 본영으로 되돌아가기엔 이미 늦었으니 내가 거길 좀 사용해야겠는데."

"그게 중요한 게 아니라……. 보급품이 이게 전부입니까?"

"지금 항명하는 거요?"

"그, 그런 게 아니라……."

항명. 바이칼 경은 전장에서 무거운 무게를 지닌 그 말에 잠시 움찔했으나 다시 입을 열었다. 그래도 이건 옳지 않았다.

"요청드렸던 막사는 겨우 스무 개가 증량되었을 뿐이고, 부상자들을 치료할 약은 아예 포함이 되어 있지 않습니다."

함께 온 병사가 적어도 2천은 되어 보이는데, 그럼 한 천막을 100

명이 함께 쓰라는 말인가. 이미 포화 상태인 막사들을 생각하면 새로운 징집병들을 그곳에 끼워 넣을 수도 없었다. 게다가 식량과 땔감의 보급량은 더욱 심각했다.

"혹시 중간에 제 보고가 누락이 되었던 것인지……."

"누락된 일은 없소. 천막과 식량, 그리고 다른 물자들의 증량 요청을 받았으니 이렇게 가져온 것 아닌가. 윗선에 감사해야 할 것이오."

"하, 하하…… 감사라니."

어이가 없어서 바이칼 경은 헛웃음만 흘렸다. 그에 보급관의 눈초리가 날카로워진 것은 두말할 것도 없었다.

"불만이라도 있나?"

평소라면 자신의 목을 생각해서라도 '아닙니다.' 하고 물러섰을 바이칼 경이었지만, 지금은 그렇게 침착하지 못했다. 아니, 그럴 여력이 없었다. 마지막으로 뭔가를 먹은 것이 어제 아침이었고, 병사들은 더욱 심각한 상황이었으니까.

"이러면 안 됩니다."

"뭐라?"

"이렇게 하면 안 된다고 말씀드렸습니다!"

결국 바이칼 경의 언성이 높아지고 큰 소리가 나자 주변의 병사들이 모두 그들을 바라봤다. 평민 병사들 앞에서 겨우 준남작 따위가 소리를 치자 배급관의 얼굴이 무섭도록 붉어졌다. 하지만 바이칼 경은 그가 소리칠 기회를 주지 않았다.

"창을 쥐고 나가서 싸워야 할 병사들이 겨우 죽지 않을 만큼만 먹고 있습니다! 부상자들은 치료할 약이 없어서 충분히 다시 일어나 싸울 수 있음에도 계속 누워서 병만 키우고 있단 말입니다!"

화가 머리끝까지 치솟았다. 처음부터 방어선을 이루는 평민들을 귀히 생각하지 않는 윗선이라는 것은 알았지만, 그래도 이건 너무한 처사였다.

"전투가 어느 정도 안정권에 들어서면 작전도 변경될 거라고 하더니, 그건 언제입니까. 이렇게 사람들로 벽을 세워 두기만 할 거랍니까!"

먹은 것이 없어서 머리가 핑 도는 와중에도 바이칼 경의 목에 핏대가 섰다.

"이대로는 다 죽는 수밖에 없습니다! 원정군인 황제군이 우리보다 솥을 자주 겁니다. 밤이 되면 저쪽은 모닥불을 넉넉하게 피워 대낮처럼 환할 지경입니다."

"이봐, 바이칼 경."

"귀족분들이 많은 본진과 같은 대우를 바라는 건 아닙니다. 그래도 먹어야 싸울 것 아닙니까! 아무리 평민 병사들은 사람 취급도 안 한다지만, 연합을 위해서 몸을 바치라고 하려면 적어도 먹여야, 컥!"

배급관이 호신용으로 차고 있던 중검으로 아무렇지 않게 바이칼 경의 가슴을 찔렀다. 평소라면 기사가 이토록 허무하게 일반인에게 당하지는 않았겠지만, 먹지 못하고 화가 나 있던 상태라 한계가 있었다.

"컥, 커헉!"

입에서 붉은 피를 울컥울컥 토하던 바이칼 경은 이내 바닥에 털썩 쓰러졌다.

"평민 주제에 분수를 모르고."

배급관의 싸늘한 일갈을 주변에서 황망히 바라보던 이들이 모두 들었다. 일신상의 검술이 뛰어나 기사까지 되었음에도, 평민이라는 그의 존재 자체가 경멸스럽다는 태도였다. 뒤늦게 그 시선들을 감지한 보급관이 큰 소리로 외쳤다.

"우리 서부 연합의 르니에 황제 폐하가 아닌, 저 폭군 바크란 1세를 감히 '황제'라 칭한 자의 최후다! 너희들은 이자의 죽음을 똑똑히 기억하고 이페른 제국의 적법한 주인이 누군지 다시 한번 새겨라!"

누가 들어도 홧김에 저지른 일에 대한 비겁한 변명이었지만, 평민들의 시선 따위는 보급관에게 아무런 영향도 끼치지 못했다. 그러나 일단 부대의 지휘관을 죽였으니 뒷수습을 해야 했다. 이 일을 보고하고 위에서 대체자를 보내기 전까진 이제 보급관이 이곳의 책임자였다.

"어이, 거기 너!"

"예, 예?"

"저자가 사용하던 막사로 안내해라!"

지금 도대체 무슨 일이 일어난 것인지 받아들이지 못하고 멍하니 바라보는 병사들을 한 번 째려본 보급관은 짜증을 내며 지휘관의 천막으로 향했다.

엘레나를 포함한 후방 부대가 전선과 제일 가까운 본영에 도착했다. 근처의 낮게 솟은 언덕에 올라가면 전선이 보이는 곳에.

그동안 떨어져 있던 많은 사람들이 상봉했다. 엘레나 또한 아발론에서 같이 출발했지만 도중에 헤어져 전선에서 계속 사람들을 치료하던 신관들과 다시 만났다.

"엘레나 신관님을 다시 만나니 기뻐요."

"다들 별일 없으셔서 너무 다행이에요."

군영에 오랜만에 웃음소리가 들렸다. 익숙해진 얼굴들을 전장에서 잃어 가는 것에 익숙해져 있던 사람들에게 아는 사람과의 재회는 가뭄의 단비 같았다.

한참 동안 그렇게 반가운 얼굴들과 인사를 한 엘레나가 제일 먼저 향한 곳은 아드레이의 막사였다. 그는 전선에 나가 부재중이라는 것을 알고 있었지만, 주인 없는 방이라도 좋았다.

"들어가도 될까요?"

"아, 예! 들어가십시오, 영애!"

이미 언질을 받은 것인지 막사 앞을 지키고 있던 병사는 손수 입구의 천을 들어 주었다. 그에게 작게 인사한 엘레나가 조심스레 안으로 들어섰다.

"아, 보고 싶다."

천막 안에 발을 딛고 첫 숨을 들이켜자 그 말이 절로 나왔다. 임시로 지어진 막사라지만 앞쪽에 응접실과 물을 받을 수 있는 나무 욕조가 있고, 안쪽에 침실이 따로 구분되어 있을 만큼 공간이 제법 넓었다. 그리고 그 넓은 공간에 아드레이의 향기가 가득했다.

그의 얼굴을 마주한 것이 아닌데도 두근두근하며 기분 좋게 설레는 마음을 안고 침실 쪽으로 발걸음을 옮겼다. 장식이 없는 깔끔한 침구에서 그의 성격이 보이는 것 같아 웃음이 났다.

"나 지금 너무 변태 같은가."

주인 없는 방에 혼자 앉아 침대를 쓰다듬으며 웃는 모습을 누군가 본다면 꽤나 우스울 것 같았다. 그렇지만 너무나 오랫동안 멀리 떨어져 있었다. 그가 그리웠다.

조심스레 침대 위에 몸을 누이고 베개를 끌어안았다. 아드레이의 품에 얼굴을 묻은 듯, 그의 향기가 진하게 느껴지는 것 같았다.

"이제 곧 볼 수 있을까……."

그는 본영에 자주 돌아오지 않는다고 했다. 계속 전선에 머무는 것이다. 그래도 오늘은 혹시 돌아오지 않았을까 기대를 했지만, 역시나였다.

그녀가 오늘 본영에 오는 것을 아드레이가 모르고 있을 리 없다. 후방 부대의 합류는 황명으로 이루어진 것이었으니까.

하지만 조금 아쉬운 것을 빼면 아무렇지 않았다. 전선을 비울 수 없는 그의 마음을 엘레나는 이해할 수 있었다.

"엘레나 님! 잠시 괜찮으세요?"

언젠가 아드레이가 베고 누웠을 침대를 쓰다듬으며 배시시 웃고 있는데 밖에서 누군가의 외침이 들렸다. 다급한 목소리였다.

얼른 침대에서 일어난 엘레나는 머리와 옷을 점검하고 밖으로 나갔다. 젊은 남자 신관이 그녀를 기다리고 있었다. 이곳 전선에서 부상자를 돌보고 있던 신관이었다.

"어쩐 일이세요?"

"오시느라 피곤하시겠지만, 혹시 포션을 좀 만들어 주실 수 있으십니까? 어제 포션이 떨어졌는데 지금 급한 환자가 와서요."

"그럼요. 같이 병동으로 갈까요."

아직 지리를 몰라 남자 신관을 따라 병동 천막에 도착한 엘레나는 조금 놀랐다. 전선이 가까운 곳이라 그런지 부상자의 수가 후방과는 비교도 할 수 없을 만큼 많았다. 병동을 뜻하는 수십 개의 흰색 천막이 줄지어 있었다. 게다가 안으로 들이지 못한 부상자가 많은지 그 주변에도 힘없이 누워 있는 사람들이 있었다.

아드레이의 생각으로 감상에 빠져 있을 때가 아니었구나. 엘레나는 조금 반성하며 서둘러 포션을 만들어 주었다.

"감사합니다, 엘레나 신관님."

이제 나도 사람들을 도와 볼까 하고 팔을 걷어붙이는데, 무언가 이상한 점이 그녀의 눈에 들었다. 포션을 가지고 치료를 시작한 신관들이었다. 분명히 천막 밖에도 급해 보이는 환자들이 많았는데, 그들은 돌보지 않는 것 같았다. 마치 그들이 눈에 보이지 않는 것처럼.

"키탄! 정신 차려, 키탄!"

급기야 바깥의 병사 하나가 쓰러진 자신의 동료를 흔들며 소리치기 시작했다.

놀란 엘레나는 다가가 부상병의 상태를 확인했다. 제대로 치료받지 못해 부러진 다리가 퉁퉁 부은 채로 괴사하고 있었다. 정신을 잃은 상태에서도 괴로움을 이기지 못한 병사가 연신 끙끙 신음을 내었다.

엘레나는 짧게 신성력을 사용하여 고통을 덜어 준 뒤, 서둘러 천막 안으로 돌아와 신관을 붙잡고 물었다.

"어째서 밖에 있는 환자들은 돌보지 않으시는 거죠?"

"그게 그들은……."

엘레나의 질문을 받은 신관은 좀처럼 대답을 하지 못했다. 나쁜 짓을 하다가 들킨 사람처럼 얼굴을 붉혔다.

"그들은 전쟁 포로들입니다."

"전쟁 포로요?"

"예. 서부군에서 후퇴하지 못하고 잡혀 온 이들입니다."

아, 그래서……. 그들이 입고 있던 옷이 그동안 익숙하게 봐 온 제국군의 병사들과는 조금 달랐던 것을 그제야 이해할 수 있었다.

잠시 머뭇거리던 신관이 죄책감이 가득한 얼굴로 털어놓았다.

"사실 저희는 그들을 치료해 줄 수가 없습니다."

"그게 지금 무슨 말이세요?"

"군법상 불가능하다고 합니다."

엘레나의 커다란 눈이 두어 번 깜박였다. 방금 들은 말을 이해하려는 노력이었다.

"정말로 위중한 사람들은 저희가 눈을 피해 몰래몰래 도와줬지만, 그것도 한계가 있어서⋯⋯."

"몇 번이나 시도했습니다. 하지만 기사들이 요지부동이라 어쩔 수 없었습니다."

이 문제로 기사들과 몇 번이나 마찰을 겪은 신관들은 이때다 싶어 속상함을 토로했다. 이제 상황을 대충 파악한 엘레나는 조금 화가 났다.

"포션은 얼마든지 더 만들어 낼 수 있으니 치료하죠."

그 말에 표정이 밝아지는 사람들도 있었지만 대부분은 고개를 절레절레 저었다.

"저 사람들을 제대로 돌보려면 지휘관의 허가가 필요합니다. 저희도 시도했다가 중간에 저지당한 것이 한두 번이 아니었어요."

"지휘관의 허가라⋯⋯. 지금 이 본영의 책임자가 누구죠?"

황제인 아드레이는 전장에 나가 있으니, 누군가가 대신 이곳을 지휘하고 있을 터였다.

"폐하께서 안 계실 때는 보통 풀먼 후작님이 이곳을 책임지시지만, 오늘은 그분도 자리를 비우신 터라 아마 그분의 부관인 파인 폰체테르 경일 겁니다."

체테르. 처음 들어 보는 성이었다. 그러나 풀먼 후작의 부관이라면 꽤 높은 직급의 기사가 틀림없었다. 엘레나는 고개를 끄덕이고 곧장 지휘부를 찾아갔다.

지휘부 천막의 밖에서 조금 기다리고 있자니, 낯선 목소리가 그녀를 안으로 맞이했다. 짙은 갈색 머리의 기사는 확실히 처음 보는 사람이었다.

"파인 폰 체테르입니다, 레이디."

"엘레나 폰 윈터힐 신관입니다, 체테르 경."

천막을 들어올 때부터 누구인지 어렴풋이 짐작은 하고 있었으나, 엘레나의 풀네임을 들은 체테르 경은 그녀를 위아래로 훑어보지 않기 위해 노력해야 했다. 품평의 의미는 아니었다. 제국을 몇 차례 떠들썩하게 했던 주인공이니 관심이 갔다.

"무슨 용무로 오셨습니까."

"오늘 본영에 와 보니 서부 연합의 포로 병사들이 제대로 된 치료를 받지 못하고 있더군요. 저는 그들을 치료하고 싶습니다."

"그건 안 될 말입니다."

엘레나가 뭐라고 더 말을 꺼내기도 전에 단호한 거절이 들려왔다.

"영애께선 전쟁이 처음이라 잘 모르시겠지만, 저들은 엄연한 포로입니다. 포로들에게 치료를 해 주는 선례는 없었습니다."

"선례가 없었다는 것은 아무런 의미도 없어요. 그저 지금까지 아무도 해 보지 않았다는 말일 뿐이죠."

"오랜 시간 동안 아무도 하지 않은 데에는 다 이유가 있기 마련입니다, 영애."

풀먼 후작의 부관이라는 이 기사는 그녀에게 대놓고 무례하게 굴지는 않았지만, 은연중에 무시했다. 전쟁과는 전혀 인연이 없던 귀족 영애가 무엇을 알겠냐는 태도였다. 입가에서 웃음기를 거두지 않는 모습에서 그 생각이 뻔히 느껴졌다.

"폐하께서는 지금 이 상황을 알고 계신가요?"

엘레나가 툭 던진 질문은 꽤 파급이 컸다. 여유로움을 잃지 않던 체테르 경의 의기양양한 표정이 처음으로 흔들렸다.

"적군 포로에 대한 것까지 폐하께서 아실 필요는 없습니다."

그럼 그렇지. 엘레나는 긴장으로 딱딱하게 굳어 있던 어깨의 힘을 풀었다. 아드레이가 알고 있었다면 그들을 이렇게 대할 리가 없다. 잠시 전선의 반대편에 섰을 뿐, 저들도 제국민이니까.

"영애께서 잘 모르시나 본데, 원래 포로는 포획된 그 자리에서 바로 죽지 않으면 다행인 겁니다."

마치 길거리의 거지에게 적선이라도 한 듯한 말투였다.

"게다가 우리 군에선 저들에게 매일 식사도 제공하고 있습니다. 이런 대우를 받는데 치료까지 받지 못한다고 징징댈 포로는 없으니 걱정하지 않으셔도 됩니다."

어린아이 타이르는 듯한 말에 엘레나는 차갑게 대꾸했다.

"저들은 그냥 포로가 아닙니다. 이페른 제국의 제국민이기도 합니다. 그 사실을 잊으신 겁니까?"

당황한 체테르 경이 무어라 말하려고 입을 뻥긋했지만 엘레나는 고개를 저었다. 지금 당장 고통에 겨워하는 사람들이 있는데 이런 사람과 탁상공론을 하며 시간을 낭비하고 싶지 않았다.

"나는 저 사람들을 치료할 겁니다."

그렇게 통보를 한 뒤 돌아선 그녀의 등에 체테르 경이 날카롭게 경고했다.

"그렇다면 전 지휘관으로서 명령 불복종의 죄를 물어 영애를 군법으로 다스릴 수밖에 없습니다."

이렇게까지 말했는데 네가 어쩔 것이냐는 듯 한쪽 입꼬리가 올라가 있었다.

엘레나는 그제야 깨달았다. 저 사람에게 포로들을 치료하는 문제는 무엇이 옳고 그르냐가 아니라, 단순히 지금 이 자리에서 누가 자존심을 지키고 말싸움에서 이기느냐의 문제일 뿐이라는 것을. 더 이상 대화를 지속할 필요를 느끼지 못했다.

"그럼 날 잡아서 저 사람들과 같이 가두시든가."

엘레나는 지휘관의 막사를 나와 다시 병동으로 향했다. 뒤에서 따라 나온 체테르 경이 뭐라고 소리치는 것이 들려왔지만, 지금은 머릿속이 바빴다. 저 많은 사람들을 다 치료하기에 후방에서부터 가져온 포션과 약들이 충분할 것인가 계산을 하는 중이었다.

누가 불렀는지 이미 병동 근처에서 에즈라와 마리안이 그녀를 기다리고 있었다. 그러나 불안한 얼굴은 아니었다. 오히려 '우리 아가씨 멋지다!'라고 소리치는 열렬한 눈이었다.

엘레나도 그런 그들을 향해서 씩 웃어 줬다. 후폭풍이 걱정되지 않은 것은 아니었다. 그러나 그녀에겐 확신이 있었다.

'난 지금 옳은 일을 하고 있어. 아드레이도 나와 같은 생각일 거야.'

자신의 백성을 저렇게 고통스럽게 두지 않을 남자였다, 아드레이는. 그렇게 확언할 수 있기에 엘레나의 발걸음에 힘이 실렸다.

"포션과 약, 붕대를 가져다주세요. 지금부터 포로들을 치료할 거예요."

"네, 아가씨."

마리안이 가장 먼저 움직였다. 에즈라는 엘레나의 곁에서 호위를 시작했다. 그는 전장에서 지휘관의 명령을 어기면 어떤 일이 벌어지는지 잘 알았다. 그래서 더욱 아무도 아가씨의 곁에 다가오지 못하게 하겠다는 얼굴로 주변을 노려봤다.

"가져왔어요, 아가씨."

마리안의 목소리에 돌아보자 그녀가 커다란 상자를 들고 있었다. 그녀만이 아니었다. 함께 후방에서 사람들을 치료하던 이들과 이곳 본영의 신관들도 함께였다. 그들을 찬찬히 한 번 바라본 엘레나는 천막 밖의 포로들이 모여 있는 곳에 다가갔다.

이렇다 할 천막도 무엇도 없이 말뚝과 선이 그어진 공터에 모여 있는 사람들. 가까이 다가갈수록 그들에게서 죽음의 냄새가 풍겼다. 전장에서 다친 사람들을 보살피며 이제 그녀도 조금 익숙해진 냄새였다.

"누, 누구야!"

첫 번째 무리에서 가장 위독해 보이는 사람에게 엘레나가 다가가자 그 곁의 동료로 보이는 사람이 잔뜩 경계했다. 특히나 에즈라의 허리춤에 걸린 검을 보는 눈에 공포가 깃들었다. 그러나 정작 부상자는 아무런 반응도 보이지 못했다. 이미 정신을 잃을 정도로 고통이 심한 것이다.

"잠시 보겠습니다."

엘레나는 조심스레 환부를 살폈다. 발등에서 시작된 상처가 곪고 썩어서 이미 무릎 아래까지 퍼졌다. 옷을 젖히자 끔찍한 악취가 퍼져 나갔다. 엘레나가 미미하게 인상을 찌푸리며 중얼거렸다.

"지금까지 버틴 게 용하네."

의학이 있는 곳이었다면 아마 다리를 모두 잘라 내야 했을 것이다. 신성력이 존재하는 것이 다행이었다.

엘레나는 마리안이 건네준 포션 원액을 조심스레 환부에 부었다. 고통에 병사가 비명을 지르며 일어나는 일이 없기를 바라며 조심스레 반 병 정도를 붓고 기다리자 놀랍게도 천천히 새살이 돋았다. 완전히 다 낫게 하려면 한 병을 모두 다 사용해야겠지만, 치료할 사람이 많은 이곳에선 이게 최선이었다.

"동료분은 앞으로 치료를 잘 받으면 금방 괜찮아지실 거예요."

"예? 아…… 가, 감사합니다!"

조금 전까지 썩어 가던 동료의 발과 엘레나를 몇 번 번갈아 보던 병사가 그제야 정신을 차리고 황급히 고개를 숙였다. 주변의 병사들도 두 눈이 휘둥그레지는 것은 마찬가지였다.

"비록 지금은 포로로 잡혀 있지만 이분들도 엄연한 제국민입니다. 저는 그렇게 생각해요. 저는 부상당한 제국민을 돕기 위해 이곳에 왔고 그래서 이들을 치료할 생각입니다. 그러나 군법에 어긋나는 것도 분명한 사실입니다. 그러니 선택은 여러분 개인에게 맡기겠습니다."

엘레나는 뒤쪽에 있는 신관들에게 조용한 목소리로 말했다.

"포로들을 돌보지 않으실 분은 다시 천막으로 돌아가 다른 병자들을 돌봐 주시면 됩니다. 그것뿐이에요."

말을 마친 엘레나는 다음으로 눈에 든 부상자에게 다가가 상처를 살폈다. 잠시 뒤, 몇몇 사람들은 자연스레 천막으로 돌아가고, 또 몇몇은 남아 포로들을 돌보는 데에 힘을 보탰다.

"어찌하시겠습니까, 후작 각하."

멀리서 엘레나와 사람들의 모습을 지켜보던 풀먼 후작에게 곁에 있던 기사가 물었다. 긴장감이 서린 목소리였다.

지난 몇 개월 동안 윈터힐 백작의 고지식할 정도로 자신의 사람을 아끼는 성정을 고스란히 목격해 온 기사들이었다. 만약 여기서 엘레나를 정말 군법으로 다스리면 윈터힐 백작이 어떻게 반응할지 생각만 해도 가슴이 내려앉는 것 같았다.

게다가 폐하는 또 어떤가. 기사는 풀먼 후작에게 '저분은 황후가 되실 분입니다.'라고 다시 언질을 드려야 하는 것인가 고민했다.

"다 제 불찰입니다. 제가 더 확실하게 말렸어야 했는데."

어느새 곁으로 다가온 체테르 경이 고개를 푹 숙인 채 침통한 목소리로 말했다. 그의 심장이 조마조마하게 뛰고 있었다. 이 자리에서 풀먼 후작이 엘레나에게 어느 식으로든 처벌을 내리면 그 불똥이 튀는 것은 오히려 자신이 될 수 있었다.

"뭐, 틀린 말씀은 아니 하셨지."

그런데 돌아오는 풀먼 후작의 목소리가 제법 가벼웠다. 주변의 기사들이 놀라서 후작을 바라봤다.

"저들도 분명 제국민이지, 그렇지. 다만 그 영주가 반역에 가담해 농기구 대신 창검을 들고 전쟁터에 끌려 나왔을 뿐. 그래, 그렇지……."

말꼬리가 묘하게 늘어져 여운을 남겼다. 후작은 생각에 빠졌다. 위스퍼들을 총괄하며 정보를 다루는 그의 기민한 머리가 빠르게 돌아갔다.

'어쩌면 이 지난한 내전을 빠르게 종결시킬 패가 될 수도 있겠군.'

후작이 만족스레 웃으며 지휘부로 걸음을 옮겼다.

"윈터힐 백작 영애를 처벌하지 않으시는 겁니까?"

얼굴이 밝아진 체테르 경이 얼른 뒤로 따라붙으며 물었다.

"처벌?"

풀먼 후작이 우스운 농담을 들었다는 듯 픽 웃었다.

"폐하와 윈터힐 백작을 한 번에 감당할, 아니 저분을 감당할 자신이 있다면 어디 한번 해 봐라."

후작의 머릿속에서 엘레나에 대한 평가가 수직 상승을 했다.

'황후가 되실 분이면 저 정도는 해 주셔야지.'

누구 못지않은 기개와 배짱이 아주 멋졌다.

"체테르 경."

"예, 각하."

"경은 지금부터 최선을 다해 윈터힐 백작 영애를 도와라. 알겠나?"

"······예."

그다지 내키는 명령은 아니었지만, 풀먼 후작의 충실한 부관인 체테르 경은 군말 없이 돌아서서 엘레나가 있는 쪽으로 걸어갔다.

지휘부로 돌아온 풀먼 후작은 천막 앞에서 자신을 기다리고 있는 한 여성을 보고 가볍게 따라오라 손짓했다.

"케일라."

"예."

엘레나와 함께 후방 부대에 머물며 부상자들을 돕다가 본영으로 합류한 케일라였다. 무장을 풀고 의자에 앉은 풀먼 후작이 그녀에게 명령했다.

"이번 전쟁에 투입된 위스퍼들을 한자리에 모아라. 새 작전을 시행한다."

따뜻한 볕을 품은 바람이 불어왔다. 이제 한낮에는 제법 따뜻한 시기가 되었다. 제국의 다른 지역은 아직 꽤나 추울 때라곤 하지만, 이곳 서부는 달랐다. 서쪽으로 이동할수록, 볕이 따뜻한 시간이 길어짐을 엘레나는 느낄 수 있었다.

꽁꽁 얼어붙었던 땅은 이미 녹아 씨앗을 품을 준비가 되었다. 그래서 내전의 분위기가 가라앉은 지역은 이미 분주하게 농사를 시작할 준비가 한창이었다.

"저기가 베르너 성이구나."

그러나 지금 그녀가 밟고 서 있는 곳은 그렇지 못했다. 엘레나는 멀리 보이는 웅장한 성을 바라보았다. 성이라기보단 마치 하나의 독립된 도시를 보는 것 같았다. 이중으로 높게 쌓아 올린 성벽이 굳건히 지켜 주고 있는 커다란 도시를.

"저 성벽이 '은혜'라고 했었나?"

아무것도 없는 평지 위에 세워진 성벽이지만, 제 역할을 톡톡히 하고 있었다. 돌벽의 두께가 성인 두 사람의 키와 같아 황제군은 공성에 애를 먹고 있었다.

아직 문을 두드리기 시작한 지 며칠 되지 않았지만, 서부 연합을 몰락시키기까지 딱 한 발자국 전에 멈춰 있는 마음은 그리 느긋하지 못했다.

날씨가 점점 따뜻해지는 동안 전선에는 많은 변화가 있었다. 일곱 번째 방어선에서 있던 병사들의 항복 사건을 계기로 서부 연합은 모래성처럼 무너졌다. 반격을 시도해 보지도 못하고 속수무책으로 밀려났다.

일곱 번째 방어선이 그렇게 사라지고, 같은 일이 여덟 번째 방어선에서도 반복되었다. 이에 귀족들은 싸울 의지를 버리고 성안으로 급히 대피했고, 지휘부 없이 남겨진 일반 병사들은 투항했다.

방어선 없이 뻥 뚫린 서부를 황제군은 빠르게 정리해 갔다. 곳곳에 퍼져 있는 성들을 점령하는 일도 순탄했다.

이미 싸울 의지를 잃은 병사들 없이 소수의 귀족들과 기사들이 할수 있는 일은 얼마 없었다. 그들은 성 밖을 둘러싼 황제군에게 전령을 보내, 투항 시 목숨과 귀족 지위를 보장해 줄 것을 약속받고 스스로 문을 열었다.

그렇게 밀리고 밀려난 서부 연합은 이제 연합의 수장이었던 베르너 성밖에 남지 않았다.

"이제 곧 아드레이를 만날 수 있어."

그동안 다른 신관들과 함께 안전해진 서부 이곳저곳을 다니며 치유 활동에 전념했던 엘레나는 오늘 이곳 베르너 성이 보이는 본영에 다시 합류했다.

공성에 어려움을 겪고 있다 보니 자연스레 부상자도 많았다. 오늘도 도착하자마자 가지고 있던 포션을 모두 써 버렸을 정도였다.

"엘레나 님, 가서 조금 쉬세요."

"아니에요. 저도 돕고 싶어서 그래요."

사람들의 피와 먼지로 더러워졌던 침구를 세탁하는 일도 만만치 않았다. 심지어 부상에서 어느 정도 회복한 병사들까지 팔을 걷어붙이고 나서서 도와주는 마당에, 부상병을 치료하는 일 말고는 따로 할 일도 없는 그녀가 뒤로 물러나 있을 수는 없었다.

"빨래를 너는 일은 간단하니까 제가 맡아서 할게요. 가서 다른 일 보세요."

"아이참, 이러시면 안 되는데."

결국 신관들은 이것만 하고 돌아가 쉬겠다는 약속을 받은 뒤에야 엘레나에게 젖은 빨래를 맡기고 병동으로 돌아갔다. 그렇게 수십 개의 침구를 넌 그녀가 그제야 허리를 펴며 기분 좋게 말했다.

"바람이 좋아서 잘 마르겠다."

곧 뽀송뽀송해질 침구를 쓰다듬으며 그렇게 중얼거린 순간이었다. 길게 널어놓은 천 사이에서 무언가가 움직인 것 같았다.

"내가 착각했나?"

고개를 갸웃한 엘레나였지만 이내 그녀의 얼굴이 딱딱하게 굳었다. 착각이 아니었다. 분명히 근처에 무언가가 있다.

그제야 자신이 너른 평야에 혼자 있다는 것을 깨달은 엘레나는 서둘러 빈 바구니를 챙겼다.

"도, 돌아가야겠…… 꺅!"

누군가가 그녀를 뒤에서부터 꽉 껴안았다. 헉 소리가 날 정도로 단단한 몸이 느껴졌다. 놀란 그녀가 비명을 지르려는 찰나, 익숙한 향기가 훅 끼치며 낮은 목소리가 들려왔다.

"엘레나."

그게 전부였지만, 그것이면 충분했다. 엘레나는 믿을 수 없어 작게 입을 벌린 채로 굳어 버렸다.

"다녀왔어."

그 목소리가 한 번 더 말했지만, 그녀는 답하지 않았다. 결국 뒤에서 안았던 사람이 앞으로 돌아와 걱정스러운 얼굴로 그녀를 살폈다.

"엘레나?"

정말 그다. 정말로 아드레이였다. 엘레나가 아랫입술을 꾹 다물었다.

"으윽."

금방이라도 눈물을 쏟을 것 같은 얼굴로 그의 얼굴을 믿을 수 없다는 듯 바라보는 그녀가 너무 귀여워, 아드레이는 엘레나를 품에 안았다. 웃는 것인지 가슴팍으로 자잘한 진동이 느껴졌다. 엘레나는 얼른 팔로 그의 목을 감쌌다.

"보고 싶었어요."

"나도."

"정말로 보고 싶었어."

"나도 그대가 그리웠다."

그가 단단한 두 팔로 그녀를 다시 꼭 껴안았다. 엘레나는 두 눈을 감고 오감으로 그를 새겼다.

한참이나 그렇게 꽉 껴안고, 그가 환상이나 착각이 아니라는 확신이 든 뒤에야 그를 봤다. 군청색 눈은 이미 그녀를 바라보고 있었다.

더 이상의 말은 필요 없었다. 두 사람의 입술이 마주 포개졌다. 가장 여린 살로 그가 오롯이 전해져 왔다.

엘레나는 다시 감정이 북받쳤다. 결국 먼저 입술을 떼어 내고는 그의 가슴팍에 얼굴을 묻었다. 아드레이는 말없이 그런 그녀를 토닥였다.

"내일 온다더니."

그녀가 본영에 도착하자마자 물어본 것은 아드레이가 언제쯤 본영에 복귀하는가였다. 오래 기다려야 한다면 직접 전선 근처로 가서 그의 얼굴이라도 보려고 했다.

그러나 다행히 내일쯤 그와 윈터힐의 기사들이 본영으로 돌아온다는 말에 착한 아이처럼 얌전히 기다리고 있었던 것이다.

"그대가 보고 싶어서 나만 먼저 왔다."

더 이상 이런 대화를 했다간 정말로 펑펑 울어 버릴 것 같아, 엘레나가 다른 말을 꺼냈다.

"잘 지냈어요?"

전장에서 잠시 돌아온 그에게 하기에는 참 우스운 질문이었다. 그러나 그는 웃지 않고 다정한 목소리로 답했다.

"잘 지냈다. 그대는?"

"나도요. 잘 지냈……."

그의 얼굴을 보던 엘레나가 무언가를 깨닫고 말을 멈췄다. 딱히 상처가 있거나 지저분한 것은 아니었다. 다만 얼굴이 많이 말랐다. 원래부터 날렵한 턱 선을 자랑하긴 했지만, 그래도 볼이 지나치게 홀쭉했다.

그녀가 손을 뻗어 그의 얼굴을 두 손안에 담았다. 거칠거칠한 피부가 만져졌다.

"왜 이렇게 말랐어요!"

울컥한 마음에 그녀가 소리쳤다.

"왜 이렇게 얼굴이 상했냐고요!"

매서운 다그침에 아드레이가 어리둥절해하며 자신의 얼굴을 만져 봤다.

"많이 보기 안 좋은 건가?"

"여전히 잘생기긴 했어요! 근데 너무 말랐잖아요!"

까칠해진 모습에 속이 상했다.

"밥은 먹으면서 다닌 거예요? 또 잠 안 자고 밤새 고민하고 그랬죠?"

"……."

아드레이는 아니라고 말하지 못했다.

"오늘 식사는 했어요?"

"일어나자마자 바로 이곳으로 오느라……."

"어휴!"

한숨 섞인 소리와 함께 엘레나가 그의 손을 낚아채듯 잡아끌었다.

"어서 막사로 가요! 가서 씻고, 밥 먹고, 푹 자는 거예요!"

작은 몸집의 그녀가 끈다고 해서 맥없이 끌려갈 덩치는 아니었지만, 그는 손목이 잡힌 채로 그녀를 순순히 따라갔다.

막사까지 가는 길에 사람들이 흘끗거리는 시선이 느껴졌지만, 딱히 제지하는 사람은 없었다. 오히려 푸근하게 웃으며 두 사람을 바라봤다.

막사에 도착한 엘레나는 아드레이가 목욕을 하는 동안 직접 나서서 그의 식사를 준비했다. 대식가인 그의 양에 맞게 이것저것 챙기다 보니 금세 음식이 수북하게 쌓였다.

쟁반을 직접 들고 천막 안으로 들어가니 막 목욕을 마친 아드레이가 옷을 갈아입고 머리가 젖은 채로 얌전히 앉아 있었다.

"이거 다 먹는 거예요."

엘레나가 가져온 음식을 그의 앞에 내려놓으며 말했다. 그는 고개를 두어 번 끄덕였다.

아드레이가 앉은 곳의 맞은편에 자리 잡은 그녀는 매서운 눈으로 그의 움직임 하나하나를 주시했다. 아드레이는 빈 접시를 하나 들더니 그 위에 음식들을 조금씩 덜었다. 그러고는 그녀의 앞에 내려놓았다.

"이게 뭐예요? 레이 먹으라고 가져온 건데."

어리둥절한 물음에 그가 그녀를 빤히 바라보더니 말했다.

"그대도 말랐어."

엘레나는 아무런 말도 하지 못했다. 정신없이 부상자들을 돌보다 보니 끼니를 놓칠 때가 많았다.

두 사람은 아무 말 없이 식사를 시작했다. 식기로 음식을 입에 가져가면서도 엘레나에게서 눈을 떼지 않던 아드레이가 문득 그녀의 옆자리로 자리를 옮겼다. '왜요?'라고 눈으로 묻자 그가 답했다.

"떨어져 있는 내내 그대가 그리웠으니까."

툭, 엘레나의 눈에서 결국 무거운 눈물 한 방울이 떨어져 내렸다.

"이렇게 다시 보게 돼서 정말 다행이에요."

목소리가 볼품없이 떨려서 나왔다.

"하루하루 불안했어요. 이러다 어느 날 레이가 들것에 실려서 오지 않을까 겁이 나서……."

아드레이는 말없이 그녀의 눈물을 닦아 주었다. 큰 손으로 여러 번 훔쳐도 엘레나의 얼굴은 자꾸만 젖어 들었다.

또르르 흘러내린 눈물 한 방울이 그녀의 입술로 스며들었을 때,

아드레이는 그 위에 입술을 포갰다. 타액과 눈물이 섞인 입맞춤이 끊이지 않고 길게 이어졌다. 그렇게 호흡과 체온이 섞여 들었다.

　숨이 가빠진 엘레나가 잠시 입술을 떼었을 때, 아드레이가 그녀를 번쩍 들어 안았다. 그러곤 성큼성큼 침대를 향하는 것을 깨닫고, 엘레나가 작게 말했다.

"밥…… 먹어야 되는데."

"나중에."

　잘못하면 부서질세라, 조심스레 침대에 그녀를 눕힌 그가 다시금 입을 맞췄다. 조금 전보다 더 깊고 농밀한 키스였다. 그 누구의 방해도 받지 않고 두 사람은 서로의 향기를 탐했다.

　체온을 나눴다. 그리웠던 만큼, 외로웠던 만큼 더 세게, 더 가깝게. 흐려졌던 기억을 다시 각인하듯 그렇게 서로를 놓지 않았다.

"이대로는 며칠 더 못 버팁니다."

　세콰이어 백작의 채근에도 르니에는 창밖만 바라봤다. 멀리 베르너 성의 성벽 너머로 황제군이 보였다. 높게 솟아 펄럭이는 황실 문양의 깃발에 속이 뒤틀리는 것 같았다.

"엘레나는?"

　한참 만에 꺼낸 말이 겨우 여자의 이름이란 것에 백작은 결국 눈썹을 찌푸렸다.

"……신관들은 오늘 본영에 합류했다고 합니다."

"그럼 저기 어딘가에 있겠군."

　르니에의 긴 손가락이 멀지 않은 곳을 가리켰다.

"이렇게 가까이에 있어."

그동안 르니에의 앞에서 평정심을 지켜 왔던 세콰이어 백작이었지만, 그 모습에 결국 폭발하고 말았다.

"그딴 신관이 뭐라고 그렇게 목을 매십니까? 지금 성벽이 무너지면 모두 죽는 목숨입니다!"

당장 베르너 성 안에만 수십의 귀족들이 숨어 있었다. 여자 타령을 하기엔 패망의 기색이 지나치게 가까웠다.

"이 상황을 타개할 생각조차 없는 것입니까!"

내가 사람을 잘못 본 것인가. 백작은 자괴감에 치를 떨었다.

젊은 패기와 고귀한 이의 오만함 이외의 그 무언가를 보았다고 생각했다. 그래서 따랐다. 한데 결과는 이 베르너 성에 몰이당한 쥐처럼 갇혀 있는 꼴이었다.

분통을 터뜨리는 백작을 르니에가 돌아봤다. 홧김에 퍼부었지만 흠칫하며 겁을 내던 세콰이어 백작은 더욱 영문을 모르는 표정이 되었다.

르니에는 웃고 있었다. 그 미소는 차분했다. 어쩌면 지나치게.

"엘레나가 우리의 모든 것이야."

그 말을 내뱉은 르니에는 다시 창밖을 보기 시작했다. 조금 전 자신의 손가락으로 가리켰던 그곳을 하늘처럼 파란 눈이 하염없이 바라봤다.

"조심히 가세요, 아버지."

엘레나가 윈터힐 백작의 손을 꼭 잡으며 말했다. 오늘은 윈터힐의 사람들이 서부를 떠나는 날이었다.

이제 완연히 봄이 다가왔다. 윈터힐의 병사들은 이제 돌아가 영지를 지켜야 했다. 따라서 오늘부터는 공성보다는 베르너 성 안의 반란군이 제 발로 문을 열도록 압박하는 작전으로 변경될 예정이었다.

그 외에도 많은 것들이 변할 것이다. 그중에서도 가장 큰 변화는 그동안 엘레나의 옆을 지켰던 에즈라가 늑대 기사단과 함께 윈터힐로 돌아간다는 것이었다.

아쉽지만, 오른팔을 잃은 그가 왼팔로 다시 훈련을 받기 위해서는 꼭 필요한 일이었다. 이제부터 엘레나의 경호는 황실 기사단이 맡기로 했다.

윈터힐 백작이 본영으로 돌아온 뒤부터 며칠을 함께 보냈지만, 그래도 헤어지는 것은 아쉬웠다. 그래도 약한 모습을 보이지 않으려 아무렇지 않은 척하는 딸의 어깨를 윈터힐 백작이 다독였다.

그레이 경을 비롯한 윈터힐의 사람들은 백작에게 서부에 남으시라고 했지만, 백작은 거절했다. 윈터힐의 군대가 돌아가는 길이었다. 몬스터와의 전투를 대비하기 위해서였다. 영주로서 등한시할 수 없는 일이었다. 딸과 헤어지는 것이 가슴 아팠지만, 어쩔 수 없었다.

"아가씨, 금방 다시 볼 겁니다!"

저 멀리에서 에즈라가 큰 목소리로 손을 흔들며 외쳤다. 윈터힐의 행렬이 점점 멀어졌다.

그 모습을 언덕 위까지 올라가 지켜보던 엘레나는 부상병들이 모여 있는 곳으로 발을 옮겼다. 본영에서 조금 떨어진 그곳은 공성하다 중상을 입은 위급한 환자들이 모여 있는 곳이었다.

마음이 심란한 만큼 더욱 열심히 치료를 했다. 더 많은 부상병들을 들여다보고 많은 이야기를 나누었다. 그렇게 바쁘게 치료를 마치고 하늘을 올려다보니 어느새 노을이 지고 있었다.

하루 종일 밥도 먹지 않고 움직인 것을 깨닫고 막 앉아 쉬려던 참이었다.

"엘레나 신관님?"

자신을 부르는 소리에 엘레나가 뒤를 돌아봤다. 낡은 서부 연합의 옷을 입고 있는 병사였다.

"저어, 정말 죄송한 말씀이지만 저희 포로들 중에 환자가 생겼습니다."

"어디를 다치셨죠?"

"그게 아니라…… 갑자기 가슴을 움켜쥐고 쓰러졌는데, 그 뒤로 정신을 차리지 못합니다."

"어어, 그러면 안 되는데……."

심장에 문제가 생긴 것이라면 급박한 환자였다.

엘레나는 습관적으로 병동 천막을 바라봤다. 그러나 다른 신관들은 아직도 바쁘게 부상자들 사이를 돌아다니고 있었다. 쉬려고 했던 참이었지만, 자신이 가는 것이 제일 낫겠다는 생각에 엘레나는 고개를 끄덕였다.

병사는 포로들이 모여서 아예 하나의 군락을 만든 지역으로 그녀를 안내했다. 마침내 다다른 곳은 포로들이 모여 있는 곳에서도 조금 외진 곳이었다.

홀로 동그마니 서 있는 천막을 가리키는 병사에게 고맙다고 인사를 한 그녀는 조금의 망설임도 없이 안으로 들어섰다. 그리고.

"흐읍!"

뒤쪽에 선 사람이 무언가로 코와 입을 덮었다. 짓누르는 듯한 큰 압박에 본능적으로 숨을 멈춘 것도 잠시, 그녀는 두 팔을 묶으려는 억센 힘에 버둥거리다가 결국 호흡을 들이켜고 말았다.

　털썩.

　엘레나의 몸이 바닥에 힘없이 쓰러졌다. 긴 은발이 흙투성이 바닥 위에 흐트러졌다.

37장

37장

　어두운 방 안, 커다란 침대 위. 열어 놓은 창문으로 들어오는 바람에 커튼 자락이 살랑였지만, 엘레나는 죽은 듯 미동도 없이 잠들어 있었다. 흐트러진 머리칼과 핏기 없는 얼굴이 달빛 아래에서 더욱 선연했다.

　"허억!"

　마치 물에 빠진 사람이 급하게 숨을 들이켜듯, 경기를 일으키며 그녀가 눈을 떴다. 몸을 부여잡고 코와 입을 누르던 억센 손길이 아직 자신의 몸을 구속하고 있는 것처럼, 엘레나가 팔다리를 휘저었다.

　"하아, 하아……."

　이곳이 전장의 거친 막사가 아니라 귀족의 침실이라는 것과, 자신이 혼자 있다는 것을 깨닫는 데에는 그리 오랜 시간이 걸리지 않았다.

　"여, 여기가……."

　당장 스스로의 안전을 확인한 엘레나는 주변을 두리번거렸다. 그러다 그녀의 눈동자가 어느 한곳에 꽂혔다.

창밖에서 스며드는 달빛도 닿지 않는 새카만 어둠 속, 그곳에 무언가가 있었다. 아무것도 보이지 않지만 엘레나는 알 수 있었다. 그곳에서 누군가가 자신을 바라보고 있다는 것을.

"후우……."

두려움을 내비치지 않으려 하면서 그녀는 차분한 눈으로 그곳을 응시했다. 이런 상황에서 겁을 먹었다는 것을 드러내 보았자 득이 될 일이 없기 때문이었다.

그렇게 얼마나 흘렀을까. 피식 하는 소리가 들리더니 그 어둠 속의 인영이 일어났다. 천천히 빛의 영역으로 들어오는 사람은 그녀도 익히 알고 있는 사람이었다.

"어떻게 알았어?"

달빛 아래에서 더 창백하게 빛나는 금발과 새파란 눈동자, 그리고 속을 알 수 없는 웃는 얼굴. 르니에였다.

"엘레나."

마치 연인을 부르듯 다정한 목소리에 그녀의 손에 쥔 시트가 엉망으로 구겨졌다.

"대답하지 않는군."

마치 인사를 종용하는 것 같은 말에도 엘레나는 입을 다물고 있었다. 그저 분노와 증오를 담아서 그를 뚫어질 듯한 시선으로 마주 볼 뿐이었다.

"그래, 그럴 수 있어."

르니에는 혼자서 고개를 두어 번 끄덕였다.

"하긴. 너는 언제나 알았어. 나란 사람을, 너는 언제나 알았지."

그가 조금씩 다가왔다. 날 어떻게 하려고 하지? 침실에 가둬 놓은 건 역시 그런 이유인가? 두려움이 점점 커져 갔다. 그러나 그럴수록 엘레나는 일부러 더 허리를 꼿꼿이 세우고 공포를 숨겼다.

마침내 침대 바로 앞까지 온 르니에가 그녀의 얼굴을 향해 손을 뻗었다. 아무리 평정심을 가장했다고는 하지만, 그 손길에 엘레나는 저도 모르게 움찔하고는 몸을 웅크렸다.

명백히 자신의 손을 피하는 그 행동에 르니에의 눈에 슬픈 기색이 스쳤다. 그의 아름답게 뻗은 손가락이 다시 멀어져 갔다.

"우리에게 시간은 많으니까."

그가 달콤한 목소리로 속삭이듯 말했다.

"오늘 밤은 푹 쉬어."

뱀이 긴 꼬리를 땅에 쓸 듯 그 말을 남긴 채 르니에가 방을 나갔다. 마지막으로 엘레나를 돌아보는 것도 잊지 않았다. 철컥, 철컥. 무거운 자물쇠가 채워지는 소리가 방 안에 울렸다.

"개자식."

조금 전까지 그가 서 있던 자리를 노려보며 엘레나가 욕설을 내뱉었다.

긴장이 풀리니 온몸이 덜덜 떨려 왔다. 금방이라도 쓰러질 것 같은 몸을 추스르며 그녀는 이를 악물었다. 여기서 맥을 놓으면 안 된다. 정신을 똑바로 차려야 했다.

머릿속에 수많은 물음이 떠올랐다. 날 왜 데려온 걸까. 날 데려온 것이 르니에일까, 아니면 지난번처럼 베르너 공의 속셈일까.

엘레나는 천천히 침대에서 내려와 창가에 섰다. 창문까지 있는 방에 그녀를 가둬 놓을 법도 했다. 높이가 적어도 4층 정도는 되어 보였다.

바깥쪽이 보이는 방이 아니라서 먼 곳을 볼 수도 없었다. 건물에 둘러싸인 뒤뜰과 맞은편의 다른 건물이 그녀가 방에서 볼 수 있는 전부였다.

"여기서 꼭 나가야 해."

쓰러진 이후로 얼마만큼의 시간이 지났는지, 왜 납치되었는지 모른다. 확실한 것은 아무것도 없는 가운데, 그것만큼은 선명했다.

베르너 성에서 그리 멀리 떨어지지 않은 곳에 위치한 제국군의 본영은 이리저리 바쁘게 뛰어다니는 사람들로 어수선했다.

"어디 계세요, 엘레나 님!"

"백작 영애! 어디 계십니까!"

열 명 정도 되는 사람들이 본영 이곳저곳을 엘레나의 이름을 외치며 돌아다녔다. 시간이 지날수록 뒤늦게 무슨 일인지 알게 된 사람들이 합류해 도왔지만, 성과는 없었다. 군영 어디서도 '저 여기 있어요!' 하는 대답은 들려오지 않았다.

"엘레나가 보이지 않는다니, 그게 무슨 말이지?"

베르너 성을 공략하고 있는 전선에서 소식을 듣고 달려온 아드레이가 하인즈 기사단장을 향해 물었다. 윈터힐의 부대가 떠난 뒤, 한나절 동안 엘레나의 호위는 황실 기사단의 임무였다.

"본영을 모두 뒤져 보았지만, 영애를 찾을 수가 없습니다."

하인즈 단장이 침통한 얼굴로 고개를 숙였다.

"죽을죄를 지었습니다!"

엘레나의 호위 임무를 배정받고 전선에서 후방으로 돌아오던 기사에게 갑자기 다른 명령이 내려졌다고 했다. 행정상의 오류였다.

그 때문에 엘레나는 호위 없이 생활했고, 그 덕에 실종 시간이 정확히 언제인지도 불분명했다. 이러저러한 설명을 하는 하인즈 단장의 말을 끊고 아드레이가 물었다.

"그녀가 마지막으로 목격된 곳이 어디냐."

분노와 공포에 고함을 치고 숨죽였다.

"서부 연합군의 포로들이 모여 있는 곳입니다."

아드레이는 대답조차 하지 않았다. 그런 것에 허비할 시간이 없었다. 바로 하인즈 단장이 말한 서부 포로 군집으로 향했다. 그 뒤를 딱딱하게 굳은 얼굴의 단장과 풀먼 후작을 비롯한 여러 기사들이 따랐다.

편안하게 쉬고 있던 포로들은 갑자기 무시무시한 기세로 들이닥친 황제와 귀족들에 혼비백산하며 엎드렸다. 온몸을 바짝 바닥에 붙이고 숨죽이고 있는 그들 사이를 걷던 아드레이가 돌연 우뚝 멈춰섰다.

내전이 어느 정도 소강상태에 이르렀고, 곧 농사가 시작될 것을 고려해 신분이 확인된 포로들은 모두 출신 영지로 돌려보냈다. 이곳에 남아 있는 자들은 베르너 성 출신이거나, 출신지의 영주가 아직 반란에 가담한 값을 치르지 않은 자들이었다.

그렇다고 해도 아직 수천의 사람들이 모여 있어, 이 중 흉수를 쓴 이가 있는지 단번에 알 수는 없었다.

"무언가를 목격한 이들이 분명히 있을 겁니다. 하나씩 손을 쓰는 한이 있더라도 기필코 알아내겠습니다."

하인즈 단장이 결연하게 말했다. 포로들을 향해 손을 쓴다는 것이 무엇을 의미하는지는 그리 어려운 내용이 아니었다. 뒤통수만 보이는 포로들이 몸을 움찔움찔 떨었다.

"저, 저어……."

그때 작은 목소리가 들려왔다. 차마 고개를 들지 못하고 엉거주춤 한쪽 팔만 든 포로였다. 잠시 눈치를 보던 사내는 몸을 일으켜 아드레이 가까이로 다가왔다.

"거기 서라."

하인즈 단장이 허리춤에 손을 가져다대며 사납게 말하자 포로는 다시 납작 엎드렸다.

"말해라."

하인즈 단장을 손짓으로 뒤로 물린 아드레이가 낮은 목소리로 말했다.

"에, 엘레나 신관님이 사라졌다는 소문을 들었는데, 그 때문에 행차하신 것이 맞습니까?"

황제 앞이라는 중압감에 목소리는 떨리고 있었지만, 늙은 병사는 공손히 물었다. 질문에 대답해 주는 사람은 없었으나, 아드레이의 눈빛이 더 살벌해져 그것으로 소문이 사실임을 알 수 있었다.

"오후 느지막이 병사 하나가 신관님을 데리고 저 천막으로 들어갔습니다."

딱딱한 굳은살이 박인 손가락이 군집 외곽의 낡은 천막을 가리켰다.

"확실하게 본 것이냐?"

하인즈 단장에 물음에 포로는 얼른 고개를 끄덕였다.

"저도 신관님께 은혜를 입은 몸입니다. 썩어 문드러지던 다리를 치료해 주신 분을 못 알아볼 리 없습니다. 저 천막으로 바쁘게 들어가시기에 중한 환자가 있나 보다 그랬습죠. 한데……."

"한데?"

"조금 뒤에 흰 천으로 덮인 사람이 실려 나왔습니다. 그저 환자가 죽었나 보다, 그렇게 여겼는데……. 지금 생각해 보니 그 뒤로 신관님이 천막에서 나오시는 것은 보지 못했습니다요."

포로의 말이 끝남과 동시에 천막으로 걸어가는 아드레이의 망토 자락이 크게 펄럭였다. 그가 손으로 천막의 입구를 거칠게 벌리고 안으로 들어섰다.

천막은 텅 비어 있었다. 마치 그를 놀리듯 깨끗하게 정리된 그 모습에 아드레이의 얼굴이 일그러졌다.

지독한 무력감이었다. 그녀가 납치되고 수 시간이 지날 때까지 그는 아무것도 모르고 있었다. 지켜 주겠다고 약속한 주제에. 엘레나가 공포에 질렸을 그 순간에 자신은 무엇을 했는가.

"풀먼 후작."

"예, 폐하."

"삼 왕국인가."

낮은 목소리에는 마치 후작이 그렇다고 대답하면 당장이라도 삼 왕국 쪽으로 말을 몰기 시작할 듯한 분노가 담겨 있었다.

"그들은 아닐 겁니다. 황성 습격 이후 그들을 더 삼엄하게 감시하고 있습니다. 게다가 어네스 백작이 진압군으로 성공적으로 자리 잡은 지금 이런 일을 벌이면 전멸을 면치 못할 것을 그들도 잘 알고 있습니다."

"르니에로군."

아드레이도 알고 있었다. 대륙의 정반대편인 이곳에서 소규모인 삼 왕국 독립군이 그런 일을 벌일 확률은 희박했다. 게다가 이 정도로 엘레나에게 집착하는 사람은 르니에뿐이었다.

아드레이는 천막을 박차고 나서며 풀먼 후작에게 명령했다.

"윈터힐 백작에게 이 일을 알려라."

"폐하, 그렇다면……."

"지금부터 공성에 들어간다."

아드레이를 말릴 수 있는 사람은 없었다. 아니, 오히려 많은 이들이 분노하며 그의 결정을 환영했다. 어서 저 성벽을 부수고 들어가 영애를 구출해 내야 했다.

조금 전까지 엘레나를 찾느라 어수선하던 본영의 분위기가 순식간에 바뀌었다. 명령에 따라 총공세를 준비하기 시작했다. 제국군 진영에서 밤새 피운 횃불이 지척의 베르너 성을 불태우기라도 할 듯이 위협적으로 타올랐다.

아침이 밝았지만 엘레나의 얼굴은 여전히 어두웠다. 아침 햇살이 들어오는 창가에 앉아 있었지만, 밖을 내다보는 두 눈은 암울했다.

그녀는 완전히 갇혀 있었다. 날이 점차 밝아 오면서 확실하게 알 수 있었다.

잠긴 문은 굳건히 닫혀서 열릴 기색조차 없었고, 그나마 탈출할 가능성이 보였던 창밖의 안뜰은 이제 보니 병사들이 경비를 서고 있었다. 창문을 통해 옆방으로 건너갈 수 있지 않을까 했지만, 건물이 높고 바깥쪽에는 지지대가 없어 불가능했다.

"어떻게 하지……."

깊은 한숨이 딸려 나왔다. 이대로 무기력하게 갇혀 있을 수는 없었다.

그녀가 침울하게 푹 숙였던 고개를 든 것은 자물쇠 풀리는 소리 때문이었다. 그녀가 열려고 할 때는 꿈쩍도 않던 그 문이 활짝 열리고 하녀들이 우르르 들어왔다. 그들은 저마다 한 손에 음식을 들고 들어와 엘레나가 앉아 있는 자리의 앞 테이블에 태연히 식사를 차렸다.

"식욕이 없으니까 다시 가지고 나가세요."

그러나 하녀들은 마치 엘레나의 목소리가 들리지 않는 것처럼 행동했다. 기어코 테이블 가득히 신선한 과일과 빵 그리고 계란 요리 등이 차려지고 나서야 나갔다. 들어올 때와 마찬가지로 양해를 구하는 일은 없었다.

다섯 사람 정도는 배불리 먹을 만한 지나치게 많은 양의 음식들이 엘레나를 기다리고 있었다.

"하아……."

지금 뭐라도 입에 들어가면 고스란히 꽁꽁 뭉쳐 체할 게 뻔했다. 갑자기 눈앞에 나타난 진수성찬에 식욕이 돌기는커녕, 더욱 사라져 버렸다.

그때, 다시 잠긴 줄 알았던 문이 열리며 르니에가 들어왔다. 막 몸을 씻고 온 듯 젖은 머리칼이었다. 즐거운 미소를 띤 그의 모습에 그녀가 눈을 좁혔다.

"같이 먹자."

그녀의 동의도 없이 맞은편에 훌쩍 앉은 르니에는 제멋대로 식사를 시작했다. 앞에 놓인 음식들을 자신의 접시에 옮겨 담고는 마치 세상에서 가장 맛있는 음식을 먹는 사람처럼 기뻐했다.

미동도 없이 테이블 밑에서 두 손을 꽉 움켜잡고 있는 그녀를 보고 르니에가 말했다.

"먹어 두는 게 좋을 텐데. 적진 한가운데에서 먹지 못하고 비실대서는 아무것도 하지 못하잖아?"

마치 속을 꿰뚫어 보는 듯한 말이었다. 그러나 동시에 그가 맞았다. 어떻게든 여기서 나가야 한다면 음식을 먹어 두는 것이 현명한 선택이었다. 당장 창문을 열고 침대보를 뜯어서 대롱대롱 매달려야 될지도 모르는 일이니까.

결국 엘레나는 식기를 양손에 들고 음식을 먹기 시작했다. 그러나 식욕이라고는 눈곱만큼도 없는 상황이라서 입 안에 씹히는 것이 모래알처럼 느껴졌다.

"너랑 이렇게 마주 보고 밥을 먹다니, 꿈만 같아."

르니에가 그녀가 음식을 먹는 것을 보며 말했다. 엘레나는 최대한 반응하지 않고 식사 자체에만 집중하려고 노력했다.

"이제 웃어 주지 않는 거야?"

그녀는 대답하지 않았다. 그것을 씁쓸하게 바라보던 르니에는 여전히 웃는 낯으로 말했다.

"넌 웃을 때 참 예쁜데."

끼익, 엘레나의 나이프가 접시 바닥을 긁으며 듣기 싫은 소음이 울렸다.

"기억나? 너, 나보고 되게 예쁘게 웃어 주고 그랬는데."

점점 달큰해지는 그 목소리에 방금 넘긴 음식이 넘어올 듯이 욕지기가 치밀었다. 엘레나는 결국 르니에를 노려보며 말했다.

"내가 좋아?"

날카롭게 가시를 세운 반말이었지만, 르니에는 기분 나빠하지 않았다. 오히려 그녀의 목소리가 천상의 음악이라도 되는 것처럼 반응했다.

"응. 그 무엇보다도 좋아."

"그럼 보내 줘. 날 놔줘."

"그건 안 돼."

"왜?"

"넌 내 거니까."

말도 안 되는 억지다. 엘레나는 지금껏 그에게 단 한 번도 여지를 준 적이 없었다. 그러나 르니에는 그 논리가 본인에게만은 무엇보다도 합리적이라는 듯 해맑게 웃었다.

"날 어쩔 셈이야? 왜 데려온 거야?"

이번에는 그녀가 질문을 던졌다. 르니에의 속내를 읽어 보려는 시도였다.

"날 이곳에 가둬 둔다고 해서 달라지는 게 있을 것 같아? 아무것도 없어."

속을 비집고 나오는 비아냥도 숨기지 않았다. 그를 자극하기 위해서였다.

"당신은 전쟁에서 졌고, 이 성은 제국군에게 포위되어 있는 상태지."

"그래서?"

"이대로 얼마나 버틸 수 있을 거라고 생각하는 거야? 레이의 군대가 저 성벽을 허물고 들어올 때까지 남은 며칠이 당신 인생의 전부일 텐데. 차라리 도망이라도 치는 게 어때?"

날카롭게 현실을 제시하자 르니에의 얼굴이 굳어졌다.

"정말로 그렇게 생각한다면 이 방에서 가만히 기다리고 있으면 되겠네. 아드레이가 널 구하러 와 줄 때까지 계속."

싸늘해진 목소리에 두려움으로 피가 식는 것만 같았다. 아무리 센 척하며 그를 비아냥거려도, 르니에는 앞에 놓인 버터 칼로도 자신을 죽일 수 있는 사람이었다.

핏기 없는 엘레나의 얼굴을 빤히 바라보던 그가 자리에서 일어났다. 그는 더 이상 웃지 않았다.

"그러니까 얌전히 있어."

흰 냅킨으로 거칠게 입을 닦은 르니에는 그렇게 말하고 방을 나가 버렸다. 어김없이 들려오는 무거운 자물쇠 소리에 엘레나는 다시 낙 담했다. 어떻게 하면 이곳에서 나갈 수 있을까.

마음을 강하게 먹으려고 노력했지만, 순간순간 눈물과 함께 아드 레이가 떠올랐다. 울었던 기색을 보여 르니에에게 어떤 만족감도 주 기 싫었다. 엘레나는 눈을 질끈 감은 그대로 한참을 앉아 있었다.

제국군의 병력이 베르너 성 주변을 둘러쌌다. 한눈에 보기에도 어 제보다 많은 숫자였다. 밤새 윈터힐 백작이 1만의 병사들을 데리고 다시 돌아왔던 것이다.

마치 훗날의 일을 미리 알고 세운 것처럼 베르너 성은 공성하기에 매우 까다로웠다. 성을 휘감은 해자, 두껍고 높은 돌벽, 그리고 주 공 격 대상인 귀족들이 숨어 있을 영주성을 보호하는 또 하나의 벽까지.

"빌어먹게 튼튼하군."

하인즈 단장이 이를 갈았다. 이번 일에 대한 책임을 통감하고 있 는 단장은 엘레나를 구하기 위해서라면 죽음도 불사할 각오였다.

여느 공성전처럼 시간을 가지고 꾸준히 공략하면 부수지 못할 것 은 아니었지만, 지금 그들에겐 시간이 없었다. 정석대로라면 투석기 로 바위를 날려서 점진적으로 성벽을 허물고 그동안 안에 고립된 이 들의 물자가 바닥나기를 여유롭게 기다렸겠지만, 지금은 그것이 불 가능했다.

"판자를 깔아라!"

하인즈 단장이 명령하자 병사들이 해자 위에 나무로 다리를 놓았다. 언제든 성벽을 기어 올라갈 준비를 하는 것이었다.

"마법단 공격 시작!"

오르테가 자작가에서 도착한 마법단이 구호에 맞춰 마법을 쏘아 댔다. 목적지는 높이 올라가 성문을 막은 나무 다리였다. 구조적으로 다른 곳보다 약한 그곳을 공격하는 게 능사란 판단이었다.

각자의 능력에 맞춰 사람 머리만 한 불덩이가 날아가기도 했고, 시퍼런 냉기를 흘리는 얼음 화살이 날아가기도 했다.

그러나 생각보다 오랜 시간이 걸렸다. 마법을 쏘면 자동으로 날아가 목표에 맞는 것이 아니므로 가까이서 발사해야 했지만, 조금만 가까이 다가설라치면 성벽 위에서 화살비가 내렸다. 그렇다 보니 정확도가 떨어졌다.

쾅! 콰앙!

마법이 성벽에 부딪칠 때마다 굉음이 났다. 그러다 어느 순간 '쨍!' 하는 소리와 함께 다리를 지탱하고 있던 쇠사슬이 끊겼다. 귀를 막고 있던 제국군 병사들이 일제히 '와아' 하고 환호성을 질렀다.

쿠웅! 다리가 아래로 떨어지며 육중한 진동이 땅을 울렸다. 성문 건너편에서 대기하고 있던 제국군 병사들이 기다렸다는 듯 해자 위에 놓인 다리를 건넜다. 본격적으로 문을 부수는 작업을 시작하기 위해서였다.

"저들이 무언가를 던집니다!"

해자 위에 서 있던 한 병사가 외쳤다. 성벽 위에 올라선 베르너 성의 병사들이 무언가를 일제히 해자 안으로 던져 넣기 시작했다. 첨벙첨벙, 물보라가 여기저기서 일었다.

해자 위에 어설픈 판자를 놓고 서 있던 병사들은 해자 안으로 떨어진 물체가 무엇인지 알아보기 위해 하나같이 허리를 굽혔다.

"무, 물주머니입니다!"

이상한 일이었다. 이미 물이 가득 차 있는 해자 안에 굳이 물주머니를 던져 넣는다는 것은.

성공적으로 임무를 완수한 오르테가 자작령 출신의 마법사 중 한 명이 해자 안을 들여다봤다. 저들이 던져 넣은 물주머니 안에 담겨 있던 것은 물이 아닌 듯했다.

해자 속 물이 오묘하게 탁한 색으로 변해 갔다. 마법사는 윈터힐 백작령과 가까운 오르테가 자작령에 살고 있었기 때문에 그 색과 냄새를 쉽게 알아볼 수 있었다.

"이, 이건!"

그 액체가 무엇인지 깨달은 순간, 마법사의 등 뒤에 식은땀이 흘렀다. 그는 해자에서 최대한 멀리 떨어져 나오며 외쳤다.

"퇴각! 해자에서 떨어져라! 떨어져!"

그 소리를 들은 병사들이 그제야 허우적대며 움직였지만, 너무 늦었다. 성벽 위에서 물주머니와 마찬가지로 횃불들이 떨어져 내렸다. 불씨가 물에 닿기가 무섭게 불길이 치솟았다. 화르르! 불이 섬찟한 소리와 함께 순식간에 덩치를 키웠다.

"으아아악!"

"부, 불! 크아악!"

해자 위의 판자에서 미처 피하지 못한 병사들의 몸에 불이 붙었다. 끔찍한 비명 소리가 평야를 가득 채웠다. 그들은 본능적으로 바닥을 뒹굴며 불을 꺼 보려고 했지만, 불꽃은 끊임없이 되살아나며 잔인하게 살갗을 태웠다.

"메티이아……."

윈터힐 백작이 이를 갈았다. 윈터힐에서 보냈던 물자로, 시차와 함께 흘러 들어간 식물형 몬스터 메티이아의 정제수였다.

메티이아의 불은 마법으로도 끌 수 없었다. 한 번 시작한 불길은 메티이아가 모두 타고 알아서 사그라들 때까지 기다릴 수밖에 없었다.

당장이라도 성문을 부수고 성벽을 타고 올라가려던 황제군이 불에 우왕좌왕하는 사이, 성벽 위에서 궁수들이 일제히 모습을 드러냈다. 핑, 핑! 작은 파공음과 함께 아직 베르너 성 근처에 있던 병사들을 향해 화살비가 내렸다.

"퇴각하라! 퇴각하라!"

하인즈 단장이 크게 외치자 뿔 나팔이 길게 울렸다. 치솟는 불길 속에 병사들을 몰아넣을 수는 없었다. 결국 조금 전까지 새까맣게 병력이 붙어 있던 베르너 성 주변은 이제 텅텅 비게 되었다.

손 놓고 물러나 기다리게 하는 것. 하루라도 빨리 엘레나를 구해내야 하는 황제군에게 심리적으로 가장 큰 타격을 줄 수 있는 작전이었다.

"젠장!"

욕설을 내뱉으며 불길을 보던 하인즈 단장은 갑자기 자신을 덮치는 오싹한 느낌에 옆을 바라봤다. 말 위에 올라 한 손에 검을 쥐고 성벽을 바라보고 있는 아드레이였다.

그의 검에서 푸른 오라가 쉴 새 없이 일렁였다. 그는 성벽 위의 어느 한 지점을 꿰뚫을 듯 쳐다보고 있었다. 하인즈 단장은 그 시선을 따라 고개를 돌렸다.

"르니에 폰 베르너."

아드레이가 선고하듯 그 이름을 불렀다. 여러 기사들을 대동한 금발의 사내가 그들을 내려다보고 있었다.

자신의 성에 불을 지른 르니에는 웃고 있었다. 불이 타오르는 동안 더 이상의 공성은 불가했고, 그 사실이 그를 아주 기쁘게 하는 것 같았다.

잠시 약 올리듯 성벽 위에 서 있던 르니에는 어느 순간 훌쩍 사라져 버렸다.

여전히 불길은 사나웠고, 아드레이는 멀리서 그것을 지켜볼 수밖에 없었다. 해자에서 치솟는 불이 마치 그의 배 속에 옮겨붙은 듯했다.

르니에가 원하던 대로였다. 단 한 번도 느껴 본 적 없는 지독한 무력감과 분노과 아드레이의 온몸을 태웠다.

엘레나는 절망에 빠져 있었다. 어떻게든 이 방에서 벗어나려고 했지만, 방법이 없었다.

문은 언제나 굳게 잠겨 있었고, 밖을 지키는 사람이 있는 듯 말소리가 가끔 들렸다. 창을 열어 보았지만, 4층은 되는 듯한 높이가 또다시 그녀를 굴복시켰다. 게다가 그녀가 창문을 열기만 해도 올려다보는 경비 인원들이 후원에 상주했다. 이 방에서 나갈 수 있는 길이 보이지 않았다.

어제는 잠시 공성을 하는 듯한 소음이 들려왔지만, 그것도 잠잠했다. 도대체 밖이 어떻게 돌아가고 있는 걸까. 성 밖의 상황이 보이지도 않는 방에 감금되어서 물어볼 사람도 없다. 엘레나는 주먹을 꽉 쥐었다.

그때, 문밖에서 두런두런 말소리가 들려왔다. 또 르니에겠거니 하고 별 기대 없이 문 쪽을 바라보던 그녀의 표정이 바뀐 것은, 말다툼이라도 하는 듯 높은 언성을 듣고 나서였다.

잠시 뒤, 누군가가 방문을 열었다. 처음 보는 삼십 대 중반 정도의 젊은 남자 귀족이었다. 평범하게 생긴 외모였지만, 어딘가 모르게 오싹한 기분이 들었다.

"안녕하십니까, 윈터힐 백작 영애. 세콰이어 백작입니다."

마치 엘레나가 어떤 상황에 처한 것인지 전혀 알지 못하는 사람처럼 세콰이어 백작은 방긋 웃었다. 속내를 숨긴 그 웃는 얼굴이 엘레나를 더 긴장하게 만들었다.

"부탁드릴 것이 있어서 이렇게 찾아 왔습니다."

"어떤 부탁이죠?"

"잠시 저와 함께 가 주실 곳이 있습니다."

엘레나가 눈썹을 찌푸렸다. 자신을 가둔 것은 르니에다. 적어도 이 성안에서 르니에의 명을 거역할 수 있는 사람은 없는 줄 알았는데. 혹시 이것도 르니에의 뜻인 건가.

"아무것도 모르고 무작정 따라 나설 수는 없어요."

여전히 경계를 늦추지는 않았지만, 엘레나에게도 그리 나쁜 제안은 아니었다. 어떤 방식이든 이 방을 나간다면 탈출할 수 있는 확률은 높아진다. 창문으로 뛰어내릴 수도 없다는 것을 확인한 지금, 밖의 상황을 살피고 이 성의 지리를 익힐 수 있는 기회를 놓칠 수는 없었다.

"그럼요, 그럼요."

세콰이어 백작은 그런 그녀의 마음을 십분 이해한다는 듯 크게 고개를 끄덕였다.

"그저 성내에 환자들이 있어서 그 사람들을 치유해 주십사, 부탁을 드리러 왔습니다."

엘레나는 잠시 고민하는 척했다. 그러자 세콰이어 백작은 조금 다급하게 덧붙였다.

"쉬운 부탁이 아니라는 것은 잘 알지만, 꼭 좀 부탁드리겠습니다."

"알겠습니다. 도와드리죠."

"아! 정말 고맙습니다, 영애."

세콰이어 백작은 허리를 깊이 숙여 보였다.

그가 엘레나를 찾아온 이유는 단순했다. 성안에 모여 있는 귀족들을 달래 주기 위해서였다. 원체 자신밖에 모르고, 어딜 가서나 관심 받고 떠받들어지길 원하는 귀족들 수십이 한 성에 모여 있다 보니 그들을 달래기가 여간 힘든 것이 아니었다.

게다가 점점 전세가 불리해지니 이렇게까지 전황이 악화된 책임을 르니에에게 묻자고 주장하기 시작하는 자들도 있었다.

엘레나는 그런 귀족들을 달래기 위한, 어린아이에게 쥐여 주는 사탕 같은 존재였다. 제국의 귀족치고 그녀를 모르는 이는 없었다. 신성력으로 죽어 가는 사람도 살린다는 신관, 그리고 황제의 여인. 성안에 갇힌 귀족들의 지루함을 달래기엔 안성맞춤이었다.

다행히 르니에는 낮에 외성으로 나가 업무를 봤다. 최측근인 백작은 르니에의 일정을 꿰뚫고 있어 엘레나를 몰래 빼돌려 이용하기로 한 것이다.

"이쪽으로 가시죠."

엘레나는 세콰이어 백작의 뒤를 따랐다. 그녀에게는 절대로 열리지 않았던 문이 너무나 쉽게 열렸다. 그녀는 어느새 베르너 내성 안을 걷고 있었다.

혹시 눈을 가리거나 하지는 않을까 걱정했지만 그런 일은 일어나지 않았다. 방 밖의 풍경은 베르너 성 밖의 일이 모두 거짓말인 것처럼 평온했다. 복도를 오가는 하인들이 많이 보이는 것 말고는 여느 귀족 성의 모습과 다른 점이 없었다.

엘레나를 데리고 백작이 도착한 곳은 한 응접실이었다. 커다란 공간에 귀족들과 그 시중들이 모여 있었다. 두 사람이 들어서자 수십 개의 눈이 날아와 꽂혔다. 대게는 짜증과 옅은 호기심을 담고 있었다.

"이분들이 영애가 봐 주십사 하는 환자분들입니다."

엘레나가 찬찬히 그들의 상태를 훑었다. 환자라고는 하지만, 정말로 아파 보이는 이는 없었다. 적어도 화장을 하고 차려입을 만한 여유가 있는 사람들이었다.

잠시 그들을 보던 그녀는 일단 짐짓 심각한 얼굴로 세콰이어 백작에게 말했다.

"환자들을 이렇게 한곳에 모아 놓으면 위험할 수 있습니다."

'위험하다'라는 말에 귀족들이 즉각적으로 반응했다. 조금 전까지 고고하게 엘레나를 품평하듯 바라보던 이들의 눈이 동그래졌다. 원래 가진 게 많은 사람일수록 자기 몸이 제일 소중한 법이었다.

"이 중에 전염병을 앓는 환자가 있는 경우, 이 방에 있는 다른 사람들까지도 그 병에 걸릴 수 있습니다."

"그, 그렇습니까……."

세콰이어 백작이 난색을 표하고 귀족들은 화들짝 놀라며 근처의 다른 귀족들을 의심스런 눈으로 바라보기 시작했다.

"그럼 어찌해야 합니까?"

"사실 이렇게 환자들이 한곳에 모여 있는 것이 치유하는 제 입장에서는 수월합니다만, 일단 안전을 위해서 이분들이 각자의 방에 계시면 제가 찾아뵙는 방법이 좋겠습니다."

"하지만……."

백작은 우물쭈물했다. 엘레나를 경계하는 것이었다.

"백작께서 저와 함께 계셔도 되고, 정 불안하시다면 기사를 붙여 절 감시하셔도 좋습니다."

그녀가 한 발짝 물러났다. 혼자서 자유로이 성안을 돌아다니는 것이 가장 좋았지만, 그들이 그렇게 둘 리 없었다.

"그럼 지체 없이 바로 시행하지요. 모두 각자의 방으로 돌아가 계시면 차례대로 찾아뵙겠습니다."

백작의 말에 귀족들이 앞다투어 응접실에서 나갔다. 결국 한 명씩 치료하겠다는 명목하에 엘레나는 베르너 성 안을 돌아다니게 되었다.

귀족들이 제각각 치유를 원하는 곳이 어찌나 많은지, 생각보다 훨씬 많은 신성력을 사용하게 되었다. 넓은 성안을 누비는 것도 결코 쉬운 일이 아니었다. 그러나 조금이라도 더 베르너 성의 내부 지리를 익히려고 그녀는 무리를 감수했다.

결국 해 질 녘이 되어서야 방으로 돌아온 엘레나는 몸을 휘청였다. 풀썩 소리를 내며 쓰러지듯 침대 위로 몸을 던지자 머릿속이 팽이처럼 뱅글뱅글 돌았다. 그러나 어떻게든 머릿속에 새긴 이 성의 구조를 까먹지 않으려 안간힘을 썼다.

의도적이었는지 방에서 방으로 움직일 때마다 복잡하게 돌아가게 한 듯했다. 제대로 된 지도를 그려 내는 것은 힘들었지만, 그래도 방 안에 갇혀 있던 때보다는 베르너 성에 대한 이해가 생겼다.

"잊어버리면 안 돼. 잊어버리면……."

베개에 얼굴을 묻은 채로 웅얼거리던 엘레나의 숨소리가 고요해지며 기절하듯 잠에 빠졌다.

꿈을 꿨다. 그녀는 혼자서 베르너 성을 헤매고 있었다. 춥고 지치고 힘들었다. 그러나 쉬지 않고 걸었다.

무언가를 찾아 끊임없이 움직였다. 잠겨 있는 문을 두드리고 외쳤다. 누군가 쫓아오는 것처럼 조급함에 목이 말랐다.

그렇게 조금씩 그 무언가를 찾을 수 있을 거란 마음을 단념해 가던 도중, 그녀의 손이 작고 허름한 문을 열었다. 그리고 그곳에 그가 있었다.

검은 머리칼과 언제나 자신을 좇는 푸른 눈. 드디어 그를 찾았다는 기쁨으로 가슴이 터질 것 같던 순간, 그가 돌아섰다. 바로 눈앞에서 등을 보이며 멀어지는 그를 향해서 엘레나는 울며 소리쳤다.

"레이……. 가지 마요, 레이……."

감은 두 눈에서 눈물이 새어 나왔다.

"넌 꿈에서도 그 이름만 부르는군."

엘레나의 잠든 얼굴을 바라보고 있던 르니에가 싸늘하게 말했다. 그 목소리에 눈물에 젖은 눈꺼풀이 느리게 벌어지며 금안이 드러났다.

"레……이?"

혼몽하게 그리운 이름을 부르던 엘레나는 자신의 앞에 보이는 얼굴이 아드레이가 아닌 르니에라는 것을 깨닫고 화들짝 몸을 일으켰다. 침대에 걸터앉은 그는 그 모습을 끈질기게 바라봤다.

"여긴 무슨 일이죠."

눈물로 얼룩진 얼굴을 소매로 대충 닦아 내며 엘레나가 물었다.

"몰랐어? 여기 내 침실이야."

그의 얼굴에 붉은 취기가 돌았다.

"어제는 네가 피곤해 보여서 자리를 비켜 줬지만, 오늘은 그럴 생각이 없는데."

그렇게 말하고는 마치 그녀의 반응을 관찰하듯 집요하게 바라보는 그가 너무나 싫었다. 엘레나는 저도 모르게 이를 악물고 말했다.

"이렇게 가둬 놓는다고 내가 당신의 소유가 되었다고 생각한다면 큰 오산이야. 난 절대로 당신 것이 되지 않아."

그렇게 말한 엘레나는 침대에서 일어섰다. 그와 우연으로라도 같은 침대 위에 있고 싶지 않았다.

그러나 르니에는 그렇게 두지 않았다. 침대를 짚고 일어나던 그녀의 팔을 잡아채 눕히고 그 위에 자신의 그림자를 드리웠다.

"과연 그럴까? 내가 네 몸을 취하면, 그때는 어찌 될까."

"……뭐?"

"이 방에 갇혀서 오로지 나만 보는 거지. 그럼 너도 어느 순간 날 기다리고 있는 자신을 알게 될 거야. 언제나 혼자고, 외롭고, 텅 빈 공허 속에 있으면, 오로지 나만이 살아 움직이는 것처럼 보이겠지."

그에겐 익숙한 감정이었다. 온 세상에서 오로지 한 존재에게 각인하는 것은.

"내가 너의 세상이 될 거야. 그럼 너도 내 마음을 조금은 이해할 테고."

그에겐 꿈 같은 일이겠지만, 엘레나는 그 말을 듣고 나니 그가 더 증오스러울 뿐이었다.

"이렇게 반역을 일으키고 그 많은 사람들을 죽게 하면서 가지고 싶었던 것이 고작 내 몸이라면 그렇게 해. 당신은 내 감정 따위 처음부터 상관없었잖아."

엘레나는 르니에의 눈을 똑바로 바라보며 말했다.

"언제나 자기 마음대로 자기감정만 소중했지. 이제 와서 신경 쓰는 척하지 마. 하지만 한 가지 분명히 말해 두는데, 당신 같은 사람에게는 내 마음을 주지 않아. 절대로."

"아드레이가 금방이라도 널 구하러 와 줄 거라고 생각해?"

침착함을 유지하던 엘레나였지만, 아드레이의 이름이 나오자 눈동자가 흔들렸다. 그 심지 굳은 눈이, 차갑게 독설을 내뱉던 그녀가 단 한마디에 빈틈을 보인다는 것이 르니에를 더욱 화나게 했다.

"너무 큰 기대하지 마. 못 오니까."

그래서 그는 더욱 잔인하게 속삭였다. 메티이아의 불은 집요했다. 그 불이 타고 있는 한, 밖에서 베르너 성의 문을 열 수는 없었다.

르니에의 여유로운 웃음에 엘레나는 오히려 차분해졌다. 이곳으로 납치당한 이후로 그녀가 잊지 않으려고 노력해 온 한 가지 사실을 떠올렸다. 그리고 스스로에게 상기시키듯 천천히 말했다.

"르니에 당신은 절대로 레이를 이기지 못해."

이 베르너 성 밖에는 수만의 황제군이 있다. 르니에가 할 수 있는 일이라곤 굴 안에 갇힌 여우처럼 몸을 웅크리고 밖을 노려보는 것뿐이다. 적어도 아드레이는 안전하다. 엘레나는 그 점에 집중하려 했다.

그러나 그 말에 르니에의 눈에 불꽃이 튀었다. 억센 손이 그녀를 향해 뻗어졌다.

"오로지 나만 생각나게 해 주겠어. 그 눈에 나만 담기도록."

그렇게 이죽이며 그가 엘레나의 목 뒤를 잡고 강하게 당겼다. 그녀의 입술 위에 자신의 입술을 드리웠다.

두 입술 사이에 겨우 손가락 하나의 거리만이 남았을 때, 르니에는 우뚝 움직임을 멈췄다. 그는 엘레나의 눈을 바라보고 있었다. 마치 네가 나에게 무슨 짓을 하는지 똑똑히 보겠다는 것처럼 눈을 피하지도, 감지도 않는 그녀의 눈을.

더 정확히는 거울 같은 그 금안에 비치는 자신의 일그러진 모습을 봤다. 엘레나에게 그는 추악한 괴물 같았다.

그토록 원하던 것이 코앞에 있었으나 더 이상 나아가지 못했다. 취기에 뿌예졌던 머릿속도 점차 개었다.

조금 더 엘레나의 눈동자를 깊이 들여다보던 르니에는 이윽고 그녀의 옆자리에 쓰러지듯 누웠다.

그가 비켜서자 그녀는 얼른 일어나 침대에서 벗어났다. 위연하게 말은 했지만, 무서웠다. 옷자락을 움켜쥐고 있는 손이 덜덜 떨렸다. 그러나 르니에게 그런 모습은 보여 주고 싶지 않아 침대에서 멀리 떨어진 소파로 향했다.

이곳이 자신의 침실이란 르니에의 말이 정말이었던 것인지, 그는 침대에 누워 팔로 눈을 가린 채로 미동도 하지 않았다.

큰 소파의 가장 구석에 자리 잡은 엘레나는 평정심을 되찾으려 노력했다. 헐떡이는 숨을 가라앉히려 심호흡을 하며 머리를 굴렸다.

조금 전의 대화로 한 가지는 분명해졌다. 르니에는 그녀가 오늘 그녀가 방 밖으로 나갔다는 것을 모르는 눈치였다. 자신의 짐작대로 세콰이어 백작이 독단으로 행한 일이 확실했다.

조금씩 생각을 정리하고 있자니 불안함과 두려움으로 떨리던 가슴이 조금씩 진정되기 시작했다.

흘끔, 침대 쪽을 바라보니 커튼처럼 침대 주변에 늘어진 얇은 휘장 너머로 조금 전의 모습에서 전혀 움직이지 않은 르니에가 보였다.

잠이 든 것일까. 붉은 눈과 희미한 술 냄새를 생각하면 술에 취해 결국 곯아떨어졌을 수도 있다.

조금 더 경계심을 가지고 지켜보던 엘레나의 눈이 조금씩 감겼다. 긴장이 풀리기 시작하니 참을 수 없는 피로가 몰려왔다. 신성력을 사용한 후유증이라 까무룩 정신을 잃을 것 같은 느낌이었다.

'잠들면 안 돼.'

엘레나가 억지로 눈을 뜨며 스스로를 다그쳤다. 르니에가 불안했다.

그래서 침대 쪽을 바라보며 몸을 더욱 웅크렸지만, 겨우 그 동작만으로 남아 있던 체력을 모두 쓴 것처럼 의식이 뚝 끊겨 버렸다. 결국 엘레나의 얼굴이 무겁게 소파 손잡이로 툭 떨어졌다.

얼마나 시간이 지났을까. 모든 것이 정지된 것처럼 고요한 방 안에서 하늘의 달만 조금 자리를 바꿨다. 르니에가 소리 없이 눈을 떴다.

자리에서 일어나 앉은 그는 소파에서 잠든 엘레나를 바라봤다. 침대에서 내려와 그 앞으로 다가갈 때까지 깊게 잠든 엘레나는 깨어나지 않았다.

르니에는 한쪽 무릎을 꿇고 그녀와 눈높이를 맞췄다. 잠든 하얀 얼굴을 하염없이 바라봤다.

잠시 뒤, 그가 엘레나를 안아 들었다. 행여 깰까, 걷는 걸음걸음의 숨을 죽였다. 침대 위에 내려놓는 손길도 조심스러웠다. 아무렇게나 널브러져 있던 이불을 끌어다 그녀의 목 아래까지 덮어 주었다.

엘레나만을 위해서 준비된 침실에서 적어도 그녀만큼은 안전해 보였다. 르니에가 그녀의 동그란 이마에 조용히 입을 맞추고, 방을 나섰다.

어두컴컴한 들판 한가운데, 베르너 성이 가장 잘 보이는 곳에 아드레이는 홀로 앉아 있었다. 차가운 바람을 온몸으로 맞아 가며, 마치 불이 보호하고 있는 듯한 성을 바라보고 있었다. 그 뒤편으로 발소리를 숨기지 않고 다가선 풀먼 후작이 말했다.

"데려왔습니다."

아드레이가 마침내 베르너 성에서 시선을 떼고 뒤를 돌아봤다. 후작의 뒤에 아직 어린 병사가 고개를 숙이고 있었다. 덩치도 작고 얼굴도 앳되어 이렇게 어린 소년을 징집해 병사로 삼았다는 게 믿기지 않았다.

"이자는 베르너 성 출신으로 아직 성년이 되지 않았습니다. 어머니와 여동생이 있는데, 집에 병역을 질 남성이 없다는 이유로 징집되었다고 합니다."

풀먼 후작의 소개에 아드레이를 향해 머리를 깊이 숙인 소년은 떨리는 목소리로 말했다.

"저희 어머니는 베르너 성의 부엌에서 일하는 하녀이고 덕분에 밖에서 식재료를 들여오곤 하던 뒷문의 열쇠를 가지고 있습니다. 번거롭게 해자를 통하지 않아도 되는, 영주성의 사용인들만 사용하는 작은 쪽문입니다."

"아직까지 이 병사의 어미가 열쇠를 가지고 있을지는 모르는 일이지만, 베르너 성에 몰린 귀족들 때문에 집사와 사용인들은 무척이나 바쁠 터이니 아직 그대로일 가능성이 높습니다."

후작이 옆에서 대신 설명을 도왔다.

"약속한 시간에 쪽문을 열어 줄 수 있냐는 전서를 비밀리에 보내 볼 생각입니다. 전서가 무사히 도착할지, 모친이 협조하기로 할지는 미지수이지만, 현재 시도해 볼 수 있는 유일한 방법이기도 합니다."

오히려 실패할 가능성이 더 큰 작전이었다. 그러나 풀먼 후작은 그 점에 대해선 입을 다물었다.

당장 소년의 모친이 문을 열어 준다고 하더라도 그 작은 문으로 충분한 병력이 침투할 수 있을 것인지, 애초에 몸을 숨길 만한 곳이 없는 평야에서 어떻게 성벽에 접근할 것인지 등, 아직 따져야 할 것이 많았다.

하지만 이렇게 두 손 놓고 불길이 그치길 기다릴 수는 없었기에 후작은 포로들 중 적당한 인물을 물색해 방법을 강구한 것이었다.

"어째서인가."

아드레이가 소년 병사에게 물었다.

"너는 베르너 성에서 나고 자랐을 터. 나를 돕는 이유가 무엇이냐."

"저는……."

여전히 무서워하는 기색으로 잠시 말을 더듬던 소년이 마침내 용기를 내어 입을 열었다.

"제가 징집되어서 성을 떠나기 전, 일이 있었습니다. 어머니를 도와 성에서 일하는 여동생에게 눈독을 들이던 귀족들이, 그 애를 끌고 가려고 했습니다. 저보다 두 살 아래라 아직 열세 살밖에 안 된 아이입니다."

곁에서 이야기를 듣고 있던 풀먼 후작마저 눈살을 찌푸렸다. 평민을 손만 뻗으면 언제나 취할 수 있는 노리개쯤으로 여기는 귀족들이 많다지만, 그런 파렴치한들에게도 열세 살은 지나치게 어리다.

"제 여동생은 다행히 무사했지만, 베르너 성에 있는 높으신 분들은 지루하고 따분하다면서 온갖 일을 저지릅니다. 저는 대의나 황권 같은 어려운 것은 잘 모릅니다. 다만 시간이 지날수록 그 같은 일들이 점점 늘어날 것은 압니다. 지금도 그 귀족 분들이 다시 제 여동생에게 손을 뻗었을까 두렵습니다."

아드레이는 소년을 잠시 보더니 풀먼 후작에게 명했다.

"서신은 최대한 짧게, 실명은 쓰지 말라. 가족들만 알아볼 수 있는 어릴 적 별명을 대신 사용하도록."

혹시 전서가 다른 이의 손에 들어갈 것을 염두에 둔 말이었다.

'예, 그리하겠습니다.' 하고 인사한 병사는 잠시 눈치를 보다가 천막에서 나갔다.

"어떻게 하실 생각이십니까."

후작이 예상할 수 있는 것을 아드레이가 모를 리 없었다.

"일단 성 안쪽에서 대답이 오는지 지켜보도록 하지."

간결하게 대답한 아드레이는 다시 성 쪽으로 고개를 돌렸다. 회의하는 시간만 빼면 계속 이곳, 베르너 성이 가장 잘 보이는 곳에서 떠나지 않는 그 때문에 신하들이 걱정이 많았다.

그러나 수많은 염려에도 불구하고 그는 이곳에서 움직이지 않았다. 마치 그렇게 주시하고 있다 보면 엘레나의 모습이 보이기라도 할 것처럼.

조금이라도 불길이 사그라들면 혼자서라도 베르너 성을 향해 달려갈 것 같은 모습이 위태위태하기 그지없었다.

다음 날, 엘레나는 혼자서 아침 식사를 마쳤다. 천천히 꼭꼭 씹어 넘기며 최대한 많은 양을 먹었다. 어제의 경험으로 체력을 비축하려면 제대로 된 식사를 해야 한다는 것을 배웠기 때문이었다.

식사를 마치고 입을 닦던 그녀는 무심코 침대 쪽을 바라보았다가 인상을 굳혔다.

분명히 소파에서 잠이 들었는데, 오늘 아침 일어나 보니 어째서인지 침대에서 자고 있었다. 방 안에 르니에의 흔적은 없었지만 자신이 어떻게 침대로 옮겨 간 것인지 신경이 쓰였다.

엘레나가 혹시 잠결에 스스로 침대로 걸어간 것은 아니겠지 하는 생각에 두 번째로 눈썹을 찌푸릴 때, 방문이 열리고 세콰이어 백작이 걸어 들어왔다.

"좋은 아침입니다, 윈터힐 영애."

백작은 오늘도 두 명의 기사와 함께였으며 엘레나가 거슬려 할 만큼 밝은 얼굴이었다.

세콰이어 백작의 작전이 먹혀들었다. 하루에도 몇 번씩 언성을 높이며 당장이라도 성을 뛰쳐나갈 듯했던 귀족들이 엘레나의 치유를 받고는 잠잠해졌다. 소문을 듣고 오늘 자신의 방으로 찾아와 달라 연통을 넣은 귀족도 스물이 넘었다.

"오늘은 어제보다 일찍 오셨네요."

"제가 생각한 것보다 이 베르너 성 안에 아픈 분들이 많아서 말입니다."

그렇게 말한 백작은 노골적으로 엘레나를 재촉하기 시작했다. 아직 그녀가 테이블 앞에 앉아 있음에도 하녀들을 불러 식탁을 치우게 하는 것을 보며 엘레나는 한 가지 실험을 해 보기로 했다. 이 사람에게 귀족들을 치유하는 일이 얼마나 중요한지 알아내기 위해서였다.

"오늘은 몸이 좋지 않아 조금 쉬어야 할까 싶은데……."

엘레나가 그렇게 말하며 말꼬리를 흐리자 세콰이어 백작의 안색이 단박에 변했다.

"의원을 불러 드리겠습니다."

그러나 아직까지는 예의 바른 웃음을 지우지 않았다. 엘레나는 한 번 더 들춰 보기로 했다.

"의원을 부르실 필요는 없습니다. 그냥 하루 쉬고 싶을 뿐이에요."

"이렇게 책임감이 없는 분이었습니까?"

백작이 결국 그녀를 다그치기 시작했다. 그녀의 책임감을 자극해

원하는 것을 얻어 낼 생각인 듯했다.

"지금 이 성에는 아픈 이들이 너무나 많습니다. 그들을 다 외면하실 겁니까?"

정말로 오늘은 쉬겠다고 말하면 당장 엄청난 비난을 쏟아 낼 것 같은 세콰이어 백작의 태도에 엘레나는 오히려 힘을 얻었다. 자신이 귀족들의 응석을 받아 주는 것이 백작에게 꽤 중요한 일인 듯했다. 생각보다 많은 것을 얻어 낼 수 있을 것 같았다.

"……그렇다면 어쩔 수 없죠."

그녀가 마지못해 응하는 척 고개를 끄덕이자 백작의 얼굴이 단번에 밝아졌다.

일단 엘레나는 세콰이어 백작이 원하는 대로 움직였다. 어제보다 훨씬 이른 시간에 출발해 방과 방을 돌아다녔다. 어제보다도 힘든 일정이었다.

점점 눈에 띄게 지쳐 가는 그녀의 상태가 보이지 않는 것도 아닐 텐데, 백작은 계속 웃는 얼굴로 재촉하고 밀어붙였다. 정오가 넘어서 엘레나가 조금 쉬어야겠다고 정원 의자에 자리를 잡고 앉을 때까지 쉬는 시간은 단 한 번도 없었다.

"하아……."

정말 곤란하다는 얼굴로 한숨을 크게 쉰 백작은 이내 억지로 웃는 얼굴을 만들면서 잠시 기사들과 대화를 하고 오겠다며 돌아섰다. 덕분에 그녀는 처음으로 방 밖에서 혼자만의 시간을 가질 수 있었다. 지끈거리는 머리를 꾹꾹 눌러 주며 주변을 돌아볼 여유도 생겼다.

잘 가꿔진 정원수 사이로 바쁘게 움직이는 성의 고용인들이 보였다. 그들은 혼자 앉아 있는 엘레나를 흘끔거리며 흥미롭게 보면서도 발걸음을 멈추지 않았다.

어딜 그렇게 바삐 가는 것일까. 사람들을 따라서 시선을 옮긴 엘레나의 눈에 영주성인 내성에서 평민들이 사는 외성으로 나가는 문이 보였다.

외성은 밖의 평야와 성벽 하나를 사이에 두고 있을 뿐이다. 그녀의 시선이 외성 쪽에서 떨어지지 않았다.

"언제까지 쉬실 겁니까. 기다리는 사람들이 많습니다."

마침 세콰이어 백작이 돌아와 그녀를 다그치기 시작했다.

"외성에도 부상자들이 있지 않나요?"

엘레나의 물음에 백작은 그게 무슨 엉뚱한 소리냐는 듯 눈썹을 찌푸리더니 어쩔 수 없이 고개를 끄덕였다.

"외성에 부상자들을 위한 임시 병동이 있기는 합니다만."

"그럼 제가 그 사람들을 도와줄 수 있겠네요."

"안 됩니다."

"어째서요?"

"그건……."

세콰이어 백작이 머뭇거리는 이유는 두 가지였다. 엘레나가 방 밖에 있는 시간은 제한되어 있어 이미 성안의 귀족들만으로도 충분히 바쁘다는 것과, 외성을 나다니며 행동반경이 넓어졌다간 르니에에게 들킬 수도 있다는 위험성 때문이었다.

"밖의 부상병들을 돌보게 해 주지 않으면 더 이상 협조하지 않겠어요."

엘레나의 단호한 태도에 백작은 고민에 빠졌다. 이제 와 그만두기엔 이미 받아 놓은 청탁이 너무 많았다. 처음부터 시작하지 않았다면 모를까, 기다리던 이들의 원성을 감당할 수 없었다.

"더 이상 신성력 치료를 않겠다는 것도 아니고, 대상이 내성의 사람들에서 외성의 사람들로 넓어질 뿐입니다. 부상자들이 빨리 원래의 임무로 복귀하는 것이 베르너 성의 입장에서도 좋은 일 아닌가요? 어째서 반대하시는 거죠?"

엘레나의 말이 맞았다. 세콰이어 백작은 그녀의 요구를 거절할 명분을 찾지 못했다.

"알겠습니다. 하지만 외성의 부상병들에게 쏟는 시간은 1시간뿐입니다."

하루 종일 귀족들의 엄살을 들어 주는 것에 비하면 짧디짧은 시간이었지만 그래도 내성에만 갇혀 있는 것보단 나았다. 결국 엘레나와 세콰이어 백작 일행은 그 길로 로브를 깊이 눌러쓰고 귀족들이 사는 내성을 빠져나왔다.

밖은 완전히 다른 세상이었다. 사람은 많지만 조용하던 내성보다 조금 더 활기찬 분위기를 예상했던 엘레나는 놀랄 수밖에 없었다.

여기저기 퀭하게 죽은 눈으로 할 일 없이 앉아 있는 사람들이 많았다. 마치 거대한 난민촌을 보는 듯했다. 차라리 제국군에게 잡혀 있는 포로들이 그들보다 훨씬 생기 있었다.

"시간이 없으니 빨리 갑시다."

내성에서 귀족들이 나오자 쳐다보는 평민들을 불쾌해하며 백작이 말했다.

다행히 부상자들이 모여 있는 곳은 내성에서 그리 멀지 않았다. 그러나 동쪽 성벽 근처에 임시로 세워진 병동은 열악한 환경 때문인지 암울하고 어두워 보였다. 이래서야 없던 병도 생겨나기 마련이다.

무작정 귀족들의 성을 벗어나 보려고 부상병들의 핑계를 댔지만, 직접 눈으로 보니 마음이 쓰이기 시작한 엘레나는 망설임 없이 그 안으로 걸어 들어갔다.

"저는 밖에서 기다리겠습니다."

병동의 경계선에 멀찍이 선 백작이 외쳤다. 기사들도 들어오지 않 겠다는 의지가 역력한 얼굴로 그 옆에 서서 그녀를 바라봤다.

"그러시죠."

엘레나는 그런 그들을 한번 차갑게 바라봐 준 뒤 돌아섰다. 그들 이 멀리 떨어져 있어 준다면 그녀로선 오히려 환영할 일이었다.

자신을 멀뚱히 바라보는 부상병들에게로 돌아선 그녀는 빠르게 중상자를 골라냈다. 신성력과 체력을 안배해야 했기에 완전히 다 낫 게 해 줄 수는 없었지만, 그래도 몸이 스스로 싸울 수 있을 정도로 치유하는 것은 가능했으니 다행이었다.

그렇게 한 명씩 돌봐 주며 이동하던 중, 엘레나는 무심코 성벽을 바라봤다. 수레와 짐 따위에 가려져 있는 작은 문이 눈에 들어온 것 은 순전히 우연의 산물이었다.

성벽에 난 문. 즉, 그 밖은 평야라는 뜻이었다. 엘레나는 세콰이어 백작과 기사들을 흘끔 바라본 뒤, 천천히 그쪽으로 움직였다.

점점 가까워지자 조금 더 많은 것들이 보였다. 단순히 낡은 문이 라고 생각했는데, 의외로 두껍고 단단했다. 원래 자주 쓰이던 문이 었는지 그 주변에는 낮은 풀만 겨우 자라 있었다.

조금만 더 가까이 가면 더 많은 것을 알 수 있지 않을까. 그렇게 생각한 엘레나가 한 걸음을 더 뗄 때였다.

"1시간이 지났습니다! 어서 나오시죠!"

세콰이어 백작이 큰 소리로 외치자 그녀는 화들짝 놀랐다. 도둑이 제 발 저린 것이다. 아쉽지만 내일도 이곳에 오려면 일단 백작의 말 에 협조해야 할 필요가 있다.

엘레나는 발견한 문을 흘끔 바라보고는 백작이 기다리는 쪽으로 돌아가기 시작했다. 문이 갑자기 사라지지는 않을 테니 내일 다시 와서 보면 돼. 그렇게 생각했지만 결국 잠이 들기 전까지 그녀의 머릿속에는 온통 그 작은 문에 대한 생각뿐이었다.

"베르너 성 안쪽에서 회신이 있었습니다."

풀먼 후작의 말에 아드레이가 느리게 시선을 움직였다.

지루한 기다림이었다. 두 손 놓고 가만히 앉아 있어야 하는 무력감을 온몸으로 오롯이 겪었다.

아드레이는 오늘도 불에 둘러싸인 성을 보고 있었다. 쉬지도, 잠도 자지 않았다.

저러다 큰일이 나는 것은 아닌가. 수하들이 몇 번이고 잠시 막사로 돌아가 쉬시라 간청했지만 아드레이는 자리를 지켰다.

하지만 그가 그저 넋을 놓고 있었던 것은 아니었다. 이틀 동안 베르너 성을 계속해서 지켜본 결과, 생각보다 많은 것을 얻어 낼 수 있었다.

"협조하겠다고 하나?"

"예, 폐하. 그 문의 열쇠는 아직 가지고 있는 상태라고 합니다."

됐다. 아드레이의 무표정한 얼굴에 잠시 안도가 스쳤다. 그의 남색 눈이 다시 베르너 성을 바라봤다. 어둑한 시간이었으나 해자에서 활활 타오르고 있는 불로 주변이 환했다.

"내일 땅거미가 질 때, 하늘이 어둡게 물들기 직전으로 한다. 모녀에게 그때 문을 열고 빠져나오라고 전해라."

그것은 혹시 일이 잘못되었을 때를 대비해 문을 열어 준 그들을 보호하기 위해서였다.

"차라리 어두운 밤이 낫지 않겠습니까."

풀먼 후작의 말에 아드레이는 고개를 저었다.

"해자의 불 때문에 어둠이 내리면 오히려 성 주변이 매우 밝아진다. 성벽 가까이로 몰래 가는 것이 불가능해지지."

그의 설명에 후작이 성의 모습을 확인하곤 고개를 끄덕였다.

"서쪽으로 해가 지면서 문이 있는 동쪽 벽의 그림자가 평야에 길고 짙게 내린다. 또한 지켜본 바로는 노을이 지는 시간이 성벽 위 경비 인원의 교대 시간이다. 해자 안으로 기름을 더 던져 넣어 불길을 세게 만드는 것은 교대 이후에 이루어진다."

이것들이 그가 지난 이틀 동안 얻어 낸 정보였다. 이러저러한 이유를 따져 보았을 때, 붉은 노을의 땅거미가 가장 짙게 내리는 해 질 녘이 가장 최적의 시기인 것이다.

그러나 아직 가장 중요한 요건이 충족되지 않았다. 풀먼 후작은 아드레이를 바라봤다.

"폐하, 혼자 들어가실…… 생각이십니까."

아드레이는 아무 말 없이 고개를 끄덕였다. 설마 했는데. 후작이 침음을 흘렸다.

애초에 그 작은 문으로 제대로 된 병력을 투입시킬 수 없다는 것을 알았다. 그래서 소수 정예의 기사들을 보내실 생각인가 하고 명단까지 작성했다. 그러나 그 짐작마저도 틀렸다는 것을 오늘 직감했다.

단순히 성안으로 침투하여 성문을 여는 것이 목적이 아니었다. 최우선의 과제는 엘레나의 신변이었다.

섣불리 병력을 집어넣어 소란을 일으키게 된다면 문은 열 수 있을지 몰라도 인질인 그녀의 신변은 아무도 장담할 수 없게 된다.

결국 최소한의 인원을 조용히 침투시켜 엘레나의 안전을 확보한 뒤, 적장을 처리해 베르너 성을 안쪽에서부터 완전히 무력화해야 했다.

　그리고 이 까다로운 조건들이 한 번에 충족되어야 하는 작전은 아드레이 혼자 움직였을 때 성공 확률이 월등히 높아진다. 그 이외의 인원은 그의 무력을 따라가지 못해 방해가 되고, 자칫 발각될 위험을 높일 뿐이었다.

　풀먼 후작은 생각을 정리하며 침묵을 지켰다.

　'막아야 한다.'

　그것은 신하 된 자로서 당연한 의무였다. 황제 폐하를 홀로 반역자 무리의 한가운데에 들어가시게 둘 수는 없다. 이 자리에 배석한 것이 풀먼 후작이 아닌 다른 사람이었다면 아마 목숨을 걸고 막았으리라.

　그러나 후작은 목소리를 높여 반대하는 대신 물었다.

　"제가 어찌 도와드리면 되겠습니까."

　잠시 고민하던 아드레이는 입을 열었다.

　"윈터힐 백작을 불러와라."

　엘레나의 몸이 크게 휘청거렸다. 눈앞이 핑 돌며 한순간 앞이 보이지 않았다.

　겨우 테이블까지 걸어가 앉아 있자니 잠시 후에 시야가 돌아왔다. 몸 상태가 좋지 않았다. 두 손이 잘게 떨리고 있었다.

　마치 몸이 고갈된 느낌이었다. 엘레나는 테이블에 엎드려 숨을 골랐다. 달칵, 그러나 문이 열리는 작은 소리와 함께 그녀는 몸을 일으켜 아무렇지 않은 듯 무표정한 얼굴로 앉았다.

묵묵히 제 할 일만 하는 것 같지만, 하녀들도 눈이 있고 귀가 있다. 자신이 보고 들은 것을 누군가에게 전할 수 있다는 뜻이었다. 몸 상태가 심각하게 좋지 않은 것을 들키면 방 밖으로 나갈 수 있는 유일한 기회를 놓치게 될 수도 있었다.

테이블 위에 음식이 놓이고 하녀들이 우르르 몰려 나갔다. 문이 닫히자 엘레나는 그제야 작게 한숨을 쉬며 물을 향해 손을 뻗었다.

잔 속의 물이 불안하게 출렁였다. 손에 쥐고 있는 컵을 입으로 가져가 물 한 모금 마시는 것이 이렇게 어려운 일일 줄이야.

물이 목을 타고 내려가자 이번에는 메슥거리는 속이 문제였다. 아무것도 먹고 싶지 않았다. 그러나 그녀는 억지로라도 음식을 밀어 넣어 최대한 공을 들여 꼭꼭 씹어 넘겼다.

처음에는 음식을 거부하는 듯이 울렁이던 속이 점점 차분해지며 몸에 힘에 생겼다. 평소의 절반도 먹지 못했지만, 마지막에 물을 마실 때는 그래도 식사 전보다 손의 떨림이 훨씬 잦아들었다.

"후우……."

몸 상태만 봐서는 오늘은 아무것도 하지 않고 쉬는 것이 맞았다. 이대로 신성력을 계속 어제처럼 사용하다간 정말로 방으로 돌아올 때까지 버티지 못하고 쓰러지게 될지도 모른다.

그러나 엘레나는 어제 봤던 그 문이 잊히지 않았다. 수레 같은 것들로 대충 가려져 있던 그 작은 문이.

하녀들이 다 먹은 음식 접시를 내가기도 전에 오늘도 세콰이어 백작이 방문을 열었다. 오늘은 기사 한 명과 함께였다. 그녀가 도망가려고 하거나 허튼 짓을 하지 않는다는 생각에 조금 느슨해진 것이 분명했다.

"좋은 아침입니다, 영애!"

기분 좋게 아침 인사를 하는 세콰이어 백작의 목소리가 지끈거리는 머리를 쪼개는 것 같았다.

"오늘 르니에 님께선 아주 바쁘실 예정입니다. 그러니 우리도 한 번 바쁘고 알찬 하루를 보내 볼까요?"

마치 하루 종일 귀족들에게 나누어 주는 것이 자신의 신성력이라도 되는 듯이 당당하고 뻔뻔한 태도였다. 엘레나는 그 웃는 얼굴에 찬물과 함께 욕이라도 실컷 퍼부어 주고 싶었지만, 꾹 참으며 자리에서 일어났다.

그런데 운이 나빴다. 괜찮아진 줄 알았던 몸이 다시 한번 휘청였던 것이다. 그것도 세콰이어 백작의 앞에서.

"아이구, 이런!"

백작은 다소 요란한 소리를 내며 엘레나의 팔을 잡아 주었다.

"고맙습니다."

마치 단순히 발을 헛디딘 것처럼 아무렇지 않게 표정을 관리하며 엘레나가 말했다. 그런데 백작이 돌연 혀를 쯧쯧 차더니 말했다.

"오늘은 그 병사들이 모여 있는 곳에 안 가는 것이 좋겠습니다."

"뭐라고요?"

"신성력이 무한한 것은 아닌가 봅니다?"

"무한하지는 않지만 컵 안에 든 물처럼 적은 양은 아니니 중간에 끊길까 걱정하지 않으셔도 됩니다."

하지만 백작은 고개를 저었다.

"신성력이 신관의 몸에 무리를 준다는 것은 들어 알고 있었지만, 너무 티가 나면 르니에 님께 발각될 가능성이 높아져서 말입니다."

엘레나가 날카로운 눈으로 백작을 노려봤다. 신성력을 사용할수록 몸이 안 좋아진다는 것을 알고 있었다니. 그러면서도 마치 마르지 않는 우물에서 물을 퍼내는 것처럼 귀족들의 방에서 방으로 그녀를 끌고 다닌 것이다.

"게다가 한정된 양의 힘이라면 이왕 쓸 것, 좀 더 가치 있게 쓰는 것이 현명하지요. 굳이 내성을 벗어나지 않아도 환자는 많답니다. 오늘은 특히 더 많지요."

엘레나에 대한 일을 일부러 알리지 않았는데도, 어떻게들 알고 알음알음 찾아와 부탁을 하는 자들로 백작의 집무실이 붐빌 지경이었다. 말로만 청탁을 하는 것이 아닌지라 백작의 주머니가 두둑해진 것은 두말할 것도 없었다.

"이거 놓으세요!"

아직 자신의 팔을 잡고 있던 손을 뿌리치며 엘레나가 소리쳤다.

"내가 내 신성력을 누구에게 사용하는지는 내가 결정합니다!"

"아뇨. 그건 제가 정하는 겁니다, 영애."

백작이 비웃었다.

"저 문에 달린 저 자물쇠가 뭘 뜻하는 것인지 모르는 겁니까? 지금 자신의 처지가 파악이 안 되는가 보군요. 영애는 내가 데려다주는 대로, 내가 정한 환자들을 치료하면 됩니다. 오늘도 아주 많은 아픈 사람들이 영애를 기다리고 있답니다."

엘레나의 신성력과 그것을 행사하는 방식에 대해서 세콰이어 백작은 마치 어린아이 가르치듯 그녀를 훈계했다. 어이가 없는 상황이 아닐 수 없었다.

"이 베르너 성에서 나를 막을 수 있는 건 르니에 님밖에 없습니다. 물론 르니에 님의 사랑을 한 몸에 받고 계시는 영애라면 베갯머리송사 한마디로도 날 죽일 수 있을 겁니다. 그러나 영애는 자신의 정조와 자존심을 그렇게 사용하지 않겠죠. 내가 틀렸습니까?"

"개자식."

"지금 뭐라고 하셨습니까?"

똑똑히 들었으면서도 백작은 약 올리듯 웃었다. 엘레나는 주먹 쥔 손을 바르르 떨었다.

화가 나서 알고 있는 온갖 욕을 백작에게 퍼부어 주고 싶었다. 그러나 이렇게 말싸움이 커졌다간 자칫 방 밖으로 나갈 기회를 잃을 수도 있었다.

아무 말 하지 않는 엘레나를 향해서 백작이 타협하듯 제안했다.

"그럼 이렇게 하지요. 오늘 제가 준비한 환자들을 모두 봐 주시면, 그때 영애가 원하는 대로 병사들을 치료할 수 있는 시간을 주겠습니다. 어떻습니까?"

원하는 대로 돌아다닐 자유도 없는 납치된 포로 신분이라는 사실을 절감하게 되었다. 엘레나는 어쩔 수 없이 긍정의 의미로 먼저 방을 나섰다. 그러자 뒤에서 세콰이어 백작이 따라오는 발소리가 들렸다. 한숨 섞인 혼잣말과 함께.

"역시 평민 출신은 별수 없군."

그 순간 엘레나의 발걸음이 거짓말처럼 멈췄다. 그리고 그녀가 뒤를 돌았다. 자칫 그녀에게 부딪칠 뻔한 백작이 뒤로 물러서며 도리어 눈을 부라렸다. 엘레나는 꼭 그만큼 위협적으로 한 걸음 다가섰다.

"잊었나 본데."

엘레나가 백작의 말투를 똑같이 따라 하며 말했다.

"난 그냥 엘레나 신관이 아닙니다. 난 엘레나 폰 윈터힐이에요. 내 성이 의미하는 바를 모를 정도로 백작이 멍청할 것이라곤 생각하지 않습니다만."

세콰이어 백작이 아무 말도 하지 못하고 인상을 찌푸리는 것이 보였다. 평민 출신이라고 비아냥거리는 상대에게 '나는 귀족이다'라고 말하는 것이 알맞은 대응은 아니었다.

하지만 백작과 같은 사람을 바로 입 다물게 할 수 있는 가장 효율적인 방법이 '나는 네가 우습게 볼 수 있는 사람이 아니다'라고 말해 주는 거라는 건 확실했다.

"고작 스물이 넘은 여인에게 이런 식으로 협박을 당하는 것이 불쾌하겠죠. 그리고 지금 이 작은 성에선, 그래요, 백작의 권위가 나를 뛰어넘을지도 모릅니다. 하지만."

엘레나가 목소리를 더욱 낮추며 백작의 눈을 똑바로 바라봤다.

"어떤 방식으로든 이 내전이 끝나면, 광활한 윈터힐의 유일한 상속자이자 라한교의 신관인 나를 형편없이 대한 백작의 판단을 후회하게 될 겁니다. 매우 많이요."

그 말을 남기고 그녀는 미련 없이 돌아섰다. 작지만 당당한 그 등을 백작이 노려봤다.

엘레나는 절대로 환자에게 야박한 사람이 아니다. 아픔은 누구에게나 상대적인 것이고, 원래 자기 손톱 밑의 가시가 다른 사람의 피가 철철 흐르는 상처보다 아픈 것이 사람이라고 생각하기 때문이었다.

그러나 피가 흐르는 사람은 놔두고 손톱 밑에 가시가 박힌 사람만 도와줄 수 있는 상황에서 자기에게 박힌 가시가 제일 크고 아프다고 투정을 부리는 사람들만 보게 된다면 이야기는 조금 다르다.

귀족들은 마치 엘레나가 가지고 있는 힘이 자신들의 공공재라도 되듯이 함부로 이것저것을 요구했다. 도움을 요청한 본인뿐만 아니라, 괜찮다며 손사래를 치는 자신의 호위 기사와 시종들마저 치유해 주기를 바랐다. 그리고 그 요구가 받아들여지지 않으면 마치 당연한 권리를 부정당한 것처럼 굴었다.

더 큰 문제는 세콰이어 백작이 그들을 막지 않는다는 것이었다. 오히려 그들을 부추기거나 엘레나가 거절을 하면, 그 부탁을 들어주라고 종용하기까지 했다.

그때마다 엘레나는 말없이 세콰이어 백작을 바라보았지만, 백작은 그저 얄밉게 웃어 보일 뿐이었다. 겉으로 보기엔 아무런 악의 없는 웃음처럼 보였지만, 그 미소가 가진 의미는 단 한 가지, 시키는 대로 하라는 것이었다.

엘레나는 결국 그들의 부탁대로 신성력을 사용했다. 하지만 사용하는 힘의 양을 조절했다. 애초에 모두 정말로 환자들도 아니었고 그들은 엘레나가 자신의 말에 굴복하느냐를 중요시했기 때문이었다.

다행히 세콰이어 백작은 귀족들을 접대하느라 정신이 없었고, 정작 부탁했던 귀족들은 엘레나의 치유가 정말로 시종들에게 효과가 있는지 신경 쓰지 않았다.

그렇게 시간이 흐르는 동안, 엘레나는 점점 초조해졌다. 어느새 하늘이 주홍색으로 물들어 가고 있었다.

이 방에서 저 방으로 정신없이 옮겨 다니느라 정확히 성 어느 곳에 서 있는지도 더 이상 파악할 수 없었다. 게다가 조절하기는 했지만, 온종일 신성력을 사용하느라 지쳤다. 어제의 후유증도 아직 남아 있어 체력은 더욱 빨리 줄어들었다.

당장 오늘이 아니면 그 문이 사라질 것도 아니었고, 오늘 여건이 안 된다면 내일 보면 되는 일이었다. 하지만 말로 형용할 수 없는 느낌이 자꾸만 엘레나를 괴롭혔다. 오늘 꼭 그 문을 확인해 봐야 한다는 생각이 자꾸만 들었다.

"이제 약속을 지키시죠."

또 다른 곳으로 그녀를 이끌던 백작에게 엘레나가 말했다.

"글쎄요. 아무래도 오늘은 안 되겠습니다. 차라리 방으로 돌아가시는 것이 어떻습니까. 영애의 안색이 좋지 않네요."

조금 전까지 다른 사람에게 엘레나를 끌고 가던 사람이 하기엔 지나치게 뻔뻔한 발언이었다. 결국 그녀가 원하는 것은 주지 않으려는 억지였다.

"약속과 다르지 않습니까!"

"조금 전 말한 대로 영애의 얼굴빛이 좋지 않으니까요. 바로 방으로……"

"이대로 약속을 지키지 않는다면, 난 르니에 님에게 이 일에 대해서 말하겠어요. 그래도 괜찮은가요?"

백작의 얼굴이 와락, 아귀처럼 구겨졌다. 엘레나는 애써 담담한 척 그 얼굴을 마주 봤다. 이것은 엘레나가 뺄 들 수 있는 마지막 카드였다.

이렇게 손 놓고 아드레이가 베르너 성벽을 무너뜨리기까지 기다릴 수만은 없었다. 자신이 이곳에 갇혀 있는 한, 아드레이가 마음대로 공성을 할 수 없다는 것을 잘 알았다. 그러니 자꾸만 어제의 문이 눈에 밟히는 것은 어찌 보면 당연했다. 그녀에게는 그 작은 문이 유일한 탈출구처럼 느껴졌다.

세콰이어 백작에게 르니에는 꽤나 중요한 동아줄 같았다. 이 성에 갇혀서 언제 제국군에게 점령당할지 모르는 와중에 어째서 저렇게 르니에에게 충성하는 것일까. 문득 그런 위화감이 들었다.

마침내 세콰이어 백작이 외성 쪽을 가리키며 말했다.

"가시죠."

조금 전처럼 엉망으로 일그러진 얼굴은 더 이상 찾아볼 수 없었지만 태도는 한층 싸늘해졌다. 어제와 마찬가지로 외성을 빠져나가며 백작이 말했다.

"곧 르니에 님의 회의가 끝날 시간이 되어 가니, 딱 30분을 드리겠습니다."

엘레나는 고개를 끄덕였다. 짧은 시간이었지만, 그 문을 확인하기에는 충분했다.

그녀는 환자들 사이를 걸었다. 그리고 한 명씩 부상병들의 상태를 확인하며 점점 그 문으로 가까이 다가갔다.

그래도 이곳의 병사들은 직접 베르너 성을 지키는 사람들이라 그런지 전장에서 방치되었던 일반 병사들에 비하면 상황이 나았다. 그렇다고 해서 그들이 충분한 치료를 받고 있다는 것은 아니었다.

엘레나는 아무래도 내일부터는 세콰이어 백작과 다른 것을 놓고 설전을 벌여야 할지도 모르겠다고 생각하며 문 쪽을 흘끔 돌아봤다.

그리고 어제와 다른 점을 발견했다. 문 앞을 막고 있던 수레가 옆으로 치워져 있었다.

"밖으로 바로 나갈 수 있는 문이 맞아."

어떻게든 저 문의 열쇠를 손에 넣을 수만 있다면. 엘레나의 다음 목표가 정해지는 순간이었다.

엘레나는 다음 환자를 치료하기 위해 움직였다. 그런데 뭔가가 조금 이상했다. 주변이 고요했다. 해가 지고 있어서인지 사람도 평소보다 적었고, 언제나 병사들이 돌아다니던 성벽 위도 텅 비어 있었다.

'지금 열쇠가 있었다면.'

자꾸만 아쉬운 생각이 들었다.

그리고 붉은 노을 때문에 그 어느 때보다 어두운 건물의 그림자 속에서 두 인영을 발견했다. 성안 어디에서나 쉽게 볼 수 있는 하녀 둘이었다. 모녀인 것인지 닮은 이목구비와 붉은 머리가 인상적이었다.

그런데 그들은 불안해 보였다. 그림자 속에 몸을 숨기고 잔뜩 웅크리고 있었다. 엘레나는 보지 않는 척하며 모녀를 주시했다.

'쾅!' 하는 굉음이 울린 것도 그때였다. 하루를 마무리하듯 조용했던 성내가 순식간에 아수라장이 되었다.

"공성! 공성이 시작됐다! 저들이 투석기로 바위를 던진다!"

며칠 동안 소강상태에 접어들었던 전쟁이 다시 시작된 것이다. 황제군이 커다란 바위를 던져 대면서 성문을 공격하고 있었다.

모든 사람들의 이목이 그곳으로 집중된 순간이었다. 숨어 있던 모녀가 손을 잡고 뛰어나왔다. 두 여자는 작은 문 앞에 어지러이 널려 있던 짐 사이사이를 빠르게 달렸다.

엘레나는 중년 하녀의 허리춤에서 나온 열쇠 꾸러미를 목격했다. 한 손에 쥐고 있던 열쇠를 빠르게 구멍에 끼워 돌린 하녀가 망설임 없이 문을 밀었다. 그러자 작은 문이 거짓말처럼 열렸다.

엘레나는 멍하니 서서 그 모습을 봤다. 그녀의 시선을 느낀 것인지, 마지막으로 뒤를 흘끗 돌아보는 어린 딸과 눈이 마주쳤다. 바람에 나부끼는 그녀의 치맛자락 너머로 평야가 보였다.

"흐읍."

놀란 엘레나가 숨을 멈췄다. 그리고 생각할 틈도 없이 그 문을 향해 걸어가기 시작했다.

문까지의 거리가 조금만 더 가까웠더라면. 잠깐만 기다려 달라는 목소리가 악몽을 꾸는 것처럼 나오지 않았다.

걷지 말고 뛰어! 다리에게 명령했다. 그렇게 꼭 세 걸음을 걸었을 때, 서둘러 빠져나가는 모녀의 뒷모습 뒤로 누군가가 보였다.

"어어?"

꽉 막힌 숨소리 같은 것이 흘러나왔다. 내가 정말로 지금 꿈을 꾸고 있는 건가? 커다란 눈이 핀에 의해 고정된 듯이 얼어 버렸다.

"레이?"

그것은 스스로의 눈을 믿을 수가 없어서 흘러나온 의심이었다. 그런데 놀랍게도 성벽 너머의 꿈결 같은 대상이 그녀의 이름을 불렀다.

"엘레나!"

그 순간 잠에서 깨어난 사람처럼 엘레나는 뛰기 시작했다. 아드레이도 문을 더욱 활짝 열고 그녀를 향해서 손을 뻗었다.

상황이 어떻게 된 것인지 머리로 따라잡을 수 없었다. 어떻게 저 문이 갑자기 열렸는지, 아드레이가 눈앞에 있는지. 그러나 지금은 그런 것보다 무조건 그를 향해서 달려야 한다는 생각이 머릿속을 채웠다.

달려, 달리란 말야! 엘레나는 아드레이만을 바라보면서 뛰었다. 피곤한 몸이 말을 듣지 않았다.

조금만 더 가면 되는데. 그녀가 순간적으로 비틀거렸다.

쾅―!

옆쪽에서 누군가가 달려와 몸으로 부딪쳐 문을 닫아 버렸다.

"안 돼! 안 돼애―!"

엘레나가 절규했다. 문을 닫아 버린 것은 르니에였다. 어떻게 말려 볼 틈도 없이, 그가 엘레나를 바라보며 아직 꽂혀 있던 열쇠를 돌려 철컥하고 잠가 버렸다.

"레이!"

그녀는 소리를 지르며 르니에의 손에서 열쇠를 뺏으려고 했다. 하지만 힘으로 그를 이길 수 있을 리 없었다.

문 반대편에서 문을 쾅쾅 두드리는 소리가 들려왔다. 아아, 그가 바로 이 문 너머에 있는데.

"레이, 레이……!"

조금이라도 그의 온기를 느껴 보려 문에 손을 가져다 대는 엘레나를 르니에가 뒤로 밀어 버렸다. 그녀가 땅바닥에 주저앉았다.

"엘레나! 엘레나!"

아드레이가 그녀의 이름을 불렀다. 몸을 부딪치고 있는 것인지 문이 거칠게 흔들렸다.

뒤쪽에서 한 무리의 기사들과 병사들이 급히 달려왔다. 르니에는 손에 쥐고 있던 열쇠를 그들에게 툭 던져 주었다.

"이 문 밖에 황제가 있다. 무슨 수를 써서라도 잡아. 필요하다면 죽여도 좋다. 다만 확인할 수 있게 얼굴은 남겨라."

"안 돼! 레이, 도망쳐!"

엘레나가 비명을 질렀다. 르니에는 그녀를 짐짝처럼 들어 버렸다.

"이거 놔! 놓으란 말이야!"

그녀가 발버둥을 치는 소리와 함께 닫혔던 문이 다시 열렸다. 수십의 기사와 병사들이 차례로 좁은 문을 빠져나갔다.

성벽 위에 궁수들도 자리를 잡았다. 그가 위험해! 엘레나의 발버둥이 더욱 거세어졌지만, 르니에는 그 모든 것을 한 팔로 저지해 버렸다.

그 뒤로 시간이 어떻게 흘렀는지도 모를 정도로 그녀는 발작하듯이 울었다. 오로지 아드레이의 이름만 부르짖었다.

털썩, 르니에가 그녀를 침대 위로 내던졌다. 어느새 그녀는 그 빌어먹을 방으로 다시 돌아와 있었다.

"안 돼…… 레이……."

이제 몸에 힘이 하나도 남아 있지 않았다. 침대를 짚고 일어서려고 해도 팔이 툭툭 꺾이고, 다리는 말을 듣지 않았다.

그러나 기어서라도 침대를 벗어나려고 하는 엘레나의 모습은 처참했다. 눈물로 짓무른 눈 바로 앞에 아드레이가 자신을 향해서 손을 뻗던 모습이 자꾸 떠올랐다.

"흐윽, 윽!"

하염없이 울고 있는 그녀의 얼굴을 거칠게 잡아 돌리는 손이 있었다. 손아귀 안에 억세게 눌린 턱이 아팠다.

"이거, 놔……!"

있는 힘껏 그 손을 뿌리쳐 보려고 했지만 꿈쩍도 하지 않았다.

"날 봐."

르니에가 으르렁거렸다. 바로 앞에 들이민 새파란 눈이 타는 듯 이글거렸다.

"며칠간 잠잠하다 했더니 그 자식과 내통하고 있었던 거였나?"

그의 악다문 잇새로 말이 흘러나왔다.

"말해. 그 자식과 어떻게 연락을 주고받았지?"

"이거 놔! 놓으라고!"

엘레나는 몇 번의 시도 끝에 겨우 그를 뿌리치는 데에 성공했다. 하지만 르니에는 물러나지 않고 이죽거렸다.

"내가 오늘 널 지켜보지 않았다면, 넌 지금쯤 그 자식 손을 잡고 내 성에서 도망치고 있겠지."

또다시 내 눈앞에서 내 손가락 사이로 그렇게. 황성을 폭격했던 밤, 눈앞에서 그녀를 놓쳤을 때의 그 절망이 다시 르니에의 영혼을 잠식했다. 당장이라도 엘레나를 씹어 먹기라도 할 듯이 그가 거친 숨소리를 냈다.

"널 위해서 모든 걸 다 했어! 반역까지 저질렀다고! 그런데 넌!"

절규하던 르니에가 어느 순간 허탈한 웃음을 흘렸다.

"하, 하하!"

그리고 무언가 생각난 듯 한쪽 입꼬리를 올렸다.

"며칠 더 준비한 뒤에 시행하려고 했지만, 상관없겠지."

푸른 눈이 그녀를 비웃었다.

"오늘 그 자식의 얼굴을 제대로 봐 뒀길 바라. 내가 곧 그 녀석을 죽이면 다신 보지 못할 얼굴일 테니."

철썩!

엘레나가 르니에의 뺨을 때렸다. 꽤 큰 소리와 함께 그의 얼굴이 비스듬히 돌아갔다.

"하아, 하아……."

정말로 온몸의 남은 힘을 모두 긁어 낸 엘레나가 가쁜 숨을 쉬었다. 눈이 점점 감겼다.

"나쁜 새끼. 네가, 네가 뭔데! 네가 뭔데 그를 죽인다는 거야!"

소리를 지르는 어깨가 부르르 떨렸다. 그것을 르니에가 강하게 잡아챘다. 그녀의 몸이 끈 떨어진 인형처럼 위태롭게 출렁였다.

"그건 내가 하고 싶은 말이야!"

그는 흐릿한 금안을 바라보며 비명을 지르듯 물었다.

"네가 뭔데! 대체 네가 뭔데!"

결국 절규가 터져 나왔다.

"욕심 없이, 무엇이 부족한지도 모르고 잘 살아가고 있던 날 이렇게 만들어 놔, 네가 뭔데!"

엘레나의 양어깨를 파고든 손가락은 사시나무처럼 떨었다.

"네 멋대로 내 안에 들어와서 너밖에 볼 수 없게 해 놓고! 네가 없는 세상이 얼마나 무의미한지 알게 해 놓고! 그래 놓고!"

잔뜩 충혈된 눈을 부릅뜬 그가 침묵으로 울부짖었다. 힘없이 기울어진 엘레나의 눈에 그의 비뚤어진 얼굴이 보였다. 분노와 절망으로 일그러지고 흉악해진 그 아름다운 얼굴이.

넘실거리던 한 방울의 눈물이 결국 뚝 떨어지고 말았다. 바들거리는 입술로 르니에는 마지막 말을 뱉어 냈다.

"왜 다른 사람을 사랑해…… 왜."

그것을 마지막으로 엘레나의 의식이 뚝 끊어져 버렸다. 푹, 힘없이 고꾸라지는 작은 몸을 침대에 누인 뒤, 르니에는 눈물로 차갑게 젖은 채 일어났다. 그리고 주머니에 손을 넣어 작은 칼을 하나 꺼냈다.

새파랗게 빛나는 칼날이 엘레나에게로 점점 가까이 다가갔다. 원망 어린 두 눈이 정신을 잃은 그녀를 담았다.

투둑, 실이 끊어지는 듯한 소리를 내며 칼날이 엘레나의 은발을 베어 냈다. 그녀가 미운 만큼, 한 움큼.

"날 사랑하지 않는다면, 날 사랑할 수밖에 없게 만들어 줄게."

방을 나서는 르니에의 손아귀에 쥐어진 은색 머리칼이 제 의지와 상관없이 흔들렸다.

제국군 황제의 막사 안. 하인즈 단장이 조심스럽게 부은 포션이 아드레이의 벗은 등을 타고 흘러내렸다. 깊고 크게 갈라진 등의 자상이 서서히 아물어 갔다. 너른 등의 왼쪽 어깨부터 오른쪽 옆구리까지 길게 베인 상처가 더 이상 피를 뿜어내지 않을 때까지 포션 세 병을 써야 했다.

아드레이의 상처는 그것뿐만이 아니었다. 팔과 종아리에 화살 두 대 그리고 오른쪽 어깨에 또 다른 자상이 있었다. 모두 허리의 깊은 자상만큼 치명상은 아니었지만 그것들을 치유하는 데에 결국 남아 있던 포션을 모두 사용해야 했다.

"그래도 엘레나 님께서 만들어 놓은 포션이 있어서 다행입니다."

하인즈 단장이 이제 비어 버린 작은 유리병을 바라보며 말했다. 작전대로 정문을 공성하며 주위를 분산시키던 윈터힐 백작과 병사들이 아니었다면, 오늘 제국은 황제를 잃을 뻔했다.

몰려든 병사들은 아드레이의 적수가 아니었지만, 넓게 트인 평야에서 다수의 기사들과 병사들 그리고 성벽 위의 궁수들로부터 모녀를 지키는 것은 쉽지 않았다. 때마침 상황을 파악한 윈터힐 백작이 아드레이를 구출해 냈지만, 이미 아드레이는 등에 커다란 자상을 입은 뒤였다.

하인즈 단장은 만약 백작이 알맞은 때에 끼어들지 않았다면 벌어졌을 일을 순간 떠올리고 가슴을 쓸어내렸다. 그리고 아드레이를 걱정스레 바라봤다.

그의 황제는 본영에 복귀한 뒤로 한마디의 말도 하지 않고 있었다. 옆에 서 있는 풀먼 후작을 바라보자 후작은 조용히 고개를 저었다. 결국 작게 한숨을 쉰 하인즈 단장은 병을 정리하며 물었다.

"다른 불편하신 곳은 없으십니까?"

단장의 질문에도 아드레이는 대답하지 않았다. 하지만 검을 쥔 손에 뼈마디가 하얗게 불거질 정도로 아직까지 칼자루를 놓지 않았다.

그 마음을 어찌 헤아릴 수 있을까. 적진에 혼자 숨어들 각오로 시행된 작전이었지만 결국 엘레나를 빼내는 것에는 실패했다. 바로 눈앞에서 또다시 사랑하는 이를 적진에 혼자 두고 와야 했다.

"상처는 입으셨지만, 이렇게 무사히 돌아오셨으니 정말 다행입니다. 폐하 덕분에 무사히 몸을 빼낸 모녀도 폐하께 감사하고 있을 것입니다. 실제로 진영이 떠들썩합니다. 폐하께서 평민 모녀를 위해서 보이신 그 은혜에 사기가 진작되고 있습니다."

하인즈 단장은 아드레이를 위로할 생각으로 말을 꺼냈다. 그 말에 드디어 아드레이가 입을 열었지만, 오히려 단장과 풀먼 후작의 얼굴은 더욱 어두워졌다.

"그래, 그랬지. 나는 엘레나를 문 너머에 두고 돌아서며 생면부지인 그들을 구했지."

"폐하……."

"난 황제이니 제국민인 그들을, 무고한 그들을 구해야 했고 엘레나는……."

문 너머에서 들려오던 것은 르니에의 목소리였다. 아드레이는 무겁게 눈을 감았다. 애타게 자신의 이름을 부르던 엘레나의 울음 섞인 비명이 아직 귓가에 쟁쟁했다. 그는 결국 가장 중요한 사람은 구하지 못했다.

"폐하, 나와 보셔야 할 것 같습니다."

그때, 밖에서 누군가가 알렸다.

"베르너 성 쪽에서 전령이 오고 있습니다."

그 말에 아드레이가 눈을 떴다.

"회의장으로 지휘부를 소집해라."

"예, 폐하."

앉아 있던 의자에서 느리게 일어난 아드레이는 셔츠에 팔을 꿴 뒤 바로 막사를 나섰다.

벌써 몇 달 동안 지속된 내전이지만 양측에서 전령이 오간 적은 없었다. 한쪽이 완전히 괴멸하거나 아드레이나 르니에 둘 중 하나가 죽어야만 끝나는 내전에서 말이 오갈 틈 따위는 없었다.

잠시 뒤, 지휘부가 속속들이 회의장에 도착했다. 이미 제국군이 완전히 베르너 성을 포위하고 있었다. 이런 상황에서 처음으로 온 전령이 어떤 말을 품고 있을지 의문을 품은 자가 반, 적군의 전령에 대해서 원초적인 적대감을 품은 자가 반이었다.

곧 아드레이가 기다란 탁자의 가장 상석에 앉았고, 천막이 열렸다. 전령이 당당하게 안으로 들어섰다. 몇몇 이들이 불편한 헛기침을 터뜨렸다.

"아니, 저자가……."

전령으로 온 것은 세콰이어 백작이었다. 서부를 대표하는 젊은 귀족들 중 하나로 자주 아발론에 드나들며 중앙 정치에도 관여했기 때문에 이 자리에 모인 제국군의 지휘부들과 꽤나 안면이 있는 편이었다.

여유로운 미소를 지은 세콰이어 백작이 아드레이를 향해 가볍게 묵례를 해 보였다.

"이 무례한 자를 보았나!"

"황제 폐하의 앞에서 예를 갖춰라!"

지휘부의 몇이 호통을 쳤지만 백작은 눈도 깜짝하지 않았다. 이미 아드레이를 황제로 대하지 않는다는 것을 확실히 보여 주려는 것이었다.

그 건방진 태도에도 아드레이는 크게 동요하지 않았다. 고요한 눈으로 세콰이어 백작을 바라볼 뿐이었다. 그에 식은땀을 흘리는 것은 오히려 백작이었다. 자신에게만 쏟아지는 기세에 당장이라도 무릎에 힘이 풀릴 듯했다.

그러나 여기서 자신이 겁을 먹었다는 것을 보여 줄 수는 없었다. 엘레나를 함부로 방 밖으로 꺼내어 귀족들을 치료하게 한 것이 르니에에게 밝혀져 큰 곤욕을 치르고 온 백작이었다.

그 여신관을 끔찍이 아끼는 르니에이니 이제 꼼짝없이 죽겠구나 했지만, 르니에는 그를 이곳에 전령으로 보냈다. 마치 실수를 만회할 수 있는 마지막 기회를 준 것처럼. 그러니 전서에 적힌 것을 꼭 성사시켜야 했다.

"전서를 가져왔습니다."

세콰이어 백작이 미소를 잃지 않은 채로 말했다. 그러나 품 안의 전서를 꺼내는 손끝과 입꼬리가 미미하게 떨리고 있었다.

옆에 시립해서 무서운 눈으로 백작을 노려보던 제국군 기사가 싸늘한 얼굴로 전서를 받아 아드레이에게 가져갔다. 그동안 세콰이어 백작이 말했다.

"우리 서부 연합의 베르너 황제 폐하께서는 바크란 1세에게 결투를 신청하시는 바입니다."

결투. 일반적으로 자신 혹은 가문의 명예를 지키기 위해 기사와 기사가 결전을 치르는 것을 뜻했다. 한쪽이 항복하거나 전투 불능 상태가 될 때까지 승자를 가리는 것이었다. 하지만 지금처럼 전장에서 그것은 더 무거운 의미를 가졌다.

"승부는 서부 연합의 대표와 바크란 1세 둘 중 한 명이 사망할 때까지. 이 내전의 승패를 두 사람의 결투로 가르는 것을 제안하는 바입니다."

언뜻 들으면 좋은 제안 같았지만, 둘러앉은 지휘부가 이를 가는 이유는 이 결투를 제안한 쪽이 서부 연합이기 때문이었다. 독 안에 든 쥐처럼 베르너 성에 갇힌 반역자들이 감히 황제 폐하께 결투를 신청했다는 것이 분노를 샀다. 차마 폐하의 앞에서 화를 내지는 못했지만, 세콰이어 백작을 향해 살기가 쏟아져 나왔다.

아드레이는 여전히 아무 말 없이 세콰이어 백작을 바라보고 있었다. 그러나 지금 그가 지휘부보다 더 분노했다는 것은 누구나 알 수 있을 만큼 무시무시한 눈빛이었다. 백작은 등 뒤로 굴러 떨어지는 식은땀을 느끼며 잠시 주저하다가 입을 떼었다.

"결정하기 전에 서부 연합의 대표이신 르니에 황제 폐하께서 제게 전하라 하신 것이 한 가지 더 있습니다."

무관이 아닌 세콰이어 백작은 지금 죽을 맛이었다. 적진 한복판에 서 있다는 말을 십분 이해하고 있었다. 품 안에 든 두 번째 물건을 꺼내는 것이 몹시 두려웠다. 하지만 저들을 도발해 결투로 이끌어 내려면 꼭 필요했다.

땀이 짙게 배어나는 손으로 백작이 품 안의 물건을 꺼냈다. 그것을 본 순간, 아드레이 왼편에 있던 윈터힐 백작이 검을 뽑았다. 채앵하고 긴 금속음이 막사 안에 울려 퍼졌다.

"백작! 참으십시오!"

"저자는 전령입니다!"

곁에 있던 다른 귀족들이 혼비백산하여 윈터힐 백작을 말렸다. 내전이 시작된 이후로 수십, 수백의 연합군의 목을 벤 칼이 바르르 떨렸다.

"크아악!"

결국 분노를 이기지 못한 백작이 자신의 검을 탁자 위에 꽂았다. 세콰이어 백작의 손에 들린 것은 붉은색 리본으로 단정히 묶인 은색 머리칼이었다. 회심의 미소를 지은 세콰이어 백작이 한 번 더 도발했다.

"물론 윈터힐 영애는 무사합니다. 아직까지는 말이죠."

"감히, 네놈들이 엘레나를⋯⋯!"

딸이 납치된 뒤로 반쯤 폐인이 되었던 윈터힐 백작이었다. 언제

정신을 놓아 어떤 일을 할지 두려워 윈터힐의 기사들이 밤낮으로 곁을 지켜야 할 정도였다.

그렇게 지휘부가 백작의 분노에 공감하고 있을 때였다.

"결투를 받아들이지."

"폐, 폐하!"

모두 서부 연합의 작태에 화가 났지만, 결투 신청을 받아 주는 것은 또 다른 이야기였다. 모두가 저마다 우려 섞인 반대의 목소리를 높이며 아드레이를 말리려 했지만, 윈터힐 백작만큼은 조금씩 화를 가라앉히며 다시 자리에 앉았다. 그러나 세콰이어 백작을 당장 찢어 죽일 듯 노려보는 것은 여전했다.

웅성거리는 지휘부에게 아드레이가 한마디를 던졌다.

"내가 질 것이라고 생각하여 반대하는 것인가?"

좌중이 조용해졌다. 아드레이를 이길 자는 없었다. 제국에서 가장 강한 기사라고 손꼽히는 하인즈 단장의 경지마저 뛰어넘은 지 오래였다.

서부 연합의 대표로 나올 르니에가 한때 필적할 만한 상대였다고는 하나, 최근 전장에서 직접 목격한 아드레이의 전력은 이미 인간의 경지를 뛰어넘은 것이었다. 빠르게 막사 안의 흥분이 가라앉았다.

"결투의 시기는 받아들이는 쪽의 재량이다. 그러니 결투는 내일 정오로 하겠다."

아드레이가 세콰이어 백작을 향해 말했다. 지휘부도 고개를 끄덕였다. 빠른 감이 없잖아 있었지만, 굳이 시간을 끌 이유도 없었다. 다들 고개를 끄덕이는 가운데, 아드레이가 처음 전서를 가져왔던 기사에게 손짓했다.

"가져와라."

그러자 명령을 받은 기사가 세콰이어 백작의 손에서 엘레나의 머리칼을 탈취하듯 빼앗아 아드레이에게 올렸다. 그것을 가만히 쓸어 보는 손길이 미세하게 떨렸다. 그가 몸을 일으키며 윈터힐 백작에게 말했다.

"결투 신청을 받아들이겠다는 서신을 써서 베르너 성으로 보내시오. 저 전령의 머리와 함께."

"그, 그게 무슨 말입니까!"

놀란 세콰이어 백작이 소리쳤지만 곧 곁에 서 있던 기사들에게 포박을 당했다. 윈터힐 백작은 아드레이가 툭 던지듯 내려놓은 서신을 읽었다.

"제안에 응한다면 전령의 머리와 함께 인장을 찍은 서신을 보내라……."

르니에의 친필로 유려하게 적혀 있는 서신의 내용이었다. 윈터힐 백작은 비릿하게 웃으며 아드레이를 향해 허리를 숙여 보이며 말했다.

"폐하의 명을 받들겠습니다."

그리고 탁자 위에서 조용히 기다리고 있던 자신의 검을 뽑았다.

"이, 이거 놔! 이거 놓으라고!"

미친 듯이 소리를 지르는 세콰이어 백작의 목소리를 등 뒤로 하고 아드레이는 천막을 나왔다. 그의 손에 엘레나의 머리칼이 소중히 쥐여 있었다.

거울 앞에 선 르니에는 자신의 모습을 바라봤다. 시종의 도움을 받아 결투 준비를 마친 상태였다.

서신에서 약속한 대로 전체 무장 대신 급소를 가리는 흉갑과 요갑만을 입은 모습이었다. 아드레이의 무장을 가볍게 하기 위한 선택이었다. 그러나 르니에의 얼굴에서 긴장감이나 초조함 따위는 찾아볼 수 없었다.

노크도 없이 베르너 공이 문을 열고 들어왔다. 르니에는 잠시 인상을 찌푸렸지만, 오늘은 좋은 날이니 그냥 넘어가기로 했다.

"그 계집이 네 정신을 빼놓은 게 분명하군."

여유로워 보이는 르니에를 향해 베르너 공이 혀를 쯧쯧 차며 말했다.

"도대체 무슨 생각으로 결투를 제안한 것이냐. 너는 아드레이를 절대 이길 수 없다. 그 녀석은 괴물이야."

그 말에 르니에는 피식 소리 내어 웃을 수밖에 없었다. 괴물이란 말이 우스워서가 아니었다. 불퉁한 부친의 말 한마디가 유년 시절의 한 장면을 떠올리게 했기 때문이었다.

언제나 아드레이와 비교하며 어린 그를 덜덜 떨게 만들었던 무서운 아버지의 호통이 마치 어제처럼 생생했다.

아드레이가 열 살의 어린 나이로 처음 오러를 만들어 내었던 날, 집에 돌아온 부친은 화가 나 있었다. 몇 년 동안 르니에에게 검술을 가르쳐 주던 기사를 단박에 쫓아내고 큰 소리로 아들의 이름을 불렀다.

어린 르니에는 무서워 침대 밑에 숨었다. 그러나 방으로 찾아 올라온 아버지의 화만 돋우고 말았다. 억센 손바닥으로 맞아 불이 지지는 듯 아픈 뺨을 부여잡고 우는 아들에게 부친은 말했다.

─그 녀석보다 강해져야 한다고 내가 가르치지 않았느냐!

─하, 하지만 아버지……. 열 살에 오러를 만들어 내는 것은 도저히 사람 같지 않은 재능이라고 선생님도…….

─사람?

그날의 희번덕한 부친의 눈을 르니에는 아직도 기억했다.

—넌 그 녀석을 이겨야 해! 사람이라 이길 수 없다면, 차라리 괴물이 되어라!

문득 떠오른 어린 시절의 파편을 떠올리던 르니에는 고개를 들어 거울 속에 비치는 베르너 공의 모습을 바라봤다. 저 어리석고, 아둔하고, 편협하며 허영만 가득 찬 인물이 그때는 무에 그리 무서웠는지.

부친에게 실컷 얻어맞고 새 검술 선생에게 상상도 할 수 없는 힘든 훈련을 받은 르니에는 딱 두 해 뒤에 오러를 만들어 내는 것에 성공했다. 엄청난 노력과 희생의 결과였다.

그러나 그날에도 부친은 '내 아들이니 그 정도는 해내야지!'라고 말했다. 마치 르니에가 오러를 피워 낸 것이 자신을 닮아서인 것처럼.

'아니.'

르니에는 이제 한 치의 망설임조차 없이 대답할 수 있었다. 그는 부친과 전혀 닮지 않았다. 다른 사람이었다. 저자를 닮았다는 말은 자신에 대한 모욕이었다.

"르니에, 너는 이미 너 혼자의 목숨이 아니다. 네가 잘못되면 이곳에 의탁한 귀족들은 어떻게 되겠느냐. 이번에는 네 결정이 성급했다."

마치 꽤나 자식을 걱정하는 아비처럼 훈계하는 꼴이 우스웠다. 또 틀린 말이었다.

이곳에 의탁한 귀족들은 다시 아드레이 앞에 서게 된다면 베르너 후작이 자신들을 겁박하고 이곳에 가두었다고 변명을 지껄여 댈 것이었다. 누구도 진실로 믿지 않는 말이었지만, 또한 받아들여질 핑계였다.

그것을 잘 알고 있으니 그들은 상황이 이렇게 되도록 관망이나 하고 공짜 밥을 먹으며 시간을 때우는 것이다. 황제가 미치지 않고서야 귀족 수십을 모두 죽이지는 않을 것이란 배짱이었다.

베르너 공이 걱정하는 것은 자기 자신의 목숨이었다. 목숨을 건 결투에 나서는 아들보다 자기 자신을 더 염려하는 모습에 르니에는 그냥 웃어 버렸다.

"처음부터 그 세콰이어 백작보단 이 아버지를 가까이 두었어야 했다. 내가 미리 알았다면, 네가 이런 어리석은 선택을 하도록 내버려 두지 않았을 것이다."

베르너 공이 계속해서 말을 이어 가려 할 때였다.

"서론이 기시군요."

르니에의 태도에 울컥하려던 베르너 공은 화를 억누르며 주머니에서 작은 물체를 하나 꺼냈다. 그러고는 선심을 쓰듯이 말했다.

"이것을 네 검에 바르거라."

르니에는 거울을 보고 있던 몸을 돌려 베르너 공을 마주했다.

"이것은 라네이너스 꽃의 독이다. 내가 특별히 산크레스트에서 들여온 것이지. 해독제가 없는 극독이다."

작은 병이 건네어졌다. 백탁한 액체가 작게 찰랑였다.

"그것이라면 너도 아드레이를 이길 수 있을 것이다."

르니에가 피식 웃었다.

"괜찮습니다. 필요 없습니다."

"쓸데없는 고집 부리지 말아라! 자존심을 세운다고 해서 해결될 문제가 아니지 않느냐. 한 번 혈류에 들어가면 순식간에 몸을 마비시키고 내부에 출혈을 일으키는 맹독이다."

베르너 공이 답답하다는 듯 소리쳤다.

"한 번만 제대로 놈을 찌르기만 한다면, 수 초에서 수 분 안에 놈은 죽을 것이다. 해독제가 없으니 신성력만 조심하면 될 게다. 그 신관 계집이 저쪽에 있었다면 골치가 아팠겠지만, 이제 문제될 게 없지. 그러니 사양 말고……."

베르너 공이 말하는 동안 자신의 집무 책상으로 걸어간 르니에가 서랍을 열었다. 드르륵하고 열린 그곳에서 작은 상자가 하나 나왔다. 그는 베르너 공에게 보란 듯, 상자의 뚜껑을 열었다.

"그, 그것은…… 네 녀석이 어떻게……!"

작은 나무 상자에 가득한 것은 스무 병의 라네이너스 독이었다.

"조금 전에 말씀하시지 않았습니까. 해독제가 없는 독이니 엘레나 이외에는 중독된 자를 살릴 수 없을 것이라고."

르니에가 상자에서 병 하나를 꺼내 손안에서 굴렸다.

"타마란은 위기와 기회를 구분할 줄 아는 젊은 왕이지요. 그렇지 않습니까, 아버지."

스르릉, 한 손으로 스산한 소리를 내며 검을 뽑은 르니에는 그 위에 흰 액체를 부었다. 검날을 타고 그것이 흘러내리며 희미한 자국을 남겼다. 라네이너스의 독성을 아는 베르너 공은 흠칫 뒤로 물러섰다.

"엘레나가 지금 내 성에 있는 것이, 아드레이와 결투를 하게 된 것이 모두 우연이라고 생각했습니까?"

당황한 베르너 공은 아무 말도 하지 못했다. 르니에는 검날 전체에 독이 골고루 묻도록 정성을 들이며 말했다.

"이번에는 제가 물어보겠습니다. 가지고 계셨던 것은 제 검에 바를 단 한 병의 독. 그럼 결투 이후에는 어찌하려고 했습니까?"

"결투 이후라니? 아드레이가 쓰러지면 네가 이겼으니 내전의 승패도 결정되는 것 아니냐. 이후를 따질 필요가 없지."

"독을 사용했는데도요?"

베르너 공이 멈칫했다. 그럼 그렇지. 르니에는 비뚜름하게 웃으며 그런 부친을 비웃었다. 부친은 혼자서 모든 것을 꿰뚫어 보는 척하지만, 중요한 곳에서는 한 수 뒤를 생각하지 못하는 우매한 성정이었다.

"그, 그럼 너는 어쩔 것이냐!"

르니에가 어깨를 으쓱하며 웃었다.

"흥미로운 화살촉을 만들어 놓으셨더군요."

"아!"

독을 사용하기 위해 홈을 판, 특수 제작한 화살을 떠올린 베르너 공이 탄성을 냈다. 멀리서 아드레이를 암살할 계획으로 만들어 놓았던 화살이었다.

"이 정도면 저쪽의 주요 인물들을 처리하는 데에도 충분하지 않겠습니까."

열려 있는 상자를 바라보며 르니에가 말했다. 그러곤 작은 병 하나하나를 손끝으로 짚으며 중요한 인물들의 이름을 한 명씩 부르기 시작했다.

"하인즈, 풀먼, 골드만, 로이드…… 그리고 윈터힐."

노래를 부르는 듯이 입술 사이에서 끝도 없이 이름이 흘러나왔다. 그 모습이 마치 누군가에게 줄 선물을 고르는 것처럼 즐거워 보이기도 했다. 베르너 공은 오싹 소름이 돋았다.

"설마 그들을 다 죽일 셈이냐."

그 말에 르니에는 뭐가 문제냐는 듯 부친을 바라봤다.

"그게 아버지와 저의 차이입니다. 아버지는 그토록 증오하고 싫어하면서도 같은 귀족들을 마치 불가침의 대상처럼 여기지만, 저에게 중요한 것은 엘레나뿐입니다. 그러니 제가 더 자유로울 수밖에요."

"하지만 그렇게 해서 다른 귀족들의 원성을 샀다간……."

"그렇게 황좌를 욕심냈으면서 생각하는 것은 귀족이 다 되셨습니다."

빈정거림에 베르너 공의 입이 딱 다물렸다.

"황제가 되려면 귀족들을 두려워해서는 안 됩니다. 강한 황권과 힘 센 귀족은 양립할 수 없는 법. 아드레이가 제국 밖으로 나가 정복 전쟁을 일으켜 황권을 강화했다면, 저는 집안 청소를 조금 할 생각입니다. 아드레이에게 충직하거나 지나치게 힘이 세진 귀족 몇을 제거할 수 있는 기회를 놓칠 수는 없죠."

달칵, 르니에의 손짓에 상자가 닫혔다.

"역사는 승리한 자와 살아남은 자의 이야기일 뿐입니다."

베르너 공은 가만히 숨을 몰아쉬며 서 있었다. 그때, 밖에서 노크 소리가 들려왔다.

"들어와."

베르너 공이 들어섰을 때와는 다르게 르니에가 활짝 웃으며 방문객을 반겼다. 문이 열리고 들어선 것은 엘레나였다.

그녀는 좋은 옷과 좋은 향을 풍기며 서 있었지만, 표정만은 밝지 못했다. 아침 일찍부터 영문도 모른 채로 하녀들에게 이끌려 목욕을 당하고 화장까지 받았다. 최고급의 드레스를 입고 르니에의 집무실로 들어서던 엘레나는 베르너 공을 보고 더욱 딱딱하게 얼굴을 굳혔다.

"오늘 매우 아름다워."

르니에가 그녀의 손등에 입을 맞췄다. 그제야 엘레나는 그가 갑옷 차림이라는 것을 깨달았다.

"나는 오늘 어때?"

마치 새 갑옷을 자랑하는 어린아이같이 르니에가 물었다.

"나도 멋있게 보인다면 좋겠는데. 오늘은 중요한 날이거든."

"……무슨 날이죠?"

불길한 예감에 엘레나가 주먹을 꽉 쥐었다.

"나는 오늘 아드레이와 결투를 할 거야."

"결투?"

"이긴 사람이 이 내전에서 승리하고 제국의 황제가 되며, 그리고 너를 갖게 되는 거지."

그에게 그녀는 찬란한 트로피였다. 그 사실에 발끈한 엘레나가 반발하려던 찰나였다.

뭔가 이상해. 의구심이 들었다. 르니에가 아드레이를 이길 만큼 강한가?

제국의 사람이라면 누구든 고개를 저을 질문이었다. 하지만 르니에는 이 결투가 그에게 최고의 기회라도 되는 것처럼 굴고 있었다.

"자, 이제 가자."

그가 엘레나를 향해서 손을 뻗으며 말했다.

"너도 함께 가서 똑똑히 보는 거야. 그 녀석의 마지막을."

마주 손을 뻗기는커녕, 뒤로 한 걸음 물러선 엘레나였지만 너무도 간단히 그에게 손목을 잡혀 버렸다. 안간힘을 써서 뿌리치려 했지만 막무가내로 끌고 걸어가기 시작하는 르니에의 힘을 이길 수가 없었다.

"잊지 말고 챙겨."

르니에가 한 기사에게 명령했다.

'저건 뭐지?'

엘레나는 집무실 책상에서 기사가 집어 드는 작은 상자를 주시했다. 결투장에 보석을 챙겨 갈 리도 없었다. 그런데 그 기사는 마치 귀중품을 다루는 것처럼 행동거지가 조심스러웠다.

그때, 베르너 공이 시야를 가로막았다. 두 사람의 눈이 마주쳤다.

베르너 공은 한쪽 입꼬리를 올리며 엘레나를 비웃었다. 르니에와 지독하게 닮은 얼굴이었다.

그녀는 더욱 음습하는 불길함 예감에 몸을 떨었다.

그 뒤 엘레나는 혼자서 마차에 태워졌다. 베르너 공과 다른 사람들, 그리고 무장한 르니에는 말에 올라탔다.

그녀는 신성력을 한계까지 쏟아부은 후에야 겨우 나갈 수 있었던 내성의 문이 행렬을 위해 너무나 쉽게 열렸다. 르니에를 선두로 한 행렬이 성안을 걸었다.

창문 밖으로 화려한 마차를 돌아보는 사람들의 모습이 보였다. 그러나 그것도 잠시뿐, 그들은 이내 별다른 관심을 보이지 않고 고개를 돌렸다.

행렬은 금방 평야로 나섰고, 오래 지나지 않아 황제군 진영과 베르너 성의 중간 지점에서 멈췄다. 르니에가 마차의 문을 열고 엘레나에게 손을 내밀었다.

에스코트를 무시한 그녀는 혼자서 땅을 디뎠다. 시선은 오로지 황제군 진영에 가 있었다.

저 멀리 익숙한 인영들이 보였다. 르니에가 자신의 사람들을 데려온 것과 마찬가지로, 황제군 진영을 대표하는 사람들이 반대쪽 평야에 모여 있었다.

거리가 멀어서 얼굴은 잘 보이지 않았지만 윈터힐 백작도, 하인즈 단장도, 그리고 마리안도 그 자리에 서서 그녀를 바라보고 있음을 알 수 있었다.

'레이, 아버지.'

엘레나는 반사적으로 그들에게 달려갈 것처럼 발걸음을 빨리했지만, 손목이 탁 잡혔다.

"같이 가야지."

그렇게 말한 르니에가 그녀와 함께 걷기 시작했다. 멀리 떨어져 걷고 싶었지만 그럴 수 없었다. 양옆과 등 뒤를 기사들이 단단하게 지키고 있었다.

멀리에 아드레이가 보이기 시작했다. 눈에 눈물이 차올랐지만, 울음을 삼켰다. 결투를 치러야 하는 그에게 나는 괜찮으니 걱정하지 말라는 말을 전하고 싶었다.

아드레이도 멀리서 그녀를 보고 있었다. 이미 결투가 치러질 지점으로 걸어 나와 엘레나만을 계속 바라보고 있었다.

엘레나는 일부러 웃어 주었다. 그러나 그가 미소로 답했다고 생각이 들었을 때, 르니에가 앞을 가로막았다. 그의 손짓 한 번에 의자가 준비됐다.

"앉아."

엘레나가 자리를 잡자 바로 옆에 기사 하나가 그녀를 감시하듯 섰다. 베르너 공은 그녀에게서 조금 떨어진 곳에 의자를 놓고 앉았다.

르니에가 한쪽 무릎을 꿇어 그녀에게 눈을 맞추며 말했다.

"다녀올게. 여기서 잘 기다리고 있어."

엘레나는 대답하지 않았지만, 르니에는 그런 그녀마저 사랑스럽다는 듯 웃었다. 그리고 시종에게서 검을 받아 들었다.

검의 상태를 확인한 그가 기사들 뒤쪽에 안 보이게 자리 잡은 궁수들을 바라봤다. 그들은 아무 말 없이 고개를 끄덕였다.

마지막으로 엘레나를 향해 한 번 미소를 지은 르니에가 결투 장소로 향해 걸어가기 시작했다.

너른 평야 위에는 아드레이 외의 또 다른 한 사람이 먼저 와 기다리고 있었다. 졸지에 중립적인 입장이라는 이유로 증인이 된 종군 신관이었다.

느릿한 움직임으로 결투 장소로 걸어오는 르니에는 마치 이 평야의 주인 같았다. 오늘따라 유독 어두운 남색 눈이 르니에의 움직임 하나하나를 놓치지 않고 주시했다.

간간이 불어오는 바람에 아드레이의 검은 머리칼이 휘날렸다. 마침내 결투를 할 두 사람이 한 장소에 모이자 신관이 떨리는 목소리로 물었다.

"오늘 이 자리에 자신의 명예와 긍지를 걸고 결투에 임하며, 결과에 승복할 것을 맹세합니까?"

아드레이가 먼저 대답했다. 여전히 눈은 맞은편에 선 르니에에게서 떼지 않은 채로.

"맹세합니다."

고개를 한차례 끄덕이며 르니에 또한 대답했다.

"맹세합니다."

결투에 필요한 절차는 그게 전부였다. 신관은 제 할 일을 끝내자마자 도망치듯 황제군 진영으로 돌아갔다. 이제 오로지 두 사람만이 평야에 남아 있었다.

아드레이가 말했다.

"항복해라. 그럼 명예로운 죽음을 약속하겠다."

르니에가 천천히 한쪽 입꼬리를 올리며 웃었다.

"명예로운 죽음이라……. 미안하지만 난 그런 건 약속 못해 주겠는데."

대답과 함께 검을 천천히 위로 들어 올리자, 아드레이도 검집에서 검을 뽑아냈다. 두 사람이 서로를 향해 검을 겨누고 서서히 멀어지며 거리를 확보했다.

"전력으로 덤벼야 할 거다."

"충고 고맙군."

르니에가 여유롭게 대답하며 슬쩍 자신의 검날을 봤다. 칼날에 독이 잘 발려 있다는 것을 확인한 것이다.

그것을 의아하게 생각한 아드레이가 그 시선을 따라서 그곳을 살펴보려는 순간— 휙! 르니에의 칼날이 가볍게 춤을 췄다. 바람을 가르며 사선을 긋는 위협적인 한 수였다.

아드레이는 한 발짝 옆으로 피하며 그 공격을 쉽게 흘려 냈다. 그럴 줄 알았다는 듯 르니에가 위험하게 웃으며 말했다.

"나도 충고 한마디 하지. 전력을 다해서 덤벼야 할 거다, 아드레이."

그 말과 함께 본격적인 싸움이 시작됐다. 챙! 채앵! 금속음이 쉴 새 없이 울렸다.

검날이 맞물릴 때마다 '기기긱' 하는 소리와 함께 불꽃이 튀었다. 서로 빈틈없이 공격과 방어를 하고 있다는 증거였다.

어느 순간 아드레이의 검에 푸른 오러가 솟아올랐다. 검 끝이 상대의 가슴을 찔러 들었다. 르니에는 상체를 틀어 그것을 피했다.

바로 다음 순간, 마찬가지로 오러를 입힌 르니에의 검이 아드레이의 얼굴을 향해 날아갔다.

쉴 새 없이 살수가 오갔다. 그러나 점점 시간이 지날수록 아드레이가 우세하다는 사실이 명확해졌다. 더 빠르고, 더 강하게 급소를 노리는 공격이 르니에를 향해 매섭게 쏟아졌다.

그러나 르니에는 서두르지 않았다. 팔과 어깨에 얕지만 피가 흐르는 상처를 입었지만, 계속 거리를 유지하며 기회를 노렸다.

하지만 아드레이는 르니에가 간격을 벌리도록 두지 않았다. 그를 중심으로 '후웅' 하고 파동이 일었다.

평야의 풀이 몸을 휘청이더니 순식간에 검의 기세가 바뀌었다. 공기가 아니라 마치 종이를 자르는 것 같은 '사악, 사악' 하는 소리와 함께 검이 곱절은 빠르게 움직였다.

깜짝 놀란 르니에가 황급히 검면을 들어 막아 보려고 했지만, 결국 팔을 베이고 말았다.

"크윽!"

피가 길게 튀어 초지에 맺혔다. 르니에는 이를 악물고 아드레이를 노려봤다. 황궁에서 대련할 때 느꼈던 경지가 아니었다.

"진짜 모습을 숨기고 있었던 것은 너만이 아니다."

오랜 시간 동안 아드레이가 자신에게 진실된 실력을 숨겨 왔다는 것을 깨달은 르니에는 얼굴을 찡그렸다.

"날 원망하지 마라."

아드레이가 한때 친우였던 이에게 마지막 선고를 하듯 말했다.

그때부터였다. 숨겨 왔던 경지를 완전히 풀어낸 그가 르니에를 일도양단할 듯 묵직한 검을 휘두르기 시작했다.

혼자서 오롯이 그 검격을 받아 내야 하는 르니에는 그저 피하기에 급급했다. 반격은커녕, 뒷걸음질 치면서 방어만 하는 것도 버거웠다.

몸을 날리고 땅을 구르며 정신없이 움직였지만 결국 허벅지와 등을 깊게 베이고 말았다. 이미 승기가 완전히 기울은 듯했다.

한 번 더 길게 횡으로 르니에의 옆구리를 베어 낸 아드레이에게 찰나의 틈이 난 순간이었다. 르니에는 그곳에 자신의 검을 찔러 넣었다. 그러나 빠르게 몸을 튼 아드레이는 팔에 얕은 자상만 입었을 뿐이었다.

한쪽은 상대방의 허리에 엄청난 출혈을 일으켰고, 한쪽은 겨우 살짝 상처만 냈다. 누가 봐도 아드레이가 더 많은 것을 취한 상황이었다.

그러나 한 손으로 옆구리를 쥐고 어마어마한 피를 흘려 내며 비틀거리면서도 르니에는 웃었다. 그 웃음에 눈을 찌푸린 아드레이는 이 결투를 끝낼 생각으로 간격을 줄였다. 그리고 길게 검을 내리그었다.

르니에는 황급히 몸을 뒤로 뺐지만 공격을 완벽히 피하지는 못했다. 왼쪽 이마에서부터 턱까지 길게 베였다.

"크악!"

그동안 모든 고통을 삼켜 내던 르니에가 이번에는 크게 비명을 질렀다. 그러나 피로 시야가 붉게 물든 그 순간에도 눈을 감지 않고 아드레이의 어깨에 검을 푹 찔러 넣었다.

"큭!"

아드레이도 이를 악물고 손으로 자신을 찌른 검날을 쳐 내며 빨리 몸을 뒤로 뺐다. 그 반동으로 르니에는 조금씩 뒤로 물러서다가 결국 털썩 주저앉았다.

그런데 살이 갈라져 뼈가 보이고 피가 흘러내리는 얼굴을 한 손으로 부여잡고도 그는 기뻐했다. 손가락 사이로 보이는 하얀 이를 피로 붉게 물들인 채 웃고 있었다.

아드레이가 인상을 쓰며 다시 검을 고쳐 잡을 때였다. 걸음을 한 발짝 앞으로 옮겼을 뿐인데 시야가 어그러졌다. 뭔가 이상했다.

아드레이는 어깨의 상처를 내려다봤다. 검이 찔러 들어갔던 자리가 검게 변색되어 있었다. 독이다. 그는 바로 알아차렸다.

그 순간, 르니에가 낮은 목소리로 속삭이듯 말했다.

"독을 사용했다고 결투를 중단시키면, 엘레나는 나와 함께 베르너 성으로 돌아가게 되겠지. 그렇게 되면 넌 다시 엘레나를 볼 수 없을 거야."

"엘레나를 죽이겠다는 것인가."

"이미 재결투조차 하지 못하게 된 몸. 어차피 죽게 될 건데 너에게 그녀를 넘겨줄 수는 없지."

아드레이는 분노를 담아 르니에게 검을 휘둘렀다. 그런데 검의 궤도가 원했던 것과 다르게 엇나갔다. 르니에가 더 진하게 웃었다. 그러나 그 바람에 속에서 피가 치솟았다.

"쿨럭!"

여유로운 척했지만 르니에 또한 중상을 입었다. 허벅지와 허리 등을 깊게 베여 제대로 움직이지 못했다. 얼굴이 베인 마지막 공격에 이미 한쪽 눈 또한 보이지 않았다.

그러나 르니에는 검을 지팡이 삼아 일어났다. 그리고 너무나 쉽게 아드레이의 다리를 베어 냈다.

전신이 마비되기 시작한 아드레이는 공격을 피하지 못했고, 입가에선 굵은 핏줄기가 흐르기 시작했다. 완벽히 중독이 된 후 나타나는 증상이었다. 체내에 가지고 있는 오러로 어느 정도 시간을 늘릴 수는 있겠지만, 이미 독은 온몸에 퍼져 나가고 있었다.

멀리서 그 모습을 지켜보던 엘레나는 뭔가 이상하다는 것을 알아챘다.

아드레이가 저렇게 고전을 할 리가 없었다. 조금 전부터 그의 공격이 조금씩 엇나가고 있는 것 같았다. 르니에가 그의 다리를 긋는 것을 봤을 때, 그녀는 소리 없는 비명을 질렀다.

"준비해라."

베르너 공의 목소리가 들려왔다. 뒤쪽에 숨어 있던 궁수들이 서서히 앞으로 나와 화살촉에 작은 병에 담긴 무언가를 붓고 있었다.

그것이 무엇인지 눈치챈 엘레나가 몸을 들썩였을 때였다. 목에 날카로운 것이 닿았다. 베르너 공이 단검을 그대로 찔러 넣을 듯 들이

대며 낮게 경고했다.

"입을 조금이라도 벙긋했다간 첫 단어를 뱉기도 전에 목을 찔러 버리겠다."

이미 엘레나의 피부에서 붉은 피가 한 방울 흘러내리고 있었다.

결투 상황은 점점 더 악화되고 있었다. 두 다리로 버티고 서 있는 것도 힘들어진 아드레이에게 다가서며 르니에가 말했다.

"넌 언제나 내가 가지지 못한 걸 가졌지. 그 혈통. 마치 황제가 되기 위해서 태어난 듯한 자질. 노력하지 않아도 천재 소리를 듣던 재능. 넌 모든 걸 가졌어. 그러니 엘레나는 내가 갖겠다."

검이 위로 솟듯 높이 들어 올려졌다.

"날 원망하지 마라."

마침내 검이 아래로 떨어지며 아드레이를 끝내려고 했다. 그때 비명 같은 엘레나의 목소리가 초원을 가로질렀다.

"독! 독을 썼어요!"

베르너 공이 황급히 엘레나의 입을 틀어막았지만 이미 늦었다. 죽여 버리겠다 겁박했지만 정말로 그럴 수는 없었다.

결투에서 이긴다고 한들 르니에가 죽어 버리면 모든 것은 무산된다. 그를 치유할 때까지 엘레나는 살아 있어야 했다. 놀란 제국군 사람들이 달려 나가려고 했지만 아드레이가 소리쳤다.

"오지 말라!"

그가 엘레나의 목을 겨누고 있는 검을 노려보며 비틀거렸다.

"크하하!"

르니에가 큰 웃음을 터뜨렸다.

엘레나는 깨달았다. 내가 여기에 있어서 그가 반항하지 못했구나. 그리고 빠르게 다음 결론을 내렸다.

'그럼 죽어도 상관없어. 아드레이를 치유하기 전까지만 살 수 있다면.'

엘레나가 자신의 입을 막고 있는 베르너 공의 손을 깨물고 앞으로 튀어 나갔다. 그 탓에 칼날이 닿아 있던 목 쪽에 긴 자상이 그어졌다. 그러나 엘레나는 그런 것 따위는 느끼지 못하는 듯 무작정 평야를 달렸다.

그사이 뒤쪽의 상황을 모르는 르니에는 결국 다시 주저앉았다. 출혈로 몸을 가눌 수가 없었다. 하지만 아드레이의 독이 체내에서 더 퍼지기만을 기다리는 모습은 여유까지 흘렀다.

아드레이는 서서히 무너져 내리고 있었다. 검을 바닥에 꽂고 조금이라도 더 버티려 안간힘을 썼지만, 모두 무용지물이었다.

그러나 엘레나가 뛰어나오는 것을 본 제국군 진영에서 사람들이 달려왔다. 그들의 반대편에선 궁수들이 바라보며 활에 화살을 메기기 시작했다.

베르너 공은 엘레나의 뒷모습을 보면서 욕설을 내뱉었다.

저 계집이 신성력으로 아드레이를 치료해 내기라도 한다면 모든 것이 허사로 돌아간다. 아직 아드레이의 숨이 멎지 않았다. 어떻게 해서든 막아야 한다!

베르너 공이 궁수의 활을 빼앗아 들었다. 그사이 엘레나는 이미 초원 한복판을 달리고 있었다.

"레이! 레이!"

그러나 이미 중독된 아드레이는 답하지 않았다. 대신 그녀의 목소리에 반응한 것은 르니에였다.

뒤를 돌아본 그의 눈이 발견했다. 뛰어오는 엘레나와 그녀를 향해 활을 겨누고 있는 부친의 모습을.

르니에는 온몸에 치명상을 입고 주저앉아 있던 사람이라고 볼 수 없는 빠른 움직임으로 일어나, 그녀를 향해 달렸다.

손끝에 엘레나가 잡혔다. 동시에 부친의 손이 활시위를 놓는 것이 느린 영상처럼 그의 눈에 보였다.

르니에는 그녀의 팔을 잡아 끌어당기며 제 몸으로 화살이 날아오는 쪽을 가로막았다.

푹!

라네이너스의 독을 잔뜩 품은 화살이 르니에의 심장에 꽂혔다. 그의 가슴에 박힌 화살이 바르르 꼬리를 떨었다.

"안 돼!"

베르너 공의 비명과 함께 르니에의 몸이 엘레나에게 반쯤 안긴 채 무너졌다. 갑자기 벌어진 일에 놀란 엘레나가 그와 함께 주저앉았다.

르니에는 자신의 몸에 꽂힌 화살을 내려다봤다.

"아……."

엘레나의 입에서 신음이 흘러나왔다. 정확히 심장에 꽂힌 화살을 보며 쓴웃음을 짓던 르니에가 그녀를 올려다봤다. 하늘을 닮은 푸른 눈이 시리도록 빛났다.

"엘……레나……."

찢어진 심장의 움직임을 따라 독이 퍼져 나갔다. 빠른 속도로 모든 감각들이 멀어져 갔다. 바람이 살에 부딪치는 느낌도, 물기를 머금은 땅의 축축함도. 이 세상에서 그 혼자만 천천히 지워져 가고 있었다.

시간도 점점 느리게 흘러갔다. 겨우 눈을 한 번 감았다가 뜰 찰나의 시간이 점점 늘어졌다.

"어, 어째서……."

엘레나가 신음처럼 흘린 말에 르니에가 희미하게 웃었다. 그리고 점점 숨이 가빠 오는 것을 느끼며 생각했다.

　이렇게 끝나는 것인가. 이렇게 짧고 또 허망하게. 그러나 입가에 번지는 미소는 멈추지 않았다.

　"다……행이……야……."

　네가 무사해서. 내 끝이 온통 너로 가득해서. 너의 품에서 죽을 수 있어서, 다행이야. 내 마지막이 너여서.

　하얗게 질려 자신을 내려다보는 그녀에게 하고 싶은 말이 너무나 많았다. 그러나 죽음이 빠른 속도로 다가오고 있었다. 자신에게 허락된 시간이 끝나 가고 있다는 것을 느낄 수 있었다.

　르니에는 다급해진 마음으로 그동안 가장 전하고 싶었던, 그 말을 꺼냈다.

　"미……안해……."

　쿨럭! 간신히 뱉어 낸 말과 함께 검붉은 피가 입 안을 가득 채웠다. 순식간에 위장을 채운 피가 역류한 것이다.

　크륵, 크륵. 헐떡이는 호흡과 함께 혈액이 숨구멍을 막았다. 그러나 그 와중에도 르니에의 눈은 그녀만을 간절히 담았다.

　그가 떨리는 손을 뻗었다.

　마지막으로 네 뺨에 단 한 번만 닿을 수 있다면. 이 손안에 널 담을 수 있다면. 모든 것이 다 끝나기 전에, 단 한 번만.

　간절한 르니에의 손이 마침내 엘레나의 살결에 닿으려 할 때였다. 핑 하고 화살이 날아오는 소리와 함께 짧은 평화는 산산조각 났다.

　"죽여! 다 죽여라!"

　베르너 공이 미친 듯이 소리쳤다. 그 목소리와 함께 베르너 진영에서 다시 화살이 날아오기 시작했다. 동시에 어지러운 발소리가 땅을 울렸다.

"엘레나!"

달려온 윈터힐 백작이 외쳤다. 그녀가 아버지의 품에 훅 끌려갔다. 르니에는 차가운 땅 위에 혼자 남겨졌다.

"폐하를 모셔라!"

다시 날아올지 모르는 화살을 대비해 제국군의 방패가 멀어진 그녀의 모습을 가려 버렸다.

'엘레……나.'

땅 위에 혼자 버려진 채 르니에가 그녀를 향해 손을 뻗었다. 제 색을 알 수 없을 만큼 온통 핏물이 든 손을.

안 돼. 제발 한 번만 그녀를 나에게. 그렇게 외치고 싶었다. 그러나 입에서 나오는 것이라곤 '그륵그륵' 하는 소리뿐이었다.

결국 잘게 떨리던 손이 툭, 풀 위로 떨어졌다. 호흡을 갈망하며 바쁘게 헐떡이던 가슴도 멈춰 버렸다. 점점 심연으로 가라앉는 그 눈동자가, 멀어지는 엘레나를 담다가 이내 시리도록 푸른 하늘만을 하염없이 비쳤다.

38장

38장

조용했던 제국군 진영이 순식간에 혼란과 충격에 휩싸였다. 모두들 들것에 실려서 들어오는 아드레이의 모습을 믿을 수 없다는 듯 바라봤다.

재빠르게 아드레이의 막사에 도착한 기사들이 그를 침상에 눕혔다. 잠시 물러나 있던 엘레나는 바로 달려들어 그의 가슴에 손을 얹고 신성력을 붓기 시작했다. 그 모습을 하인즈 단장과 풀먼 후작, 그리고 골드만 백작이 침통한 얼굴로 지켜봤다.

뒤따라 들어올 줄 알았던 윈터힐 백작이 보이지 않자, 엘레나가 물었다.

"아버지는 어디 계세요?"

"윈터힐 백작은 경계를 지키고 있습니다."

풀먼 후작이 침착한 목소리로 대답했다. 르니에를 잃은 서부 연합이었지만 베르너 공은 여전히 살아 있었다. 아드레이가 위독한 틈을 타 공격할 것을 대비해야 했다.

엘레나는 고개를 끄덕이며 안심했다. 아버지가 안전하다는 것을 알았으니 이제 아드레이의 치료에 전념할 차례였다. 그녀의 손을 통해서 아드레이에게 쏟아지는 신성력이 점점 강해졌다.

"레이, 제발…… 제발!"

그러나 이대로는 부족했다. 일전에 아드레이에게 주었던 포션 상자를 들춰 봤지만 텅 비어 있었다. 엘레나가 소리쳤다.

"포션! 포션을 가져오세요!"

그녀의 명에 도움이 될까 싶어 따라 들어왔던 신관들이 재빠르게 움직이기 시작했다. 그들이 진영 이곳저곳에서 포션을 가져오는 그 짧은 시간이 엘레나에겐 억겁과도 같았다.

의식을 잃고 쓰러진 그의 모습이 매우 낯설고, 신성력을 퍼붓고 있는데도 겨우 독이 퍼져 나가는 것을 막는 정도에 불과한 현실이 너무나 무서웠다. 엘레나의 두 눈에서 눈물이 주룩주룩 흘러내렸다.

"여기, 포션을 가져왔습니다!"

잠시 후 숨을 헐떡거리며 신관들이 돌아왔다. 진영 전체에 남아 있던 포션을 모두 긁어 가져왔지만, 겨우 열병 남짓이 전부였다.

엘레나는 한 손으로 신성력을 사용하면서 다른 손으로는 아드레이의 옷을 들췄다. 가장 큰 상처인 어깨의 자상은 검게 변해 있었다. 빠르게 괴사하고 있는 상처를 중심으로 혈관이 검붉게 변하며 온몸으로 퍼져 나가는 것을 눈으로 확인할 수 있었다.

"힘내요, 레이."

의식을 잃은 그에게 그렇게 말하며 엘레나가 포션 하나를 어깨에 부었다. 상처 사이로 액체가 스며들자 검게 변했던 어깨가 조금 차도를 보였다. 적어도 독에 신성력이 효과가 있다는 증거였다.

"으음……."

아드레이가 낮게 신음을 흘리며 눈을 뜨려고 했다.

"레이! 내 목소리 들려요?"

그녀의 목소리가 밝아졌다. 눈에는 여전히 눈물이 흐르고 있었지만 희망이 보였다.

"이것 좀 마셔 봐요."

가장 좋은 방법은 포션을 마시는 것이었다. 엘레나가 그의 머리 뒤를 받쳐 들고 입에 포션을 살짝 흘려 넣었다.

쉽지는 않았지만 아드레이도 그녀의 말에 따라 그것을 넘기려 노력했다. 한 모금, 한 모금. 그의 목울대가 움직이며 포션을 삼켜 낼 때마다 엘레나와 주변 사람들의 얼굴이 밝아졌다.

그렇게 두 병을 모두 비우자 헐떡이던 아드레이의 숨소리가 훨씬 잔잔해졌다.

"포션이 효과가 있어서 정말 다행이야……."

엘레나가 안도의 한숨을 내쉬었다. 이제 포션이 일곱 병밖에 남지 않았지만 일단 포션으로 상태를 안정시킬 수 있다면 장기적인 치료가 가능했다. 꾸준히 포션을 만들고 신성력을 사용하면서 조금씩 독과 싸워 내면 되는 것이다.

그런데 어느 순간 아드레이의 얼굴이 일그러졌다.

"쿨럭! 컥!"

거친 기침 소리와 함께 그의 입에서 피가 쏟아져 나왔다. 벗은 상체를 다 붉게 만들 정도로 많은 양의 검붉은 혈액이었다. 고통스러워하며 토해 낸 피 안에는 채 다 흡수되지 못한 포션도 섞여 있었다.

놀란 엘레나가 서둘러 신성력을 사용했다. 그의 고통을 덜어 주기 위해서였다. 그러나 큰 효과가 없었다.

결국 그녀는 또다시 최대한의 힘을 사용하기 시작했다. 하얀 이마에 땀이 송골송골 맺혔다.

그렇게 밝은 빛이 수 분 동안 지속되었다. 그리고 그 빛이 사그라들었을 때, 그는 더 이상 피를 토하지 않았다. 그러나 숨을 가쁘게 쉬었고, 눈빛은 여전히 흐렸다.

엘레나는 덜덜 떨리는 손으로 포션을 다시 그의 입가에 가져다 댔다. 기운 없이 숨만 겨우 쉬는 아드레이는 그것을 채 삼키지 못하고 입 밖으로 흘려 냈다.

"레이, 날 좀 봐요."

그녀의 간절한 목소리에 그의 눈에 초점이 생겼다. 남색 눈이 엘레나를 바라봤다.

"힘들겠지만, 나를 위해서 조금만 마셔 봐요……. 아주 천천히 흘려 넣을 테니까. 날 위해서 조금만 힘을 내줘요."

아드레이가 잠시 그녀를 바라보더니 눈을 한 번 깜박였다. 그 모습에 엘레나는 가슴이 찢어지는 것 같았다. 그러나 겉으로 티 내지 않았다. 오히려 그를 향해 웃어 보였다. 그리고 아주 공을 들여 조금씩 포션을 그의 입에 흘려 넣었다.

겨우 한 병을 다 마시게 하고, 두 병, 세 병으로 늘여 갔다. 몇 번의 고비를 넘기면서 포션을 마시게 했지만 한계가 있었다.

"잘 했어요. 고마워요, 레이."

그가 힘을 내주었으니 이제 그녀의 차례였다. 엘레나는 아드레이의 손을 꼭 잡고 가지고 있는 신성력을 모두 쏟아붓기 시작했다.

얼굴에 그의 숨결이 닿을 듯 아주 가까이 다가갔다. 밝은 빛 사이로 그녀는 계속해서 속삭였다.

"제발, 제발……."

그 간절함이 통한 것인지, 아드레이의 몸에 거미줄처럼 퍼져 있던 검붉은 기운이 서서히 사그라들기 시작했다.

그러나 엘레나는 절망적이었다. 독성이 줄어드는 것보다 신성력이 더 빠르게 바닥나고 있었다. 몸이 보내는 경고 신호를 무시하고 계속해서 신성력을 사용하자 몸이 휘청였다. 쏟아 내는 힘만큼 안색이 창백해지고 식은땀이 흘렀다.

하지만 멈추지 않았다. 끝까지. 신성력이 완전히 바닥날 때까지. 단 한 방울이라도 더.

그녀는 그에게 모두 전하려고 했다. 아드레이가 나지막하게 엘레나의 이름을 부르기 전까지는.

"엘레나, 그만. 그만해도 돼."

그가 나지막하게 말하기가 무섭게 점점 희미해지던 빛이 뚝 끊겨 버렸다. 마치 전구가 터지듯, 툭.

그렇게 신성력이 모두 바닥났다. 동시에 엘레나의 눈에서 굵은 눈물 한 방울이 툭 떨어졌다.

"아니야. 이건, 이건 아니야……."

포션과 신성력을 모두 쏟아부었는데도 아드레이를 치료해 내지 못했다. 실패했다. 그것이 의미하는 바는 단 하나였다.

"풀먼 후작."

"출전하기 전, 내 유지는 휴고에게 맡겨 두었다."

"……예."

"내 뜻이 잘 이뤄질 수 있도록 잘 부탁하겠다."

"……예, 폐하."

할 수 있는 말은 그저 그것뿐이었다. 풀먼 후작을 비롯한 사람들은 침통한 얼굴로 고개를 들지 못했다.

"쿨럭!"

아드레이가 다시 피를 토하기 시작했다.

"이제 내 사지가 느껴지지 않는군."

아드레이는 담담하게 중얼거리며 쓴웃음을 지었다. 신성력으로 인해 잠시 사그라들었던 독이 다시 퍼지기 시작한 것이다. 속을 불태우는 것 같던 고통은 그나마 느껴지지 않으니 다행인가.

이 정도면 그리 나쁘지 않은 죽음이었다. 그렇게 평가할 만했다.

'하지만.'

아드레이는 엘레나를 바라봤다. 눈물로 엉망이 된 얼굴마저 아름다운 나의 연인.

"이럴 줄 알았다면 그대와 조금 더 많은 것들을 해 볼 것을."

"아니야, 그런 말 하지 마요. 이게 마지막인 것처럼 말하지 마."

이 대화를 나누는 순간에도 독이 서서히 그를 장악하고 있다는 것을 아면서도, 엘레나는 고개를 저었다. 온 힘을 다해서 그를 안고 목에 얼굴을 묻었다.

아드레이는 고개를 기울여 조금이라도 그녀를 느껴 보려고 했다. 그러나 그것도 잠시, 점점 호흡이 힘들어졌다. 독이 폐와 심장까지 퍼지고 있는 것이다.

"엘레나, 얼굴을 보여 줘. 마지막으로 그대를 보고 싶어."

그녀가 그의 품에 숨겼던 얼굴을 들었다. 엘레나는 더 이상 울고 있지 않았다. 슬픔에 흐려졌던 눈은 오히려 더욱 또렷해졌다.

그와 그녀의 눈이 서로를 마주 봤다. 아드레이의 눈동자가 흔들렸다.

"안 돼."

낮고 단호한 거절이었다. 하지만 엘레나는 그런 그의 이마에 천천히 입을 맞췄다.

"안 돼, 엘레나!"

그의 가슴팍 위에 천천히 내려앉는 손을 밀쳐 내고 싶지만, 이미 마비된 몸은 무력했다. 그녀가 무슨 일을 하려는지, 아드레이는 알고 있었다. 그가 서둘러 곁에 서 있는 하인즈 단장에게 명령했다.

"당장 날 찔러라!"

"……예?"

하인즈 단장이 놀라 되물었다.

"어서 날 찔러라! 이건 명령이다! 내 숨을 거두란 말이다!"

"폐, 폐하……."

그런 명령을 단장이 따를 수 있을 리가 없었다. 엘레나가 차분한 목소리로 말했다.

"아뇨. 검을 뽑으실 필요 없어요."

"엘레나 님?"

당황한 하인즈 단장을 향해 한번 웃어 보인 엘레나는 몸을 기울여 아드레이의 볼에 입을 맞췄다.

"제발, 엘레나……."

이제 아드레이는 애원하고 있었다. 그녀가 침상을 둘러싼 사람들에게 말했다.

"저는 제 생명력을 폐하께 드릴 겁니다. 비록 신성력은 폐하를 치유하는 데 실패했지만, 생명력은 분명히 성공할 것이라고 믿어요. 하지만……."

엘레나가 사람들의 얼굴 하나하나를 둘러봤다.

"마지막 순간은 폐하와 단둘이 나누고 싶네요. 그러니 모두 나가주세요. 시간이 없습니다."

익숙한 얼굴들을 다시 한번 머릿속에 새겨 넣듯 그들에게도 웃는 얼굴로 작별 인사를 했다.

"그리고 여러분, 그동안 고마웠어요."

그녀의 인사에 눈물짓던 사람들이 모두 앞다투어 천막을 나갔다. 하인즈 단장과 풀먼 후작 등 엘레나와 깊게 친분이 있던 사람들은 머리를 숙여 인사를 했다. 엘레나가 하인즈 단장을 불렀다.

"제 아버지께 또다시 깊은 슬픔을 드리게 되어서 죄송하다고 전해 주실 수 있을까요?"

"아……."

그제야 진영 밖에서 경계를 서고 있는 윈터힐 백작을 떠올린 단장의 얼굴이 어두워졌다. 죽은 줄 알았던 딸과 어렵게 다시 재회한 백작에게 그녀의 죽음이 얼마나 큰 슬픔을 주게 될지.

"짧은 시간이었지만 아버지라는 존재가 얼마나 따뜻하고 또 힘이 되는 것인지 알 수 있었다고, 너무나 감사했고 또 죄송하다고……. 그리고 사랑한다고 전해 주세요."

"예, 엘레나 님."

그녀를 볼 면목이 없었다. 그렇다고 희생하지 마시라 할 수도 없었다. 하인즈 단장에게, 제국에게 아드레이는 너무나 소중하고 또 중요한 존재였다. 엘레나는 마치 그 마음을 다 알고 있다는 듯 편하게 웃어 줬다.

모두가 나가고 둘만 남았다. 그사이에 아드레이는 더욱 죽음에 가까워져 있었다.

그러나 엘레나는 확신했다. 자신의 생명력이라면 그를 살릴 수 있을 것을.

채 수 분이 남지 않은 생명이었지만 그 시간이 엘레나에겐 너무나 짧았고, 아드레이에겐 너무나 길었다.

"안 돼. 제발, 그러지 마……. 그대 없이 난 살고 싶지 않다. 제발……."

"레이, 당신은 날 막을 수 없어요."

엘레나가 단호하게 말했다.

"그러니까 이건 당신의 잘못이 아니에요. 내 선택인 거예요."

혼자 남은 그가 스스로를 자책하고 용서하지 않을까 봐 걱정이 되었다.

"날 봐요."

아드레이의 남색 눈이 그녀를 바라봤다. 그의 눈꼬리를 타고 눈물이 흘러내렸다. 엘레나는 그 눈물을 닦아 주며 웃었다.

"아, 안 돼……. 안 돼……."

아드레이가 무너져 내렸다. 그녀가 속삭였다.

"사랑해요, 레이."

그녀도 울고 있었다. 슬프고 서러웠다. 사랑하는 사람과 더 이상 함께하지 못하는 것이. 그러나 동시에 진심으로 행복해 웃었다.

언제나 궁금했다. 왜 자신이 이 책 속으로 오게 된 것인지. 이제 그 이유를 알 것 같았다.

나는 당신을 구하기 위해서 이곳에 온 거야. 엘레나는 마지막으로 그의 얼굴을 깊게 바라봤다. 머릿속에, 영혼에 새겨지도록.

"당신 덕분에 사랑이 뭔지 알았고, 사랑받는 것이 얼마나 행복한 일인지 알았어요."

레이의 옆에서 나는 혼자가 아니었다. 온기를 나눠 주는 사람이, 지켜 주겠다 약속하는 사람이 있어서 외롭지 않았어. 그래서 이렇게 당신을 위해 죽을 수 있어 너무 다행이야.

"그러니까 당신도 행복한 삶을 살아요. 아주 아름답고 멋진 여자를 만나서 다시 사랑도 하고, 당신을 닮은 아이도 낳고. 내가 당신을 만나서 행복했던 것만큼, 당신도 행복해지는 거야."

엘레나가 마지막으로 그에게 깊게 입맞춤했다.

연인의 입술이 포개어졌을 때, 아주 찬란한 황금색 빛이 그녀에게서 터져 나왔다. 차마 멀리 가지 못하고 천막 밖에 서 있던 사람들도 모두 볼 수 있을 만큼 커다란 빛이었다.

아주 짧고 강렬하게 폭발한 빛은 어느 순간 꺼져 버렸다. 천막 내부에 정적이 흘렀다.

밖에서 잠시 망설이던 풀먼 후작이 안으로 들어섰다. 언제 사경을 헤매었냐는 듯, 평온한 안색으로 잠이 든 아드레이와 그를 보호하듯 그의 위로 힘없이 스러진 엘레나의 모습이 후작을 기다리고 있었다.

"강단아 환자, 정신이 좀 드세요?"

머리가 지잉 하고 울렸다. 눈을 떠 보려고 했지만 오랫동안 잠들었다가 깨어나는 것처럼 마음대로 되지 않았다.

"강단아 씨?"

강단아? 누가 날 그 이름으로 부르는 거지?

그녀는 힘겹게 눈을 떴다. 뿌연 시야로 한 남자의 얼굴이 보였다. 흰 가운을 입은 사람이었다.

"누구⋯⋯?"

목소리가 형편없이 갈라져 나왔다.

천장에서 쏟아져 내려오는 형광등 불빛에 눈이 아팠다. 물이 번진 듯이 초점이 잡히지 않던 눈은 몇 번 깜박이고 나서야 제 역할을 하기 시작했다. 아주 오랫동안 꿈을 꾸고 있다가 깨어나는 것처럼 서서히 감각이 돌아오고 있었다.

"이제 좀 정신이 드시나 보네. 강단아 씨, 여기는 한국대 병원이에요."

"병원? 한국대?"

익숙하면서도 낯선 단어들이었다. 그녀가 누운 채로 고개를 돌려 주변을 바라봤다.

온통 흰색으로 채워진 차갑고 서늘한 실내. 병원이 맞다. 열 맞춰 주르륵 놓인 바퀴 달린 침대들과, 그 사이를 바쁘게 오가는 여러 사람들의 모습이 영화의 한 장면처럼 다가왔다.

단아가 멍하니 주변을 둘러보자 의사가 그녀를 다시 한번 걱정스레 불렀다.

"강단아 씨?"

단아의 눈이 침대 옆에 앉아 있는 의사에게 향했다. 검은 머리칼에 검은 눈. 이 병원 안을 채운 대부분의 사람들이 같은 머리색과 같은 눈동자 색을 가지고 있다는 것에 울컥했다.

깊은 군청색의 눈동자, 다정한 초록색의 눈동자, 짓궂은 푸른 눈동자. 그리운 사람들이 떠올랐다.

단아가 천천히 몸을 일으켰다.

"어. 움직일 수 있겠어요?"

잠시 당황하던 의사는 앉으려 하는 그녀를 도와줬다.

"감사합니다."

여전히 목소리는 쩍쩍 갈라졌다. 침대 위에 앉아 주변을 한 번 더 확인했다. 정말로 병원이 맞았다.

"여기 왜 왔는지 기억나세요?"

"그게……."

까마득한 옛날 일 같은 기억을 더듬어 봤다. 인상을 찌푸리며 생각하던 그녀가 대답했다.

"혹시 제가 높은 데서 떨어졌나요?"

"기억하시네요. 맞아요, 옥상에서 떨어지셔서 병원에 온 겁니다."

그녀의 기억에 이상이 없다는 것을 확인한 의사가 고개를 끄덕였다. 언뜻 안심하는 구석도 보였다.

"얼마나 시간이 지났죠?"

"병원으로 오고 나서 이제 3시간쯤 됐네요."

"……3시간이요?"

믿을 수가 없었다. 겨우 3시간이라고?

"혹시 지금 아픈 곳 있어요?"

멍하니 자신을 바라보는 단아에게 의사가 물었다.

"머리랑…… 아, 팔이 조금……"

그녀의 팔에는 붕대가 감겨 있었다.

"운이 좋으셨어요. 나무 위로 떨어져서 크게 다친 곳은 없고, 나뭇가지에 팔이 긁혀 찢어진 상처가 있어서 봉합했습니다."

"아, 네……."

자신의 팔에 난 상처지만 마치 남의 것인 것처럼 무감각했다. 통증은 느껴졌지만 도무지 자기 몸 같지 않았다.

가만히 손도 쥐었다 펴 보고, 팔과 다리도 주물러 봤다. 분명 내 몸이 맞는데 왜 이렇게 낯설게만 느껴질까.

그 모습을 지켜보던 의사가 조심스럽게 말했다.

"일단 검사 소견상 이상은 없어 보이지만, 떨어지면서 머리를 부딪쳤을 수도 있으니까 앞으로 12시간 정도 더 지켜볼게요."

단아가 고개를 천천히 끄덕였다.

"쓰러져 있던 동안 꿈이라도 꾸셨나 봐요."

"네?"

"얼굴이 어디 멀리 다녀온 사람 같아서요."

뭐라 대답할 말을 찾지 못하고 그녀의 입술이 뻐끔 열렸다가 닫혔다.

"일단 많이 놀란 것 같으니까 좀 쉬세요."

의사가 병상 주변의 커튼을 반쯤 쳐 주고 나갔다. 그녀는 혼자 남겨졌다. 커튼 너머에서 들려오는 사람들의 말소리를 들으며 무릎을 세워 몸을 동그랗게 말았다.

"죽은 줄…… 알았는데."

분명히 그를 살리기 위해서 생명력을 쏟아붓고 죽었다고 생각했다.

생명의 잔을 깨뜨리는 데에 망설임은 없었다. 오히려 확신했다. 이 힘이라면 그가 온전히 치유될 것이라고. 그래서 마지막 순간까지 행복했다.

"그런데 나 왜 여기 있는 거야."

단아가 얼굴을 묻었다. 죽지 않았다는 안도감 따위는 없었다. 오히려 온전히 속해 있던 곳에서 혼자서 뚝 떨어져 나온 듯한 지독한 외로움과 불안감이 몸을 감쌌다.

"레이."

머릿속을 가득 채운 그 이름을 소리 내어 불러 봤다.

꿈이라고? 그는 꿈 따위가 아니다. 자신은 분명히 책 속으로 들어갔고 그곳에서 목숨과도 바꿀 수 없는 소중한 사람들을 만났다.

그리고 그를 만났다. 사랑을 했고, 행복했다.

그런데 난 왜 여기에 있는 거야. 그의 얼굴이, 목소리가, 온기가 이렇게 생생한데.

욱신욱신, 가슴이 아팠다. 말아 쥔 주먹으로 가슴 한복판을 꾹 눌렀지만 통증은 사라지지 않았다.

─그대 없이 난 살고 싶지 않다. 제발…….

그의 애원하는 목소리가 귓가를 울렸다. 사실은 그녀도 마찬가지였다. 그가 없는 세상에 혼자 남겨지는 게 무서웠다.

그런데 결국 이렇게 다시 혼자가 되었다. 다른 세상에 혼자 뚝 떨어져 버렸다.

"레이……."

그가 보고 싶었다.

"허억!"

아드레이가 급하게 숨을 들이켜며 눈을 떴다.

몸이 움직인다. 멀쩡하다. 괴사하던 어깨도, 베인 상처도 없었다. 마치 아무 일도 일어나지 않았던 것처럼.

"안 돼……."

벌떡 몸을 일으킨 그가 서둘러 주변을 둘러봤다. 경계를 서고 있던 하인즈 단장이 조용히 고개를 숙일 뿐, 엘레나의 모습은 보이지 않았다.

"엘레나!"

큰 목소리로 불러 보아도 대답하는 사람이 없다. 하인즈 단장은 여전히 고개를 들지 못했다.

아드레이는 침상을 박차고 일어나 막사를 뛰쳐나갔다. 신발도 신지 않은 맨발이었지만 그는 발밑의 그 무엇도 느끼지 못했다.

놀란 사람들이 그런 그를 돌아봤다. 그러나 그의 눈은 오로지 엘레나만을 찾았다. 뒤따라 나온 하인즈 단장이 나지막이 말했다.

"엘레나 님은 저 안에 계십니다."

아드레이의 막사 바로 옆의 천막이었다.

"엘레나! 엘……."

거칠게 천막을 젖히고 뛰어 들어선 그가 우뚝 걸음을 멈췄다. 시선은 한곳에 고정되었다. 그는 굳어 버린 듯 더 이상 안으로 걸어가지 못했다.

하인즈 단장의 말대로 엘레나는 그곳에 있었다. 막사 가운데에 놓인 침상 위에 누워 아름다운 봄꽃을 안은 채로.

바닥에 주저앉아 있던 윈터힐 백작이 아드레이를 올려다봤다. 온몸에 서부 연합군의 피를 묻힌 채였다.

엘레나의 죽음을 알게 된 이후, 백작은 그대로 베르너 성으로 진군했다. 문을 부수고 들어가 성으로 도망간 베르너 공과 기사들을 도륙했다.

그러나 복수도 엘레나를 살아 돌아오게 하지는 못했다.

옅은 갈색의 눈에서 다시 눈물이 흐르기 시작했다.

"엘레나, 폐하가 오셨다. 일어나서, 네가 일어나 맞아드려야지……."

그러나 야속한 딸은 미동이 없었다. 영원히 다시 뜨이지 않을 눈이었다. 윈터힐 백작은 다시 무너졌다.

그륵, 휘청이며 딛은 아드레이의 발밑에서 모래가 갈리는 소리가 요란했다.

"엘레나……."

목이 졸린 듯 꽉 멘 목소리로 그녀를 불러 봤지만 대답이 없었다.

"엘레나……."

한 발, 한 발 그녀에게 다가갈수록 눈물이 멈추지 않고 흘러내렸다.

믿을 수가 없다. 자신의 두 눈이 보여 주는 이 광경이 미치광이의 거짓말이라고 비명을 지르고 싶었다.

"안 돼……. 그대가 그렇게 누워 있어서는 안 돼……."

─이건 당신의 잘못이 아니에요. 내 선택인 거예요.

엘레나의 목소리가 머릿속에 되풀이되었다.

"아아, 아아……."

침상에 다가간 아드레이의 입에서 긴 탄식이 흘러나왔다.

핏기 없이 새하얀 엘레나의 얼굴에 숨이 막혀 왔다. 잠든 듯 누워 있는 그녀는, 금방이라도 하품을 하며 일어나 그를 향해 웃어 줄 것 같았다.

털썩, 아드레이가 무릎을 꿇었다. 그의 몸이 침상 주변에 놓인 꽃들을 흩트리고 짓이겼다.

덜덜 떨리는 손이 엘레나의 얼굴을 보듬었다. 손끝에 와 닿는 살결은 너무도 차가웠다.

언제나 활짝 웃어 주던 그 얼굴이, 굳어 버린 가슴에 온기를 불어넣어 주던 그 얼굴이.

왜 그대가 이곳에 누워 있나. 왜 그대가 더 이상 숨 쉬지 못하는가. 왜 그대가, 왜.

"엘레나, 눈을 떠. 눈을 떠서 날 봐라. 나를 좀, 제발!"

아드레이의 두 눈에서 눈물이 후드득 떨어졌다. 숨 죽여 절규하며 아무리 불러도 대답 없는 연인을 어찌할 바 몰랐다.

차갑게 식어 인형 같은 그 얼굴을, 어깨를 매만지던 손이 그녀를 끌어안았다. 축 늘어져 힘없이 안기는 몸이 너무나 작다. 너무나 가볍다. 마치 그 안이 텅 비어 버린 것처럼.

"아아, 제발……. 아아……."

—당신도 행복한 삶을 살아요.

눈을 뜨고 감는 것밖에 할 수 없던 그에게 그녀는 그렇게 속삭였다.

그러나 죽은 연인의 몸을 끌어안은 사내의 가슴은 찢어졌다. 찢어지고 부서져, 그녀와 함께 사라졌다.

"엘레나, 엘레나."

그녀의 이름을 목 놓아 부르며 그가 오열했다. 흐트러진 검은 머리칼이 눈물에 젖었다. 이미 차가워진 몸에서 희미한 온기라도 찾아보려 부둥켜안은 몸에 얼굴을 비볐다.

이렇게 품 안에 있음에도 그녀는 너무나 멀었다. 이제는 다시 보지 못할 길을 가 버렸다. 자신 때문에.

"날 용서하지 마라. 날 용서하지 마……."

자유로이 훨훨 날고 있던 그대를 내 곁에 두어 이렇게 죽게 만들었다. 행복하게 지켜 주겠다 약속해 놓고, 내가 그대를 죽게 했다.

그녀를 지키려는 듯 아드레이가 그녀의 몸을 더욱 꽉 껴안았다. 이미 죽음이 데리고 가 버린 뒤의 텅 빈 껍데기라 할지라도, 그녀를 놓아줄 수가 없었다. 눈물이 쉴 새 없이 흘러내려 앞이 보이지 않는다 할지라도, 잊어버리게 될까 두려워 눈을 뗄 수가 없었다.

단 한 번만 더 사랑한다 말해 줄 수 있다면 내 영혼이라도 팔겠다. 이대로 떠나보낼 수 없다. 그러니까 제발.

두근.

그녀에게 얼굴을 묻고 소리 없이 흐느끼던 아드레이의 움직임이 일순 멎었다. 그의 심장이 비슷한 소리를 내며 철렁 내려앉았다. 눈물에 일그러진 남색 눈동자가 흔들렸다.

엘레나의 가슴팍에 귀를 가져다 댄 아드레이는 숨도 쉬지 않았다. 그렇게 굳은 듯 한참을 기다렸다.

그의 눈가에서 눈물이 말라 갈 때쯤, 다시 한번 '두근' 하는 아주 작은 소리가 들려왔다. 아드레이의 남색 눈동자가 굳게 눈을 감은 작은 얼굴을 바라봤다.

가사假死. 그 한 단어가 그의 머릿속을 지배했다.

떨리는 손을 그녀의 코 아래에 가져다 대고 또다시 숨죽였다. 희미한 고동 소리를 아주 오랫동안 기다리자, 감각이 발달한 무인이 아니면 느끼지 못할 만큼 미세한 날숨이 그의 손가락을 간지럽혔다.

아드레이가 엘레나의 몸을 품에 안고 벌떡 일어섰다. 경악해 자신을 바라보는 사람들을 향해 그가 외쳤다.

"그녀가 아직 살아 있다! 지금 당장 황궁으로 간다!"

수 초, 그 짧은 시간 동안 제 귀를 의심했던 이들이 허억 하고 헛숨을 들이켠 후 움직이기 시작했다. 엘레나를 품에 안고 천막을 뛰쳐나온 아드레이가 밖에서 기다리던 하인즈 단장과 기사들에게 명령했다.

"마차를 준비하라! 지금 당장 아발론으로 갈 것이다!"

"단아 씨! 이것도 부탁할게요!"

수레에 차곡차곡 책을 쌓는 단아에게 한 무더기의 책을 더 내밀며 점장이 말했다.

"네, 점장님."

그녀가 차분한 목소리로 대답하자, 점장은 만족스레 그녀를 바라봤다. 유니폼인 앞치마를 입고 책을 담은 수레를 밀면서 멀어지는 뒷모습을 보며 고개도 끄덕였다.

"단아 씨는 어쩜 저렇게 참할까. 일도 야무지게 잘하고."

대형 프랜차이즈 서점에서 일하는 많은 아르바이트 직원들 중 한 명일 뿐이지만, 정말 마음에 들었다. 조금 더 지켜보다가 본사에 자리가 나면 추천장이라도 써 줄 생각이었다.

"창우 씨가 좋아할 만해."

점장이 짓궂게 웃으며 말하자 옆에서 바코드를 찍던 남자가 얼굴을 붉혔다.

"저 정도면 외모도 흠잡을 데 없고. 나이도 잘 맞잖아, 두 사람?"

창우라고 불린 사람은 이제 귀 끝까지 붉어졌다.

점장의 말을 못 들은 척 일을 하면서도, 멀리에 있는 단아를 흘끔 바라봤다. 긴 머리를 하나로 묶고 자신의 일에 열중하고 있는 모습이 눈에 들어오자 입가에 절로 웃음이 걸렸다.

"뭐야, 그렇게 좋아? 보기만 해도 막 웃음이 나고 그러나 봐. 야, 젊음이 좋네, 정말."

점장이 와하하 웃는 목소리가 텅 빈 서점 안을 크게 울렸다. 신간 코너에 책을 쌓던 단아는 그 웃음소리에 작게 한숨을 쉬었다.

아직 오픈 전이라 사람이 없는 서점은 조용했다. 그리 멀리 떨어지지 않은 카운터에서 나누는 대화가 들리지 않을 리 없었다. 그러나 듣지 못한 척, 계속 손을 움직였다.

이 서점에서 일을 시작한 지도 벌써 6개월이 흘렀다.

점장의 성격이 마음에 들지 않기는 했지만 이만한 일자리를 또 구하기는 어려웠다. 집에서도 가까워 교통비가 따로 들지 않았고 그녀가 전에 경험했던 아르바이트에 비해 일도 수월했다. 게다가 시급도 꼬박꼬박 잘 챙겨 주니, 점장의 태도 때문에 일을 그만두기엔 너무나 아까웠다.

돈에 대한 생각을 하다 보니 헛웃음이 났다. 병원에서 깨어난 뒤, 그녀는 바로 현실로 돌아와야 했다. 그동안 아르바이트 자리를 전전하면서 모아 뒀던 적은 돈은 병원비로 날아갔다.

마음을 추스를 겨를도 없이 일을 해야 했다. 밤새도록 아드레이가 보고 싶어 울고 난 다음 날에도, 감기에 걸려 온몸이 불덩이같이 절절 끓는 와중에 그리운 사람들의 이름을 부르다 겨우 눈을 뜬 날에도 마찬가지였다.

하루하루 기계적으로 움직였다. 좀처럼 웃지 않고 큰 소리도 내지 않는 그녀를 사람들은 차분한 사람이라고 했다. 원래 그녀는 웃음이 없고 냉랭한 성격일 것이라고 말했다.

그런 평가를 들을 때마다 그녀는 아무 말도 하지 않았다. 사실 자신은 누구보다도 웃음이 많은 성격이고, 장난을 치는 것도 좋아하며, 차분함과는 거리가 먼 성격이라고 일부러 설명하지 않았다.

그저 묵묵히 자신에게 주어진 일을 하고 집으로 돌아갔다. 아무도 기다리지 않는 텅 빈 집으로.

쿵 하고 등 뒤에서 현관문이 닫히면, 그녀는 무너졌다.

오늘도 마찬가지였다. 어두운 집에 들어서서 가방을 대충 내려놓고 티브이를 틀었다. 그 직후 무의미한 소음을 들으며 침대 위에 몸을 웅크렸다.

눈을 감자 검은 허공 위에 그가 떠올랐다.

"레이⋯⋯."

소리 내어 그를 불렀다. 일종의 자기 암시였다.

그는 내 환상이 아니다, 그는 어딘가에서 살아 숨 쉬는 사람이다, 다만 같은 세상이 아닐 뿐.

그렇게 중얼거리지 않으면 정말로 믿어 버릴까 두려웠다. 책 속에서의 시간들이 높은 곳에서 떨어져 정신을 잃은 동안 겪은 일종의 환상일 뿐이라고, 스스로도 내려놓게 될 것 같았다.

"괜찮겠지⋯⋯."

단아는 베개에 얼굴을 파묻었다. 다시 강단아가 된 혼란스러움보다도, 혼자가 되었다는 슬픔보다도 그녀를 더 괴롭게 하는 것은 아드레이에 대한 걱정이었다.

신성력으로 독을 이겨 낼 수는 없었다. 그러나 생명력을 사용했으니 그는 이제 괜찮을 것이다. 스스로를 그렇게 다독였다.

그러나 자신을 향해 눈물을 흘리며 안 된다는 말만 반복했던 그가 자꾸만 떠올랐다.

스스로를 자책할 것이다. 어쩌면 그녀가 죽은 것이 자신의 잘못이라는 생각을 할 수도 있다.

부디 그러지 않았으면 좋겠는데. 곁에서 그를 보살펴 주고, 위로해 주고 싶었다. 그러나 몰래 찾아가 멀리서 바라볼 수도 없는 현실이 미칠 것 같았다.

그에게 남겼던 마지막 말은 진심이었다. 너무 슬퍼하지 말고 정말로 그가 행복했으면 하고 빌었다.

그녀만큼이나 외로움을 타는 사람이었다. 그가 외롭지 않게 다른 사랑도 했으면 좋겠다고 생각했다. 툭 하고 단아의 눈에서 눈물이 떨어졌다.

"못났다, 정말."

말로는 그의 행복을 바란다면서, 그가 다른 여자와 함께 있는 모습을 떠올리면 이렇게 어김없이 눈물이 터져 나왔다. 사랑하는 사람을 찾아 아이도 낳고 행복하게 살라는 말까지 해 놓고선.

"보고 싶어."

그의 웃는 얼굴이 보고 싶었다. 마음에 들지 않는 일이 있으면 한쪽 눈을 찡그리는 버릇까지도 그리웠다. 또다시 울컥, 울음이 터져 나왔다.

다시 한 번만 볼 수 있다면.

단아는 조용히 침대에서 일어났다. 그리고 방 한쪽에 놓인 책장 앞으로 걸어가 얌전히 그녀를 기다리고 있던 『로잘린느 황후』라 적힌 책을 조심스레 펼쳐 봤다.

그러나 흰 종이 위에 빽빽하게 찍힌 글자가 그녀를 반길 뿐, 다른 일은 일어나지 않았다.

탁, 책을 덮는 둔탁한 소리가 조용한 집 안에 울렸다. 책꽂이에 머리를 쿵 하고 부딪치며 그녀가 중얼거렸다.

"보고 싶어."

단 한 번만이라도 좋으니까. 당신을 보고 싶어.

찬란한 금발에 푸른 눈을 반짝이는 미소년이 태양의 궁 복도를 걸었다. 길게 뻗은 다리가 마치 이 궁의 주인처럼 당당했다. 저마다 맡은 일을 하던 하녀들이 그가 곁을 지나가자 정중히 고개를 숙이며 얼굴을 붉혔다.

아직 어린 태를 벗지 못했지만 벌써부터 여자들의 마음을 두근거리게 할 만큼 소년은 미모가 눈부셨다. 냉랭한 표정과 분위기가 둘째가라면 서러웠지만, 그것마저도 매력으로 다가왔다.

소년이 어느 문 앞에 서서 작게 노크를 했다.

"들어와라."

이내 안에서 낮은 목소리가 대답했다. 문을 열고 들어서자 보이는 익숙한 풍경에 소년은 잠시 슬픈 얼굴을 했다.

"저 왔어요, 형님."

그러나 그것도 잠시, 활짝 웃으며 말하는 얼굴에선 슬픔 따위는 엿보이지 않았다.

"티토가 왔다, 엘레나."

방 한가운데에 놓인 커다란 침대 옆에 앉아 서류를 보던 아드레이가 다정한 목소리로 일렀다. 티토도 얼른 그곳으로 걸어가 살갑게 인사했다.

"엘레나, 나 왔어요."

밖에서 냉기를 풀풀 풍기던 사람이라고는 믿을 수 없을 정도로 말투에 애정이 담뿍 묻어났다. 그러나 침대에 누워 있는 이에게서 돌아오는 대답은 없었다. 깊은 잠에 든 듯이 규칙적으로 오르내리는 가슴 말고는 아무런 움직임도 없었다.

하지만 그것이면 되었다. 티토는 엘레나의 손을 정답게 쓸면서 밝게 말했다.

"오늘도 예쁘네요!"

만약 그녀가 자신의 말을 들을 수 있었다면, 분명 마주 활짝 웃었겠지. 어쩌면 경쾌한 웃음소리를 들을 수 있었으리라.

인사를 마친 티토는 아드레이의 맞은편 의자에 앉았다. 한숨을 푹 쉬면서 목을 까딱이는 것이, 이제 열세 살인 소년의 얼굴치고는 지나치게 피곤해 보였다.

그 모습을 흘낏 바라본 아드레이가 다시 서류로 눈을 돌리며 무심한 듯 말했다.

"귀족회가 널 또 귀찮게 했나 보군."

"말도 마세요. 사람을 1시간 동안 앉혀 놓고 똑같은 말만 얼마나 반복하는지. 싫다고 거절하는데도 막무가내예요."

익숙하게 물 한 잔을 따라 마시며 티토는 그 와중에도 엘레나에게서 눈을 떼지 않았다. 마치 그녀가 지금 당장이라도 일어날 것처럼.

"형님이 이렇게 멀쩡하신데 저보고 황태자가 되라니. 그게 말이나 되는 소리예요?"

"내게 후사가 없으니 불안한 모양이지."

"그 마음은 알지만……."

'그래도.' 하는 말이 작게 뒤에 따라붙었다. 굳이 입 밖으로 내지 않아도 티토가 의미하는 바가 무엇인지 아드레이는 잘 알았다.

그는 들고 있던 서류 뭉치를 내려놓고 동생의 앞으로 다과가 담긴 접시를 슬쩍 밀었다.

귀족회의 설득 대상이 된다는 것이 얼마나 피곤한 일인지 그도 잘 알았다. 자신도 한 달에 한 번 꼴로 그들에게 둘러싸여 속히 황후를 들일 것을 종용당했으니까.

아드레이는 자리에서 훌쩍 일어나 엘레나가 누워 있는 침대에 걸터앉았다. 그리고 세상에서 가장 소중한 것을 보듬듯, 그녀의 볼을 손등으로 쓸어내렸다.

4년. 서부의 전장에서 엘레나가 그를 살리고 쓰러진 후로 4년이란 시간이 흘렀다.

그 시간 동안 어린아이였던 티토는 쑥쑥 자라 소년이 되었고, 얼마 전엔 제국 역사상 가장 재능이 뛰어나다는 평가를 들으며 최연소로 황실 기사단원의 일원이 되었다. 제대로 검술을 배우기 시작한 지 겨우 몇 년 만의 일이니 한동안 제국이 떠들썩했다.

4년은 그만큼 긴 시간이었다. 자연스레 그녀의 빈자리를 채워야 한다는 압박도 거세지고 있었다. 그러나 아드레이는 완고했다.

아무리 귀족회가 설득해도 엘레나 이외에는 반려를 둘 생각이 없으며 후궁을 들여 후사를 볼 생각도 없다는 태도를 바꾸지 않자 그들은 이제 티토를 공략하고 있었다.

"엘레나가 어서 깨어났으면 좋겠어요, 정말로."

끝이 곱실한 금발을 뒤로 쓸어 넘기며 티토가 말했다.

"제가 바라는 것은 그것뿐이에요. 황태자가 되어 형님의 뒤를 잇

고 싶은 생각은 전혀 없어요. 나중에 형님과 엘레나의 아이가 태어
나면 정말 좋은 삼촌이 되고 싶다는 마음은 있지만요."

아직 젖살이 남아 있는 얼굴이 웃자 볼에 보조개가 옴폭 파였다.

아드레이만큼이나 그녀가 일어나길 기다리는 티토였다. 기사 서임
을 받은 날도 곧장 달려와 엘레나에게 자랑을 늘어놓기 바빴다. 아드
레이를 제외한다면, 이 방에 가장 자주 드나드는 사람이기도 했다.

아드레이는 그런 동생의 머리를 쓰다듬었다.

잠시 후, 티토는 엘레나에게 아쉬운 인사를 하고 돌아가야 했다.
기사단 일정이 있기 때문이었다.

"티토가 그대를 많이 보고 싶어 해. 나도 그대가 많이 그립고."

다시 엘레나와 둘이 남겨진 아드레이는 그녀의 이마에 입을 맞췄다.

"하지만 넘어지지 말고 조심히 돌아와라. 서두를 필요는 없다."

이미 그녀를 기다리는 것은 그에겐 일상이 되었다. 이제 와 조급
해할 일도, 슬퍼할 일도 아니었다. 지긋이 미소 지은 그는 다시 서류
에 파묻혔다.

"후우……."

단아가 허리를 짚으며 한숨을 쉬었다. 한 달에 한 번씩 있는 서점
창고를 정리하는 날이었다. 어김없이 야근을 하게 되었고 허리가 욱
신거렸다.

그러나 피곤한 몸보다 더 불편한 것이 있었다.

"단아 씨, 저녁 메뉴 뭐로 할래요?"

바로 옆의 선반을 정리하던 창우가 친근하게 물어 왔다.

"저는 아무거나 괜찮아요."

짧은 대답을 하고 그녀는 다시 할 일로 돌아갔다. 창우는 그런 그녀의 태도가 익숙한 듯 조용히 웃었다. 그 모습에 단아의 마음은 더 불편해졌다.

그는 절대로 나쁜 사람이 아니었다. 오히려 티 나지 않게 그녀를 챙겨 주고 배려해 주는 고마운 사람이었다. 그러나 돌려줄 수 없는 호감이 어디까지 치달을 수 있는지 몸소 경험한 그녀는 순수하게 고마워할 수만은 없었다.

바닥에 놓인 박스를 단아가 들어 올리려 하자 창우가 얼른 다가왔다.

"두세요. 제가 올릴게요."

하지만 그녀는 힘들어하면서도 직접 박스를 들어 올렸다.

"아뇨, 괜찮아요. 고맙습니다."

"아…… 도와주고 싶었는데."

그가 중얼거린 말에 단아는 잠시 움찔했지만 곧 단호하게 고개를 저었다.

"창우 씨, 전에도 말씀드렸지만……."

"아! 알아요. 단아 씨는 제가 이러면 불편하다고 했죠. 깜박했네요, 내가."

그녀를 좋아하는 마음을 숨기지 않는 창우의 태도 때문에 두 사람은 서점 내에서 공식 커플처럼 여겨졌다. 더 이상 가만히 있으면 안 되겠다고 생각한 단아는 벌써 몇 달 전 그에게 거절의 의사를 전했다. 그러나 그 뒤에도 변하는 것은 없었다.

"제 성격이 원래 그래요. 다른 사람 챙겨 주는 거 좋아하고. 단아 씨한테도 그런 마음이니까 부담 갖지 말아요."

언제나 귀 끝을 발갛게 물들이며 웃는 그에게 부담을 갖지 않는다는 것은 어려운 일이었다. 그녀가 잠시 아무런 대답도 하지 않자, 다른 사람에게도 저녁 메뉴를 물어보겠다며 그가 창고를 나갔다.

혼자 남겨진 단아는 한 번 더 한숨을 쉬고는 다시 정리를 시작했다. 기계적으로 상자에 담긴 새 책들을 선반으로 올리고, 재고로 남은 책은 다시 상자 안에 채워 넣는다.

조금 전 자신을 바라보며 웃던 창우의 얼굴을 떠올렸다. 그녀의 가슴은 고요하기만 했다.

그런데 머리가 제멋대로 그 위에 아드레이의 얼굴을 덧씌워 버렸다. 두 사람이 닮은 구석이라곤 검은색 머리카락뿐이다. 그러나 심장이 두근거리기 시작했다.

"보고 싶다……."

단아가 가슴께를 꾹 누르며 중얼거렸다. 그때, 그녀가 있는 곳에서 멀리 떨어진 곳에서 툭 하고 물체가 바닥에 부딪치는 소리가 들렸다. 반사적으로 고개를 돌리자 책 한 권이 눈에 들어왔다.

"뭐지?"

아무도 없는 선반에서 별안간 책이 떨어지다니.

단아가 고개를 갸웃하며 그쪽으로 걸어갔다. 높은 책꽂이가 천장의 조명을 가려 어둑한 바닥에 떨어져 있는 책의 제목이 보였다.

『황후 로잘린느』

단아가 황급히 두 손으로 입을 막았다.

"아아……."

그렇게 하지 않으면 소리를 지를 것 같았다.

놀라움에 굳어 잘 움직이지 않는 발을 이끌고 그녀가 조금씩 다가

섰다.

덩그러니 놓인 책은 평범해 보였다. 신비로운 빛이 흘러나오는 것도 아니었고, 의미심장하게 진동을 하는 것도 아니었다.

그러나 단아는 알 수 있었다. 저 책을 펼치면, 다시 그곳으로 갈 수 있다는 것을. 그냥 알 수 있었다.

그녀는 책 앞에 무릎을 꿇고 주저앉았다. 그리고 조심스레 책을 두 손으로 집어 들었다.

많은 생각이 스쳤다. 그 안에서 자신은 죽었을 것이다.

그러나 만약 운이 좋아 어떤 형태로든 그를 다시 볼 수 있다면, 엘레나의 몸이 아니라 또 다른 조연의 몸이라도 좋으니 멀리서나마 그를 볼 수 있다면. 그것이면 족했다.

아무것도 확실한 것은 없었다. 설령 이미 죽어 버렸을 엘레나의 몸으로 돌아가 이 책을 펼치자마자 죽게 되더라도 상관없었다. 적어도 그가 없는 세상에서 이렇게 텅 빈 가슴으로 살아가는 것보단 훨씬 행복한 끝이리라.

후우, 떨리는 숨을 내쉰 단아는 망설임 없이 책을 펼쳤다.

몸이 무거웠다. 가슴도 답답했다. 죽어 가는 느낌이란 게 이런 것일까.

온몸이 말을 듣지 않았다. 하지만 크게 숨을 한 번 쉬고 애를 쓰자 손끝이 움직였다. 점점 가슴의 답답함도 사라졌다.

그리고 마침내 세 번째 숨을 내쉬었을 때, 눈꺼풀이 말을 듣기 시작했다.

고이 감겨 있었던 눈이 뜨이며 옅은 갈색의 눈동자가 천장을 바라봤다. 빛이 들자 검은 동공이 좁아졌다.

"여긴……."

아주 오랫동안 침묵해 온 것처럼 목소리가 잘 나오지 않았다. 그녀의 눈동자가 혼란으로 흔들렸다. 저 화려한 천장은 어딘가 모르게 익숙한 것이었다.

엘레나는 천천히 몸을 일으켰다. 생각했던 것보다는 훨씬 수월하게 움직였다. 일어나 앉아 주변을 둘러볼 수 있게 되자마자 지금 자신이 있는 곳을 알 수 있었다.

"황궁?"

창밖의 풍경도 눈에 익었다. 고개를 돌리자 침대 옆에 마련된 의자와 테이블에 어지럽게 놓인 서류들이 보였다.

"레이?"

분명히 그의 흔적이다. 머릿속이 어지럽게 뒤섞였다. 분명히 자신은 죽었을 텐데, 생명력을 그에게 줬으니 그랬어야 하는데.

'어쩌면 죽지 않았을지도 몰라.'

그런 생각이 머리를 스쳤다. 두근두근, 새로 찾은 희망에 가슴이 요동치기 시작했다.

메이나드의 어머니를 치유했을 때, 한 번 생명의 잔을 깨지 않고도 생명력을 사용한 적이 있었다. 운이 매우 좋았다고. 그러나 두 번은 없을 일이라고 교황 성하께 혼이 났었다.

하지만 만약 그 일이 다시 일어났다면. 어쩌면.

달칵, 작은 소리와 함께 문이 열렸다. 그리고 그가 보였다. 절대로 잊을 수 없었던 그 사람이. 죽어도 좋으니 단 한 번만 더 보고 싶던 그 사람이.

그 순간, 문을 열고 막 들어오려던 아드레이도 그녀를 봤다. 그녀를 발견한 그는 움직이지 않았다. 문간에 선 채로 굳어 그녀를 보고 있었다.

"레이."

엘레나가 떨리는 목소리로 그를 불렀다.

툭, 투둑. 아드레이의 두 눈에서 눈물이 떨어졌다. 그는 침대에 앉아 있는 그녀를 보면서 하염없이 눈물을 흘렸다.

"보고 싶었어요."

그동안 가장 하고 싶었던 말, 매일 밤 그를 떠올리며 수없이 되뇌었던 말을 마침내 그에게 전했다.

몇 번 입술을 달싹이며 그녀의 이름을 불러 보려던 그가 이를 악물었다.

아드레이가 그녀를 향해 달렸다. 그리고 그녀를 품에 안았다.

"엘레나."

그가 다시 그 이름을 불러 주었다. 엘레나는 눈을 감았다. 온몸에 그의 온기가 스며들었다.

이렇게 안고 있어도 그리웠다. 그를 힘껏 마주 안았다. 그녀는 마침내 집으로 돌아왔다.

해 질 녘, 내원의 연무장에 봄바람이 불었다. 적당한 온기를 품고 몸을 간지럽히는 바람에 엘레나는 기분 좋게 웃었다.

올해는 유난히 꽃이 만발했다. 연무장 주변을 가득 채운 색색의 꽃에 노을이 물들었다.

달그락, 작은 소리와 함께 엘레나의 앞에 찻잔이 놓였다.

"고마워요, 메리."

"별말씀을요."

갈색 머리칼에 조금 더 흰머리가 섞인 마리안이었지만, 조금도 흐트러짐이 없는 꼿꼿한 자세는 여전했다.

"바람이 좋네요. 메리도 같이 마셔요."

"그럴까요?"

시녀장이 황후와 함께 앉아 차를 마신다는 것은 놀라운 일이지만, 적어도 마리안과 엘레나에게는 너무나 일상적인 일이었다.

"와아! 해냈어!"

연무장에서 아이가 크게 외치는 소리가 들려왔다. 긴 금발을 하나로 질끈 묶은 여자아이가 양손을 번쩍 치켜들고 방방 뛰고 있었다.

"잘하셨습니다, 셀레스트 님."

메이나드가 그런 아이의 머리를 쓰다듬으며 인자하게 웃었다.

"셀레스트 님은 커 갈수록 엘레나 님의 성격을 그대로 닮아 가시는군요."

"그런가요?"

엘레나는 깔깔 웃는 딸아이를 보며 미소를 지었다.

"저는 오히려 베니안이 저를 많이 닮았다고 생각했는데요."

검술 수업을 받고 있는 누나의 옆에서 흙장난을 하고 있는 세 살배기 아들을 보며 그녀가 말했다.

"은색 머리칼과 갈색 눈은 그러하지만, 베니안 님은 황제 폐하의 성격을 쏙 빼닮으셨지 않습니까."

엘레나는 고개를 끄덕이며 마리안의 말에 동의했다. 흙을 차곡차곡 쌓아 올리며 집중한 아이의 얼굴이 어찌나 진지한지. 어린 아드레이의 모습을 보는 것 같아 웃음이 났다.

"셋째는 레이를 닮아 검은색 머리칼을 가지고 있으면 좋겠어요."

엘레나가 동그랗게 부푼 배를 쓰다듬으며 말했다. 셀레스트와 베니안은 이른 여름에 태어날 동생을 벌써부터 손꼽아 기다리고 있었다.

"엘레나 님, 백작께서 오셨습니다."

오늘 방문하기로 되어 있던 손님을 마중 나갔던 에즈라의 목소리가 들려왔다. 엘레나는 무거운 몸을 천천히 일으켜 뒤를 돌아봤다.

"아버지!"

한 달 만이었다. 윈터힐 백작의 반가운 얼굴이 보였다.

그녀가 쓰러져 있던 사이, 아드레이가 제국 전역에 설치한 텔레포트 마법진 덕분에 멀리 떨어진 윈터힐 영지와의 왕래가 훨씬 수월해졌다.

"아직 윈터힐은 춥죠? 어디 아프신 데는 없고요?"

만나자마자 걱정을 늘어놓는 딸의 손을 두 손으로 잡으며 윈터힐 백작이 미소 지었다.

"황후께서도 잘 지내셨습니까."

"몸이 무거워져서 조금 버겁기는 하지만, 아직 버틸 만해요."

장난스럽게 말하는 엘레나를 보며 백작은 내심 고개를 끄덕였다. 황후이자 이제 곧 세 아이의 어머니가 될 딸은 분명 행복한 삶을 살고 있었다.

"리디아는 보름 만이던가요?"

"예, 황후 폐하."

윈터힐 백작의 뒤쪽에 서 있던 붉은 머리칼을 길게 땋아 내린 여자는 가벼운 무장을 하고 있었다. 날렵한 몸을 가진 그녀는 윈터힐에서도 손꼽히는 기사 중 하나였다.

그런 리디아가 한곳을 바라보며 안절부절못하는 모습을 보고 엘레나는 풋 하고 웃었다.

"이제 셀레스트의 수업 시간이 다 끝나 가니, 가 보아도 좋아요."

"감사합니다, 폐하!"

엘레나에게 꾸벅 허리를 숙여 보인 리디아는 연무장을 향해 뛰어갔다.

"메이나드!"

큰 목소리로 외친 그녀는 놀라 눈을 동그랗게 뜬 메이나드의 품으로 펄쩍 뛰어들었다.

오랜 장거리 연애 끝에 결혼에 골인한 신혼부부임에도 아직 한 달의 반 정도는 떨어져 살고 있는 두 사람은 웃음을 터뜨리며 서로를 껴안았다.

"리디아가 조만간 윈터힐에서의 신변을 정리하고 아발론으로 거처를 옮기는 것을 허락해 달라고 하더군요."

윈터힐 백작이 두 사람을 바라보며 말했다.

리디아는 대대로 윈터힐을 섬기는 봉신 가문인 베른하르트의 장녀로 윈터힐 성의 경비대장을 맡고 있었고, 메이나드는 황실 기사단의 단장이었다. 어느 한쪽도 쉽게 자신의 직무를 내려놓을 수 없었기에 그동안 애달픈 원거리 부부 생활을 하고 있었다.

그러니 두 사람이 계속 함께 있을 수 있는 방법은 한 명이 자신의 자리를 포기하는 것뿐이다.

그런데 부친을 말을 들은 엘레나가 놀라며 말했다.

"네? 메이나드 경도 조만간 황실 기사단장 직을 내려놓는다고 하던걸요? 어제 저에게 그렇게 말하면서 다른 검술 선생을 추천해 주겠다고……."

이야기를 들은 윈터힐 백작은 못 말리겠다는 듯 고개를 저었고, 엘레나는 작게 웃었다. 서로를 끔찍이도 여기는 부부다운 일이었다.

"그런데 걱정이네요. 두 사람 모두 내리기 쉬운 선택이 아닐 거예요."

"메이나드가 단장 직을 그만두게 될 거야."

"어? 레이!"

불쑥 들려오는 목소리에 놀란 엘레나가 그를 반겼다.

연무장으로 걸어오는 그의 모습에 그녀는 가슴이 두근거렸다. 저렇게 멋진 남자가 자신의 남자라는 사실이 지금도 믿어지지 않을 때가 있었다.

두 아이, 곧 세 아이의 아빠가 될 테지만, 그는 그녀가 처음 만났을 때와 크게 달라진 점이 없었다. 아니, 오히려 나이가 들어감에 따라 특유의 진중한 분위기가 더욱 진해져, 그는 나날이 더욱 치명적인 남자가 되어 가고 있었다.

"엘레나."

그가 그녀를 바라보며 부드럽게 웃었다. 절로 한숨이 나올 만큼 아드레이는 멋있었다.

"저도 왔어요!"

아드레이의 뒤에서 티토가 불쑥 튀어나오며 외쳤다.

이제 성년이 지나 열아홉 살의 청년이 된 제레미야 타이투스 폰 리바이 공작은 제국 여성들의 애간장을 태우고 있었다. 외모와 작위, 그리고 황실 기사단의 수재일 만큼 능력까지 갖춘 그는 소설 속에 나올 것 같은 아름답고 완벽한 남성이었다. 그러나 '철벽'으로 불리는, 뭇 여성들에 대한 쌀쌀맞은 태도로도 유명했다.

"어서 오세요, 티토 님."

장성한 티토를 보면 마치 어엿한 어른이 된 친동생을 보는 것 같아 엘레나는 마음이 뿌듯했다. 티토도 공공연히 '내 이상형은 황후 폐하 같은 여인'이라는 말을 하고 다니기 때문에 두 사람의 돈독함은 제국이 알았다.

"그런데 메이나드 님이 그만두게 될 것이라니, 그게 무슨 말이에요?"

"오늘 잠시 대화를 나눴다. 베른하르트 경이 윈터힐을 떠나는 것은 자신이 아발론을 떠나는 것보다 훨씬 힘든 일일 거라고 그러더군. 그녀는 윈터힐의 일부라고."

자리에 있는 모두가 그 말을 이해할 수 있었다. 충성심이 대단한 윈터힐 사람들 중에서도 리디아는 더욱 특별했다.

"와아! 아버지! 삼촌!"

멀리서도 두 사람을 알아본 셀레스트와 베니안이 오도도 뛰어왔다. 아드레이가 품으로 뛰어드는 아이들을 하나씩 양팔로 번쩍 안아 들자, 까르르 맑은 웃음이 터져 나왔다.

그 자그마한 몸 어디서 그런 에너지가 나는지 셀레스트가 외쳤다.

"아버지! 검술 가르쳐 주세요!"

셀레스트에게 아드레이는 하늘이자 우러러보는 영웅이었다. 또록또록 움직이는 맑은 눈을 바라보며 아드레이는 잠시 흔들렸지만 딸의 이마에 입을 맞춰 주며 말했다.

"미안하지만, 셀레스트. 아버지는 오늘 어머니와 시간을 조금 보내고 싶은데."

엘레나는 아이가 금방이라도 우왕 하고 울음을 터뜨릴까 싶어 깜짝 놀랐지만, 셀레스트의 반응은 뜻밖이었다.

"우움, 알겠어요. 어쩔 수 없죠. 저는 그럼 삼촌이랑 놀래요!"

"그래! 삼촌이랑 놀자! 크아아!"

아드레이가 셀레스트를 땅에 내려놓기가 무섭게 티토가 사자 흉내를 내며 아이들에게 장난을 걸었다.

"꺄하하! 도망치자, 베니안!"

셀레스트가 동생의 손을 잡고 도망가기 시작했다. 아직 뛰는 것이

어설픈 베니안이었지만, 누나의 손을 꼭 잡고 열심히 뛰었다.

뽀르르 멀어지는 아이들을 바라보며 엘레나가 쓰게 웃었다.

"미안해요, 티토 님. 힘들 텐데."

"아니에요. 저도 훈련 때문에 못 오는 동안 애들이 많이 보고 싶 거든요. 여기 마리안도 있고, 제가 책임지고 저녁까지 먹여서 재울 테니까 오랜만에 오붓한 시간 보내세요. 그리고……."

슬쩍, 아드레이의 눈치를 본 티토가 작은 목소리로 덧붙였다.

"내일 시간 되시면 다시 상담을 좀……."

"아! 알겠어요."

엘레나가 살짝 눈을 찡긋하며 승낙하자 티토의 얼굴이 확 밝아졌다.

다가오는 모든 여자들에게 철벽을 치던 그였으나, 요즘 한 사람에 게 푹 빠진 모양이었다. 그쪽에선 반응이 시원찮았지만, 이미 티토 는 이 사람이 아니면 안 된다는 상태였고 그래서 엘레나에게 가끔씩 연애 상담을 받곤 했다.

"그럼 다녀올게요."

엘레나가 윈터힐 백작을 향해 멋쩍게 말했다. 한 다리를 꼬고 차를 마시던 백작은 이런 일이 익숙하다는 듯 한 손을 흔들흔들해 보였다.

티토 덕에 육아에서 해방되자마자, 아드레이는 얼른 산책로 쪽으 로 엘레나를 이끌었다.

"아, 여기 오랜만이네."

그녀가 그리웠던 풍경을 둘러보며 말했다. 두 사람이 걷고 있는 길 은 다름 아닌 내원 연무장에서 새벽의 궁까지 이어지는 숲길이었다.

"바로 지척인데, 왜 이렇게 오랜만인지. 그렇죠?"

싱그러운 풀 냄새가 가득한 길을 걷고 있자니 옛날 생각이 새록새 록 떠올랐다. 이미 오래전의 일이지만 그때로 돌아간 듯한 기분마저

들었다.

　물론 그때는 이 길을 이렇게 아드레이와 손을 꼭 잡고 걷지는 않았다. 처음 이 길을 오갈 때, 그는 그녀에게 말없고 무뚝뚝하고 속을 잘 알 수 없는 수습 기사일 뿐이었다. 엘레나가 소리 없이 웃자, 아드레이가 물었다.

　"왜 웃지?"

　"그냥요. 남들 눈 피해서 이 길로 내원에 드나들었던 것이 엊그제 같은데. 참 많은 것들이 변했다 싶어서요."

　"그만큼 우리가 많은 일들을 함께 헤쳐 왔다는 뜻이겠지."

　"그런 건가요?"

　엘레나가 웃으며 걸음을 멈추고 그를 향해 살짝 얼굴을 내밀자 아드레이가 익숙하게 입을 맞췄다.

　"그런데 우리 이제 뭐 해요?"

　숲길의 끝에 다다라 그녀가 물었다.

　"단둘이 오붓한 시간을 보낼 거야."

　아드레이가 손을 꼭 잡으며 말했다. 단호한 결의마저 느껴지는 태도였다.

　"오붓한 시간이요? 어디서…… 아!"

　티토가 황궁 밖으로 독립해 나가며 텅 비어 다음 주인을 기다리던 새벽의 궁이 두 사람을 위해 활짝 열려 있었다.

　"아아……."

　숲길보다도 더 그리운, 오랫동안 떠나 있던 고향 집같이 느껴지는 새벽의 궁에 다시 들어서며 엘레나가 작게 감탄했다.

　아무것도 바뀐 것 없이 그대로였다. 언제나 티토, 일리야와 함께 식사를 했던 테이블에는 두 사람을 위한 자리가 준비되어 있었다.

아드레이는 정중하게 그녀를 에스코트해 의자에 앉게 하고, 손수 물과 새콤한 과일 주스를 따랐다.

고용인들이 음식을 가져다주길 기다리며 엘레나는 문득 생각했다. 만약 지금 이 시간이 책 속에 묘사된 주인공들의 한 장면이었다면, 단아였던 자신은 너무나 완벽한 행복을 그려 낸 듯한 모습에 눈살을 찌푸리며 그 책을 닫았을 것이라고.

그러다 문득 아드레이와 눈이 마주쳤다. 남색 눈이 그녀에게 다정하게 웃으며 손등에 입을 맞췄다.

이제 이것이 그녀의 현실이었다. 더 이상 외롭지 않았다. 더 이상 혼자가 아니었다.

사랑하는 사람들과 보내는 하루하루가 그녀의 일상이었다. 그리고 내일도, 그다음 날도 이런 날이 이어질 것이다.

쨍! 엘레나와 아드레이의 잔이 작게 부딪치며 싱그러운 소음을 냈다. 책 속에서나 있을 법한 완벽한 하루가 또 저물고 있었다.

벌컥!

창우는 창고 문을 힘차게 열고 들어섰다. 그리고 안쪽 선반으로 빠르게 걸음을 옮겼다. 저녁 식사 메뉴가 그녀가 좋아하는 샌드위치로 결정 났다는 것을 말해 주려던 참이었다.

"어⋯⋯?"

아무도 없는 창고가 그를 반겼다. 텅 빈 그 공간을 잠시 멍하니 보던 창우가 머리를 긁적였다.

"내가 도대체 누구한테 말해 주려고 했던 거지? 창고에서 일하던 건 나 혼자였는데."

스스로도 어이가 없어 피식 헛웃음이 나왔다. 아무래도 피곤한 걸까. 빨리 야근을 마치고 집으로 돌아가 쉬고 싶었다.

"샌드위치는 소화도 안 되고 별로인데……."

작게 투덜거린 그는 어깨를 으쓱했다. 그리고 반쯤 정리된 선반에서 책들을 꺼내 열심히 상자에 옮겨 담았다.

이마에 땀이 송골송골 맺힐 때까지 열심히 몸을 움직인 그가 더욱 안쪽 선반으로 자리를 옮겼을 때였다.

"어? 저게 왜 떨어져 있지?"

펼쳐진 채로 덩그러니 놓인 책을 보고 창우가 고개를 갸웃했다. 바닥에 놓인 그 책을 얼른 집어 들어 어디 흠집이 난 곳이 없나 살폈다. 다행히 찍히거나 찢어진 곳은 없어 보였다.

"『엘레나 황후』? 여자 주인공 이름이 엘레나인가 보네."

그의 감상은 그게 전부였다. 매일 접하는 수많은 책 중 하나일 뿐이었으니.

마침 가장 가까운 책꽂이에 그 책을 꽂을 만한 자리가 보였다.

"창우 씨! 배달 왔어!"

"네, 나가요!"

밖에서 들려오는 상사의 부름에 그가 얼른 책을 책꽂이에 꽂았다.

달각.

전등을 끄고 창고 문을 닫는 소리를 마지막으로, 깜깜한 실내에 정적이 흘렀다. 창고 속 수백 권의 책들이 제 안에 품은 세계를 더욱 안으로 접어 넣으며 조용히 잠에 들었다.

-The End-

BLACK LABEL CLUB 034

영원한 조연은 없다 4

1판 1쇄 발행 2018년 9월 20일
1판 2쇄 발행 2019년 9월 25일

지은이 김로아
펴낸이 신현호
편집부장 예숙영
편집 이영조
편집디자인 한방울
영업·관리 김민원 조은걸 조인희
물류 이순우 최준혁 박찬수

펴낸곳 ㈜디앤씨미디어
출판등록 2002년 5월 1일 제117-90-51792호
주소 서울시 구로구 디지털로 26길 111 JnK디지털타워 503호
대표전화 (02)333-2513 팩스 (02)333-2514
전자우편 dncbooks@dncmedia.co.kr
디앤씨북스 블로그 http://blog.naver.com/dncbooks

ISBN 979-11-264-4412-0 (04810)
      979-11-264-4372-7 (SET)